父母岁月

梁晓声 著

上册

北京联合出版公司
Beijing United Publishing Co., Ltd.

图书在版编目（CIP）数据

父母岁月：全二册 / 梁晓声著 . -- 北京：北京联合出版公司，2023.9（2024.3重印）
ISBN 978-7-5596-7157-8

Ⅰ.①父… Ⅱ.①梁… Ⅲ.①中篇小说—小说集—中国—当代 ②短篇小说—小说集—中国—当代 Ⅳ.①I247.7

中国国家版本馆 CIP 数据核字 (2023) 第 141825 号

父母岁月：全二册

作　　者：梁晓声
出 品 人：赵红仕
责任编辑：高霁月　夏应鹏
封面设计：吴黛君

北京联合出版公司出版
（北京市西城区德外大街83号楼9层 100088）
北京新华先锋出版科技有限公司发行
大厂回族自治县德诚印务有限公司印刷　新华书店经销
字数644千字　787毫米×1092毫米　1/16　41印张
2023年9月第1版　2024年3月第2次印刷
ISBN 978-7-5596-7157-8
定价：99.00元（全二册）

版权所有，侵权必究
未经书面许可，不得以任何方式转载、复制、翻印本书部分或全部内容。
本书若有质量问题，请与本社图书销售中心联系调换。电话：（010）88876681-8026

父辈的旗帜

梁晓声出生于一九四九年,与共和国同龄。他出生在哈尔滨一个贫苦家庭,家里有一个哥哥、两个弟弟和一个妹妹。父亲是一位普通的建筑工人(《人世间》父亲的原型),母亲(《慈母情深》中有真挚的表达)靠打零工补贴家用。和同时代大多数底层人物的命运一样,他十九岁做知青,去了北大荒。靠自己的不懈奋斗,凭借写作才华,进入了复旦大学中文系,毕业后到北京电影制片厂工作,后来任教于北京语言大学,数十年来,他始终笔耕不辍,坚持用平民视角写作。

梁晓声一直深耕现实主义题材,用身边的人和事来创作,让读者感同身受,自然而然会有很强的代入感,因此,他的作品深受大众喜爱。他是新中国成立后,与时代同步的中国平民历史的歌颂者,也是改革开放后中国发生翻天覆地巨变的记录者。读梁晓声的作品,其实读的就是我们父辈的故事。他的作品始终传承着我们父辈辛勤、善良、正直的美好品德,对年轻一代产生了深刻而久远的影响。梁晓声作为新中国的同龄人,他所记录的平凡大众的时代背影,也是中国社会七十多年历史巨变的缩影。他既对父辈的沧桑岁月充满崇敬,又对祖国母亲的伟大变迁饱含热情。

梁晓声是一位勤奋的作家,几十年来,他创作了两千多万字的作品,获奖无数,著作等身。其中最具代表性的作品包括长篇小说《知青》《年轮》《返城年代》,中篇小说《今夜有暴风雪》《翟子卿》《又是中秋》,短篇小说《这是一片神奇的土地》《阿依吉伦》《白桦林作证》等。从二十世纪八十年代开始,梁晓声的作品就被改编成影视作品,其中包括《今夜有暴风雪》《雪城》《人间烟火》等,而根据他茅盾文学奖获奖作品《人世间》

父母岁月

改编的电视剧更是一举成为现象级热播国产电视剧。

面对梁晓声为数众多的作品，如何阅读？从哪一部开始阅读？如何做出选择，对于普通读者来说可能是一个难题。如果仅仅是阅读他的代表作，或是浮光掠影式地浏览，难免会以偏概全，不能深入、全面了解他的思想深度。如何从梁晓声千万字的文学作品中撷取精华，为读者提供一个见微知著的文学样本，又不失原作本味，对于编者来说是一次极具挑战性的考验。

梁晓声的长篇小说极具个人特色，而他的短篇小说也精彩纷呈。长篇小说从本质上来说，更像是一个个短篇小说的精彩片段汇集而成。正是基于这样的思考，我们尝试以时间为轴，兼顾多种作品形式，以短篇小说的形式加以呈现。这里面有些篇目节选自梁晓声的经典长篇小说，收录的中短篇作品里有些在原有的基础上进行了删节。这些篇目浓缩了梁晓声作品的精髓，我们将其以时间顺序进行贯穿，精心编排成了一部新颖别致的短篇小说集。可谓一书在手，精华尽览。

梁晓声作品中的男主人公，不管是《人世间》里的周秉昆，还是《年轮》里的吴振庆，又或者是《知青》里的赵天亮，他们都有一个共同的性格特征：勤劳且正直。这也是我们父辈的共同特征。而梁晓声笔下的女主人公，不管是郑娟、何凝之，还是周萍，都是善良和贤惠的女性形象，在她们身上都可以找到我们母亲的影子。所以，梁晓声作品中的男女主人公，虽然各具特色，但都是真善美的化身，他们虽然有所不同，却仿佛一直都没有改变，他们就是我们的父亲和母亲。

《父母岁月》一书，将梁晓声数十年创作的文学作品浓缩为一部四十多万字的小说集，无疑是一次大胆的尝试与创新。作品凝结着我们父辈的故事，也在讲述着我们的人生。这部作品是对梁晓声文学创作的一次阶段性总结，也将为其后的创作奠定坚实的基础。从朴实无华的平民视角，用跌宕起伏的叙事结构，彰显浓厚的人文情怀，谱写了与新中国同龄那代人的悲欢离合。这是一部铭记历史，不忘初心，放歌新时代的现实主义杰作。本书的出版，也将为影视作品的创作提供一个优秀的文学范本，其影响力也势必会更加深远，相信影视界的有识之士在不久的将来，就会把这部作品搬上荧屏。

挥　洒 //	001
唱歌女孩 //	034
走出大森林 //	059
这是一片神奇的土地 //	079
阿依吉伦 //	105
白桦林作证 //	125
今夜有暴风雪 //	145
青春作伴好还乡 //	174
溃　疡 //	211
翟子卿 //	235
又是中秋 //	260

成长变奏曲　//　315

疲惫的人　//　360

钳工王　//　409

棋逢敌手　//　448

欢欣与共　//　473

执子之手　//　510

不坠青云　//　543

夜宿"蛤蟆通"　//　570

放　逐　//　589

后记　//　631

挥 洒

夕阳如血。

列车奔驰在秋季的松嫩平原。夕阳悬在车头前方,似乎在勾引列车吻到它。而对于列车,那是不可能的,尽管看起来车头与夕阳的距离近在咫尺;这情形使人联想到"夸父追日"的神话。车头气急败坏地喷吐浓烟,混沌了天地。而于那混沌之中,夕阳将车身映成平原上一道长长的剪影。

夕阳无可奈何地沉落……

列车亢奋地追逐……

迷雾渐散。一缕青烟,从一只斑驳了红色铁锈的灰铁皮烟囱里冒出。这只旧烟囱属于一栋被漆成果绿色的小房子。亮晶晶的铁轨从这小房子前铺过。那是只有北大荒才有的窄轨铁路,将林区丰产的木材一车车运到原野以外的地方。仓库整齐地排列在小房子后边,小房子旁竖着一块牌子,上写"白桦林站——黑龙江生产建设兵团竖——一九六九年"。

已是傍晚时分,天空中大朵大朵的乌云逐渐堆积成团,从远处茂密的白桦林那方压过来。

杨秉奎的手在一盘残棋上缓缓移动,他在小房子里跟自己下棋。窗上贴着红纸剪的"忠"字和"公"字,除了一张没刷油漆的单人木床,还有桌子、椅子、箱子、柜子,都没刷油漆,木质已被岁月涂得黑亮。床上挂着蚊帐;炉子上的水壶吱吱作响,突突地冒出水汽;一条大狼狗懒洋洋地卧在炉旁。

001

父母岁月

杨秉奎五十多岁了，一脸该刮未刮的黑胡楂，一身旧铁路服，脚上是双"解放鞋"。

桌上的电话骤然响了。杨秉奎抓起听筒："对，是我，'养病亏'站长……放心，我知道……哎，你说话客气点嘛……我不管你是谁，给老子记着！"

他啪地放下电话，从墙上摘下铁路信号灯，把与铁路服配套的蓝帽子按在头上，开门出去，大狼狗溜溜地跟着。

天已快黑。

杨秉奎仰脸看天，雨点落在他脸上。

"早不下晚不下，非赶这个时候下。老天爷，你他妈成心找人别扭啊！"杨秉奎扭动着布满胡楂的嘴，喃喃地咕哝着。天仿佛就是要跟杨秉奎找别扭似的，霎时间雷声大作，暴雨倾盆。

"老伴儿，都说谁也惹不起老天爷，看来此话真不假呢！""老伴儿"就是那条大狼狗。杨秉奎无奈地退回小房子，将雨衣从墙上取了下来。

闪电劈开雷雨交加的黑夜，瞬间照亮站在铁轨中间的杨秉奎。他左右摆动着手中的信号灯。一列封闭的货车缓缓驶来，车灯橘黄色的光透过密集的雨点，照在杨秉奎身上。

司机探出身喊道："老站长，对不起啊，让您在雨中为我举信号灯了！"

杨秉奎："甭客气，应该的。再说也不是你对不起我，是老天爷对不起我。"

列车停稳，一节节车厢的门被依次打开，有人从上面跳下来。顿时，哨声此起彼伏。

一个粗声大嗓的人喊："全体下车！整队集合！各带队注意，哪一车厢少了一个，军纪处分！"

可是知青们却没有应声从车厢里跳下来，而是犹豫地聚在车门口，谁也不愿意先行一步。一名女知青用上海话抱怨，意思是这么大的雨，淋湿了我的衣服和行李怎么办？也没有个站台，也没人准备好雨衣和伞。

张平原连长分开聚集在一起的知青们，指着那名女知青问一名男知青:"她嘟囔什么?"

那男知青也是上海人,绰号"小黄浦",他用带上海口音的普通话将女知青的话向他解说了一遍。

张连长:"那也不许赖在车上!"

他跳下车,指着"小黄浦"命令:"你,给我下来!"

这时,团里的曲干事走了过来,把手拢在嘴边,冲车厢大声喊:"男知青先下,接一下女知青,不要让女知青们摔伤了!各领队注意,要保证安全,保证安全!"

刚才已经跳了下来的"小黄浦"张着双手要接女知青,却被一个体态圆墩墩的女知青给压了个屁股着地。

曲干事赶紧上前扶起他们,关心地问:"摔伤哪儿没有?"

报数声在滂沱大雨中此起彼落,像是溅落到金属上弹起的雨点。闪电的光耀下,大雨冲刷着知青们一张张年轻的脸。他们浑身都已经湿透了。有些知青眼泪和淋脸的雨水汇流而下,如此这般地来到北大荒是他们万没想到的。

杨秉奎打开仓库的大门,冲着知青们大喊道:"都到仓库里来躲躲雨!"

刚才还整齐列着的队伍一下子散乱开来,大家涌进仓库。张连长望着知青们奔向仓库的背影,束手无策地自语:"这老爷子,真添乱!"

"不许往那儿跑,列队!"张连长拦住一些知青,被拦住的知青不情愿地向仓库的方向张望着,张连长生气地吼道:"都聋了吗?我再说一遍,列队!"

被拦下来的知青敢怒不敢言,怨恨地瞪着张连长,不情愿地站成队形。

"都没见过下雨吗!"张连长吼声如雷。

无人接言。

"回答我!"

一名女知青小声说:"见过……"

曲干事走来,在张连长耳边低语:"老张,我看是不是暂时……"

张连长看也不看他一眼，恼火地说："你别管！"

曲干事欲言又止，只好退到一边，习惯性地从兜里掏出一支已经被雨淋湿的烟，刚举到唇边，又想起了什么，将烟揣回兜里。

张连长脸板得像块湿木头："下雨只不过是下雨，下再大的雨也还是下雨，不是下刀子！你们不是那些插队知青！他们一插队，不想当农民那也是农民了！你们叫兵团战士！是战士就得有点战士的样子！没有口令擅自行动，不是好战士！跑到仓库去的，都要受处分！"

曲干事又说："老张，还是听我的……"

"不听你的！这时候非听我的不可！"张连长打断他的话，继续训，"我们这个团的团长，是朝鲜战场上的英雄！当年跟随团长转业到北大荒的，号称三个百分之九十五——百分之九十五的党团员！百分之九十五的正副班长！百分之九十五的五好战士！这是我们团的政治血统，这个政治血统必须永远保持下去，保持住了就等于保持住了我们团的光荣！所以，剥削阶级家庭出身的，家庭有严重历史问题的，我一个也没从城市里往一团接！哭鼻子抹眼泪也不要！写血书也不要！你们已经成为一团的战士！你们也应该感到光荣！感到自豪！挨点淋就不要纪律了？不是都发誓要炼一颗红心吗？那就给我从现在炼起！"

张连长的训话还没有结束就被打断了，一个知青惊慌地跑过来："带队，那边打起来了。"

"谁跟谁打起来了？"

"北京的和哈尔滨的啊，不！是哈尔滨的和北京的、上海的打罗圈架！"

张连长和曲干事连忙向事发地赶去。

在列车的尾部，几十名知青打成一团，有女知青在尖叫："别打了！"

"砰！"

一声枪响令打架的知青都停下了。杨秉奎冲到打架的知青中间，扯开嗓子喊："谁再打我崩了他！都到仓库避雨去！"

张连长和曲干事赶过来的时候，知青们早已悻悻地散开了。

张连长看着四散离去的知青们说道："就这么完了？"

挥 洒

"不完还怎么着！"杨秉奎甩下一句话，也转身走开了。

仓库的一撂麻袋上横七竖八地摊着些湿透了的衣服，男知青们把身上能脱下来的衣服都脱下来拧干。上海知青徐进步连裤衩也脱下来拧，被一穗不知道从哪里飞过来的干苞米击中面门。

"谁？谁他妈打我？！"他鼻子被打出了血，眼镜片上也开了朵蜘蛛网似的花。

哈尔滨女知青孙曼玲双手叉腰，操着地道的东北腔指着他："你要不要脸啊！当我们女知青不存在啊！"

孙曼玲背后那些浑身淋得湿漉漉的女知青都不好意思地转过身去，背对着他。

徐进步恰与孙曼玲面对面，赶紧用湿裤衩捂住下身，红着脸嘟囔："哎哟妈呀，直勾勾地看着我，是我不要脸还是她不要脸啊！"

孙曼玲听到了，生气地发动女知青："姐妹们，他出言不逊，打他！"

一时间，苞米、葵花盘长了翅膀似的飞向徐进步，徐进步顾上顾不了下，狼狈地蹲到了几个箩筐后面。无辜挨打的男知青们也跟着东躲西藏。

"你们就这么糟蹋我留的良种？"拎着枪的杨秉奎大喊一声，闹成一团的知青们顿时安静了。

知青赵天亮赔罪道："对不起老爷子，刚才发生了一点小摩擦，您千万别生气，我们保证归放原处。"说着，将地上的谷物一样一样拾起，其他知青也纷纷帮他。

"以这几个箩筐为界，今晚，筐那边是女知青的地盘，筐这边是男知青的地盘。都听明白没有？"杨秉奎看着一边收拾地上的谷物一边点头的知青们，扬手示意了一下赵天亮："你过来一下。"

赵天亮放下手里的东西，走到杨秉奎近前。

杨秉奎问："你叫什么名字？"

"赵天亮。"

杨秉奎点点头："我授权你，今晚要是有哪个男知青胆敢犯女知青的界，就把他拖出去，让他喂蚊子。"

哈尔滨知青孙敬文插嘴道:"下雨天蚊子不叮人。"

杨秉奎摇摇头:"这雨不会下一整夜。雨后的蚊子以一当十,以十当百,以百当千当万。不相信的就让他领教领教北大荒的蚊子,哼!"

赵天亮有些迟疑:"可我一个人,势单力薄,恐怕做不好你交代的事,授权也白授权。"

"那就挑一个助手吧。谁愿意?"

孙敬文油腔滑调地凑上来:"我!我!谁也甭争,就是我了!我可爱干把人拖出去喂蚊子的事了!"

杨秉奎问赵天亮:"还有问题吗?"

赵天亮摇头。

杨秉奎一转身走了。

孙敬文学着样板戏里刁德一的样子拖腔拉调地唱:"这个老头——不寻常……"

赵天亮碰了碰孙敬文,问:"哪儿的,叫什么?"

"哈尔滨的,孙敬文。以后你叫我'小地包'就行。"

"我是北京的。"赵天亮指了指正由孙曼玲指挥着,在仓库里拉草绳子的女知青们,"你认为她们想干什么?"

孙敬文抓了抓脑袋:"猜不准。搭衣服吧?"

孙曼玲她们却往草绳上搭草帘子和麻袋,搭成了一道"隔墙"。

赵天亮轻轻地嗤了一声:"多此一举。"

孙敬文拍拍他肩膀:"别多说了啊,她可是我老姐。"

阳光从仓库上方的一排长方形窗户里照了进来,驱散了仓库里的阴暗。

赵天亮醒了,他身上盖着麻袋,仰面躺在草帘子上——仓库里所有的知青,都是这么睡了一夜。赵天亮把头向左扭去,只见徐进步、孙敬文以及周边的几个男知青全都趴着,双手托腮,跷着脚丫子,兴致高涨地向草帘子对面张望;他右边的王凯、沈力、杨一凡三名北京知青也同样,一心一意地向对面伸着脑袋观看什么。

赵天亮对他们的专注有些奇怪,一翻身也朝对面看去——对面的草帘子和麻袋下端暴露着一双双女知青们的裸腿和光脚丫,她们的腿呈现着各种各样的姿态，有的在走动，有的跳芭蕾舞似的翘着脚尖，有的将一只裸臂搭在草帘子上，单腿着地"金鸡独立"着。一副乳罩掉在地上，一只修长的手臂垂下，把它捡起。

沈力在往小本上画速写。

"你们……""下流""可耻"之类的话还没说出来，赵天亮的嘴被孙敬文捂住了。一只麻袋从天而降，蒙住了赵天亮的头。

徐进步轻声鼓励道："对！还没看够呐！别让他出声……"说着，便扑在了赵天亮的身上。

沈力："你们可别闷死他。"

孙敬文："闭上你的臭嘴，别得着便宜卖乖。"

女知青那边忽然发出尖叫声，一阵骚乱。

王凯眼尖："黄鼠狼！"

"钻咱们这儿了！那儿！那儿、那儿！"杨一凡指着嚷嚷。

黄鼠狼窜到了男知青这边，大家的注意力转移到了黄鼠狼身上，没有人再搭理赵天亮，他这才从麻袋底下钻出来，大大地喘了几口气。还没等他定下神来，哨声从仓库外传了进来。

杨秉奎走进仓库，仓库已经没人了，麻袋乱扔一地，柳条筐也倒在地上，草帘子却还在草绳上耷拉着。

杨秉奎边收拾地上的狼藉，边嘟囔着："这些孩子……"

一阵隐约的哭声从草帘子另一边传来。

"谁还在那儿？"

哭声呜呜依旧。

杨秉奎提高声音："我过去了啊！"说着，便扯下一条麻袋，走到"隔墙"那边，见上海女知青周萍缩在一个角落，双手捂脸，继续哭着。

"哭什么？谁给你气受了？"杨秉奎走上前去问道。

周萍摇头。

杨秉奎努力让自己的声音更温和些："挨淋了，就受不了啦？"

周萍还是摇头。

父母岁月

杨秉奎有点生气，火气一顶，把刚才的温和顶走了："那你哭什么！没听见吹哨子呀？别人都集合了！"

周萍绝望地说："他们不要我！"说完，放声大哭。

杨秉奎蹲了下来："谁们不要你？"

周萍："带队们，因为我父亲是资本家……可我写了三次血书……"

杨秉奎注意到周萍右手的食指包扎着，皱眉问："手指怎么了？写血书刺破的？"

周萍抽抽搭搭地说："不是刺破的，是咬破的。别人说，写血书一定得自己咬破自己的手指……"

"教条嘛。所以你就咬破三次？"

周萍痴痴地点头。

"发炎了？"

"嗯。"

"这还能不发炎？说说，你父亲是民族式的，还是买办式的？"

周萍用手抹了抹眼泪："我也不太清楚，好像档案里写的是民族资本家。"

杨秉奎郑重地点了点头："要是民族资本家，倒还有点商量了。政治上的事，我是懂些的——可既然他们不要你，你怎么还是来到这儿了呢？"

"我从上海偷偷混上了知青专列……"

杨秉奎吃惊道："上海？那得经过北京、哈尔滨、北安，一地一点名，你就能一路混过来了？"

周萍点了点头。

杨秉奎被感动了："姑娘，北大荒其实是个很有人情味儿的地方。冲你这一份诚心诚意，我帮你。起来，跟着我。我一定会帮你到底！"

周萍顺从地起身，跟随杨秉奎走出仓库。

张连长瞪着眼前整齐地列成队的知青们，训道："你看你们啊，麻袋扔得哪儿哪儿都是！那可都是新的！今后你们要记住，在北大荒，麻袋也是宝贵的东西！"

徐进步眨眨眼睛，强词夺理："北大荒三件宝，人参貂皮乌拉草，从没听说过还有麻袋！"

张连长瞪着徐进步："现在你不听说了？都记住没有？"

知青们回答："记住了！"

赵天亮不服地说："我有意见！"

张连长："给你半分钟，说！"

"天有不测风云，这是常识。既然是常识，就应该为我们的到来考虑得周到些，提前做好防雨措施。"

张连长反问："也就是说，应提前准备好足够用的雨衣、雨伞、雨靴，最好再搭好十几顶临时帐篷？"

"按理应该那样。"赵天亮一板一眼地回答。

"你出列。"

赵天亮向前跨了一步。张连长走到他身边，上下打量他，仿佛在研究一样稀罕的物件。

"叫什么名字？"

"北京知青赵天亮，'赵子龙'的'赵'！"

张连长哼了一声："赵子龙是条龙，冲你刚才说的话，我看你像一条虫！雨衣、雨伞、雨靴、帐篷，想得倒美！在北大荒，在目前，想到了也白想，因为那是做不到的。天有不测风云，在北大荒的意思那就是，老天爷给人气受，是常事，人得受着！你的想法是歪理，我讲的才是正理，北大荒的理！"

赵天亮说："我对你动不动就训我们也有意见！"

张连长："还有意见以后再提，给你的半分钟过了！第一排听我口令，向前一步——走！向右——转！你们都跟着他，把麻袋收集到仓库去！"

赵天亮低声对徐进步嘟囔："半分钟里，我说的没他说的多！"

徐进步瞟了一眼张连长的背影，说道："这就叫，官不大，僚不小。"

张连长猛地回头，瞪着他俩："说什么呢？"

徐进步赶紧朝赵天亮一指："不是我说的，是他说的！"说完，便朝一条麻袋跑去了。

赵天亮转头望着徐进步,生气地说:"这不是陷害我嘛!"

杨秉奎和周萍一前一后朝这边走过来。张连长看到他们,想转身走开。

杨秉奎:"张连长,站住。"

张连长站住了,掏出烟和打火机。

"我跟你说话,你不许吸烟。"杨秉奎将张连长手里的烟夺了过去,叼自己嘴上,又指了指张连长手中的打火机。张连长只得按着打火机,伸到杨秉奎嘴边,同时狠狠瞪了周萍一眼。

杨秉奎缓缓吐出一口烟,对张连长说:"旁边说几句话。"

张连长只好跟着杨秉奎踱向一旁。

杨秉奎:"你不拿好眼色瞪人家姑娘干什么?"

张连长:"我没瞪她。"

杨秉奎:"瞪了就是瞪了,事实那否认得了吗?我觉得人家姑娘挺不容易。归在你们连了。"

张连长:"老爷子,她是硬跟来的。我没那么大权力呀。"

"她的情况我了解过了,我的话你照办就是了,算给我个面子。"

"不是我不给您面子,可她父亲是资本家,不符合咱们兵团的成分要求。"张连长一本正经地说。

"民族资本家!"杨秉奎正色纠正。

"资本家就是资本家,那还有什么区别?"张连长铁面无私地说。在他眼里,不管是什么类型的资本家,都是反动派。

杨秉奎:"资本家和资本家,当然有区别!我看你政治水平不怎么样!"

周萍紧张地盯着他俩,列着队的知青们则用同情的眼神看着周萍。

张连长有些为难:"老爷子,您的批评我虚心接受,可这件事,我真的……"

"说来说去,我看你是成心不想给我面子!"杨秉奎有点生气,转身对周萍说,"咱不跟他瞎耽误工夫了,我给你找个更好的连队!"

卡车和马车的声音从远处传来。有的知青方阵已经上了车,没有上车的知青方阵正准备上车。周萍急得又快哭了。

曲干事走过来，对杨秉奎啪地敬了一个军礼："站长同志，我们团长嘱咐我一定替他向您问好！我马上要坐卡车回团部去了，您有什么要捎给团长的话没有？"

杨秉奎："小曲，你来得正好！这上海的女学生，我劝张连长收到他的连，张大连长不给我面子。你看怎么办吧。"

曲干事早就认识周萍了，揣着明白装糊涂："张连长，这你就不对了。你怎么能连站长同志的面子都不给呢？"

张连长有些急了："哎，曲干事，话不能这么说啊！她的情况，你又不是不清楚。同情归同情，感动归感动，事情归事情，不是连你都没权力……"

曲干事摆了摆手："得了得了，别说那么多了，什么权力不权力的，我代表团长作决定，她就归在你们连了！"

张连长还想争辩，曲干事把他扯到一旁，低声说："我不是装好人，明摆着，只能先收在你们连了！这老爷子要不高兴起来，团长也会不高兴，师长也会不高兴，这点事你都不懂？"

曲干事跟张连长说完，又笑着对杨秉奎说："老站长，张连长同意了，您放心吧。"

杨秉奎转头对周萍说："听到了吧，你也放心吧。"

周萍抹抹眼泪，破涕为笑。

杨秉奎走到张连长跟前，严肃地说："以后不许你叫我老爷子，我有那么老吗？我还打算找个伴儿呐！都像你那么叫，我不只有找老太婆了？你给我记住！"

仓库里，赵天亮把麻袋一条条码好，刚要喘口气擦擦汗，见徐进步和几名知青抱着麻袋也走了进来。徐进步刚放下麻袋，被赵天亮一把揪住了衣领。

赵天亮恨恨地："刚才明明是你说的话，为什么往我身上赖？！"

徐进步挣扎道："侬这等样不来赛不来赛，阿拉上海泥胆子小的赖，阿拉视侬的胆子大的赖……侬不是虫，阿拉是虫，好哦？"

| 父 | 母 | 岁 | 月 |

赵天亮狠狠将他推开:"哼,我胆子大,就该什么不利的事都往我身上推吗?"

徐进步还没来得及把狡辩的话说出口,仓库外传来一片"乌拉"之声。他们一齐跑到仓库门口,朝七连那边看去,只见队形已经散乱开了,女知青们围成一团,男知青们往空中抛帽子。

孙敬文:"准是那名混来的女生混成功了,大家为她高兴。功夫不负铁了心的人啊!"

张连长带着知青们走在山脚下的公路上。而所谓公路,其实只不过是包括拖拉机在内的各种大大小小的车辆轧出来的一条土路。

张连长不知把哪个知青的行李扛在肩头,手拎网兜。尽管如此,他的步速还是比知青们快许多。徐进步、王凯和孙敬文拖着各自的大包小包走在最后边。徐进步的军绿色大书包背在身后。王凯尽量让自己的步速跟他保持一致,边走边从徐进步背包的缝隙里掏糖,边掏边往自己兜里揣,徐进步浑然不觉。

冷不丁地冒出来一个声音:"人不能太贪,差不多就行了。"

徐进步猛然转身,见是孙敬文,问:"你说什么?"

孙敬文看一眼王凯,对徐进步说:"没说你,自言自语呢。"

徐进步往前边看了看,说:"咱们三个不能走在最后,让女知青笑话!"说着,便加快了脚步。

王凯拍拍孙敬文的肩:"哈尔滨的,没出卖我,够义气!"

孙敬文伸出一只手:"我够义气,你也得够意思吧!"

王凯从兜里掏出块糖,剥去糖纸,塞到孙敬文嘴里:"我低血糖。"

孙敬文嚼着糖:"酒心儿的——我也低血糖!"说完,便紧跑几步,也追上徐进步,从背包里往外掏糖。

张连长把肩膀上的行李往地上一撂,站在路边等知青们的大队伍跟上来。

徐进步跑了过来:"连长,允许提个问题吗?"

张连长点点头:"可以。"

徐进步:"就没有一条好走点的路了吗?哪怕一条要多走几里的路。"

"我带你们走的正是最好走的路,起码在这一带是这样。这里本没路,拖拉机一过,路就出现了。"说完,便又扛起行李往前走。

徐进步回头看赵天亮一眼,说:"他这最后一句怎么听着像谁说过的话?"

"套用鲁迅的话。"赵天亮马上说出了出处。

徐进步一拍脑袋:"啊,想起来了,'世上本没路'那一句,难怪听着有印象。可就他,八成没读过鲁迅的什么书吧?"

"你怎么知道我没读过鲁迅的书!"张连长回过头,瞪着他厉问。

徐进步被他瞪得一哆嗦,赶紧摆手道:"不是我说的,是他!我从不背后说领导的坏话。"他又企图往赵天亮身上赖,赖人仿佛也有惯性。

赵天亮一晃拳头:"我揍你!"

"你犯不着揍他。这一次我听得清清楚楚,明明是他说的!"张连长给了他个公道,接着,又大声说,"都站住吧,原地休息休息!"

知青们如逢大赦,把行李当成座椅就地坐下。

张连长掏出烟来,点上。

赵天亮:"连长,我有问题。"

张连长哑巴着烟:"提。"

"在小火车站那儿,别的知青都有卡车送、马车接,为什么单单我们,非得自己带着行李走这么远的路?"

"就是,起码也该来辆马车接接我们吧!"王凯揉着脚踝附和。

杨一凡也插嘴道:"难道你们连队连一辆马车都没有吗?"

"重说一遍,谁们连队?"张连长眼睛一瞪。

杨一凡忙不迭地纠正道:"说错了,说错了,咱们连队……"

上海女知青薛艳:"我们的箱子到哪儿去了?不会丢了吧?"

上海女知青谢菲:"要是丢了,我连手纸都没的用了!"

哈尔滨女知青高洁跟林丽咬耳朵:"但愿别和上海女知青分在一起,事多!"

父母岁月

孙曼玲听到了她们的话，摇着头冲她俩使眼色。

张连长弹了下烟灰，慢条斯理地："第一，你们的箱子绝对不会丢。一路上，团里派了专人负责，估计不久就会用卡车送到连队……"

徐进步："不久是多久？"

"最晚半个月吧。"

知青们不由得你看我，我看你。

张连长继续说："第二，用卡车送的知青，他们的连队比我们七连更远。用马车接的，他们的连队比我们近些。我们七连距离小火车站不远不近……"

赵天亮："多少里？"

"三十七公里。"

"三十七公里？！"

知青们全都愣住了。

张连长安慰道："不要急嘛，我也很内疚啊！实际情况是，连里是派了爬犁来接我们的，但接连下了几天雨，路被水淹了，爬犁只能在半道迎我们了。我们呢，再走过塔头甸，就能与连队的爬犁会合了。"

高洁有些纳闷："又不是冬天，怎么用爬犁接我们？"

张连长刚想给她解释，一直在默默点名的孙曼玲突然向他发作起来："带队的，你干什么吃的！少了一个人！"

张连长赶紧起身清点人数。

"还点什么呀你，我点两遍了！"孙曼玲凶巴巴地打断他，"少了那个上海的小可怜儿周萍。这下不知她又哭成什么样儿了——你还吸烟！"

张连长这才把手中的烟扔到地上踩灭："刚才走在后边的举手。"

一旁几名正在休息闲聊的知青怯怯地举起手。

张连长瞪着眼睛："混账！走在最后的人掉队了，你们都不报告！"

王凯委屈地说："我们也没注意到啊！"

"还顶嘴！你应该注意到！"

正说着，一个瘦小的人影一摇三晃地从远处走来。

赵天亮向远处一指："看，她来了！我去接接她！"

张连长伸手拦住赵天亮："别去接，让她锻炼锻炼！"

赵天亮冷冷地看了张连长一眼，拨开拦住他的胳膊向周萍跑去。

满面泪痕的周萍，双手各拎一只皮鞋，赤着脚一瘸一拐地走着。

赵天亮迎上去："脚打泡了？"

周萍无力地点点头，鼻子一酸，眼泪又噙满了眼眶。

赵天亮转过身背向她，蹲了下去："背你。"

"我不用你背。"周萍倔强地说着，绕过他，蹒跚着朝前走。

赵天亮站起来，跑到她前边，又蹲下去。

周萍站住了："我说了，我不用你背。"

"你也不能白让我蹲两次啊，让大家都等你太久，不好吧。"赵天亮劝着。

"我怎么这么没出息啊！"周萍哭了，将两只鞋掷在地上。

赵天亮默默捡起鞋，拎着，第三次蹲在她跟前："我可第三次为你蹲下了，我从没这么求人让我背过。"

赵天亮背着周萍从远处走来。

张连长看着赵天亮放下周萍，大声训斥："不许哭！我就受不了你们动不动哭鼻子抹泪的！是你自己死乞白赖跟来的！"

"你浑蛋！"赵天亮瞪着张连长。

"你！"

赵天亮将手中的两只鞋一前一后地扔向张连长，被张连长躲了过去。紧接着赵天亮向张连长扑过去，被张连长一下子甩出老远。

王凯和杨一凡将赵天亮扶了起来。赵天亮向后一甩胳膊，把二人甩开，接着又向张连长扑去，却被沈力一把拽住了胳膊："干什么你！"

赵天亮挣扎着："你别管！我早就忍着他了！"

孙曼玲伸开双臂，拦在赵天亮跟前："你不累是不是！"

张连长："别拦他！谁也别拦他！我看他想怎么样！路上我是你们带队，到了连队我是你们连长！想跟连长打架，反教了！"

大家七手八脚地把赵天亮推到一旁，把他和张连长隔离开来。

周萍捡起自己的鞋，一边抽搭着眼泪，一边穿鞋："连长，都是我不好，我一步不落就是了。"

孙曼玲对张连长说："连长，大家早上没吃饭，又走了这么久，都累叽歪了，您既然是连长，有火也应该压着点，不能跟我们战士一般见识。"

张连长发狠地说："都起来！谁也别装草鸡，继续往前走！"说着，他走到周萍跟前，将周萍拽起来，扛麻袋似的扛在肩上。

大家跳跃着，经过一片闪着水光的塔头甸。

还趴在张连长背上的周萍不好意思地小声说："连长，求求你，让我自己走吧。"

张连长："你脚上磨出了这么多泡，自己怎么走？这塔头甸子里的水，是各种细菌的大本营。一九五八年，我们那批转业兵来的时候，一个战友脚上的泡也破了，可他偏要强……结果得了败血症，死啦。我不能忽视那种教训，尽管我背的是资本家的女儿。"

周萍小声说："如果我能以兵团战士的身份死，就是死了也值。"

"别废话！资本家女儿的命，那也是一条人命。"

赵天亮蹚着水走在张连长旁边。周萍扭头看赵天亮，泪汪汪的眼睛带着询问：我该怎么办啊？

张连长停在塔头上喘着气，流着汗。

赵天亮有点不好意思："连长，刚才是我不好，让我背她一会儿吧。"

徐进步站在一个塔头上，一点也不知道身后背包里一长截手纸垂下来了。上海女知青谢菲站在另一个塔头上，用上海话朝他喊："你把你那尾巴卷起来行不行，拖那么长尾巴，演大老鼠啊！"

徐进步将书包移到身前，往书包里塞手纸，忽然觉得有点不对劲儿，伸手从书包里掏出一个塑料袋来一看，发现糖只剩几颗了。他快要哭出来，忘记自己是在塔头上，一跺脚，失足滑下了塔头。

"我的画夹！谁帮我捡！"北京知青沈力看着自己的画夹顺着水流漂走。

上海女知青薛艳弯腰想帮他捡起，却被另一个塔头上的张连长喝止："不许捡！大家注意，这里水深！也许水下还有沼泽坑，都小心点，过了这一片就安全了。"

远处，有人用长树枝挑着红背心在向他们摇摆。

知青们终于坐上了三辆拖拉机牵引的爬犁。暖日当头，疲惫的青年们互相靠着打起盹来。

徐进步和孙敬文闭着眼睛说话。

徐进步："咱们之中有扒手。"

孙敬文："不会吧，连长不是说了嘛，能来的都是大大的良民。"

王凯："哎，孙敬文，'小地包'不就是地面上隆起的一个小土包包吗？你这个绰号太低级了吧。还是咱们上海来的这位兄弟的绰号有文化——'小黄浦'！让人联想到黄浦江、黄埔军校，再加一个'小'字，受尊敬，又招人疼。起绰号也要起得高级。"

孙敬文："好歹我的绰号是别人送给我的，我不接受都没办法。而他的绰号是自己送给自己的，见人就推销，别人想不接受都难！"

"小弟，说话别带刺儿！"孙曼玲教诲弟弟，转脸又对徐进步说，"'地包'是我们哈尔滨市的一个区，我家住那区。"

孙敬文："哈尔滨的贫民区！"

一名叫吴敏的哈尔滨女知青道："哈尔滨没有贫民区，不许污蔑社会主义。"

孙敬文也猛地睁开了眼睛，瞪着吴敏，较真地："你敢说没有？！"

孙曼玲打断他："小弟！不许再抬些不三不四的杠！"

周萍坐在赵天亮身旁，悄悄地往他手里塞东西，他低头一看，是两块糖纸亮晶晶的糖。

周萍："谢谢你背我。只有两块了，酒心巧克力。"

徐进步将眼睛睁开一条缝，刚好看到了那两块糖，他皱了皱眉头，觉得有点纳闷。

爬犁颠颠簸簸地行驶着，目之所及尽是莽原荒野山廓水支。不知什么地方传来了悠悠的号子声：

兄弟们使把劲儿哟！

父母岁月

嘿哟!

咱们就往前悠呀!

嗨哟!

谁要是藏点劲儿哟!

嘿哟!

他也就不能够呀!

嗨哟!

…………

知青们睁开眼睛,寻找声音的来处。

灌木丛遮掩的河湾那儿,拐出一些人来。几名老战士和两名知青样子的青年——他俩一个叫张靖严,一个叫齐勇。他们二人一组,用显然是临时砍下的树段当作杠子,用柳条和野草编成的绳子,抬着一只大柴油桶。桶在河水中半沉半浮,河水没过了他们的腰。

大家看呆了。

张连长从爬犁上站起来,一摆手,两辆爬犁停了。河里的老战士也停止了前进,为首的机务排尹排长问张连长:"连长,你怎么才把这些知青接回来呀?"

张连长:"路上不顺。你们怎么回事啊?"

尹排长叹了口气:"我们更不顺,拖拉机陷住了,只好顺河往下抬。眼瞅要麦秋了,机械没油喝那还行!这样抬才抬得动,要不咋办啊。"

另一名老战士:"连长,有烟没有啊?"

"有!有!"张连长连声应和着,跳下爬犁,蹚着水大步走向河边。

一名老战士连忙阻止他:"别下河,扔给我们就行!"

张连长却已举着烟和打火机下了河,走到老战士们跟前,将烟一一送到他们唇边,并替他们点燃。

张靖严和齐勇抬最后一杠。齐勇:"还有我俩呢!"

张连长:"没了!有也不能给你俩知青吸!小齐,你上去,我来!"

齐勇一指张靖严:"我顶得住,你还是替他吧!"

挥 洒

张靖严："你顶得住我就顶不住了？我是班长，连长当然得替你！"

话音刚落，起绳子作用的柳条突然断了，桶猛地往下一沉。三人仰倒河中，扑腾起片片水花。

在岸上的赵天亮看到这一幕，迅速解开自己的行李，拿着行李绳飞快地跑到河边，不管不顾地下了河，抬起最后一杠。

一双手在往顶棚糊一张报纸，却怎么也糊不上。

这是一间有着对面炕的知青宿舍。尽管是对面炕，但每铺炕仅能睡五六个人而已。

糊报纸的是黄伟，傅正双手高举糨糊盆。他俩也是哈尔滨知青。他们与齐勇、魏明都是老高三，并且都是同学。而张靖严是和他们同校的老高三，在校时就入党了。

傅正："临时宿舍，别太认真，差不多就行。"

黄伟："那也得糊上去啊！"

只听砰的一声，宿舍门被撞开了，孙敬文、赵天亮等新来的知青，扛着行李从外面闯了进来。但听扑通一声，黄伟被他们的突然闯入吓了一跳，从椅子上跌了下来，倒在地上，糨糊盆扣在炕上，糨糊溅得四处都是。

傅正抹去脸上的糨糊，拉起黄伟，呆望着一炕狼藉。

孙敬文连忙道歉。

傅正缓过神来，摆摆手："没什么，小事一桩！"

黄伟眼睛到处寻摸擦糨糊的东西，看了一圈也没找到，便脱下上衣去擦炕上的糨糊。

"我去打盆水。"孙敬文从网兜里取出脸盆往外边走，不料与正要进宿舍的齐勇撞了个头碰头。孙敬文又连声道歉，可是这次换来的不是原谅，而是狠狠的一记耳光。

"凭什么打人？！"赵天亮几步跨过来，护在孙敬文身前，瞪着齐勇。其他几个知青也跨过来，站在赵天亮左右。

王凯指斥齐勇："'小地包'又不是故意的！"

杨一凡："欺负我们新来的？！"

019

父母岁月

"我去打水,我去打水。"徐进步从地上捡起盆,溜了出去。

黄伟一把将齐勇扯开:"你发什么神经?!"

齐勇一掌推开赵天亮,横着膀子撞开新来的知青们,扬长而去。

赵天亮瞪着齐勇的背影说道:"这件事,不能就这么算完了!这可是我们新知青来到连队的第一天,我一定要代表新知青向连里抗议这件事!"

大家也七嘴八舌地附和着。

"对,不能就这么完了!"

"打人者必须公开道歉!"

"只道歉不行,连里必须给他处分!"

黄伟语气和缓地说:"你们当然有抗议的权利,不过呢,这会儿先认识一下行不?我叫黄伟,哈尔滨知青,老高三,他叫傅正,也是我们哈尔滨那嘎哒的,和我一样,老高三。"说完,向赵天亮伸出一只手。

赵天亮没握黄伟伸过来的手,也没说话,他朝炕上望一眼,也脱下上衣去擦起来。

傅正轻笑道:"还挺有性格,我喜欢有性格的人。"

黄伟走到两眼发直的孙敬文跟前,拍拍他肩膀:"放心,我们都是见证人,会替你主持公道。你喜欢睡有窗那边还是没窗那边?"说罢,拎起了孙敬文的行李。

孙敬文夺过行李:"不用你管!"

一阵哨音打断了屋里的争执。

"连长叫放下行李就集合。"孙曼玲探进头来通知,发现她弟弟脸上挂着眼泪,便走进来,问,"小弟,谁欺负你了?"

黄伟赔笑着说:"刚才发生了点不愉快,不过已经过去了。"

孙敬文气鼓鼓地:"没过去!"

徐进步端着盆水进来了,见赵天亮还在擦炕上的糨糊,赶紧声明道:"我可不睡这儿。"

赵天亮:"是糨糊,又不是别的东西。"

徐进步:"糨糊扣炕上了,那能擦干净吗?还不进到席缝里啦?以后还不招苍蝇?"

赵天亮默默将自己的行李和网兜摆到擦过的炕面儿上，又替徐进步将行李和网兜摆在自己腾出来的地方，问："这样行了吧？"

徐进步没再吭声。

"快去集合吧！"傅正向窗外看了看，催促大家。大家搁下手里还没整理完的行李，皆匆匆而去。

黄伟想对孙敬文说什么，傅正悄悄扯了他一下，对他使眼色，意思是，没事，他姐哄哄他就好了。黄伟没再说什么，跟着傅正离去。

孙曼玲用手绢替弟弟擦眼泪："告诉姐，刚才究竟怎么回事？究竟谁欺负你了？"

"姐，咱俩要求调到别的连队去吧！"孙敬文推开姐姐的手，冲出了宿舍。

一队拖拉机开了过来。张连长的口令声被拖拉机声盖住。拖拉机总共十二台，每两台一纵列，由新到旧纵向列开。不过，即使是旧拖拉机，也擦洗得干干净净。拖拉机的纵列后，是八挂大车一字排开，套在车上的马匹精神抖擞，佩戴红花、铃铛。

大车后边是两排老战士。其实他们年纪并不老，平均年龄也就三十二三岁。尹排长站在第一排老战士排头，响亮地喊了一句"敬礼"。于是，新来的知青们脸上挂着庄重，接受了老战士们齐刷刷的敬礼。

韩指导员走过来，亲切地说："大家请稍息吧。我叫韩经泰，是咱们七连的指导员。我是江苏人，毕业于中国人民解放军海军学院……"

徐进步突然冒出了一句："海军学院的，到北大荒来干什么？"

韩指导员轻轻一笑："我听到你们中有人感到奇怪了。关于我的经历，以后再告诉你们。"他用手指着后面的拖拉机和大车说道，"在咱们兵团，一般连队只有七八台拖拉机，可咱们七连却有十二台！不久后，师里还要奖给我们一台，七十五马力的，因为我们是最早在这里开垦、播种、收获的连队。拖拉机是咱们的宝贵财富，人更是。你们来了，我们七连更加人强马壮了。也许你们中有谁还想问——明明一个常见的农村嘛，为什么非叫'连队'呢？这个'农村'和普通的农村有不同吗？有，那就是军号声！它意味着连队在下达命令——小李，吹一遍！"

年龄最小的哈尔滨知青——只有十五岁的李鸣演示起了各种军号："起床号""午休号""集合号""熄灯号"。新来的知青们以后就要在这些长长短短的号声中作息操练，蹉跎自己年轻的岁月。而北大荒的每个黎明、日出、黄昏、日落和夜晚，也就要如同这些号声一般，萦绕在每个知青茫然的青春记忆里。迎接新知青的联欢会在天色擦黑的时候开始了。篝火燃起处，传来手风琴和二胡的声音，有人唱样板戏，笑声使北大荒的原野显得更加空旷。

....

十二台牵引着收割机的拖拉机，在麦海边上一字排开。排长尹洪波端正地坐在第一台拖拉机上，神情肃穆。男女两个排的知青，以及韩指导员、张连长、方婉之和张靖严，也都齐聚麦海边。

张连长捋了一把麦粒，放口中嚼嚼，将剩下的麦粒给了韩指导员。韩指导员也将麦粒放入口中嚼，并向张连长竖起大拇指。

"真想就地给老天爷磕仨响头，赐咱们这么好的收成，太够意思了！"张连长往掌心啐唾沫，捋胳膊挽袖子，预备大显身手的样子。

知青们也捋麦粒，也放入口中嚼。

"小地包"问"小黄浦"："有什么感觉？"

"小黄浦"咂唖着嘴："没什么特殊的感觉，越嚼越黏，像嚼口香糖。"

赵天亮："麦粒嚼出口香糖的感觉来，那还不叫特殊感觉？"

张靖严将一柄系了红绸的镰刀递给韩指导员："指导员，机务排有点迫不及待了。"

韩指导员望一眼驾驶室里的尹排长，再看一眼张连长，笑道："别年年都是我，今年你来吧。"

张连长摇头摆手，向后退了两步："别、别，第一镰等于剪彩嘛，当然非你指导员不可！"

"那，我就恭敬不如从命了！"韩指导员弯腰揽起一把麦子，将镰刀挥下去。

"等等！"张连长把韩指导员叫住，对赵天亮说，"把你的镰刀给我。"

赵天亮将镰刀往身后一背："那我一会儿用什么，班长手里没镰刀成什么样子！"

"我先用一下嘛！"张连长拿过镰刀，试了试锋，自言自语，"好像我在战场上要你的枪！"

大家都笑了。

韩指导员也笑了："瞧你意思，是想和我比试比试？"

张连长："指导员肯赏脸不？"

"成心让我下不来台是不是？"

"十分钟结束，我让你四分钟，敢不敢？"

韩指导员转身望大家："这我要是再不敢，也太熊了呀！比就比！"说着，也往掌心啐了一口。

张靖严看了一眼腕上的表，举起手臂："预备，开始！"

韩指导员一弯下腰去就不再抬起，快速向前割去。

方婉之对女排说："姑娘们，给指导员鼓鼓劲儿！"

女排异口同声："指导员，加油！指导员，加油！"

张靖严："四分钟到！"

张连长也弯下腰去，速度更是快得仿佛一台小型收割机，但见一行行麦子多米诺骨牌似的倒下。

赵天亮情不自禁："一班，给连长加油！"

一班异口同声："连长，加油！连长，加油！"

韩指导员和张连长之间的距离，在男女知青的加油声中，渐渐缩短。

张靖严喊："十分钟到！"

欢呼声中，韩指导员和张连长直起腰来。

张连长洋洋自得："服不服？"

韩指导员："我从来都是甘拜下风的呀！我嗓子快冒烟了，你嗓门大，还不下令啊！"

"老尹，看我手势！"张连长喊着，将手臂举起，猛地劈下。

十二台拖拉机齐声轰鸣，牵引着十二台收割机，舰队般驶入麦海，情形颇为壮观。知青们肃然又神往地看着。

父母岁月

"小黄浦"说出了大家的心里话:"唉,熬到他们退休,咱们开上,那得哪一年啊!"

"小地包":"那时咱们也快老了!"

王凯:"咱们在北大荒待不了那么久吧?不是说短则三年,长则五年,就会一批批再把我们抽回城市去吗?"

黄伟对傅正悄语:"听到了吗?刚来几天,开始想返城的美事了。"

傅正:"很正常。年龄小,头脑简单嘛。"

齐勇大声说:"王凯,老战士们比我们知青早来五六年、十多年,要论什么时候离开,是不是也该先来的先走啊?他们都没急呢,我们都没急呢,你急个什么劲儿?等北大荒欢送我们走了,你们再盼着走也不迟!"

傅正批评道:"你这么说何必呢?"

张连长走了过来,大声说:"走?来得不容易,想走没门!我们老战士都是决心把一生献给北大荒的,你们也要和我们一样!我最不爱听的,就是谁说离开北大荒的话!"

拖拉机牵引着收割机,已经驶在麦海深处了。知青们用镰刀收割过的麦地,一片狼藉。没割倒的麦子触目皆是,连根拔下的也不少。而且,倒下的麦子根本不成行,根梢错置,东一堆西一片,乱七八糟。

虽然麦子割得不算利落,知青们却已都累得东倒西歪,有的摊开四肢仰面朝天。大家吭唧着,说着腰酸腿疼之类的牢骚话。

方婉之、张靖严以及齐勇等几名老知青,在默默地割没倒下的麦子,或将倒下的麦子归整成行。

"起来!"呵斥声中,"小地包"睁开双眼,见齐勇正站在跟前瞪着他。他的第一反应是一把抓起砍在土中的镰刀,接着滚身而起,防范地瞪着齐勇。

齐勇用镰刀一指:"自己看,看得过去吗?"

"小地包":"那几棵麦子才会少收多点粮食。"

齐勇:"问题是你还不会用镰刀收割。不会用镰刀收割的人,就不是合格的北大荒人!"

"小地包"："到我们学校作动员报告的人，说兵团已经实现了全部的机械化。"

齐勇严厉地说："同样的话我在来之前也听过，但那不是谁现在劳动能力低下的理由！"

"小地包"终于无言以对，只好去割自己未割倒的麦子。赵天亮走过来帮他。

"赵天亮！"齐勇厉色道，"我不认为你帮他是班长正确的做法。"

赵天亮反驳："难道不帮，倒是好班长了？"

齐勇："现在对你们后来的，等于是实习。对实习者最好的做法是指教，而不是代劳。"

赵天亮看看"小地包"的身影，觉得齐勇的话似乎也有一定道理，一时不知接下来该怎么做。齐勇从腰间取下磨石，朝赵天亮一递："我认为你倒是应该让他磨磨镰刀，捎带也磨磨自己的！"

赵天亮沉吟片刻，接过磨石……

黄昏时分，本该打水洗脸，可男一班的所有人都坐在宿舍门前的横板上，谁都懒得动一下。

赵天亮挑起了桶，却被"小地包"叫住："班长，要不……我去？"

"还是我去吧。"赵天亮笑笑，拎着桶走开了。

"小黄浦"学"小地包"的话："'要不，我去？'班长一看你那样子，就知道你诚意不够。"

"小地包"拖长了声音，疲惫地说："起码，我还有那么一句话。不像你们，大眼瞪小眼地看着，连声都不吭一声！"

这时，有人突然说："看那边。"

大家看着齐勇一瘸一拐地走回来，议论纷纷。

"在地里倒挺神气的，这不也累得一副惨歪样嘛！"

"按说，比我们来得早，不该像我们似的。"

"有的人啊，耍霸道好样的，干起活来，草鸡一只！"

沈力打断他们："大家别这么背后贬损他吧。都忘了我们来的时候，在爬犁上看到的情形吗？"

父母岁月

大家不出声了。齐勇走过来，目中无人地拿起自己的盆，转身去往河边……

赵天亮从河里钩上两桶水，洗完脸，用衣襟擦干，皱眉看着自己的手，双手都起水泡了。他犹豫一下，用牙把水泡咬破，疼痛使他的脸颊一阵抽动。他吮了吮手掌，啐一口，担起水，正要离开，遇到齐勇。齐勇愣了愣，闪向一旁。

赵天亮叫住他，放下担子："还你磨石。"

齐勇停下脚步，转身默默接过磨石，一声未吭，沉脸又走。

赵天亮："谢谢。"

齐勇第二次站住，没回头，冷冷地："你应该为一班准备几块磨刀石，有备无患。"

"哪儿找去？"

"借。每户老战士老职工家里都有不止一块。"

"你腿怎么了？"赵天亮问。

"没怎么，好好儿的。"齐勇被他一问，努力正常地往前走了。可赵天亮一离开，齐勇就走到河边，双手捂着内胯，龇牙咧嘴。他衣服也不脱，一头扎入河中，扑扑腾腾地游了一阵。上岸后，三下两下脱了裤子，踏在大石上，查看伤处。两边的大腿根，被铲得血红两片——骑无鞍马的结果。

雷声隐隐。齐勇抬头望天，乌云如潮，从天际涌将过来……

大雨滂沱，天地浑然一体，但见四面八方亮着拖拉机的双灯，在雨中看去模模糊糊，轰鸣声远近呼应。还在宿舍里做着好梦的知青们并不知道，这突如其来的大雨，使老战士们不得不冒雨加夜班。

尹排长在拖拉机的驾驶室里歪头打盹儿，旁边的老刘驾驶拖拉机。老刘发现了什么，瞪大眼，将脸凑向玻璃——大雨中，前方有手电筒光……

"排长……"

尹排长一激灵。

老刘说："连里送饭来了。"

尹排长也凑窗看看，说："用车灯通知大家，过来一块儿吃夜班饭。"

四台拖拉机之间，扯起了一大块帆布，大家围着一桶汤一桶馒头狼吞虎咽。韩指导员和张连长也在其中，都将裤腿卷在膝盖以上，一腿泥。

尹排长："你们何必亲自来呢。"

韩指导员："不亲自来放心不下呀。"

张连长："一会儿哪两位顶不住了，我和指导员可以替替。"

老刘："看，那又是谁来了？"

来的是方婉之，也挑着两只桶，也将裤腿卷到了膝盖以上。

张连长："嫂子，你来干什么！"

方婉之："怎么，还不欢迎啊？"

"欢迎欢迎！但是我更欢迎嫂子带来的东西！"老刘掀去一只桶上的席盖，惊呼，"包子！"说着，他便将手中一小块馒头塞入口，空出手来抓了一个包子。

众人也纷纷抢抓包子。一名老战士将另一只桶上的席盖也掀去了："还有腊八醋！还有辣酱！"

方婉之微笑地看着大家享用自己带来的夜班饭。

韩指导员对张连长说："看到了吗？都不理咱俩了，这帮见利忘义的家伙！"

张连长嗔怪大家："哎，我说你们，嫂子冒着这么大的雨给你们送好吃的来，你们还不给嫂子让个坐的地方啊？"

大家经这一提醒，纷纷给方婉之让坐的地方……

一班的窗子亮了，赵天亮被"沙沙"声搅醒，睁眼一看，齐勇的被窝空了。他悄悄下地，趿着鞋走到门口，探头向外看去。只见齐勇和张靖严不顾雨淋，蹲在外边屋檐下磨镰刀。不仅磨他们自己的，而且磨全班的。没磨的放一边，磨过的放一边。

张靖严一边用磨石沾水洼中的水，一边说："学我，磨几下沾沾水，声音就小。让大家多睡会儿。"

赵天亮缩回头，转身看去，大家睡得正香，他终于下了决心，一一轻推，小声说："醒醒，醒醒……"

父母岁月

一名穿雨衣的人闯入男二班宿舍，将雨衣一脱，竟只着短裤："都起来！"

熟睡着的知青们全都被惊醒。

"班长，有情况！刚才我出去撒尿，望见一班的人进进出出，我奇怪，溜过去侦察，发现他们全起来了。"

二班长也纳闷："还没吹号呢，他们起这么早干什么？"

"他们都在宿舍里磨镰刀！"

二班长："抽风！北大荒的麦收，那主要得靠收割机！都再睡会儿！列宁说，不懂得休息，就等于不会工作。睡好回笼觉……"

屋外传来的号声打断了二班长的话，二班长指着那名知青数落："你呀你呀！宝贵的回笼觉让你给断送了！"

那名知青："才半分钟。"

二班长："关键的半分钟！"

知青男排的、知青女排的、老战士的、老职工的、妇女们的队列，先后离开连队，汇聚在通往麦海的泥泞土路上。老战士和老职工们的工具，不是镰刀，而是钐刀，看去像是古代出征的武士们。必须尽快完成收割，因为省气象部门通知，这场雨至少要下十几天，而收割机两三天后就派不上用场了。

走在知青队列旁的张靖严、齐勇等几名老知青，扛的也是钐刀，与众不同。

吴敏的粉红雨衣，在这一支麦收杂牌军中显得格外惹眼。除了她，再谁都没穿戴任何挡雨之物。吴敏脚下一滑，摔倒了，孙曼玲伸手把她扯起来。吴敏赶紧用镰刀背刮雨衣上的泥，孙曼玲对她摇头："别弄了，那有什么意义呢，快跟上吧！"

麦收队伍排成长长的横列，站在麦海的边缘。麦海中，拖拉机牵引收割机，还在进行收割。乌云厚重，压迫着麦海。远处传来隐隐的雷声。

韩指导员扛着钐刀从队列一端走到正中间停下，望着远处的拖拉机，抹一把脸上的雨水，抡开了钐刀。

其他人也都开始收割。使钐刀的，都抡开了钐刀，使镰刀的，都弯下腰去。"嚓嚓"声顿时响成一片。麦子在钐刀和镰刀的舞蹈处一片片倒下。那些抡钐刀的身影始终保持一字形，他们的动作那么整齐，仿佛正参与着一种古老而庄严的仪式。

知青们握着镰刀的嫩手上包扎着手绢。手绢解开了，手心的泡破了；手绢翻折了一下，又将手包上了。缠在镰刀把上的手绢，也被血染红了；手绢解下来，用牙咬着，重新包扎在手上。

包扎着手绢的手越来越多，就连衬衣的边缘也被撕下来，当作手绢，包扎在手心上。

吴敏落在了最后，孙曼玲过来帮她："叫你不要穿雨衣来的嘛！"

吴敏支支吾吾地："我……来了……"

"来了？那事？"

"我一来那事，就发低烧，还浑身没劲儿……"泪水合着雨水从她脸上流下来，"不信你摸摸我额头……"

孙曼玲："不用摸，我信。那你回去休息吧。给自己冲碗糖水喝，再用热水泡泡脚，好好睡一觉。"

方婉之走来，问："她怎么了？"

孙曼玲："她来例假了，我叫她回去。"

方婉之："那就听班长的话，回去吧。"

吴敏没动。"多你一个人少你一个人，其实都不影响什么，不要犯拧，我接替你了。"方婉之说罢，弯下腰飞快朝前割去。

孙曼玲还想对吴敏说什么，却只张了张嘴，什么话也没出口，转身走了。吴敏望着眼前许多弯腰的身影，一屁股坐在地上，双手捂脸无声地哭了。

一把钐刀插在河边。齐勇的裤子搭在灌木丛上。这会儿，齐勇正在撕扯衬衣，包扎自己双腿的大腿根。

"小地包"走来解手，扭头看到了齐勇的钐刀，他系好裤子，忍不住伸手拔出钐刀，试着抡了几下。这时，只听河中扑通一声，"小地包"持钐刀走到河边,发现水中有大鱼。他举起钐刀柄,打算用钐刀柄插鱼。

齐勇从灌木丛后走出,见状大惊:"孙敬文!"

"小地包"高举钐刀回头看他。

齐勇大喊:"别动,千万别动,你身后有条蛇!"

"小地包"果然高举钐刀一动不动。

齐勇一步步走到他跟前,从他手中取过去钐刀,插在几步外,接着走到"小地包"跟前,凶狠地瞪他。

"小地包":"我不知道是你的钐刀,要是知道,连碰也不碰。"

齐勇抡圆了胳膊,狠狠地扇他一记耳光。

"小地包"的头被扇得一偏,接着恢复到正常位置,梗着脖子,也狠狠地瞪着齐勇。

齐勇:"知道我为什么又扇你吗?"

"小地包"响亮地:"知道!"

"你他妈不知道!"齐勇一指河,"看见鱼了是不是?"

"小地包"喊叫般地:"是!我看见了鱼,没看见蛇!"

"想用钐刀把儿插鱼是不是?!"

"对!"

"你不要脑袋啦?!别的连的,和我同一批的一名知青,就因为想用钐刀把插鱼,把自己脑袋削到了河里!"

"小地包"张口结舌。

"你要给我牢牢记住刚才那一耳光!还要把我讲给你的事,多讲给别人听!"齐勇说罢,转身拔起钐刀,步子古怪地走远了。

"小地包"往河里看去,感觉河水似乎红了,自己无头的身体伏在河岸……

他头晕了,身子一晃险些摔倒,被刚好路过的孙曼玲一把扶住:"小弟!小弟你怎么了?"

"太可怕了!""小地包"心有余悸。

"我遇见齐勇了,他还欺负你?"

"他刚刚救了我一命。"

挥 洒

"他？救你一命？"孙曼玲伸手摸弟弟的头。

"小地包"将她的手推开："我没发烧！"

孙曼玲："那你胡言乱语！你到这儿来干什么？"

"撒尿！哎，姐，我跟你说过多少次了？你不要一看不见我，就到处找我！"

"让姐看你手。"

"看什么看！不就磨出泡了嘛！哪个手上没磨出泡啊！"

"姐这儿还有条手绢儿，没用过的。"孙曼玲将手绢强塞入"小地包"兜里。

大家弯着腰、低着头在麦海加紧收割，只有齐勇和张连长面对面站在陷进泥里的拖拉机旁。

张连长："听说，你在县城里对上了一个象？"

齐勇生气地："听谁说的？张靖严说的吧？"

"谁说的不重要。她是百货公司的一名售货组组长，对吧？"

"只是我们几个到县城去看电影那次，我和她的座位挨着而已。"

张连长笑了笑："给你个任务，到县城去，找她买二百双线手套。限你明天早上去，晚上回来。反正你赶车已经是把式级的人物了，我不担心安全问题。套一匹马，还是两匹马、三匹马，随你便。"

齐勇盯着张连长："为什么派我？"

"废话！别人有你那么一种特殊关系吗？线手套是控制销售的劳保物资，没种特殊关系，谁一次能买出二百双来？"

"那，我想立刻回连队，套好车就出发，争取明天中午以前回来，让大家下午就能戴上手套。"

张连长沉吟片刻，拍拍齐勇脸颊……

一班的男知青们回到宿舍。洗脸的横架上，有的脸盆里已盛满水，但大家看也不看，一个个径直进入屋里。有两个男孩抬着水走来，看着辛苦抬回来的水没人动过，满脸失望。

张靖严和赵天亮走过来。赵天亮摸一个男孩的头:"谢谢你们。他们一会儿就会洗的,不要再抬了啊?"

两个男孩懂事地点头离去。

张靖严对赵天亮说:"大一点的是机务排尹排长的儿子,小点的是张连长的儿子。张连长的妻子和他离婚了,把儿子也甩给他了。张连长早出晚归的,顾不上儿子,只得让儿子住到尹排长家去。两个小家伙关系可好了,像亲兄弟。"

赵天亮问:"排长,北大荒年年麦收的时候下雨?"

"那倒也不。去年是大丰收,从咱们连开出的十辆运粮卡车,昼夜不停地运了两个来月,想想那该打了多少粮食吧!前年,大前年,连续五六年都是大丰收……"

"我们这一批,怎么这么倒霉啊!"赵天亮抱怨道。

"当班长的,是不该说这种话的。当成是考验吧。"

"我也只是跟你说说。"

"二班的情绪更低落,今晚我要睡到他们班去。这边有了什么为难的事,你及时去找我。"张靖严拍拍赵天亮的肩,走了。

赵天亮扭头看看一溜水盆,进入宿舍,见大家全都躺在炕上,全都将双腿垂着,全都一动不动。再看墙角,镰刀压叉着扔在一起……

夜晚的食堂里静悄悄的。赵天亮身旁摆着三四块磨石,他在磨全班的镰刀。

门吱嘎一声打开了,赵天亮抬头看去,只见孙曼玲两条胳膊上都挎着柳条篮子。一个篮子里是镰刀,另一个篮子里是白被罩——那是她昨天夜里从被子上撕下来的。她放下篮子,冲赵天亮笑笑,也不说什么,开始撕被罩。

赵天亮停止磨镰刀,奇怪地看着她。

孙曼玲从被罩上撕下几条,又开始用布条缠镰刀把儿。

赵天亮一拍脑袋:"我怎么就没想到呢?"

挥 洒

"我这被罩用不完。你帮我磨我们班的刀头,我为你缠你们班的刀把儿,行不?"

"行!"

于是二人分头忙起来。

赵天亮忍不住又问:"你在学校里,就是班干部吧?"

孙曼玲:"当然,劳动委员。你呢?"

赵天亮:"一天也没当过。在学校里,我属于调皮捣蛋的学生。"

"那,当班长了,可得改改啊,别把我弟带坏了。"

"我不是已经改了嘛!奇怪,我怎么就变了呢?哎,你说,咱俩这种班长,当着来劲儿吗?"

孙曼玲瞥了他一眼:"来不来劲儿,都得好好当啊!要是三个月后,说你当得不行,不让你当了,你脸上挂得住?"

赵天亮叹道:"是啊。早知道这么个当法,任命那一天我就坚决让贤了。"

"别发牢骚了。唉,我的被罩还剩下好大一块呢。干脆,我去女二班,把她们的镰刀也偷来,也给缠上,磨磨。你去偷男二班的,怎么样?"

赵天亮瞪着她,很不情愿,却又不好说什么反对的话。

"那我去了啊!"孙曼玲小跑着离开。

赵天亮嘟哝:"当得还真来劲儿!"

本文节选自长篇小说《知青》

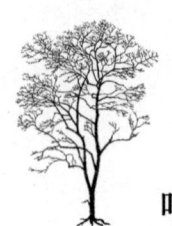

唱歌女孩

那个从前的冬季,究竟是哪一年的冬季呢?

多大的一场雪呀!

想出家门,门推不开了。被一尺来深的雪堵住了。终于推开道门缝挤出家门,顿见满目覆银砌玉。远近的树全都变成银珊瑚啦。房顶上和街道上的雪,在阳光的反射下从四面八方刺耀人眼。

哦,忆起来了,那是一九六五年的冬季呀。

那一年我已经是初三生了。已经过了十六岁的生日了。放了寒假再开学,就是初中应届毕业生了。

离一九六六年还有半个多月。

那天一步步踏着深雪去上学,如同一次刚刚开始的北极探险……

从我家到学校,途经一段一千多米长的坡路。我得从坡路的腰段横穿而过,进入一条胡同。以往我上学,走得特别快,仿佛急行军。而且,每每边走边吃什么。到了学校,也算吃过早饭了。天天早上顺坡而下的人很多,有骑自行车去上班的工人,有背着书包去上学的中小学生。如果昨夜没下一尺来深的雪,那么坡路上将会车铃阵阵。有些骑自行车的男人还一边轻刹着闸一边扯开嗓子大叫:"借光!借光!……"

无论工人还是学生,他们中不少人的面孔,都早已是我所熟悉的了。这真是一种细细一想令人不免若有所失的生活现象——你是那么熟悉某些人的脸,不管在什么地方,你一旦望定他们的脸,就会有把握地对自己暗说："这个人肯定是我经常见到的！"而且，可能几秒钟后你的记忆就会明确地告诉你为什么你熟悉他们。但是你对他们一无所知，丝毫也不了解。尽管你对他们的背影和他们的脸一样熟悉。尽管他们对你也几乎同样熟悉。你内心里时常会产生接近他们的潜念。这并不是用交际的愿望可以解释得清的冲动。不，不是的。更不是企图窥探别人之人生内容的好奇。实际上十六岁的我性格非常内向，从不与任何人主动交往。当年内心里那一种潜念，更是一种打算反叛自己性格的企图。好比中规中矩惯了的人，有时偏要证明自己也是敢于肆无忌惮地放纵自己一遭的……

但那一天也许是由于下了大雪的缘故，工人和学生出家门都比较早。待那条坡路呈现在我眼前，已不复是往日络绎不绝的情形。显然有多辆卡车和马车顺坡而下过，厚雪上被碾轧出了一条条深辙，宛如谁用熨斗在一坡蓬松的新棉上来回熨过。而脚印却并不杂乱，挺齐地排列在一条条深辙的两旁。又像是谁用击孔器造成了一排排孔，是由于后来者踏着前行人的脚窝儿走才那样的……

遍坡从上至下只一个人走着。她的红头巾被雪地映衬得格外惹人注目。她罩在棉袄外的上衣是花的。鼓鼓的书包是在她的右肩上，所以她走时身子微微向左倾斜，怕书包滑落下去。她刚出现在坡顶上，我当然就已看出她是一名中学女生。

从前十六岁的少年的头脑中，对于和自己同龄的她们，是断不会产生出什么"女孩"的概念的。"女生"是我们对她们约定俗成的统一的叫法。从前的中学女生，也是不太穿鲜艳的花衣服的。怕老师用什么罪名加以批评。怕大人用稽查性的眼光加以审视。怕男生用刻薄的话语加以伤害……她那件花袄罩的底色是红的，印满了黑色的大大小小的圆环。圆环重叠交错，组成着些仿佛随心所欲的古古怪怪的图案。用今天的时髦说法，很有点前卫派的意味……

我对自己说："今天我一定要和这名女生认识，不管她是哪所中学的！"

于是我放慢了脚步。因为我如果不放慢脚步，那么当我横穿过那坡路走入胡同以后，她也未必会走到坡的中段。当时她与那胡同口的距离，几

父 母 岁 月

乎两倍于我与那胡同口的距离。只有她迈出两步而我迈一步，我们才能在那坡上接近胡同口的地方相互接近到跟前……

为了认识她，我就低下头，很慢很慢地抬脚，很慢很慢地落下。比老头儿老奶奶们雪天走得还慢。我知道那么慢那么踟蹰不前的走法，对于一名上学路上的中学男生是很可笑的。好在雪太深，周围没有行人，我的走法不会引起别人观看。为了能够认识她，即使已引起了许多人的观看我也不在乎。两个半学期里，除了星期天，我每天至少要横穿过那坡路两次——早晨上学一次，傍晚放学回家一次。在那坡路上，我每天要看见不少另外一所中学的女生。住在坡上几条街道的中学生，每天上学放学，也都至少两次走在坡上……

为什么我单单要认识她呢？我连她的脸还未看清呢！如果仅仅是她花袄罩的色彩对比很鲜明，而她的脸一点都不漂亮，我该怎么办呢？我也要搭搭讪讪地跟她说话么？如果她是个讨厌陌生男生主动跟她搭讪着说话的女生呢？如果我因而碰了钉子遭她白眼和轻蔑呢？如果我的主动搭讪给她留下一种很坏的印象，以为我是个心存不良之念的男生呢？……从前，在我的中学时代，大多数女生都是很讨厌既陌生又主动与她们搭搭讪讪地说话的男生的。相互接近后我该开口对她说什么呢？……连说什么都没想好我可是何必呢？明摆着我再不放开步子快走我准要迟到了呀！……

我低着头在心里对自己说——迟到就迟到，遭白眼就遭白眼，坏印象就坏印象，不漂亮就不漂亮！……反正我豁出去了！……

至今我也想不明白，那一天的我是怎么了？

真的，为什么我偏要煞费苦心地认识她呢？

我低着头通过雷区似的走，并在心中估计着她和我之间的距离。十六岁的我的中学生经验告诉我，倘一名男生一路走一路扭头看一名女生，而且并不认识她，那将肯定是一种心思不良的表现。我一向与这样的不良表现无涉。虽然我明明心存异常之念，打定主意放纵自己一次，却又根本没到毫无顾忌的程度……

我想要在接近她的时候，猝然站住，猛地抬起头来。那我就可以装出只顾低头走着，差点撞到别人身上，因而自己首先吃惊起来的模样。我猜想我那样也准会使她吃一惊。她一吃惊不也就站住了么？

两个都因对方而感到吃惊之人，不是往往会互相瞪视一会儿吗？我所期望的正是这么一种情形。那"一会儿"将是多长的时间呢？起码半分钟吧！十六岁的我还从没有机会也没有勇气在半分钟那么长的时间内目眈眈地瞪视过一名女生呢，也从没感受过在半分钟那么长的时间内被一名女生目眈眈地瞪视过的陶醉。依我想来，一名男生只要被一名女生瞪视着，哪怕她是由于吃惊，甚至由于生气，她的目光作用于一名男生的心理，也必会使他产生某种快活。我们班上的男生，常搞些恶作剧，吓女生一跳，或惹她们生气。那时，他们在她们的瞪视之下，就无不显出发自内心的快活。而某些女生们的目光，瞪视着瞪视着，倏忽间就会变得温柔起来。那一种目光的变化在女生们眼里是非常奇妙的现象。比火烧云在天空的变化奇妙多了，也美丽多了。那时容易害羞的男生，就会像喝了酒似的，满脸通红，视线不知朝哪儿望。而且，据十六岁的我观察，一名脸儿可爱的女生，也许会由于生气而使她的脸儿变得不那么可爱了。但吃惊的模样，却不会使任何一名女生的脸儿变得不可爱。恰恰相反，吃惊会使女生可爱的脸儿变得更加可爱，甚至会使女生不那么可爱的脸儿变得可爱起来。因为吃惊的表情对于女生们的脸儿，无疑是最生动而又最不至于变丑的表情。好比万花筒里的图案由于一晃而变化，却无论怎么变都不会变出可怕的结果……

我要体会到被那坡上的扎红头巾的别的中学的陌生女生目眈眈瞪视着的快活！

我要发现她眼里有比火烧云变化在天空还奇妙还美丽的变化！

我要感觉到她吃惊地瞪视着我的目光倏忽间变得温柔了，又倏忽间变得更温柔了……

我的视线从眼角瞟向她，暗数着她走过来的步子——一、二、三……

自然的，她也在低着头走。尽量使她的每一步都能踏在别人踏出的雪窝里。分明的，横穿那段坡的我，一点也没引起她的注意。或者，她从坡顶走下来时，早已看见了我。但我这名中学男生对于她却是司空见惯的，并不值得再多看一眼……

四……五……

父母岁月

只要她再往前迈两步,我再往前迈一步,我们就走到一起了,就最大限度地接近了!

可她竟不往前迈出她的第四步!

她站住了。虽然站住了,却不抬头望我。似乎停住在十字路口的一辆车,礼让地等待我这辆车先开过去……只要我再往前走两步,我的煞费苦心就真成了没有任何意义的枉自多情的煞费苦心了!我不!我也站住了。我觉得我们之间的雪地,似乎被她的红头巾映红了。那当然是不可能的。那当然纯粹是我的幻觉加想象……

我听到了她轻微的喘息,而我口中也在呼出着大团大团的白气。踩着一尺来深的雪以很慢很慢的速度走是绝不轻松的事。何况背着沉重的中学生的书包。

嘿,你倒是往前走哇!我心里竟有点生她的气了。但她就是不往前走了。也不抬头看我。是直感告诉我这后一点的。如果她真是一辆车,我猜准会响起喇叭催促我赶快开过去,免得和她车头撞车头……那么她不走我就走吧!于是我迈出了一大步。不是向坡路那边迈出了一大步,而是斜过身子向她跟前迈出了一大步……同时我猛抬起头,望定她的脸说:"嗨,上学去吗?"话一出口,我觉得自己好蠢好蠢。问的什么鬼话呀!一名中学女生,在非是星期天的早上背着书包走在路上,不是去上学又会是去干什么呢?当然她也抬起了头。红头巾已从她头顶滑下去了,松弛地环系在脖颈那儿。她的头发好黑好浓,从正中齐整地分开后,又统统梳拢在一条大辫子里了。辫子从背后搭到胸前,辫梢缠着一指宽的红头绳。

她那双细长的眉同时向上一扬,两眼睥睨着我——那并不是吃惊的表情,而是愕愕的神态。仿佛在无声地问我:我又不认识你,你干吗跟我说话?

那时我脚下不知怎么的一滑,一屁股跌坐于雪地。如果仅仅是跌坐于雪地就好了——雪下正是那段坡的石头道沿。我疼得龇牙咧嘴……

她却看着我,默默从我身旁绕过去了。

我想起来,却一时疼得起不来……

"你……没事吧?……"

我不禁连声哎哟……

她从我身后走回到我面前了,低头看着我又问:"要我拉你起来吗?"我恼火地说:"不用!……"我真的很恼火。不是恼火自己,而是恼火她。我不讲道理地认为,我跌得如此之重,她应该负全部的责任!

"你怪我?"

"我没这么说!"

"反正不怪我……"

"滚开!……"我恼羞成怒了。

她并没有生气。相反,她犹豫片刻,向我伸出了一只手……那是一只多么白的小手啊!手心朝上,十指纤纤,从手腕一直白到指尖那儿,才有些红润了。我连她手心浅浅的掌纹也看清了。连她手腕那儿一条淡蓝色的血管也看清了……我没法拒绝那一只小手的帮助。我及时抓住了它。唯恐我自己出手迟了,它又不耐烦地缩回去了……它真柔软!我抓住她手,她朝后用力一扯我,我就站起来了……我刚一站起来,她自己却跌坐下去了。幸而她并未跌坐在道沿上……她眼望着我咻咻笑了……我也笑了。我仍抓着她的手呢。我舍不得放开那一只小手……

她说:"你别只抓住我手哇,你倒是把我也拉起来呀!"

我将她拉起来以后,一边替她拍打后身的雪,一边嘟嘟哝哝地说:"总是这样的!……"

她莫名其妙地问:"总是哪样的呀?"

我说:"到头来,总是男生帮女生呗!"

"你?……帮我?……"

"不是呀?我拉你起来,还要帮你拍尽身上的雪!"

"可我是因为拉你起来才跌倒的!"

"我求你拉我起来了吗?我并没有吧?我明明白白对你说不用,是你自己又走回来的吧?我让你滚开,是你自己向我伸出手的吧?……"

"你……你的意思是……是说我犯贱啦?!"她那双细长的眉毛又扬了起来。她脸上有了愠怒的表情。

"我没那么说嘛!"我仅用一只手替她拍打身后的雪来着。我另一只

父母岁月

手依然紧紧握着她那只小手呐！它不但那么柔软，而且使我手心感觉到一种特别舒服的微微的温暖。真奇怪，这女生也没戴手套，她的小手为什么会热乎乎的呢？

"可你就是那个意思！"她生气地挣脱了她那只手，往腰际斜着一插，揣入了她的袄兜……我闹不明白我自己当时为什么偏要说些不三不四的话惹她生气。

其实我也并非是成心惹她生气。我只不过想和她多说几句话。以为只要和她多说了几句话，就会给她留下极深刻的印象。就算从此和她是熟人了。甚至，是朋友了。那么，以后我们再在那段坡上互相望见，不是就可以彼此亲切地微笑，举手打招呼了吗？能这么着认识一名外校的女生，并与之保持友谊的关系，一直是十六岁的我头脑中的一种浪漫的憧憬。在本班和本校，我虽然也可以尝试着讨好某一名女生，但那不是不太浪漫么？……于今想来，当时我之所以说了那些惹她生气的话，可能由于我不知究竟该对她说些什么，只有没话找话地故意抬杠……

我见她生气了，心中暗悔。张了张嘴，竟再说不出一句足以使她听了顿时消气微笑起来的话。她刚才咪咪笑的模样多可爱呀！她那低低的笑声又是多么悦耳呀！简直比任何一种乐器所能发出的轻音都使人着迷……我红了脸，终于憋出一句更蠢的话是："今天我们都要迟到啦！"她哼一声，一扬下颏，高傲地又从我身旁走过去了，连看都没再看我一眼……

我呆望她背影，暗暗祈祷：回头！回头！求求你回一下头吧！……只要她回一下头，哪怕并不站住，边走边回头，我都会不顾一切地追上去。再跌多少次屁蹾儿我都不在乎！把屁股跌八瓣儿了我都不在乎。而且，我会豁出第一节课不上了，一直陪她走到她的学校门口。她一路不跟我说话不理睬我，我也不觉得没趣儿！

因为我迷上了她那双大大的杏眼……因为我好喜欢她那种咪咪而笑的有点缺心眼儿似的又仿佛心眼儿很多的笑模样……但是她却一次也没回头。不仅没回头，反而走得特别快。也不再踩着别人的脚窝儿走，是不怕滑倒勇往直前地走。她确实摔倒了几次，每当我要赶过去扶她，她便很快就自己站起来了，接着大步匆匆往前走……显然，她真的生气极了。我想象，她也许还是眼含着两汪泪在往前走……我不禁恨我自己。恨我为什么不善于讨好女生。我本是一心打算讨好这外校的素不相识的女生的呀！我真想扇自己一耳光。事情已有着一个多么多么使我快活的开始呀，怎么就被我搞成了这么一种结果呢？我站在原地，一直呆呆地望着她的背影走至坡下，一拐，花衣服不见了……

我跌得比我感觉到的疼痛还严重。一瘸一跛地走到学校，进了教室屁股不敢挨椅子。放学后是被两名男同学搀回家的。晚上也不能躺着睡，只得趴着睡。第二天我哥哥带我去医院。那是十六岁的我第一次去市里的大医院看病。也是第一次挂号骨科。第一次拍X光片。医生看着光片说问题不太大，但骶骨摔裂了一道小缝，休养一个多月就会长好……

但这对我却不是小问题。我一个多月不能去上学。不能去上学当然并非不幸。我曾多次梦想自己有最充分的理由一个多月不能去上学。可一个多月的日子里白天晚上总趴在床上的滋味儿却太难熬了。对于十六岁的我那几乎等于是刑罚呀！而且我也不能参加期末考试了。学校同意我新学期开学后与不及格的同学一起补考……

我的病假就这样和我的寒假连在一起了。十六岁的我仍对春节怀有很强烈的盼望。连那一年的春节我也是趴着度过的。对于这一重大损失的唯一补偿，是我尽可以趴着想她，想她那双杏眼，想她纤秀而柔软的小手，想她咻咻笑时的模样。十六岁的我似乎终于明白了，为什么某些男女大人之间每互称"冤家"……

春节过去了，我开始很强烈地盼望着开学。而以前临近开学我总是非常珍惜地记数着假期所剩的日子，巴不得开学是很久很久以后的事。我盼望着早点开学是因为我就又可以每天早上横穿那段坡路了，而她也必每天早上自坡走下。也许我有机会再接近她，并且请她原谅，向她承认我惹她生气是多么不应该又是多么蠢……

但是开学以后的四个月内我竟一次也没看见她。这使我头脑中为她产生过许多胡思乱想。她家从坡上的某条街搬走了？她转学了？生病了？……

六月的哈尔滨是最美丽的。榆树刚刚开过榆钱儿不久，随后生长出的叶片新绿新绿的。而杨树的叶子，是北方树种中最大的。六月里已经长到婴孩的小脚丫儿那么大了。形状也像婴孩的小脚丫儿似的。冰雪在四月末就融化净了。街道被五月的春风一吹，被六月的初雨一洗，清洁多了。至于柳树，它们细长柔韧的枝条长着指甲盖儿那么大的小叶，在微风中摇来摆去，是北方城市里赏心悦目的景色。那段坡路的两旁，栽种的就是一株株有一二十年树龄的柳树。它们枝条茂密。如果风大点，会飘扬到坡路上去。骑自行车上班的男人和女人，往往一手扶把，一手拨开挡住自己脸的柳枝，如同拨开挡住自己视线的长发……

大人孩子都在六月里迫不及待地换上了夏装，都变得身姿轻盈了。

"文化大革命"已经在北京开始了。哈尔滨的某几所著名高校里，已经出现了"煽风点火"的首都红卫兵。但普遍的中学里却还没受到什么大的影响。中学生高中生依然天天上课。应届毕业生满脑子打算的无非是升高中、考中专，还是考大学。市民们也在照常生活着。都以为"文化大革命"只不过仅仅是北京的事，离自己很远的事，很快就会结束过去的事……

我的毕业志向是考哈尔滨师范学校。我觉得自己天生是当一名小学语文老师的材料，而且觉得我能愉快胜任。事实上，那一年我的哥哥已因精神分裂症退学，这对母亲等于是当头一棒。母亲对哥哥的全部期望崩溃了。我家终日笼罩着愁云。我自己的学习成绩也"全线失利"，几乎到了一败涂地的程度。如果我竟侥幸能考上师范学校，便该谢天谢地了……

即使在那样的些个日子里，我心底也常常怀想着那名像那英的外校女生。

有一天我终于又看见了她。她穿一件白上衣，一条黑色的绸裙，眼望前方从坡上走下来。她的白上衣束在裙腰里。原来她的身材在夏季看去竟是那么苗条！她的辫子剪掉了。齐耳短发护着她白皙的脸庞，如同对称的黑色的框子护住一面椭圆形的玉镜，使她的脸庞看去是更加眉清目秀颊俏唇红了。她前额留着一排整齐的刘海儿。她的胸高挺着。她始终目不旁视地迈着轻快的步子走着。她的腿很长。没穿袜子。黑色的绸裙黑色的扣绊布鞋，将她的双腿和双足衬托得如同象牙雕成的一般。用今天的说法来形容，她的模样很"酷"。而在当年，那其实是许许多多中学女生最寻常的衣着，寻常得接近着某些中学规定的校服……

但我被她完全吸引住了。

当时我已跨过了那段坡路，走到胡同口前了。我仿佛听到背后有人叫我。站住了回头看，没看到熟人或同学，知道是自己幻听。收回目光的瞬间，不经意地朝坡上望了一眼，这一望就望见了她的身影。事实上起初我并没一眼就认出她来。她换了夏装，又剪了短发，我不可能一眼就确认出是她。但冥冥中仿佛有一个神秘的声音在告诉我——别转过身去，别走进胡同，别错过机会，那就是她，那就是她，那就是她呀！……

于是我站住在坡路道沿外，目不转睛地望着她自坡走下。她每走近我一步，我就越确定那肯定是她无疑。她一手举在胸前，抓着书包带儿，另一只手随臂摆动身旁。她的白上衣是短袖的。她的臂她的手，也如象牙雕成的一般洁白秀美。

她是一个冰肌玉肤的姑娘。

虽然她贴近着坡路的道沿走，虽然我就站在道沿外，一直目不转睛地呆呆地望她，但仿佛的，我根本就不存在于她的目光之中。她的眼睛似乎没有视角，因而只能望到正前方的景物，看不到旁边的任何东西似的。

当她几乎与我擦面而过时，我忍不住大声说："嗨，你不认识我了吗？"

她的脸稍微向我转了一下，脚步却没停止。两三秒后，我已只能呆望她婀娜的背影了。我相信，她肯定老远就看到了我。并且，肯定她渐渐走近我时当然也就认出了我。只不过她不愿搭理我罢了。其实我不知道我对她说话的声音是不是真的很大。也许我自以为很大，其实很小。但我的声音再小，她也肯定听到了。否则她会向我转脸吗？在那一瞬间，我看清了她脸上分明有种高傲的、对我不屑一顾的表情。

我心里难受极了。

我的自尊心被深深地刺伤了……

以后，我不敢再看见她了。更确切地说，是唯恐再被她看见了。我每天早上走近那段坡路之前，总是不禁地向坡顶张望。如果发现了她的身影，

父母岁月

我就会隐蔽在一株大柳树后，痴痴地呆呆地望着她走下来。一直目送她的身影走至坡底，拐弯消失。如果坡顶没有她的身影，我便像胆小的兔子似的蹿过那段坡路，迅速跑入胡同里……

然而我心里还是不能忘掉她！

一九六六年我又长了一岁，十七了。于今想来，当年虚岁十七的我，毫无疑问地，是为那名像那英的外校女生而害了单相思。我变得心事重重了。我变得沉默寡言了。我变得喜欢独自低着头发呆发傻了。邻居们却对母亲夸我："瞧你家二小子，才又长了一岁，就成熟多了，稳重得像大姑娘似的了！"母亲往往叹口气说："哪儿啊，他是和我一样，为他哥哥的病愁的呀！"

转眼到了九月，全中国天下大乱了，哈尔滨也没有宁日了。学校开始停课闹革命了。"大串联"的"大串联"去了！一向老实的待在家里不去学校了；只有造反派们在学校里替无产阶级掌权了……

我也不常到学校去了。

我已近三个月没见到过她的身影了……

我的同校男生中，有一名和我一样喜爱文学，叫刘海波。他父亲是黑龙江出版社的编辑。他家有不少中外名著。虽然被他父亲某天晚上烧了一夜，但却被他从家中偷偷转移了一部分。用"转移"这个词有点夸张，其实也转移不到多远处去。他家窗前小院里有一口冬季储存白菜土豆的菜窖。他将一部分书放在箱子里，藏于菜窖中。除了我，没谁知道那个秘密。除了我，也没谁能从他手中借出书来。对于有些书，他珍爱如宝。连我也是借不去的。十七岁的我，当年开始像母亲的一个大女儿似的，几乎包揽了一切家务。因为母亲在短短的几个月里愁白不少头发，没心思持家了。除了做家务，读小说成为我排忧解愁的唯一方式。也是最能直接安慰到我心灵深处的方式。我常去刘海波家里还书，借书。有时也顺着梯子下到他家菜窖里，连续几个小时读某一本他不肯借给我带回家去看的书。比如《安娜·卡列尼娜》《红与黑》《红字》和《白痴》，便都是我在他家菜窖里读完的。那些书当年被认为是彻底的坏书，甚至被认为是"黄色小说"。一名十七岁的少年在"文革"中被发现读那类小说，显然是冒天下之大不韪之事。倘被政治恶徒追查，不说则自己过不了关，如实交代了必等于出卖别人。想明白这些道理，我也就不强借。觉得能躲在他家菜窖里读，挺好。我不知道有多少人在十七岁的时候，经常躲在别人家的菜窖里读中外名著。其实那也是很惬意的，精神和肉体的双重享受。九月的哈尔滨，白天还是怪热的。但菜窖里却阴凉阴凉的。刘海波为我在菜窖里铺了一个草垫子，我甚至可以头枕一卷麻袋，舒舒服服地躺在草垫子上读。菜窖盖支起，阳光往往直洒窖底，洒在我脸上，洒在书上。光线也几乎可以说是一流的。空气也足够我一个人呼吸，一点也不会感到憋闷。因为九月正是家家户户的菜窖空着的季节。何况他家的菜窖真够大，居然有半间屋子那么宽敞。他往往还会用小篮吊下一根黄瓜或几个西红柿给我吃。请想想吧，一边吃着一边读世界名著，不也算是"文革"时期的一大幸福吗？读《巴黎圣母院》，我想象我的她是爱斯梅拉达；读《红与黑》我想象她是玛特尔；而读《茶花女》，我就想象她是玛格丽特；至于读《聊斋》，那便仿佛一切美丽可爱的花精鬼魅都像是她了，或反过来说，想象她是她们现代的化身。只有读梅里美的《卡尔曼》时，并不愿想象她是那风情万种放荡不羁的吉卜赛女郎。因为十七岁的我，对卡尔曼的心态是很矛盾的。一方面我觉得那书中的美女特别使我着迷，一方面又认为，假如她从书中化身于现实，必会以她有点邪恶的美伤害无数男人。如果我爱上了她，我怎会经得起那么严重的伤害？从前的少年，对于女性的美的欣赏是较纯洁的。从前没有所谓"邪恶美""放荡美""颓废美"这种种时髦的说法。少年们尤其本能地要求自己的心灵嫌恶那一种美……

是的，我已经一厢情愿地认为那名像那英的外校女生是"我的她"了！难道我不可以这样认为吗？三年中我每天至少两次横穿那段坡路，每天上上下下走在那段坡路的外校女生三五成群的。是我从她们中发现了她！是我首先觉得她身上有种与众不同的美！而且她扶起过我，我扶起过她，我跟她说过话，我还握过她的小手，惹她生气过……那么她不是我的又是谁的呢？……

有天我正在读《白痴》，忽然听到一阵歌唱。是女声，唱的是"文革"前在哈尔滨市很流行的一首外国革命摇篮曲：

父母岁月

宝贝
你爸爸参加游击队
正在打击敌人啊
我的宝贝……宝贝……

"文革"前在哈尔滨市的几乎一切文艺演唱会中，那首歌都是必唱的。即使节目单上没有，听众也往往会以最热情的掌声唤出最受欢迎的女歌唱者唱它。收音机里也经常播它。但是七月以后，它被革命宣布为禁歌了。不要说公开唱是与革命对抗的行为，就是背地里唱，也犯革命之大忌。

起初我以为收音机里在唱，但立刻想到根本不可能的。又以为是唱片发出的，但谁家还敢保留有那一首歌的唱片呢？

我终于得出了一种有把握的判断——显然是在菜窖上面，在附近，正有人唱着啊！

她唱得多么好呀！其音缠绵，如玉杵击编钟，美声入耳，令听到的人不禁心生出一大片似水柔情。

我放下《白痴》，好奇地攀梯爬上了菜窖。刘海波家窗前的小院儿，与他家隔壁邻居的窗前小院儿之间，并没再加栅栏分开。可以认为那小院儿是共有的。这边儿挖着他家的菜窖，那边儿挖着邻家的菜窖。菜窖之间是两株老丁香树。他家的窗敞开在树这边，邻家的窗敞开在树那边。两家都是干净的人家。两边的窗都擦得非常明亮。

歌声是从邻家的屋里传出来的。起初轻轻地唱，而唱第二遍时，就没顾虑地放开了嗓音，歌声也就更优美更动听更使人入迷了……

我蹑足一步步走过去，隐在一株老丁香树下倾听。歌声突然停止——九月的墨绿的叶丛，将那人家明亮的窗玻璃衬得如同一面镜子，而我从那镜子里发现了自己的傻样……

显然，唱歌的小女子也从她自己家里发现了我这个偷听者。我觉得特别尴尬，正打算悄悄退回地窖口那儿，屋里伸出一只修长的裸臂，将两扇敞开的窗子先后都关上了……

向刘海波告辞时，我装出若无其事的样子问："隔壁邻居家都有些什么人?"他一愣,随即敏感地反问:"你了解这一点干什么?"我说:"我可不是户籍警察。我刚才听到那家里有个小女子在唱歌儿,唱得好极了!""你偷听来着?""很快就被发现了。""那你以后就别偷听了。"——他见我不好意思了,又说,"当然唱得好极了。不过她可不是什么小女子,和咱俩一样,也是六六届毕业的中学生……"

我觉得,他谈他隔壁邻家的女生时那一种表情,远比谈他家最宝贵的一本书时的表情更得意,仿佛他是她的监护人。不,简直像是拥有者。而且分明的,她使他有了某种自豪的资本似的……

过了一个多星期,我又到他家去借书。他爱写诗,立志将来要当一位马雅可夫斯基那样的中国诗人。刚写就一首诗,便激情澎湃地在他家里大声朗诵给我听。那一天已经快到国庆节了,天已经开始转凉了。他家的窗没敞开,邻家的窗也关闭着。他大声朗诵着的诗句,被笼住在屋子里,余音回荡……

我正听得出神,有人敲门。不是敲院子里那扇外门,而是敲隔开门厅的那一扇门。他一边不停止地朗诵,一边推开了门……一个甜甜的声音在门外亲昵地对他说:"诗人,又朗诵你的伟大诗篇了?允许我进屋坐着听吗?"他只得停止了朗诵,矜持地说:"可……我有客人……""客人?是不是你那位爱读小说的朋友?"他回头看我一眼,替我声明似的说:"正是他……可我这位朋友,在女生面前很腼腆……"

当时给我的印象是,刘海波他分明是有点不愿介绍我们认识的。至于主要是不愿我认识她,还是不愿她认识我,就不得而知了。为什么?更不得而知了。那甜甜的声音亲昵又嗔怪地说:"是个腼腆的男生又怎么样?难道我是猛兽?专吃腼腆的男生?还不闪开让我进去呀!……"

刘海波挠挠头闪开了,门外那声音甜甜的人进屋了。她刚一进屋,我立刻如坐针毡,无地自容起来。因为她正是那名外校的,我许久无缘再见到的,像那英的女生啊!我赶紧低下头佯装看书……

她瞧见我,难免一愣。随即退后一步,并且向门口转过身去……我的目光从眼角瞟向她,将她那一连串不自然的举止都瞟在眼里了。刘海波却仍站在门口,一手拿着诗稿,另一只手撑在门框上,使她没法儿一步迈出去。我暗想，否则她就已经不在屋里了……

其实我比她更想马上离开啊！刘海波奇怪地问她："既然来了，为什么又想走？听我从头再朗诵一遍吧！"他不无请求的意味。她说："我不是想走呀……但我真的得走了，我家炉子上还煮着粥呢！……"她说完，趁他将目光转向我，泥鳅似的，从他臂下钻过，夺门而出……"你骗我！……"刘海波一步追出。"我不喜欢你的朋友！"她抛下的话使我脸上一阵发烧。刘海波失落地转身走进屋里，盯着我的脸说："她喜欢我写的每一首诗，她认为我将来一定能成为马雅可夫斯基那样的大诗人！"我说："这我相信。""如果你不在，她不会走。她会安安静静地坐下，听我从头把我写的诗朗诵完！"我说："这我也相信。""她走是因为她不喜欢你！"我听出了他的口吻中包含着对我的某种怀疑。

我猛抬起头，迎住他目光，生气地说："我听到了，我又不聋！"

刘海波也生气了，挥舞着手臂大声嚷："但是我要知道为什么？你们早已认识了，对不对？什么时候认识的？什么情况下认识的？为什么她一看见你，连坐也不坐就走了？……"

手臂挥舞之际，他忘了他的诗，松了他的手，结果十几页纸飘落满地。

我也大声嚷起来："为什么？为什么？你有什么权力审问我？……"

他以研究的目光久久地注视我，那意思是——这就是你对好朋友的态度吗？

我看出来了——他很喜欢她，甚至可以说很欣赏她。我也看出来了——他显然认为她是他的。像一切时代早恋的青少年们一样，从前的我们一旦喜欢上了某个女生，那也是"爱"得特别特别自私的。对于她和别的男生的关系，那也是又敏感又多疑的。

我们二人之间的气氛那会儿是太凝重了。凝重得简直有点严峻。几乎要把我的心从胸膛里压迫出来了。

我本想起身便走。但又明白，若在那种令他不明不白的情况下一走，以后我就不好再到他家来了。也许，还会永远失去他这位朋友。作为朋友，他是忠诚的人。我不愿失去他这位朋友，不愿失去可以躲在他家菜窖里读世界名著的特权。

于是我一声不吭,在他面前弯下腰去,一页页捡起地上的诗稿。当我将诗稿归放在桌上时,装出一笑。

我说:"你莫名其妙地发脾气干什么呀?"接着,我如实向他交代了我认识她的那一点点过程。当然我得承认,那种交代也根本不能算如实交代。因为我略去了我当时握住她的小手的愉悦感觉。至于我对她的单相思,更是只字不提。

他这位神经质的大诗人也渐渐冷静了。他告诉我她叫姚晓玥。从初一就开始参加每年举行一届的哈尔滨之夏音乐会。而且获得过两次中学生独唱第一名。他告诉我她期待着黑龙江省歌舞团招考独唱演员。他说那样的机会只要一到,她准能考上。他还说省歌舞团原来的许多演员都是熟悉她的,但他们和她们差不多都被"文革"扫地出门了,幸免的也都发配到干校去了。她为此常常陷于苦恼之中……

我看出刘海波也为她的苦恼而心存着一份苦恼。

我煞有介事地说:"海波呀,你不必为她苦恼,她也不必为自己的前途苦恼。我的一位远房大爷是省歌舞团的新领导,第一把手。虽然是远房大爷,但血缘上没出五服,对我家的人特别亲呀!区区小事,包在我身上了!……"

我这么胡说八道时,自尊心陡然大增。仿佛我是主宰她命运的上帝,仿佛我是带给刘海波福音的天使。"真的?!"刘海波两眼霎时一亮,烁烁放光。我说:"当然是真的了。不过我究竟肯不肯成全她,那还要具体看她对我的态度如何。难道有谁乐于帮助一个不喜欢自己的人吗?"我话一说完,起身往外便走。刘海波一直追到院子里,扯住胳膊问:"那你什么时候带我和晓玥去见你大爷?"我说:"我大爷忙着呢!你以为谁想见就可以一见呀?"——说完挣脱他的手,溜之大吉。

走在回家的路上,我渐觉双腿有些发软。是被我自己的胡说八道吓的。十七岁的我,第一次红嘴白牙地编瞎话骗人。而且骗的是我最好的朋友。也等于骗了我深深暗恋的姑娘。我想象着海波已经迫不及待地冲入晓玥家,将我的胡说八道兴冲冲地告诉她了!也想象得到她惊喜得说不出话的模样。

父母岁月

我不由坐在马路沿儿上暗骂自己太浑蛋。如果海波以后整天陪着晓玥找我，纠缠着我带他们去省歌舞团找我子虚乌有的大爷，我可怎么办呢？

我第一次感到了谎话对一个人自己所造成的巨大压力。两个星期内我敢没去海波家。那时"十一"已经过去了。满城的树叶已经开始黄了。有几天的早晨，已经开始降霜了。到哈尔滨"串联"的外省市红卫兵依然不少。火车站也依然天天云集着打算截车去外地"串联"的本市红卫兵……在纷乱的年代那些纷乱的日子里，对我而言，最美好的时刻，是傍晚守在炉前，一边读小说，一边想着应该搅几下锅里的大楂子粥。所谓大楂子就是整粒的苞谷一碾两瓣儿。煮软一锅大楂子粥起码需要两个小时。两个小时内，炉火从炉门口映到脸上、书上、手上，使手和脸都暖暖的，使书页变红了，书页上的字仿佛被霞光照耀着。而且，闻着越来越浓的粥香味儿……那真是神仙般的享受哇……一天我被海波从那种神仙般的享受中拽出了家门。门外站着晓玥。她低声下气而又显然不怎么情愿地对我说："我是对你太傲慢了，我赔礼，我道歉，请别生我的气了，啊？"她向我和好地伸出了一只手。而海波从旁望着我，板着脸说："要么你握她的手一下，要么咱俩从此不再是朋友。"我只有两种选择——或者承认我骗了他们，或者握一下晓玥的手。我看出即使我承认我骗了他们，他们那时也不会相信的。

我作出了后一种选择。我明知那等于卑劣地耍弄他们，但是我实在抗拒不了她那只主动伸出的小手对我的诱惑呀！我一边在心里骂自己浑蛋，一边还装出不计前嫌的宽宏大量的模样说："你的事我负责了！"

他俩都笑了。我竟也笑了。

以后他们几乎天天找我，我每一次都编出不同的理由拖延。就像今天赖债的人对讨债的人进行拖延一样。晓玥是一次比一次更加诚惶诚恐了。海波是一次比一次更加给我难看的脸色了……

有天晓玥单独来找我。在我家房子后边，她仿佛做了什么对不起我的事，以非常内疚的口吻问我："你是不是内心里还在记恨我，并不打算真的原谅我？"她的语调有些发颤，我看出她都快哭了。我说："真的原谅你是可以的。帮助你实现你的愿望对于我也易如反掌，只不过一句话的事。

因为我大爷当我是他亲儿子一样！但你得向我坦白——后来我两三个月见不着你，是不是因为你成心绕道躲我？"

她垂下头低声说不是。

"那是为什么？"

"我……我妈妈病了，那两三个月我没去上学……"

"撒谎！"

"我没撒谎……"

她倏地抬起了头，泪眼汪汪。

"明明撒谎！我最讨厌撒谎的人！"

"我真的没撒谎……"

她的眼泪顿时涌出眼眶，淌在脸上了。

"什么病？！……"

我仿佛在审问犯人。正如一出话剧的剧名——《初恋时我们不懂爱情》。至今我也想不明白，当时我为什么会变得那么凶？那么忍心？她流着泪一个劲儿摇头，但就是不肯回答我她妈妈什么病？我宽恕般地说："算了，我也不逼你回答了！但是现在请告诉我——你入了歌舞团，打算怎么报答我？"她说她会经常送票给我……我不屑地打鼻子里哼了一声……她问那我希望她怎样报答我？我四下里望望，斩钉截铁地说："亲我！现在！一下就行！"她愣了。一双泪眼呆瞪着我，仿佛我说的不是中国话，她听不懂似的。而我，则无耻地将一边脸凑向她……许久，我觉脸腮一湿。看她时，她已双手捂脸跑了……谎话的"利息"是最高的。正如所谓"驴打滚儿"的利息。到后来那利息也就远远高出了前账本身。每一次新的谎话确实能把人从难堪之中"拯救"出来，但接下来你立刻便会陷入债台高筑的一筹莫展……有天他们又来找我。我被海波逼着立刻陪他们去找我"大爷"……越走近省歌舞团，我的脚步越慢。终于走到了省歌舞团的台阶前，我们三人仰望着那块对我们来说都很神圣的白底黑字的大牌子，各自脸上不禁表情肃然。"你给我上去！"——海波往台阶上推我。我踏上了两级，猝然转身跃下，拔腿就跑。没跑几步，被海波追上拽住了。晓玥也困惑不解地跟了过来……海波吼："你跑什么？今天你要是不让我们见到你大爷，我饶不了你！"到了不得不摊牌的时候。我只有一种选择了，那就是承认我的卑劣。我承认了。

海波气得一脚接一脚踢我屁股……

晓玥当时就气哭了……

那时歌舞团的大楼里，传出着钢琴声，传出着男声和女声的歌唱——报上登了消息，省歌舞团正在加紧排练一台演唱毛主席诗词的大型晚会……

我灵机一动，对海波说："你踢我没用。她哭也没用。你瞧那边的砖围墙不是矮些吗？咱俩还莫如帮她翻墙跳进院子里……"海波又踢了我一脚："那有什么用？！"我说："进了院子，还愁溜不进楼里去吗？晓玥她嗓子那么好，那么亮，站在走廊敞开嗓子一唱，还不把男女演员都唱出练音房呀？晓玥她在我们面前哭有什么意义呀！她应该在他们面前哭才对！也许她的眼泪，能帮她圆了她一心想当歌唱演员的梦吧？……"

海波沉思起来，看样子有点接受我的主意了。我本以为说服晓玥需要我俩费一番口舌。没料到并非那样。我说时她已经不哭了。已经在聚精会神地听我的每一句话了。不待海波明确表态，她迫不及待地说："反正不能白来！我愿意照他的话试一试！"

于是在我和海波的托举之下，她爬上了那一人多高的砖围墙，回头朝下看了我们一眼，勇敢地毫不犹豫地蹦进了院子。我觉得她看我们时，脸上有种不成功便成仁的意味。

我和海波也从高墙上蹦进院子后，晓玥她仍捂着一只脚的踝部蹲在墙根呻吟不止。海波问她怎么了？我说还问个什么劲儿呀，明摆着，她扭脚了！海波说："那也得忍着！"于是我俩一左一右架着她胳膊，挟持着她溜进了楼……到了三楼，钢琴声和歌唱声是听得近在咫尺而且使我们更加肃然了。晓玥竟忘了实现我和海波帮她策划的计谋。我和海波也忘了提醒她抓住时机赶快开始。我们都听呆了。仿佛我们翻墙潜入，只不过仅仅是为了偷听而已。

"你们是翻墙进来的对不对？想干什么？"我们一转身，见两个男人站在我们背后，对我们虎视眈眈。我们面面相觑。

"走，跟我们到保卫处去！"两个男人分别抓住我和海波后衣领，粗暴地推搡我们下楼。晓玥嚷："放开他俩，与他俩无关！"一个男人冲她厉喝："不许嚷！你也得乖乖跟我们走！"海波急了，扭头朝晓玥大叫："别管我们，你快唱！你快唱呀！"晓玥这才省悟过来。她跑到走廊尽头，站住后定了定神，引吭高歌……她唱的是毛主席的诗词《忆秦娥·娄山关》：

西风烈，
长空雁叫霜晨月，
霜晨月，
马蹄声碎，
喇叭声咽。
…………

好晓玥！她真令人敬佩啊！在那么一种非常不利的情况之下，一旦开口唱了，歌声竟仍飞扬激越，令人听来回肠荡气。真是唱得"跻攀分寸不可上，失势一落千丈强"啊！真是将一首毛主席的军旅诗词唱得如"银瓶乍破水浆迸，铁骑突出刀枪鸣"啊！

抓住我和海波后衣领的两个男人止步了。他们不约而同地回了头，目瞪口呆地望晓玥。钢琴声停了。别人们的歌唱也停了。整个三层楼一时鸦雀无声，只晓玥站在走廊尽头，背触墙角而唱：

雄关漫道真如铁，
而今迈步从头越，
从头越，
苍山如海，
残阳如血。

除了《沁园春·雪》，那是我最喜欢的一首毛主席诗词。也是我认为谱得最好的一首。我喜欢它的悲怆壮美。

一扇扇门开了,一些男人女人悄无声息地走出来,默默排列在走廊两侧,都目不转睛地望晓玥,都全神贯注地听她唱……人们的目光中充满了惊讶和惊奇。晓玥唱罢,片刻的肃静之后,一阵掌声!而"我的"晓玥却早已是泪流满面……一位五十来岁的男人走到晓玥跟前,问她是否还是学生?晓玥含泪点头。又问她是哪所中学的学生?海波抢先开口替她回答了。"我知道你,让我们谈谈。"那男人说着,将一只手臂搂在晓玥肩上,护着她似的与她一块儿进了一个房间……揪住我和海波后衣领的两只大手自然早已松开了。我和海波不禁相互交换替晓玥暗暗感到庆幸的目光……那些欣赏晓玥的人告诉我俩,正在和晓玥谈话的是大型演唱会的艺术总监……我和海波自觉使命已经基本完成,便都如释重负地走到了外边,并坐在最低一级台阶上耐心地等晓玥。

不到半小时她出来了。我和海波同时站起,都以猜测的目光望着她的脸。都希望无须开口问,便能从她脸上获得我们所期待着的那一种答案。但晓玥脸上除了泪痕,并未呈现着什么与以往特别不同的表情。她那样子仿佛大梦初醒,不知身在何处。

海波忍不住嚷:"你倒是开口说话呀!告诉我们个结果呀!"晓玥仰头看了一眼省歌舞团的牌子,反问:"我们刚才真的进去了?"我说真的,真的!"那么我唱了歌,许多人鼓掌,有一位男人带我到一间屋子里去谈话,也不是我的梦啦?"我说不是,不是!晓玥的目光从我脸上滑开,注视到了海波脸上。"海波,走近我。"他疑惑地看我一眼,不明所以地走近了晓玥。

她抓住了他的一只手,紧紧按在她脸上。从前,在大街上,少男少女那样子是被认为很有伤风化的。海波不禁心虚四顾。而也的确有行人驻足,望着我们这三个神情怪异的六六届初中毕业生。晓玥轻声问:"我心跳得多快,是吗?"海波也轻声回答:"是,跳得快极了。"而我从旁酷叽叽地说:"人的心脏不在右边,在左边!""那人说我唱得好极了!说歌舞团太缺像我这种年龄的独唱演员了!说我经过培养,肯定能成为一名优秀的独唱演员!总之……总之他让我回家等待通知!说如果一切顺利,我能直接参加他们的大型演唱会! ……"

晓玥显然根本没听到我醋叽叽的话。她只目不转睛地注视着海波,只对他一句接一句地说。而且说得急促,说得兴奋,说得幸福。她眼里和脸上,都焕发着无比喜悦的光彩……

忽然,他们紧紧拥抱在一起了。不但紧紧拥抱在一起了,而且……而且他们的嘴唇长久地吻在一起了……那是在从前呀!那是在省歌舞团的台阶旁,兆麟公园门前人来人往的地方呀!是在光天化日之下呀!……

我难以确切地说清,究竟是海波先拥抱住了晓玥,先吻的她,还是晓玥先拥抱住了海波,先吻的他。那情形发生得太快,太自然,也太惊世骇俗了。

我转过了身。我的目光望向了别处。我自己的心不但也跳得快极了,而且针刺似的隐隐作痛……那是十七岁的我第一次在现实生活中看见两个人紧紧拥抱在一起还长久地互相吻着——而一个是"我的"晓玥,一个是我最好的朋友……如果我不转身望向别处,我便只有眼睁睁地看着他们那么亲爱的情形。

谁说人不应该嫉妒朋友呢?不应该的事这世上几乎每天都在发生着。而嫉妒朋友的人也几乎在一切人群中都存在着。那一天我体会到了嫉妒自己最好的朋友是怎样的一种心理。我想它肯定比嫉妒敌人要强烈十倍,引起的痛苦也要剧烈十倍。虽然我没有什么敌人……

跨过街道就是兆麟公园的正门。海波和晓玥手牵着手跑过了街道。他们已经买了票,晓玥才无意间望见了街道这边呆如木鸡望着他们的我。她对海波低声说了些什么,海波又跑回街道这边,跑到我跟前,请求我别生气,请求我理解他俩。因为他俩太高兴了,一时忘了我的存在绝非成心的。当然,他也几分虔诚几分言不由衷地希望我和他俩一起进公园去玩……

我觉得他的虔诚和他的言不由衷差不多是对等的。我苦笑着推说家里有活等着我干,说罢转身便走……回到家里之后我照了好几次镜子。凝视着镜子里的自己,在事实面前我不得不暗自承认——我的眉太黑太粗了,我的嘴唇太厚了,我一向表情呆板,满脸傻气……而海波不但具有一副运动员般健美的身材,脸还很英俊。用今天的说法,他很帅,气质很酷,甚至可以说已经具有了一名美男子的性感……

凭什么我居然敢一厢情愿地认为晓玥是"我的"呢？而且海波是家境比较优秀的知识分子家庭的独生子，我不过是瓦工的儿子，我家里那么穷，我身上常表现出底层少年的粗野……

我多么可笑多么荒唐多么无赖呀！他们原谅了我胡说八道欺骗他们的卑劣行为，已经足可证明他们对我算是够友好的了！那一天十七岁的我开始明明白白地告诉我自己，我在海波和晓玥之间的角色应该是怎样的，绝不允许是怎样的。理性超前地在我少年的心里结霜。那是自己对自己的明智。也是自己对自己的冷漠无情……冬季的第一场雪又下起来了。海波踏着纷纷扬扬的大雪又来到了我家里。我正坐在炉前的小凳上一边看《希腊悲剧选》一边守着粥锅。我拖给海波另一只小凳，他也一声不响地在我对面坐下了。我遗憾地说我也没去看晓玥参加了的那一场大型演唱会。我那么说是真的觉得遗憾，同时又不无责备海波没给我送来过票的意思。

海波说晓玥并没去成省歌舞团。因为她有什么严重的海外关系。而且她的父亲早在反右时期拒绝接受"特嫌"审查跳楼身亡。原来晓玥并非哈尔滨人，而是北京出生的姑娘。六十年代初随母亲被遣送到哈尔滨来定居的。她的母亲由于她父亲的事大受刺激，三天明白五天糊涂的。海波还说，为了成全晓玥的愿望，他自己的父母都热心地参与了帮助，亲自引荐晓玥去见了市歌舞团的老朋友们。市歌舞团的人们也都非常欣赏晓玥的歌唱天赋，但也因她的家庭问题都爱莫能助……

海波竟开始吸烟了。

我将他刚吸了几口的烟夺过，从炉口投入炉中去了。他又弹出了一支接着吸起来。我连他叼在嘴上的第二支烟和他手中的烟盒统统夺过，一起投入炉中……

他没恼，双手抱头唉声叹气。

我陪着他唉声叹气。

从炉门四周泄出的火光闪耀在我们脸上。我们的心却为同一个姑娘感到寒冷……

在那一个冬季里，有不少部队的文工团到哈尔滨市招收文艺兵。从十四五岁到三十多岁年龄几乎不限。我和海波四处探听消息,一次次陪着晓玥去应试。晓玥在每一批应试者中都是出色的。但晓玥每一次都被理所当然地淘汰了资格。当年,部队的政审比省市文工团的政审尤其严格啊!……

晓玥的歌唱之心却百折不挠,愈挫愈坚。海波是恨不能明天就见到她"一朝沟陇出,看取拂云飞"。我怎么可以用消极的话语泼灭他们不泯的热望,"忍剪凌云一寸心"呢?……

听说哈尔滨市周遭的几个县也在扩编文工团,我和海波陪晓玥去过了每一个县。那真是一个需要歌舞、鼓励歌舞,文工团在神州大地处处开花的时代啊!现在想来,那样一个太热闹太疯癫的时代,是不可能不走向途穷路末的啊!尽管那一时代需要歌声需要唱歌的人像营养不良的人民需要蛋白质和脂肪一样,却哪儿都拒绝海波心爱的晓玥的歌声。她的家庭问题像缝在她胸前的"红字"。没有人了解之后不冷淡地大摇其头。在某一个县的文工团,色眯眯的文工团长还对晓玥口出狎语、动手动脚,把晓玥吓哭了,逃出了办公室……

那个多雪的冬天寒冷无比。

翌年六月,也就是一九六八年的六月,十八岁的我在全校首批报名下乡了。不是为了去边疆"改天换地",也不是为了去炼一颗什么样"红心",而是义无反顾地去为家里挣一份钱……

离开城市前两天我向海波告别。

他说:"如果你认为不会给你惹来什么麻烦,如果你想带几本书去,你就下菜窖自己选吧!"我下菜窖去选了三本书——《希腊悲剧选》《忏悔录》和屠格涅夫的《初恋》。之后我们相对无言,望着窗外飘舞的大雪陷入一阵长久的沉默。我终于忍受不住那种离别前彼此欲说还休的沉默,问他是怎么打算的?他仍望着窗外,专持一念地说:"晓玥的事没结果,不管谁如何动员我,我都不会离开城市的!"之后我们又陷入一阵长久的沉默。我起身要走时他才将目光从窗外收回,注视着我直率地问:"就不和晓玥见一面了?"我无所谓地说:"算了,你替我道一句别吧!"其实,我不仅仅是去与他告别的。其实,我很在乎能不能再见上晓玥一面。当海

父母岁月

波送我走到院子里,又说:"你等着,我去告诉晓玥,你还是当面与她告别的好!"他一说完便进到晓玥家去了。我站在院子里,站在他们两家之间的地方,站在鹅毛大雪之中等着再见晓玥一面。内心里满怀着对于海波理解我的感动和感激。如果他最后不那么说,我就不会痴情地等在雪中。片刻后晓玥出了家门。她穿着一件红色的毛衣,显然是顾不上披棉衣了。我说我两天后就到北大荒去了……她说她母亲又犯病了,没法儿请我进她家去坐坐……之后我们三人之间又彼此都不知说什么好了。晓玥望着我,我望着海波,而海波望着晓玥……大朵大朵的雪花无声无息地往我们身上落……我们都觉得不应该无话可说似的告别了,心情又都分明被一种欲说还休的迷惘所笼罩。终于还是我首先开口了。

我说:"晓玥,进屋去吧!即使到了北大荒,我也会天天为你的歌唱愿望而祈祷!"

晓玥霎时泪盈双眼。

她说:"谢谢你临走了还关心着我的事!"

她向我伸出了一只手……

我轻轻地握了她的手一下转身而去……

十八岁的我仅三次握过女生的手。而且握的都是外校的像那英的晓玥的手。三次握她的手三次的心情那么不同。那感觉后来沉淀在我的记忆里,变成了对一个姑娘的印象的化石……

我走着走着不知不觉泪流满面。

我的初恋穿插进别人的初恋中,好比鸽子错落在别人家的窗台外。我只有朝很远的地方飞去了,但我会记住那别人家的窗台。因为它使渴望初恋的我,体会过类似初恋的情愫。类似的,也必含有那种类似的糖分啊!……

在大雪中,我深一脚浅一脚地走,一边在心中反复默诵歌德的诗句:"我爱你,与你何干?我爱你,与你何干?我爱你,与你何干?……"

本文节选自短篇小说《唱歌女孩》

走出大森林

　　太阳畏缩到大山后面去了，白昼的光明也被滚滚浓烟逼退到大山后面去了。灰烬像黑雪漫天飘舞。势不可当的天火刚刚从这里啸卷而过，劫后的大森林变成了一座可怕的"炼狱"。一棵棵仍在燃烧的树木不时掉落下带火的枝丫。它们在我眼中像熬受火刑的巨人，似乎都在痛苦地抽搐着、扭动着。空气中充满呛人的焦炭味儿，每一次呼吸都刺疼气管和肺膜。

　　我背着她走了很久，又绕回原地。我迷路了。树皮开裂之声不绝于耳。大森林在呻吟。暮色扯开无形的网，将"炼狱"笼罩在险恶的黑暗之中。

　　我累，我渴，我饿，我一点气力也没有了。我觉得我的胸膛内也燃烧着一团火。我觉得自己顷刻间也要呼的一下燃烧起来了。我觉得她像一座山压在我身上。我再也不想迈出一步。我背着她一动不动地站立着、喘息着。被烧黑的粗细不同的树干，如绰绰鬼影。在我的幻觉中，周围群魔乱舞，张牙舞爪。恐惧和强大于恐惧的孤独感从我心底升起。

　　我想哭，我想喊叫，我想僵直地倒下去。然而我并没有倒下去。我努力使双腿不抖，站得更稳。意志警告我：绝不能倒下，为了我自己，也为了她。我闭上了眼睛，使昏眩的头脑得到片刻休息。汗珠从额顶滴下，滴在我的上唇。我禁不住伸出舌尖舔了一下，想用自己的一滴汗润润自己的唇舌。舌尖舔到的却分明不是汗，而是黏糊糊的什么。腾出只手抹了一把，睁眼一看，是血。刚才有一截带火的树枝掉下来砸在我头顶。

　　我这时才感到了伤处的疼痛。

父母岁月

她,显然伏在我背上睡着了,睡得很死。她的头侧枕在我左肩上,她的双臂在酣睡状态中搂着我的脖子。

这场森林大火烧了两天两夜还没被扑灭。火头已翻过大山,向森林的更深密处卷去。浓烟继续从大山那面升腾到空中。火光将山那面的天穹映得一片通红。大山像一道屏障,黑暗得意而知足地统治了山的这面。

生产建设兵团、农村社队、边防驻军,上千人联合出动,齐心协力剿扑这场森林大火。山的那面,此刻仍进行着人与火的顽强搏斗。而我在这里,背的是她!无可奈何地静待黑夜将我和她吞没在"炼狱"之中!

如果我当时认出是她,我绝不会背起她!她的脸被烟灰和汗水涂得那么黑,只有一双大眼睛是洁净的。她的长辫子被火烧焦了,散乱在背后。她的衣服被烧得褴褛不堪。她在我身旁挥舞着一柄大斧,砍断燃烧的树枝。她是突然晕倒的。

"你!照顾她!"

有人对我大吼一声。那是个什么人?我不知道。反正他当时命令了我,我当时服从了。在那种时刻,似乎谁都可以命令另一个人。谁都会像我一样立刻服从。我甚至都没有对命令我的人看一眼,便将手中的扑火工具扔掉,弯腰抱起了她。我将她抱到了安全地带。扑火者们和火头卷在一起转眼喧嚣而过。她的头仰垂着,我注视了她一眼,认出了她,差点一下子放开了抱住她的双手……

我和她曾在一个连队。

一年前,我们团从新疆生产建设兵团引进了一千只细毛羊,分配给我们连队二百只。我们连是全团小麦高产稳产标兵连。连长对细毛羊不感兴趣。他只对优良麦种和联合收割机感兴趣。而我,却并不像许多男知青那么迫切地想当上拖拉机手或联合收割机手。我不。我希望一个人承担某项工作,又脏又累也无所谓。只图没人管束我,自由自在。只图能真正享受到一种孤寂,享受到一种使空虚的心灵获得宁静和平衡的孤寂。那一时期,我不知为什么,突然感到了一种心灵的空虚,连我一向很热衷的宣传队的活动也无兴趣参加了。而这空虚又是不能告人的。我将这"空虚"封闭在心灵里,祈祷它自生自灭。但被封闭在心灵里的"空虚"如瓶子里的水，是不会蒸发掉的。我不知拿自己如何是好。我企图靠孤寂掩饰我的"空虚"。放羊这活正投我意。于是我一要求，连长二话没说，便爽快答应。我就做了一杆羊鞭，成了羊倌。天上飘着白云，地上游着羊群，在幽静的小河边，在勾留人的山坡下，羊贪恋的是青草，我体验着那种使人心灵迷醉的美妙的孤寂。在远离连队的地方，躺在随便一棵什么树的树荫下，眺望着天边绚丽的彩霞汇紫聚红，聆听着林中快活的鸟儿千啼百啭，辨闻着微风从大草甸子上吹送过来的各种野花的郁香，深吸着河面飘漫过来的潮湿清凉的空气，你会觉得你同周围优美的景色融为一体了。你会顿感胸怀开阔而安宁，再也不复空虚。那的确是一种美妙的孤寂！但愿自己永远置身在这般境界！你很可能会思念父母亲。连那思念也转化为缠绵而安宁的情愫。哦，那一种忘我的孤寂……

一天，我背依老柳，坐在小河边唱歌：

今天是你的生日，我亲爱的妈妈。
我没有礼物，送你一朵鲜花。
这鲜花开放在，高高的山上……

我的嗓子不错，这是我唯一值得骄傲的。在学校，在连里，我都是宣传队的独唱队员。

这支歌是我来到北大荒后常常想要唱的歌。我唱的时候，羊儿似乎也能理解我的情怀，受到感动地停止了吃草，纷纷抬起头忧郁地望着我。我不禁想，它们也一定思念天山下的新疆大草原了吧？也一定思念它们昔日的主人了吧？我唱完后，仰首凝望着天空的浮云。白色的浮云在绿草地上投下一片片淡影。云的影子互相诱惑着，追随着，像神秘的精灵的化身，从容而慵倦地移动着。

忽然，我听到有人在我身后低泣。我的身子离开了树干，惊诧地朝后转过去，发现是我们连队的北京女知青韩桢桢站在我身后。她挎着个小篮，呆呆地伫立着。小篮倾斜，篮中采的黄花，差不多撒落在地上一半。她泪眼盈盈，神容哀婉。

父 母 岁 月

我站起身，问她："你到这儿干什么来了？"那语调很像是一位牧主审问出现在自己牧场的陌生人。我心里是真不愿意有第二者涉足我的"领地"。

她用手背轻轻拭去脸颊上的泪痕，双眸咄咄地盯着我，几乎是恶狠狠地回答："你管我呢！这里又没划分给你！"说完转身就走，像个撒花仙子，在绿草地上撒下一路黄花。

我喊一句："你的黄花撒了！"

她仿佛没听见，头也不回。

我一直望着她走远，心里有点恼怒她搅扰了我的安宁心境……

第二天，我赶着羊群刚出连队，身后有人叫我。回头一看，又是她，抱着一只小羊羔。她走近我，说："它被你关在圈里没放出来，急得咩咩叫！"

我毫无表情地瞧着她，冷冷地说："那现在就请你放下它吧！"她弯下腰，轻轻将羊羔放下，看它挤进羊群，脸上呈现出那么一种女孩般的天真烂漫的笑容。

她直起腰，脸上仍保持着那种笑容，十分认真地说："你就不谢谢我？"

我依旧用冷冷的语调反问："你就那么爱听到别人对你说'谢谢'二字？"说完，撇下她，吆喝着羊群便走。

她追上了我，面对面地拦住我的去路，咬着下唇，两眼瞪视我。

"你这是干什么？"我有些生气了。

"昨天，是我不好，我向你道歉还不成吗？"她的样子怪凶，语调却多少有点低声下气。

"我才不爱听你的道歉话呢！让路！"我用羊鞭杆将她往旁一拨，昂头从她身边走过。走了没多远，我不自主地回头看了一次，见她仍站在原地，呆望着我。像一个在体操课上被罚站的学生，呆望着操练的队列。我心中因自己的行为倏然感到了愧疚。我为什么要这样对待一个姑娘呢？何况她是我们连队年龄最小同时又最受歧视的姑娘！何况我不是一向认为对她的那种歧视是不公道的、是过分的吗？我怎么竟也像别人一样如此无礼地对待她？这与欺负一个在人格上缺乏自卫能力的姑娘有什么两样？我不是很清楚地知道，她那种在人前装出来的高傲和凶狠模样不过是一个受歧视的姑娘的本能的自卫吗？

我又回头看了她一次，她还是一动不动地站在那儿……

第三天清晨，我从羊圈里放出羊群时，她又很突然地出现在我面前。

"我要问你一句话。"她低声说。

我关好圈门，拿起羊鞭，无言地瞧着她，等待她发问。

她那双大眼睛盯住我的脸，问："你一个人放羊，很快活是吗？"

我点点头。

"你喜欢孤独？"

我又点点头。

"孤独就那么好？"

她这句话使我心中怦然一动。我是一个自寻孤独的人。而她是一个真正孤独的人。她在全连知青中没有一个好伙伴。我一时不知如何回答才好，半晌，苦笑了一下，说："孤独会使我感到心里非常安宁。"

"真的？"

"真的。"

她那长长的睫毛慢慢垂下，遮住了眸子闪亮的一双眼睛。她轻轻衔着下唇，在思忖什么，在暗下某种决心。

我不愿让人看到我和她这样面对面地长久站在一起。我转身想走。

"等等！"她倏地抬起头来。

我耸了一下肩膀："你到底还有些什么话呢？"

"如果，如果……如果我愿意和你一块儿放羊，你讨厌我不？"她脸上闪耀出某种希冀的光彩。

她竟问出这样的话！我一时怔住了。

也许她以为我不屑于回答她，脸上那种希冀的光彩顿时失去了。

她又咬住了下唇，尴尬而不知所措地瞪着我。她突然猛转身想跑掉，我抓住了她的一只手。

"我一点也不讨厌你！我为什么要讨厌你呢？"我盯着她那双因窘迫

父母岁月

而噙满泪水的眼睛,反问她,也在问自己。

我大声对她说:"我非常愿意你和我一块儿放羊,真的!"

"那,你不相信别人议论我的那些话?"

我相信,但我对她摇了摇头,她抽出了被我攥住的那只手。很大一滴泪珠从她眼中滚落。

"我忍受不了啦!大家都讨厌我,都歧视我……我要和一个不讨厌我的人在一起干活,干什么活都行!只要这个人不太讨厌我……"

她双手捂住脸,哭了。

那一刻我的心整个被一种圣洁的怜悯之情所占据。我真想用世界上最温柔的语言安慰她,可是我在此之前还从来没有想到过为了安慰某个哀伤的姑娘应该预先学会一两句温柔的话。我变成了哑巴。我只是用鞭梢挑下一条爬到她衣襟上的小毛虫,用鞋跟狠狠地碾进泥土里……

当天晚上,连长找我谈话。连长首先对我这个羊倌表示很满意,接着说:"二百只羊,估计今年起码会生出几十只小羊羔来!真不知团里怎么想的,咱们是农业连又不是畜牧连,分配给我们这么多羊不是瞎添乱吗!不过,既然强加给我们了,我们总不能越养越少是不是,你一个人肯定管理不过来,再派给你一个人吧?……"

"谁?……"我唯恐连长吐口派给我的不是韩桢桢,而是别人。

"韩桢桢。"连长犹豫了一下,才说出她的名字。

我暗松一口气,心中一块石头落地。可我故意装出一听到她的名字就十分反感的样子,皱起眉头,用很不快的语调说:"连里那么多人,为什么偏偏把她派给我?"

连长挠挠头皮,说:"是她自己再三要求的。我看,暂时就是她吧,啊?今后你要多用无产阶级思想影响她,多帮助她加强思想改造,啊?……"

从此,我不再是一个孤独的牧羊人了。

男知青们开始在大宿舍里取笑我。

"嚯!羊司令一天比一天神气起来了!终日有个美丽的牧羊女陪伴着,够快活的吧?"

这类话，算是比较文雅的。揶揄中不无别种成分。从这类话中我品味到，他们平素对她的种种议论，其实是虚伪的。如果他们有我这样的机会能够天天和她在一起，大概是他们谁都不肯失去的。我因为从来没有参加过他们平素对她的种种亵渎的议论而感到心中坦荡。我不愿加入那些舆论背地里对她"围剿"。缺少我这条舌头，她的名誉和人格所遭受的非议也够她承受了！何况她是我们连队年龄最小的一个姑娘！

有一次她回北京探家，我请求她在哈尔滨转车时，将我为母亲买到的几钱鹿心血捎回家。当时我和她还不熟悉，连一句话都没说过。我向她提出请求时，见她为别人捎带的东西很多，一路无伴，不免感到难为情。她却毫不犹豫，一口答应，问明我家的地址，向我保证办到。她找到我家，我母亲却因心脏病复发住进了医院，家中悬锁。全家人都陪在医院里。她又向邻居问明医院，赶到了医院里。她在去医院的公共汽车上丢失了装有两百多元钱的钱包。这件事她既没有向我家里的人讲，回到连队后也只字没向我提过。那两百多元钱是连队的其他知识青年托她买东西的。每个人要买的东西，她却都给买到了。她丢钱包的事，是之后又有北京知识青年回家，从她家里人的口中得知，回连后转告给我的。我因此对她既感激又负疚，在大宿舍东借西借，当天就凑足了二百元钱，亲自找到她要她收下。她却恼了，说："我丢钱，是我自己不谨慎，怎么能收下你的钱呢！"我手拿二百元钱，不知如何是好。她见我一片诚意，终于转嗔一笑，说："你哪来这么多钱？准是借的吧？借了这么多钱，你什么时候才能还清呀？你听我的话，快把钱还给人家去，啊？"

她说得那么知己，那么亲近！我感动极了。

她的目光落在我手上，皱起了眉头："你这么小年纪也学会了吸烟！瞧你的手指头都熏黄了！真是恶习没人教就会！"她责备地瞧着我，轻轻叹了口气，又说："你呀！你家里生活那么困难，你母亲又长年生病，你多寄回家几元钱，对家里都是一点贴补啊！"

我当着她的面，从兜里掏出吸剩的半包烟扔在地上，踏碎了。从此我不再吸烟。

我和她都是宣传队的独唱队员。每次演出，节目单上都少不了我俩的独唱或二重唱。

日久天长,她这个全连年龄最小的北京姑娘,在我的尚未摆脱少年的单纯和羞涩的心灵中占据了重要的地位。哪一天没见到过她,我心中便会产生一种微妙的惆怅。

后来,我们连宣传队参加全团调演,她被团宣传股长指名留在了团宣传队……

可是几个月后她被团宣传队开除,又回到了我们连队。据说她被开除,是因为她作风轻浮、思想意识不良……

从此,她成了我们连队最受歧视的最孤独的一个人。

我虽然常常注意她的身影,可心中却对她一度产生过强烈的鄙视和怨恨。我耳边听到种种对她的低俗的议论时,同时也觉得我自己的心灵、我自己的情感受到严重伤害和令人羞辱的亵渎。

我为她、也为我自己,在夜深人静时,用被子蒙住头暗暗地流过泪,伤心地哭过。

…………

但从她开始一块儿和我放羊那天起,我的心灵似乎不再感到那么空虚了。我终于明白了我自己,我是因一度强迫自己从心灵中摈除她而感到空虚。要从心灵中驱逐一个你暗暗地深爱过的人并不是一件容易的事。甚至可以说从她跟我一块儿放羊的第一天起,她就又回到了我心灵中原来的位置!暗暗的宽恕使我对她暗暗的爱情又一如既往。

有一个当上了拖拉机手的上海小伙子试探地问我是不是对放羊感到厌烦了。如果我厌烦了,他肯主动向连里提出愿意和我调换工作。

"不,我刚刚开始对羊群真正发生感情。"我的回答令他大失所望。

"原来如此……"他酸溜溜地一笑。

她剥夺了我自以为快乐的孤寂。她带给了我真正的快乐。快乐,本是她的天性。当我们将羊群赶到远离连队的地方,她那被压抑的快乐的天性就会尽情释放。她的脸庞就会焕发出奇异的光彩。她的眸子就会更加明亮。她唱啊,跳啊,采花啊,往小河里扔石子打水漂啊,如一个贪玩的小女孩。有时她甚至会快乐得忘乎所以,头戴用五颜六色的野花编成的美丽花环，披散着长发，装扮成神女的模样，骑在驯服而强壮的头羊背上，像九天神女骑着凤凰一样煞有介事。我见她这般快乐，自己也从心里感到非常快乐。我便会想，如果谁都不必在人前伪装自己的性格，如果谁都能像她这样在缺少快乐的时候为自己创造快乐，那么艰苦的、枯燥的、单调的，乃至严峻的生活，也会变得美好一些的……

大概她认为，她失而复得的快乐是我所给予的，因此对我感激到了怀着虔诚的敬意的程度。她快乐而尽职，生怕做错了任何一件事令我生气。倘若她正在快乐之际，发现我独自沉思默想，便会悄悄走过来，在我身旁轻轻坐下，对我察言观色，怯怯发问："你又怎么了？"每逢这时，我都将费一番口舌向她表明，我并没有什么心事，和她一样快乐而心绪安宁。直至她确信无疑，方才重展笑容。

我们经常放羊的地方，是贡比拉河边。这是一条清澈的小河，最浅的地方，踩着露在水面的大而圆的卵石可以毫不湿鞋地走过河。最深的地方，水可齐肩。正午，阳光将河水晒温了，在河里游泳才美气呢！

我单独放羊时，每天正午都要在河里游一次。她跟我一块儿放羊后，我就再没下过河。我没有勇气以在游泳场里那副样子被她瞧着。河两岸都是草甸子，绿草茵茵。羊儿在这里吃草几乎连头都不愿抬一次。这儿幽静极了。我们互相叮嘱，绝不将这处地方告诉别人。我们发现了这美好的地方，我和她要长久做这里的主人。

一天，我们又到这里来放羊。我正靠在一棵树下为她削一根鞭杆，听到她呼唤我。循声走到河边，见她在河中游泳。她的衣服和鞋袜，东一件西一件，漫不经心地扔在河边。河水清湛得透明。她像一条体态秀美的鱼儿。她忽然潜下水去，浮上水面时，已变换为仰泳的姿势。

"你愣着干什么呀！快下来游哇！"她在水中怂恿我。

这时，天阴了下来。大块的乌云，在我们头顶急速地汇聚。远处，传来一阵沉闷的雷声。

我对她摇摇头，说："你快上岸吧，要下雨了！"

"下雨怕什么呢？你没冒雨游过泳吗？"她在水中灵活地一侧身，轻松自如地交替挥扬着手臂，溅起片片水花，游远了。

父母岁月

　　我坐在岸边一块大青石上,欣赏着她那动人的泳姿。
　　又一阵雷声过后,暴雨突然下起来。
　　我站起身就往河边的白桦林中跑。
　　"哎!把我的衣服抱着呀!"她在河中喊。
　　我又赶快转身跑回河边,一件件捡起她的衣服、鞋袜……
　　枝叶稀疏的白桦林遮挡不住暴雨。暴雨瓢泼似的淋在我身上。我解开衣扣,将她的衣物用我的衣襟罩住,裹严,紧紧搂抱在胸前,唯恐被雨淋湿一点点。我背贴一棵白桦树站着,心中倏然产生一种朦胧的动乱。我竟可耻地觉得被我搂抱在胸怀中的并不是她的衣物,而是——她本人。一种奇妙的温暖从她的衣物传导到我的心灵。我的心灵因产生了从未体验过的萌动而战栗不已。这战栗是发自我心灵深处的,是潜在而剧烈的。我对自己心灵的这种可怕的战栗恐惧极了。我几乎想从衣襟下取出她的衣物立刻扔掉。但这只是一闪之念。我反而将她的衣物搂抱得更紧,并蹲下身去,用我的胸口挡住可能会淋湿它们的暴雨。为了抗拒某种欲念,我在心中一遍又一遍反复背诵泰戈尔的诗句:"雨点吻着大地,微语道:'我们是你的思家的孩子,母亲,现在从天上回到你这里来了。'……"
　　暴雨过去了,我被淋得像一只落汤鸡。我开始感到有些冷,却仍未放松怀抱的衣物。
　　她不知何时走入了林中。我刚站起来,她已走至我面前。无袖无领的红色胸衫裹在她身上,像套在一尊洁白的石膏像上。一个身材无比美丽的姑娘的全部动人之处呈现在我面前。水湿的长发披罩着她的双肩,晶莹的水珠从她皮肤光润的裸臂上滚落着。雨后明媚的阳光透过林间叶隙斜射在她身上,将她遍身涂上了一层金橘色。白桦林中充满了迷醉人的清新的带股淡淡的甜味儿的气息。
　　"我的衣物呢?"她向我伸出一只手。
　　我默默地从衣襟下取出她的衣物,递给了她。我的心怦怦地跳动。我不敢再大胆地注视她,不自然地侧过脸。
　　"呀,一点都没湿啊!"她用不无感激的语调说了一句。
　　我突然拥抱住了她!

走出大森林

在最初的一瞬间,她没有反抗。她像被猎人突然逮住的小兽,一动也不动。只有她那双大眼睛里,流露出极端的惶恐。而那一瞬间闪逝得那么快!

"啊!你……放开我……"她低声地急促地说着,开始挣脱。

我竟变得那么粗野!那么凶暴!那么强悍!

她似乎意识到了自己的反抗是多么软弱、多么徒劳的。

她终于屈服了。

那是弱者绝望的、悲哀的、羞辱的屈服。

"你……"她的全部的抗议和乞求都凝集在这个字中。

她不再挣扎,身子在我的臂膀中战栗。

当我的火热的双唇正要吻在她额角上时,两颗泪珠从她那长长的睫毛下挤了出来,滚落在她面颊上。她那张秀婉的脸苍白如纸!

她听凭我摆布地闭上了眼睛。

她那两颗泪珠所表述的无声的强烈的诅咒和憎恨,像母亲召唤孩子一样,将我的理性召唤回来了。

我小心地、轻轻地放开了她。

她的衣物践踏在我脚下。

白桦林中异常寂静。

仿佛每一棵白桦树都变成了睁大眼睛的愤怒的目击者。

我怀着一种犯罪感,一转身跑出了白桦林……

我在河边呆呆地坐了很久。如果我面临的不是一条浅可见底的小河,而是一条大河,我一定会毫不犹豫地跳进河中自毙!我想走回白桦林中向她忏悔,跪在她面前请求她饶恕。可听到她的哭声从白桦林中断断续续地传出,那么悲伤,使我连向白桦林再回首一望的勇气都彻底丧失了。

直到黄昏后我们应该赶着羊群返回连队时,她才走出白桦林,身上穿着被泥水弄脏的衣服。路上,她没瞧过我一眼,我也不敢正视她一眼。吃饱了的羊儿们,咩咩地叫着,对我们之间发生过什么事漠不关心。

羊入圈后,她将我替她做的那杆羊鞭插在圈门上,转身就走。

我心中曾有过的一切圣洁的情感和崇高的冲动,以及我对以往生活的诗意的全部体验，在那一天，仿佛被我自己所拿的一块脏抹布一干二净地抹掉了。

第二天，我将羊群赶出连队，在路旁等她。等了许久未见她的身影。路过我身旁的女知青排的姑娘们告诉我，她病了。

第三天，她仍病着。

第四天，连长找到我，挠着头皮对我说："她说她不愿再和你一块儿放羊了！这个韩桢桢！简直成问题！想干什么，死磨活磨，非干不可！三天新鲜，说不干，甩手就不干了！今后，哪个班还愿意要她！谁还愿意和她在一起干活！"

又过了两天，听说她主动要求调到山里一个偏远而艰苦的新建连队去了。她调走之前那几天中，我一次也没有机会见她的面。她调走之后，我也再没有听谁谈起过她。

我又成了一个孤独的牧羊人。

我再也不到贡比拉河边去放羊……

而此时此刻，她伏在我背上。

她搂抱着我脖子的双手忽然松开了，她从疲乏的昏睡状态中醒来了。

"你是谁？你为什么背着我？放下我！"

她一落地，没等我转过身来，又问："咦！火扑灭了吗？扑火的人们都走光了吗？"

多么熟悉的一声"咦"啊！

我向她缓缓转过身去，仿佛一个逃脱过审判的罪犯向法官转过身去。

"你？！……"她出乎意料地后退了一步。这在她，表现出一种心理上的戒备，一种下意识的防范。而对我，意味着是多么严厉的一种"判决"啊！

我用乞求宽恕的目光望着她，说："火烧到山那面去了，你在扑火的时候昏倒了……"

"我的鞋呢？……"她咄咄地盯着我，冷冰冰地问。没消除戒备心理，没松懈一丝防范。

我这才发现，她赤着双脚。她的鞋不知我背着她在大森林中瞎闯时丢到哪儿去了。

"把鞋还给我!"

我弯下腰,从自己脚上脱下我那双跑丢了鞋带的翻毛皮鞋,扔在她脚旁。

她对我的举动和我那双鞋不予理睬。她朝山那面望了一眼,山那面的火光已经暗淡,大火烧向更远处了。她又低头瞧着自己的赤脚,思忖了一刻,毅然转身朝山那面走去。

我跑到她前边,拦住了她的去路。

她的一只手,缓慢地伸到烧破了的衣襟下,镇定地眯起眼睛,瞪视着我。

"你追不上扑火的人……"我说着,向她走近一步。

"别靠近我!"她低喝一声,那只探在衣襟下的手迅速抽了出来,手中攥着一柄匕首,自卫地反握胸前,利锋对我。

我怔住了。

我早就听说,山里连队的男女知青,每人都有护身的匕首,用锄板、镰刀头或山林队遗留下的废炮弹皮锻造的。

想不到她会以匕首与我相对!

我向她伸出手,尽量用平静的语调说:"把它给我。它带在我身上,会比带在你身上更有用。"

她却分明将匕首握得更紧了。

我又说:"不管你如何对待我,我们两个都只有在这里过夜了……"

听了我的话,她似乎开始意识到,在此过夜是唯一理智的,表情终于略有缓和。她握着匕首,一步步向后退,退到一棵大树下,身子紧靠树干站定,抬头朝树上看了一眼,见树火已完全死灭,才慢慢坐在树下。目光,仍盯着我。匕首,仍反腕握在胸前。

我转身走到一棵和她相对的大树前,也瘫软地坐了下去。

浓烟仍不肯放弃对空间的肆无忌惮的占领,与幸灾乐祸的黑暗结成联盟,继续凌辱着大劫后的森林。夜晚潮湿的雾气封锁在森林上空,浓烟被雾气压低,游窜在林间。呼吸变成一种痛苦。

父 母 岁 月

我和她相距十余步远。从她的身影可以判断，她依然警觉地盯着我。我暗自忧伤地望着她，心想，如果她能像白天一样看到我的眼睛，我眼中的忧伤，也许会打动她的心吧！然而黑暗已使我们都看不清对方的面容……

当我醒来，曙光已开始恤慰森林。我一睁开眼睛，首先向对面望去——她不见了。我立刻站起，旋转着身子，目光四处寻觅，终于发现她了。她在向山那面缓行。如果她不是赤着双脚，也许已走得很远了。

我想喊她，张开的口又违心地闭上了。她不需要我！被伤害过的心灵，竟这般冰冷！这般吝啬宽恕！我哀怨地望了她一会儿，穿上我那双她不屑于接受的鞋，转身朝相反的方向走。

各走各的路吧！

走出几步，我又站住了，我不由自主地转过身再次望着她的背影。森林上空已经澄清，只有山那面极遥远的地方仍弥漫着薄烟。大火分明已经扑灭，她不会在那里遇到一个扑火的人，走向那里，等于走向大森林的腹地！她会在林中迷失方向，何况她赤着双脚！

我不再犹豫，向她追去。我气喘吁吁地赶上她，对她说："不能朝那里走！"

"为什么？"她目光中不再含有敌意地看了我一眼，对我说出了第一句平和的话。我知道，她对我的防范，遗留在我们共度的和平的昨夜了。我心头的重负顿时雪化冰消。

我说："我们必须返身朝回走，否则，我们会迷失在大森林中的。"

她固执地摇摇头："不，我绝不朝回走！朝回走，起码要走一百多里，才可能走出森林。我已经没有足够的气力了。向前走，在大火扑灭的地方，我们准会碰到护林队的人。"

我竟那么轻易地就被她说服了。

我又从脚上脱下鞋递给她。

她不接，说："反正我们俩总得有一个光着脚走，是你，是我，都一样。"

我说："我们轮换着穿。要不，我就将这双鞋扔掉！"

一道异样的眼波在她双眸中一闪。那是我很熟悉的眼波啊……

我们轮换地穿着一双鞋向前走。走走停停。我们的双脚都被满地的断树残枝所伤。

"歇一会儿吧！"她突然就地坐下了。

我坐在她对面的一棵倒树上。我发现她的双脚磨起了许多血泡——我的鞋她穿着太大。

她抬头看了我一眼，低声问："你饿吗？"

饥饿会使人希望世界上的一切都是可吞食的。我早就饿到了这般程度！昨天中午，林业局的直升机投下了几袋面包。我吃到了半个，不知她吃到没有？

她没得到我的回答，似乎意识到自己向我问了不该问的话，脸上浮现出窘色，用舌尖舔着干燥的嘴唇。

我首先站了起来。

她也软弱无力地站了起来。

我们又拖着饿得虚浮的脚步向前走。我欲搀扶她，她刚强地拒绝了。她没戴手表，我的手表在扑火时丢了。太阳沉没在西方的林海时，我们终于走到了森林大火熄灭的地方。大火将这儿的森林毁烧得更加惨不忍睹。

我们没有在这里遇到护林队的人。

"喂！……有人吗？……"她双手拢在嘴边，接连大声喊。

我也接连大声喊。

我们只听到了自己飘荡在山林间的回音。

我们茫然地默默地对视了一阵。

突然，她像被子弹击中一样，双膝向前一弯，跪倒在地上。她的双手，也同时撑在地上。头，低低地垂下了，几乎垂到了地面。

"你怎么了？"我大吃一惊。

她非常缓慢地抬起了头。我从她脸上阅读到了比饥渴更加可怕的，人内心绝望时的表情自白。

我上前扶起她，尽量用充满信心的语调说："别泄气。我们往回走吧，我们一定能走出大森林！"

她说:"你受我连累,才会落到这种处境。"

我有些生气地大声回答:"我心甘情愿!你为什么要对我说这种话?"她对我苦笑地摇摇头。那种我所熟悉的奇异的眼波,又在她双眼中飞快地闪现了一次。

我们互相依扶着向来路走。

忽然,她摆脱开我,独自向前走了两步,从地上捡起什么——那是半块面包,上面爬满了蚂蚁。她用衣襟将那半块面包抚了几下,立刻塞进口中,狼吞虎咽下去。

我背过身去,咽着口水。我估计她已吞光了那半块面包时,才转过身。她干燥的嘴唇上粘着面包屑,失神地看着我。

我想,她的饥饿感定会被胃中那半块面包刺激得更加强烈。

她一下子用双手捂住脸哭了。

"我……真自私……"她羞惭地哭着说出这句话。

"我并不怎么饿,真的!"我们又互相依扶着,继续向前走。

我把那双鞋扔掉了。它对于我们俩伤痕累累的脚,已经是毫无价值了。

天,又快黑下来了。

我们走出还没有一百米,她突然尖叫一声。与此同时,我发现了一头大熊立在我们对面十几米远处!熊眼眈眈地瞪着我们!一阵恐惧像高压电流顷刻遍布我的全身!然而那一瞬间产生的恐惧虽然巨大却立刻消失,受一种突发的勇敢的驱使,我一把将她扯到我身后,紧握双拳,预备跟熊进行一场殊死搏斗,用生命保护她。熊和我们对峙了一刻,像一个狭路相逢的陌生人似的,大摇大摆地走了。我望着它黑色的躯体消失在树林中,心里还来不及为我们感到庆幸,冷汗便从额头上淌了下来。我精神的、身体的全部余力,在那短短的几秒钟内消耗尽净。我几乎瘫倒,身子摇晃了一下,被她扶住。同时,她将什么东西交在我手中。我低头一看,是那柄匕首……

我紧紧地握住匕首鞘,在心里对自己说:从现在起我要具备一个真正的堂堂男子汉的勇敢,我一定要带着她走出大森林!

…………

我们在大森林中度过了第二夜。

我们没有再离得像昨夜那样远。我们坐在同一棵大树下，互相紧紧地依偎着。为了从对方身上获得温暖，也为了从对方身上获得一种安全感。我们在黎明时分被同时冻醒了，然后羞涩地发现，彼此竟搂抱得那么紧。羞涩使我们都不免有点神色慌乱。我们迅速分开了。雨，不知从什么时候下起的，我们的衣服都淋湿了。只有我们的衣襟是干的，保持着对方的体温。潇潇的秋雨，耐心地洗刷着劫后的大森林的创伤，虽并不急骤，但更加使我们感到了处境的凄惨。我们的衣襟顷刻也被淋湿了。我们都冷得嘴唇青紫，瑟瑟发抖。

我们必须继续向前走。没有第二种选择。

于是我们又向前走。

我们已经迷失了方向。我们不过是在盲目地走。

但是我没有把这一点告诉她。

一具动物的尸骸横在我们眼前。令人恶心的臭皮囊下面的腐肉，已被山鹰和其他动物食尽。蚁群活跃地在骨架上忙乱。死亡呈现着它极其丑恶的面目。

我们都打了一个寒战，彼此看一眼，默默地绕过去。

她滑倒了。

"我……不能再走了，真的！……你撇下我，自己走吧！别管我了……我成了你的累赘……"

我扶起她时，她说出这话。

我不能用任何语言强迫她。

"就是死，我也要陪着你死！"我一字一句地回答了她。

我动手用匕首削砍树枝，费了很大功夫，割伤了手，才撑起一个可以避雨的小小的"帏盖"。我吃力地抱起她，坐到"帏盖"下。她一动也不动地偎躺在我怀里。她的身子那么烫。她在发烧！我紧紧地将她搂抱在我的怀里，希望我的体温能减退一些她的烧寒。

她喃喃地说："你……撇下我吧……"

我没有回答，只是把她搂抱得更紧。

"你……真……爱我么？……"她的声音极其细微。她说时，微微仰起了脸。

我俯视着她的脸，无言地点了一下头。我又回想起了贡比拉河畔白桦林中那永远令我感到羞耻的往事。此刻我真想亲吻她的脸，亲吻她那发紫的嘴唇啊，然而我如今已经学会了克制我的情感。我只是用手轻轻梳理着她那凌乱的头发。

"我的脸很脏是不？你替我用雨水洗洗吧！"

我用一只手接着"帏盖"滴淌的水，认认真真地替她将脸洗得非常清洁。

她的脸上呈现着玫瑰红色的烧晕。

她抓住我的一只手，轻轻握着，又喃喃地说："我有一种预感：我们走不出大森林了……我们会饿死，或者被野兽吃掉……我们都这么年轻，我们都没有真正爱过……我从来没有允许一个男人，像你现在这样对我……那些传言，都是鬼话！宣传股长太卑鄙，他对我怀有歹心，我没顺从他，还打了他一记耳光，他怀恨在心，就给我加上了莫须有的罪名……相信我说的都是真话吧！……"

"我相信。"除了这三个字，我那时再找不出一句别的话对她说。

"你如果真心实意爱我，你……就爱吧……现在生命和情感还属于我，我允许你爱……我此刻愿把自己给予你，报答你这两天内对我的照顾……我……也早就喜欢你……"

泪水从我眼中唰唰地淌下来。

"你为什么不说话？你并不真正爱我？我的话，令你鄙视我了吗？……那，就求你用匕首杀死我，把我埋了，自己走吧！被你杀死，总比被野兽……"

我情不自禁地用双手捧住她的脸，含着满眶热泪大声对她说："不！你别这样胡思乱想！我爱你！我发誓永远永远爱你！我们一定要活着走出大森林！我们要坚强！我们谁都不能死，我要你将来做我亲爱的妻子……"

她像个被我搂抱在怀中受尽了委屈的孩子似的，呜呜地哭了。

我抱着她，在大森林中，在冷雨中，度过了又一个不眠之夜……

第二天拂晓，雨停了。她的高烧一点也没减退，开始阵阵昏迷不醒，时不时发出我听不清的呓语。

我背起她，盲目地走。

太阳出来了，我们身上的衣服渐渐被照射进森林的阳光晒干了。

我终于背着她走出了森林。我在路上意外地捡到了一个打火机，不知是扑火者还是猎人遗落的，按动一下，还燃着火苗。我惊喜极了！

我又背着她走了一段路，走到了一处"盆地"。四周都是山，山上都是林。"盆地"野草齐腰，这里是人迹罕绝的地带。

我实在太累了，便轻轻放下她。

暖和的阳光将她晒醒了。她发现我们已走出了森林，便一下子坐了起来。但四周观望一阵，眸子又被绝望罩住了。

"我们会得救！"我掏出打火机给她看，又说，"你别动，我拢一堆干草，点荒火！荒火一定会引起护林队的注意！"

她两眼立刻明亮起来，也动手帮我拢干草。

我们很快就拢了一堆干草。我正要按打火机点燃干草堆，她突然一把从我手中夺下了打火机。

"不，我们不能点荒火。四周都是森林，荒火会烧到山上去，引起第二次森林大火的！"

她的提醒，使我呆愣住了。

我从她手中拿过打火机，看了一会儿，甩手远远地扔出去了。

就在这时，天空传来飞机声。

我们不约而同地抬头望着天空。一架直升机从我们头顶飞过。一会儿，又飞回来，降低了高度，在我们头顶盘绕。我们都看到了飞机上的标志，是林管局的飞机！

我们挥舞手臂，大声喊叫。

飞机却显然没有发现我们。

她忽然脱掉了上衣，没等我理解到她要干什么，她已连胸衣都脱了下来。

就是我所熟悉的那件红色的胸衣。

她赤裸着上身，挥舞着红色的胸衣。

飞机又降低了高度，机舱门打开了，悬梯垂下来了。

她扔掉胸衣，反身无比激动地拥抱住了我。

我捡起她的上衣，披在她身上。我双手捧住她的脸，狂吻起来。

泪水同时从我们眼中涌流不止。

从那一天开始，我觉得我真正长大了。我觉得我懂得了生命、爱和其他的许多许多……

那一年，我二十一岁。

这是一片神奇的土地

　　那是一片死寂的无边的大泽，积年累月覆盖着枯枝、败叶、有毒的藻类。暗褐色的凝滞的水面，呈现着虚伪的平静。水面下淤泥的深渊，沤烂了熊的骨骸、猎人的枪、垦荒队的拖拉机……它在百里之内散发着死亡的气息。人们叫它"鬼沼"。

　　我到北大荒后，听了许多关于"鬼沼"的传说：没有月亮也没有星星的深夜，荒原在静谧的黑暗中沉睡的时候，可以看见那里有绿莹莹的忽闪的"鬼火"飘动，可以听到当年被"鬼沼"吞陷的熊的巨吼，猎人求救的枪声和其他不幸遇难者们绝望悲惨的哀呼……还可以听到一种怪异的鸟叫声，那声音仿佛一个女人在凄凉地哭号着："多可怜、多可怜……"然而谁也没有见过这种鸟什么样子。鄂伦春人把这种鸟叫作"收魂鸟"，说它们是大地之神变化的精灵，在深夜招收并抚慰那些丧命于"鬼沼"的人和动物的幽魂。"鬼火"是它们打的灯笼。

　　"鬼沼"像希腊神话传说中令人恐怖的九头恶龙，霸占着它身后的万顷沃土一马平川，只要春天播下种子，秋天便能收回千万吨粮食。然而没有人敢涉过"鬼沼"，去播下一粒种子。据说当年日本关东军的一个大佐，对那片沃土发生了兴趣，幻想在那里创建个农场，将来做个大农场主。他曾亲自率领一个勘查小队在冬季越过了"鬼沼"。他们如泥牛入海，一去未返。北大荒的老人们，有说他们被狼群吃掉了的，有说他们被零下四十多摄氏度的严寒冻死了的，有说他们给养不足饿死了的，有说他们被鄂伦

父母岁月

春部落消灭了的,也有的说他们春天返回时,连人带车陷没在沼底……鄂伦春人把那万顷沃土叫作"满盖荒原"。"满盖"是鄂伦春语魔王的意思。冬季他们偶尔也出现在那荒原上,但绝不猎杀那里任何一只动物,惧怕受到"满盖"的惩罚。

恐怖的"鬼沼"!神秘的"满盖荒原"!

我到北大荒的第三年冬季,我们连队由十几个知识青年组成了一支垦荒先遣小队,向那里进发了!

我们这个连队,由于当初选点错误,耕地有限,低洼,麦收时一碰上雨季,收割机就陷在麦地里,像一只只瘫痪的大蛤蟆,无法作业。因此,连年歉收。那一年更惨,连种子都没有收回来。团里决定解散我们这个连队。全连二百多朝夕相处的知识青年,将被分插到各个兄弟连队去,这意味着,我们不但不能向国家贡献粮食,而且也养活不了自己了!我们刚到北大荒三年呀!许多人还要在战天斗地中大有作为呢!屯垦戍边的信念还没有动摇呢!艰苦创业的精神和热情还没有泯灭呢!

还有什么能比团里这个决定更令我们感到耻辱?!许多人听老连长羞惭地宣布了决定后,当场哭了。副指导员李晓燕,首先站起来激烈地坚决地反对接受这个耻辱的"解散令"。

她说:"连队绝不能解散!我们可以去开垦'满盖荒原'!我们离它最近,早就应该想到开垦它了!我们要把连队重新建在那里!要在'满盖荒原'上留下第一行垦荒者的足迹!要向团里提出保证,当年开荒!当年打粮!第二年建新点!我们立军令状!"

我们听惯了甚至听厌了副指导员在任何场合说出的豪言壮语。可她说出的这番话,是怎样激动了我们鼓舞了我们啊!我觉得那是她说出的最豪迈最有力量的话!许多人和我有同样的看法。

团里收回了已经下达的决定,接受了我们的军令状。

几天之后,我们连队的两台最新的五十四马力的拖拉机,披红戴花,拽着赶制的木爬犁,在全连人的列队送行下,驶向茫茫雪原。

希望、信赖、寄托、无言的叮嘱,从一双双默默注视着我们的眼睛里表达出来。我们每一个垦荒队员都从这些眼睛里体验到了责任感。我们每一个人都哭了。

哦！我们这些年轻人！

我们是多么珍重责任感啊！

我们是多么容易激动和被感动啊！

第一辆爬犁装载着粮食和行李。第二辆爬犁上搭着帐篷。我们十几个垦荒队员，一个紧挨一个地挤在帐篷里。我坐在扣着的破脸盆上，用膝盖夹着一本翻开的《虹南作战史》。我猜想，它是我们这一行人唯一的精神食粮。不过我并不靠它充塞头脑和思想。我两眼注视着书页上的铅字，却在回忆我所读过的《战争与和平》《约翰·克利斯朵夫》《悲惨世界》《红与黑》……内心深处被书中人物的命运暗暗感动。

身旁坐着我妹妹，她怀里抱着一个柳条编的小笼子，笼子里关着一只小松鼠。一路上，她一句话都没有说，像个哑巴。她的脸色那么苍白，表情那么呆滞，眼神那么凄凉！我没有兄弟也没有姐姐。就只有这一个妹妹，我从小爱她，可是我当时可怜她又恨她，不久前她败坏了自己的名誉，令我丢尽了脸。

对面坐着副指导员李晓燕，她身旁坐着铁匠王志刚。他黑，健壮魁梧，有一张线条粗犷的脸，给人一种意志坚定、力大无穷的堂堂男子汉的印象。他使人联想到莎士比亚悲剧中的人物奥赛罗，因此获得了一个"摩尔人"的绰号。他性格孤僻，为人正直，敢于主持公道，不喜欢出风头，但一言一行都在知青中具有潜在的影响力。我嫉妒他在我们知青中那种无形的任何人不能匹敌的威信。他暗暗爱着我们副指导员李晓燕。这一点许多男知青都知道，他自己也在大宿舍里公开承认过，但却没有一个人敢在这一点上开他一句玩笑。我钦佩他公开承认爱情的勇气和惊人的坦率。从那天起，我把他看成了我的对头，因为我也暗暗地爱着我们的副指导员。他参加到我们这支垦荒队，是副指导员指名道姓点的将。这尤其使我嫉妒极了！而更加使我嫉妒的是，李晓燕此刻竟将头靠在他宽厚的肩膀上，似睡非睡地打盹儿！

我瞧着她，心中不禁又一次暗问自己：我为什么会爱她？她身上究竟具有什么吸引我的魅力？是因为她美吗？不错，她美。她是个上海姑娘，

父 母 岁 月

有一张清秀妩媚的脸，脸上的皮肤白净，五官俊俏，一双眼睛很大，很明亮。眉毛又细又长，和眼睛之间的距离略宽了些，这就使她的脸上永远呈现了一种扬眉凝睇、惊诧不已的表情。自从我第一次见到她，就再也不能不注意她。她的身材也很优美，修长，苗条，亭亭玉立。据说她是上海芭蕾舞学校小班的尖子学员，许多部队文工团和地方文艺单位争着招收过她，她都拒绝了，却自愿报名来到北大荒。我见过、接触过、结识过的容貌美丽的姑娘，绝不止她一个，我不是那么容易被姑娘们的外表美所迷惑、所倾倒、所动心的人。越是在美丽的姑娘们面前，我越会表现出一种孤傲的清高来。我的座右铭是：绝不轻率地做爱情的俘虏。那么，是不是她那严肃庄重的性格引起了我的好感呢？也不。我更喜欢性格热情爽朗的姑娘，我甚至认为她那种严肃和庄重是做作的虚伪的，我曾因此而极端地轻蔑过她。她一到北大荒就立下了誓言，为了自觉考验自己扎根边疆的坚定性，三年之内不探家。她对全连女青年提出倡议，不照镜子、不抹香脂、不穿花衣服。她的倡议得到了一致的响应，是否真诚，大可怀疑。据女青年们透露，她经常深为自己的脸那么白嫩而苦恼，夏天里，曾偷偷地跑到小河边，独自躺在僻静的河滩暴晒过，但却只能使她的脸色白里透红，而不能进一步红里透黑。因此她故意在穿着方面比所有的姑娘更男性化，以弥补在"晒黑了皮肤才能炼红了心"这一"接受再教育"标准上的先天不足。她还有意干和男青年们同样劳累的活，想使自己的体形改造得更符合"劳动者的美"。遗憾的是成效甚微，三年来虽然健壮了些，还是那么修长、那么苗条、那么亭亭玉立，像一株挺拔的小白桦。她果真三年没有探家。第一年里她当上了排长，第二年里她入了党，第三年里她当上了我们的副指导员，成了全团知识青年扎根边疆的光荣榜样。

就在第三年的夏季，团里任命她为副指导员不久后的一天傍晚，我支着自制的简易画夹在河边写生，忽然听到小河上游有人在轻轻地唱歌：

九九那个艳阳天哪哎嗨哟，
　十八岁的哥哥呀坐在小河旁……

这首歌当时是列入"黄色歌曲"一类，绝对禁止唱的。是哪一个姑娘在唱呢？她也太忘情太大意了！如果让我们的副指导员听到，少不了又要开展一场"思想意识领域内的斗争"。然而她唱得多好听啊！嗓音那么甜、那么圆润、那么婉转。我完全是出于好奇心，收起画夹，悄悄地顺着河沿朝上游寻声觅去。在一株歪脖子老柳树下，在一丛蒿草的掩蔽处，隔小河我瞧见了唱歌的姑娘，竟是我们副指导员！她坐在河边一块光滑的大青石上，两只赤脚探入水中，裤筒卷在膝盖以上，裸露着一段洁白的小腿。她正在洗衣服，那好听的甜而圆润的歌声，就是她一边洗衣服一边唱出来的：

九九那个艳阳天哪哎嗨哟，
十八岁的哥哥惦记着小英莲……

我，痴痴地隔岸望着她，完全呆住了。

她三搓两揉，一淘一漂，洗完了最后的一件衣服，拧干，从大青石上站起身，踏上河岸，踮着脚尖，小心翼翼地走过一片鹅卵石，将衣服晾在灌木枝上。由于她怕卵石硌脚，因此她的脚抬得高，放得轻，步子很碎，使她小心翼翼走的那几步路，很像芭蕾舞《天鹅湖》里的一段小天鹅舞。她晾好衣服，又以那样的步子走回河边。她随手在河边摘了几朵野花，闻了闻，欣赏地玩弄了一会儿，左三朵右三朵，插进鬓发里了，她蹲下身去。久久地注视着水面。她在欣赏她自己！她在欣赏她的美！她对她自己欣赏了那么久才缓缓地直起身。忽然，她轻盈地跃到那块光滑平坦的大青石上，伸展双臂，优美地旋转了半圈，竟跳起节奏欢快热情而急促的墨西哥民间舞来！

画夹从我手中脱落，掉进河里，顺水漂流！画夹落水发出的轻微声响，令她倏然停止了舞蹈，警觉地朝对岸看来，发现了我，便顿时僵立在大青石上。那姿态像疑惑的小鹿，又像一只受惊欲飞的仙鹤。

隔着小河，她望着我，我望着她。

我们都呆愣住了。

我首先恢复了常态，跳到河里，把我的画夹抢救到手，涉着浅浅的河水，装出若无其事的样子，蹚到了对岸。这时，她插在鬓发里的几朵野花已经不见了，卷起的裤筒也放了下来。

"你，你到河边干什么来了？"她主动问我，分明想在心理上先发制人，显出非常自然的样子，竭力掩饰着窘态，竭力保持一个庄重的姑娘在小伙子面前的矜持，竭力保持一个副指导员的尊严。然而，她却没有来得及扣上她那洗白了的兵团服的衣扣，敞露出了短小而紧束的浅粉色的衬衣，那是一件鸡心领的质地很薄的衬衣。我无意地瞥见了她那雪白的颈子，雪白的一部分前胸和同样雪白的浑圆的肩膀，瞥见了她那在紧束的衬衣下高耸的双乳的优美轮廓。我迅速移开了目光。在那一瞬间我的心怦怦跳动，脸一阵火热，我竟莫名其妙地产生了一种可耻的罪过感，我竟觉得我亵渎了她，也亵渎了我自己。虽然我可以对天发誓，那一瞬，我心里绝对没有萌发一点点邪念，哪怕是一个小伙子对于一个动人的姑娘那种可以原谅的倏忽间的本能冲动，而这种冲动，是上帝创造的亚当对夏娃也曾萌发过的。

她太敏感了！我的目光仅仅从她身上一掠而过。她就像接受了电子信号的仪器，立刻下意识地用两只手掩上了衣襟，并且马上转过身去。当她再转过身来的时候，站在我面前的，又是我所熟悉的一位副指导员了。她连外衣的领钩都勾上了。只不过还赤着一双脚。就连这双赤脚，她也在使劲儿踩陷到河边的泥沙里去，用泥沙掩埋住。

她这些接连的举动，令我感到受了莫大的侮辱！

我想找一句话打破这局面，但说出口的却是一句愚蠢至极的话："你……太美了！"

"什么？"她的脸红得像一朵彤云。由于我的意外出现，使她从刚才那种自我陶醉的忘情境界之中，陷入眼前这种无法掩饰的窘迫地步，我顿感内疚，也从内心深处对她可怜起来。

"我……我是说，你刚才跳的那段舞，真美极了！如果我没说错的话，那该是一段墨西哥的民间舞吧？"

"跳墨西哥舞？我？！别开玩笑了，我不过是做了一套中学生广播体操！"她装出种迷惑的模样，用那么严肃那么认真的口气加以解释。

"这么说，你也要否认你刚才唱过歌啦？"

"唱歌？我刚才是唱过歌的。这有什么必要否认呢？"她脸上的表情，在伪装的迷惑之外，又增添了伪装的坦率。

　　一道清河水，一座虎头山，
　　大寨就在那个山那边……

她又唱了两句，说："我刚才就是唱这支歌。怎么，你听到了？"

这时，她脸上的绯红已消失，神态也变得自然了。

我感到她简直是在把我当成一个瞎子一个聋子加以公然的愚弄！

我愠怒了，冷冷地说："不！我听到你唱的不是这支歌！你唱的是'十八岁的哥哥惦记着小英莲'！"

"十八岁的哥哥？什么小英莲？你别瞎说！我听都没有听到过这支歌！"她那两条又细又长的眉毛扬了起来，使她本来有一种诧异表情的脸，显出不但诧异而且惊愕的表情来。仿佛我当面说她是一个贼！

这么富有魅力的动人的一张脸，几次虚伪的变化的表情就浮现在这张脸上。

我惊奇地凝视着这张脸，在她面前僵立了。我对她再也无话可说。她在我眼中仿佛是埃及的狮身人面怪物斯芬克斯（Sphinx），斯芬克斯也要比她坦白！因为斯芬克斯对所有的人都说同一句话："猜不中我的谜，我将吃掉你！"斯芬克斯也要比她知道羞耻！因为斯芬克斯被俄狄浦斯猜中了谜语后，毕竟从巍峨的岩石上跳下去摔死了！

而她，竟要使一个神经正常的人相信自己大白天活见鬼！

我几乎是恶狠狠地对她说出两个字："虚伪！"

我猛转身，怀着对她的似乎永远也无法消除的鄙视，悻悻地大步走了。

"等等！"她叫住了我。

我站下，并没有转过身，但却想象得出她是怎样慌张急促地追到了我身后，也感觉到了她那惴惴不安的呼吸。

"你，你要汇报给连里知道吗？"她讷讷的语调中，带着难于明言的苦苦哀求。

我心软了，背对着她，摇摇头。我走出很远，情不自禁地回头望了一下她，她仍站在小河边，像一尊石雕，一动也不动……

我没有对任何人说过这件事。

我还不至于那么卑劣！

从那以后，过每一次团组织生活，当她诲人不倦地对我们进行种种思想意识方面的教育时，一接触我的目光，语调和神态就不自然起来……

这倒使我觉得有些对不住她了。

不久，我收到了母亲病重的电报。连里没有批假，理由很简单——正值夏收季节，我是康拜因手。其实我知道，主要的原因是，连长不相信这封电报的真实性。某些想父母想得厉害的知识青年或者他们的父母，曾用父母病重、病危甚至病故之类的电报，使我们的连长上了好几次当。连长是个典型的经验主义者，对这样的人，解释和哀求都是没有用的，效果只能适得其反。但我却不能对这封电报无动于衷。我父亲去世得早，母亲是街道小五七厂的工人。她在困苦的生活中把我和妹妹拉扯大是多么不容易！谁也不能比我更体谅她为我们兄妹操碎了的那颗心。如今我和妹妹都来到了北大荒，将她一个人孤苦伶仃地撇在了家里。她是个刚强的女人，无论多么想念我和妹妹，她都不会采取欺骗手段的……

我必须立刻回到母亲身边！

我在当天就悄悄地离开了连队……

啊！我的母亲！这一辈子受尽了生活辛酸磨难的女人！她太刚强太爱她的孩子了。她明明已经病得奄奄一息，自知将不久于人世了，却只给她的儿子拍了一封"病重"的电报，她怕"病危"这样严峻的字眼会惊吓到她的孩子。母亲活在人世的最后五天，我给予了她老人家一个儿子所能给予的最大限度的爱和孝心，也代替我的妹妹，报答她把我们带到这个世界上来并抚养成人的恩情。

五天，短短的五天啊！无论我在这五天内给予她老人家多少孝心，那也只能仅仅算是一个儿子对母亲的象征性的报答啊！而这种报答却成了永恒的抵消！

母亲死前给我留下的最后一句话是："照顾好你妹妹！她就你一个亲人了！"我带着一颗悲哀得麻木的心回到连队。

回去当天，团支部按照连长的指示，讨论给我这个"逃跑主义者"以什么样的处分。事先有人向我透露，要拿我当典型，杀鸡给猴看，处分早已确定——开除团籍。讨论不过是走个组织形式。

而我，却根本对任何处分都无所谓了。

副指导员主持讨论。我想，她这下子该称心如意了！可以堂而皇之地实行报复了。我准备一言不发地听她大发一通议论，一言不发地接受她对我的批判。

她让我先谈谈对自己的错误的认识。

我，谁都不看，只漠然地喃喃说了一句："我母亲……死了……三天前……"说完这句话，便低下头，用双手捂住了脸。我凭感觉肯定，所有人的目光都一下子投注到了我身上。

一刹那间，似乎每一个在场的人都停止了呼吸，宁静得令人窒息，好像空气都凝固了！许久许久，我听到副指导员用极其低微的刚刚能使人听到的声音说了两个字："散会……"

她第一个起身离开了。

当我迈动机械的步子经过连部时，听到里面传出了副指导员和连长激烈的争吵声，她对连长的"指示"从来是奉若神明的，我不禁停下了脚步。

"我是一连之长，难道没有处分一个战士的权力？"是连长恼怒的四川口音。

"我是团支部书记，如何处分一个犯了错误的团员，这是团组织的权力！"副指导员的声音也那么激动。

"你这样做，是袒护一个逃兵！"

"逃兵？他是从战场上逃跑的吗？他逃到黑龙江对岸去了吗？你知道吗？他母亲已经死了！他在母亲死后第三天就回到了连队！"

"哦！死了？"

"连长！我也是一个知识青年，我也有老父老母，他们日夜思念我，我也日夜思念他们。要不是我受自己誓言的约束,我也想立刻就回到父母身边去,但……我不能够!我不同意开除他的团籍!连长!请你设身处地想一想……"

我听到了她的哭声!

我站在连部外面,顿时泪如泉涌!

我心里对她充满了感激!不是因为她代替我辩护,而是因为她说的那句话:"我也是一个知识青年……"

这一句话,完全消除了在此之前我对她的种种误解和偏见。凭这一句话,就足以令我心甘情愿地去为她赴汤蹈火。

这句话,使我看到了一个姑娘高尚的本性!一颗富有同情的心!然而,又是她,亲口告诉了我一件如雷轰顶的事,在两天后……

"我们一块儿走好吗?"

收工之前,她接着我锄完了最后一条漫长的田垄。当我们锄碰锄的时候,她对我说了上面那句话。这是三年来她第二次主动跟我说话。第一次,就是不久前在那条小河边。她脸上阴沉的严峻的表情,令我产生了不祥的预感。

所有的人都扛着锄头列队时,她又当众大声对我说了一句:"你留一步,我们一块儿走!"男女青年,都用异样的目光看着她,也看着我。

当他们走远,她盯着我说:"我没有得到你的同意,就把你妹妹调到我们连队来了。"

"啊!她……她怎么了?快告诉我!"

"在你回家期间,她……"

"说!"

"她做了一次人工流产……"

我的身子摇晃了一下,险些栽倒!

她上前一步,双手扶住了我。

我粗暴地推开她,大吼:"你胡说!"

她踉跄着倒退一步,恐惧地瞧着我,从颤抖的嘴唇间挤出两个可怕的字:"真的。"

我觉得自己朝脚下的土陷了进去！我可怕地想喊叫出什么，却似乎又有团东西堵住了喉咙！我张大了嘴，只发出一种嘶哑的类似呻吟的声音。我瞪大了眼睛怪异地看着她，她却在我眼前模糊起来。

我突然发了疯似的朝连队飞跑……

那天夜里，当大宿舍响着此起彼伏的鼾声时，我将头蒙在被子里，咬着被角无声地哭了一夜。我想起了母亲弥留之际的叮嘱，而我还没有将母亲的死告知妹妹，她却做出了这种身败名裂的事，还有脸调到我所在的连队来，企图得到我的庇护。不！我要严惩她，以一个哥哥的权利！替死去的母亲！

第二天，我被副指导员叫到连部，在那里见到了妹妹。我当时一定是被恶魔附体了！我像凶猛的豹子一样朝妹妹扑过去，双手抓住她的头发，使劲儿把她的头接连地朝土墙上撞、撞、撞……

"住手！"我听到副指导员变了调的嗓音喝止，冲上前来掰我的手。

我对她大吼："滚开！"

我折磨的是妹妹，但又像是我自己，我在这种歇斯底里中感到了一种痛快。

啪！我脸上挨了一记狠狠的耳光。

我终于松开了手。第二记耳光比第一记耳光更狠。

这两记耳光顿时把我打清醒了，我不禁倒退数步，下意识地摸着火辣辣的脸颊。

妹妹，从始至终，一声没有吭，没有呻吟，没有叫喊，没有哀求。被我抓得凌乱的头发，遮掩了她那张毫无血色的苍白的脸，那张泪水涟涟的脸，那忍辱吞声的深陷在眼窝中的大眼睛。

副指导员的脸色像妹妹的脸色一样苍白，她紧紧地把妹妹搂在怀里，胸脯剧烈地起伏着，欲以命相搏地瞪着我。

"畜生！"

这是我第一次从她口中听到的一句骂人话。

从那一天起，我爱上了她……

她现在就坐在我对面，搭着帐篷的爬犁，被疲倦的铁牛拖着，在茫

父母岁月

茫雪原上挺进……篷帘卷着，灌进来被西北风扬起的雪粉，我们冻得缩手缩脚，但谁也不想把帐篷帘放下来。从帐篷口望出去，始终是白色……白色的大地，白色的山峦，白色的河，白色的林。"大烟泡"刮起来了，如万千头发了疯的野牛齐头奔突，示威地追逐在大爬犁后面。

副指导员默默环视着每一个人，自言自语地说："谁来讲个故事？要不就大家一块儿唱支歌！"

没有谁对她的提议做出任何反应。大家疲劳了。

副指导员把目光停在我脸上。

我清了一下嗓子，唱起了《兵团战士之歌》：

兵团战士，胸有朝阳，
一手拿枪，一手拿镐……

没有一个人随声附和，我只得唱了开头两句，便知趣地打住了。

这时，"摩尔人"王志刚吹起了口哨。他唱歌不行，口哨却吹得相当好。令我暗吃一惊的是，他吹的竟是著名的俄罗斯民歌《三套马车》，这个"摩尔人"！简直不把副指导员的存在当成一回事，可他那口哨声真令人着迷，像黑管，又像小号，拍节、曲调吹得准确无误，流露出淡淡的感伤和深沉的忧郁。

不知是谁，竟低声和着口哨唱了起来，接着，第二个、第三个……终于，非常自然地形成了小合唱。

我的妹妹抬起头，瞪大了黑眼睛，愕然的目光不安地瞧瞧这个、瞅瞅那个，又很快地垂下了头。她暗暗发出一声深长的叹息，使我的心灵恻然一动。

我，面对面地注视着副指导员，猜想她立刻就会严肃地加以制止了！

她，却无动于衷。头，仍然在"摩尔人"肩上。

她竟闭上了眼睛，装出睡意蒙眬的样子。我发现，她放在腿侧的手，分明在偷偷点着节拍！

我的自尊心被刺伤了，紧紧地咬住了嘴唇。

> 冰雪遮盖着伏尔加河,
> 冰河上跑着三套车,
> 有人在唱着忧郁的歌,
> 唱歌的是那……

夜幕悄悄降临了,暴虐的"大烟泡"不知是自甘屈服,还是被全速挺进的拖拉机远远甩到了后面,荒原那么沉静!

黑暗完全替我们垂下了篷帘……

我们的拖拉机像远迁的鄂伦春部落,在茫茫的雪原上奔驶了整整两天两夜。当我们打开地图,一致确信拖拉机履带已经碾在积雪覆盖的"鬼沼"的冰面上时,正是荒原庄严而肃穆的黎明时分。

啊!"鬼沼"!它并非像传说中那么恐怖,也许因为它处在冬眠状态,雪被罩住了它那狰狞的真实面目吧。我们看到了什么?仿佛看到了世界最大的湖泊被冻结在眼前,"满盖荒原"——它平坦得令我们这批垦荒者难以置信,直铺到遥远的地平线。

"魔王!你在哪里?你出来!"我们的一个伙伴大声呼喊。

"魔王"没有出现。

铁匠王志刚突然朝不远处一指:"你们看!"——一根从正中间劈开的圆木桩钉进土地,倾斜地立在那里。

我们都好奇地走了过去。副指导员拂掉木桩上的雪,我们看到了一块木碑,累累斧痕粗糙砍平的劈面上,刀刻的字迹被风雨所侵蚀,只能依稀认出"死于此……"三个歪歪扭扭的字。

我相信,我们每个人当时都和我一样,倒吸了一口冷气。

"那里,还有一个!"我的妹妹又发现了同样的不祥之物,她第一个朝拖拉机退去。

副指导员低声说:"我们走吧,别搅扰他们安息了。"

…………

如果有人问我:"你在北大荒感到最艰苦的是什么?"

我的回答是:"垦荒。"

为了寻找有水源的林子的理想地点,我们的足迹几乎踏遍了"满盖荒原"。我们发现了一条在地图上没有标出来的小河,它是"满盖荒原"上唯一洁净的水源,被我们命名为"流浪者"。我们发现它之前,它像流浪汉在荒原上不知徘徊了多少岁月,现在我们在它身边扎下了帐篷。

当冰雪消融的时候,当"流浪者"唱起了"拉兹之歌"的时候,我们闪亮的犁头劈进了"满盖荒原"的胸膛。若非垦荒者,谁能体会拖拉机翻起第一垄处女地那种喜悦?这荒原上有那么多的狼,光天化日之下,它们三五成群,大模大样地尾随在我们的拖拉机后面,捕食被犁头翻出的肥大的土拨鼠。夜晚,它们就在我们帐篷四周嗥叫。创业的艰苦,使垦荒队的每一个小伙子都变成了圣徒。副指导员跟我的妹妹和我们同住在一顶帐篷里。一块毯子分隔开了她们的狭小世界,毯子后面是神圣不可侵犯的"巴黎圣母院"。

一天深夜,我从睡梦中偶然醒了一次,却没有听到拖拉机翻地的轰响。我一下子跳起,来不及多想,只穿着短裤,就闯进了"巴黎圣母院",将副指导员从被窝里捅了起来。

"你!你要干什么?!"

"拖拉机不响了!'摩尔人',在翻地!"

"啊!"副指导员顺手就操起了步枪。

拖拉机不响,意味着"摩尔人"出了事。所有的人都惊醒了!正当大家要奔出帐篷,"摩尔人"从外面钻了进来。马灯光下,我们见他身上背着一只狼,两手拽着狼的两只前爪,头顶住狼脖子;那只狼朝天张大着嘴,两只后腿抓在他的腰胯上。

"摩尔人"大声说:"快动手!它还活着!"

我们各自操家伙,棍棒齐下,将那只狼在他背上打死了,好大的一只白毛老苍狼!

"摩尔人"一下子坐在地铺上,喘息了半天,才说:"拴大犁的钢丝绳断了,我回来换钢丝绳,这东西跟上了我,出其不意地将两只前爪搭在我肩上……"他的脸上、手上尽是血痕,棉衣被撕成碎片。他拧着眉脱下棉衣，里面的绒衣和皮肉被狼的后爪抓得稀烂！

副指导员命令我的妹妹："快，拿医药箱来！"

这时，我们才发现，她仅穿着衬衣衬裤，光着一双脚。她也意识到了什么，在我们的目光下一时显得不知所措。随即，她镇定了下来，从容地说："都瞪着我干什么？没你们的事了，全睡觉去！"

大家都一个个顺从地钻进了被窝，我没有。我将马灯举在"摩尔人"头上。

副指导员柔情地看了我一眼，一句话也没有说，立刻从妹妹手中接过医药箱，替"摩尔人"小心翼翼地包扎伤处……

我妹妹是垦荒队员的"内务大臣"，给我们做饭、洗衣服。从连队带来的冻菜吃光了，任何一种野菜还都没有从荒原上生长出来。为了使我们能吃得稍微满足点，她对剩下的两袋面粉发挥了充分的创造性：馒头、发糕、花卷、烙饼；甜的、咸的、又甜又咸的、先蒸后烙的……

如果说我是因为副指导员而参加垦荒队的，妹妹则是因为我才来到"满盖荒原"上的，我是她唯一的亲人。我走到天边地角，她会追随我到天边地角。我那么凶狠地对待过她，她却依然在心理上对我希求着荫庇和保护。我表面上对她仍旧冰冷异常，可感情上早已彻底饶恕了她。

只有自己罪恶深重的人，才不肯饶恕别人。

何况她是我的妹妹，唯一的妹妹！

我有责任保护她。无论在那件可耻的事情发生之后或者之前，我对她尽到过一个哥哥的责任了吗？没有！到北大荒的第一天，当我们经过鹿场，她被鹿群迷住了，她请求我和她一块儿留在鹿场。只要我愿意，那是完全可以的，我却没有留在她身边。为什么？我不愿和妹妹在一个连队。我觉得她太娇气又太任性，同在一个连队会给我添无尽的麻烦。为洁身自好，我逃避一个哥哥的责任，而在她成为舆论和道德严厉谴责的对象后，我首先想到的又是她败坏了我的名声。因此我憎恨她，不肯给予她半点怜悯和同情……

在"满盖荒原"上无数个不眠之夜里，我内心进行着深刻的反省，我认识了自己的真实面目。我忏悔我是一个多么自私的哥哥，一个多么可鄙

父母岁月

多么卑劣的人!

有一天,当帐篷里只有我和妹妹的时候,我叫了她一声:"小妹!"

她正在案板上揉面,听到我叫她,立刻抬起头。她怔怔地望着我,脸上浮现出无比激动的表情,一双黑眼睛里顿时充满了泪水。

"小妹,你还生我的气吗?"我轻轻走到她身边。

泪水,大颗大颗的泪水,慢慢从她的黑眼睛里淌出来,顺着她苍白的脸颊落到案板上,被她的双手一下一下地揉进了面团里。

"小妹……"我的声音哽咽了。

她倏地转过身,扑在我身上,沾满面粉的双手紧紧抱住我的脖子,头偎在我怀里,放声大哭起来。

泪水从我眼中簌簌而落。

许久,她才止住了哭声。她问我的第一句话是:"妈妈的病好了吗?"

我的心像被捅了一刀!

哦,母亲!如果您在九泉之下听到妹妹这句话,肯定也会老泪纵横的吧!

但愿您听不到这句话,但愿您不再为您的儿女们伤心,可我又多么希望您能够听到这句话啊!妹妹比我更爱您啊!

我没有勇气实告小妹,母亲已不在人世了!她那脆弱的情感、脆弱的心灵是经不起重击的。

我低声回答小妹:"妈妈没有生病,妈妈太想念太惦记我们了,我告诉她我们都很好,她就放心了。"

妹妹嘴角挂上了一丝笑容,一丝苦涩的笑容,几天来的第一次笑,如果那种惨然表情也能算是笑容的话。

"告诉我,那个人是谁?我要教训他!"

妹妹坚决地摇了摇头。

"你……爱他?"

妹妹无语地点了一下头。

"他呢?他也爱你吗?"

妹妹又点了一下头。

我注视着妹妹。她脸上呈现出一种天使般圣洁的表情，那是心灵的反射。我茫然了。

妹妹忽然肯定地问："哥哥，你爱她？"

"谁？"

"副指导员。"

"你听什么人胡说的？"

"我看出来了，她……也挺喜欢你的！"

"真的？"我双手紧紧抓住了妹妹的两条胳膊。

"真的。"

"不，我知道她喜欢的是'摩尔人'！"

"她只是信任他，我也信任他，他是一个值得信任的人，任何一个姑娘都会信任像他那样的人。但她喜欢的是你！她说你是个具有诗人气质的小伙子，是个雪莱型的小伙子。她说她喜欢雪莱，不喜欢拜伦，虽然他们都是天才的诗人，她还说拜伦只能评定一个女性外表的美丑，而雪莱却能窥察一个女性内心的善恶。她也知道你爱她……"妹妹突然住口了。

我们几乎同时发现副指导员不知何时呆呆地站在帐篷门口，她显然听到了我和妹妹的谈话内容。

"哎呀，我晾在河边的衣服还没收回来！"我找了个借口逃出帐篷，在荒野上盲目地奔跑，我觉得"满盖荒原"成了世界上最美好的地方。

当天，吃过晚饭以后，我们又围聚在帐篷里，讲起故事来，这成了我们精神生活的唯一方式。我们什么故事都讲：神、鬼、荒诞的、恐怖的、风趣的……我们每个人，包括副指导员在内，都摆脱了在连队的种种束缚，真正成了"满盖荒原"上"顶天立地"的人。

副指导员娓娓动听地讲了希腊神话《奥德赛》中的一段故事：伟大的俄底修斯攻打了特洛伊城以后，率领他手下的勇士们从海上返回家乡伊塔克，结果被逆风吹到了一个孤岛上。岛上的居民专靠吃一种"忘忧果"度日。他们热情地把"忘忧果"捐送给俄底修斯和他的勇士们吃。勇士们吃了"忘忧果"，完全忘记了自己的家乡和父母，忘记了兄弟姐妹和妻子，忘记了一切朋友，竟无忧无虑地长久留在了孤岛上……

父母岁月

我惊讶地发现，她讲故事的水平超过我们所有的人，她并不绘声绘色，只是娓娓道来。但那语调中流露出来的感情，是能够打动到人的心灵深处的。

她讲完了，我们都陷入沉思。只有妹妹叹息了一声，自言自语地说："我真想获得许多许多那种'忘忧果'……"

副指导员，又是和"摩尔人"坐在一起，又是那样将头靠在他的肩上。大铁炉子里的火光，将她的脸映照得那么红。火光一闪一闪，她那张美丽的脸忽明忽暗，浮现着一种虚幻憧憬和淡淡的愁思。

我不禁对她充满了同情。如果不是三年前她立下的誓言束缚了她，她早该回家探家了。三年啊！她一定比我们每一个人都更加思念她的父母和亲友。

我打开画夹，说："别动！'摩尔人'，我给你们画张像！"我的本意是，要给她画一张肖像。因为此时此刻的她，那么美丽那么楚楚动人，但我没有勇气坦白说出。"摩尔人"显然错误地认为我的话是对他的当众揶揄，他顶不能容忍的就是这个。所以，当副指导员下意识地将头从他肩上移开时，他一把抓住了她的手，冷冷地盯着我，说："别动！叫他画，别扫他的兴！"话语中隐含着挑衅。副指导员又顺从地将头靠在了他肩上，微微一笑，也注视着我。

我再没说什么，认真地画了起来。我看她一眼，画一笔，暗想，我一定要画得十分像。我从来没有画得那么好过，真的！最后一笔，我存心一顿，把笔尖折了。

"没画好！"我把画夹递给了副指导员。

大家都围拢过来欣赏，赞叹：

"像！像极了！"

"嘿！没看出来你还有招不露！什么时候也给我画一张？"

"咦，你就画了我自己呀！"副指导员看了"摩尔人"一眼。

"我的笔尖断了。"我脸上微微一红。

副指导员拿着肖像端详了一会儿，问："送给我？"

"送给你！"我大胆地盯着她。

她垂下了眼睑,说:"我会仔细保存它的。"

这时,"摩尔人"站了起来,一声不响地钻出了帐篷。从那一天起,他更加沉默寡言了……

然而,什么都可以转让,唯独爱情。

我要执着追求,绝不弃她的爱。绝不……

第一场春雨降临了。

我们开垦的乌油油的沃土,贪婪地吸吮着大自然母亲的乳汁。人们都习惯把春天比作花枝招展的少女,可是当她在"满盖荒原"上旅行时,却更像一位庄重的夫人,脚步懒散而从容,带着唯一的颜色——淡绿,所到之处,漫不经心地随意点染,画出了绿的世界。

副指导员有一天昏倒在"流浪者"河边,她病了。她接连两天昏迷不醒。在昏迷中,她时时念叨着两个字:"麦种,麦种……"医药箱里所有的药,都不能减退她的高烧。第三天,她稍微清醒了一些,首先把妹妹唤到她铺前,问:"还有多少粮食?"

妹妹回答:"只剩一点点了!"

她亲切地环视着我们,微笑了,说:"伙计们,我代表连队谢谢大家。我要建议党支部,给大家都记一功,放进档案里。现在,这里留下几个人就够了,其余的全部回老连队去,帮助老连队迁移来……一定要赶在'鬼沼'开化之前!"她轻轻地拉着妹妹的一只手,"你留下吧,没有你在身边,我会寂寞的。"

妹妹说:"副指导员,我留下!"

我说:"我也留下。"

"摩尔人"看着副指导员,说:"如果你同意,我也留下。"副指导员默默地点了点头。

"满盖荒原"上就留下了我们四个人。

一天,两天……四天过去了,连队没有到达。整整一个连队,几百口人,搬迁到这里来不是一次简单的行动,会有许许多多的困难。在这四天之内,"鬼沼"卑鄙地联合了起来,向我们示威!当我、妹妹、"摩尔人"

父母岁月

第四天早晨走出帐篷时,都被惊愕得呆住了!清可见底的"流浪者"河,不知从哪里汇集了那么多水,隔夜之间变成了一匹脱缰的野马,浊流湍急,打着旋涡,夹杂着雪坨、冰决、枯枝断树,甩了一个直角弯,奔泻而下,河水溢出河床,灌进沼地,"鬼沼"一片汪洋!

妹妹忧愁地说:"今天连队再不到达,我们就一点吃的也没有了。"

我和"摩尔人"同时看了她一眼,都没说什么。我们担心着更严峻的事情……连队将如何涉过"鬼沼"?

妹妹一声不响地又钻进帐篷里去了,我和"摩尔人"也跟进帐篷,见她坐在副指导员的地铺旁,瞧着昏迷中的副指导员垂泪。我们进来,她赶紧抹去眼泪站起来,拿上一把镰刀和一个小土篮,说:"我去挖野菜。"

将近中午,妹妹的喊声突然从远处传进帐篷:"哥哥,哥哥,快来呀!"

我和"摩尔人"同时跳了起来,奔出帐篷,但见妹妹像一只小猎犬,在追赶一头弱小的狍子。她一扬手,将镰刀飞抛出去,砍中了狍子后腿,狍子一头栽倒。她猛扑上去,却扑了个空。那小动物挣扎着跳了起来,带着伤向沼地里逃窜,妹妹跟在后面紧追不舍。小狍子在沼地边沿停了一下,似乎还回头看了她一眼,跃进了沼地,一拐一拐地向沼地深处逃去。

"站住!"

"小妹!"

我和"摩尔人"对妹妹大声喊。

妹妹追到沼地边,欲罢难舍,焦急地来回奔跑。她终于停住了,望着陷住四蹄寸步移动的狍子,迟疑了一下,小心翼翼地向"鬼沼"迈出一步。

"回来!危险!""摩尔人"高吼一声。我和他同时朝妹妹跑去。

妹妹回过头来望了我们一眼,挥动了一下手臂,好像是在任性地说:"你别管我!"她跑进了"鬼沼"。

当我和"摩尔人"追到沼边时,她已捕住了小狍子。她和那小动物在沼泥中搏斗了几下,一眨眼间,忽然深陷了下去,一下子被吞陷到胸部!还没等我和"摩尔人"有所反应,沼泽中便只露出了她的一只小手。那小手也只来得及在空中抓了几下,倏忽间便从眼前消失了!

"哥哥！别过来！……"她留在这世界上的最后一句话，击响我的耳鼓！

"小妹……"我发出一声可怕的叫喊，不顾一切地向沼泽冲去。

"摩尔人"两条有力的手臂，从后面紧紧将我搂抱住了。我挣动了几下，眼前一黑，昏倒在他怀里。

当我醒来的时候，已经躺在帐篷里。妹妹的那只小手像电影中的叠印镜头一样，重复地在我眼前出现。我耳边又响起了母亲临终的叮嘱，泪水唰的一下淌了出来。我硬撑起身，看见"摩尔人"那高大的身躯，一动也不动地伫立在帐篷外。惨白的月光照在大地上，将他的身影衬托得格外分明。"鬼沼"那边，传来了令人毛骨悚然的怪异鸟叫，也许是"收魂鸟"将妹妹的魂灵收走了吧？我虽然并不迷信，但这种迷信的思想却在我头脑中闪过。我盯着"摩尔人"的身影，心中突然对他产生了强烈的憎恨！甚至思路狂乱起来。如果不是他搂抱住我，我相信我是一定可以救出妹妹的！对小妹的死他是有罪过的！

我站了起来，一步一步走出帐篷。"摩尔人"听到我的脚步声，缓缓地转过身来。他骇然地瞪大了眼睛，也许他看到了我怒不可遏的狂乱的脸色，本能地朝后退了一步。

我霍然对他扬起了拳头。

"你……"他惊愕地朝后退了一步。

"我恨你！"我咬牙切齿地说出了这三个字。

他的目光，盯在我脸上，低沉地说："如果是因为你的妹妹，那我有权替自己辩护。你以为我有一颗魔鬼的心吗？你以为我就不为你妹妹的死难过吗？如果当时我的生命能换取她，我甘愿躺在沼底的是我！如果你是因为她……"他朝帐篷里看了一眼，"那你尽管动手！只要我活着，只要她还没有宣布做你的妻子，我就有权爱她，并且追求她！"

他的话，令我的双手发抖了。好像为我的小妹致哀，我垂下了头。宁静的夜晚，荒原显得更加沉寂，连"收魂鸟"那种怪异的叫声也听不到了。

"摩尔人"注视了我一瞬间，慢慢朝我背转了高大的身躯，朝荒原黝黑的深处走去，消失在黑夜的巨口中。

"你们吵嚷什么？"

我扭回头，见副指导员站在帐篷口。四天内，她病得虚弱不堪，如果她松开拽着帐篷帘的那双手，一定会无力地瘫软在地。我半天才从双唇间挤出了一个字："狼……"

"狼？"她怀疑的目光久久地审视着我，追问："你一定有什么事情瞒着我！'摩尔人'呢？你妹妹他们到哪儿去了？快告诉我，发生了什么事？！"

"我妹妹……她……她……她死在'鬼沼'里了！"我双手捂住脸，克制不住巨大的悲痛，失声号啕了。

副指导员像被猛击了一锤，发生短促的一声"啊"，昏倒在帐篷口。

深夜，"摩尔人"还没有回来，他到哪里去了？在我缺乏理智地对待了他之后，他会不会也恨我呢？他还会回来跟我同住在一顶帐篷里吗？他会不会遭到什么不幸？如果他真遭遇到什么不幸，那杀害他的就是我了……

我忏悔极了，不安极了，我感到黑夜的漫长。我守护着昏迷中的副指导员，第一次体验了在这广袤无垠的荒原上，孤独是一种多么可怕的处境。我整夜没有合眼。

黎明时，一阵急促的马蹄声由远而近。我奔出帐篷，"摩尔人"已经在帐篷外跳下马背。

"马？哪来的马？……"我忘记了我们之间发生过的一切不愉快的事，亲切地跟他说话。

他说："前几天，我曾在树林中发现了被猎刀砍断的树枝，断定这附近可能有鄂伦春猎人。昨天夜里我找到了他们，向他们借了这匹马。副指导员怎么样？"

"还是昏迷不醒。"

"鄂伦春猎手们说，可能染上了出血热。"

"出血热？！"

我的心顿时冷却了。我听说过这种病，夺走一个人的生命，像秋风吹落一片树叶。

"摩尔人"又说:"你立刻骑上这匹马,顺着我们的来路护送副指导员过去!你一定能迎到我们的连队,副指导员就有救了!"他完全是命令的口气。

"不!你护送她,我留在这里!"

"我的身体太重,半路上非把这匹马压垮不可。它已经跑得够累了!由此向西五十里,可以绕过'鬼沼',你们沿沼地向西走吧!"

再争执就是卑劣的虚伪。

"摩尔人"用行李绳将昏迷中的副指导员缚在我后背,扶我跨上了马鞍。

"把枪带上。"他把步枪递给了我。

"你留下!"

"你带上,以防万一。"他将步枪挂在马鞍上,拉着马缰掉转马头,用充满信赖的目光看了我一眼,在马屁股上猛擂了一拳。

那马嘶叫一声,撒开四蹄,朝西疾驰而去。

朝西虽然比朝东少绕三十里路,但却要经过一片"塔头"甸子。幸亏那马是纯种鄂伦春猎马,在"塔头"地里也行走如飞。这种马体形矮小,其貌不扬,但能吃苦耐劳,是猎人之友,是沙漠里的骆驼。

绕过"鬼沼",仍一路不停地踢着马腹。那马仿佛体谅我的心情,速度毫不懈慢。又疾驰了大约三十里路,我的棉裤被马身上的汗浸湿透了。突然它打了几个响鼻,四腿发抖,蹄步摇摆起来,它似乎还想全力奔驰,但前蹄却跪倒了。我的双腿刚刚离开马鞍,在地上站稳,它便侧身一卧,伸长了脖子——它彻底累垮了!马腹忽起忽落,鼻孔喷出热气,嘴里吐出白沫来。这有灵性的动物,在倒下时,也绝不用身子压住骑者的腿,它那双琉璃眼,歉意地悲哀地望着我。

"放下我,放下我!这是什么地方?我们为什么在这里?你要把我背到哪儿去?"

副指导员从昏迷中清醒过来了,她在我背上挣动着被缚住的身子。

我解开绳子,将她轻轻放在地上,让她的头和肩靠在我的胸前。

父 母 岁 月

我轻轻对她说:"副指导员,我要护送你迎接连队,你病得很严重!"

她喃喃地问:"我要死了,是吗?"

听我所爱的人说出这种话,我如万箭穿心,难受极了!我大声回答她:"不,你不会死的!"

她吃力地微笑了一下:"我不怕死,真的。你忘了,我们的扎根誓言中,不是有这样两句话嘛,"埋骨何须故土,荒原处处为家。"遗憾的是,我再有几个月就可以回家探望我的爸爸妈妈了,我真想他们啊!他们想我,大概都想疯了呢。我已经给他们写了信,保证我们在'满盖荒原'上秋收之后……"

我呜咽了,眼泪一滴一滴落在她脸上。

"别哭,"她轻轻握住了我的一只手,"如果我真的死了,就把我埋在'鬼沼'旁,我要和你的妹妹做伴。她是个好姑娘,我喜欢她。我只有一点请求,在我的碑上,在我的名字前面,刻上垦荒者三个字……"一大滴泪水,从她的眼角慢慢淌了出来。

我紧紧搂抱着她,放声大哭。

"你看,那是什么?多像书上写的那种忘忧果!你给我折一枝来,好吗?"她那双美丽的大眼睛忽然闪亮闪亮的,盯着附近的什么东西。

我顺着她的目光,发现了一丛紫红的尚未开放的达子香花。我将她靠在马鞍上,站起身去折那丛达子香花。待我折了一束花回到她身边时,她已经闭上了眼睛。

她和那匹鄂伦春猎马同时停止了呼吸!

大地在我脚下旋转,蓝天变成了黑色。

我擦干了眼泪,将那束达子香别在她衣扣里,跪了下去,在她渐渐消失着血色的双唇上,长久地亲吻着。我相信,她若有灵,是不会嗔怪我的。

我又背起她,继续朝前走。

这时,在地平线上,我看到了我们搬迁的连队的带状的影子……

全连队为副指导员默哀了许久许久。

每一个人都流出了真诚的眼泪。

当我们全连队的马车、爬犁、拖拉机和团里支援我们搬迁的卡车所组成的车队行进到"鬼沼"前,冥冥的暮色开始在荒原上织成了帏幔。有人发现了一顶棉帽子,挂在倾斜的作为坟碑的木桩上,还压着一块石头。我首先走过去取下那顶帽子,认出是"摩尔人"的狗皮帽。帽兜里有一张纸,上面写着这样几行字:"我探出了一条涉过'鬼沼'的路,以树枝为标记,由此向东,一里远处……"

当天晚上,我们将可能陷没的车辆停在了原地,全连队的人都平安地涉过了"鬼沼"。可是我们却到处也寻找不见"摩尔人"。

第二天黎明,在"流浪者"河边,发现了"摩尔人"血迹斑斑的衣片、一柄大斧、三只死狼……周围的一切,都无声地向我们做证,这里曾进行过怎样触目惊心的人与兽的搏斗,可以想见,强壮勇猛的"摩尔人"是怎样拼尽了最后的气力才倒下去的……

我们在悲痛的日子里,开始在"满盖荒原"上播种。

按照副指导员的遗嘱,我们将她埋葬在"鬼沼"旁。我们从百里外的驼峰山上运回了一块大青石,连队的老石匠将它凿成了石碑,碑文上刻着:垦荒者李晓燕和她的战友王志刚、梁珊珊长眠于此。

我们从驼峰山上伐下了上千棵义气松。沿着"摩尔人"做的标记,在"鬼沼"上铺了一条垦荒者之路。第二年,又有好几个连队建点在"满盖荒原"上。

"鬼沼",它终于被征服了!

当我带着垦荒者的胜利,在一个黄昏默走到"垦荒者"墓前凭吊的时候,一个陌生的青年也在那里。我发现墓碑上放着一束达子香花,那是妹妹生前最喜爱的花。

我立刻明白,他是妹妹生前所爱并爱过妹妹的那个人!

他脸上的表情令我深信,他永远也不会离开"满盖荒原"了!

我们对望一眼,他便掉头缓缓离去了。

我没有叫住他,没有问他的姓名,甚至没有想到问问他是哪一个城市的青年……

他是我们那一代中的一个,这一点足够了。

我们经历了北大荒的"大烟泡",经历了开垦这块神奇的土地的无比

父 母 岁 月

艰辛和喜悦。从此，离开也罢，留下也罢，无论任何艰难困苦，都决不会在我们心上引起畏惧，都休想叫我们屈服……

啊，北大荒！

阿依吉伦

押解我的,是我在连队的两个最亲密的朋友——哈尔滨知识青年王文君和北京知识青年朱燕生。他们从连队把我押解到团保卫股,就算完成了任务。他们是主动向连里要求完成这一负有"政治"责任的差事的,真使我迷惑。连里竟同意了,更使我不解。

我被牵连进了所谓"知识青年反动通信案"。凡受此"案"牵连者,无一不被加上"策划投敌叛国"的罪名。而全部罪证,无非是分散在生产建设兵团各个师内的我们六名高中同班同学的来往书信。只有一点属实,我们这些来往信件内充满了对"四人帮"种种倒行逆施的政治义愤。

从连队到团部有五十八里。"囚车"是我们连队的一辆马车。两个押解人员各背步枪。

临上路,王文君当着连长和指导员的面大声对我说:"你可别想半路逃跑!你若敢逃跑,我们就开枪!"

全连的知识青年差不多都走出了男女宿舍,站在宿舍前,默默地不无同情地望着我。

朱燕生用细麻绳捆上了我的腕子。一边捆也一边提高了嗓门说:"你要听明白王文君的话,子弹可是不长眼睛的!"

鲍虹从姑娘们中间扑到我跟前,勇敢地当众紧紧拥抱我、亲吻我。

"鲍虹!……"连长大喝一声。

她回头朝连长看了一眼,不得不放开我。文书韩竹平斜倚着男宿舍的

父母岁月

门框，两臂交叉抱在胸前，眯缝起眼睛瞥视着我，轻轻地悠然自得地吹口哨，满脸掩饰不住的幸灾乐祸的神气。我知道，他心里一定快活极了。我对他恨得咬牙切齿！是他向团保卫股出卖了我。他卑鄙地偷看了我和同学们的来往信件……

倘若他是出于某种政治动机而扮演犹大的角色，我也许还不至于这般痛恨他。但他完全不是出于政治动机，而是出于对鲍虹的低劣的爱，出于对我的一种阴暗的报复心理。

难道这种低劣的爱也配被一个姑娘接受吗？

难道靠这种出卖情敌的卑鄙手段也能够获得真正的爱情吗？

可耻的灵魂！

我朝他狠狠地瞪了一眼。他一接触我的目光，便仰起他那张漂亮而虚伪得可憎的脸看天。

王文君和朱燕生把我架上马车后，鲍虹突然失声痛哭了。

"我等着你！永远等着你！"她哭着对我说。

我眼中流下了泪水。

赶车的汪大胡子一屁股坐到马车上，扬起鞭子在空中"啪"地甩了一声响鞭，胸膛里憋着股恼怒似的大吼："驾！……"

马车离开了连队……

汪大胡子四十多岁，是个为人厚道而又十分重义气的山东汉。

路上，他没有再鞭过一次马。他在我们连老板子中是有名的"急急风"，每次出车，只要车上载得不重，就常常一路将马儿鞭得铃声哗哗。今天他却很反常，似乎很有耐性，任马儿慢悠悠地走着。马儿停下来舔雪，啃路旁雪被下露出来的枯草，他也懒得吆喝一声。王文君和朱燕生也不催促他。

我明白，汪大胡子有意将马车赶得如此慢。由他赶着马车把我往火坑中送，他心中别扭，甚至可能还会觉得有点对不起我。我理解他。三个月前，他的小女儿患重病，生命垂危，由我护理。到团部医院，医生却说没治了，不收，他又赶着这辆马车悲哀而绝望地将心爱的小女儿拉回连里。我在他家炕前白天黑夜守了那女孩一个多星期，将我这个连队卫生员按规定应维持用半年的三瓶吊针都用上，终于保住了他小女儿的生命。他从此对我"感恩戴德"。将马车赶得慢点，也许能减少他自以为很对不起我的内疚。

至于我那两个平日的好朋友，我可实在不知该怎样理解他们。他们为什么主动要求押解我呢？而且当众对我说了绝情绝义的话！他们一路不跟我再说一句话，我也一路没开过口。我没什么可对他们说的。我到了这般地步，还有什么可对他们说的呢？何况他们不是在给我送行，而是押解我。

从团里再被保卫股的人押解到师部军事法庭以后，我将会受到怎样的审讯与判决呢？"现行反革命"的帽子是注定要被戴在头上的了。劳改？入狱？我的命运今后只有任人摆布……我想到了鲍虹。她还要等着我，永远等着我。痴心的姑娘呵，但愿你能早早从心里把我忘掉！

昨夜下了一场大雪，这条路上还没有任何车辆通过。我们的马车在雪地上碾出了第一道车辙。天空阴沉，可能还会接着下雪。灰色的厚重的云块堆砌在远处的山头，和覆盖山头的白雪相衬，形成一种大自然的令人感到忧郁惆怅的调子。

我往日的两个好朋友盘腿坐在我对面装马料的麻袋上。一个将枪横放在腿上，一个将枪竖搂在怀中。

马车开始上山时，他们对视一眼，王文君干咳了一声，终于开口说："你听着，我们有话跟你说。"

我茫然而漠然地瞧着他们。

朱燕生接着王文君的话对我说："你面临的处境，你自己比我们更清楚。我们只想提醒你，无论你遇到什么情况，都要冷静。"

王文君又补充了一句："什么事你都可能遇到，也许在这一路上就会发生。"

我缓缓地将目光转向遥远的地平线，一时品味不出他们的话中有什么特殊的含意。

汪大胡子这时从鼻孔里重重地哼出一声，头也不回地说："瞧你交的这两个好朋友！话说得多重情义！"他路上第一次开口，分明在用这句话敲点两个扮演"解差"角色的人。

父母岁月

马车像甲虫似的爬上了二龙山的缓坡,进入了山林地带。下了山再走十多里,就可以望见团部了。"解差"们分别朝两旁的密林中张望,不时交换一次莫名其妙的眼色。我观察出,他们分明都有点"心怀鬼胎"的样子。

汪大胡子喝住马,跳下车,倒过鞭杆朝他俩屁股上毫不客气地各捅一下,恶狠狠地说:"坐得倒怪舒服,起来!"说罢,放下鞭杆,还没容他俩挪动身子,就使股猛劲儿将麻袋从他俩屁股底下抽了出来。拖得他俩同时倒在车上。汪大胡子也不理睬他俩,自顾自拎起麻袋去喂马。

王文君跳下车,有点发火,嚷道:"大胡子,你今天存心找我们的别扭是不是?"

汪大胡子朝他一瞪眼:"怎么?你他妈冲我嚷什么?嚷火了老子,老子揍你!"

王文君忍气吞声,不再言语。

朱燕生息事宁人地说:"得了得了,平常关系都挺不错,今天无缘无故干吗翻脸啊?"

汪大胡子又朝朱燕生一瞪眼:"谁跟你他妈的关系不错啦?"

朱燕生也被骂得哑口无言。

汪大胡子掏出旱烟包,蹲在地上,卷起一支又粗又长的旱烟,独自吞云吐雾。三匹马并不饿,嘴巴分别在麻袋里拱了几下,就不再理睬草料,都去舔雪。汪大胡子只好将麻袋甩上车,喝马前行,他自己跟在车下走。

马车行了不远,汪大胡子又将马吆住了。他在车下瞪着两个"解差"说:"你们要是还有点人情味儿,就给他解开捆手的绳子,让他暖暖手。"

两个"解差"互相看了一眼,朱燕生首先说:"不行!他要是跑了,你负责还是我负责?"

我说:"我不跑。"

王文君说:"不跑?傻瓜才信你的话!"

"就算我对驴念唱本!"汪大胡子嘟哝了一句,从自己手上摘下一只棉手闷子,套在我被捆住的双手上。

我感激地对他低声说:"大胡子,我忘不了你!"

108

这山东汉子却挺动感情地转过脸去了。我心中不免暗暗怨恨我平日的两个好朋友——他们也未免太尽职了！人在难中，友情的淡薄，使我心中很感伤。

突然，从路两旁的密林中闯出三个骑马的人，将我们和马车从三面包围住。从他们所骑的马和他们的衣着，一眼便可以看出是三个鄂伦春人。他们出现得那么突然，且来势汹汹！三支乌黑的步枪枪口，分别指向了王文君、朱燕生和汪大胡子。

他们拦我们干什么？难道他们要抢劫不成？可马车上、我们身上也没什么可抢的呀！再说从来也没有听说过中华人民共和国成立后还发生过鄂伦春人抢劫路人的事啊？他们是大森林的主宰，是陌生路人的善良的帮助者和保护者……会不会是冒充鄂伦春人的越境者？……

这判断在我头脑中一闪过，我便本能地想要起而反抗。但仅仅是想，却并没有动一动。我的双手是被捆着的。

我问："你们要干什么？"

三个骑马持枪的拦路者都不回答。蒙面黑布的上方和狍皮帽子之间的三双眼睛，根本不朝我警视一下，咄咄地盯着他们枪口所指的人。

汪大胡子突然从车辕底下抽出支车杠，操在手中想发起反抗。拦路者之中的一个对他威胁地大吼一声，不轻不重地在他手背上捣了一枪托，支车杠从汪大胡子手中落到地上。他揉着手背，后退了一步，对方的枪口又指向了他。

另外一个拦路者从鞍上探腰夺去王文君和朱燕生的枪，熟练地卸下枪机，远远扔到路旁的林中去了，然后又将枪还给他们，说："等我们走后，你们去寻找吧！"

他俩背靠背地紧挨在一块儿，吓得浑身瑟瑟发抖，就要哭出来的样子。这两个蠢货，我心中鄙视地骂了他们一句。此刻我才对自己彻底承认，我平日交了这么两个朋友真算瞎眼。

第三个拦路者这时把脸转向我，喝道："下来！"

我坐在马车上一动不动。

"下来！"又一声大喝。

父母岁月

我还是一动不动。

前方传来了汽车喇叭声,有汽车开过来了。虽然由于山路的弯度还看不见车身,但听喇叭声离我们不远了。

那拦路者在马上双脚踩镫而立,还没容我有所反应,他早已向我探过身来,轻舒双臂,两手插在我腋下,将我从车上提起,举放到他的马鞍前。他的动作那么突然,矫健如猿,迅猛如豹。他一条胳膊挟制着我,打了一声呼哨,首先纵马驰入路左面的密林中。

穿过林带,我被劫持着翻山越岭,飞踏过两条冰冻的河流。马不停蹄地奔跑了不知多久,渐渐放慢速度,终于站住了。我又被从鞍上提起,轻放在地。

劫持者之一向我拨转马头,慢慢扯下了蒙面的黑布。狍皮帽子下现出一张圆脸形的眉目英俊的鄂伦春姑娘的面庞,对我微笑。

"阿依吉伦?!……"

我的惊愕无法形容……

我们连队地处山林之中,与鄂伦春人有密切的接触。每年秋末冬初,鄂伦春定居村的猎队便从我们连经过,进入深山老林狩猎。第二年春,他们陆续撤出深山老林,回定居村去,也经过我们连。一往一返期间,他们常在我们连小休几日。狩猎期,也常派人下山到我们连,请求援助一些粮食、子弹、医药、盐、酒之类的东西,我们连都尽力满足他们。"等价交换",是鄂伦春族的传统道德观念之一。每次从我们连获得援助,归猎时,总会送给我们连不少狍肉、野猪肉或各种山禽。其实,这种交换总是不等价的。他们偿还的,一向多于获得的。友善、慷慨、有恩必报,是鄂伦春族的民族品质。

我第一次见到鄂伦春人,这些带有浓厚传奇色彩的森林大帝们,便给我留下难忘的印象。

一天深夜,我出诊归来,见连队医务所前的空旷场地上露天睡着十几个人,他们的身子都钻在"乌拉"里。"乌拉"是用狍皮缝成的被褥合一的铺盖。他们一律头枕马鞍,枪支放在鞍下,鞍旁预先架好一小堆干柴。他们的马匹拴在医务所门前的几棵杨树上。这情形使我联想起了革命年代纪律严明的红军部队。

完全是出于好奇心,第二天我起得很早,刮掉窗子上的霜花朝外看,他们正纷纷"起床"。他们首先将昨夜预先架在"枕头"旁的小干柴堆点燃,烘烤一阵衣服,然后才开始穿。

当我洗漱完,走出医务室,他们已离去。场地上的火堆遗迹和几棵树下的马粪,打扫得一干二净。我们医务所的柴垛上,放着半只冻狍子,偿还用去的干柴和桦皮……

不久后的一天深夜,有人急促地敲医务所窗子,把我从梦中惊醒。

我问:"什么人?"

外面回答:"找医生的。"

我赶紧从被窝爬起,披上大衣,开了门。门外,停着一具双马雪橇。

雪橇的主人问:"你是医生?"

我点点头。

对方一把抓住我的手腕:"快走!"

我挣脱后,问:"哪个连的?"

"跟我走你就知道了!"

"什么病?"

"生孩子!"

"接生?……"我犹豫起来。我只是在全团卫生员集训时期听过妇产科大课,还没有一次接生实践呢!以往都是医务所的女医生赵大夫接生,我仅给她当过几次助手。她探家还没回来。我为难地说:"我不会接生呀!"

"你是医生,怎么能不会!"对方哪肯相信!

"我不是医生,我不过是个卫生员。"

"那么我进去找真正的医生。"对方说着,就往屋里进。

"医生不在,回去探家了。"我拦住了对方。

"说来说去,你就是不愿为我们鄂伦春女人接生是不?"对方的语气恼怒而强硬起来。

鄂伦春!难怪我听对方说话的语音不对呢!我更犹豫了。倘然出个一

父母岁月

差二错，那后果是比一般医疗事故更严重的！鄂伦春人虽然善良，但有时也会突然爆发粗野的性格。果真碰上个鲁莽的鄂伦春汉子的话，产妇或产婴性命不保的情况下，我被当场毁了也说不定。

我心里这么想，嘴上就说："你还是到营部卫生所去请医生吧！"

"多远？"

"四十几里。"

"这……来不及了啊！"

"那你就别耽误时间了呀！反正我是无论如何不能跟你去的！"我退后一步，想关门。对方用肩膀抵住门，又一把抓住我手腕："你非去不可，我求求你啦！"

"不行，我要……"我想说，我不能保证临产母婴的安全，也负不了这个责任。

没等我把话说完，对方怒喝一声："别说啦！"同时，从腰间拔出了匕首，匕首尖指在我心窝，"你不去。我就杀了你！"

我刚一坐到雪橇上，鄂伦春人就连连鞭马。雪橇如飞般离开了医务所，驰离了连队。

雪橇驰入山林一个多小时之后顺着山坡飞滑下山谷，停在山谷间的一顶帐篷前。几个鄂伦春人焦急地期待在帐篷外，雪橇刚一停下，他们就围了上来，七言八语对我说些充满信赖的话，鄂伦春话、汉话相杂。

我顾不上和他们交谈一句，左推右搡分开他们，匆匆走进帐篷。在马灯的幽光下，我看到产妇那苍白的面容，脸上那一层水珠般的冷汗，那辗转反侧的痛苦状，听到了那令人心颤的呻吟，我头脑中的一切杂念立刻都消失了。我首先将马灯光拧得更亮，从容而镇定地打开了医药箱。

胎位稍偏，但不属典型难产，我的信心更充足了。产妇十分坚强，紧紧咬住嘴唇，不再呻吟……

当新生儿发出第一声啼哭，当鄂伦春女人苍白的脸上对我浮现出感激的微笑时，那盏马灯在我眼中仿佛变成了一轮红日，我顿时觉得帐篷里充满了明媚的阳光！

"是个男孩。"我将婴儿双手捧送给冲进帐篷的父亲。

"儿子！……"当父亲的那张被山风吹得皱纹交错的脸大放异彩！他幸福地对那粉红色的啼哭不止的小生命端详了许久，才抬起头来看着我。

他突然要对我双膝跪下去，慌得我手足无措，赶紧扶起他。可我自己却因初次接生成功的喜悦，接生过程中的高度紧张，被感激时体验的无比激动，在刚一转身时晕倒了……

第二天黎明，一位鄂伦春姑娘驾昨夜那辆雪橇送我回连队。路上，她回头问我："你肯原谅我么？"

我反问："原谅你什么啊？"

她难为情地羞红了脸："我不该用匕首威胁你。"

我这才恍然大悟，原来昨夜那个鄂伦春人是她！我用友好的微笑向她表示，绝没有把这件事放在心上。通过交谈，我知道了产妇是她的嫂子。她的嫂子算上这一次生育过四次了，前三次，孩子都一生下来就死了。她说："我们全家人早就天天祈祷嫂子能再生下一个男孩……你是我们全家的大恩人！"雪橇在山林中轻快地飞奔，她放声唱了起来：

云雀岭上的黄菠萝树啊，
每年春天开白花，
嫂子曾生下过三个孩子啊，
三个孩子一生下来就死了。
云雀岭上的黄菠萝树啊，
今年还没到开花的季节，
嫂子又生下了第四个孩子啊，
第四个孩子一生下来就会唱啦。
那呀那呀哎那耶，
是托汉族医生哥哥的福气噢！
那呀那呀哎那耶，
那依耶……

以后，我经常在早晨发现医务所的窗台上放着一块最好的狍肉，或者

父母岁月

一只野鸡、一对飞龙[1]……

北大荒有种草莓类野果——都柿。它属低灌木科植物，果实比葡萄略小些，颜色像葡萄一样，酸甜而含有酒力，贪馋的人吃多了便会被醉倒。它往往成片地生长在路旁、山坡上。寻找到一片都柿丛，将一块手绢铺在丛中，用截树枝在都柿根部轻轻一磕，爱煞人的小果实便会落满一手绢。

就在第二年秋季，我独自进入山林采中草药，发现一片都柿丛，竟吃醉了。待我酒醒后，见自己倒卧在都柿丛中，我身旁坐着一位鄂伦春姑娘，口中轻衔一茎嫩草，瞧着我正乐悠悠地笑呢。我一眼认出，她就是用优美的歌声唱"云雀岭上的黄菠萝树"的那个鄂伦春姑娘。

她吐掉嫩草叶，说："我经过这里，见一个人醉倒在都柿丛中，怕被什么野兽伤害了，便跳下马走过来守护着，却没想到会是你。"

我记得自己走入都柿丛是中午，此刻夕阳沉落，天已黄昏。我感激地问："你一定在这里守护了我很久吧？"她笑而不答，站起身，去到路旁牵她的马。我也站起身，跟在她身后走到路上，庄重地谢过她，转身刚要离去，被她拦住了。

"这儿离你们连三十多里呢！你走不了多远，天就会黑下来的。你骑上我的马回连队吧！"她说着，将马缰塞在我手里。

"那你……"

"我山路熟，可以穿密林走，用不了多久便能回到我们的帐篷。"说罢，她迈步就走。我不想拒绝她的好意，怕她生气。骑上她的马后，喊着问："告诉我你叫什么名字啊！"

她站住了，转身告诉我："阿依吉伦！"对我扬扬手，匆匆走入了密林……

想不到今天她竟参与了这种令我迷惑的劫持！另外两个劫持者这时也扯下了蒙面的黑布。我认出他们是阿依吉伦的老父亲和哥哥。

阿依吉伦说："你没想到吧？我们是来解救你的！"

---

[1] 飞龙：即榛鸡，属鸟纲松鸡科，有花尾榛鸡和斑尾榛鸡两种。飞龙和下文中的树鸡皆指花尾榛鸡，分布在东北地区北部和中部，满语叫作"斐耶楞古"，意为"树上的鸡"，"飞龙"是取其谐音，在东北被称作"树鸡""树榛鸡"。

阿依吉伦

"解救我？你们怎么会知道我遭遇的事？"

"你的两个好朋友进入山林告诉我们的。今天这么解救你，是他们和我们一起商量的。"阿依吉伦说完，从口袋里掏出一个折叠的纸条递给我。我打开一看，认出是王文君的笔迹，写着：

　　我们自己毫无办法帮助你，只好去通知你的鄂伦春朋友，请他们解救你。记住，从此以后，你就是一个"失踪"了的人，万万不能轻易离开山林。我们相信，你的鄂伦春朋友们会对你很好的。我们以后也会想方设法和你取得联系。

我想到自己刚才还暗暗咒骂过他们，心中惭愧极了！世上只要还有真实的友谊存在，人啊，在任何情况下都不应对生活绝望。

我如收起一件珍宝一样，仔细地将那纸条收藏在身，抬头望着阿依吉伦，说："阿依吉伦，你真是个好心的姑娘！你的父亲和你的哥哥也都是好心的人！可我，怎么能连累你们哪？我要永远永远记住你们今天赤诚相救的一片恩情，但我却不能够和你们进入深山老林做一个失踪了的人。"

阿依吉伦听我说出这样一番话，神色顿时沮丧起来，用忧郁的目光注视着我。

阿依吉伦的父亲，老鄂伦春猎人这时说："孩子，你不该说出这样的话。你的话已刺伤了我女儿善良的心，也令我这个老人非常失望。我们知道你是个好孩子才解救你。解救好人是我们鄂伦春人的品德！何况你有恩于我们一家呢！我请求你和我们从此一起生活吧！"老人说罢，打了一声呼哨，从对面树林中应声奔出一匹马来。

阿依吉伦的哥哥申肯，正当壮年的鄂伦春汉子，像刚才劫持我时一样，从鞍上朝我弯下腰，两条强有力的手臂平稳地将我提到了为我预备的马上。

…………

多布库尔河解冻了，春天来了。

我已经与阿依吉伦一家共同生活了四个多月。他们对我像对待他们家庭中的成员一般亲热。然而我始终郁郁寡欢。我毕竟不是一个鄂伦春人。

父 母 岁 月

我毕竟不能够像他们一样习惯于长久生活在大山林之间。这种山林生活对他们来说是自由的，但对我来说无异于一种囚禁。我一天比一天更加思念我的连队，思念我们医务所那幢全连独一无二的破旧砖房，思念我的好朋友王文君和朱燕生。所有这些思念，都抵不上我对一个姑娘的思念——鲍虹的音容笑貌和她那苗条丰满的身影常出现在我梦中。对她的思念使我多少个夜晚叹息难眠。

阿依吉伦似乎比她的父亲和哥哥更能理解我的心，她用无言的关怀给予我种种深情的安慰。她是一个美丽的鄂伦春姑娘。不，美丽、俊俏、娟秀、娇媚——所有一切赞美一般女性的词句，其实一句也不能用来准确地赞美一个鄂伦春姑娘。在鄂伦春姑娘中寻找不到一个花容月貌的女子。夏季的赤日晒黑了她们的肤色，冬季的山风吹皱了她们的脸庞，山林中的狩猎生活使她们无暇也无心修饰自己。她们的美，美在心灵，美在气质。

当阿依吉伦身穿"苏恩"[1]，足蹬"奇哈密"[2]，头戴"灭塔卡"[3]，骑着她的名叫"卡普参"的白猎马，双臂平举猎枪，驰骋在大山林中追击野兽时，她那身姿，她那气概，就会使你情不自禁地发出赞美：好一位英武的鄂伦春姑娘！

一天，我在河边钓鱼，一种寂寞之情倏然笼罩心头。甚至觉得，被我从河中钓上来的鱼都是非常寂寞的，怀疑它们完全是由于寂寞所以才纷纷咬钩的。

阿依吉伦不知何时悄悄来到我身边，与我并坐在河岸一块大青石上。当她提醒我鱼咬钩了，我才发觉她的存在。她轻轻叹了口气，自言自语地说："我们过几天就要回定居村去了。"

听了她的话，我不禁一阵发呆，心中暗想：我怎么办呢？她一家走后自己继续孤零零地留在大山林中，还是跟随她一家下山到鄂伦春定居村去

---

[1] 苏恩：音译，鄂伦春族的冬装皮袍、皮袄，皮毛取自狍、鹿、犴，纽扣最初取自鹿骨、犴骨、野兽角或者树木，后以铜扣代替。

[2] 奇哈密：音译，鄂伦春人的皮靴，用狍或鹿的腿皮制成，分为高筒和矮筒靴。

[3] 灭塔卡：音译，鄂伦春人的皮帽，也称狍头帽。男性的狍头帽上带有狍角，起到伪装的作用。女性的狍头帽除此之外还有装饰作用，寓意吉祥如意。有时还会采用狐狸皮、水獭皮或者貂皮。

呢？我可以跟随他们到定居村么？我有足够的勇气独自留在大山林中像个野人似的继续生活下去么？

"如果我送你一样东西，你要么？"阿依吉伦的话打断了我的沉思。我随口答道："你送我什么，我都很高兴收下。"

她始终背在身后的一只手伸到了我面前，手中拿着一个小巧精美的椭圆形桦皮盒。我从她手中接过桦皮盒，忧郁的心情暂时轻松了许多，非常喜爱地端详着。桦皮盒盖上刻有很好看的花朵。

我问："刻的什么花啊？"

"南绰罗花。"她脸上飞起两朵红晕，立刻站起身，急急地走了。

南绰罗花？我知道，鄂伦春人认为，男子有了南绰罗花在身旁，心就不会感到孤独了。我苦笑了。阿依吉伦，阿依吉伦，你又如何能理解我心中的孤独并非南绰罗花所能排除的啊！

我串起钓到的不少鱼回住地，见阿依吉伦兄妹正和他们的父亲做下山前的种种准备。我的心中又被忧郁严密笼罩了。

晚上，喝过鱼汤后，我们围坐在篝火旁，每个人都显得心事重重，不愿首先开口说话。阿依吉伦轻轻唱了起来：

> 威拉参哥哥，我有点小米，给你做点小米饭，那依呀！
> 韦丽艳姐姐，我来不是为吃你的小米饭，而是找你的好意，那哈依呀！
> 威拉参哥哥，我有点树鸡肉，给你做点树鸡肉吃，那依呀！
> 韦丽艳姐姐，我来不是为吃你的树鸡肉，而是向你求婚来的，那哈依呀！
> 威拉参哥哥，我有点飞龙肉，给你做点飞龙肉吃，那依呀！
> 韦丽艳姐姐，我来不是为吃你的飞龙肉，而是和你过幸福生活来的，那哈依呀！
> 你如果真有这个心思，咱们就往大兴安岭奔驰，那依呀！
> 咱们赶快备上马鞍，咱们赶快跨上猎马，咱们一块儿向大兴安岭奔驰吧！

父 母 岁 月

　　那依呀！那依呀！那哈依呀！
　　……

　　阿依吉伦的嗓音非常动听。只有在大山林中天长日久引吭高歌的姑娘才会练出这般动听的嗓音。这是嘹亮的、圆润的、自由随意的优美嗓音。当她站在一座山头上放声高唱，歌声会飞过周围所有的大山。而当她像此刻这样低吟悄唱，那歌声中又充满了缠绵的深情，如角哨，如长箫，似断犹续，抑抑扬扬，播送到大山林幽静的黑夜远处。

　　她唱罢，低下头去，久久不语。她忽而又从心底发出一声叹息，怀着满腹难言的忧思苦绪，站起身缓缓地走出帐篷去了。哥哥申肯和她的老父亲，注视着她走出帐篷之后，又一起将目光聚焦在我脸上。老猎人轻轻咳了一声，于是那当哥哥的似乎得到什么暗示，也站起身退出了帐篷。

　　帐篷里只剩下我和那鄂伦春老人时，他低声开口说道："孩子，我们就要回定居村去了，你愿意跟随我们回到定居村去么？"目光仍然停留在我脸上。

　　我点点头。我这时才意识到，我在感情上和心理上是多么依恋这鄂伦春一家。我不敢想象，如果离开了他们，独自留在大山林中的日子对我来说将有多么可怕！

　　鄂伦春老人又说："孩子，你想过没有？回到定居村，你不是鄂伦春人，一定会受到种种猜疑。定居村又不都是鄂伦春人，还有你们汉人，只怕对你很不便啊！"

　　"这……"我怔住了。

　　老人犹豫了一下，问："阿依吉伦今天送给你一个小桦皮盒？"
　　"是的。"
　　"孩子，你知道它表示什么意思吗？"
　　"我……只知道一个男人身旁有了它，心就不会感到孤独……"
　　"它不仅表示一个姑娘对你的友情，还表示了爱情啊！我的阿依吉伦……她是喜欢上了你……孩子，如果你愿意一个鄂伦春姑娘做你忠实的妻子，我这个当父亲的鄂伦春老人，是绝不会反对的。我们鄂伦春人早就与汉人通婚……"

我呆若木偶。过了许久，才喃喃地说："可是，我……我已经有了一个心爱的姑娘。她发誓，永远永远等待着我，我不能够……"

当父亲的鄂伦春老人也愣住了。

他很费劲儿地低声从口中吐出几个字："那，就把我的话当成吹过你耳边的山风吧！"

我怀着一种有天良的负心人的内疚，脚步沉重地走到帐篷外面去了。我发现了阿依吉伦站在帐篷外的身影，她也同时发现了我，迅速隐到帐篷后面去了。

夜里，我躺在自己的帐篷中，听到阿依吉伦又在低吟悄唱。她唱的是一支鄂伦春人的古老的歌，一支关于母鹿和小鹿的歌。这支歌的大意是：

小鹿说："妈妈，妈妈，你肩膀上挂着什么东西？"

母鹿说："我的小女儿，我的小女儿，没有什么，那是树叶子。"

小鹿说："妈妈，妈妈，别骗我，不是树叶子。告诉我吧，告诉我吧！"

母鹿说："我的小女儿，告诉你吧，是猎人用枪把我打伤了，血在流啊！"

小鹿说："妈妈，妈妈，我的心都为你感到疼啊！让我用舌头把你伤口的血舔净吧！"

母鹿说："我的小女儿，那是没有用的，血还会从伤口往外流啊！你快去那边的高山上找你的爸爸，找到爸爸以后，和大伙一块儿走的时候，别闯在最前头，也别掉在最后头。喝水的时候，别站定了喝。快走吧，人要来了！"

…………

她的歌声那么哀婉。

从帐篷口可以望到她的身影，坐在草地上，一动也不动。

父母岁月

月光如水银似的，洒在她身上。

从夜到明，我没合上过眼睛。

对面帐篷里还是静悄悄的。我急急忙忙收拾起自己的衣物，打成一个小包，悄悄离开了住地。我本想将桦皮盒留下，但一想到准会严重伤害阿依吉伦的心，便决定带在身上。

晨雾还没有散尽，我已穿过了两片林子，走上了一条鄂伦春猎队的雪橇常年往返压成的山路。

到哪里去呢？我眼前虽有路，却走投无路。

一阵马蹄声传来，身后有人大喊："等一等！"

是阿依吉伦的哥哥申肯那粗犷的声音。

转身，两匹马一左一右，把我夹在山路中间。

申肯兄妹同时跳下了鞍。

我像一个偷走了人家东西的贼被物主追上，羞愧得没有抬头正视这对鄂伦春兄妹的勇气。

申肯将马缰朝鞍上一撩，一步跨到我面前，气咻咻地说："你为什么偷偷离开我们呢？只有对朋友失去了信任的人才会这样做。难道我们已经失去了你的信任吗？你不告而别，叫我们将来如何向你们连队交代？不但你的两个朋友请求我们关照你，也是你们连长和指导员把你托付给我们的！"

"真的？……"我有些怀疑地望着申肯。

阿依吉伦从旁证实："真的！你们连长和指导员是我父亲的朋友，也是我哥哥的朋友。"

我像个犯了错误的孩子似的，垂下了头。

阿依吉伦又说："哥哥，既然追上了他，你就别发火了。你先走吧，我有话单独对他说。"

申肯气恼地哼了一声，上马奔驰而去。

马蹄声消失后，我才怯怯地抬起头。阿依吉伦的眼睛正盯着我呢！一接触到她那流露出愠怒和谴责的目光，我立刻又垂下了头。

阿依吉伦平静地说："你因为我爱你，就要离开我们么？我爱你，与你有什么相干呢？我并没有纠缠你呀！我的父亲和哥哥并没有逼迫你做我的丈夫呀！我不配成为你的妻子，成为你的妹妹也不配吗？……"

我又内疚又感动，觉得非常对不起她，不知该对她说些什么话好。

"我的父亲和哥哥，已经允许我继续留在山上陪伴你，今后就让我们像兄妹一样相处好么？……"

我又一次抬起头看她，她期待着我的回答。

"阿依吉伦妹妹……"我情不自禁地这样称呼她。如果我的心，我的爱，不是已经给了另一个姑娘，我一定双手将它奉献给眼前这个鄂伦春姑娘！我一定情愿做一个鄂伦春人，永远和阿依吉伦共同生活在大山林中！

阿依吉伦轻轻地说："哥哥，我们回住地去吧！"

我们彼此无言地走了一段路，她首先打破沉默，问："你那心爱的姑娘和你在一个连队？"

我点点头。

"她叫什么名字？"

"鲍虹。"

"你一定非常非常思念她，是不？"我看她一眼，见她的目光是那么坦白，毫无妒意，又点点头。

阿依吉伦站住了。她说："哥哥，我一定把她接到山上来一次！我知道，她一定也非常非常思念你！我一定要想办法让你们见上一面！"

我将她的话理解为对我的安慰，感激地苦笑了一下。不料我的苦笑惹恼了她，她说："你以为我是在说空话欺骗你么？我们鄂伦春人是从来不用空话欺骗朋友的！"

我被她的真诚打动，抓住她的一只手，紧紧握在我的双手中说："阿依吉伦，好妹妹，我完全相信你的话，真的！只是，你为我们这样做太不值得了！你今后千万别再产生这样的念头，答应我好吗？"

她抽出手，发誓说："不，我一定要做到这件事！我们鄂伦春人有句谚语，恋爱的嘎呀鸟一旦长久分离，是会因相思而死的！"

"阿依吉伦，好妹妹，有你的友情，我绝不会像嘎呀鸟那样死去！"

"那你的心也会痛苦，你的感情也会忧伤，我要解除你的痛苦和

父母岁月

忧伤！"

第二天，她下山去了，很晚才回到住地。她显出异常快活的样子，坐在帐篷口，从晚上一直唱到深夜。唱的不是哀婉伤感的歌，而是柔曼抒情的歌。

申肯问她为什么这般快活，她笑而不答。

几天后的一个黄昏，阿依吉伦要我陪她去打树鸡。我们并马下山，她一路不停歌唱。她引导我走上了一座山顶。我们勒马伫立，她朝远处一指："你看！"

哦！我们的连队！在我居高临下的俯瞰视野中，连队那么远，又那么近！它被织在暮霭的纬线和炊烟的经线之中。我真希望我骑的是一匹神马，可以跃马行空，一下子飞落在连队！我真想大声呼喊，呼喊连长和指导员，呼喊王文君和朱燕生，呼喊赶车的汪大胡子，呼喊我昼思夜想的姑娘鲍虹。我张开嘴，嘴唇颤抖，发不出声音。泪水顺着脸颊淌到口中，咸咸的。

"你就待在这儿看你的连队吧！千万别离开。"阿依吉伦说罢，撇下我，纵马奔下山去。

不久，她的马又奔上山来，我一眼看出，马背上驮着两个人。

"鲍虹！……"我立刻明白阿依吉伦为什么引我到这里来了。果然，她在半山坡勒住了马，鲍虹从她背后跳下来。我也跳下马，朝她们跑过去。我和我朝思暮想的姑娘紧紧拥抱在了一起！她一边抚摸着我的脸，一边说："可怜的，头发胡子长得这么长！你都快变成一个野人啦！"

我被意外的相逢所激动，狂热地亲吻她。她躲闪着，轻轻推开我，转身朝背后看了一眼。阿依吉伦不知哪里去了，她的马在安闲地吃草。

我的情感冷静了下来，问："韩竹平还纠缠你么？"

鲍虹梳理着我的头发，说："他已经办手续回城去了。王文君和朱燕生在他离开连队那一天，狠狠地教训了他一顿。"

我沉默了许久，终于鼓起勇气，低声说："鲍虹，你把我忘掉吧！我也许要在山上待一辈子的啊！"

她愣了片刻，忽然又扑入我怀中，紧紧地偎贴在我胸前，说："不，不！我爱你，我不变心！有阿依吉伦，我们会经常见面的！……"

……………

阿依吉伦陪伴着我在大山林中又度过了四个多月。一种圣洁的深厚的情感，使我们在那四个多月中，亲如兄妹，又超过兄妹……

一天早晨，我和阿依吉伦正在烤肉，满山林忽然响起许多呼喊我名字的声音。我和阿依吉伦同时跑出帐篷，只见王文君、朱燕生、鲍虹、我们的连长和指导员骑着马一边呼喊一边向我们的住地而来。

他们一看到我，便几乎同时跳下马朝我跟前跑。他们围住我，轮番地长久地拥抱我。指导员把我从连长怀中扯入自己怀中，拥抱了我好一阵才放开，两手按在我肩上，仔细端详着我，说："比起你那几个所谓的同案犯，你受的这点苦可真算不得什么啊！'四人帮'垮台了，我们是来接你回连队的。"

我今天就要告别阿依吉伦离开她了吗？只有即将分别的此刻，我才凭心灵体会到我对阿依吉伦的感情已多么深、多么深！我转身寻找阿依吉伦，却不见她。我奔入帐篷，帐篷里也没有她。

"阿依吉伦！……"我喊了一声，无人回答。

在我要向她告别时，要向她表达我深深的敬意和感激时，她悄悄躲开了。

"阿依吉伦！……"我又接连喊了几声。

她仍不出现。她隐匿到这大山林的何处去了呢？

我心中一阵悲凉。我忍不住哭了。连长说："我们走吧！阿依吉伦今后一定会到连队看望你的。"

我们下山了。我几次深情地回顾我和阿依吉伦的住地。

我最后一次回头时，发现阿依吉伦骑马伫立在山顶上。朝霞绚丽的光彩，照耀在她身上。

阿依吉伦并没有到连队去看望过我。直到我离开北大荒，再也没见到过她。她在山顶目送我下山时的身影，成了她保留在我记忆中的最后的最长久的印象。如今，我的孩子都两岁了。孩子已跟我学会了唱那支古老的鄂伦春族民歌：

威拉参哥哥，我有点小米，给你做点小米饭，那依呀！

韦丽艳姐姐，我来不是为吃你的小米饭，而是找你的好意，那哈依呀！

咱们赶快备上马鞍，咱们赶快跨上猎马，咱们一块儿向大兴安岭奔驰吧！

那依呀！那依呀！那哈依呀！

…………

白桦林作证

贡比拉河绕过驼峰山梯形的山脚，河床狭窄了，流速缓慢了，像一位羞怯的少女，在荒原上若有所思地徘徊。河北岸生长着一片年轻的白桦林。清晨，浓雾从驼峰山顶飘漫下来，总是张开无形的双臂，情意绵绵地最先拥抱白桦林。然后，才依依不舍地翩跹离去，神秘地梦幻一般消散在深沉的荒原上。白桦林，则用它那稀疏的枝叶和潇洒的身影遮挡着渐渐灼热的阳光，珍爱地保留着挂在笔挺礼服上的雾气凝成的晶莹露珠，不忍抖落……

白桦林与我们马场连队隔河相向。马场的男知青们，把它叫作"少年维特之烦恼"。其实，更准确一点说，应把它叫作"少年维特之烦恼"的地方。

烦恼的不是白桦林，而是"维特"们。这一点，他们自己清楚。

我们比他们更清楚。

那一年，我们马场只剩下七个半"夏绿蒂"了。年龄最大的，是北京姑娘邹心萍。年龄最小的是我。她们个个都超过了二十五岁，而我才刚满二十三岁。她们认为我还没有到产生"夏绿蒂"式忧郁的年龄，把我视作稚齿童心的小姑娘。我完全接受她们对我的看法。生活的鞭子还没有把我驱赶到非爱一个人或非被一个人所爱的地步呢！……

说不清从哪一天开始，马场的男女青年之间形成了一道似有似无的壁垒。是因为某某首长的儿子或女儿从北大荒"光荣入伍"而后"曲线返城"

父母岁月

了么？是因为有人"走后门"开出了哪家大医院的诊断书"病退"成功了么？……没有谁提出过疑问，也没有谁回答过。

四十余万知识青年屯垦戍边，如同四十余万块石头垒起的大坝。它能否巩固地长存并发挥作用，全凭每一块石头与每一块石头之间那种紧靠的依傍性，那种可加不可减的牵制性。虽然走掉的也许仅仅是千分之一，甚至万分之一，但毕竟每年都在走。

走，走，走……

以各种方式走。

走了一个，动摇一批。走的并非都是最应该走的，但他们反倒走得心安理得，堂而皇之。他们无所留恋地走了，把不平留给了剩下的几十万人。

马场的女知青走得只剩下了我们"七个半"。

每天吃过晚饭，小伙子们从独木桥上走过贡比拉河，三三两两地隐没在白桦林中。而七位"夏绿蒂"呢，则换上干净整洁的衣服，一块儿离开集体宿舍。她们穿过草甸子，兜一个大圈，绕到贡比拉河下游，再沿着河边逆流往回走。经过对岸的白桦林，总要在河边停下，从兜里掏出条手绢什么的小物件，蹲在河中的石头上洗一阵。实在找不出什么东西可洗的，便采花折草。这时如果从白桦林中传出一声口哨，或一块石子在河面上打起一串水漂，她们就会像七头鹿一样抬起头，隔岸向白桦林睎望。通常情况下，她们是发现不了谁的身影的。于是面面相觑一阵，有所不甘地默然离去。如果一块挺大的石头飞落河中，"扑通"一响，吓她们一跳，白桦林中保准会有人躲在暗处嘻嘻窃笑。

"讨厌鬼！"

"缺德兽！"

"不得好死的！"

她们受了极大欺侮似的，七个人一字儿排开地站在河边，同仇敌忾，向对岸大叫大嚷，示威一阵方肯罢休。回到宿舍她们还要冥思苦想地猜测一番，那"讨厌鬼"和"缺德兽"很可能是哪一个。因此争论得面红耳赤的事也是常有的。

"够了！多无聊！"每逢这时，如果我在场，并且对她们的争论显出极感兴趣的样子，邹心萍就会大声制止，发出禁令。

她在我们七个，不，七个半"夏绿蒂"当中很有威信。这是一种特殊的威信，是现今善于关怀人的"老大姐"和往昔严肃的女排长双重人格所形成的一种威信。

我第一次见到她的情形，至今回忆起来，每一个细节都历历在目。

是的，每一个细节……

对我来说，那是很惊心动魄的场面——两匹狂怒的烈马之间的争雄斗狠。一匹白马，一匹红马，都是我们马场最野性的马。我们知青给它们起了两个好听的名字。白马叫"雪兔"，红马叫"火狐"。它们只要凑到一块儿，就会展开一场恶斗。

那天，两个车老板分别把它们卸了套，牵到河边饮水洗澡。"雪兔""火狐"不期而遇，野性突发，挣脱缰绳，转眼就斗到河中，又从河中斗到岸上。直斗得河中水花四溅，岸上飞沙走石。两匹马的搏斗，是显示出含蓄的狠劲儿的搏斗，并不像猛兽那般发出令人恐怖的咆哮，也绝不是血淋淋的张牙舞爪的生命的毁灭。不，完全不是那样。与猛兽相比，它们的搏斗甚至可以说带有西方贵族决斗的风度。一方在某一回合中获胜，下一回合，一定矜持地将主动进攻的机会让给对方。那简直不是两匹马，而是两个战神的化身。它们那瞪圆的眼睛，锃亮的铁蹄，呼呼喷气的鼻孔和剧烈颤动的马腹，那种狂怒，那种霸悍，那种争雄夺霸和誓不两立，那种半人性半野性的恶劲儿，那种力的持久的较量，既令人惊心动魄，又令人几欲为之呐喊助威！

那一天，是我到马场的第四天。一切的一切，都令我感到新奇、有趣。我和几个同批到达的姑娘正在河边洗衣服。起初我们只觉得这两匹马斗得好玩，斗得开心，站在远处观看。两个车老板对两匹马束手无策，也索性坐在河岸边的石头上，卷旱烟吸起来，摆出"看你们斗到何时方休"的听之任之的样子。但几分钟之后，我们那种袖手旁观的好兴致便云消雾散。我们都被震慑住了！两个车老板也扔掉卷烟，同时跳起身，躲躲闪闪地围着两匹马转，大声叱喝，跺脚挥拳，抛石头，却无济于事。"雪兔"的形体比"火狐"要小些，在那一天的恶斗中连连吃亏败北。它左前腿被"火

父母岁月

狐"踢伤，一块皮肉翻垂，鲜血染红了雪白的马腿。也许是因为伤痛的刺激，它更加狂怒。而它的狂怒也将"火狐"的野性引发到了顶点。

我真担心"雪兔"会成为"火狐"那无情的铁蹄下悲壮的牺牲品！

不知哪个姑娘跑回去报信了。有人骑着马从村里奔驰而来。接近时才看出，骑者是位姑娘。短发，柳眉，凤眼，穿一套洗白了的军服军裤，腰间紧扎一条帆布武装带，英姿飒爽，豪气勃发。一副"假小子"模样，一种叱咤风云的气概！

那张秀气的脸晒得真黑呀！

她在两个车老板跟前勒住马，目光咄咄，厉声问："你们是两个死人吗？"

两个车老板互相看了一眼，其中一个很不服气地说："我们是死人，你是活人！你能耐，你来劝架嘛！"

"少废话！这两匹马是最优良的种马，两败俱伤，你们负得起责任吗？！"她的语气和她的目光一样咄咄逼人，两个车老板不再说什么，默默朝后退了几步，意思分明是：我们看你的！

她也不再啰唆，促马接近仍在恶斗的"雪兔"和"火狐"，扬臂挥鞭，朝它们狠抽过去。鞭绳在空中发出呼哨，叭叭地落在"雪兔"和"火狐"身上。"雪兔"和"火狐"立刻分开，傲岸地挺着脖子，昂着头，肖然不动地朝她睥视了一秒钟，仅仅一秒钟，又凶猛地冲撞到了一块儿。任凭鞭梢像雨点般落在它们身上，再也不予理睬。

一个车老板冷笑一声，嘟哝着："就这两个鞭头上的功夫啊？"

另一个朝我们这边扫了一眼，撇撇嘴，讥诮地接着说："还不是想在这几个初来乍到的面前露一手，逞逞能！"

她显然是听到了。我看出她的脸涨红了。她不知是被两匹马激怒了，还是被两个车老板激怒了，扔掉鞭子，双手紧勒缰绳，直勒得胯下的马打了个"立桩"，接连倒退数步。

"闪开！"她大吼一声。

正当"雪兔"和"火狐"又一次人立起来的刹那，她一抖缰绳，纵马向它们猛冲过去！

"雪兔"和"火狐"被撞开了。它们各自兜了一个圈子，长嘶一声，又人立起来……

她迅速拨转马头，又朝它们猛冲过去！

两匹马无法再斗到一块儿了。"火狐"首先退出战场，仿佛一个光荣的胜利者似的，绕着被铁蹄践踏得松软了的那片场地散跑一圈，"咴咴"嘶鸣几声，然后箭一般地朝马棚冲去。

"雪兔"的玉石眼中仿佛投射出不甘屈服的目光，昂头凝视敌方跑远，转身一步一步朝河边走去。它的右后腿显然也受了伤，一拐一拐的。它走到河边，并不立刻喝水，注视着自己前腿上的伤处。

它突然发出一声愤怒的悲啸！

两个车老板又朝我们几个姑娘这边瞅了一眼，都有点羞愧。

而她，朝他们狠狠瞪了一眼，一言未发，策马向村中奔驰。

我注视着她远去的身影，问一个姑娘："她是谁？"

"大名鼎鼎的邹心萍嘛，三姐妹的头儿！"我得到了这样的回答。

我又问："什么三姐妹？"

"三个扎根北大荒的知青典型人物呗，她们比我们这批知青早半年来到北大荒。"

又一个姑娘用敬佩的口气说："咱们马场的二百多匹马，哪一匹她都敢骑！"

邹心萍——这是我来到北大荒后记住的第一个陌生人的名字。就在那一天，我内心中突然产生了一种奇特的崇敬。不过，不是对她——我们这位女知青排长，而是对它——"雪兔"。

这匹马那种为了维护自己尊严的不屈的刚勇感动了我。我天性对不屈的弱者抱有近乎本能的深厚怜悯和恻隐之心。一匹马也罢，一个人也罢。

我从此产生了一种强烈的欲念——要接近"雪兔"。

"雪兔"养伤的那一个月内，我几乎天天抽空独自溜到马棚去，带一捆从麦地上拔下来的青麦，或者从食堂仓库偷出来的一兜菜豆。有时甚至带几块家里寄给我的上海糖。"雪兔"对我由陌生、警惕，慢慢熟悉、亲近起来。不久，在它悠闲地嚼着我带给它的青麦时，已经允许我蹬着马草

父母岁月

垛骑在它身上一小会儿了。

"雪兔"前腿和后腿的伤终于养好了。一天中午,趁马棚没人,我偷偷将它牵出。它摇头扫尾,用下巴蹭我的肩膀,看样子很驯服,也很高兴和我厮混一会儿。它的友好态度令我胆子更壮,我将它牵到碾料的磨盘跟前,爬上磨盘,跃身跨到它背上。突然,它长嘶一声,打了个"立桩",险些把我从它背上甩下来!紧接着,它放开四蹄狂奔。缰绳从我手中脱落,我两手下意识地死命抓住它的长鬃,身子低伏在马背上。

"雪兔"从村路中飓风般驰过!

我害怕得闭上了眼睛,只觉身在空中似的,耳畔呼呼生风。我发出尖叫,叫喊了些什么,连自己也不晓得。同时听到村中许多人的惊嚷。

连队里悬挂作钟的铁轨"当当"地敲响了!一阵冷水溅到身上,衣服裤子全湿了,我才知道"雪兔"过了河。我始终不敢睁开眼睛,不知"雪兔"过了河后将我带到了什么地方。湿了的裤筒紧贴着腿,在马背上摩擦着,火辣辣地疼。我的整个身子几次从马背上抛起,落下;落下,又抛起……我精疲力竭了,我的头开始旋转,我心中默默地念叨着:"'雪兔','雪兔',我没有对不起你的地方,你今天可别坑害我……"

"别撒手!千万别撒手!……"我听到后面有人大喊。另一匹马的得得蹄声疾速迫近。

忽然,我感觉到有人从我身后飞跨到"雪兔"背上。接着,两条胳膊从我腋下向前插过来,揽住了缰绳。

这个人对我说:"别怕!"

我全身软绵绵地靠在了那个人怀里。

不知过了多久,"雪兔"的四蹄放慢了。终于,它站住了。我微微睁了一下眼睛,见已身在荒原,满目开放的野花。我仍一动也不动,目光落在一只紧紧握着缰绳的手上。那只手已被缰绳磨破,指缝沁出鲜红的血迹。我格外内疚,感激之情油然而生。我立刻挺直身子,正欲扭回头,看看将我从危难中解救了的是什么人,说一句感激的话,却不料已从马背上给推下去。幸亏草地极其松软,并没有摔疼哪儿。我双臂反撑着身子,仰起脸,原来是她——邹心萍!

"你！……你干吗摔我！"我大声抗议。

"摔你是轻的！我还想揍你呢！"她瞪着我，恶声恶气地说。

"你！……你得把我带回去……"我从草地上爬起来，几乎有点低声下气地说。

"想得美！你自己溜达回去吧！"她哼了一声，拨转马头，飞奔而去。我呆呆地、孤单地站在田野无人的荒原上，眼睁睁地望着她骑马涉过了贡比拉河，消失在对岸的土岗后面……

我在荒原上深一脚浅一脚地走了七八里路才回到村中。

我在宿舍门外站住了，我听到她正在挖苦我——

"这个刚从上海滩来的小黄毛丫头！靠在我怀里，大概还以为是靠在哪个小伙子怀里呢！……"

一阵姑娘们的哈哈大笑，像刀子一般挫伤了我的自尊心。

"哼！等她回来再跟她算账！无组织、无纪律，自由散漫……"听语气她怒火未消。

我紧紧咬住了嘴唇。

我没有当时进宿舍……

因为这件事，邹心萍在女知青排里，对我进行了一次措辞极其严厉的点名批评。

从那以后，我对她心中怀着一半感激，又怀着一半怨恨。我想找机会当面对她说几句感激的话，又想在某个人多的场合，找碴儿和她大吵一顿。不过，感激的话始终没能有机会当面对她说，大吵一顿的念头也渐渐打消了。心中的怨恨竟被后来对她的同情所替代。这是因为，她们那知识青年扎根边疆典型的"三姐妹"之中的其他两个，先后都离开了北大荒。一个走后门上学了。另一个，在探家返城期间，找了一位比自己大十多岁的男人结了婚，不回来了。"永久牌"的典型成了"飞鸽牌"的典型。冷讽热嘲，刻薄挖苦，都极不公平地降临在她一个人身上。有人断言，她也是"兔子尾巴"——长不了。她变了，完全变成了另一个人，变得沉默寡言了，像河边的一块石头。再也听不到她在任何场合说出扎根边疆的豪言壮语了。"我们三姐妹"这几个字，永远地从她的生活语汇中消失了。她们这三个扎根边疆的典型人物，是高中的同班同学、好朋友。她们一块儿来到北大荒，找了一棵三个枝丫的小松苗，作为扎根树，栽到宿舍门前。如今，小松苗已长得腕子般粗，三个枝丫都很茁壮，生机勃勃地生长在宿舍前，恰恰对当年的扎根誓言形成了讽刺！

有天夜里，我们全被宿舍外面的一阵劈砍声惊醒了。我们都知道是谁，在做什么，但却没有一个人说一句话。我们静静地听着那一阵劈砍声。我相信，每个人当时都开始思考了些什么。而我自己，则是从那个晚上才开始明确地意识到：扎根，这是多么严峻的两个字啊！

第二天，我们发现，那棵扎根树，昨夜被砍去了两个枝。它只剩下了主干，像一柄剑。砍过的地方，隔夜之间，渗出了松脂。

那是一种绿色生命的透明血液。

邹心萍的双眼布满了血丝。那双眼睛里失去了富于浪漫幻想的光彩，投射出多思少眠的目光。

她变得更加沉默寡言了。

马场的生活是单调的。放马，打马草，垫马圈。日复一日，月复一月。只有哪一匹骒马生驹的时候，才给我们的生活带来些微的劳动者的快乐。邹心萍和我们一块儿放马，不是骑着"雪兔"就是骑着"火狐"。那两匹马也似乎对她有一种特殊的感情，对她驯服得很。她常常会骑着它们中的一匹，在荒原上突然地疾驰狂奔，口中无缘无故地发出高声的喝喊："嗨！嗨……"

最无聊的是吃过晚饭到睡觉之前的那一段时间。看书？没有。任何一本多少描写到一点真实的生活的书都没有。只有红宝书，每人好几本。不是在过团组织生活通读"最高指示"的情况下，谁也不想去翻它。打毛线活，本是姑娘们的特长，可是要想买一根织针，也要托人到上百里地以外的团部去买。我们马场很少有人轻易到团部去一次。有人去，也未必能买到。谈天说地？彼此已经到了再没有什么新话题可谈的地步。何况"说说笑笑中也存在着阶级斗争"，这一点是每个人时刻都不能忘记的。

我要比所有的姑娘都幸运一点，因为我有一把小提琴。它是我从黄浦江畔来到北大荒后生活中最忠实的伴侣。琴弓、琴弦曾排解了我许许多多不为人知的内心的积郁和烦愁。我经常带上它，沿着一条曲曲弯弯的小路走到驼峰山脚下。那里生长着一棵高大的老杨树，树下有一块扇形的平滑的青石板。我站在青石板上拉小提琴，贡比拉河从我面前淙淙淌过。夜幕常常在不知不觉中低垂，明月当空，虫声唧唧，繁星倒映在河面，仿佛蓝色的缎带上镶缀了无数的宝石。

那地方，对我具有一种神秘的吸引力。令我弓弦系心，遐思驰骋。

有一天我发现了她——邹心萍，站在离我不远的地方，似乎在欣赏我的琴声，又似乎在怀着忧情苦绪若有所思。我不愿意任何一个人出现在我的精神领地之内，没有主动跟她打招呼。她也仿佛根本没有注意到我的存在，并不朝我看一眼。当我顺原路返回时，她从另一条小路离去。以后接连好几次，我出现在哪个地方，她也出现在哪个地方。我离开，她也离开。我们各走各的路。

终于有一次，当我停弓抬头时，发现她已不知何时站在我面前。

"太晚了，该回去了。"她平静地对我说。

的确太晚了，月亮悄悄地躲到驼峰山后去了。

"我并不打扰你吧？"她望着我问，目光闪亮闪亮的。

"不，绝对不……"我这样回答，不由自主地对她笑了笑。

她也微微地回笑了一下。

在彼此相对一笑之中，我觉得我们之间的宿怨冰消雪融了。

我们默默地并肩往回走。

她突然发问："你相信别人对我的看法吗？"

我站住了，反问："什么看法？"

"说我有一天也会离开北大荒。"

我犹豫了一下，轻轻摇头。

"真的？"

"真的！我相信你是绝不会像那两个一样离开北大荒的。"

其实我说的是违心话，我并不完全相信这一点。

她却分明被我的话感动了，亲密地拉起了我的一只手，走一路，握了一路。

父母岁月

我完全没有预想到，以后我同她之间的关系，有了极其特殊的转化。我是我们马场唯一一个"走资派"的女儿，政治地位自然跟别人不同，是入了"另册"的。"九一三"事件之后，我的父亲获得了政治上的"解放"，我又成了我们马场唯一的一个"老革命干部"的女儿。春节前，父亲专程从上海来到北大荒看望我，团长亲自陪同，小吉普车一直开到宿舍门口才停下。父亲走后不久，指导员找我谈了一次话。我回到宿舍时，大家都已经入睡了。我和邹心萍的铺位紧挨着，虽然我放被子的动作极轻，还是惊动了她。她翻过身，看着我在黑暗中脱鞋，问："指导员找你谈了些什么？"

我用极小的声音回答："没谈什么。"

她笑了："保密？"

我呆呆地在床沿上坐了片刻，含糊地说："明天你就知道了。"说罢匆匆脱衣，一声不响地钻进了被窝……

第二天，指导员对我们全体女知青郑重宣布：因工作需要，邹心萍调到炊事班任副班长，由我担任她的职务，任女知青排排长。

所有人的目光都投射到我和邹心萍身上。邹心萍的脸霎时苍白了。而我，像个贼似的，恨不得钻到一条地缝里去。她当场声明，宁肯当一个普通的放马员，也绝不当炊事班副班长。其实谁心里都明白，炊事班根本不需要一个副班长。我心里更明白这一点。

那一天里，我没有跟任何人说一句话，也没有任何人主动跟我说一句话。晚上睡觉的时候，我和邹心萍原先紧挨着的铺位之间，被两个小小的肥皂箱隔开了。

我躺在被窝里，心中特别不是滋味儿，忍不住"哇"的一声哭了。

"你怎么了？你哭什么？"邹心萍从肥皂箱上探过身子，一边推我，一边问。

我哭哭啼啼地说："我拒绝过，我拒绝过！……"

在我们知识青年当中，即使两个关系恶劣的人，特殊情况下，也会表现出诚挚的关心。她穿着衬衣爬过肥皂箱，伏在我身旁，追问："你拒绝过什么？告诉我，告诉大家，到底发生了什么事情？"

我掀掉被子，猛地坐了起来，大声说："我根本没想当什么排长！根本没想，从来都没想过！我知道我没你那么高的威信，我知道我没你那么强的组织能力！我对自己是半斤还是八两很清楚……这些话我都对指导员说了！可指导员说，他也没办法，对我的任命是团长的指示。团长是我爸爸当年的警卫员……我……我该说的都说了，叫我有什么办法呢！……"说罢，又委屈地呜呜地哭了。

她沉默了一会儿，说："别哭了，我保证今后服从你，绝不会跟你为难的。"

姑娘们都翻过身趴在被窝里了，你一句她一句对我说了无数谅解的、安慰的、鼓励的话。这些话使我压抑的心情畅快多了。我不好意思地笑了。突然想起了什么，光着脚丫蹦到地上，从灶坑里扒出一些烤土豆，分给大家吃。

那天晚上，我觉得邹心萍，不，觉得我们这些姑娘中的每一个，都是那么可亲、可爱、可敬！

那是一个月光皎洁的夜晚，给我留下了永远的美好的记忆……

从那时起，我就当了我们这个女知青排的排长。一直当到如今女知青只剩下了我们七个，不，算上我七个半"夏绿蒂"。排，如今缩编成班，我降职当班长。其他的姑娘，有的离开了北大荒，有的离开了马场。我在我们之间的地位是很特殊的。我既是每天发号施令的班长，又是一位处处受到格外关心和照顾的小妹妹。我是靠别人的威望来天天行使班长的职权的——靠邹心萍的威望。

她是一个最最自觉的战士。

父亲曾写来过一封信，信上说：他当年的一位老战友，是某某军区的师长。这个部队要到东北来招兵，他已跟这位老战友打过招呼，到那时来北大荒把我带走……

这封信被我悄悄撕了，也没向任何人透露过这件事。虽然我是一个极不称职的班长，但我已暗暗下了决心，永不抛弃我的七个大姐姐般的战士。永不！只要北大荒还留下她们之中的任何一个，我就不离开北大荒。我没有栽过扎根树，也没有公开发表过扎根的誓言。生活中，发表誓言的

父母岁月

人太多了，尤其是在那些年头；违背誓言的人也太多了，尤其是那些慷慨激昂的誓言。我们这七个半，已经是一个整体。我是其中的一部分。一个人的存留，对于四十余万来说，也许是微不足道的。但对于我们这七个半组成的整体来说，那就并不是微不足道的。何况我早已不视自己为一个小妹妹了。

正如她们明白我们马场的小伙子们每天晚上为什么要到白桦林中去一样，我也明白她们每天晚上为什么要去集体散步。她们已都不是天真的少女，更不是荒原上的什么仙子或者精灵。她们已经到了向往和需要爱情的年龄。没有爱情的生活对任何人来说都是不完整的生活。可是在北大荒，爱情如果不同"扎根"这两个严峻的字连在一起，就不过是美好而空洞的词句。也许正因为如此，我们马场的"维特"们，才对她们这些"夏绿蒂"退避三舍，而宁肯去到白桦林中解脱烦恼。

一天夜晚，我从驼峰山下练琴回来，经过贡比拉河边，猛然发现河对岸有两个紧紧拥抱在一起的身影。月光如水，洒在他们身上。

白桦林中那么静谧！

我回到宿舍的时候，宿舍里已经熄灯了。我不是回来最晚的一个，邹心萍还没有回来。

一会儿，她也回来了。

门一响动，灯立刻被拉亮。每一个人都同时翻起了身，目光一齐探究地投射到她身上。只有我躺着没动。

"你们怎么了？为什么都这样看着我？"邹心萍用异样的声音问大家。

"你到哪儿去了？为什么这样晚才回来？"有人反问，带点审讯的意味。

她轻轻地走到铺位前，坐在炕沿上，许久才低声说："我到白桦林里去了。"

沉默。

"姑娘们，我要结婚了。"她的语调虽然还是那么平静，但却无法掩饰激动的颤音。

仍是一阵沉默。

"我都二十八岁了!"她又说了一句,伴随着一声叹息。

我也倏地翻起身来,盯着她问:"跟谁?"

"王志刚。"

王志刚是我们马场的会计。

姑娘们又都一个个默默地放倒了身子,缩进被窝里了。

"他是我高中的同学,我们在学校时就相爱了。不过来到北大荒之前,我们约法三章,如果我不向他提出结婚的要求,他就绝不首先向我提出这个要求……姑娘们,原谅我,我以前没有向你们公开这个秘密……"她用娓娓的语调说出了这番话。

我问:"那么现在,是你首先向他提出……的了?"

她回答:"是的。"

我再问:"他……答应了?"

她点点头,仍用两个字回答:"是的。"

我很失望,叫嚷起来:"这太简单了!坦白交代,你们拥抱了没有?亲吻了没有?"

她不回答。

她的窘态令我开心。

我说:"交代吧,我在河边都看见你们了!"

"别七问八问的!"一个姑娘大声制止了我。

邹心萍坦率地说:"爱情的诗意和人类情感的崇高冲动,我们今天晚上都体验过了。"

另一个姑娘突然又翻起身,说:"让我们小声喊一句'乌拉'好不好?"

我们异口同声地喊:"乌拉!……"

我兴奋地发号施令:"姑娘们,从明天开始,大家每天四点钟起来,义务劳动,脱坯盖新房!"

我们马场还没有一幢像点样子可以当新房的住所呢!

邹心萍感动地说:"姑娘们,谢谢大家,谢谢大家!扎根边疆的口号,已经到了应该用安家落户的行动体现的时候了!我绝不做一个违背自己诺

父母岁月

言的人。我要做咱们马场知识青年中的第一个……妻子……"

第二天，天蒙蒙亮我们就起来了，走到宿舍外面，发现几个男知青也在和泥，脱坯……

秋末，打完马草，一幢泥草小房盖起来了。

婚礼如期举行。

那是我生平第一次参加的婚礼。我敢说，那幢新房，是一件集体创造的工艺品。集中了每一个人的才智。我们把四壁粉刷得雪白。我们把炕面抹得像镜子一样平滑。我们从山上采下了几麻袋榛子，每天晚上，在油灯的光亮下，很小心地用锤子敲碎，只把那些恰好裂为两半的挑选出来。我们把这些精心挑选出来的榛壳涂了各种颜色，在泥墙刚刚抹平之后，一个一个照预先设计好的图案按到墙上，像壁画一般。绿色的松枝和红色的柞叶用线穿起来，权当拉花，悬挂在顶棚上。剥得像窗纸一样透明的白桦树皮制成奇特的灯罩……没有酒，我们从荒原上采回打霜的都柿，拌糖自制成甘甜的果酒。每一个人，都打开了自己的箱子，检点出崭新的枕套、被面、水杯、脸盆……把一切对家庭生活有用的东西，诚恳地赠送给一对新人。

邹心萍感动得两眼噙泪。她举起倒满都柿果汁的酒杯，对大家说："荒原作证，贡比拉河作证，驼峰山作证，白桦林作证，我们的婚礼，是最美好的婚礼。我们的爱情，是最幸福的爱情！今天，是我生来最快乐的一天！……"她端着酒杯转身对她的丈夫——会计王志刚说："你用你对我的爱情，洗刷了公众舆论对我造成的羞耻。现在，我有资格这样说了——我是一个永不违背自己誓言的扎根派！为了这一点，我将永远爱你，做你的好妻子……干！"

我们每个人都干了自己的一杯"酒"。

新郎官王志刚那天晚上显得特别矜持。他微微地笑，给大家斟满第二杯"酒"，用一种要求的语调说："大家应该为我们喊一声'苦哇'！俄罗斯民族婚礼上的这种风俗，对我俩的婚礼也很适合呢，洋为中用嘛！"

于是大家纷纷举杯，同时喊出："苦哇！"

不知为什么，当时我总觉得王志刚那种反常的矜持，那种令人莫测高深的微笑，那种表面幽默实则在掩饰着内心的什么思想的语调之中，包含着某种幸福感之外的东西。然而在那样的场合下我并没有去深思，我只顾贪婪地分享别人的幸福了。

…………

从那天晚上起，我们女知青宿舍又少了一个人的铺位。然而我们谁也没有感到更孤独、更空寂。

我们的做了妻子的老大姐，脸上又焕发了光彩。生活又还给了我们一个当年的排长邹心萍。

一个月之后，王志刚返回天津探家。他吻别妻子的时候说："半个月后我就回来。"

半个月过去了，他没有回来。

一个月过去了，他也没有回来。

两个月过去了，他还没有回来……

一天，邹心萍来到了宿舍里，我问："你那口子怎么还不回来？人有事不能如期回来，也总该写封信给你呀！这家伙，对你太缺少感情了！待他回来，你把他交给我们批斗一顿！"

她掏出了一封信，默默递给我。

我接过信。还没来得及看，就被另一个姑娘抢去了。

"我来念！看这家伙都写了些什么情情爱爱的！"她抽出信纸，看了几眼，却没有念，怔怔地望着邹心萍。我们这才发现邹心萍的脸色隔夜之间变得多么苍白！姑娘们默默传阅那封信，最后传到我手中。一封极短的信，无格的信纸上书写着会计王志刚抄各种报表练出来的工整字体——

邹心萍：

　　我已不可能再回北大荒了。我此次回家，舅父告诉我，他已为我办齐了返城手续。我真后悔，我们在北大荒结婚是多么荒唐、多么愚不可及的事啊！我当时心中太空虚了！我需要爱情！需要你！这种真实的需要令我失去了理智。

　　如果你要继续成为我的妻子，你就想办法离开北大荒吧！如果你

父母岁月

没有办法离开,我们的夫妻关系便只能解体了!
…………

我把信撕得粉碎!

"可耻!丑恶!骗子!流氓!……"我恨不得用世界上所有的骂人话诅咒这个王志刚!

我哭了,为邹心萍而伤心地哭了,也是为我自己,为我们这几个姑娘,为我们被欺骗了的感情。

一个姑娘气愤地说:"不能如此便宜了这个家伙!不跟他离婚!把他拖到四十岁,五十岁!……"

"不,"邹心萍说,"我不是离开他就不能生活。我还有你们大家跟我在一起……"她说着,也不禁潸然泪下。

我们都哭了起来……

邹心萍首先擦干了眼泪,说:"听着,这件事,不许对他们透露,一个字也不许透露!"

我们心中都明白,"他们"指的是我们马场的小伙子们。

我们一个个点头默誓。

第二天出工的时候,她走到我们前面,首先唱起了我们自编的一支歌:

我爱马场哎,我爱马,
马场就是我的家,我的家。
马儿是我伙伴,
我是马场主人……

小伙子们,见我们居然像刚到北大荒的时候一样,排着队形,唱着歌,从村路上昂扬地走过,都不禁好奇地望着我们。

我们唱着乐观豪迈的词句,我们唱着心中的凄婉不平。

又是一个新年到来了。

邹心萍的身子显出了将要做母亲的明显迹象。没有不透风的墙。马场的小伙子们终于一个个都知道，王志刚再也不会回到北大荒来了，再也不回马场来了。他们都以不同的方式，对邹心萍表示种种关心和同情。王志刚一个人品格的低下，似乎令他们所有人都在我们面前感到了羞耻。他们对我们这几个姑娘，日益流露出崇敬来。

马场因为不是农业连队，因此并不受团里的重视。但那一年团里不知怎么忽然发了善心，竟拨给了我们一个上大学的名额。

指导员亲自找邹心萍谈话，对她说："连里的几个领导经过研究，决定把这个名额给你。当然，还要经过评议。我们想，群众是不会反对的。即使少数人有意见，工作也由我们去做。不过……你不可能怀着孩子去上大学啊，这一点是有明确规定的。你……是不是……就别要这个孩子了？我们也是为你考虑，机不可失，时不再来。你到边疆七八年了，是对得起边疆的。边疆也应该对得起你……"

邹心萍沉默了一会儿，低声回答："谢谢领导对我的照顾，但，我不想离开马场。"说罢，站起身走了。

邹心萍拒绝了那个上大学的名额，结果也没有一个人顶替那个名额。心中想顶替的人，大概总是有的，也许是愧于开口吧！那个名额最终还是退给团里，连里的领导为此十分遗憾。

当春风又吹绿了荒原的时候，我们几个姑娘，开始为我们马场知识青年的第一个后代，即将出世的北大荒小公民准备小衣小裤了。

然而不久，知识青年大返城的龙卷风刮到了北大荒，刮到了贡比拉河畔，刮得我们马场的知识青年们个个人心惶惶。马场连队的知青们在其他各个连队的兄弟、姐妹、同学、朋友，不远十几里、几十里赶到我们这儿，带来了种种消息。有来商谈的，有来动员的，有来告别的。种种信息都证实，每天都有成批的知识青年离开北大荒返回到城市里去了。

又过了几天，我们马场知青也开始走了，今天走一个，明天走两个，后天走三五个。起初，还有告别，还有送行，还流露出依依不舍。后来，连形式上的告别或送行都没有了。还没容我们几位姑娘对发生的这种突变认真思考，在短短几天内，马场的小伙子们全部走光了！如果不是指导员亲口告诉我们，我们简直不能相信！我们到男知青宿舍去看了一次，果然

父母岁月

人去舍空。留下的只有穿坏了的鞋、袜子、棉衣，各种破损的生活物件。我们面面相觑一阵，默然退出。其他几位姑娘的心情，当时也跟我一样。

晚上，我们谁都没有吃饭，也无饭可吃。炊事班上自司务长，下至炊事员，一个没留。

指导员从家里端来了一盆馒头和一盘咸菜，拎来了一壶开水。他走进宿舍，一个个打量着我们，轻轻放下水壶、馒头盆，说："姑娘们，凑合着吃一顿吧，饭总是要吃的。"

我们谁也没有对那盆馒头瞧一眼。

指导员缓慢地在炕沿上坐下，卷起烟来。卷好了一支烟，却没有马上点燃，目光盯着炕洞里将要熄灭的炭火，低声说："姑娘们，你们个个都是好样的。八九年来，我对你们谁都照顾得很不够啊！我真觉得对不起你们……"他的语调发颤，话也哽住了。

我们都默默无语，谁也不知说什么好。

指导员站起来走了，走到门口，又转回身，望着我们，语调更加低沉但却很清楚地说："你们也走吧！明天就走吧！我亲自套车送你们走，团里会给你们办返城手续的……"

第二天一早，指导员将一辆马车赶到了宿舍门前，他跨进宿舍，见我们谁都没有做好走的准备，似乎生起气来，吼道："你们为什么还没准备好？还要我亲自动手给你们捆行李、搬箱子吗？"

仍然没有一个人动一动，大家都怔怔地坐在炕沿上。

指导员也怔住了，许久才又说："走吧，走吧，四十余万都差不多走光了，你们几个姑娘还留下有什么意义呢？昨天团里已经来了正式通知，咱们马场连队也要撤销了。再说，小伙子们都走光了，你们就是留下，将来连个人问题都难解决……你们对北大荒的感情，对咱们马场的感情，我心里是有数的……"他不再说什么，果真动手捆起我们的行李来。

我们就这样告别了我们住过八九年的集体宿舍，告别了马场，告别了贡比拉河，告别了白桦林……

虽然指导员将马车赶得很慢，但我们的马场连队毕竟离我们越来越远了。

半路，有两匹马从后面追了上来，我们一眼便认出，是"雪兔"和"火狐"。它们是怎样从马棚里跑出来的，我们不知道。在我们的驯服下，它们早已不再是对头了，一匹走在马车左边，一匹走在马车右边。两匹马都不停地用下巴碰触我们的肩头。几年来，它们和我们这几位姑娘结下了深厚的友情，它们也是来为我们送行的。难道我们走了，它们也会感到孤独么？瞧它们那种依依不舍的样子！真说不定啊！

邹心萍一会儿摸摸"雪兔"的鼻梁，一会儿拍拍"火狐"的脖子。指导员要用鞭子抽它们，把它们赶回去，被她阻拦了。

"就让它们跟着吧。从此以后，我再也见不到这两匹马了！"她说着，语调中流露出无限的感伤。

一辆拖拉机横在路上，没有灭火，还在"轰隆轰隆"地响着。脱了钩的挂斗，栽到路旁的深沟里。一只旧木箱被甩出挺远，散了架，一眼可见上面写着"寄往天津……"几个大墨笔字。

我们的马车停住了。邹心萍第一个跳下马车，向拖拉机走去。她进入驾驶室，将拖拉机开到路边，灭了火，却没有立刻下来。我和指导员走近拖拉机，见她双手仍握着操纵杆，头伏在手上。

她在无声地哭泣！

指导员说："小邹，下来吧！"

我，却不知对她说什么好。

她拭干眼泪，跳下了拖拉机。指导员伸出手想扶她一下，没来得及。

指导员对我说："你们路上要好好照顾她，别让她这么跳上跳下的，她肚里有娃。"

我无言地点了点头。

邹心萍注视着指导员，说："指导员，我们几个姑娘，是最后离开马场，离开北大荒的。您知道九年来我们是怎样坚持在这里的，您知道我们是在什么情况下才不得不走的，如果今后有人问起我们，您，您可要对他们讲啊！……"

"我……讲……一定讲……"指导员声音沙哑地吐出这几个字。

我心中不禁暗想：会有人问起我们吗？会吗？我知道，那一天，将是

父母岁月

兵团史上最后几天中的一天了。四十余万知识青年几乎全部离开了,我们,也离开了。"屯垦戍边"的业绩就这样结束了么?北大荒,北大荒,你今后将会变得怎样呢?

"雪兔"和"火狐"终于寻找到了向邹心萍表示亲近的机会,它们习惯地用下巴去摩擦她的左右肩头。

邹心萍忽然紧紧抱住了"火狐"的脖子,对它说:"'火狐','火狐',你今后再也不许欺侮'雪兔'了啊!你们再斗起来,我可不能给你们劝架了!……""雪兔"似乎理解了邹心萍对它这种爱护之情,扬起头"咴咴"嘶叫了两声。邹心萍放开了"火狐",转过身,回望着马场的方向。贡比拉河如荒原上的一条银链,白桦林似地平线处的一道矮墙。

她面对整个荒原大声说:"荒原作证,贡比拉河作证!白桦林作证!今天,我虽然走了,不得不走了,但二十年后,我将把我的儿子送来!我曾在这里栽过一棵扎根树,我的儿子劳动之余,将在那棵树下乘凉!"

指导员低声说:"我也作证……"当我们重新坐上马车后,指导员将马儿赶得奔跑了起来。此后,我就再也没有听到过马铃铛那种"哗啷哗啷"的悦耳声响……

如今,我们这几个姑娘已经回到各自家庭所在的城市两年多了,我们都有了不同的职业,我们之中任何两个人都没有机会再见过一面。我们经常互相通信,每个人的信中都流溢着对北大荒的真挚的怀念、眷恋之情,以及对我们在北大荒度过的那段难忘的生活的重新认识和评价。

我们在来往书信中时常进行种种严肃的反思。

一切过去了的岁月便都成为历史。

历史不也应该进行严肃的反思么?最近,邹心萍又给我写了一封信,信中夹着一张照片——她和儿子在共同翻着一册画集。

一册《北大荒版画集》。

今夜有暴风雪

这是北大荒四十余万知识青年大返城期间的一个夜晚，在东北最北边陲，在驼峰山上，黑龙江生产建设兵团某师三团工程连战士裴晓芸，今夜第一次在边境哨位上站岗。

"六号坐标"矗立在积雪皑皑的驼峰山顶。它被寒冬包裹了一层霜的外壳，远远望去，通体反射着镀银般的凛冽的光。

月，凝冻在夜空，似一面冰块磨成的圆镜，刚用雪擦过，连蟾宫的虚影也擦去了。夜空澄净，澄净得异常，令人感觉到潜伏着某种不祥，仿佛大自然正暗暗汇集威慑无比的破坏力量。偶尔，纱绢一样的薄云从夜空中疾迅掠过，云影在苍茫的雪原上匆惶地追随着。稀寥的星怯视着大地。大地上的一切都显出畏惧，屏息敛气。没有风，伸出雪面的蒿草的枯叶，树木细弱的秃枝，都是静止的。荒原一片沉寂。驼峰山两峰之间的山沟里，狼嚎声不绝，引起近处村子里阵阵狗吠。狗吠声过后，愈加沉寂。这种凛峻的沉寂，是北大荒暴风雪前虚伪的征兆。

....

全团各连连长、指导员聚集在团部会议室。室内烟雾缭绕，空气污浊得令人窒息。几个烟灰缸插满烟蒂，像小盆景中的假山石。不少人继续吞云吐雾。

会议从下午四点开到六点，吃过晚饭，接着开到现在。每个人都意识到，这是一次严峻的会议。

父母岁月

团长马崇汉，比任何一个人都更加清楚这次会议的严峻性。知识青年大返城的"飓风"，短短几周内，遍扫黑龙江生产建设兵团。某些师团的知青，已经走了十之八九。四十余万知识青年返城大军，有如钱塘江潮，势不可当。一半师、团、连队，陷于混乱状态。唯独三团，由于地处最北边陲，交通不便，消息阻隔，返城飓风的势头还没有真正席卷到这儿。三团的知识青年们，近几天才刚刚开始从亲友、同学和家书中获得返城信息。各种迹象表明，他们也在暗中骚动起来了。

兵团总部下发了一个紧急文件：为缩短从兵团体制恢复到农场体制的过渡时期，为尽快稳定各师团的混乱局面，组建起各师各团连队新的领导机构，重新形成生产秩序，确保春播。知识青年的返城手续，必须在三天以内办理完毕，逾期冻结，春播后各师团酌情自决。

急件被马崇汉扣压，不向连队传达。

三天，三个二十四小时，只要拖延过三个二十四小时，全团八百余名知识青年，就可能被永久地钉在各连队的花名册上了。他曾同政委孙国泰就这一点交换过看法，却遭到老农场干部孙国泰的坚决反对。

"我们没有权力扣压兵团总部的急件。没有权力。"政委严肃地回答他。

"当然，我一个人是没有权力这样做的，因此才同你商量嘛。你，和我，如果我们两个人的意见统一了，在特殊情况下是可以代表党委的嘛。"马崇汉温良恭俭让地说。

凭着与对方多年共事的经验，孙国泰知道，对方越是在他面前表现得温良恭俭让，越证明根本没把他的意见当成一回事。虽然他是政委。孙国泰也明白，马崇汉之所以要在决定八百余名知青命运的这一严峻大事上"征求"自己的意见，无非是要自己表明一种态度，表明一种"赞同"的态度。有了他这种态度，哪怕是一种含糊"赞同"的态度，不，哪怕是缄口不言，那么，这件严峻的事情，这一首先从马崇汉头脑中产生出来的个人意志，便可以被对方也被别人认为是"党委的决定"了。

"党委也没有权力做出这样的决定。"老政委态度鲜明。

"政委同志！"马崇汉语气强硬起来，"别忘了，你是一位团级领导，是一位思想工作者，在当前这种局面下，为生产建设兵团保留一部分青年力量，是你我的共同责任！"

老政委被激怒了。政委同志？他曾被对方当作同志看待过吗？思想工作者？多么尊重的称谓。可是在这方面，对方曾允许他充分发挥过作用吗？说什么为兵团保留一部分青年力量，说什么共同责任，真是冠冕堂皇！好听的话都叫你马崇汉挑着说了。难道你心里就一点都不感觉对这些知识青年们有愧吗？

他压下怒气，慢言慢语地说："团长同志，你不觉得为生产建设兵团思考得晚了些吗？许多知识青年是怎样来到北大荒的，你应该比我心里更清楚！"

"你……"马崇汉一时说不出话来。

兵团组建的第二年，马崇汉作为兵团代表，乘飞机来往于各大城市之间，做了一场又一场精彩演说式的动员报告：正规部队的性质，不但发军装，还发特别设计的领章帽徽，居住砖瓦化，生活军事化，生产机械化……如此这般天花乱坠，欺骗了多少知识青年啊！

…………

最先进入团部区域的，是一辆马车。坐在马车上的人们举着数支火把，火焰被风朝后拉扯成不规则的三角形，仿佛像一面面燃烧的小旗。团部会议室门前宽阔的大道与公路相连。马车从公路拐上大道，马铃哗哗，毫不减速，带股来势汹汹、横冲直撞的劲头，有如驰骋沙场的古战车。它直抵会议室门口，老板子才高喝一声"吁"，猛刹住车，险些闯进了会议室。

二十几个青年跳下马车。火把的光在夜的胶卷上耀映出一张张若明若暗的脸，每一张脸的表情都那么严峻而冷峭，分不清男女。他们与从会议室走出来的人们对峙着。

三匹马，马腹剧烈地起伏着，喘息声短促而厚重，鼻孔喷出团团热气。它们贪婪地舔着雪。

政委孙国泰，走到一匹马跟前，在马身上摸了一下，像洗了把手似的。马身上汗如雨淋。

"你们，是哪个连队的？"他问。

他们谁也不回答。

147

父 母 岁 月

"把马累成这样，你们于心何忍？"

仍没有人回答。

沉默，既流露出含蓄的敌意，也分明对他显示出客气。

他回头对站在身后的几位连长和指导员说："你们认认，是不是自己连队的马车？"

"是我们三连的马车。"三连的大胡子连长说着走上前来。

"你们会后悔的！你们要对今天的行为所造成的后果负责任！你们每一个人！"他对他的战士们大声吼。

"到了这种关头，我们还考虑什么后果？"

"连长，别吓唬我们，我们不怕。"

"我们什么都不怕，我们豁出去了！"

…………

这些话，在另外几位连长和指导员听来，简直等于挑战！等于公开蔑视他们所有人在连队中的威望，而且是当着团政委的面，他们都气愤了。

无论在任何情况之下，当对一个人的放肆，代表对一种领导权力的挑战时，被领导者们就将领导者们的意志统一起来了。

"我提醒你们，你们现在还是兵团战士，我现在还是你们的连长，在你们的返城手续上，还要我签字的！"三连长暴跳如雷。虽然，他不是一个知识青年，可刚才在会议上，他是准备为知识青年，为本连战士的命运大声疾呼地发言的。没想到，他的战士们此刻当众往他脸上抹黑！

"连长，你敢不签字，我们就剁掉你的手！"他的一个战士，慢言慢语地说出这话。说得那么从容镇定，说得那么轻松。但只有白痴才可能会把这样的话当成玩笑。

"住口！"三连指导员也从会议室走了出来，呵斥道，"兵团最高军事法庭还没有解散呢！"

"我把你捆起来！"三连长朝那个扬言剁掉他手的战士怒冲冲地走过去。

"对，把他捆起来！他既然能说出这种话，就能做出这样的事！"另外两个连干部上前欲助三连长一臂之力。

148

"太不像话！"政委孙国泰突然极其严厉地说。

三连长站住了，转过身看着政委，不明白政委是在说自己，还是在说自己那个浑蛋战士。

"三连长，你把马卸了，牵到团部马号去喂料。"孙国泰低声对三连长吩咐。

三连长和指导员对视一眼，服从地去卸马。

孙国泰又对三连的战士们说："大家熄灭火把，都进会议室来吧！"

他们互相望着，犹豫着。

"政委，你们不是还在开会吗？"一个细小的声音问，听得出是个姑娘。

"会议室容得下我们二十几个，容得下全团八百余名知识青年吗？"又一个声音紧跟着说，语调中不无嘲讽。

"我们没有必要进会议室！"第三个声音很强硬，口吻中透露着威胁。

政委沉吟着。他意识到，作为一个团领导，他平定眼前这种严峻局面的个人能力，也许比自己估计的还要渺小得多。

又有几路人，坐着马车、拖拉机牵引的木爬犁、卡车和二八型轮胎式拖拉机拖曳的挂斗，顺着团部大道朝这里会聚而来。人嚷声，马嘶声，各种发动机的轰响声，粉碎了夜的暂时的宁静，搅乱了整个团部。

曹铁强发现三连的战士中有一个自己认识，便走上前低声问："我们工程连也有人来吗？"

"全团知识青年统一行动，你们工程连的人会不来？"对方朝团部大道尽头小桥那里指了指，随后低声问他，"结果如何？"

"什么结果？"

"你们开的会……"

"无可奉告。"他应付了一句，匆匆朝小桥的方向走去。

是谁泄露了会议的内容呢？他边走边想，无论用多么充分的理由解释，这个人也要对今夜这场骚乱负责。可是，他自己却成了最被怀疑的人。开会期间，他接了一次电话。因为是长途，他才违反了会前宣布的纪律。电话是妹妹从哈尔滨打来的。先打到了连队，由连队转到团部电话总机，又

父母岁月

由总机转到会议室隔壁的宣传股。是宣传股的小尤把他从会议室叫出去的。妹妹在电话里告诉他,父亲住院,病情严重,很想念他,要他无论如何赶快回家一次,动身晚了,也许老人就见不到他了……虽然是长途,他也听得出,妹妹是一边哭着一边和他通话的。他很后悔,刚才在会上没有向大家作一番解释。在会上错过了解释的机会,便意味着永远错过了解释的机会。明天和后天,生产建设兵团将会在它的最后一页历史上记载些什么呢?

....

曹铁强来到桥头,见"二八"已经过了桥面,挂斗却脱了钩,栽在公路旁。他的战士们,或蹲或站,围聚一起。

他走上前,分开众人——刘迈克紧闭双眼坐在雪地上。小瓦匠和另一个战士,扳着刘迈克的一条腿。活动着刘迈克的膝关节。活动一下,刘迈克皱一次眉头,吸一口冷气。

"怎么回事?"他尽量用平静的语气问。

众人都不吭声。

小瓦匠抬头看连长一眼,嘟哝:"事务长摔伤了。"

刘迈克睁开眼睛,低声骂了句什么话,被小瓦匠扶着站了起来。发现曹铁强,他顿时停止呻吟,默默地瞅着连长,仿佛有意等待对方首先开口。他已不再是多年前的刘迈克了。生活已经把他磨砺成熟了。他今天夜晚格外理智,心机格外慎细。他觉得连长此刻出现在大家面前,对连长是很不利的。倘若自己说出一句不适当的话,都可能无意之中将连长推到极被动的地位上。

不料曹铁强如此问道:"是你开车把大家拉来的?"

他点了一下头。

曹铁强紧接着说了一句欠思索的话:"你也来凑这份热闹!"语气中不无恼怒。

刘迈克默然良久,才低声回答:"我能不来吗?"

从他的表情,从他的语调,曹铁强立刻领悟到,他在违心地扮演着一个多么不轻松的角色!

他惭愧了，于是又低声问："你……伤得重不重？"

刘迈克摇了摇头。

"连长，你……你们……果然开的是那样一个会吗？"

黑暗中，不知是谁大声问了一句。

曹铁强转过身，一一扫视着他的战士们，似乎想寻找那个问话的人。但他实际上，是在心中暗暗点了一次名。全连三十二名知识青年，此刻站在周围的是三十一个人，只有一人没来。虽然，月色朦胧，辨不清这三十一人的脸面，但他知道，没来的那个人一定是她——裴晓芸。他抬起手腕，仔细看了一下表——她该下岗了。可是这沉默的一分钟，就等于他对刚才的问话做了回答。而这种形式的回答，当然不令大家满意。

有人愤怒地大声说："我们还在这儿浪费时间干什么？去砸了军务股，各人拿走各人的档案！"

"对！一不做，二不休！"

"走呀！"

"谁打退堂鼓，就他妈的是知青叛徒！"

在互相怂恿和互相鼓动下，大家一哄而走。

"站住！"曹铁强猛然喝了一声。

大家，都站住了。一个个，缓慢地回转过身。一双双眼睛，在月辉下闪烁着不驯的，甚至是敌意的目光。这一双双咄咄地盯着自己的目光，使曹铁强意识到，今天夜晚，他，和他们——自己朝夕相处的战士们之间的关系，是异乎寻常的。他们随时都可能将他——他们每一个人平时都很信任、很敬重的连长，视为共同的敌人。正是由于清醒地意识到了这一点，他瞬忽间觉得，内心产生了一种奇异的自信力。他仿佛觉得，自己的身体倏然高大了许多，高大得完全有足够的力量担负今夜可能面临的无论多么严峻的事件。

"这里是生产建设兵团的团部，不是夹皮沟，你们，也不是土匪。我更不是土匪头子，而是你们的连长，我绝不允许你们每一个人胡作非为。"这番话他说得很镇定，镇定中显示出凛然的刚勇，语势中暗示出明显的潜台词——今夜我是怎样说就要怎样做的！

父 母 岁 月

"今夜不服从连长命令的人,绝没有好下场!"刘迈克冷冷地说出了这句话。

曹铁强向刘迈克投去感激的一瞥,接着改换一种缓和了的语气说:"也许,今天夜晚,就是兵团历史上的最后一页。兵团的历史,就是我们兵团战士的历史。我们每一个人,都应该尊重这段历史。不论今后社会将要对生产建设兵团的历史做出怎样的评价,但我们兵团战士这个称号,是附加着功绩的,是不应受到侮辱的!"

他不能准确地判断自己的话是否打动了他的战士们,但没有人反驳。这便使他对自己的话增强了自信。他受到这种自信心的鼓舞,大声说:"听我的口令,整队集合!"

大家在犹豫状态之下迟缓地排成了并不整齐的队形。

他走到队形前,面对面地望着他们,问:"你们每一个人,是不是都已经做出了决定,要离开北大荒?"

"连长,这还用问吗?"是小瓦匠说出了这句话。大家用沉默表示,这句话代表他们作了回答。

"既然如此,你们到团部来,就只有一个目的,办理返城手续。我相信,团里是会做出正确的决定的。现在,全体向右转,齐步走。"

工程连的战士们,在其他各个连队的混乱人群和车辆之间,列队向团部机关区走去。

曹铁强走在大家后面,刘迈克一拐一拐地紧随在他身旁。许久,两人之间没说一句话。只听无数双脚踩着积雪,发出沙沙的响声。

刘迈克首先打破沉默:"团里怎么能够召开这样的会呢?"

曹铁强没有回答。

刘迈克又问:"连长,你……也要走的吧?"

曹铁强这才回答:"留下来就真的那么可怕?"

刘迈克理解了连长的话,他感到慰藉地说:"连长,咱俩今后就是伴儿了。"

这句话,使曹铁强的心感到异常温暖。他情不自禁地伸出一只手,轻轻搀扶着刘迈克。

一辆马车从他们身旁飞奔过去……

全团八百余名知识青年，从各个连队来到了团部。远的，几十里；近的，十几里。他们围聚在团部会议室外面，数百支火把，将团部机关区映照得如同白昼。没有叫嚷声，没有示威声，他们默默地静立在凛冽的严寒中。

团长马崇汉披着军大衣出现在八百余名知识青年面前。

"知青同志们！"他用做报告时那种洪亮的嗓音说，但却不知道接下去该说什么，于是又重复了一遍，"知青同志们，我保证……"却同样不知道自己应该保证什么。

"滚你妈的！"

一个声音从八百余名知青中突然地迸发出来。

"我们不听！我们不受你的骗了！"数百人几乎是异口同声地说。

马团长愣怔了一秒钟，仅仅一秒钟，便低下头，转身走进了会议室。在这一秒钟里，他意识到，自己被知识青年们视为团长的历史，过去了。永远。他心中产生了一种悲哀，一种大悲大哀。但仅仅是悲哀，绝不是悔悟。悔悟是反思的结果。任何虔诚的反思，都是在一秒钟内不会萌发的。

从会议室外走入会议室内，几步路，他却觉得脚下无根，步步艰难。他感到自己仿佛像一棵大树，骤然被雷电击倒了。

他若有所失地走到政委孙国泰面前，第一次用真正恳切的语调说："孙国泰同志，我……请求你……以一个共产党员的……"他无法用语言明确地将自己的意思表达清楚。

政委孙国泰伸出一只手，像是要把对方轻轻推开去。他用这样的手势告诉对方，他完全理解了对方的话。请求他站出来扭转眼前的局面，对方要说的无非就是这句话。请求？他感到这个词对他带有一种侮辱性，尽管他相信对方是恳切的。难道不用这样的词，他会袖手旁观，幸灾乐祸吗？那他还算是一个老共产党员吗？不，连一个北大荒人都算不上了。至于能否扭转这种局面，怎样扭转，他并无把握，更缺少自信。不错，在知识青年当中，他深知自己有着比团长马崇汉牢固的根基。十年来，他的足迹遍布全团二十几个连队。他熟悉他们，爱护他们，关心他们，甚至，还很有

153

父母岁月

些同情他们。他骂过他们,也挨过他们的骂。他的耳膜曾被他们的牢骚怪话几度磨起茧子,他也时时将自己胸中的郁闷烦愁借机朝他们发泄过。这种正常而又畸形的沟通,在他和他们之间架起了理解和谅解的桥梁。可是今天夜晚……

他犹豫片刻,稳步走出了会议室,目光深沉地望着知青们,良久,终于开口说出三个字:"孩子们……"

他是情不自禁地说出这三个字的。

没有用"知识青年们",没有用"同志们"或"兵团战士们"这样的称谓,而对他们说"孩子们……",使他们被深深地感动了。

他们极安静地望着老政委。

"孩子们,"老政委说,"你们,在北大荒度过了整整十年,你们是当之无愧的一代北大荒人。我,以一个老北大荒人的资格对你们说,我感谢你们!因为,你们将青春贡献给了北大荒!……"停了一刻,他接着说,"如果来得及,我要为你们开隆重的欢送会,欢送你们……离开北大荒……你们相信我的话吗?"

经久的鸦雀无声之后,有人大声说:"政委,我们相信你,但我们不相信团党委!"

"对,我们不相信!"

"我们相信你又有什么用?"

……

老政委被震撼了!相信一个共产党员,但不相信党的一级组织!这是多么可悲的现实,这是怎样的错误啊!

他略加思索,转身走入会议室内,对团长马崇汉和各连的连长指导员们说:"我要求给我代表团党委的权力!"

连长指导员们的目光,都集中在马崇汉身上。

马崇汉的腮帮子抽动了一下,用记录速度的缓慢语调说:"一切都听政委的……"

老政委第二次走出会议室,对知青们大声说:"现在,我代表团党委宣布,为了尽快办理每一个人的返城手续,各连队选派两名代表,组成一个临时小组，我任组长……"

这时，暴风雪开始从荒原上向团部区域猛烈袭击了……

…………

像台风在海洋上掀起狂涛巨浪一般，荒原上的暴风雪的来势是惊心动魄的。人们最先只能听到它可怕的喘息，从荒原黑暗的遥远处传来。那不是吼声，是尖厉的呼啸，类似疯女人发出的嘶喊。在惨淡的月光下，潮头般的雪的高墙，从荒原上疾速地推移过来，碾压过来。狂风像一双无形的巨手，将厚厚的雪被粗暴地从荒原上掀了起来，搓成雪粉，扬撒到空中。仿佛有千万把扫帚，在天地间狂挥乱舞。大地上的树木，在暴风雪迫近之前，就都预先妥协地尽量弯下了腰。不甘妥协的，便被暴风雪的无形巨手折断。暴风雪无情地嘲弄着人们对大地母亲的崇拜，而大地，则在暴风雪的淫威之下，变得那么乖驯，那么怯懦……

八百余名知识青年被突如其来的暴风雪震慑住了。许多人从连队匆匆出发，穿戴得并不暖和。一路上，差不多已经冻透了。而现在，暴风雪的无形的触手只从他们身上一抚而过，就带走了他们身体内的最后一丁点热量。火把，顿时熄灭了半数。

人群骚乱起来。

"别让火把都灭了啊！"

"快将没灭的火把扔到一起！"

"点火堆！"

…………

几条具有号召力的粗犷嗓门儿疾呼大喊。

火把，一支，两支，三支……纷纷投聚到一起。

篝火，一堆，两堆，三堆……熊熊燃烧起来了。

有人不知从哪儿拎来一桶柴油，浇在火堆上。光焰升腾着，蹿跃着，在暴风雪中"垂死"挣扎着。

人群分散开，围向十几堆篝火旁。

一阵折裂声，一棵大树"扑通"倒下。又一棵，又一棵……有人在锯团部大道两旁的杨树——也许就是他们当年亲手栽下的杨树。

父 母 岁 月

劈砍声。砰……砰……砰……听声音,不像是用的利斧,而像是用的大锤。也许根本不是大锤,而是别的什么铁器。一截截树骸连枝带杈被拖向火堆。

篝火旺烈起来。

小瓦匠见大家围在火堆旁,一个个也还是寒冷得瑟瑟发抖,忽然说:"跳舞吧!"

"跳舞?哪有这份闲情逸致!"

"大家跳吧!跳什么舞都行,比如,'忠字舞'……"

小瓦匠在火堆旁跳起了"忠字舞",跳得极其认真,像是在台上"献忠心"。

也许是受到他的蛊惑,也许是由于抵抗不住寒冷了,大家先后跟着小瓦匠跳起舞来。起先跳的还算是'忠字舞',后来跳的便什么舞都谈不上了。

围在其他火堆旁的人们,也跳起来。

所有火堆旁的人们,都跳起来。

在这个暴风雪夜,在严寒和篝火的环形夹缝之间,动作古怪地跳动着八百余名被冻得半僵的躯体。生产建设兵团团部笼罩着一种中世纪非洲土人部落的野蛮、原始而神秘的气氛。

"他妈的!这些代表们,怎么还没研究出个结果来?"有人开始咒骂。

"关系到八百余名知识青年命运的大事,总得给他们点时间啊!跳吧!不要停下来……"小瓦匠像一个消防队员,谁刚刚冒出点怒火,他就立刻说一句息事宁人的话。

哐……哗啦!

是玻璃破碎的脆响。

接着,是一阵门窗的木框被劈砍的声音。

"听!"小瓦匠停止了"跳舞"。

大家都伫立住了。

又是一阵玻璃破碎的脆响。

"有人在砸机关食堂的门框和窗框。"一个男知青判断地说。

156

"准是为了往火堆里烧!"一个女青年说,"这也太过分了!"

"我们去看看!"小瓦匠朝机关食堂跑去。

"这是什么时候,还管闲事!"一个小伙子嘟哝了一句,却第一个跟在小瓦匠身后,也朝机关食堂跑去。

"他俩别吃亏啊!"到底是一个连队的,有人担心了。

"男的都去,女的留下,继续跳你们的舞吧!"

于是工程连的男知青们,都离开火堆,朝机关食堂跑去。

机关食堂的门被撬开了。知青们在食堂里翻找吃的东西。有人掀开蒸笼,叫起来:"包子!"大家同时围了上去。几十双手在黑暗中抢夺着。

"生的!"

"呸!呸!呸……"

"点火!蒸熟它!"

"别费那事,连蒸笼一块儿抬到火堆去,吃烤包子!"

"好主意,抬!"

几个人将蒸笼抬出了食堂。

"咸菜要不要?"

"要!凡是能吃的,都要!"

于是有人捧起咸菜坛子往外走,被门槛绊倒,坛子掉在地上,碎了,咸菜疙瘩滚了一地。

后来的几个人,什么吃的都没翻找到,狠狠地骂:"这伙自私的强盗,扫荡了个一干二净。"

"嘿!发面缸里还有发的面!"

"有发面也不错,火堆上烤酸面包吃!"

他们把发面团也用衣襟兜走了。

…………

广播喇叭忽然响了。

"全团机关工作人员注意,我是政委孙国泰,我现在代表党委讲话,我命令你们,将知识青年接到你们各家各户去。机关食堂、礼堂、招待所,所有办公室,今夜都要容纳他们。我同时命令你们,立即担负起各自的职

父 母 岁 月

责，做好明晨七点开始办理知青返城手续的种种准备，不得有误。全团机关工作人员注意，我是政委孙国泰，我现在代表党委……"

股长注意聆听着政委的每一句话，从政委的声音里，没有听出违心或被胁迫的屈服语调，他暗暗吁了口气。

"我们走吧？"股长第二次从椅子上站起，披上大衣之后，想了想，从墙上摘下手枪，对刘迈克说，"我也算你们那十几个人中的一个。"

股长跟着刘迈克他们出了门，股长女人抱着孩子跟到门外，不安地目送他们。

四人从宿舍区往机关区大步匆匆地走。刘迈克走在最后，和股长三个人相隔十几步远。他的左腿开始疼痛了。从挂斗车上摔下来时受的伤并不轻，流了不少血，棉裤和伤处被血粘在一起，每迈一步，都撕扯着伤处，他都吸一口冷气。

他忽然想到了秀梅，她准是还没睡，在等待着他从团部回去。也想到了自己还未出世的孩子，别人都说她怀的是个男孩，他也希望是个男孩。男孩才似乎更对得起"北大荒人"这四个字。他，一个城市知识青年，将要在北大荒的土地上扎下自己生活的根，并且为北大荒增添了一个小北大荒人，这不是一件寻常的事情。他这么认为，不管别人对这件事如何看待。别人都离开了，他要留下来。他在城市里的所有亲友都会替他惋惜，甚至责骂他。随他们去吧！反正他不能将妻和孩子抛弃在北大荒，只身回到城市去。他刘迈克生来就不是这样的人，做不出这样的事。

何况她对他那么好，婚后两人还没有红过一次脸呢！他不能想象，没有了她，生活还有幸福可言。他留恋北大荒，他崇拜北大荒，崇拜它的荒凉和广袤，崇拜它的严峻和粗犷，崇拜它春天的朴素、夏天的烂漫、秋天的实惠、冬天的气魄。而她，就像是整个北大荒的化身，当他拥抱她的时候，亲吻她的时候，心中也会肃然起敬，对她产生崇拜之情。她并不漂亮，但她健壮，充满了青春气息，充满了生命力，充满了对他和对生活的爱情。她又是那么温柔，那么善于体贴人，那么能吃苦、能劳动……

他，一个矿工的儿子，能够找到这样一位妻子，还有什么不称心如意的呢？

而更主要的是，在他最孤独的时候，在他被许多人视为"公敌"的时候，她是第一个同他接近的人。她，用北大荒姑娘纯朴而富有同情的心，融化了他对工程连每个人都怀有的敌意。她重新设计了他。她像给小孩子洗脸一样，洗去了他个性上的种种劣质，使他懂得了如何尊重自己和尊重别人，使他获得了人们的信任……

不但是爱情，而且是恩情啊！

这样的妻子怎能遗弃？怎能舍得遗弃？

当……当……当！

物资仓库方向，突然响起急促的钟声。

刘迈克抬头望去，见库房升腾起一股浓烟和火焰。股长三人，已经迈开大步朝那里跑去了。他追在他们后边跑了几步，左腿的伤处一阵剧烈疼痛，使他不由得站住了。他跪下右腿，双手紧紧按住左腿膝盖，想借此减轻一点疼痛。被血痂粘住的棉裤里子和伤处扯开了，他感觉到血又涌了出来，顺着小腿往下淌。

"妈的！"他咬紧牙关，站了起来。

忽然，他发现一幢房子里有光亮在漆黑的窗上一掠，分明是手电筒的光亮。

那幢房子是团部银行，他警觉起来。他顿时忘记了疼痛，朝银行走去。走到门前，轻轻推了一下门，门虚掩着，被无声地推开了。

他一步跨进屋去，大声喝问："谁在这里？"

他头上猛然挨了重重的一击！但他并没立刻倒下去，他的身子摇晃了一下，靠在墙上。同时，他的一只手下意识地抓住了步枪枪带。他没来得及从肩上取下步枪，匕首的寒光在他眼前一晃，刺进了他的胸膛。接着，又刺进了他的腹部。

他缓缓地贴着墙滑倒下去了。

然而，意识并没有从他头脑中消失，他心中十分清楚，自己遇到了什么事情。他看见了一个人影从自己身上跨过，蹿出门去。他双手扶着墙壁，从地上跪了起来。又挂着枪，挣扎着站了起来。一步，两步，三步，他艰难地走到了门外。月光下，银白的雪地上，一个人影慌慌张张向后山跑，

父母岁月

拎着一只大手提包。

"妈的，跑不掉你！"他靠着门框，举起了步枪。步枪变得很沉重，手臂颤抖着，瞄不准。他遗憾地放下步枪，托枪的那只手，在衣服上擦了一下，擦到了一种温热的黏糊糊的东西。他知道，那是自己的血。

血，自己的血，令他愤怒了。愤怒使他倏然产生了一种力量。他第二次举起步枪，手臂不再颤抖了。人影被步枪的准星牢牢地咬住了。

他很有把握地勾了一下扳机。

砰！枪声很脆。

那家伙一跟头栽倒了，手提包落在雪地上。

一丝冷冷的微笑，浮现在他嘴角上。

他瞄的是后脑勺。

"妈的……老子打发你……"他嘟哝着，拄着步枪，像老人拄着拐杖一样，每一步都很吃力地朝那个倒在雪地上的家伙走去。

走近被击毙者身边，他首先看到的，是一双眼睛，一双瞪大的眼睛，目光已经凝滞，但全部地摄录了一颗灵魂的最后欲念——贪婪。月辉反射在这双眼睛里，使它们发出幽冷的光。接着，他看清了一张和自己差不多年龄的脸，咧着嘴，仿佛在临死前要喊叫出什么。

羊剪绒的棉帽子，拆洗过的黄棉袄，崭新的大头鞋……

他不禁倒退一步。

他打死了一名知识青年。

拄在手中的步枪，失落在雪地上。

他愣了片刻，转过身去寻找手提包。手提包离他仅有几步远，但他已走不过去了。他扑倒在雪地上，一寸寸地爬了过去，张开双臂，紧紧搂抱住了手提包。他曾听人说过，临死前抱住不放的东西，死后也不会放开。

"抱紧，抱紧，抱紧……我要抱得紧紧的……"对自己的生命下达了最后一次命令，他的头，蓦然地垂了下去，垂在手提包上……

…………

暴风雪最初的淫威发作过了，天地间从混沌状态澄清下来，四野暂时恢复了寂静。严寒，则愈加肆虐地折磨着大地上的生命。

站在哨位上的裴晓芸被冻僵了。她感觉不出身体仍是属于自己的，只有大脑还能按照神经信号进行思想。

此刻，她想到了那著名的童话——《卖火柴的小女孩》。她真希望衣兜里装着一盒火柴，不，哪怕仅仅是一根火柴！她明知这是自己的幻觉，但意志受这种幻觉的诱惑，迫使她那戴手套的被冻得硬邦邦的手，在衣兜外面碰了一下。衣兜里什么也没有。她苦笑了。她以为自己苦笑了，其实并没有任何一丝表情呈现在她脸上。

严寒"凝结"了这张脸。

要进行思考，不论想什么都可以，但一定要进行思考。要保持住意识的清醒，千万千万不要让意志也被严寒所"催眠"！这是此刻她整个人的唯一生命火种了。她一遍遍地这样警告和命令着自己。

为什么还没有人来换岗啊！

她想转过身朝团部的方向望一眼，但她的双脚像被和大地焊住了一样，无法转动。

....

她挺立在哨位上，像"六号坐标"一样。月光将她的黑色身影，投映在边疆大地银白色的底片上。

她面对黑龙江，大睁双眼，枪上的刺刀闪耀着寒光……

她脸上浮现着微笑……

....

刘迈克怀孕的妻子在家中期待着他。她安静地坐在炕上，一针接一针给未出世的孩子缝做小衣服。

孩子不会见不着父亲了。这将在北大荒出生的小生命，在她腹中轻轻地动弹呢！她为孩子而庆幸，也为自己感到了幸福。她那颗将要做母亲的心，此刻踏实极了。她内心充满了对生活的信赖和深情，也充满了感激。

听到狗叫声和狗爪子的扒门声，她愣了一下，放下手中的小衣服，下地开了门。门刚打开一条缝，"黑豹"就挤了进来，口中叼着一只棉手套。

"'黑豹'？"她从它口中取下手套，立刻认出，是裴晓芸的。在全连的女知青中，她和裴晓芸最要好。她是连队后勤班班长，裴晓芸曾是后勤

父母岁月

班的唯一一个知识青年。缺少友谊的上海姑娘，把她当姐姐一样看待。

裴晓芸上岗之前，还背着枪来到她家里，笑盈盈地问她："秀梅姐，你看我像一个哨兵吗？"

这只手套破了个洞，是她当时给补好的。

"黑豹"围着她转，咬住她的衣服，将她向外面扯拽。

一种不祥的预感立刻遍布她的全身。

她慌忙地穿上大衣，扎上围巾，跟着"黑豹"走出家门。

她跑到马房，拉出一匹马，跨上马背，还没坐稳，就喝马朝驼峰山飞驰。

来到哨位上，她跳下马，见裴晓芸朝她伸着双手，似乎在迎接她。

她几步跨到裴晓芸身前，握住了她的双手，但立刻又缩回了自己的手。裴晓芸那只失去手套的手，像岩石一般硬！

她呆住了。

"晓芸，晓芸，晓芸……"她喃喃着。

微笑依然呈现在裴晓芸脸上。

"裴晓芸……"她嘶声大喊。

泪水顿时蒙住了她的两只眼睛。

她又向裴晓芸扑过去。

可是……女哨兵颓然地、僵直地朝后倒了下去，倒在铺雪的大地上，恋恋地瞪视着夜空。

"裴晓芸……"她扑在女友身上，泣不成声地呼唤着。

"黑豹"发出一声悲怆的哀吠……

…………

黎明的曙色从驼峰山顶显现出来了。隔夜间，驼峰山耀眼的银铠甲不知被暴风雪卷到这世界的哪一个角落去了，裸露出灰色的岩质的嶙峋峰体。北面半山坡，被暴风雪推到一起的积雪，顺坡呈现着波浪般的层次明显的叠状，像一位巨人缠在腰间的衣裾。"六号坐标"仍然竖立得那么笔直，这大地的立体指南，被无数次的暴风雪和暴风雨挥发尽了体内代表生命的水分，由一棵树成为一根枯干。荒原上，鬼使神差地出现了一堆堆的雪堆，小则如坟，大则如丘。太阳也从驼峰山后面庄严而矜持地升起来了，在驼峰山巅滞停了片刻，仿佛有弹性似的，轻轻一跃，便悬在半空中了。灿烂的霞光普照大地，白雪闪耀着宝石一样的红色的柔和的光芒。

团部区域，一堆堆篝火已熄灭，但仍冒着袅袅的青烟。冬晨清新而充满冷意的空气中，飘漫着燃烧后松脂产生的特殊气味儿。十几辆马车、挂斗车、拖拉机，随心所欲地停在各处。昨夜没有卸套的马，身上披着霜，像古战场上的银甲马，舔着雪，猪一样地拱食着雪下的枯草。

在一片平坦的雪地上，苫布蒙盖着从火中抢搬出来的物资。桶、扁担、锹、镐，分类整齐地堆放着。

知识青年们，此刻都聚集在干部股、组织股、财务股……有纪律地办理返城手续。只有会议室空无一人，门敞开着，对流风横穿室内，将烟灰、烟头、烟盒、报纸刮落满地。小公务员在独自打扫着。他在履行自己最后的职务，他办理完了返城手续。

礼堂里，舞台上，并放着两张桌子，一摞摞的档案，将要在这里改变它们过去十年中的人格化的价值。今后它们记载些什么，那要由知识青年返城后的命运所决定了。

军务股长，郑重地坐在一张桌子后面。知识青年们在此办理最后一道返城手续——领取各自的档案。他要在他们的密封的档案袋上和准迁卡上盖章，这是他最后一次为他们履行职务。

他见人到得不少了，站起来，大声说：“现在，我开始办公，首先，你们必须按照我的要求，分成两排。"说罢，他从侧梯上走下来，走到他们之中，指点着他们说：“你，站到左边。你，站到右边。你，左边。你，左边。你……也左边去。你，右边。左边，左边，右边……"

他们很快被他分成两排，一排人多，一排人少。

他环视着两排人，说：“左排优先办理。"他把"优先"两字说得很重。说罢，一转身大步朝台上走去。

"你这是什么意思？有没有个先来后到了？我早就在这里等候你办公了。"右排中，有谁嚷叫起来。

"对！说清楚。"

父母岁月

"别以为公章在你手里握着，就可以独断专行！"

…………

右排的人附和着、抗议着，甚至威胁着。

军务股长在舞台侧梯上站住了，缓缓地转过身，目光盯向右排，用冷峻的语气说："你们睁大眼睛，看看左排的每一个人，然后再互相看看你们自己！"

右排的人，将狐疑的愤愤不平的目光投向左排——他们的脸，一个个都是黑的，肮脏的。还有带着伤痕的。他们的裤筒、鞋上，挂着水湿后冻结的冰。他们的衣服上，这里那里尽是烧破的洞……他们的样子都是那么狼狈不堪。

右排的人，一个个显得比左排的人更加狼狈起来，他们互相一看就明白，他们昨夜没有救火。

这是一种对比明显的排列组合。弟兄、姐妹、好朋友、同班同排同连队的，彼此有着各种关系的知识青年，被这种排列组合分隔开了。右排的人不得站到左排去，左排的人绝不会愿意站到右排去，他们只能面对面地望着。

在这种默默的持续的对望中，股长站在台上又大声说："我要求你们保持肃静。如果有谁大叫大嚷，我提议你们，就将他轰出去！"

他在办公位置坐下了，拿起一张卡，一字一字地念道："一连……李庆丰……"

右排的人，谁都无法经受等待的寂寞和左排的注视，他们先后退出了礼堂。退出时，每个人都低垂着头，脸上不无惭愧。

左排的人，他们保持着一种持久的，近似庄严的肃静。连咳嗽声，都是控制着的，没人交谈。熟悉的也罢，陌生的也罢，他们用目光彼此表达着淡微的敬意和庆幸。此时此刻，他们昨夜自发的救火行动，受到这种特殊形式的重视，他们怎能不感到莫大的欣慰？一有人走入礼堂，他们便纷纷将目光投射到那个人身上。如果他或她身上，和他们有相似之处，他们便点头致意，打手势叫他或她排到队列中来。如果他或她的脸不是黑的，衣服是完好无损的，他们的目光，便是他或她怯于正视、难以承受的。那种目光是极其复杂的，内含着质询、谴责、惋叹，甚至包含着同情。

他或她如果不是反应迟滞的，就会意识到什么，愧然退出。

站在队列中的小瓦匠，瞧着那些领到准迁卡和档案的人欢天喜地的样子，心中产生了一种淡淡的忧郁和不满。他认为他们不应是这种样子离开，应是怎样呢？……他自己也不知道。

他觉得需要和别人交谈一下，随便交谈些什么，心情才会轻松点。于是，他问身旁的一个小伙子："你是哪个连的？"

"三连的。"对方好像也和他有同样的需要。

"你们连……也都走光了？"

对方肯定地点点头："文书、会计、卫生员、小学教员……三十几名知识青年，一锅端。"

"哪年来的？"

"我？六八年。六月十八日，正是'六一八'指示那一天到的北大荒。我们问带队的，毛主席对兵团的指示才传达下来，你们怎么会提前一个多月在对我们宣传动员时，就打出了兵团的旗号呢？带队的回答：'宣传是为了目的嘛！'他居然不怕落个编造主席指示的罪名！"

"那你是第一批到北大荒的了？"

"当然。我们那一批是北大荒的知青元老！我们都是自愿报名的。我报名后一直瞒着父母，到临走的前一天才告诉他们。母亲哭闹得天昏地暗，可我还是走了……我是独生子。后来想返城也回不去了。你呢？哪一年？"

"七一年。"

"'一片红'那一年？"

"是的，当时我母亲正瘫痪在床上，街道上山下乡动员组的人，有天敲锣打鼓将光荣花送到我们家。我和弟弟说：'我们没报名呀！'他们说：'没报名也批准了！'"

"'一片红''一片红'，从城市走得干净，也从北大荒走得干净……四十多万啊！不知道留下来的会有多少？"

"想不到，我们会是这么离开的。别的都不讲，就拿我们团来说，全团百分之九十的农机具手都是知识青年，都走了，怕是今年开春连小麦大

父母岁月

豆都播种不下去……仔细想想也真有点觉得对不起北大荒！"

"是啊，政委还说要给我们开欢送会呢，我看还是不要开的好。"

小瓦匠忽然看见弟弟走进了礼堂，弟弟身穿一件军大衣，军大衣过肥过长，弟弟穿着太不合适。脸，弟弟的脸——是清洁的。为什么是清洁的？！为什么不是肮脏的？！

他自己，他们所有这些脸上肮脏的人的目光，都投射到弟弟身上。

小瓦匠心中替弟弟难受极了！他将身子转过去了。

可是弟弟已经发现了他。弟弟不理会投射到身上的那些目光。弟弟向他走过来，走到他身边站住，轻轻叫了声："哥……"

大家默默地注视着他们兄弟二人。

小瓦匠猛地转过身，吼道："别叫我哥！"

弟弟吃惊地不解地瞪着他。

"你……你不是我的弟弟，你给我滚出去！"

"我……"

"我揍你！"小瓦匠猛地抓住了穿在弟弟身上的军大衣的领口。刚才和他交谈的那个小伙子，用胳膊架住了他挥起的拳头。他使劲儿一推，弟弟跌倒在地上。

那小伙子上前扶起了弟弟，看了当哥哥的一眼，对弟弟说："现在办理手续的，都是昨天夜里救过火的。你……过会儿再来吧。"

弟弟的眼睛呆望着哥哥，一只手，一颗一颗地解开了军大衣的衣扣。肥大的军大衣，从弟弟瘦而窄的肩头落到地上。弟弟完全变成了另一副样子，棉袄面和棉花差不多烧光了，穿在身上的不过是破棉袄里子。裤子，膝盖以上烧得和棉袄一样，一条包皮电线穿着裤里，勉强将棉裤吊在皮带上……

小瓦匠怔住了。

所有的人都怔住了。

弟弟那双瞪着哥哥的眼睛，渐渐充满了委屈的泪水。

军务股长不知何时停止办公，从台上走下来，走到了弟弟身边。他捡起军大衣，拍去灰土，轻轻披在弟弟肩上，说："这是马团长的大衣吧？"

弟弟点了一下头,嘟哝:"他命令我穿的。"

"快穿好,别冻着。"军务股长的手搭在弟弟肩上,目光却责备地看着当哥哥的。

小瓦匠走到弟弟跟前,像给小孩子穿衣服一样,将军大衣穿好在弟弟身上,替弟弟扣上了纽扣。

"跟我来,我现在就给你办理手续。"股长拉住弟弟的一只手,和弟弟一块儿走上了舞台……

党委办公室里,政委孙国泰背对着曹铁强和郑亚茹,用极低极沉重的语调说:"你们可以走了……"

隔夜之间,他苍老了那么多!两眼布满了血丝,脸上的每一条皱纹都加深了。

悲痛像一双无形的大手,挤压着他那颗在战争年代、在艰苦的农垦创业时期,锻炼得非常刚强的退伍老战士的心。

有不少人为开发和建设北大荒献出了生命。这些人的名字有的他还铭记着,有的他已经忘却了。将身躯埋葬在北大荒土地上的知识青年,也绝不止两个。但昨夜两个知识青年的死,在他心灵中造成的却是一种混合着负罪感的悲痛。

他们死了。一个上海姑娘和一个哈尔滨市的小伙子。一个二十五岁。一个三十一岁。一个,还没有结婚,没有来得及成为妻子,甚至也许——还没有来得及爱过。他这样猜想。另一个,撇下了年轻的妻子和妻子腹中还没有出世的儿子,也许是女儿。一个,刚被连队团支部讨论通过为共青团员不久。但不知为什么,团里还没有正式批准下来。这些共青团团委的干部们!在他们看来,批准一个共青团员,似乎比批准一位中央委员还要严格!而另一个,迫切要求加入党组织而生前并没有成为一名中国共产党党员,却仅仅是由于他自己随口说出的一句话:"对于像刘迈克这样的知识青年的入党问题,审查要严,考验要久。"一句话使工程连党支部三次呈送到团里的发展党员的报告,都被团组织股长长久地压了下来……对于当年的团警卫排排长,他的成见是那么深!在今天以前是那么难于改变……

父 母 岁 月

对于他们的死，谁来承担责任呢？是暴风雪？还是昨夜的混乱？是团长马崇汉？还是他们的连长和指导员？或者是……他自己。作为政委，他觉得自己有推卸不掉的责任。责任……即使每一个活着的人都愿意承担什么责任，甚至处罚，他们……也还是丧失了生命。

一个死得……悲惨，一个死得……庄严。一个死得……英烈，一个死得……神圣。一个的死，换得了可见的代价。一个的死，升华了兵团战士的称号……

曹铁强和郑亚茹一齐走进党委办公室，便一言未发。刘迈克和裴晓芸的死，使他的心由悲痛而麻木了。是郑亚茹回答了政委提出的一切问题。政委问一句，她回答一句。

郑亚茹见政委不再问什么，缓慢地站起身，朝外面走。她走到门口，站住了，忽然扑在门框上，哇的一声大哭起来。

老政委走到她身边，低声说："坚强些。"

郑亚茹突然扑到曹铁强跟前，双膝跪地，痛哭着说："我有罪啊！会议的内容是我泄露的，混乱是我造成的。刘迈克的死，是我造成的。裴晓芸的死，也是我造成的！我……我没有指定人换她的岗……我……"

她突然跳起来，疯了一般冲出党委办公室。曹铁强一下子伏在桌上，额头抵着桌面，双拳不停地狠狠地擂着桌子。不久，一声呻吟才伴随着他的哭声爆发出来。

"我……我为什么不早一天明明确确地告诉她……我……是爱她的……"

这句话像是从他破裂了的心灵中迸发出来的，带着心灵伤口的血。

老政委这才真正理解，知识青年连长的悲痛，远比自己预想的要巨大得多！

可是，他却找不出一句话来安慰这年轻人，让这年轻人痛痛快快地大哭一场吧！

他走出了党委办公室，站立在门外。泪水这时才从他眼眶中淌出来，溢满了脸上深深的皱纹。见两名团委的干部远远朝他走来，他掏出手绢擦了擦眼睛。

"政委，你派人找过我们？"他们走到他跟前，低声问，表示出他们以往对他的尊敬并未丧失的样子。

他问："你们的返城手续办理完了？"

"办完了！"他们仍然低声回答，就像他所问的是某件工作。

他眯起眼睛，注视了他们一会儿，极平静地说："既然你们的返城手续办完了，那么，我现在就有理由宣布，解除你们共青团组织者的一切职务。"

他们互相看了一眼，以为政委派人把他们找来，就是为了当面向他们宣布这一点。他们缓缓转过身，各自怀着复杂的心情要离去。

"等一下。"政委叫住他们。

老政委又说："我以团党委的名义命令你们，在正式移交共青团组织工作之前，批准工程连上海知识青年裴晓芸为中国共产主义青年团团员。"

两位共青团的干部又互相看了一眼，同时点点头。

"我的话还没完。"当他们第二次要离去时，老政委又把他们叫住了，接着说，"所有本连队团支部已经通过的知识青年的入团志愿书，我都要求你们在移交工作之前，全部批准，并代他们办理好组织关系，交给他们本人，不许有任何差错！"

....

办理完了最后一道返城手续的知青们，有些一拿到档案和准迁卡，就迫不及待地赶回连队去了。他们需要筹划种种返城的准备。更多的人没有回到连队去，仍留在团部，他们要等待开欢送会，因为这是老政委说过的。他们并不希望为他们召开多么隆重多么有场面的欢送会，他们只是希望在离开北大荒之前，有人能够代表北大荒对他们说些什么。他们每个人都很想通过一种仪式，哪怕是最简单的仪式，集体向北大荒告别。有没有这样的仪式，对他们来说，并不是无所谓的。

此时此刻，他们对北大荒是怀着一种由衷的留恋之情的。或者换一种说法，他们是对他们的青春，对他们当年的热情，对他们付出的汗水和劳动，对他们已经永远逝去的一段最可宝贵的生命，怀着由衷的留恋之情。

留恋，但却要离开，多么矛盾啊！

父母岁月

但这是时代的矛盾在一代人身上、思想上和心理上的折射。

谁不能客观分析我们过去了的那个时代的矛盾，不能得出正确的结论，便无法理解他们将要离开北大荒时的复杂心情，无法理解他们对北大荒那种眷眷的留恋。

除了工程连的少数几个人之外，他们都还不知道，就在昨天夜里，有两个知识青年长眠了⋯⋯

九点整，团部的广播喇叭传出了集合号声。各个连队，在礼堂外的广场上排好了队列。

礼堂的门，从里面缓缓打开了。

他们一进入礼堂，都惊诧得呆住了。首先映入他们眼中的，是一条横幅挽幛——

知识青年刘迈克、裴晓芸千古

老政委臂戴黑纱，肃穆地站立在舞台上。他望着大家，用流溢着感情的目光望着大家，许久才开口说道："兵团战士们，这是我最后一次这样称呼你们了！我相信，今后，在许多年内，在许多场合，这个称呼，将被你们自己，也被别人，多次提到。这是值得你们感到自豪的称呼，也是值得和你们没有共同经历的同代人、下几代人充满敬意的称呼。虽然，你们就要离开北大荒了，生产建设兵团的历史，结束了，但开发和建设边疆的业绩并没有结束，也是不会结束的！我代表北大荒，要大声对你们说，感谢你们——兵团战士们！因为你们，在北大荒的土地上，留下了垦荒者的足迹！因为你们，十年内打下过何止千百万吨的粮食！因为你们，今天是要回到城市去，而不是，要跑到黑龙江的那一边去！我相信，今后在全国各个大城市，当社会评论到你们这一代人中最优秀的青年时，会说到这样一句话：'他们曾在北大荒生活过！'"

无数双眼睛，一眨不眨地注视着老政委。

老政委那般激动！

他接着说："我昨天答应你们，要为你们开欢送会。我真心实意地想到，要像你们当年被欢迎来北大荒一样，敲锣打鼓地欢送你们离开北大荒。你们是有功绩的，虽然，这功绩不见得会被书写在历史上，但它是会被历史所公正地承认的！十年中，有不少知识青年，为北大荒献出了生命。就在昨天夜里，你们之中的两位知识青年，你们的两位兵团战友……你们要永远铭记他们的名字！他们叫……刘迈克……裴晓芸……北大荒将永远怀念他们……"

老政委垂下了白发苍苍的头。

所有的人，都垂下了头。

广播喇叭里传出了哀乐声。

曹铁强、小瓦匠和工程连的两名战士，抬着用白布罩起的自己兵团战友的遗体，从外面缓缓地走入礼堂，走上舞台，将战友的遗体，轻轻地平放在桌子上。放得那么轻，像怕惊醒了他们的睡眠。

"大家，向烈士告别吧！"

老政委的话音刚落，立刻有人失声哭了起来。哭声响成一片！

这些知识青年们，在近几年中，为领袖，为敬爱的周总理，为朱委员长，为许许多多老一辈革命家的逝世，如此痛哭过。今天，为两个知识青年，为两位兵团战友，他们又一次痛哭了……

数百人组成的送葬队伍，没有戴黑纱，没有戴白花，连一只花圈也没有抬着，从礼堂出发，沿着团部大道，缓慢地走向驼峰山。

镐头刨开了冰冻得铁一般硬的土层，一把铁锹，在数百人的手中传递着。北大荒的土，掩埋了两个知识青年。北大荒的土地上，又堆起了，也遗留下了，两个知识青年的新坟。

排枪响了三次。

这是工程连的战士们，遵照连长曹铁强的话做的安葬仪式。裴晓芸这个刚刚被批准为战备分队战士的上海姑娘，生前还没有机会放过一枪。排枪声震动了穹空，三次回音在驼峰山谷之间回鸣，绕着山峰，长久不断地延续。

………

老政委回到团部，刚走进办公室，军务股长也走了进来，双手捧着一摞档案。

军务股长说:"政委,这是三十九份档案,他们从我手中领走,又交回到我手中……"见政委一时没有明白他的话,又说,"三十九名知青表示要留在北大荒。"

老政委双手接过这三十九份档案袋,像双手接过一锭世界上最大的金块,觉得此刻无论有一杆什么样的秤,都无法称出这三十九份档案袋的宝贵的重量。

他,落泪了。

他说:"不是三十九名,是四十一名,是四十一名知识青年,留在了北大荒的这一片土地上。我要重新盖起我们农场的场史馆,那两份知识青年的档案,要放在场史馆,和为了开发北大荒而献身的烈士们的遗物摆放在一起。"沉默了一刻,他继续说,"我还要建议,为两名知识青年修建一座碑,碑上要饰有石雕的象征,交叉的麦穗和枪,托举着一台拖拉机。这是四十余万知识青年希望实现而始终没能实现的兵团战士服的帽徽设计,也是当初兵团曾向四十余万知青许下的诺言。过去的十年中,曾有许多向知识青年们许下的诺言成为空话,我要为两名知识青年,实现其中的一个诺言。"

军务股长说:"政委,我第一个赞同你的建议。"

"你,替我深深地感谢这三十九名知识青年。"

"他们,也要我转告你,他们感谢你,感谢你给予他们的评价……"

这时,电话铃响了。

"是我,我是政委孙国泰。我……是,我服从组织决定……"老政委缓慢地放下电话听筒,转过身,注视着军务股长。

"哪儿打来的电话?"

"兵团总部。"

"什么事?"

"调我到三师去任师长职务,他们的师长……回部队了。"

"那……那么我们团……"

"现在不同平常,我任命你为代理团长兼政委。"

"我？"

"现在不是推辞的时候。从今天起，你就接替我和马团长的工作吧！不久，兵团就要恢复到农场的体制了。你，大概和我一样，是要把骨头埋在北大荒的吧？"

股长默默地点了一下头。

两位北大荒的第一代创业者，彼此用目光说出了要向对方说的许多话……

本文节选自中篇小说《今夜有暴风雪》

青春作伴好还乡

一九七九年年底，哈尔滨一个大雪纷飞的夜晚，防洪纪念碑在雪中巍然耸立，冰封的松花江如铺白毡。

一条条街道两旁的街树缀满新雪，巨大得像银珊瑚一般。此时已是后半夜，每一条街道都寂静悄悄，无人，无车。

一家服装店的橱窗内贴着红纸黑字的告示：为了迎接崭新的一九八〇年，不惜血本大甩卖！新时代万岁！

三孔桥一带的路有段陡坡，两个人影肩并着肩，小心翼翼地从陡坡上走下来，是林超然与妻子何凝之。何凝之棉袄外穿着兵团大衣，腹部微隆，看上去是怀孕了。尽管怀孕了，却还是拎着一塑料桶豆油，背着两张卷成一卷的狍皮；林超然则肩扛满满一袋面粉，左手拎旅行包，看上去也不轻。

两人都累了，走得呼哧带喘的。

何凝之："没想到，都快一九八〇年了，还满列车的知青，还晚点七八个小时。"

林超然："兵团、农场、农村，哈尔滨的，北京、上海、天津的，还有好几万知青在陆续返城嘛……你可千万小心点啊，我摔一跤没事，你摔一跤问题大了……"

林超然话音刚落，不料自己滑倒，旅行包、面口袋掉在地上，人也滑出去挺远。

何凝之："超然！"

林超然滑到了一根电线杆那儿，喊："别管我！慢点下坡，雪下有冰！"

他扶着电线杆欲站起来，但脚腕疼得他直咧嘴，又一屁股坐下。

何凝之走到了他跟前，问："没事吧？"

林超然皱眉道："脚脖子扭了。"

何凝之："先别动。"

她放下装豆油的塑料桶，转身去将旅行包和面口袋拖了过来。面口袋摔裂一道口子，撒出不少面粉。她掏出手绢，从里边垫住裂缝，并将地上的面粉往口袋里捧……

林超然喊："算了，损失点损失点吧！"

何凝之也大声地喊："不捧起来损失不少呢，这可是精粉！"

她将面粉口袋拖近林超然，大口大口喘气，又说："唉，女人一怀孕，行动起来就像七老八十了。"

她咬下双手的手套，搓手。

林超然："坐我对面歇会儿，我替你搓搓手。"

何凝之："别了，我现在这样，坐下费事，起来更费事。"

她将手套又戴上了。

林超然："那，扶我起来。"

何凝之将他扶了起来。

林超然："看来真走不了啦。"无奈地靠着电线杆。

何凝之的眼光有所发现："你头上方贴着一张小广告，署的好像是我小妹的名字！"

林超然："这会儿我可没心思关心她了。"贴着电线杆又坐下去。

何凝之擦去眼睫毛上的霜，从书包里掏出手电筒照着细看，但见小广告上秀丽的楷字写的是——"本人女，二十六周岁，黑龙江生产建设兵团返城知青，容貌良好，品行端正，欲寻三十五岁以下品貌般配且有住房之男士为夫，住房十平方米即可，大则甚喜……"署名何静之。

何凝之大叫："果然是我小妹！"

林超然："别激动，同名同姓的人多了！"

父母岁月

何凝之:"绝对是她!她写给我的信中说她在练小楷,这么征婚,还'大则甚喜',气死我了!"

林超然双手抱着大头鞋一边活动那只崴了的脚一边问:"什么'大则甚喜'?"

何凝之:"欲寻三十五岁以下品貌般配且有住房之男士为夫,住房十平方米即可,大则甚喜……"

她试图将小广告撕下来,却早已冻在电线杆上了,哪里撕得下来!

林超然:"老婆,先看看几点了行不行?"

何凝之愣了一下,看手表,小声地说:"快一点了。"她不那么生气了,平静了。

林超然仰视着她说:"咱们现在可该怎么办呢?我不同意带这么多东西,你偏不听我的!"

何凝之:"眼看要过新年了,接着就过春节,空手回家像话吗?你爸你妈都有腰腿疼的老毛病,给他们各带一张狗皮也是应该的吧?"

林超然不耐烦地说:"别说那么多了!我问的是,咱们现在可该怎么办?"

何凝之怔了怔,看看地上的东西,吃力地弯下腰,翻一只旅行包,翻出一把带鞘的匕首揣入大衣兜。

林超然:"你把它揣兜里干什么?"

何凝之:"只能这样……你坐这儿守着东西等,我自己先回家去,叫上我爸和我两个妹妹,一块儿来接你。"

她觉得委屈,流泪了,擦了一下脸,转身就走。

林超然看在眼里,明白她觉得委屈了,料到她流泪了,柔声地说:"老婆……"

何凝之站住。

林超然:"就不怕把我给丢了?"

何凝之不转身,不回头。

林超然:"哎哟!"

何凝之一下子转过了身,不安地问:"怎么了?"

林超然:"逗你呢!别急,我有耐心在这儿等。慢慢走,千万别像我似的滑倒了啊。"

何凝之点头。

林超然:"别生气,刚才我不该埋怨你。爱你。你知道我有多么爱你。"

何凝之高兴了,笑了,也柔声说:"别心烦,这才多大点事啊!我家有自行车,我让我爸骑上自行车先来!"

她走了。

…………

雪停了,夜空出月亮了,林超然身上已落了一层雪,如雪人。

他抬头仰望月亮,耳边仿佛犹有二胡声和教导员的朗诵声交织着……

他不由得在心里说:"雪刚一停,就出月亮了,真是少见的情形啊!月亮,难道你是由于体恤我妻子她怀孕了,好心地为她照亮回家的路吗?"

坡顶突然传来一个青年的吼唱:

"穿林海跨雪原气冲霄汉……"

林超然循声望去,但见一辆三人共骑的自行车顺坡而下……那辆自行车也滑倒了,三个人和自行车摔在了林超然旁边;三人摔得"哎哟"不止,自行车轮子在林超然跟前转……

林超然:"下这么大雪,还前后带人,不是找着挨摔嘛!"

三人爬起,都是二十来岁的小青年,穿同一式样的扎趟的棉工作服,其上印着"哈铁"二字。

他们看着林超然觉得奇怪。

青年甲恼火地说:"怎么哥们儿?说风凉话儿是不是?"

林超然:"别误会,是想跟你们套近乎。我脚崴了,走不了路了,也饿极了。哪位身上如有吃的,能不能给点啊?"

青年乙:"要吃的?有,有……"

他从兜里掏出一把瓜子,朝林超然一递,嬉皮笑脸地说:"公鸡公鸡真漂亮,大红冠子绿尾巴,你到窗口瞧一瞧,请你吃把香瓜子!"

林超然看出了他是成心在拿自己开涮,并不恼火,笑道:"瓜子我旅行包里有不少,你留着自己嗑吧!"

父母岁月

　　青年丙："怎么，还不稀罕要？"与青年甲和青年乙交换了一下眼色，趁林超然不备，将一只旅行包拖了过去，伸入一只手，边摸边说："不但有瓜子，还有榛子、木耳、蘑菇……这啥？"

　　他掏出一个拳头大小的东西，凑到路灯光下细看，惊喜地说："猴头！还有猴头哎！"

　　青年甲和青年乙，也几乎同时将面粉口袋和一塑料桶豆油拖开了。

　　"面！有四五十斤！"

　　"这肯定是一桶豆油！"

　　三个青年眉开眼笑。

　　林超然愤怒了："你们干什么？打算抢吗？"

　　青年甲："大哥，别说得那么难听好不好？你以为老天爷会白让我们哥仨摔倒吗？快过年了，这明明是老天他在好意给我们哥仨分点年货嘛！老天爷好意，那我们也不能不领情啊，是不是？"

　　青年乙："别跟他废话了，拿上趁早走人！"

　　青年丙："对对，说走就走，再来个人撞上了不带劲儿！……"他起来扶自行车。

　　林超然已站起，隔着自行车，一把揪住对方衣领，声色俱厉地说："都给我乖乖放下，否则我对你们不客气！"

　　对方也犯起了浑："不客气你能把我们咋的？"

　　他试图扳开林超然的手；林超然哪里容他得逞，猝不及防地伸出了另一只手，把住对方腰那儿，一用巧劲儿，居然将对方隔着自行车举起，转眼扔到了人行道上！

　　对方躺在地上"哎哟"不止……

　　青年甲："嘿，太张狂了！脚崴了不识相点还敢动手！上！"

　　于是他与青年乙扑向了林超然；林超然一拳击倒一个，却被另一个猫腰拱倒……两人在雪地上翻滚不止，最终还是林超然占了上风；对方在翻滚中掉了帽子，林超然抓住他头发，欲往马路沿上撞对方的头……

　　"住手！"

　　林超然抬头一看，跟前又站着一个穿"哈铁"工作服的人，年龄和他不相上下。他松了手，站起来，指点着三个小青年，气得不知说什么好。

三个小青年也都站了起来，其中一个扶起自行车；都想溜。

后来出现的那个人厉喝："都给我站那儿别动！"他是三个小青年的班长，叫王志，也是兵团返城知青。

王志问林超然："兵团的？"

林超然："对。"

王志："几团的？"

林超然："马场独立营的。"

王志："你们教导员姓什么？"

林超然："姓袁。袁儒敏。参加过抗美援朝，从六师调到马场独立营的。"

王志："一句没说错，他也当过我的教导员。认识一下，我叫王志。"伸出了一只手。

"林超然。"林超然与他握了一下手。

王志："探家？"

林超然："返城了。"

王志："这都眼看着一九八〇年了，你可够晚的。他们三个想抢你这些东西是不是？"

林超然："可不！列车晚点了，我和妻子走到这儿，我滑了一跤，脚崴了。我妻子怀孕了，只得让我在这儿守着东西，她先自己回家去找人接我……"

王志回头瞪着三个小青年问："听明白了？"

三个小青年或点头，或讷讷地说："听明白了。"

王志："都张大嘴，冲我呼气！"

三个小青年乖乖地张大嘴冲他呼气。

王志依次从他们头上扯下帽子，抽他们，训他们："不许你们下班喝酒，偏凑一块儿偷偷喝！你们挣那点工资里有酒钱吗？你哥不是返城知青吗？你姐不是返城知青吗？还有你哥不也是吗？居然打劫一个和你们哥哥姐姐有同样经历的人！这事要是让返城知青们知道了，没你们几个好果子

179

吃！你们哥你们姐也不会替你们说情！"

三个小青年抱着头，都说："班长，下次不敢了。"

"算啦算啦，既然他们是返城知青的弟弟，那就饶他们一次吧。"林超然替三个小青年说情。

王志也是骑自行车经过这里，那么现在有两辆自行车了。

他扶着自己的自行车把吩咐："你，扶这位知青大哥坐我车后架上；你，把油放我自行车后座上；两个旅行包，你俩一人一个，是拎是扛我不管；也有你的事，骑上你的自行车，往前追你们的知青大姐，向她通报一下情况，让她早点放心！"

那名小青年骑上自行车蹬走了。

林超然大声地喊："一直往前骑准能追上她！她叫何凝之！"

何凝之正走着，那骑自行车的小青年从后边超过她，下了自行车，一脚着地，横着自行车拦住她。

何凝之左手摘下右手的手套，右手伸入了大衣兜里，握住匕首防范地说："你想干什么？"

小青年："大姐别误会，我不是坏人，我是你弟……"

何凝之："我根本不认识你，闪开！"

小青年："我姐也是兵团知青。大姐姓何，叫凝之对不对？"

何凝之："你怎么知道我的名字？"

小青年："我们几个碰上了大哥，一致决定得送你们二位回家。我们有两辆自行车呢，那不轻省多了？您别往前走了，您怀着孕，看累着……"

林超然和何凝之各坐在一辆自行车上，王志和一个小青年推着他俩；另外两个小青年，一个拎着旅行包，一个扛着面口袋，一行人走在偏僻的街区。

一个小伙子怪声怪气地学刚才那小伙子的话："大姐，我是你弟……酸不酸啊？你当你也有一个在郊区插过几天队的姐，就真成了人家的弟啦？"

一阵笑声。

一行人走在另一同样偏僻的街区。

王志："大返城刚开始那一年我就回来了，在家里待了半年多找不到工作，我爸一急，干脆提前退休了，让我能接他班。他是机车维修工，咱没那技术，只得先在装卸队当班长，咱干活那不含糊，所以全队老的少的都挺给咱面子，服管……"

林超然："现在工作是不是好找点了？"

王志："更难找了，返城的越来越多了嘛！哪儿有那么多岗位留给咱们啊！唉，终于盼到能返城了，却等于一下子打回了待业的原形，跟谁讲理去？"

林超然低下头，一时郁闷起来。

何凝之："超然，面包会有的，牛奶会有的，不要急，工作也会有的。"

林超然苦笑："我一点没急啊！"

一行人走到某中学校门外，对开的铁栅栏大门被铁链和大锁锁着，门旁的小传达室没窗，另一侧是一排砖房的后山墙。院子里一片漆黑。

一个小青年将铁门晃出一阵响声，院子里静悄悄的毫无反应。

何凝之手里拿着一页信纸，林超然用手电筒照着，两人在看。

何凝之："我小妹的信上明明写着，我们全家暂时都住在学校里啊！"

林超然："这还写着，屋子可大啦！"

王志商量地说："我看，要不来喊的吧！"

林超然："喊什么？"

王志对三个小青年说："你们三个一齐喊，就喊……何校长，你女儿回来了，还有你女婿！"

那么长的句子，三个小青年干张了几下嘴，没喊出来。

何凝之："喊'何校长开门'就行。"

林超然："深更半夜的，喊你爸的名字不好，喊小妹的名字吧。"

何凝之："那就喊……'何静之，开门'！"

王志对三个小青年说："快喊吧！"

于是三个小青年大喊："何静之，开门！何静之，开门！何静之，开门！"

院里，一排砖房的两个窗子亮了。

181

父母岁月

砖房里。一张特大的"床"上睡着何家二女儿慧之，三女儿静之以及她们的父母；睡着四个人，中间还余好大地方。

四人都已被喊声惊醒，而喊声还在继续。

何母："静之，你怎么把些小流氓招惹了？"

何静之清白无辜地说："没有啊！我怎么会招惹他们呢？"

何父："问你自己！没有才怪了！"

何静之："没有就是没有！干吗非把我想得那么低？你们怎么就不问我二姐？"

何慧之："问我什么呀？明明喊你的名字！"

何母："就是！你二姐人家已是护校的学生了，才不会招惹些小流氓！"

何静之抗议地说："妈！"

何父穿好衣服下了地，生气地说："你住嘴！"

何父走到了外边，身后跟着何静之，手拎铁锨。

何父："你跟着干什么？回去！"

何静之外穿一件棉大衣，也没扣扣；里边是一套紧身内衣，天黑，看不出颜色。

何静之："既然知道是些小流氓，你空着手对付他们安全吗？我保护你！"

何父："用不着你保护！快回去，小心感冒！隔着铁门，小流氓又能把我怎么样？"

何静之央求地说："爸！"

门一开，慧之与何母也出来了。

铁门外，王志制止地说："别喊了，来人了。"

何父："深更半夜的，你们跑这儿喊什么？再喊报警了啊！"

何静之："报警是客气的，再喊用铁锨拍你们！这院里没有什么何静之，都滚！"

何凝之："爸，小妹，是我回来了，凝之！"

何静之扔了锨，扑到铁门跟前伸出双手，握住了姐的双手，激动地说：" 大姐，想死你了！"

何凝之："你姐夫也回来了！"

何静之："姐夫，快握下手，也想你！"

林超然笑而无语地与静之握了下手。

何父、何母、慧之也走到了铁门前；何母、慧之也隔着铁门与林超然夫妻握手。

何父却只顾望着林超然夫妻笑了。

何母："凝之，这次多少天探亲假？"

何凝之："妈，我们这次回来就不走了，我们也返城了！"

何母激动万分，连连用上海话说些表示高兴的话。她原本是上海人，一激动就会说起上海话来。

林超然："爸爸，要是身上带着钥匙，先把门开了呗！"

何父："我光顾高兴了，没想到是你们，也没带钥匙出来啊，我这就回家取！"

慧之："爸，我去。"一转身跑了。

林超然转身想对王志他们说些什么，这才发现他们一个驮着一个，已骑自行车离远了。

何凝之："幸亏碰上了他们。要不，我挺着个大肚子，既不能跳门，也喊不了那么大声，那可怎么办？"

何家。何母忙着从箱子往外取棉被，一边说："怎么也不预先来封信？幸亏家里多两床被褥，还打算元旦前给你们寄去呢！"

凝之："归心似箭啊！一办完返城手续，我俩当天就动身了。妈，屋里怎么不砌火炕火墙？这多冷啊！"

何母："临时调到这儿住了，没顾上找人砌。"

静之、慧之在忙着重铺被褥。

静之："大姐，连这床都是三张乒乓球案子拼的，太窄，靠墙那头搭的板。这纯粹是瞎凑合的一个家！"

何父在为林超然正脚腕子……

何父："骨头没事，扭筋了。忍着点，保你一下就好。"

183

父母岁月

慧之:"姐夫放心。我爸被劳改那十来年里,学会了劁猪,学会了配中草药,学会了对关节,扳脖子、正脚踝……"

何父猝然一用力,林超然"哎哟"一声。

何父:"下地走走。"

林超然站到地上,走了走,笑了:"还真不疼了。"

静之:"记着,欠老丈人一个情啊!"大家都笑了。

…………

凝之陪林超然回家。与何家冰窖似的临时住房相比,林家小而温馨,是从前老旧的砖房,只一屋一厨;但住屋有吊铺,各处都干干净净,一尘不染。住屋墙上挂着成排的相框,镶的都是林父的奖状。

林母正在床上缝小褥子,听到敲门声,问:"谁呀?"

外边,林超然扒窗往屋里看,大声地说:"妈,是我,超然!"

门开了,林母惊喜地说:"是你俩呀!我耳朵有点背了,敲好几次了吧?"何凝之:"妈,他敲得轻。"

说话间,三人进了屋。

屋里只有一张桌子两把椅子,林母一直拉着凝之的手不放,让她看小褥子:"看,我正给我孙子絮小褥子,用的是新棉花新布。"

凝之:"妈,也许是个孙女呢,那您不会太失望吧?"

林母:"我梦里总是梦见得了个大孙子,八九不离十那就是个孙子了!不过,要偏偏来个孙女,那我也能高高兴兴地面对现实。"

林超然:"妈,是真心话吗?"

林母:"一边去!我和凝之说话,没你插嘴的份儿,把椅子挪床前来!"

林超然:"我要不插话,你眼里好像就只有媳妇,没有儿子了!"说着将一把椅子放在了床前。

林母:"凝之,坐下。"

凝之坐下了。

林母细细端详地说:"我儿媳妇气色挺好。"

林超然:"妈,你好歹也看我一眼嘛!你这不等于把我干一边儿了嘛！"

凝之笑道："你也坐妈旁边呀！"

于是林超然坐在床沿上。

林母："你俩的东西呢？"

林超然："妈，我俩昨天出火车站都半夜了，就直接去凝之家住下了。"

林母："半夜三更的惊扰你岳父母家，那做得不对吧？自己又不是没家……"

林超然："咱家不是……"

凝之抢着说道："咱家的路不是远点吗？妈，是我的主意，埋怨他就太冤枉他了。"

林母："那，这次探家能住多久？"

林超然与凝之互相看看。

凝之："跟妈说实话吧。"

林超然："妈，我俩也都返城了。"

林母看看儿子，看看媳妇，嘴唇抖抖地说不出话。

老人家忽然双手捂脸抽泣了……

林母哭得令儿子和儿媳大为不安。

凝之："妈，你怎么伤心起来了？怕我们返城了给家里添麻烦？"

林母连连摇头："不，不是，妈是高兴得哭了呀！我这辈子，就没敢梦想着能过上几天和你们一起生活的日子！以后好了，岂不是天天都能看见你们了？"

老人家噙泪笑了。

林超然和凝之也笑了。凝之掏出手绢替婆婆擦泪，林母接过手绢自己擦。看得出，婆媳两人，感情甚笃。

林母："超然，你返城的事，暂时不要跟你爸说……"

林超然："我知道。我收到了一封我爸让我妹代他写的信，他嘱咐我要留在兵团好好干。既然已经是营长了，那就要争取当上团长、师长，家里也跟着好光荣。"

林母："你爸他多次也是跟我这么说的。这不表明他对你没感情。其实他可想你了,有时做梦都叫出你的名字来。他是一心指望你更有出息,他也跟着长脸。他倒是盼着你弟返城,你弟为什么还不返城?"

林超然:"妈,我以前不是说了嘛,我弟在那儿处上对象了,那姑娘是当地老职工的女儿,既漂亮又贤惠,两人感情很深。"

林母:"那,要是一结婚,他不就返不了城了?"

林超然:"肯定是那样。"

林母:"他春节前也不回来探家了?"

林超然:"这……他说要在姑娘家过春节……"

林母又哭了:"他这不就是有了媳妇忘了娘吗?我已经三年多没见着他了,甚至连信也写得少了。老大,妈想他可比想你还厉害啊!他毕竟是个小的,也不像你那么方方面面都行……"

林超然不知说什么好。

凝之:"妈,超越不是您说的那样,初次谈恋爱的小伙子都有那么一个阶段。他还采了不少木耳和蘑菇让我俩捎回来了呢,过两天我就给家里送来……"

林母:"别往这边送了,留着你们那边吃吧。"

凝之:"他采得多,怎么也得送过来些。"

突然,厨房传进母鸡下蛋的叫声。

林超然有意岔开话题:"妈,还在厨房养鸡了?"

林母:"就养了一只,不是图的不用买鸡蛋了嘛,再说冬天也不容易买到。你俩等着,我给你俩一人冲碗蛋花儿!"

林母起身到厨房去了。

林超然和妻子都如释重负地长出了一口气。林超然紧握了一下妻子的手,耳语:"谢谢。"

凝之也反过来紧握了林超然的手一下。

林超然:"妈,我不吃,给凝之冲一碗就行。"

凝之:"妈,我现在也不想吃。"

林母的声音:"凝之,超然不吃可以,你得吃。你现在正是需要增加营养的时候,为了孩子那也得吃!"

林超然和妻子相视苦笑，凝之将头靠在超然肩上。

林母端碗进来，放桌上，说："先凉会儿。凝之，超然不吃，两个我都打在一碗里了。你可得听话，一会儿都喝了啊？"

凝之顺从地说："妈，我听您的。"

林超然："妈，我爸在什么地方上班？我想去看看。"

林母："在江北。具体什么地方我也不太清楚，那得问你妹。你何必急着去看，到晚上父子俩不就见着了？"

林超然："我是想知道他干活的环境，干的又是什么活。"

林超然刚离家门几步，听到背后凝之在叫他，转身一看，见凝之也跟出了家门。

他又走回到妻子跟前。

凝之："别忘了，先要把罗一民的工资给他。"

林超然一拍书包："忘不了，带着呢。"

凝之："超然，我喝不下那碗蛋花儿。我从没对老人家说过谎，可今天，帮你圆了个弥天大谎，这谎要骗到哪一天为止呢？"

她流泪了。

林超然将双手搭在她肩上，安慰地说："我也不知道，能骗多久骗多久吧！哪天实在骗不下去，真相暴露了，咱俩也就解脱了。"抬手替她抹去眼泪，又说："要尽量装得高兴，千万别让我妈看出来你流过泪啊？"

凝之点头。

....

林超然骑着小破三轮车的身影行驶在一条街道上，他将车停在一处存自行车的地方。

他匆匆在江畔走着。雪后的江畔风光美好，观景照相的人不少，他却目不旁视，只管大步腾腾往前走。

他走在江桥上。

他来到了江北，来到了父亲干临时工的工地，那是郊区的一片荒野，堆着一堆堆水泥预制板，停着两辆卡车。

他进入破败的工棚，见大铁炉子周围，有些小青年吃饭、下棋、打扑

父 母 岁 月

克；什么地方有收录机，播放着迪斯科音乐……

他大声问一名小青年："请问林师傅是不是在这儿干活？"

小青年："什么？这儿没有驴师傅！"

他用目光四处寻找，发现了收录机，大步走过去将它关了，工棚里顿时安静下来。每个人的头都转向他，每个人的目光都瞪向他……

林超然："请问林德祥林师傅是不是在这儿干活？"

一名青年："老东西从不在工棚里休息！"

林超然皱眉又问："那他在哪儿休息？"

青年："外边！"

林超然："外边？为什么？"

另一名青年："我们怎么知道为什么？自己找去！"说完又打开了收录机。

工棚里又听不到说话声了……

林超然只得退出了工棚，举目四望，却见一道覆盖着积雪的土坡后边升着青烟……

林超然翻过土坡，见到的是这么一种情形……有处地方被铲出了凹窝，垫了一张草帘子，其上蜷缩一人，穿一身又脏又破的棉袄裤，脚上的棉胶鞋打了好几处补丁，头戴旧棉帽，显然已很不保暖，肩上还戴着垫肩，磨得锃亮。林超然走近，蹲下细看，认出正是父亲。父亲的右手拿着咬剩半块烤黑了的馒头。旁边，是一小堆树枝燃起的火，已快灭了……

林超然不久前曾收到一封父亲写给他的信，信中有这样一段话："超然我儿，我瞒着你妈，让你妹给你写这封信。我的意思是，虽然可以返城了，但你千万不要随大流儿！你已经是营长了啊，你有这么一天不容易。哈市工作很难找，家里房子又小，你媳妇又怀孕了，如果长期找不到工作，家里又帮不上你，那不惨了吗？所以啊儿子，千万听爸的话，也别惦念父母怎样，一心扑实地继续当好营长吧……"

眼前的父亲淌下清鼻涕来，就要淌过上唇了。林超然掏出手绢，轻轻替父亲擦鼻涕，结果将父亲弄醒了……

父亲："超然？"往起站，林超然赶紧扶父亲站起。

父亲："你！你怎么不听我的话，到底还是返城了？"

林超然："爸，我不是返城……我是探家……"

父亲："那你也不该到这儿来找我！有什么急事？"

林超然："没什么急事……我……我不是太想您了嘛！"

不远处传来哨声、喊声："干活啦！都抄家伙，继续装车！"

父亲踏火堆，林超然帮着踏。

林超然："爸，人家休息的时候都待在工棚里，你干吗一个人待这儿？"

父亲："老了，中午不眯一会儿，下午就拿不成个了。拿不成个了，就干不了活了。干不了活了，就对不起人家开的那份工钱！"

林超然："听我妈说，不是请您当技术指导吗？"

父亲："这儿干的活没有什么了不起的技术，冲我曾经是六级水泥工，让我质量上把把关罢了。现在是冬季，不能浇铸，所以我也不能白拿工资……"

林超然望望成堆的预制板，不禁又问："爸，你也抬？"

父亲："我不抬，充大爷啊？"

又传来喊声："老林头！老林头你死哪儿去了？快滚出来干活！"

林超然愤怒了："这么没大没小，我要教训教训他！"

父亲："你给我站住！一些个小青年，骂骂咧咧的惯了，犯不着和他们一般见识！你快走吧，等我下班回家咱爷俩再聊。"

林超然犹豫。

父亲急了："走啊！你不走我走！"

父亲说走真走，登上土坡，消失在土坡后……

林超然站在原地发呆。

土坡后传来号子声，夹杂着骂人的脏话。

林超然也登上了土坡，见父亲显然已不堪重负，腰已不能像小青年那么挺直了……

他擦了一下脸，因为脸上不知何时淌下泪来。

他望见父亲一条腿一弯，接着被抬杠压得跪倒了。

父母岁月

林超然跑了过去……

一伙小青年皆瞪着父亲，其中一个训斥："老林头，到底行不行？不行干脆声明！"

父亲："我不是脚底滑了一下嘛！"

另一青年："别找借口！数你拿的钱多，干起活来却他妈熊了！叫我们声大爷接着抬，不叫都不跟你一块儿抬了！"

父亲："你小子别跟我犯浑啊！"

那青年："嘿老家伙，今天来脾气了？我偏跟你犯浑，你能把我咋样？"

其他青年都袖着手笑，看热闹。

林超然赶到，怒不可遏，揪住对方衣领，扔口袋似的，将对方扔出老远，一屁股坐在地上……

那小青年："哥儿们，揍他！谁上今晚我请谁！"

另外几个小青年围住了林超然。他从地上抓起杠子，怒吼："谁敢上？谁上我一杠子打死他！"

小青年们被镇住了。

林超然："我警告你们，以后谁再对我老父亲口出脏字，我饶不了他！"

他们的目光不禁都望向林父……

羞辱林父那小青年欲扑向林超然，被另一小青年拉住，劝道："算啦算啦，人家不是父子嘛！也怪你，谁叫你一说话总骂骂咧咧的！"

父亲："都给我闪开！"

小青年们散开。父亲走到了林超然跟前，瞪着他，突然扇了他一耳光，将他帽子都扇掉了——他被扇蒙了。

父亲对那小青年说："这公平了吧？"从林超然手中夺下杠子，喝道，"走！用不着你在这儿显张长！"又对小青年们说，"还都愣着干什么？弯腰挂钩，我起号子！"

在父亲喊出的音调苍老嘶哑的号子声中，林超然呆呆望着他们将预制板抬走了……

天黑了。林超然的背影伫立江畔，江桥台阶旁停着那辆小三轮车。

有人下江桥了。林超然转身走到台阶口，下桥的正是林父……

林超然："爸……"

父亲："你怎么在这儿？"

林超然："我在等着接您。您看，我骑来的。这您不就省得走回家了吗？"

父亲："谁的？"

林超然："罗一民的。我去看他，他借给我的。罗一民您记得吧？"

父亲："小罗子啊，当年你那个营的嘛，熟得很，逢年过节常到咱家来，每次都不空手。冬天有时我走累了，就绕他那儿去歇歇，暖和暖和。"

林超然将说着话的父亲扶上了三轮车。

林超然蹬着三轮车行驶在江畔。

父亲："超然，我当着他们扇了你一撇子，你别生气。"

林超然："爸我不生气。如果生气还能等着接您吗？"

父亲："他们那是些受过劳教的青年！父母都管不了他们，劳教也没把他们劳教好，但那社会也得给他们份工作，使他们成为自食其力的人。要不一个个非滑歪道上去不可，对不对？"

林超然："对。"

父亲："所以呢，我一名退休老工人，能忍就忍忍，不和他们一般见识，慢慢感化他们，不能因为一句半句话耽误了干活，是吧？"

林超然："是。"

父亲："你和他们不一样。你是当营长的人，兵团的营长那也是营长。你一旦跟他们争凶斗狠地打起来，伤了你我心疼；伤了他们，说不定派出所会拘你。那要传到你们那儿，你这营长的面子往哪儿搁？我当时不给你一撇子，活不是就没法干下去了吗？明白？"

林超然："爸批评得对，我明白了。"

车驶近防洪纪念碑。

父亲："停一下。"

林超然将车刹住了。

191

父母岁月

父亲望着防洪纪念碑说:"多少次总想摸摸它,靠着它坐一会儿,总也没了愿。"

林超然:"爸,下次吧。"

父亲:"这不到近前了嘛,扶我下车。"

林超然只得将父亲扶下车。

父亲甩开他的手,走向纪念碑,林超然只得跟着……

父亲踏上台阶,摸碑基,绕着碑基走,最后弯下腰抚摸竣工石,喃喃着:"这碑,这一部分江堤,当年主要是我那个班组修建的。五七年那场大水真吓人,我们先抗洪,紧接着又施工。班组里累倒了好几个,我这个班长硬挺着,提前半个月完成了任务。原以为竣工石上会刻下哪个班组完成的,却没有。没有就没有吧,没有也光荣……"

父亲竟靠着碑基坐下了。

林超然:"爸,别坐这儿呀,走吧。这儿凉……"

父亲:"坐一会儿不怕,你也陪爸坐一会儿。"

林超然只得坐在了父亲身旁。

父亲探手怀中,掏出了一个铁皮酒壶,扭开盖喝了一口,朝林超然一递:"你也喝口。"

林超然略一犹豫,接过,也喝了一口,还给父亲,问:"哪来这么个东西?"

父亲:"小罗子给做的。他手艺不错……猜我每月还能挣多少钱?"

林超然:"猜不着,多少?"

父亲又喝了一口酒,知足地说:"整整五十!加上我退休工资,一个月小一百元。所以我信上说,家里的事你不用操心,有我呢!"

林超然:"我以后不操心了。"

父亲:"以前家里一点底也没有,趁我现在还能挣,得赶紧攒点。你妹你弟结婚,我这当爸的怎么也得添置一两件大件,对不?"

林超然:"对。"

父亲:"你弟今年又不回来探家了?"

父亲说话之间,不停地喝酒。

林超然也往碑基一靠，眼望夜空，下了决心又鼓起勇气，语调缓慢而凝重地说："爸，您在我心目中，始终是一位坚强的父亲。所以我认为，某些对于咱们家不好的事，可以长时期地瞒着我妈、我妹，我却不应该长时期地瞒着您。那，就让我这会儿对您说实话吧。老不说，我的心理压力太大了。说了，您作为父亲，那也能替我分担分担。今天晚上，我就再陪您哭一次……"

夏季。林超然在和战友们打马草。

一名知青跑来，惊慌地说："营长，不好了！林超越在给军马打疫苗时，被那匹发情的种马踢了！"

林超然："伤得重不重？"

对方诚实地说："很严重，双蹄正踢在胸口！"

林超然弃了钐刀就跑。

卫生所门外聚着许多知青。

林超然跑来，众人闪开……

林超然进入卫生所，见弟弟仰躺床上，而颈挂听诊器的女卫生员束手无策的样子……

林超然将她扯到一边，小声地问："情况怎么样？"

女卫生员："很不好。我已经让人套马车去了，得赶紧往团部医院送，但可能……来不及了……"

女卫生员哭了。

林超然扑到床前，轻唤："超越……弟弟，弟弟……"

弟弟的上衣呈现两个清清楚楚的蹄印，他睁开了双眼，吃力地说："哥，我喘不上气……像有双手……把我气管拽断了……"

林超然："别说话，别怕，马上就送你去团里……"

弟弟："哥……如果我死了，别对家里说我是这么死的……这种死法，太不……壮烈了……你要，编种死法……壮烈的那种……那，对爸妈和小妹，也算是慰藉……"

弟弟突然口中喷血，头一歪，死去。

父母岁月

"弟弟！……"

林超然扑在弟弟身上痛哭。

马嘶声，夹杂着脆响的鞭打声。

傍晚，马棚外。罗一民在猛抽一匹拴在马桩上的马。

有人擒住他腕子，是林超然。

罗一民："营长，咱们让它偿命，打报告申请枪毙它，吃它的肉！团里如果不批我偷偷干掉它！"

林超然："它不是人，是匹马啊！大家都在跟我弟告别，你也去看他最后一眼吧！"

他夺下鞭子，将罗一民推走。

他瞪着马，马也瞪着他，一双马眼很无辜。

他扔了鞭子，抱住马头无声地哭……

林超然："爸……"

父亲悄无声息。

林超然扭头一看，父亲手拿酒壶，已不知何时醉睡过去了。

寂静无人的马路，清冽的路灯光下，林超然蹬着三轮车，父亲仍歪头睡在车上……

…………

铁路某仓库，王志正带领一些人在卸车，其中有我们见过的那三个小青年。

王志发现林超然走来，迎上去。

王志："你怎么来了？"

林超然："昨天，有几名兵团战友到我岳父家去，帮着砌火墙。其中一个告诉我，你们这儿缺人。"

王志："是缺人。可你看，干的什么活？"

林超然望了一眼，问："每月多少钱？"

王志："钱倒不少，四十五元。但这是绝对工资，此外再什么钱也没有了。连洗澡票都要自己花钱买。就这样，不托关系走后门还来不了呢。"

林超然："我干！能托上你这个关系不？"

王志："一句话的事。决定了？"

林超然："毫不动摇！最好今天就能成为你的手下。"

王志："你等这儿，我现在就去问。"

王志一转身，匆匆走入一间办公室。

搬运工们休息了，那三名小青年笑嘻嘻地走到了林超然跟前……

其中一名小青年："姐夫，带烟没？"

林超然掏出烟分给他们……

林超然："想成为你们中的一员，欢迎不？"

另一名小青年："当然欢迎！"

另一名小青年："快分给其他人。要一块儿干活了，第一印象很重要！"

于是林超然向每一个人分烟。

王志沮丧地走了出来。林超然迎上去，急切地问："怎么样？"

王志："开始都说没问题。也怪我多说了一句……"

林超然："多说了句什么？"

王志后悔莫及地说："表都递到我手里了，我一高兴，说了一句你是当过营长的人，结果那男的又把表从我手里夺去撕了！本该顺顺利利的事让我给搞砸了，我干吗多说那么一句呢！"

林超然一转身，也大步朝那间办公室走去。

王志："哎，你……"

办公室里，一个中年男人在对一个中年女人说："这王志，怎么能介绍一个当过营长的人来？当过营长的能干得了这儿的活吗？"

女人："就是，脑子有问题。"

门一下子开了。林超然闯入。

林超然一把抓住那男人手腕，拽着对方往外便走，那个女人惊呆了。

林超然拽着那男人走出办公室，王志等工人也赶到了办公室门口。

王志："超然，你这是何必呢，这多不好！"

林超然这才放开了对方手腕。

对方揉着手腕，对王志生气地说："就是他？冲他这德行，谁的人情

父 母 岁 月

都没用，门都没有！"

林超然也不听对方的，也不理对方了，大步走到货堆前，指着一个麻袋对三个小青年说："帮我上肩！"

他们看看王志和那男人，往后闪。

林超然又对王志说："你帮我！"

王志走到他跟前，小声地说："你再怎么也没用了，人家都把话说绝了，拉倒吧。"

办公室里那女人也走出来了，她站在门口，看到林超然将王志推开，弯下腰，抱住麻袋一用力，自己将麻袋扛上了肩……

林超然一手叉腰，一手扶麻袋，绕着卸货站台小跑一圈，站在那男人和那女人跟前，说："我要使你们明白，在黑龙江生产建设兵团，绝大部分知青干部不是靠耍嘴皮子当上的，首先是靠干活干出来的！"说罢，又绕起圈来，众人看呆了。

王志对那男人和女人说："我刚才忘告诉你们了，他当了营长后还进山伐过木，抬过大木呢，他什么累活都干过！"

林超然又绕了一圈，站在那男人和那女人跟前，请求地说："我妻子怀孕了，我们以后的三口之家得靠我养活，我老父亲六十多了，还在江北干重活，我得让我老父亲歇下来吧？我岳父家三个女儿，都是返城知青，目前还没有一个工作的，我希望能替我岳父母分担一点负担……我……既然你们这儿缺人，我需要这份儿活！"

那女人："快放下快放下，有话别这么说啊！"

三个小青年赶紧上前，从林超然肩上接下了麻袋。

而那男人，却一转身朝办公室走回去。

王志："你看这，超然你这不是自找受累嘛！还白受累！那位爷的性格我太清楚了，在他的权力范围以内从来说一不二。"

那女人："王志你话也不能这么说，我这个副主任也不是可有可无的！你这位战友，我看行！"

那男人却在办公室门口站住了，喊："王志，来！"

王志赶紧跑过去。

196

....

何家。何凝之独自在家里包饺子。屋子里暖和了,她也不用穿棉袄了。门一响,林超然随声进入里屋。他上下都套着脏外衣,很疲劳但却很愉快的样子。

凝之:"你又哪儿去了?"

林超然:"我不是说找王志去吗?"

凝之:"那怎么这会儿才回来?"

林超然:"以后就得天天这会儿才回来了。"一边说,一边脱下外衣外裤扔在墙角。

凝之:"帮谁干活了?穿回那么一套脏衣服?"

林超然:"王志借给我的。"接着摘下帽子,脱下棉袄挂起来;再接着走到凝之背后,从后边搂抱着她,与她脸颊贴着脸颊,高兴地说:"亲爱的,我找到工作了。"

凝之也高兴地说:"什么工作?王志帮你找的?"

林超然:"就在王志手下,每月四十五元,今天下午,我已经挣了七角五了。"

凝之有点失望地说:"超然,毕竟我爸我妈都有稳定的工作,他们归队后还各自补了一年多的工资,咱们还不至于到揭不开锅的地步……所以,没有满意的工作,咱不必非急着挣那份儿工资不可……"

林超然:"住在岳父母家里就难免羞愧了,如果再到了花岳父母的钱的地步,那岂不无地自容了?"

凝之:"咱俩不是还带回了些钱吗?"

林超然:"给了我妈三十,给了静之三十,慧之二十;新年春节再买点东西,看看我那个营里,你那个连里几位亲密战友的父母,估计剩不下几元了……"

凝之:"可……我不心疼你那也不可能啊……"

林超然:"别。好身板的男人,一半是靠干累活干出来的。王志能干的活,我当然也能干。否则,连他手下那三个小青年都不如了。"

凝之无言地吻了他一下。

197

父母岁月

　　林超然放开她，转身走到火墙那儿，拎起水壶："有这么多热水，太好了。趁他们都没回来，我得舒舒服服泡泡脚……今天没思想准备，觉得挺累。那只扭了的脚，也还有点疼……"

　　凝之："我就是为你提前烧开了一壶水。"

　　林超然的双脚已泡入盆里了，并且，还一手持弓，一手持胡琴。

　　林超然："想听一段不？"

　　凝之："你还有情绪拉呀？"

　　林超然："那是。困难是客观的，情绪是主观的，什么时候都不能让客观把主观给压趴下了。给你拉段《二泉映月》吧。"

　　于是他运弓拉了起来。

　　在二胡声中，凝之包的饺子更多了。

　　二胡声不成调了，停了。

　　凝之扭头一看，见丈夫垂着头，持弓的手也垂着，就那么睡着了。她看着怜惜地叹气。

　　………

　　何家屋里。林超然、林父、林母及妹妹林岚都来了，慧之也回来了，大家互相亲热着，气氛欢乐。

　　………

　　饭已吃罢。林母、何母、静之、慧之、林岚坐在"床"上玩扑克。林父、何父和林超然仍坐在桌旁饮酒。

　　林父："行，咱们到此为止。再喝我可就喝高了。"

　　何父："亲家，我不勉强你了。"

　　他已经七分醉了，搂着林父的肩又说："亲家，凝之、超然也返城了，咱们两家的人终于团圆在一起。所以目前的困难实在不算什么，咱们当父亲的，要带头往前看。我已经看到好日子在向咱们招手了。"

　　林超然一听岳父说漏了嘴了，装作收拾桌子的样子，赶紧端起盘子往外走。

　　林父："超然，你站住。"

　　林超然只得站住了。

林父:"亲家,你刚才怎么说?"

林超然:"你们聊点别的。聊点别的。"

何父:"超然,你……别管我们……聊什么!我……刚才说,凝之和超然,他们终于也返城了。"

林父:"超然,真的?"

林超然只得放下了盘子,点点头。

林父一拍桌子:"别点头!我要听到话!"

林超然:"爸,是我岳父说的那样。"

"床"上,两位母亲和三个姑娘,都吃惊地望着父子俩。

何父:"亲家,别对超然那么凶嘛,看吓着我女婿!"

林父站了起来,指着林超然问:"你没收到你妹代我给你写的信?"

林超然:"爸,我收到了。"

林父:"可你还是返城了,而且还骗我!"

林超然:"爸,我骗您不对,可您听我解释……"

林母:"他爸,别在亲家这儿吼吼怒怒的行不?有些话跟儿子回自己家说去!"

林父:"你别插嘴!"瞪着林超然又大声说,"我不听你解释!你还解释什么你?返城待业的滋味儿就那么好受吗?"

林超然:"爸,我已经找到工作了,都上班几天了,在铁路上当搬运工。"

林父:"你!……难道当搬运工比当营长更有出息吗?"

林超然:"爸,话不能这么说。有些情况您不了解,不是现在一句话半句话就能解释得清楚的……"

啪……林父扇了儿子一耳光。

何母:"他爸,你木头人啊,怎么不拉着呀!"

何校长有点晃悠地站起来,边往后拉林父,边说:"亲家,你……这是干什么呢!打人是犯法的……"

林父一抡胳膊,何父被抡得坐在地上了。

林父:"我打的是我儿子!法律也不能禁止我打儿子!更用不着

父母岁月

你管！"

何父坐在地上也大声地说："可他不仅是你儿子！还是我女婿！你在我家里，当着我的面打我女婿，你也太不尊重我了！"

林父："我也是在替你教训你女婿！"

林母："他爸！你喝了点酒，半醉没醉的耍的什么酒疯啊！"

何母："慧之、静之，你俩还傻看着干什么呀？快下地去拉开他们父子俩呀！"

慧之和静之赶紧往"床"边坐去，慌慌张张地各自穿鞋。

林父："你这个不争气的儿子！一心指望你有点出息，你却偏让我的指望破灭了！"

他又一巴掌向儿子扇去。

林超然擒住了老父亲的腕子，他对老父亲小声说："爸，你不可以再当着何家人的面训我、打我。我自己也快当爸了，求求你，多少照顾一下我的自尊心。"

慧之和静之已将她俩的父亲扶了起来。

林母、何母以及林岚也站到地上了。

两家人呆呆地看着林超然父子。

林父又用另一只手扇儿子，但另一只手的腕子也被儿子擒住了。

父子俩暗暗较起手臂之力来。

林父终究年纪大了，哪里较量得过儿子的手力臂力？他的双手渐渐被儿子的双手钳制到他自己的胸前了。

他瞪视着儿子的目光垂下了，接着他的头也扭向一边了，脸由于用力而涨红了，脖子的青筋凸起了。

他备感屈辱地吼出一句话来："放开我！"

林超然松手了，后退了一步。

林父交替揉着手腕。

林岚："爸，老林家的脸被你丢尽了！"

她拿起衣服、围巾冲出去了。

林父一转身，拿起桌上的酒瓶，咕嘟咕嘟喝了几口，何父从他手中将酒瓶夺下,递给了何母,何母将酒瓶放入了柜里。

林母已在默默流泪了。

林父:"回家!"说罢,也不戴帽子,径自走了出去。

林母看看儿子,看看何父何母,想说句什么,却分明地不知该说什么好……便也往外走。

林超然:"妈……"

林母在门口站住,却没转身,没回头。

林超然:"我是为了能尽孝心才返城的啊!"

林母就那么背对儿子点了点头,无言而去……

何母:"静之、慧之,送送啊!"

于是两姐妹这里那里拿起林家三人的帽子、围巾、书包追出门去。

慧之扶着林母走在前边,静之扶着林父走在后边。东一声西一声传来鞭炮声,夜空上还零星地出现礼花。

静之:"伯父,小心别滑倒。"

林父:"我没醉。我一个人把那一瓶都喝光也醉不到哪儿去。你们姐俩不必送我们,我们能回得了家。"

静之:"我爸妈让我俩送的,我俩得完成任务。伯父,您为什么对我姐夫返城生那么大气?"

林父不回答,仿佛没听到,只管平视前方大步走。

老人家的脸上挂着泪水。

············

走在一起的林父和静之。

林父:"他来信说他当了营长那天,我高兴得一宿没合眼。从前咱们市区的区长,也不过就是部队上转业下来的一个营长。"

静之:"伯父,那是不能相提并论的。咱们区的那个区长,人家参加过抗日战争、解放战争、抗美援朝,人家是从枪林弹雨中走过来的。"

林父:"怎么不能相提并论?和平年代就不需要营长了?和平年代的营长就矮一截了?和平年代就能永远和平下去了?如果你姐夫还是营长,如果哪一天又起战争了,我相信你姐夫也是个不怕枪林弹雨的好营长。"

父母岁月

静之："可他不已经不是了嘛，不管是他自己还是咱们作为他亲人的人，都应该以正确的态度面对现实嘛！"

林父："如果他听我的，不随大流儿，他和咱们，不是就不至于面对他现在的现实了吗？"

静之："他现在的现实也不能算是灾难呀，我相信我姐夫在现在的起点上，也完全可以寻找到另一种人生价值。"

林父不爱听，挣脱手臂，生气地说："不用你搀着，我自己能走！"

静之望着他大步腾腾往前走的背影，摇头苦笑。

第二天下午，林家。凝之在给窗台上的白菜花、萝卜花、蒜苗浇水。

林父从外边进入。

凝之："爸，哪儿去了？"

林父："走走。散散心。你妈呢？"

凝之："新布票不是年前就发下来了嘛，她还邻居布票去了。爸您坐下，我有话跟您说。"

林父猜到了她要说些什么，不情愿地坐下。

凝之也坐下了，她说："爸，我和超然返城的事，您错怪超然了。我俩返城是我先提出来的。我们那个连的知青全走了，就剩我这名知青副指导员自己了，又在不适宜的时候怀了孕。我非留下，反而会给别人造成麻烦。超然的情况也是如此。兵团体制结束了，又恢复农场体制了，干部队伍要大大精减。将他那么优秀的知青营长精简了，上级领导觉得对不住他。他自己呢，又不愿非等着安排一个领导岗位，非占一个干部名额。"

林父听着，掏出烟盒，吸起烟来。

....

一台搅拌机在转动。张继红装满两桶搅拌好的水泥，一名工友正欲挑走，林超然扛着一只沉重的草袋子走来。

林超然："等等！"一斜肩，草袋子落地。

林超然扒开了袋口："看，这是什么？"

张继红："黄土！"

林超然："刚才卡车运来的，除了水泥和沙子，还有整袋整袋的黄土和炉灰！咱们在兵团也搞过营建，听说过往水泥里掺黄土和炉灰反而更结实的事吗？"

张继红："明白了，一定是因为现在水泥紧俏，不好买了。"

林超然转身一指："黄土和炉灰也在往那两台搅拌机里倒！"

远处也有两台搅拌机在转动、轰鸣。

正要挑起水泥走的那一名工友："咱不管！爱掺什么掺什么！他们就是往里掺屎橛子，那也是他们昧良心！"又欲挑起便走。

林超然用一只手压住了扁担："不能这么想。现在可是咱们具体在这儿干。预制板是重要的建材。如果不能保证起码的用料合格，那盖起来的楼房多危险？如果不懂另当别论，但这点起码的常识咱们可都明白。揣着明白装糊涂，那昧良心的就不只是他们，也是我们了！"

张继红："我还没注意，超然说得对。"

那名工友："他不是说的要忍吗？"

林超然："可我也说了，该理论的时候，我和队长会出头理论的。"

张继红："我已经不是队长了，叫咱们那几个先别干啦！"

林超然："叫所有的人都别干了！"

工棚里。"花衬衫"躺在一块木板上，高架二郎腿，在听半导体里刘兰芳播讲的《杨家将》。

外边传来喊声："别干了，都别干了，停止！也别让搅拌机转啦！"

"花衬衫"奇怪，坐了起来。

林超然和张继红走入。

张继红："队长，咱们的活，不兴那么干的。"

"花衬衫"："不兴哪么干啊？"站了起来，傲慢地瞪着张继红。

林超然："往搅拌机里加黄泥和炉灰是不对的！"

"花衬衫"："你他妈住口，你算老几？"

张继红："你嘴里干净点，骂他就等于骂我。"

"花衬衫"："等于骂你又怎么了？你们懂个屁！水泥紧缺，不掺点兑点，再干一个月就没水泥了！那时如果还买不到，停工啊，你知道停工一个月经济上多大损失？"

父母岁月

张继红:"别跟我们扯损失不损失的,我们现在说的是良心问题。"

"花衬衫":"你叫停工的?"

林超然:"我。"

张继红:"不是他,是我!"

"花衬衫":"我猜就是你挑的头!"

他扇了张继红一耳光。

林超然:"你……"

他上前一步,欲"修理""花衬衫"。

"花衬衫"见势不妙,跑出了工棚,在外边大喊:"跟我来的人都过来!别慢慢腾腾的,跑!手里都拎上打架的家伙!"

林超然和张继红一出工棚,工棚外已围着半圈手持棍棒的人了——都是跟"花衬衫"来的人,他们是八十年代最初的农民工。

"花衬衫":"他俩跑进木棚威胁我,还打了我,替我出气的,今天发十元奖金!不,二十元!狠狠地打!只要别打死就行!打伤了打残了不关你们的事!"

对方中有人犹豫,有人却捋胳膊挽袖子,跃跃欲试。

跟林超然、张继红很铁的那五六名工友也跑来了,也都拎着棍棒、锹、扁担。

局面还真是一触即发。

张继红直奔"花衬衫"而去,叫喊着:"王八蛋!不听劝还动手打人,今天我非叫他跪地上求饶不可!"

林超然一边阻拦一边说:"你们先把他拖开!"

工友中的两人,上前将张继红拖走了。

"花衬衫"躲到了农民工们后边。

林超然对农民工们说:"我下过乡,对农民有感情,也了解农民的日子很穷苦,一年到头,手里连点零花钱都没有。我现在返城了,一时找不到正式工作,所以也在这里干活。咱们的目的都一样,为的是给家里挣一份儿工资,不是来打架的。你们种菜、种粮,如果种子不好,结果会怎么样,你们都清楚。盖房子盖楼也一样,预制板就是大梁,往水泥里掺黄泥、掺炉灰,那就是昧良心。他不但自己昧良心,还让我们也都昧良心干活,还不听劝,还骂人,打人,反过来倒打一耙,所以我们今天不咽这口恶气了。你们要是非充当他的打手,那我们也没办法。如果觉得十元钱、二十元钱并不值得你们听他的指使,那就闪开点……"

对方互相看着,一个说:"他说的在理。"

于是都退开了。

"花衬衫"被孤立在那儿了。

林超然走到了张继红跟前,问:"是你自己打回公平,还是我替你?"

张继红:"我!我!别拽着我!"

林超然:"那放开他吧。"

于是两个拽住张继红胳膊的人放开了他。

张继红脱了上衣朝后一甩,瞪着"花衬衫"走过去。

"花衬衫"转身欲跑,被工友们四下里堵回来。

"花衬衫"摆出了拳击架势,也瞪着张继红蹦蹦跶跶的。张继红绕着他走,越绕离他越近。

林超然吸着一支烟,冷眼看着。

"花衬衫"却忽然跪地求饶:"大哥,大哥,我看出来了你是狠茬儿!我怕你行了吧?我……我不也就是一催巴儿嘛!你们为了工资,我也是为了工资啊!大哥你高抬贵手!这么着,我今天回去跟老板说说,你还当你的队长。"指着林超然说:"让他当副队长!这行了吧?"

张继红见他那样,索然至极,猛一转身。林超然已在他跟前了,将半截烟塞在他嘴角,搂着他肩说:"那只能算了,消消气。"

张继红:"超然,咱们别挣这份儿工资了。"

林超然:"也是我的想法。"解下垫肩扔在地上。

其他几个人也纷纷将垫肩、套袖、手套扔在地上。

林超然对"花衬衫"说:"把我们的话捎回去……如果继续昧着良心,可别怪我们揭发。"

林超然、张继红一行人走过江桥。

他们在桥下分手告别。

林超然:"心里都没怨我吧?"

工友们摇头。

张继红:"那什么,谁要是先找到了活,并且还可以介绍别人的话,互相通个气儿。"

工友们点头。

…………

清晨,有雾,秋季到了。雾不是很浓,并且在飘移。

雾中一些骑自行车的人影驶过,自行车铃声不断。

雾气渐渐散去,人行道上出现另一些人,七八个,年龄从三十岁左右到五六十岁,或站着,或坐在人行道沿上,皆手持长杆的刷墙刷子,肩搭帆布工具袋。有的戴蓝色单帽,有的戴破草帽,有的没戴。他们的帽子、衣裤、鞋上布满灰点。灰点也不仅是白色的,还有黄色、绿色、粉红色的。看去像穿斑点迷彩服的士兵。

林超然也在他们中站着,在看一本薄书。他显得很"另类",因为只有他一个人衣服、裤子、鞋子干干净净的,戴着绿军帽。

"超然!"

林超然一抬头,见是骑辆旧自行车的王志,一腿跨车上,一脚踏路沿上,长杆刷子绑车后架上,也是一身灰点子。

在这种地方见到了王志,使林超然很意外,也很高兴,问:"你……不是有工作吗?"

王志:"今天星期日啊,能多挣点就多挣点啊。"

林超然:"我都过昏头了,根本没有星期几的概念了。"

王志:"我两个月前当爸爸了,日常开销多了。不多挣点,太对不起老婆孩子了。"

林超然:"那也得祝贺你。我也快当爸了,可到现在还没稳定的工作。听别人说站这儿能找到活,就来试试。"

王志:"像你这样,等到天黑也等不到活。你看看别人,再看看你自己,从上到下干干净净的,哪像干这行的样子!"

林超然:"我特意穿了身干净衣服,以为能给雇工的人好印象。到这儿了才发现自己不太对劲儿,可已经站这儿了啊!"

王志:"还拿本书看!什么书?"

林超然:"《泰戈尔诗集》,怕等久了闷。"

王志:"放包里。"

林超然将书放入挎包。

王志问别人:"谁带灰桶了?最好是有灰底子的。"

一人答:"我。干吗用?"

王志:"前边路上有洒水车在浇树,去接点水,湿桶底就行了。"

那人开玩笑地说:"不能白用啊,得交费!"拎桶走了。

王志弄湿了刷子头,往林超然衣服裤子上甩灰水,甩完了前边甩后边。

王志:"我们这种人被叫作路边工,又叫蹲马路牙子的。我是这儿的创始人之一。谁身上的灰点子多,受雇的机会才多。每个人都舍不得洗去,成了我们的行头,也可以说是广告。"

林超然:"每月能挣多少啊?"

王志:"去年还不行,今年一下子活路多了。好像全哈尔滨市的人都活得来劲儿了,家家户户都要粉刷房子似的。从开春到现在,连我这业余的都挣了二三百了。他们中有人都挣了一千多!"

林超然:"多少?"

王志:"一千多。你还别不信,真的。几个人刷一个单位的房子,每人一次就能分二三百。有那运气好的,几个人刷了一所中学……"

林超然孩子般地说:"王志,拉兄弟一把,我也想挣一千多。"

王志:"别急,咱俩既然碰上了,我起码保证你今天能挣到钱。帽子给我……"

林超然:"是顶军帽。"

王志:"不想挣一千多了?"

林超然乖乖摘下军帽给了王志,王志一手帽子,一手刷子,往军帽上甩水。

有人大声地说:"王志,要不要点带色的?这几只桶里还有带色儿的灰底子!"

父母岁月

王志:"要,拎过来。"

王志退到一旁站着了。三个人围着林超然,三把刷子从三个方向往他身上甩水,有的干脆用刷子往他身上刷……

林超然:"谢谢,谢谢,给你们添麻烦了。"

一人说:"小意思,一点不麻烦。"

王志:"太阳一晒,一会儿你看去就合格了。"

太阳在空中运行,由东而升空正中,而偏西,落下。

天黑了。

四人身影走在路上,是林超然、王志他们。人人扛着长杆刷子,有的拎着桶,单手推自行车。

四人坐在一家小饭馆里了。

林超然:"我请。"

王志:"你刚加盟第一天,轮不到你。谁也别争,我请。"

四只啤酒杯碰在了一起,都一饮而尽。

王志:"超然是我兵团战友。我不在场的时候,你们多关照他啊?"

一个说:"没问题!"

另一人说:"你是前辈。前辈吩咐了,我们当然照办。"

第三人:"别说多余的了,分钱,分钱!"

王志从兜里掏出来点数。其实不多,一百来元而已。当时没有百元钞,也没有五十元的。若有,没点的必要了。

林超然:"想不到今天一天能挣三十元,今天以前我连这种梦都不敢做。"

王志:"不多。咱们四个人才刷了二百多平方的房子。你见了钱那么激动,先给你。"

他将一份钱给了林超然。

又是一个早晨。

还是那条马路旁,林超然还是和那些人站在一起,只不过王志没来,而林超然的衣服,已和他们一样了。

一人骑自行车来找活了,看去是只雇一人,大家推让了一番,最后一起向找活的人推林超然。

林超然蹬着罗一民那辆三轮车跟去了。

天又黑了。三轮车停在罗一民铺子外。

屋里,罗一民在埋头做喷嘴,林超然在脱满是灰点子的衣服,换上另一套干净的衣服。

天又亮了,林超然已穿上了满是灰点子的衣服,走出罗一民的铺子,开了锁,蹬着三轮车走了。

傍晚,林超然和一名路边工在路边分钱,二人互拍一下手告别,一个蹬着自行车、一个蹬着三轮车各奔东西。

白天。林超然他们照例在同一条马路的人行道上,或蹲或站,林超然又在看《泰戈尔诗集》。

不同的是……他们头顶的树叶变黄了。

林超然仰望树叶。晴空万里。

林超然默诵着泰戈尔的诗句:阴晴无定,夏至雨来的时节,在路旁等候瞭望,是我的快乐。从不可知的天空带信来的使者们,向我致意又向前赶路。我衷心欢唱,吹过的风带着清香……

一阵自行车铃声。

林超然从天空收回目光,见王志又像第一次那样出现在面前,满面春风,如逢大喜。其他路工围了过来。

林超然不无幽默地说:"捡到了一个大钱包?"

王志笑盈盈地点头。

一名路工当真了:"什么地方捡的?里边多少钱?"

王志:"反正钱不少。不过我一个人打不开,得你们大家帮我才能打开。"

另一名路工:"真捡到那么大钱包,他就是用炸药炸也自己把它弄开了,还会来求咱们帮忙?"

又有一名路工:"就是!肯定怕咱们分啊!"

王志郑重了:"你们想象成再大的钱包那也小了,简直就等于是个钱柜。黑龙江大学要粉刷一座教学楼,听说我干得挺有口碑,就派了一个人

父母岁月

主动跟我联系。如果你们不帮着,那么大一项活我一个人干得了吗?"

大家被好消息冲昏了头脑,互相愣愣地看着。

林超然:"还愣着干什么呀?抛他!"

于是众人发出哄声,将他举起,一次次高抛。

本文节选自长篇小说《返城年代》

溃 疡

按写作计划，我的长篇小说一个月前就应发稿了，可至今初稿放置在抽屉里，没有集中的时间和精力修改。先是自己病卧了三四个月。初愈，父亲又病倒了。父病愈，儿子生麻疹。儿子开始玩耍的第三天，接到了家中拍来的电报——母住院。于是匆匆起程，赶回了我的诞生地 A 市。

七年没回过 A 市了。家还住在那条小胡同，那个大杂院。胡同仍那么狭窄、那么肮脏。大杂院却已不成其为院，没了门。院内比院外低两尺多，可谓"天井"。所有人家的房屋，皆半沉半露。下水道口就在院中间，人一走过，苍蝇便嗡地成团飞起。然则我们毕竟进入了一个文明的年代，每家每户都安了纱窗。院里当年的小孩们也都长成大人了，做了爸爸或妈妈。在由煤棚改成的小屋和接出来的"偏厦子"里，生出了我们共和国的又一代。

我的家是一个"紧密团结"的大家庭，十二口三代人拥挤在二十五平方米的空间内。两个弟弟一个妹妹都已结婚，我多了三个活泼的小侄女。一进家，小侄女们便在弟弟妹妹的怂恿下，齐声高叫"二大大、二大大"。她们的嚷叫，使我想到母亲的余年是不会冷清孤独的。耳畔又响起父亲的话来："比起旧社会……"弟弟、弟妹、妹妹、妹夫和他们的孩子分居在三面接出的"偏厦子"里，家原有的两扇窗不得不砌死了。唯一的一间可以从概念上称为"屋"的九平方米的斗室，棚顶开了"天窗"。阳光自天普照，屋内半明半暗。中午时刻，明多暗少。光明是主流。母亲住此

父母岁月

"屋"。终日在光明与阴暗的移动中,颤颤巍巍地做这做那,盼望着她绝对活不到的二〇〇〇年。不知是弟弟妹妹们对她讲的,还是她自己从收音机里听到的,反正她笃信不移——二〇〇〇年能住进楼房。

母亲的虔诚令我心中非常难过。

大哥还是疯子。不希望什么,不抱怨什么,一年有八个月生活在精神病院,身在家人们所无法达到的特殊境界。

前不久大哥假出院,在家中住了两个多月,于是,二十五平方米的空间内,就时时刻刻存在着一种令家人提心吊胆的不安因素。对精神病患者是没道理可讲的。他觉得那黑暗而狭窄的空间对他来说也不堪忍受,便由着疯劲儿胡作乱闹。按说疯子应该不计较这一点,可他偏计较。难怪医生们都说,只要你们家改变一下环境,他是会渐渐好起来的。家人们不敢妄存改变居住条件的幻想,只是希望大哥疯得更彻底而已。最提心吊胆的当然是母亲。她既不忍将大哥再送回精神病院去,又怕大哥发起疯来,吓坏了小侄女们。从居住问题讲,家人们其实是为大哥在精神病院久租下了一个床位。即使他不疯,家中也没他长住的地方。

大哥最终是被弟弟、妹夫们捆着绑着送回精神病院的。母亲像每次一样,又哭了一整天,竟病倒了……

我到医院去看母亲。母亲瘦极了,虚弱极了,用枯树根般的手,紧紧抓住我的一只手,声微气弱地说:"二啊,你父亲盖了一辈子楼,到头来,退休了,连个住的地方也没有,只好到北京去投奔你们两口子……我是指望不上二〇〇〇年了!你……你……你就不能替咱们家想个出路,弄间房吗?哪怕只有一间,多小都行啊!让我……和你大哥住一块儿……你大哥在家里一犯病,全家人都被搅得……没法过啊!你不可怜你的弟弟妹妹,也该可怜你那……三个小侄女呀……你大哥犯病时……她们……吓得哇哇哭……我是……再也……操不起……这颗……心了啊!……哪怕让我住上一天……像样点的房子……我就是死……也能闭上……眼睛了啊!要不……我……我……我临死也会觉得……这一辈子……太受屈了啊……"

母亲说着,就绝望地哭了。

我努力克制住自己,不在母亲面前落下泪来。

我安慰母亲："妈，别哭。我会想办法的。我搞不到一间房子，我就不回北京！"

走出医院后，我又感到那么茫然。

在这座城市里，我何处去搞到一间房子呢？如果母亲向我要求的是稿纸而不是房子，无论多少，都不算难。但房子……可怜的母亲！

我一边走，一边咀嚼着母亲的话，觉得母亲在医院里对我说的那番话，每一句，都含着内心里极大的悲凉。母亲没有文化，不善于更深刻更准确地表达她的思想。而我理解，她是道出了一个哲学上的、普通的、被有文化的人们经常随口引用的定律。可叹的母亲的思想啊！

我记起有一个中学同学在城建局工作，换乘了三次公共汽车去找他，询问我们家住的那一处，何时有动迁的可能。这是一种低下的希望。它建立在某种似乎想占国家什么便宜的心理之上。

"你们家还住原先的老地方？"

"对。"

"那就没希望了。"

"为什么？"

"因为被楼房挡住了嘛！"

"我不明白。"

"有什么不明白的？挡住了……也就意味着……那里目前可以了。"

"我……还是不明白。"

"怎么对你说呢？打个比方吧，你们家有一个最破烂的角落，用一块布帘挡住了，按你们家的经济状况，你们目前只能如此……明白没？"我终于明白了。一线希望彻底破灭，心也就凉透了。

回到家里，在"二大大、二大大"的叫嚷声中，一支接一支吸烟，冥思苦想，欲想出个乐观点的主意。

三弟给我一张晚报让我看，说是上面登了我回本市探家的消息，眉宇间洋溢着自傲。为了不扫他的兴，我不得不接过报，佯装认真阅读。暗想我的名字居然也带有了新闻性，现实真热情得可以，也滑稽得可以。

刚放下报，就来了一位造访者——业余青年诗人，很潇洒的一个小伙子。

父 母 岁 月

他送我一册自编的油印诗集。总题——《灰色的赋格》。扉页印着帕斯捷尔纳克的一句诗：

艺术即将死亡，
而土地和命运正在呼吸。
…………

接着便抑扬顿挫地对我朗诵他的诗：

我们已经分手，但却互相思念，
虽然我爱抚另一朵玫瑰，
却只为你写诗。
发誓、流泪、绝望，
都逃脱不了生活，
爱上你为你受苦，
世界已是够仁慈。
…………

见我一副无动于衷、麻木不仁的样子，他停止了朗诵，迟疑地问："你……不喜欢吗？允许我给你念另一首吗？……"我并没点头，他却已开始朗诵另一首：

这个世界，
把我赶到情人的怀里，
情人把我赶到梦里，
梦把我赶到坟墓里，
现在，
坟墓又把我赶出来。
…………

我烦恼极了，突然打断他，大声说："住我家吧！""什……么？"他瞪目视我。"你不是没个什么地方可去了吗？……"我的语调含着冰冷的嘲讽。连我自己都暗暗吃惊，我怎么会这样对待一位比我年龄小的初次造访者。这违反我的为人原则。可我却这样做了。"我……自己有一间房子……"他喃喃地说，却并未感到受辱……

他很失望但仍保持着对我彬彬有礼的态度告辞了。

他走后，我仰躺在床上，一面因对母亲许下了办不到的诺言而发愁，一面信手翻着那本油印的诗集。看着看着，我不由得坐了起来。我虽然不会写诗，但起码还能够欣赏诗。从那册散发着油墨味儿的薄薄的诗集中，我读到了一些撩拨我情感和思想的诗句。虽然它们是忧郁的，甚至可以说是悲观的，但毕竟是诗句，而不是随意或故意拼合的文字。没有忧郁就没有诗。在一百行诗句中，只要其中三十行是真正的诗，写下它的人就不愧是一位诗人了。《灰色的赋格》，除了忧郁和感伤，还有典雅的灰色。我并没看出什么"大逆不道"来。我忽然因自己冷落了那年轻的业余诗人，心里很觉得有些对不住他。虽然我没有资格对诗谈出什么见解，但却应该虚心听听他谈自己作诗的体会。让一个虔诚的造访者败兴而去，我认为自己太浑蛋了。

我走出家门，匆匆走出小胡同，一直走到大马路上，走到公共汽车站，却没寻见他。再看那诗集，也没写明住址和姓名。我心中的自责，又加重了一倍。

第二天，我向弟弟、弟妹、妹妹和妹夫们宣布——我要为家里买房子。

"买房子？"三弟妹瞪大了眼睛："买商品房？"

我肯定地点点头。

"那可得很多钱！"四弟妹慢声慢气地问："二哥，你这几年存了多少稿费呀？"那口气，根本不像是和我谈论一件正事。她不信我的话。我看得出来。

我反问："买一套三屋一厨的商品房，得多少钱？"

"六万五，也许还要多。"

"两屋一厨呢？"我的声音低了一些。

"四万五。"

"一屋一厨呢?"我的声音更低了。

"二万五。"

"只……买一间住房呢?"

"没有这样的商品房。"

"那……一万元究竟能买什么样的……房子呢?"

"那只能买一间泥草房了吧……"四弟妹的语调,也随着我的语调而降低了。

"二哥,现在不是几年前了,一万元,连一间泥草房也买不下来。你的心意我们都领了,你也别太为家里操心了……就让我们胡混着过吧!"始终不插言的妹夫,很动感情地开口说了这番话,他是在给我垫台阶,怕我尴尬。

我慢慢垂下了头。一万元现钱我也拿不出来,这个数目是将一本还没出版的集子的稿费算在内的。爬格子可不像倒买倒卖的"二传手"们来钱那么容易。何况那时稿费低得可怜。

一阵沉默之后,我抬起头,坚定不移地说:"还是要买。一定要买!……"

弟弟、弟妹、妹妹和妹夫们都不作声。

下午,我离家走遍半个城市,去找在各单位工作的中学同学们商量此事。都七八年没见面了。有的甚至十几年没见了。见面后不叙友谊,却询问买卖房子的行情,我感到羞惭无比。幸而他们仍珍重与我的友谊,并能理解我的一片孝子之心。他们使我明白,一万元,在这座城市不可能买下一间房子,只能买下一间房子的居住权。又使我明白,所谓买卖居住权,是怎么一回事。

我曾听说过这种事,也从报纸上看到过对这种事的揭发,想到自己是个作家,便很有些顾虑地问:"那不是违法吗?"

"当然违法!"同学之一小朱肯定地回答。他是我找的最后一个也是寄予希望最大的人。

我说:"违法的事我不能做。"

他无声一笑，带点嘲讽意味地说："你呀，真个是书呆子！违法一回事，法办另一回事！有成套公房空闲不住的，哪个会是普通老百姓？有几条法能真正办到官头上？你在北京那么多年，这点还不比我清楚吗？再说，猪往前拱，鸡往后刨，发家致富，各有一着。你呕心沥血爬格子，爬了多少年，爬满了几万页稿纸，到如今不才积攒下万把元钱吗？他们呢，一间房子的居住权'转让'出去，也是万把元到手！左手'转让'出一间，右手再捞到一间。有些官，就是这么坑蒙政府的！"

我怔怔地瞧着他，半天说不出话来。就是这个过去一向疾恶如仇的小朱，几年前写给我的信中，字里行间充满了对不正之风、以权谋私行为的愤慨。如今，他却当着我的面，振振有词地说出这么一大套"醒世恒言"！我简直有点怀疑他不是我的同学小朱，而是另一个与小朱长得相似的人了。

过去人们一谈及"以权谋私"的话题就色厉词严，慷慨激昂，如今谈及这类话题则轻描淡写，司空见惯，习以为常，连愤慨也不屑于流露了。这是一种意味着什么的转化呢？我不禁想到了那业余青年诗人的诗集——《灰色的赋格》。

小朱递给我一支烟，我们默默地吸起来。

"你呀，看来得接受再教育啊！"他又对我说。

我没马上理解他的话，便不作声。

"孙建国你还记得吗？"

他说的是我们的另一个中学同学。我点点头，表示记得。

"他老头子不是一个大工厂的厂长吗？你知道每年拿多少奖金？几千元！班组分奖金，小红包得塞给厂长一份。车间分奖金，小红包得塞给厂长一份。全厂分奖金，厂长当然还得有份！而且每份都得是特等！还有各分厂，下属服务公司、经营部，哪方面不得向厂长上贡？活都是工人们干的，年终总结时，还要说：'在厂长的英明领导之下，乘改革的东风。'……"

他又是那么微微一笑。

我只有默然而已。

父母岁月

"你知道他父亲去年光厂服得了多少套？十七套！这辈子也穿不了，都让孙建国卖给二道贩子了！我身上这套，就是他白送我的，纯毛料的。他父亲近来发福，太胖。我穿着肥，老婆给改了改……"说着站起，左右转了转，让我欣赏，笑问："还合身吧？"

是很合身，他穿着挺潇洒。

"前些日子，晚报上登了一封群众揭发信。说是他们单位的头头们分房子时多霸多占。登报了，纪检委员会当然不能置若罔闻，就派人去调查，结果呢？说是蛤蟆上树（述）无有其事，能让你查出来吗？以权谋私就像手电光，开关在他们手中呢。你看到了那束光，你说'有！'，人家一动开关，没了！无中生有的罪名倒落在你头上了，倒霉的是你！……"

我实在不愿听下去了，打断他的话，说："还是谈房子的事吧！老同学了，我知道你如今在社会上门路宽广，这事我只好求你了。我就一万元，还能再借几千，你看着给我办吧！"

"包在我身上了！作家求到我是抬举我嘛！"他掏出一个小本子，拍了一下，洋洋自得地说："不瞒你，现在不是提倡第二职业吗？我就客串着做点房子买卖，咱也没别的能耐，不会干，瞎干。买空卖空，我光给牵牵线，反正只赚不赔，赚多赚少而已。"

我认真地问："那么你会赚我多少呢？"

他生气了："什么话！兔子还不吃窝边草呢！我是诚心诚意帮你忙，你反而……"

我立刻解释："别生气，我不过开句玩笑。"

他还是大为不悦，情绪明显降低，用自尊心受到严重伤害的语调说："为了避免从中渔利之嫌，我不出面了，只给你和卖主们牵线，买卖成不成，你自己拿主意，留下你家的地址吧！"

我赶紧将我家的地址写给他，不敢再多说一句话，唯恐惹翻了他，不肯帮我的忙了。

临别，他又叮嘱："我可有言在先，我介绍到你家去的人，你得好好招待，别摆你那作家的臭架子，也别玩清高那一套，那帮人才不吃你这一套！你呀，书呆子，不是我扫你的兴，像你这么一个作家，上不着天，下不落地,只与编辑们打交道,在如今这个社会风气中,你不抵一个有权势的处长的儿子!到了小城小县,你可能连一个科长的儿子也抵不上!越往下边,你得越靠边站着点!权和钱,没了这两样,作家算什么鸟?有了权和钱,还得有闲,人家才翻翻你们写的……"

我连连点头,表示虚心接受"再教育",慌忙告退。再多待一分钟,多听一句话,我会按捺不住,与他争吵起来。

以后的一个星期内,我在家中接待了各式各样的不速之客:有比我年龄大的,有比我年龄小的;有开门见山的,有吞吞吐吐的;有老谋深算的,有豪爽义气的;有温文尔雅的,有粗俗莽撞的;有的道以商业外交辞令,有的张口便纯粹是不折不扣的"二道贩子"语言。我对所有这些人物,一个也不敢轻视,一个也不敢怠慢,礼节周到,敬以烟茶。有一点他们却是共同的,谈"买卖"之前,首先表明,既然是"圈内人"介绍前来的,就绝对信得过我。即使买卖不成也不至于"蜇"了他们。而后便亮出各自的底牌。于是我得知,我有幸在家中接待的,尽是大大小小、各行各业操权握柄的官们的代理人,或曰"二传手"。倘若是处长或科长的代理人,还要补充,A处长或B科长绝非一般的处长或一般的科长,都是职微权大、手眼无边的人物。并向我保证,"买卖"做成了,绝不会惹出任何法律方面的麻烦。按他们的说法,各方面"关节"早已打通,出了麻烦也不要紧,会有人帮着解脱。我简直觉得我是在与我们的国家做买卖,只不过国家所授权的那些人并不直接出面与我讨价还价罢了。

我终于接受了一桩买卖——在市郊的一套一屋一厨的楼房,在七层。考虑到今后将是体弱的母亲去住,我觉得太高了,有诸多不便。但价钱却低,九千元即可一手交钱,一手交房证。听那代理人的口气,似乎还有再替我争取将价钱压低一些的可能。我谢绝了,保持了我所剩无几的一点点可怜的作家的自尊。

"你算是占了大便宜了!"对方说:"因为你求到我们圈子内的人了。这套房子,房主并不想卖,人家不缺钱。不过听说你是位作家,有点仰慕你的名声,才慷慨'转让'的。你倒一下手,少说得赚个两千三千的!"

他姓张,和我同岁。对我表示出对同龄人的亲近。他和他们口中,从不说出"卖"这个字,而说"转让"。似乎并非为了钱,纯粹是出于高尚的精神。

我暗想,二〇〇〇年之前,我是不会再"发扬风格",将这套房子"转让"给别人的。

我对张自是千恩万谢、感激不尽。

他说不必言谢,只要哪天和房主见一面,几个朋友作证,这件事就算划句号了。

我拉开抽屉,拿出预先求人买下的一条"三五"香烟,堆下笑脸,请他收了,略表我的薄意。

他笑问:"真'三五'还是假'三五'?"

我说:"我从没用冒牌货当礼物送给人过。"生平第一次有人当面对我产生这样的怀疑,这侮辱是我按捺不住的。

他说:"那我当你面拆包看看啦?"

我正色道:"你拆吧。"

他便动手拆包。我竟有些紧张,因为是求人买的,究竟真"三五"还是假"三五",我也并不敢肯定。万一果然是冒牌的,我岂不无地自容了吗?

是真"三五"。我暗暗出了口气。板脸盯着他。

他说:"你别误会了。现在送人情的方式五花八门,我亲眼看见有人取了一条香烟,拆包一看,烟盒装的根本不是烟,而是钱。十元一张的'大团结',卷起来正好像一支烟那么粗细、那么长短。一盒二百。一条两千。见钱眼开的收下了,哪有不帮忙办事的道理?我不过是怕你也跟我来这一手啊!我知道你钱不多,听小朱讲过。你和小朱是同学,我和小朱是哥儿们,果然收下了,岂不太不讲义气了吗?……"

原来如此。我顿时觉得,我那一条"三五",虽然货真价实,却也未免轻如鸿毛了啊!更因我误解了对方而感到发窘,不知说什么好。

他还说能有机会认识我很高兴,愿意和我交个朋友。并留下地址和电话,告诉我今后有什么为难事,只管找他,他愿替我效劳。"如今办事,有的靠权,有的靠钱。光有权和钱不行,还得有人。人就是关系。人、权、钱，人是第一位的，所以我爱交朋友！"张的话，又道出了一番"醒世恒言"。与小朱的话不同，同样是对我的"再教育"，却比小朱循循善诱，听来颇有"人情味儿"。

我傻乎乎地问他，是否喜爱文学，是否也写小说，果真如此，我愿替他看稿子、改稿子。

他说他对文学并不感兴趣，但有交际二三文学艺术界朋友的愿望，今后还请我多引荐。

....

第二天，小朱前来登门道贺。他说我的忧患大事了结，他也算尽到了老同学的情谊。并通知我，隔日到芸萃宾馆餐厅，与房主晤一面。我问房主是什么人，他告诉我房主叫"阿兰"。向我透露，"阿兰"非等闲之辈，父母均是京官。打击刑事犯罪活动期间，父母怕他被抓进去，就将他送到A市来，安排了工作，户口却仍在京。

第二天，我按时去芸萃宾馆。朱和张已在门口等候，将我引入由四五道屏风分开的一个小餐厅。里面空无一人。转过屏风，但见一张旋转桌上，餐具已摆齐，内中插着叠成花样的餐巾。芸萃宾馆落成不久，虽不怎样豪华，但很静雅。没有"关系"的人，据说是不招待的。许多本市的平凡人还不知道它的存在。

我们三人刚刚落座，又来了一位，我一眼认出，却是那位业余青年诗人。他见了我，也很奇怪。小朱便起身介绍，我说我们已经认识了，只是还不知他的姓名。

"姓吴，口天吴。"他矜持地向我点点头，又对朱和张说："我去拜访过梁老师。"

我立即说："千万别叫我老师，我比你年长，就叫我老梁吧！"并因那天的失礼，向他道歉，请他原谅。

他笑了笑，说："梁老师您太谦虚、太厚道了！"

我脸红起来。被人奉承，某种情况下同被人当面挖苦差不多。

张起身去挂了一次电话，回来落座后说："阿兰要半小时后才能来。"

朱悄悄附耳对我说："阿兰就这么个脾气，无论什么场合下，只能别

父母岁月

人等他，他不能等别人。"还说，他就高兴别人说他像法国电影明星——"阿兰·德隆"。我是电影制片厂的人，又是作家，由我口中说出这话，就更有权威性，他就会更加高兴。也许一高兴会少要我三千四千元钱。

我回答，如果他真像"佐罗"，我肯定说他像。

我偷偷将二百五十元钱塞给朱。他又塞还给我，说在这儿吃饭，根本不必花钱。经理是阿兰父亲当年的手下人，这次是阿兰做东，没人敢收他的钱。

大家一边吸烟，一边耐心等阿兰。

我和吴便谈起他的诗来。听我说他的诗写得不错，他挺得意。我问他发表过没有？他说没有，根本没投过稿。又问何以不投稿。答曰："无门路。"

我说："只要诗写得好，不必靠门路。"

他世故地一笑，说："事事处处都讲门路，我不信文学界不讲这一套。"

我说，我可以替他推荐。

他说不用，阿兰已经拿去了几册他的诗集，答应替他找"门路"。估计选发几首没问题。我见他胸有成竹，便不再多问什么。

阿兰终于来了。还带了一个年轻的姑娘。大家纷纷站起，我也就跟着站起。细端详，见他确有几分像那位鼎鼎大名的法国电影明星。再看那姑娘，穿一件领口开得很低的咖啡色无袖连衣裙，白颈上戴着金项链，红唇黛眉，明眸皓齿，秀色可餐。端端地坐在那里，摆出一副冷漠的高雅姿态。但气质中，却透出脂粉无法掩饰的俗来。阿兰并不向大家介绍那"咖啡女郎"。大家也不问。仿佛他们之间，定下过这种纪律。她却不时向我瞥来几眼。我对她的"档级"已有所估价，不觉得她足以吸引我，便仰脸去研究头顶的吊灯。朱和张唤来服务员，吩咐开始上酒上菜。几道凉菜上来，朱和张对视一眼，朱首先举杯站起，大声说："来，首先为阿兰和梁作家的相识，大家干了这一杯。"

我的"恩人"和我轻轻碰了一下杯，一句话没说，一饮而尽。

接着那"咖啡女郎"也和我轻轻碰了一下杯，粉面上现出一种接近妩媚的笑，扭捏作态地说："还请梁老师多多关照啊！"

我虽然不知我能"关照"她些什么,也不得不应酬一句:"好说。"喝了一口酒,觉得一股苦涩流入胃中。

我刚欲落座,朱和张一左一右,两面夹攻,非逼我干了不可。我说我胃不好,也不胜酒量。他们说啤酒没事,是液体面包,并且含有多种维生素,还健胃。我拗他们不过,只好喝下了那一杯啤酒。顷刻便觉心跳脸烧。

菜一道道地上来,转眼在餐桌上摞成了座小山。我也找不出什么话题和他们主动交谈,只是不时相陪着站起、碰杯、饮酒而已。气氛不免有些冷落,幸亏朱和张频频举杯,插科打诨,造成虚伪的热闹。业余诗人已开始向"咖啡女郎"大献殷勤,不时往她面前的盘子里夹菜。而她却一味地颦眉嘟嘴,嗲声嗲气儿地说是这菜吃腻了,那菜一口不吃。

酒过数巡,我举起了杯,站起来望着我的"恩人"说:"这次归家,蒙您帮助,为了房子,我向您敬一杯。"

他也就缓缓站起,受之无愧地一笑。说:"小事一桩。不过,你的酒得满上!"

于是朱给我斟满了酒。

不干,对方已在期待。我自讨苦吃,只好一皱眉,又干了一杯,就觉得有些天旋地转。还没等我坐下,阿兰已从上衣兜掏出房证,用两根指头夹着向大家亮了亮,隔桌抛到我面前。他脸上浮现一种施舍者的微笑,目不转睛地望着我。我收起房证,拉开提包,取出一个印有"北京电影制片厂"字样的大信封,双手递交过去,说:"钱在其中,请当面点清。"对方伸出一只手,将我拿着信封的手推了回来,说:"何必这么认真?饭后再说!"朱便按我坐下,嗔怪道:"你这是干什么?饭后再说,饭后再说!"我本想交了钱,找个什么借口离开。看出不可能,无奈横下一条心,舍命陪"君子"。

"听说,中央电视台与省电视台要合拍你的一部电视剧?"我的"恩人"终于第一次开口向我发问。我点点头,表示有这么一回事。"什么内容的剧本?"我简要告诉他,要拍的是一九八四年全国获奖短篇小说《父亲》,由别人改编。"有女角色吗?""有,但戏不多,在最后出现,但还算一个角色……""你看,咱们小倩演怎么样?"我一时未弄明

父母岁月

白他说的"咱们"是什么意思，怔了一下，反问："多大年龄？""我今年二十三。""咖啡女郎"朝我一笑。"我弄到了一份打印的剧本，看了。觉得小倩演那个女角色最合适。"我的"恩人"以权威的口吻慢条斯理地说。

"梁老师，您是原作，听说那小导演还是您的朋友，很尊重您的意见。这事成不成，可全在您一句话啦！""咱们"的小倩，手持高脚杯，杯缘轻触红唇，眼睛一眨不眨地瞧着我。

"这……"我十分为难起来，沉吟良久，照实说道："选演员，这是导演的事。再说，目前这个演员已经基本确定了，我不好干预了啊！"

"有什么不好干预的？要是导演不同意，收回著作权，再换个导演嘛！""佐罗"轻描淡写地说，仿佛原作不是我，而是他。

朱在桌子底下踩我的脚。

我打定主意，绝不流露一丝半点应诺的表示，拿起酒杯，慢慢喝酒。自知不胜酒力，却除喝酒，别无他法。

"梁老师是看我的模样不配当演员啰？"小倩笑盈盈地说，眼睛仍盯着我，那样子一点也不觉得尴尬，倒令我自己觉得尴尬异常。如果不是刚刚收下了房证，我真会拍案而起的。我忽然觉得我是在被人欺负，自尊在被当众践踏。我真想放下酒杯，起身离去。然而似乎有一种超然的力量，将我牢牢地固定在椅子上，站不起来。

我隐忍着，克制着，不回答。"要是梁老师觉得我演女青年那个角色不行，让我演你爱人也可以。"小倩想当演员的愿望那么迫切，竟肯屈尊演我的爱人，我实实在在是连周旋的余地都没了。

"这么一件小事，比你花八千元就搞到一间房子还难吗？""佐罗"望着我，轻轻弹了一下烟灰。

小朱第二次暗中使劲儿踩我的脚。

我不动，不说话，将一只手伸进衣兜，随时准备再掏出房证。

气氛一时极为不佳。

"梁老师，我看……她的形象很优雅，说不定将来会成为一个影视明星呢……您，就成人之美吧……"诗人也在替她向我求情。

我朝他转过脸去，用恼怒的目光盯着他，无言地告诉他，在这件事上，他的话等于零。

张站了起来，擎着酒杯打圆场："我看这件事，就算咱们的作家默认了吧！小事一桩，不必多谈，来来来，为咱们未来的电视明星干杯！……"

他们纷纷起立举杯。

我没有站起来。我感到我脚下的地面开始旋转，下陷。我坐的椅子，连同我自己的身体，也开始旋转，下陷。我眼前的几个人，不，更准确地说，是几个脸面模糊的人的轮廓，重叠变形，晃来晃去……我明白，我喝得太多了。我这个厌杯的人，活到那一天止，从未喝过那么多酒。但我的意识还很清醒，思想还没醉。那种晕眩也并不完全是由于酒力。从今以后，我还能够怀着充分的自尊出现在某些庄重的场合吗？……这问号像一片阴影，笼罩了我的意识……忽然又走入几个人。这几个人的出现，使站着的他们和坐着的我，都得以从僵局中获救。

后来者们共五位。为首的，四十多岁，中等身材，脸黑而瘦，一望便知，没多少文化。那张缺乏保养的农民型的脸，和他那套笔挺西服，形成一种气质与衣着的强烈反差。西服是灰色的（又使我想到《灰色的赋格》），领带是红色的。更加使人感到不伦不类的是，他脚穿一双半新不旧的平底布鞋。

他看到"佐罗"，迟疑地站住了。跟随在他身后的四个人，也谨慎地站住了。"佐罗"放下高脚杯，冷笑道："喝，刘姥姥进大观园了啊！"服务员这时又来给我们上菜。那人问服务员："我预定的餐桌，在这里吗？"服务员指指我们旁边那张空桌子："就那儿，请稍坐等会吧！"那人便大步跨将过去，故意做出目中无人的气派，款款坐下。他的那四个伙伴，却畏畏缩缩地不敢上前。他大声对他们说："都过来嘛，怕个屌毛灰！"——又是"灰"字。我对这个字竟变得有些敏感了。他们这才一个个从我们身旁绕避而过。

"佐罗"拦住离去的服务员，冷冷地问："谁让你把他们安排到这儿来的？"服务员回答："餐厅不安排他在这儿，我怎么能把他们引到这儿？""把你们的餐厅主任叫来！""你别这么喝五吆六地指挥我好不好？

父母岁月

我又不是你花钱雇的小差！"服务员说罢，扬长而去。"佐罗"讨了个没趣儿，脸色红中泛青，用手一指朱："你去把餐厅主任找来！"朱打着哈哈说："你喝多了！找餐厅主任干什么？"

"叫你去你就快去！""佐罗"生气了。

张立刻说："我去，我去！"慌慌地离座而去。

"算他妈的什么东西！有钱把这个餐厅都包下嘛！"那黑瘦汉子，隔桌抛过来一句话。"你骂谁？""佐罗"倏地站起来，眼瞪着那黑瘦汉子。"我没骂你。你是爷，我敢骂你吗？"那黑瘦汉子说，却不正眼看他，掏出烟盒，手指轻轻一弹，弹出一支，叼在嘴上。

张把餐厅主任找来了。餐厅主任赔着笑脸问："阿兰，哪点没把你侍候周到啊！""你他妈的少来这一套，让他们滚！""阿兰，这可是你不对啰！人家预定下的餐桌，怎么好把人家赶走呢？""我不管预定不预定！有我在这儿请客，这儿就算我包了！""赵小龙！你别欺人太甚！"那黑瘦汉子腾地站了起来，大声道："老子花了钱，今儿就在这吃定了！服务员，服务员，给我们上菜！"阿兰冷笑道："孙福祥，你以为你成了万元户，有了几个臭钱，就配到这等地方来请客吗？钱算什么？我赵小龙每月六十二大洋的工资，照样挥金如土！"说着，从衣兜里摸出一张十元的钞票，伸直两臂拿着，一下一下撕给众人看。大家一时都愣愣地望着他。他就那么在众目睽睽之下，将十元钱撕成纸条，手指优雅地一松，撒落在地。复从兜里掏出十元钱。"阿兰，你干什么，你？"朱上前劝阻。他一把将朱推开，又撕碎了十元钱。"心疼了吗？"他嘲讽地眯起眼睛，鄙视地瞧着万元户。那万元户脸腮抽搐，说不出话来。赵小龙从腕子上捋下手表，在空中抛了一下，接住，道："二百七十元，刚戴两天，你愿意听个响吗？"说罢，扔表在地，抬起一只脚，就要用鞋跟去踏。小倩一把将他推开，弯腰捡起来，揣进自己玲珑漂亮的小提包里。

"老子求你一点小事，你居然不肯帮忙，不识抬举的东西！你今天不说句软话，老子让你这烧鸡大王从此以后日子不得安宁！……"我听出来了，这话不仅是对"烧鸡大王"说的。那"烧鸡大王"气得脸都扭歪了，就要跨将过来打架，被他的伙伴们强按在椅子上。餐厅主任低声吩咐服务员:"快去找经理……"

不一会儿,五十多岁,已经秃顶的经理来了。"你这孩子啊,怎么又喝多了!……"经理以长者的身份训斥小龙。"瞧你这副熊包德行,也配叫我孩子……"赵小龙根本不把经理放在眼中。我以为经理一定会恼怒。经理却没有,脸色都没变一下。"你去叫辆车来,送小龙回去!……"经理对服务员说。赵小龙这才坐下。我看出,他并没醉,不过是在装醉。车来了。赵小龙被张和朱一左一右扶着,走到门口,又回来了,说:"老子不坐这辆破车,给我开那辆新进的'奔司'来!"司机不知如何是好。经理生气地跺了下脚:"没听见啊?还不开回去?开回去!就开那辆'奔司'来……"朱埋怨地悄声对我说:"这都怪你!那么一件小事,你答应下来又怎么样?从来没人像你这样当面拆他的台!……"我从衣兜里掏出房证,交给小朱,说:"还给他。"吴扫兴地看着我说:"梁老师,您何必呢?"我说:"祝你以后写出好诗!"说罢,再也不愿多待一秒钟,大步走出去了。"不识抬举!"背后,赵小龙骂了一句。

我没回头。拐过街角,我扶着人行道旁一棵大树呕吐了。几个路人站住,厌恶地瞧着我。远处,一位卫生检查人员朝我走来……

我在农贸市场鱼类柜台的水龙头下洗了脸,漱了口,然后才回到家中。妹夫第一句话便问:"事情办妥了?"我只回答了两个字:"妥了。"便倒在床上蒙头睡去。蒙眬中,听到两个弟弟和弟妹们在欣喜地议论什么,听到妹妹高兴地哼起了歌,听到妹夫的嘘声……

半夜里觉得口干舌燥,胸膛内像燃烧着一把火,爬起来咕咚咕咚喝了半瓢凉水,觉得舒畅了些,却再也睡不着,想着躺在医院的母亲,想到母亲的那番话,想到自己对母亲的许诺,辗转反侧,无法合目……

第二天起来,觉得嘴唇变厚了,麻木了,一照镜子,双唇里里外外,火泡相叠。

我又想到了一个可能会给我以帮助的人。此人便是当年黑龙江生产建设兵团宣传部的崔干事,兵团"出身"的许多文坛人物,当年都受过他在各方面的关心。记得有一年春节前,他在我家住过一夜,留下了一条大马哈鱼——那是他准备带给他在哈尔滨的二姐的。还在我的一本书中悄悄夹

父母岁月

了五十元钱。这已经是十几年前的事了,仍铭记在我心中,不能忘却。听说他在经商,当了"北大荒联合商务企业公司副总经理",在本市还设有联络处。

我便怀着最后一线希望去找他。竟找到了,他见了我,自是一番兄弟般亲热,撇下一位正在谈生意的港商,就向我问长问短。

那位港商并未告辞,也未显出有什么不高兴的样子,坐于一旁安安静静地吸烟,似留心非留心地听我们说话。听了半天,彬彬有礼地俯身向老崔问道:"崔经理,这位是……"

老崔这才将我介绍了一番。又向我介绍对方——香港某公司的陈先生。

这位陈先生,似乎对文学还颇有兴趣。说在香港《文汇报》上读到过我的连载小说《荒原作证》。确有其事。但我却从未收过一文港币的转载稿费。

"听你们交谈,好像梁先生遇到了什么困难?"陈先生微笑着发问。

老崔便将我的苦衷简略向他述说了一遍。

"鄙人愿为效劳!"陈先生极其热情地说:"这件事包在我身上了,十天之后,你的愿望就可实现。"

我呆望了他片刻,又瞧瞧老崔,不知该作何表示,更不敢相信他的话。

老崔问道:"陈先生如此慷慨相助,想必是有什么条件在其后的吧?"

"条件嘛,当然是有的啰!"陈先生打开公文包,取出一份印制精美的合同单,双手递给我后,依然笑容可掬地说,"请先过目一下。"

我低头看时,见合同单上款一、款二、款三,白纸黑字,断行分外醒目。按照这合同上的条款,如果我肯将今后五年之内全部创作的版权预售给以陈先生为代表的香港某公司,我将获得比内地高一倍半的稿酬,并可先获得一笔相当可观的港币,作为纯"友好"表示的合同保证金。

"至于房子,不在此合同规定条款之列,算是鄙公司对您的帮助,三间一套的单元,您是否如愿了呢?……"陈先生盯着我的脸,亲切地说。

我手拿合同单,像拿着一张卖身契,既受到强大的诱惑,也感到卖身的可悲。

"梁先生，意下如何噢？如果对于此合同的某项条款还有疑义，可以摆开来谈谈嘛，反正崔先生对您对我都不是外人啰……"陈先生流露出几分得意，期待着我的回答。

五年……全部……房子……港币……

我想把这一切之间的内涵和关系思考清楚，头脑却一片混乱，似在梦中。

"房子是不成问题的问题噢。如果您急，敝公司明天就可先为您腾出两间在本市代办处的办公室啊，有阳台，有卫生间……"陈先生又用动听的语调说。

"给我几分钟考虑考虑……"我将合同单还给他，起身走出房间，走到楼外，点着了一支烟，狠狠地吸。

五年……全部……房子……港币……

我想到了我的那些文学界的老中青友人们，如果他们知道我将自己出卖给一位港商之后，他们还会像友人那样对待我吗？失去了与他们的友谊，创作本身对我来说，将失去了多么大的动力和魅力？我也想到了那些关心过我的文学界长者，想到了那些为我每一篇作品的发表和每一本集子的出版倾注过无数心血的编辑。想到了躺在医院里的母亲，她老人家将会高兴吗？不，母亲不会高兴。母亲反而会非常难过的。没有一位母亲会心安理得地住在用儿子的五年生命换来的房子里。当然我是可以瞒着她的，甚至可以一直瞒到她死，也不让她知道真相。但我自己今后又将陷入一种什么样的境地呢？五年之内，我将像金钱的奴仆一样，丧失了激情和冲动地去爬格子……

我感觉到自己的整个心在胸膛里颤悸了一下。

"你不能！"老崔不知什么时候也走了出来，站在我身后，低声但却严厉地说。

我默默向他转过脸去。

"你不能！"他注视着我又说："这位陈先生有一个……起码可以说是荒唐的想法，美其名曰'文化商务'。他要寻找机会结识目前内地文坛上的一批青年作家，诱惑他们都在你今天所看到的这种合同上签字……这意味着什么,你应该明白!我是在经商,不是为我自己发家致富,是为我们北大荒的经济发展,所以我不得不同形形色色的人打交道,包括陈先生这种人,但你不是商人,你是作家!……"

"别说了!"我打断他的话。我的心在几分钟内经过了一场风暴式的喧嚣,此刻似乎又恢复平静了。我的灵魂又寻找到了我自己。那个书呆子气的,但永远不肯轻易丢掉在别人看来也许匪夷所思的一点点自尊的自己。如果连这一点点自尊也丧失了,我将连自己也要鄙弃自己了!

"我不进去见他了!"我对老崔低声说。我还想说:请你转告陈先生,虽然我们全国作家协会还在地震棚里,虽然我们的许多作家还身居斗室,但他要收买我们的生命和灵魂,那是办不到的。我们的作品可以分等和标价,但我们的生命和灵魂是绝不出售的。在我身上他没有得到的,在别的青年作家那里他肯定也会大失所望。如果他明智一些,就该将他预先印制好的那些合同全部销毁。或者,虽然保留着,但永远也不要再出示,仅仅作为一种商人的美妙幻想去自我欣赏吧!……

但我却未将这些话说出来。我觉得自己想到了,就行了。

老崔说:"那你现在就走吧,免得被纠缠住,你可能会对他发火。"

我将随身带来的八千元从书包里拿出来,交给老崔,说:"我求你一件事。这是八千元钱,几乎是我目前的全部稿费,你用这笔钱在这座城市里为我买下一间房子的居住权吧!肯定不够,我回北京后,再向各出版社预支一些,给你寄来……"

他接过钱,说:"我一定尽力办。"

我沉默良久,又说:"如果你办成了,千万不要让我母亲知道,房子是我用全部稿费非法买的。她一旦知道了,住在这样的房子里也会心中不安,而且会觉得对不起我这个儿子……"

"那,我应该怎么说呢?""你就说,我以父亲,一个老建筑工人的名义,给市委写了一封信。市委出于对一个退休老建筑工人的关怀,批了一间房……""好吧,那我就这么说。"我握了他的手一下,一转身走了。

马路旁,一幢居民楼拔地而起。架子工们,像一只只壁虎,攀在高高的脚手架上。当这幢楼房建成之后,又将有几间、几个单元成为权势的非

溃疡

法通货呢？"转让"——这是多么富有人情味儿的说法！我一边走，一边这样想，眼泪渐渐地从我眼中溢出。高楼模糊了……

几天后，我离开了Ａ市。母亲还没出院。我最后一次去看她时，对母亲讲，市委不久会批给我们家一间房子了……母亲愁苦而憔悴的脸上渐渐出现了笑容。母亲絮絮叨叨地说："这就好了，这就好了。……你可千万要给政府的领导写封感谢信啊……"我回答："妈，我写了……""那，你就快回北京去吧，好好写作，多写歌颂我们国家我们政府的书……"我说："妈，我一定记住您的话。"我长这么大，没有对母亲尽过什么孝心。我欺骗了母亲，但我给予了母亲一种莫大的幸福。人活在世上，有时是需要欺骗或被欺骗一下的。甚至需要欺骗自己一下……

我在列车餐厅吃晚饭时，极其意外地碰到了一个人。那个"烧鸡大王"。他是在我旁边的一个人吃罢饭离去后，端着盘子、碗从另一张餐桌上坐过来的，显然是为了引起我的注意。

我主动问他："到北京去？"

他点点头，反问："你呢，也回北京？"

我说："是的。"

彼此再没说话。他吃得很快，显然是想和我一块儿吃完，一块儿离开餐桌。我明白了他的意思，吃完后，就站在餐车门外的过道等他。"到我那儿去坐坐吗？"他似乎有什么话要对我说。我说："行。"他在软卧车厢。早就听说许多万元户已是列车软卧车厢和飞机上的常客了，我并未觉得奇怪。那间软卧室别无他人。我问："就你自己？"他说："还有一个，在刚才那站下车了。"他敬我一支烟后，问："你和那个赵小龙是怎么认识的？"我说："谈不上认识，那一天我是……不得不去做陪客的"。他说："他那天那种霸悍的样子你已经看到了，你对他这一类家伙，怎么想？"我说："赵小龙们是微不足道的。令人深思的是他们的老子，和他们老子手里掌握的那部分权势！"

"对！"他在我膝盖上重重地拍了一下："你这么想，正投我的意！冲你这么想，我就不拿你当外人了！你那天一言一行，我都看在眼里了。当时我就相信，你不是他们那个圈子里的人。过后我……打听过你的人品……你不在乎吧？"我说："不在乎。"

他接着说："我还想到你家中拜访你，可听人说你已经走了，想不到在火车上碰到你，真巧了。"我问："我有什么能帮你忙的地方吗？"他说："有，有！不过你先回答我，一万元可以告倒一个赵小龙不？"我怔了一下，没有立刻回答他这个气势汹汹的问题。他愤愤地说："坦白对你讲吧，我到北京，就是为去告赵小龙！他仗着他老子的权势和地位，倒卖房产，倒卖金银，敲诈小贩，勒万元户的脖子，吃喝嫖赌，无恶不作！可是我在北京无门无路，都不知法院的大门朝哪边开！如果你能帮我告倒他，这里装的一万元，都归你！现在帮忙要帮忙费，走后门要活动费……这就算我给你的帮忙费和活动费！……"说着，就将始终不离怀的那黑色手提包放到了我的双膝上。

它很有点分量。我轻轻将拉锁拉开一看，见里面装满成捆的钱。我将手提包还给了他。我说："对不起，我可以告诉你法院在什么地方，但我不愿卷到这种事情中去。""你怕报复？""我没时间。""是啊，你是位作家嘛！作家们都不愿和法院打交道是不是？"

他分明在挖苦我。我丝毫没兴趣再与他谈下去，默默地起身，想走。"能再坐一会儿吗？……咱们谈点别的。"他的口吻是请求式的。我犹豫了一下，又违心地坐下了。"说个谜语你猜怎么样？"我不作声。"兄弟七八个，围着柱子坐，大家一分手，衣服就扯破……"我不知他的用意，很认真地说："这是小学课本上的谜语。"难测这位"烧鸡大王"究竟和我绕什么圈子。"对！紫皮蒜。"他笑吟吟地说。蒜则蒜罢了。还非要强调是紫皮的。这人的怪言怪语使我产生了反感。"如果你觉得一个人待在软卧车厢里闷得慌，咱们换一下好不？"我向他提出非分的建议。

"看来你对猜谜语也不感兴趣啦？那……你请便吧！走吧！快走！……走啊！有个漂亮姑娘在等着继续和你谈天说地吧？……"他火了。

我一动没动，反而打消了离开的念头。"你听着！我把你当成个值得尊敬的人物，才跟你说这些……我孙福祥是个有血性的汉子，不是你心里可能想的那种肮脏胚子……现在以权谋私的爵爷们有他们的圈子，违法犯科的太子们有他们的圈子，靠着这些爵爷和太子们的权势、社会关系赚昧心钱的人，也有圈子！一个社会圈子一层蒜皮，层层包着的都是吞吃国家、坑害国家的家伙！你以为我是为个人恩怨拎着一万元上北京来告状的吗？那些太子们倒卖黄金算是'经商失误'，玩弄女孩子被说成是'闹气行为'……太让有点血性的人瞧不下眼去了！……"他解开衣扣，从内衣兜里掏出一个手绢包，打开，包的是折在一起的几页纸。

　　他将这几页纸向我一递："你看看这状子上都写了些什么？！……"我一声不响地接过去看起来。如果说他的话使我受到了震动，那些"状子"上用文字所记载下来的事件，则使我的双手开始瑟瑟发抖了。"将女孩子扒光了衣服绑在凳子上，在女孩子的肚子上打扑克，谁赢了谁第一个……这还算人吗？！……"

　　"给我一支烟。"我向他伸出手去。他给了我一支烟，按着了打火机替我点烟。由于我的手抖得那么厉害，手中的烟竟对不准打火机的火苗。连我们省一级领导者的夫人也成了黄金走私集团的成员！我连连吸着烟，接着往下看那"状子"，口中竟丝毫不觉烟味儿。

　　"一万元如果可以告倒一个这样的老子或这样的儿子，将他们绳之以法，我豁出我现存的六七万元了，告倒他六七个，我孙福祥也算是干了一桩痛痛快快、老百姓拍手叫好的事业！……不说了，我跟你说这些没用！……"

　　我一声不响地将"状子"还给他，又向他讨了一支烟，大口大口地猛吸。车窗外面，天完全黑了。我不愿接触他的目光，将脸转向窗子。远远望见一片灯光，列车不知又接近了一个什么小站。乘务员拉开门来送水，被满屋的烟味儿逼得退后了一步，看着问："你不是软卧车厢的吧？请回到自己的车厢去。"我只好站了起来，低声对他说："车到北京时等着我，我和你一块儿下车。如果你愿意，可以住我家里，和我父亲住在我的办公室……留心你的提包……"

　　我暗暗下了决心——长篇写作再放置一个时期……

　　我回到自己的车厢，爬上中铺，躺下去，只觉得胃里一阵疼痛，我知道，自己的胃溃疡又犯了。多年来，我这病时常复发。我以为彻底好了，其实病灶仍在自己身上，实是自欺欺人。也对别人矢口否认，怕被看成个

父母岁月

病夫。吃过不少种药，但往往是在疼痛难忍时吃，没有持续。当然，也吃过不少偏方，还吃过标着"特效良药"商标的假药。别人曾劝我动手术，又舍不得失掉半个甚至可能三分之二个胃……

翟子卿

我侥幸上了大学以后，与子卿彼此手懒，渐渐疏断了通信。几年后"脏街"彻底推平了。也不知子卿家动迁到哪儿去了。每次我回家乡，总不免向熟识的人打探他的下落，却没谁能够向我提供什么关于他的详细的具体的情况。他和他的母亲，从我的感情世界里一天天逸去了。

前年我回家乡，一次同学和兵团战友间的聚会，使我又意外地见到了子卿。那一次原来是他做东。在很豪华的地方，消费了很奢侈的一席。席间，众人都对我说他已是大大的"款爷"了。加入了吸鬼子烟、喝威士忌、打"奔驰"的、付外国币的"一小撮"富有阶层。那一天他身着皮尔卡丹，足蹬"纳克"，系"金利来"领带，指戴钻戒，俨然一阔佬。酒过三巡，有人趁醉相诘，非逼问他已经有了多少存款。他面上不无得色，伸出一个巴掌，又加上了两个指头。我以为是七万。不料他淡淡地道出一个数目是——七十多万！令我及在座每位，不禁刮目相看，咂舌不已……

子卿感悟地说，他有今日，依然应该说衔恩受惠于他的老母亲。若非他的老母亲十年间为他积蓄下了一笔数目可观的钱，使他返城后可以有本儿做买卖，哪里会有今天的七十多万！……

于是有人想起两阕古诗词句段，联而叹曰："母兮生我，母兮鞠我！抚我哺我，养我育我。顾我怜我，出入腹我。哀哀慈母，生我劬劳——谁言寸草心，报得三春晖……"

众人闻之，皆肃严默然而思。子卿尤感其吟，泪潸潸而下……

父 母 岁 月

临散，子卿拍着我的肩，约我到他家叙旧。说他母亲挺想我，常念叨我。给了我一张名片，印制很精美，散发着淡淡香味儿。那上边没有单位。没有职务。当然更没有头衔。只有他的名字"翟子卿"三个字。我一眼就看出，字是他自己的手书体。他的字中学时就写得漂亮。这么多年以后再欣赏，笔画更帅了。名片下款，印着他的住址、电话号码、传真号码。他想了想，又把名片从我手中要过去了，在背面另写了一住址和电话号码。并且附耳小声对我说："我有两个住处，印在正面那地方，我并不常去住。是应付一般性社交的。没法子。什么人都免不了接触，我不得不对自己实行掩护政策。咱俩关系非同一般，我当然要给你留能找到我的住址和电话号码了！哪天到我家去？今天就说定了吧！……"

实在地讲，对于我来说，他已是一个较陌生的人了。不知为什么，我隐隐地感到，他身上的"皮尔卡丹"，他脚上的"纳克"，他胸前的"金利来"，以及领带上的纯金领带夹和指上的钻戒，更加上他那七十多万，像某些具有放射性的物质，仿佛使我不能像以前那样亲昵地接近他了。我本想找个借口推辞掉他的邀请的。我对发生变化的任何东西总是格外敏感。哪怕是我自己的手，如果忽然一天我觉得它变了，变得不像我的手了，变得使我感到别扭了，尽管我不至于产生要求医生替我动一次手术切除它的荒唐的念头，却会提醒我自己，尽量不再用我那一只手抚摸我的脸或我身体的不经常裸露的部位。但是我看出他的邀请是虔诚的，起码在很大程度上是虔诚的。至少在我的心理可以接受的程度上是虔诚的。于是我答应了。何况，我相信他的话——他母亲挺想我的，常念叨我。而我也偶尔想起那老人家。

三天后，我按照他留给我的地址，找到了他家。他和他母亲，住着四室一厅。面积大约百平方米。即使在北京，除了某些老资格的司局级干部，某些走红的歌星影星，某些成功的经商者，或某些有"灰色收入"的人，两口之家能住上四室一厅，绝对是寻常人可望而不可即的。而在住房紧张的哈尔滨，占有这样宽绰的居住条件，仅凭这一点，也就够贵族化的了。室内的装修自然是很讲究的。家具不消说也皆是高档的、时髦的。何况他还另有一处住房。我内心里暗生起一缕嫉妒。我想，我本是不应嫉妒于他的。我怎么可以嫉妒和我一起在"脏街"上长大,又和我一块儿下乡,一个连队互相关怀了好几年的小时候的朋友、中学时候的同学和兵团时候的战友呢?难道我竟不希望他和他的老母亲过得好么?然而我拿自己毫无办法。尽管我明明知道嫉妒是一种丑恶的心理,尽管我们受的全部文明教育,激烈地反对我对自己小时候的朋友产生嫉妒,但我还是真真实实地嫉妒着。这一种嫉妒竟是那么的强烈,以至于使我想立刻从他家里逃掉……

幸而他母亲对我很亲热。老人家拉住我的手不放松。说起来没完。说的尽是我和他小时候的事,或我们那条"脏街"上的故人往事。而我望着老人那张血色充盈的红润的脸,觉得她所讲的和我因此回忆起的,仅只是一些碎碎的莫须有的梦。而子卿望着我和他母亲矜持地微笑。

我说:"大娘,看到您终于享福了,我真高兴啊!"老人家说:"享什么福啊!"我说:"瞧您现在住的、穿的,还不享福啊?"老人家说:"可子卿成年到月地不着家,我像没他这么个儿似的,叫享福啊?我不在乎住得多么好,穿得多么好,吃得多么好,只在乎儿子心里有没有我。你说他,他变了,心里没他妈了……"我注意到,老人家指上也戴着金戒指。我笑望子卿。子卿说:"娘,还让我心里怎么有你哇?我成年累月地在外边,不是为了……"子卿没把话说完,吸着一支烟。他母亲接过话去说:"为了钱,钱,钱这东西,挣多少是多呢?你想成资本家?……"

子卿说:"娘,你不清楚现在的生活水准,也不清楚现在的消费水准,就我挣那点钱,那才哪儿到哪儿,只能说是刚脱贫,不抓紧挣怎么办?不抓紧挣,光穷我自己呀?您不是也得跟我受穷吗?……"

他母亲张了张嘴,一时竟没说出话来。

我说:"子卿,你这就不实事求是了。如果你算刚脱贫,那我不是就得强调自己是穷人了吗?百分之九十以上的中国人,不是就等于处在水深火热之中,该唱国际歌了吗?……"

子卿笑了,不回答我的话,却冲他母亲说:"娘,我不骗你,在北方,在咱们这座城市,确实还不太会有人笑话咱们穷,可要是在南方,要是在沿海一带的某些城市里,我这样的人,那就得整天悲叹了……"

父母岁月

他母亲打断了他的话："别说了，越说我越不爱听！张口就是南方、南方，动不动一抬脚就往南方跑！我不信同是中国，南方就遍地金银！南方再好，你南方还有个亲娘啊？！就算南方个顶个都是大阔佬，个顶个都富得钱从裤筒往地上掉，你不去又怎么样？难道南方人还会跑到北方来笑话你穷？……"

子卿被他母亲说得脸上有些挂不住了，掐灭烟，起身往另一间屋扯我，边说："来来来，咱俩这屋聊。我娘是得了絮叨症，只要来个人，抓住人家手，就没完没了地絮叨，也不管人家烦不烦……"

我说："我不烦，我不烦，我爱跟大娘聊点家常嗑儿……"

那房间里，贴墙有一个巨大的鱼缸，养着些巨大的热带鱼。每条都有手掌那么大。有几条甚至半尺多长。我不知供观赏的热带鱼究竟还有多大的，反正就我所见到的而言，它们是够大的了。

我和他一落座，子卿便指着鱼缸说："这是我特意给我娘买的。怕她在家里烦，喂喂鱼也算有件事干。老人嘛，一点可干的事都没有也不行……"

我说："你呀，也别对你母亲的话太认真。连我都无比羡佩你是个大孝子，你母亲心里还能没数吗？……"

子卿母亲跟了过来，也指着鱼缸对我说："就说养的这些鱼吧，起初把我看得入迷的呀！活到七十来岁，以前哪儿见到过这么好看的种种鱼啊！我最喜欢看的是'红绿灯'了，晚上闭了灯，身上发亮光，一片片的红亮光从水里游过来，一片片的绿亮光从水里游过去，像新中国成立前看的西洋景似的。楼上楼下的老姊妹们，没事也都爱过来陪我看……"

于是我想起了当年我为我母亲和子卿母亲蹬着自行车到松花江下游的小渔村去买活鲤鱼的事，想起了我母亲和子卿母亲当年说过的几乎只字不差的话……当年我探亲假结束离开城市那一天，养在我家水盆里的那条"白鲢"还活着，养在子卿家水盆里的那条"白鲢"也活着。当年我们两家倘都有如许大的充氧、调温、滤水系统化的鱼缸，它们也许会活很久很久吧？……

"娘！……"

子卿皱起了眉头，不悦地制止他母亲说下去。

可老人家那天却显得相当执拗，偏继续揭儿子的短："后来那些大鱼生了许多小鱼，生得那个多呀！鱼缸里密密麻麻的。我就赶紧往外捞。捞迟了怕大鱼吃小鱼。小鱼缸里，盆里，瓶里，少说也捞出了几百条。我心里那个喜兴呀！这不正应了'富富有余'那句话么！我把楼上楼下的老姊妹都找来看，看得人家也一个个脸上心里喜兴。趁着我和人家都喜兴，我就找出些小瓶分给她们。她们都争着要呢！还开玩笑地说：'咱们也分她家一点财气！'正分得热热闹闹的，子卿回家了。你猜他怎么样？他当着我众老姊妹的面，竟鼻子不是鼻子脸不是脸地训我：'别分别分，你怎么也不问问我该分不该分啊！放下！都放下！谁也不许拿走！一条也不许拿走！'人家一听，都一声不吭地放下，一声不吭地离开了咱家。你说说看，倒是让我这当娘的脸往哪儿搁？如今，我那些老姊妹，再也没谁到咱家来看鱼了……"

我说："子卿，这事你确实做得不对……"

"你别听我娘一面之词。"子卿红了脸嘟哝，"你不明白，那些小鱼的品种都挺名贵。别看刚生下来不几天，可拿到鱼市上去卖，最便宜的也要一元多钱一条。贵的要十几元一条呢！那也是一大笔钱呢！……"

"钱！钱！……"老人家跺了下脚："人活在世，光钱是重要的吗？还是我那句话，钱这东西，多少才是多哇？你把那些小鱼变成钱了吗？"指着儿子又对我说："他可倒好，花钱雇了个人到鱼市上去卖……"

子卿分辩："不雇人怎么办？我自己到鱼市上去卖呀？我有那工夫吗？我的时间能用在这种挣小钱的地方吗？……"

我阻止道："子卿，你少说两句吧。大娘平时心里积郁了些话，没处说，今天我来了是个机会，就让大娘说个够呗。说得对不对的，咱们当晚辈的，笑呵呵地听着就是了……"

子卿隐忍着，将头一扭，不言语了。

"结果呢，他定的价太高，十几天内，也没卖出去多少条，他花钱雇那个人，卖不动，不卖了，都给送家来了。我呢，侍弄大鱼还行，侍弄小鱼就不会了。又没过几天，全死光了，去了雇人花的钱，没挣几个钱……"

父母岁月

老人家说得痛快了,愠愠地望着子卿,终于不再说下去……

子卿这才把脸转向母亲,平静地问:"娘,说完了?"

他母亲说:"今天想说的,说完了。"

子卿说:"你别指望人家晓声明天还来。人家是作家,不是天天有空儿来听你絮叨!"

我看得出,分明地,他的平静是佯装的。他站起来,对我说:"走,咱俩找个地方吃点什么去,边吃边聊吧……"他母亲说:"晓声,你真的就今天有空儿来看大娘一次?要是真的,大娘可还有许多话说,希望你听了,好好劝劝子卿……""娘,你烦不烦人啊!……"子卿终于发火了。"咱们走!"他率先往外就走。我只好也起身跟着往外走。一边劝他母亲:"大娘,子卿并不是个糊涂人。他做的事,您老人家若看不惯,睁一只眼闭一只眼吧。常言说得好么,儿大不由娘啊!……"老人家又扯住我手不放,恋恋不舍地说:"有空儿,可一定要再来看大娘啊……"

在我的建议之下,那天我们没到什么大饭店去,而是在一家清洁幽静的私营小饭馆,点了几样家常菜,从容地受用。

老板娘挺善于经营,怕我们等菜的时间寂寞,送来两本书给我们看。我接到手里的是一本《黑衣儒侠》,梁羽生的。我翻看了两行,文字粗俗得不堪卒读。我料定那肯定是一种侵权行为的产物。心想我的一家子,如果亲眼读到有人冒充他的大名写出那么拙劣的东西,鼻子非气歪不可。

我问子卿:"你那本什么书?"他朝我示了示封面——乃是一本《麻衣神相》。他问:"想换着看?"我摇了摇头。他笑了。我也笑了。

只他那一笑,我仿佛觉得,昔日的子卿,我记忆里那个子卿,和我一道在"脏街"上长大的穷孩子子卿,过去被"脏街"上的所有母亲们所夸奖的拳拳孝子子卿,似乎和今天这个翟子卿,现实中这个翟子卿,坐在我眼面前这个翟子卿,使我非常想更接近同时又使我不免感到那样陌生的翟子卿,终于是有一部分复合在一起了。人,尤其是人,无论变化多么大,总难免留下些和他过去相似的地方。那可能是他的笑,也可能是他的哭,还可能是他恼怒时的样子等等。我们其实正是从这些方面得出结论——某一个成年人确实是从某一个孩子长大的。否则,社会后来对某一个人的内调整加上外包装,将会使我们怀疑我们小时候的一切朋友,不过都是产生于我们头脑中的梦幻。

那一时刻,我忍不住说:"子卿,你笑得还像你小时候那样……"

他的笑渐渐从他脸上消失了。

他问:"怎样?……"

我想了想,想不出一个更准确的词来回答他,便岔开话,反问:"你如今还喜欢看书吗?"他说:"还喜欢啊。"我又问:"看些什么书?"他说:"关于股票方面的书。""还看些什么书?""关于商界人物的传记。现在书摊上有一本《港台十大富豪发迹秘史》,卖得挺火,你看过没有?"我说:"没有。"

他说:"我买了一本。那本书很值得看。我希望你也买一本……"他用手指点点那本《黑衣儒侠》:"这类书我连翻也不翻。有什么看的?纯粹浪费时间。"又点点那本《麻衣神相》:"这类书也纯粹是印满了铅字的废纸。这方面的书我研究过不少,宣扬的全是尊贵贫富由命定的迷信。幸亏我不信,才会有今天……"

我想起了小的时候,我们曾像两个小小的破烂王似的,到处捡破烂儿,卖了几分钱,就一块儿往小人书铺跑。两分钱租一本薄的,三分钱租一本厚的。常常是他拿着翻,边翻边小声念。而我将脑袋靠着他脑袋,边看边听他念。我想起了当年他的作文第三次在全市获奖后,我曾问过他,将来打算报考文科大学还是理科大学?他回答我当然要报考文科大学。我问他为什么,他说在文科大学里的图书馆,能读到许许多多世界名著。他说他将来要努力成为作家。当年他的作文频频获奖,在《少年时代》上发表过,在电台里广播过,给他带来过一万个少年中也未必会有一个能获得的殊荣和自豪感……

我注视着他说:"子卿,我应该感谢你。我对文学的兴趣,是当年受你影响的。没有你当年的影响,我后来也许不会尝试着写小说。也许今天就成不了作家……"

他亦注视着我,沉默片刻,又像刚才那么一笑。更准确地说,是又像当年那么一笑。那一种笑很天真,很无邪,仿佛是刚刚从人的生命中诞

父母岁月

生出来的某种东西，还丝毫没有经过我们这散布满了尘埃、细菌和病毒的世界的污染。只有纯情少女才会那么笑，而且只有小说中的。是的，他那么笑时有几分女性化。前几天在当年的同学和战友相聚的餐桌上，他一次也没像现在这样笑过。那可以说是一种"返璞归真"的笑。我认为我们如今的人，不论男女，从十七八岁起就已经不可能那么笑了，一直到死都不可能……

他说："首先靠的是你的天分。当年，两个中学生，两个半大孩子，我哪儿能影响得了你啊……"

他将"影响"二字，说出几分强调的意味。仿佛他并不情愿承认。而当年的他的确影响过当年的我，尽管那可能非是他的希望，但那是一个事实。我一时不明白他为什么似乎想要否认那样一个事实。

上来了一盘冷菜。上来了两杯啤酒。他端起了啤酒。我觉得他仿佛在透过杯中泛着微小气泡的橙黄色的液体，胸有什么城府地研究着我……

我也端起酒杯，和他的杯碰了一下，同时说："能……"

他向我摇了摇头："那不过是你的主观认为罢了……"

我们彼此对视着，各自无声而饮。

放下杯，我又说："你忘了？你当年曾对我讲过这样一个寓言——有两个人，一个人一门心思挣钱，另一个人一门心思写作。后来一门心思挣钱的人，用他挣的钱盖了一座大厦，而一门心思写作那个人，呕心沥血，写成了一部书。几个世纪过去了，大厦倒塌了，而书流传下来了……"

他说："我讲过吗？"

我说："你讲过的。"

他说："我不记得了。一点都不记得了"。

他说得那么郑重。

我说："我记得。"

他说："你后悔了吧？"

我一怔。

他说："当年最想成为作家的是我，而如今我成了一个在钱堆里打滚儿的人，而你成了一个终日爬格子，低价出卖文字的人，你不至于认为我应该对你负什么责任吧？……"

我笑了。我说："子卿，我刚明白。"

他擎着杯，又透过杯中酒研究我："明白什么了？"我说："你是不是挺怜悯我的？是不是还因此似乎觉得挺内疚的？其实这……大可不必……"我隐隐意识到自己受了伤害。这伤害很轻微。如果我不是一个过分敏感的人，也可以说它并没有构成。但我是一个敏感的人。

于是我又说："在你面前，我丝毫也不觉得自己有什么值得他人怜悯的。我的心理也不至于失去平衡。我选择的乃是我喜欢的活法。再让我重新选择一次，我还心甘情愿选择写作生涯。子卿，我并不嫉妒你有七十多万。真的……"

"真的？"

"真的。"

"那便好。"他说，"那便好。但是，如果让我重新讲你说我当年对你讲过的那个寓言，也许我会这样来讲——几个世纪过去了，不，不需要几个世纪的漫长时间来证明，几年就可以了。一幢大厦拔地而起，是那个一门心思挣钱的人的个人业绩。而那个一门心思写书的人，则须到处找门路请求出版社出他的书。而他的书并不像他所以为的那样经久流传。甚至根本就不可能流传。几个月之后，他的书在现实中就没有什么意义了。在书店的书柜上摆着，削价处理也无人问津。在书摊上摆着，封皮上积落着马路上的尘土，留下了一些翻过它的指印……"

我说："你还可以顺着这样的思路发展下去。那个一门心思写书的人，终于无法靠出卖文字养家糊口了，于是去找那一门心思挣钱并盖起了一座大厦的人，请求他周济自己。而对方大发慈悲，念及过去的旧情，收留了他，让他看电梯。于是那个曾一门心思写书的人，发誓再也不对这世界上的别人讲那个寓言了……"

我说完，默默望着他。他也望着我。我们互相望着望着，都忍俊不禁地扑哧笑出了声。我说："子卿，我还没你替我忧患的那种危机。在二〇〇〇年以前，肯定也不会请求你周济我……"他说："玩笑话么，你别当真！"

父母岁月

上了菜，我们也都真有点饿了，一时互不敬让地便吃。起码在我这方面是真有点饿了。至于在子卿方而，是否由于先前的话双方都有点说得包含着讥讽，不愿再和我发生什么交谈的误撞，装出也有点饿了的样子，我则不得而知了。我心中打定了主意，吃完，拍拍肩，握握手，就告别。我暗想，富了的人，尤其富了的中国人，比如像子卿那样银行里存着七十多万的中国人，也许差不多都是要变得古里古怪的吧？难道一般的中国人在他们眼里，都是些活得迂腐，活得不开窍，活得有几分可怜亦可笑之人吗？

忽然，子卿塞了牙，向老板娘要牙签。老板娘转入柜台，取了一袋儿放在我们的桌角。

子卿拿起看了看，问："是地摊上买的吧？"

老板娘脸倏地红了，大摇其头，说保证不是。

子卿说："老板娘，这骗不了我，塑料袋儿上连个字都没有，肯定是地摊上买的无疑。地摊上卖的牙签是不消毒的。提供给顾客用，是不负责任的。"

老板娘诺诺连声。

子卿又说："就算我给你提个意见，以后再不要买地摊上的牙签。也不要买这种两头尖的。谁会用这头剔了牙，再反过来用另一头剔？那多不卫生？要买那种一头尖的。工艺品小店里就有卖。顾客吃到一半的时候，要主动送上来，一个客人一包，人家走时，也值得带走。"

老板娘嗫嚅地问："那样的，多少钱一袋啊？"

他说："不贵。才一元多钱一袋"。

老板娘说："那还不贵呀？如果十个人吃一桌，一人一袋，还兴带走，我们不就等于白丢十元钱吗？我们不过是一家私营小店，哪儿经得起那么做啊？"

他说："老板娘，你也真死心眼儿，羊毛出在羊身上，十个人吃一桌，菜盘上刮下十元钱谁看得出来？而对于来吃过饭的人，也许就因为这一袋儿一元多钱的牙签，下次还来。你的'回头客'不就多了吗？……"

老板娘想了想，似乎茅塞顿开，连说照办，并朝灶间的小窗口大声嚷："掌勺的听着，再给加一道拔丝土豆！"又对子卿笑容可掬地说："最后这道菜，算我谢您的。"子卿说："那倒不必。"说罢，捡出一根牙签剔牙。而那一包，大大方方地揣入了西服的上衣兜。我说："给我一支。"他又将手伸入了上衣兜，可是却没有掏出牙签来给我一支，转身对老板娘理所当然地说："老板娘，你只给了我们一袋牙签啊！"

我们吃着拔丝土豆的时候，他又说："现在的中国，遍地都是钱，哪儿还用到国外去挣？你知道我走在路上有种什么样的感觉？脚下软绵绵的。钱铺得比三层地毯还厚。电影《金光大道》，当年你一定看过吧？"

我说："看过。"

他说："那里有一句话——谁发家，谁英雄；谁受穷，谁狗熊。现在的中国，正是这么样一个中国。现在的时代，正是这么样的一个时代。"他向我伸出三根指头，加重了语气，"三年。我的看法，今后三年，对每一个中国人来说，是关键的三年。三年内发的，那就算发了。发不了的，那就算错过机会了。而且，可能意味着是永远地错过机会了。因为现在发财，只有一条规则——那就是，不必讲规则。无所谓犯规。什么叫犯规？没叫裁判员发现，那就是没有犯规。被发现了，那是运气不好，算你倒霉。何况裁判员的罚牌，该对你亮的时候，也可以不对你亮。你不顺眼，兴许亮起来没完。听着，只三年。三年后，当反应迟钝的人也省过味儿来的时候，游戏规则将改变了。从中央到地方，都讲现在是原始积累时期嘛。西方资本主义，这个时期经历了一个多世纪。现在亦然带有半文明半原始的特征。我们搞的是中国特色社会主义，岂容许这个时期过渡那么长？如果从二十世纪八十年代初算起，沥沥拉拉的，到现在也十多年了。所以我讲再有三年。三年后的中国，不是朝私有制整个儿翻过去，就是又开始念共同富裕这个紧箍咒儿。朝私有制整个儿翻过去，人人都开始张牙舞爪地瓜分社会主义的那点家底儿，你若刚省过味儿来，刚和十二亿人一起抓挠，还有你抓挠到手的什么份儿吗？又开始念共同富裕这个紧箍咒了，你不适时宜地抓挠，不是自找倒霉吗？所以，在这三年内，猪往前拱，鸡往后刨，大显身手吧！这些话，我平时对别人是不说的。你我不是一般关系。我觉得我翟子卿有义务点拨你个明白！别他妈爬格子啦！别他妈当什么作

父母岁月

家了！那都是扯淡！活到四十多岁，我算终于悟透了一个道理，你有钱，你不漂亮也漂亮了，你没风度也有风度了，你唱歌不好听也有人替你喝彩了。你的小说是臭狗屎，也能花钱在报上辟专栏连载了。买下版面儿就是了么！花钱雇写手炮制几篇吹捧文章就是了么！甩出几万组织研讨会就是了么！挣钱的机会摆在眼前，我没挣到手，我恨自己恨得咬牙切齿。看别人挣钱的方式不得法、不灵活、头脑转不过弯儿来，比如咱们吃饭这地方，我也忍不住要教导教导……"

他根本不容我插话，侃侃地说得滔滔不绝。这时他已三大杯啤酒下肚，脸已泛红。我看得出他是醉到了五六分的程度。在兵团的时候，他也是这样。逢年过节，免不了几个人凑一起喝一回。别人说时，他一个人闷着头喝。等别人似乎没什么话题可说了，他方趁着酒兴，滔滔不绝起来。常常是一泻千里，一发而不可收。并且常常是出语惊人，见解刁钻，令别人插不上嘴，只能洗耳恭听。

除了他那一种独特的笑，那一种在差不多几十次交际性的虚与周旋的笑中，偶然从内心里直接反射到脸上的笑（好比定更星和启明星很少同时出现在黎明时分的天空一样），我又从他身上发现了没变的一点。这一发现使我暗暗感到欣慰。尽管我绝难苟同他对时事的看法。

我想起了他母亲希望我劝劝他的话，于是说："子卿啊，你母亲的话有一定道理，钱这东西，有所谓少，无所谓多，比起普遍的中国人，你即使不算很富的阶层，却绝不能归于贫民了，差不多就行了呗。别整天东奔西窜地全部精力都投入到挣钱方面了，守着你母亲过几年安稳日子吧！……"

他说："别提这话。一提这话，我就心烦。当年下乡，一去就是十年，每两年才能轮到探一次家，我娘似乎倒也习惯了，从无怨言。现在，住房条件大大改善了，吃也不愁了，穿也不愁了，花钱也不用算计了，有福她自己不会享，倒生出了毛病！……"

我说："老了么！你母亲又就你这么一个儿子，你又到现在还没结婚。你一离开家，她能不感到寂寞？她还能活几年啊！她希望你有更多的时间陪陪她，这也属于老人对儿女的正常心理要求和情感要求嘛……"

他说:"我这么孝顺的儿子,能根本不考虑这一点吗?你不知道,我曾雇过一个农村小女孩陪她,可她不高兴人家陪她嘛!人老糊涂了,那是真没治!"

我说:"花钱雇的小女孩,能替代一位老母亲的亲生儿子吗?……"

他张了一下嘴,不吭声了,又饮酒,一口气饮下了大半杯。我说:"子卿,要不你就投点资,开个小饭店,或办个什么小工厂,以后既能有固定的经济收益,又能有更多的时间关照母亲,岂不更好?"

他擎起杯,将剩下的半杯酒一饮而尽,杯往桌上重重一放,不以为然地说:"那样挣钱,太慢了,也太操心了。如今而言,纯粹是笨人挣钱的方式……"

听了他的话,我倒一时语塞了,怔怔地凝视着他,不知再该怎么劝。

他又要了一杯酒。

"三年。"他饮了一大口之后,嘟哝地说,"三年之后,我听你的。这三年之内不行。机不可失,时不再来……"

他显出忧患重重的样子。当然不是为了国家和百姓,而是为了自己。我真是有些不明白了——一个已然有了七十多万的人,何以心理上会产生那么强烈的、对于贫穷的仿佛兀立面前似的恐慌?……

我真是对他困惑极了。

我本什么都不想说、什么都不想问了,可忍也忍不住,还是低声又问了一句:"子卿,难道你对钱,真有很大的需求吗?……"

他说:"是的!我有!……"

我看出他已醉到了七八分的程度。他的话几乎是恨恨地说出来的。他究竟生谁的气呢?生他母亲的气?生我的气?或许他的老母亲和我——他儿童和少年时期的好朋友,果有许多对他的不理解处吗?或许他生他自己的气?认为在这家小饭馆陪我吃着喝着闲聊着的时间内,又有某些能挣大钱的机会,正悄悄地令人遗憾终生地从他身边溜走?……

我决定什么也不劝了。我决定什么也不说了。

"虚伪!"他指点着我,醉眼乜斜地说,"你,你一样的些个人,我见得多了!你们的话,我听得也多了。可你们跟我一样,给你一套带花园的

父 母 岁 月

洋房别墅，你不要？做梦都想要！可谁给你？凭什么给你？你得买！拿什么买！拿钱买！钱从哪儿来？要靠自己去挣！钱不像雨点或雪花，能均匀地落在每个行人的身上！钱是这样一种东西，它自然而然地，有时甚至是源源不断地往富人的衣袋里淌，于是穷人到手的每一分钱都将更多地带有他们的汗水。什么是穷？和你这样的人在一起，我是大款，和另外一些人在一起时，我就是穷光蛋！被人耻笑、轻蔑！你们写的书里，你们发表的文章，一贯装模作样地告诉人们，尤其是装出诲人不倦、谆谆教导的样子，告诉孩子们追求金钱仿佛是一种罪过！教他们最虚伪地企图过一种与金钱无染的生活！今天，在这个地球上，只有动物才与金钱无染！而所有的人都知道金钱是使人对生活充满希望的东西！是像玫瑰花一样美丽的东西！它代表着健康、力量、荣誉、高贵和尊严！正如它代表着疾病、软弱、耻辱、下贱和丑陋对它的需求一样清楚明白，不容置疑！知道这句话是谁说的吗？是萧伯纳！你刚才还问我看不看书了！二十年前我从书中读到了萧伯纳这句话，就刻骨铭心地记住了！……"

我赶紧招来老板娘付账。这顿饭本是他请我的。不料他醉成这样，变成了我请他。

付过账，我往起搀他："子卿，我们走吧，下午我还有事！"

他一抡胳膊："听着！都听着！老子……不是个没文化的人！对……社会……时代……老子也有……深刻的思想！这个国家现在最需要的，不是更好的道德，不是教我们怎样管理好自己灵魂的道德家！不是……他妈的，冠冕堂皇的人权！不是自由、文化，一小撮人津津乐道的什么他妈的艺术，不是拯救堕落的姐妹们和迷途的兄弟们！也不是上帝的慈悲、怜爱和他妈的什么友善！它最需要的仅仅是金钱！金钱本身就是生活！就是最实在的实在之物！这个国家最应被消灭的，不是……对领导者们的不敬、亵渎，不是贪婪，不是政客的……权术！也不是蛊惑人心的宣传，垄断、酗酒、瘟疫、卖淫、吸毒和艾滋病现象，更不是从政治舞台上抛下的替罪羔羊！而是贫穷！消灭贫穷！消灭，消灭！……"

我扯起他，架着他就往外走。

老板娘目瞪口呆……

翟子卿仍叫道:"这就是我——一个有七十多万元的穷光蛋的宣言!一包金币多么美!钱柜多么美!如果你的钱丢了,你将号啕大哭,发出你心底的悲哀!……"

我招手截住一辆出租汽车,将他送回了家里。

子卿母亲守在床边,低俯着花白了头发的头,端详并抚摸着儿子的脸。那一时刻,老人家脸上的每一条皱纹,都放射着无比慈爱的光彩。我感到很内疚。

我说:"大娘,真对不起。我劝他别喝那么多,可他……我真抱歉……"

老人家回头问我:"喝的啤酒,还是白酒?……"

我说:"啤酒……"

老人家说:"要是喝的白酒就好了……"

我一怔。

老人家又说:"啤酒,他睡一觉就缓过来了。要是白酒,他能醉上三天。他没酒量。他醉上三天,我就能守着他三天,看着他三天呵!……"老人家几乎掉光了牙的嘴一瘪缩,老眼中扑簌簌落下泪来,无言地哭了……

那一时刻,我明白了,对于一个普普通通的苍老了生命的女人,对于一位含辛茹苦了一辈子的母亲,她最最需要的不是钱,更不是很多很多的钱,而是一个她看得见摸得着的儿子,尤其是,当她的儿子已经拥有了七十多万的时候,她是多么希望,自己也能实实在在地拥有他呵!……

而子卿却怎么竟不懂?……

我离开子卿家时,心里怪难受的……

第二天上午,子卿往我住的招待所给我挂了一次电话。"晓声,"他在电话那一端惭愧地说,"昨天我失态了,一定使你见笑了吧?"我说:"没什么。谁都有喝醉的时候……"他支支吾吾地又说:"今天晚上,我们有几个朋友相聚,大家都很希望能和你这位作家见上一面……"我问:"几个什么样的朋友?……"他支吾了一会儿,含糊地说:"几个和我一样的……"我沉默了一会儿,问:"也就是几个一天赚不到钱都会感到那一天白活了的人吗?……"他沉默了一会儿,把电话挂了……

父母岁月

我离开哈尔滨之前，给他写了一封短信，解释我那一天晚上，要回家陪我母亲共进晚餐，所以才不能满足他对我的要求……这是我为自己制造的一个理由。我回北京后也没收到他的信。尽管我给他留下了详细的通信地址和邮编号码……

今年乍暖还寒时节，我又回哈尔滨。前次聚首的同学战友，复相邀而宴。席间唯不见子卿。我问有没有谁通知到了子卿，众人面面相觑。我见他们神色异常，心生疑惑，再三追问，其中一人才委实相告——子卿母亲惨死了。子卿疯了……

我不禁骇悚，良久说不出话。

有人见我那么一副受到震惊的样子，忙举杯正色道："今天咱们约法三章，第一，谁也不许谈钱；第二，谁也不许谈子卿；第三，不许谈狗……"

于是众人都举起杯，纷纷道："喝酒！喝酒！……"

我被众人逼劝，一饮而尽，竟不觉是在饮酒，仿佛入口的不过是凉开水。

放下杯，我眈眈地瞪着他们说："如果不告诉我究竟怎么回事，我立刻就走。"他们面面相觑。我缓缓站了起来……

坐在我身旁的一个人，扯住我说："告诉你，告诉你！我和你，和子卿，都是一个连的，对返城后的子卿，接触得比他们多些，了解得也比他们多些，就由我来告诉你吧！……"

他问我："你知道，钱，对子卿意味着什么吗？"

我回答："他对我说过，金钱本身就是生活。"

他说："子卿对我也这么说过。"环视着其他人问："对你们也这么说过吧？"别人点头不止。他接着说："最近我经常思忖子卿对钱这个东西所持的种种看法。我承认，他的某些话尽管偏激，却不无道理。可是问题在于，我觉得，钱，已经成了子卿的一种信仰、一种图腾崇拜。'拜金主义'这个说法，于咱们的子卿，是再贴切不过了。我们这些人，都是多多少少有过点信仰的人。可是如果我问大家一句，你们还信仰什么！各位怎么回答我呢?"

众人又是一阵面面相觑,没谁回答。

他问我:"你呢?你怎么回答?"我想了想,低声回答说:"我信仰的是民主与科学。"

"好,"他说:"不愧是作家。在座的各位中,只有你还有勇气回答这个问题。而且回答得很体面。民主与科学,作为一种信仰,尽管未免显得太古典了,但毕竟不失为一种不俗的信仰。可是我们的作家,请允许我斗胆再问一句——你在回答之前,想了将近三分钟。我们这不是在进行口试啊。如果信仰是一位口语表达能力良好的人需要想三分钟才能回答的,那么对这个人而言,他所回答的并非他的信仰。而只不过是他认为接近正确的答案。信仰是那种根本不需要想就能脱口而出立即回答的东西。它们需要的虔诚,也正体现在这一点上。当然,在必要的时候,还体现在为之奋斗、为之捐躯。作家,你准备为中国的民主与科学奋斗终生吗?你准备在必要的时候为它肝胆涂地、慷慨捐躯吗?……"

"这……"

我一时语塞,不禁大窘。

他是我诸多知青战友中唯一一位以研究现代社会学为职业的人。这样的人,在当今社会中,有时简直使你觉得是一头怪物。因为今天只有哲学能使受过高等教育的人感到尴尬,感到思想的虚伪,所以也只有自认为或被认为有知识有思想的人才更讨厌哲学。这样的一些人讨论哲学的时候,也正是大家想要竭力掩饰起在哲学面前的虚伪和尴尬的时候,也正是我们竭力企图自圆其说的时候。我在那三分钟的沉默里,思想所要逃避的,也正是那么一种虚伪和尴尬。结果我还是粘在它的网上……

我的那位以研究当代哲学为职业的战友,对我宽厚地一笑,慢条斯理地说:"大家都别那么不好意思。承认事实本身应该是一件坦然的事情,而不应当是一件不好意思的事情。真的。这没有什么不好意思的。我也是一个没有信仰的人。和大家一样,彼此彼此。尽管我的职业经常使我不得不面对信仰问题,但那不过是工,而非义务。好比木匠经常接触钉子。从马路上随便拉十个中国人来问问他们信仰什么,大概会有五个人发愣,三

父母岁月

个人坦率地告诉你什么都不信,一个人说谎,最后一个人,将会像我们的作家一样,需要想上三分钟才能回答,甚至需要想上更长的时间。没有信仰也并不可耻。我以学者身份访问过德国的慕尼黑,一座非常美丽清洁的城市。最大的啤酒店里,经常有近千人在一起喝啤酒。有一天我也在那儿喝啤酒,我突发奇想,打算问一百个人,他们信仰什么。我那么做了。一半左右的人信仰上帝,多数是中老年人。而另一半年轻和较年轻的人,几乎全都坦言他们并无什么信仰。并问我,人为什么非要有一种信仰?为什么非要追求一种信仰?竟问得我也答不上来……"

我心里突然对他很烦起来。

我打断他的话,冷冷地说:"别东拉西扯的!我要知道的是——子卿老母亲是怎么死的?子卿又是怎么疯的?"

他喝了一口酒,仍然慢条斯理地说:"刚才,是我约法三章的吧?现在,这三条又都得由我来破了。尽管这是我所不情愿的。我们先来谈钱。当钱的意义成为一个人的信仰的时候,钱就已经不仅仅是货币了,而是一种神圣之物了,另一个上帝。'拜金主义',也是一种主义啊!对于'拜金主义'者,获得大量金钱的过程,其实和宗教信徒千里迢迢,一步一匍匐,三步一磕头地朝圣,是一样执着的。我们再来谈子卿——尽管你们大家比我对返城后的他了解得少一些,但你们也会承认,他本人,其实并非一个高消费者,更非一个享乐主义者。他哪怕买一件小东西,也要将各方面的价格打听清楚,作一番比较,唯恐多花一分钱。别人曾因此很瞧不起他,认为他越有钱越抠门。我不这么看。子卿这个人很值得研究。他和我们各位的不同在于,我,和你们,没有信仰并不觉得缺少什么,起码暂时还不觉得缺少什么。正如我在慕尼黑问过的那些德国人,没有信仰并不影响他们快快乐乐地喝啤酒,无忧无虑似的生活。但对有一种人就不行。他们仿佛没有信仰就活不了,起码是活得营养不良似的。没有信仰,他们就会从现实之中抓住什么替代物。子卿就是这么一个人。可是如今你叫他信仰什么?信仰共产主义?信仰社会主义?信仰释迦牟尼?观世音菩萨?上帝?耶稣?或者像我们作家刚才回答的——民主和科学?都是很体面的信仰,但是很抽象。并且,在现实中真正的信徒极少,比信气功的人少多了。子卿是这样的一种人，第一他得信仰什么。第二，他得看到，他所信仰的，乃有着亿万和他一样的信徒。第三，在这个前提之下，他要求自己是最虔诚的一个。你们说，在中国，在目前，子卿他除了牢牢抓住钱，还能抓住什么替代一种信仰？……"

有人按捺不住地提出了异议："子卿是我们的同学、战友，不管他过去和我们在座每个人的关系如何，也不管他究竟是不是越有钱便越抠门了，如今他老母亲惨死了，他自己疯了，我们大家总之一想到都很悲哀的。可你的话，仿佛是在说，他其实是一个钱的殉道者似的，这未免太文过饰非了吧？"

我的那位以研究当代哲学，更准确地说，同时是以研究当代人社会心理学为职业的战友吸着了一支烟，吐出了一串一个比一个大的烟圈儿，凝视着发问之人，以权威的口吻说："不错，我是这样认为的。子卿他不是一个一般的财迷心窍的人，而对于他本人，对于我们这个时代，超出一般悲惨事件的可悲处，正在于此。你们大家一定都看过报纸上那一篇关于一个南方大款和北方大款斗富的报道。无独有偶。咱们这座城市，也发生过这么一件事。这件事和子卿毫不相干。当时他不在场。那南方大款他也不认识。到咱们这座北方城市，也不是来找他。可他听说了这件事以后，你们猜他怎么样？他第二天就将他存在银行的七十多万转到一家公司去了，从那家公司开出了一张填写着七十多万元的支票，要飞到南方去亲自访访那位南方大款。我听说后，赶快到他家去劝阻他。我说：'子卿，你这又是何苦来呢！你这么斗富多庸俗啊！多荒唐啊！还想制造一起新闻啊！成了新闻，也是一桩丑闻！'你们猜他怎么说？他对我说：'我不是斗富！可是我不能容忍别人亵渎了钱！'老实讲，我生平第一次，听到从一个人口中讲亵渎钱不亵渎钱这样的话。你们听到过吗？……"

众人默默摇头。我也默默摇头。我已不再强烈地反对他似乎不着边际的漫谈了。而且，我不能不承认，他始终都是在讲着子卿啊！子卿，子卿，对于后来的你，也许我着实了解得太少了。也许我必得从另一个人口中，才能间接地对你了解得更多些。

讲述者又深深吸了口烟，又吐出了一串一个比一个大的烟圈……

父母岁月

"后来，我又找了几个人，住在他家里，像看住一个精神病人一样，白天黑夜地守着他，看守了他三天，轮番地劝，才终于算劝阻他打消了念头。那三天里，他的脸上，时时呈现那么一种近乎悲壮的表情。仿佛他是准备大义凛然地去赴死。使我联想到那句古诗——'风萧萧兮易水寒，壮士一去兮不复还'。他母亲那个气呀，老太太从这间屋走到那间屋，一忽儿哭，一忽儿骂，一忽儿自言自语地嘟哝：'这不是前世造下的孽吗？这不是前世造下的孽吗！'再后来，我介入到了子卿的一个交际圈子，或者说是他的一个精神王国。那是我们这座城市，也是我们中国当前社会一个特殊阶层中的一个特殊的圈子。都是些所谓'款爷'。当然，其中也没什么真正说得上是'大款'的人物。子卿在他们之中是最财大气粗的了。其余者各有五六十万、四五十万、三四十万不等。子卿在他们之中并非最年长的，有几位比子卿还要大几岁。由于子卿钱最多，他们竟一律称子卿为大哥，在子卿面前表现得毕恭毕敬。无论什么事，挣钱方面的事也罢，婚外恋闹离婚之类的隐私也罢，都愿听听子卿的看法。只要子卿说出了他的看法，他们都会予以高度的重视。子卿还是他们之中某些人的孩子的干爸。一句话，我觉得子卿在他那个圈子里，可以说简直就是一位教父。他这个教父，站在他那七十多万垒成的'圣坛'上。我想子卿站在那样的'圣坛'上，内心里是很累的。他肯定会时常感到，他站得是不牢固的。他一方面觉得，作为'大哥'，有着义不容辞的义务，帮助圈子里的其他人挣更多的钱。另一方面每见他们挣到了一笔数目可观的钱，心内就会惴惴不安，产生严重的危机感，唯恐他们之中哪一个人某一天突然宣布，已经有了八十多万了。那样，子卿在他们中的教父地位，就只有让给别人了。在那一个圈子里，谁应该更有地位，谁应该更受尊敬，不看别的方面，就看你是不是钱最多的一个。你不是，你就不配，没什么可说可商量的。所以呢，他又得投入更多的时间、更多的精力、更多的心思和心计，处心积虑地为自己挣到更多的钱，以确保他自己在那么一个圈子里的教父地位。在别的地方、别的人中、别的圈子里，他并不能获得他已然获得的尊敬，也并不能拥有一种类乎教父的地位。比如在我们中间，可能有人因他有七十多万而羡慕他、嫉妒他，可是有哪一位因此而尊敬过他吗？人谁不愿获得尊敬呢？所以，他在心理上，在精神上，非常依赖于他那一个小小的圈子。人谁不愿在更普遍的人中，在更大的更广泛的圈子里拥有特殊的地位、受到特殊的尊敬呢？而要达到这一目的，在子卿看来，就必须挣到更多的钱。比个不恰当而又很恰当的例子，你们都没有介入过黑社会的圈子吧？都瞪着我干什么？我已经预先声明过了，这个例子又恰当又不恰当。当然啰，在咱们社会目前还没形成什么具有规模的、内部结构比较成熟的黑社会。那就干脆说是流氓团伙吧。在他们的圈子里，谁被剃过头，也就是坐过牢的次数多，谁就地位越高，越受尊敬。道理是一样的。当一个社会仅只剩下了一种价值观念取向——金钱的时候，那就跟在流氓团伙里只崇尚暴力及典型的暴徒是一样的。好在我们的社会，目前还没到只剩下了钱这么一种价值观念取向的地步，似乎还差那么一点。只在子卿们的圈子里才是这样……"

他继续评说了些什么，我已无心详听下去了。在大家开始动筷子的时候，我终于了解到了下面一些关于子卿的情况。

子卿有一个三年计划。他发誓要在一九九五年末，成为一个存款数额达到五百万元的人。

他曾在去年玩过股票。然而不幸得很，赔了二十多万。这使他病了一大场。

后来，人民币兑美元的比值不断下降。社会上谣传在中国"入关"之后，人民币将一路贬值，即使不会像苏联那样，一美元兑换几百卢布，但兑换几十人民币的情况是肯定会出现的。对于一般平民百姓，这一谣传，没什么实际影响。而对于子卿这样的人来说，不啻是预言了的惨重打击。他仿佛感到，在玩股票赔了二十多万以后，他剩下的五十几万，正在一天天地不可逆转地减少着，渐渐变成为四十几万，三十几万，二十几万。而尤其使他内心里痛苦和羞耻不堪的是——在他那个圈子里，只有他一个人玩股票玩赔了，别人却都玩发了，有的发了一大笔。原先比他钱少的，有几位已经比他钱多了。他们在对他说一些安慰的话的时候，他觉得他们骨子里其实是幸灾乐祸的。并非他疑心大。事实上也正是那样。在他那个以钱为地位基础的圈子里，你若挣了一大笔钱，别人都会围着你，向你表示祝贺，说些恭维你发财有道的话。在一张张笑脸后面，在那些恭维话的后面，掩盖的是烈酒烧心一样的嫉妒。你若赔了一大笔钱，别人也都会围着你，向你表示同情和安慰，说些"留得青山在，不怕没柴烧""瞅准了机会再捞一把"之类的话，而内心里其实是无比幸灾乐祸的。他明知自己"大哥"的地位在圈子里已经不稳了，他却不明智，不主动"让贤"，还要占据着"大哥"的位置。对那些暗示和背后的不恭不敬的议论，佯装不知，故作不睬。还有比被一些曾经尊敬过自己、唯自己马首是瞻的人所轻蔑更不堪忍受的心理挫折吗？可以想见，那些日子，他成了一个多么痛苦的人。而他的痛苦，又是无处可诉的。因为，事实上，他早已从我们的社会生活之中退出了。社会对他来说，早已只不过就是他那个小圈子罢了。社会可能给予人的一切，那个小圈子都曾给予过他。而它又要收回它曾给予他的一切。可想而知，他当时感受到了多么大的惶恐。

为了保住那一切。也就是说为了保住他剩下的五十余万，他做出了本能的也是迫不及待的决定——在黑市上以低得没有人不愿接受的比值，将他的五十万人民币陆续地、全部地兑换成了美元。正当他的惶恐之心刚刚稳定，刚刚在如临深渊的日子里缓过一口气，却发现他所兑换的美元中，竟有三分之一是伪钞……他又大病了一场。五百万之目标，对于他变得十分之渺茫、十分之遥远了。

而先前，它似乎是近在咫尺的、清晰可见的，是他在三年内完全有自信达到的一个目标……

他的存款由七十多万，短短的几个月之间，减少到了三十多万……

在他那个圈子里，他抬不起头来了。他羞于见人了。

而相识富友中阔于他的人，贵盛奢极挥霍依旧。似乎对于挣更多的钱，都有着更大的打算、更大的雄心、更大的把握、更大的自信。他看在眼里，心底既羡又妒。其惶其恐，比"一无所有"的人们还甚十倍……

他暗暗发誓要东山再起。

他听说山东某镇，近年形成了超级狗市，日买卖数千只，成交额三十万以上。据说由贩狗而发迹的人相当多。几乎每隔一段时期便有人摇身一变，成了令他人刮目相看的"大款"。于是他带了几万元赶去那个地方，当天便以一万四千元之巨价，买了两条狼狗。一条是日本"狼青"，一条是德国"黑背"。"黑背"为雄，"狼青"为雌。

他将它们带回家里，宠而养之。终日"黑黑""青青"呼来唤去，极垂庇爱。并且，腾出一间朝阳的房间，权作了两条狼狗的狗舍。

他的老母亲，无形中遭到了他的冷落。他也许内心里并没有怎么冷落她，而老人家的感觉和他当然是不一样的。试想一位含辛茹苦将自己的儿子从小拉扯大的老母亲，终日见儿子把整个一颗心都系在两条狗身上，饥渴寒暖，无微不至，而对自己，忘了一个儿子应对母亲生活上体贴关怀、情感上拳拳相报的责任，内心的滋味儿，自不待言了。她寂寞，她委屈，她伤感，她也不知向谁倾诉。

春节前两天，"青青"产仔了，一胎四崽儿。日德犬种杂交，血统不但高贵，且都体态强健。喜得子卿从早到晚关在房里，厮守着大小六条狗，眉开眼笑。从"三十儿"到初二，他竟没工夫做一顿饭。只给老母亲煮了几包方便面。"三十儿"那天晚上，老母亲听着外边鞭炮一阵阵震天响，在另一间屋里悄悄落泪不止……

四只小狗崽断乳之后，很容易地便都卖出去了。每只六千。子卿一下子到手两万四。点数着一沓沓钞票，他那三年之内挣到五百万的雄心大志，又复苏了……

不久，子卿又携款往鲁地贩狗。在他看来，贩狗是一桩既能挣大钱，还不必担什么风险的买卖。而且目前市场正在不断扩大，销路正旺。他原先那七十多万，至少有四五十万是在种种风险中挣到的。有些钱挣得如同火中取栗、钢丝上跳舞。经了玩股票和炒美钞两次惨重打击，他的冒险精神大大受挫，岂敢再轻举妄动、想入非非呢！做狗贩子虽不那么体面，但他也只有暂时苦心经营此道了。

临去，他叮咛再三，嘱其老母善饲二犬。"黑黑"专食半生半熟猪肝。"青青"必餐亦精亦肥牛肉。子卿老母年已七十有八，历经贫病摧损，身心交瘁，已是体弱多病、起居喘喘、行止蹒跚之老妪了。衰衰老妪之心，恰如任性儿童。平素唠叨委屈之怨言，常遭儿子粗暴言词顶撞。母子间情感离隙已深，其母心中暗暗迁怒于二犬，而子卿不知……

父 母 岁 月

其母深恶痛绝二犬之奢习,且恨它们"离间"了母子之情,而儿子又去贩狗,老人家在家里怎能对"黑黑""青青"有半点悦色?只不过丢了几个馒头,放了一碗凉水在它们的房间里,任它们爱吃不吃,爱饮不饮。两条大狗的奢习已经养成,自然是不肯吃馒头,也不肯饮凉水的。它们饥渴难耐地在几个房间之间奔来蹿去,不时发出抗议式的呜呜低吠。后来就扒冰箱,知道那里有它们想吃有它们想饮的。老太太于是恶声吼喝,举杖威胁,进而颤巍巍地挥杖逐打。殊料一日,二犬野性突发,齐扑咬之,老太太未及呼救,已被裂颈⋯⋯

及子卿归,但见室内狼藉。老母陈尸地上,腹腔遭二犬掏空,尸身食剩半截。子卿骇极悔极,悲极怒极,以猎枪毙二犬。并将重金所购之一对"马耳他"袖珍名种,掼死于地,顷刻而疯⋯⋯

非我一人,在座各位,也只知结果,未知端详,闻细述节节,如历历在目,皆怔呆不能语。一个个悱恻其人,耸然其事,心思茫茫,神情凝重,难展欢颜⋯⋯我更哪里还能久坐得下去?聚未散而悄遁⋯⋯

翌日,念及旧谊,我往精神病院探视子卿。子卿蓬头垢面,目光恍惚。

我说:"子卿,我来看看你⋯⋯"

子卿视我良久,疯痴之状依然。

护士从旁问:"翟子卿,你不认识他吗?"

子卿摇头,旋即狂笑,高歌不止,翻来覆去总是——"却总是笑我一无所有⋯⋯"

护士说:"既然你不认识他,那就算了吧,回病房去吧!⋯⋯"遂将他推入病房去了。护士又对我说:"你是第一个来探视他的人⋯⋯"我说:"也许还是唯一的一个⋯⋯"护士说:"真对不起,他是这里的重病号。时常发作。一旦发作起来,几个人制不伏他。所以,也不敢给你太多的探视时间⋯⋯"我说:"我明白⋯⋯"我觉得,尽管他疯了,子卿他还是认得我的。因我见他被护士推入病房时,眼中有泪在滚动着⋯⋯

回到家里,我心内哀思万千。谨以此篇,以悼人子之殇,以祭人母之殁⋯⋯

噫!世无贵则贱不卑,人无富则贫亦足。杜工部之诗句,点透人间世上贫富玄机矣!据七十余万而思数百万,亦必思数百万而仍患其穷。人心之不足,苍天难耐耳。子卿子卿,悲也斯人。子美子美,其言惕哉!……

本文节选自短篇小说《翟子卿》

又是中秋

怎么地，一年年过得如此之快了呢？

快得令我心悸。

今天是一九九六年的九月二十七日。在我懂事以后，在这一个中秋之前，我度过了何止四十五六个中秋！却仅有几个残破的、关于中秋的回忆，依稀地存留在我头脑里。如同保管不善的、隔世纪的电影拷贝，回忆中的人和事，都快变成些虚光浮影了！原来人生一场，能记住的东西，总体来说其实是不多的。

⋯⋯⋯⋯⋯⋯

在此一个中秋，我内心深处最为思念之人只有一个，那就是老隋。我思念他乃因他的生日是农历八月十六，是中秋的第二天。在往年，在中秋那一天，在我不怎么思念他的情况下，我也会十分自然地想到——哦，明天又是老隋的生日了。老隋之于我，相当于一位曾无私地呵护过我的义兄。虽非手足，情同手足。在此一个中秋，我内心深处思念他，还因他的命运正堕入到极不堪的境地。他已是一名犯人。我估计至少将判十年八年，也许更多。那么他的后半生，大部分将在服刑期间里度过了吧？在此一个中秋，我内心深处对他的思念，使我的情绪很是忧伤。他有恩于我，我根本没法儿不思念他；根本没法儿不将他自己一步步陷入的绝境当成一回事；根本没法儿不因他而情绪忧伤……

这中秋八月下午四点多钟的阳光是那么明媚。窗外正对着元大都城垣

又是中秋

遗址颓化成的土岗，其上老草葳蕤。那全是荨麻类的草棵，茎蔓纠结，织成一大床草被，差不多将土岗通体地覆盖住了。它们的被毛虫蚕食得残缺不整的大叶片，不劳秋风扫荡而先自枯黄了。这儿那儿，醒目的枯黄散布在陈绿之间，令人望去顿生感伤。在它们遮蔽不严的地方，暴露出被一个夏季的烈日晒得灰白了的土壤，丝丝拉拉垂挂着些枯根。仿佛褴褛成条的破衫之下，一处处了然呈现的老人瘦皱的衰皮，令人一眼望去又是那么不舒服。一派勃勃生机正在那古垣的颓址上渐渐结束着一年的葱茏，却依然有花在开着。喇叭花，和一种不知名的，也是荨麻类植物开的六瓣儿黄花。喇叭花伏地而开，茎蔓缠绕草被，紫的、粉的、白的，一片片照样儿开得不失夏季的烂漫。它们可真是一种又不起眼又顽强的花！在十一月份，在古垣颓址一片萧索枯黄之时，乃至在下了第一场雪之后我也每见这儿那儿仍有不屈不挠的喇叭花开着。这些不起眼的顽强又高傲的喇叭花啊，怎能不使人心里油然地生出份敬意呢？那六瓣儿的黄花，却是被一人多高的手指般粗的茎子举着开的。在它们的茎子的顶端，分叉出五六枝甚至几十枝更细的茎子。在那些更细的茎子上，六瓣儿的黄花悠然灿然地开着。黄得抢眼极了！黄得崭新崭新，仿佛不是真的花，而是巧女的双手用崭新崭新的黄绢剪做的假花，趁夜插在那些俗鄙的荨麻类植物的茎子上。为的是在中秋节，在没有菊花姹紫嫣红的地方，给予人们的眼睛一些起码的亮丽色彩。它们开得如同梵·高的画上那种充满印象意味的金灿灿的向日葵。幸而有那么多亮丽那么多烂漫的喇叭花伴着小黄花相映开着，否则那古垣遗址在这个季节就野茎芜杂缠乱得令人愀然，令人看不得了。然而阳光确实美好。我知道在我面对北窗无法望见的偏西边的天空上，必定有一轮硕大的充血的夕阳，正向古垣的颓墟慷慨地挥甩过来最后一把迷人的光辉。我想它此时此刻大约会红亮得如同霓光板一样吧？一棵棵松树朝西的一面通通沐浴在那迷人的光辉里，使它们望去明一半暗一半的。明的一面，蒙尘的旧绿色也新了许多；暗的一面，则更其显得苍黛了。那一种不洁的苍黛，最令人顿生心灰意冷之感。杨树的静止的肥叶，一片片仿佛被那暖洋洋的迷人的光辉晒得浅睡着，一直会静止地悬着，朦胧浅睡到明年媚人的春天似的……

父母岁月

　　古垣的颓墟乃是一面四季的镜子，我常望着这一面镜子陷入沉思冥想。
　　大约三年前，也是在农历八月里的一天，我和老隋相对坐在我家北屋的这个窗前。在我们之间，窗台上摆着烟灰缸。我们都吸着烟，他吸他的，我吸我的。他吸的是"三五"，我吸的是"高东"。他吸的"三五"烟是用我强给他的零花钱买的。他一向只吸"三五"等档次的洋烟，低于"三五"档次的烟一概被他贬为"杂牌烟"。不到烟瘾大作难忍难熬的地步他是绝对不肯吸"杂牌烟"的。当时他住在我家里，吃在我家里，身无分文却一番比一番自信、一番比一番热烈地向我大谈他要成就他的老板梦想的宏伟计划。那一天以前我已经多次耐心地倾听过他的宏伟计划了。那一天以前我从不曾打断过他，只是默默地极具耐心地倾听，我不忍心打断他。我对他有一种像对一位敬爱兄长般的亲情，从不曾因他一次次的受挫、一次次的落魄、一次次身无分文地猝然出现在我面前而稍有所减。尽管我明知他的那些宏伟计划，无一例外全是画饼充饥，全是纸上谈兵，全是马歇尔计划……
　　那一次他从南海来，或者是从珠海来，总之是从南方沿海某省份来的，我一向并不细究他从哪儿来。他说从哪儿来，我便信他从哪儿来。他说来北京干什么，我便信他来北京干什么。他几乎从不对我说假话。他在"下海"经商以前从没有说假话的毛病。这一点是一切那时候认识他的人，包括那些与他有矛盾的人，内心里对他充满成见的人甚至内心里暗暗嫉妒他才情和能力的人，都不得不公认的。他"下海"经商而人生一次次受挫一次次落魄以后，开始对我说假话绝非怀有什么打算坑我骗我欺诈我的卑劣目的。不，他永远地对我不可能产生这样的闪念。他对我说假话只能有一个动机，那就是遮掩他比上一次出现在我面前时更落魄更走投无路的实情，竭力维护住他那早已脆弱得禁不住任何刺伤的自尊。也还因不愿从我脸上看出对他的处境越来越担忧越来越同情的神色。我当然越来越替他的将来担忧越来越对他自蹈迷津的处境深怀同情。但我一向小心谨慎地严严密密地隐藏起我替他感到的担忧及我对他的同情，我明白那其实意味着我对他的伤害，而且是很深很深的伤害。我知道我一直是他最依赖的朋友，除了他的儿子和女儿，我大约算得上是他在这个世界上的第三个亲人了。一个实际上给予不了任何他所希冀的大帮助而又是他在感情上永远都需要的好朋友。

那一天上午九点多钟我才起床,正刷牙,肩上被人轻轻拍了一下。这轻轻一拍使我大吃一惊,牙缸牙刷全失手掉在水池里。因为妻上班去了,儿子上学去。那时我家里除了我,本不该有第二人的。我屏息敛气不敢立刻转身,一颗心紧张得嗵嗵乱跳,呆愣了数秒钟才声音发颤地问:"谁?"

"我,老隋。"

我听出了果然是他的语音,转过身见他笑盈盈地瞧着我。

"怎么会是你呢?"

"怎么会不是我呢?我老隋明明已经站在你面前了嘛!"

"从哪儿来?"

"南边。"

"又是南边!"

"我从南边来你不高兴?"

"我希望你从北边来。"

"什么意思?"

"哪天你又出现在我面前,说是从北边来,我就会热烈拥抱你!我认为你在北方才能重新寻找到你人生的坐标!在南方你是寻找不到的。南方不适合你老隋。"

"不见得吧?太武断了吧?"

我们第一次一见面就斗嘴。

他穿一件白衬衫,背带西服裤,皮凉鞋。白衬衫看去像名牌儿,但领口和袖口都脏了,早该洗了。西服裤居然是咖啡色的。他不穿黑色的蓝色的而穿咖啡色的西服裤,而且是有背带的,使我觉得不伦不类,有点可笑。南方在某些方面改变了他,使五十多岁的他爱穿颜色惹眼的衣服了。西服裤的两膝部,有些斑斑点点的油迹,而皮凉鞋一层粉尘。但他的头发却朝后梳得很服帖,脸也刚刚刮过。一副衣衫不洁却容光焕发的样子。

我问他怎么从南方来的。

他说是昨晚乘飞机来的。

父母岁月

我心想,老隋啊老隋,这你骗得了我吗?你上下一身几天不洗的衣服,已经向我证明了你不是乘飞机而是乘坐火车来的啊!而且坐的肯定不是卧铺。我不愿更不忍心当面点破他。至于他是没买到卧铺,还是舍不得买卧铺,或是连买卧铺的钱都不够,我就不得而知了。我判断他肯定坐了三十个小时以上的火车。在不得已的情况下,老隋是个什么苦都吃得了的人。

我问他住哪儿,他说住宾馆。

我问:"住什么宾馆?"

他迟疑了一下,笑了,说:"你审问我呀?北京新建的大宾馆大饭店多了,说出名你也不见得知道哇!"

我固执地追问:"你说你说!"

他又迟疑了一下,说出一家宾馆,我果然闻所未闻。他还说那是一家中外合资的三星级宾馆。

但他接着说:"不过今天早晨我已将房间退了,和你又多半年没见了,怪想你的。若住在宾馆,你来看我,我去看你,都不太方便,莫如还住你家里的好,每天可以有更多的时间在一起,有更多的时间彼此聊聊心里话。"

于是我明白了他又沦落到差不多身无分文的地步了,一阵悲悯从我心底涌起:一个和你关系至亲的人,一个一向被你认为也被众多的人认为,而且经过许多事实证明办事干练自信心极强颇具领导才干和组织能力的人,一次次沦落到身无分文的地步出现于你面前,你心里怎能不因他而产生大悲大悯?

我刷完牙放牙缸时,发现我的刮脸刀分明刚刚被用过了,不必再问,他准是在我家里,在我起身之前,洗的脸,刮的胡子,梳理的头发,没洗脸没刮胡子没梳理头发之前他该是个什么样儿,可想而知。

我问他怎么进门的。

他再一次笑。说来得早,来时我妻子还没上班,儿子还没有上学,说他已经和我妻子和我儿子一起在我家吃过早饭了。这我信他,在我家他根本不必客气的,所幸我的妻子由于我对他的深厚感情,也视他为我们的一个至亲之人,从不会因为他的猝然登门而心生反感,而且每每会以好烟好

又是中秋

酒好茶招待他。

我洗过脸，陪他在沙发上坐下后，他以一种仁爱的目光瞧着我说："昨晚又开夜车了吧？"

我说是的。

他又以一种深切关怀的口吻说："你不能常开夜车。为什么总不听我劝？世上的好小说，并非都是作家们在夜里创作出来的。这次我见你，你脸上可又添皱纹了！以前的皱纹更深了，白发也多了。你才四十几岁的年龄嘛！为什么要使自己老得这么快？还不到老的年龄嘛！为什么要不惜血本地消耗自己？你近来的小说，凡是被我发现，我都认真读过了。你写得更快了、更多了，却未必写得更好了。你自己觉得呢？"

每次我们见面不久，交谈的内容便会立刻由他所控制，角色便会发生根本性的转换。他一旦有机会从见面初时的被动又尴尬的境地得以解脱，便俨然成了对我这个作家最负责任的监护人，以及诲我不倦的训导员，他目光中那一种长兄兼父亲般的仁爱，对我具有极强的感染力。他心中对我有仁爱，目光中才有。人可以伪装出种种表情，但伪装不出目光来。他对我也是真关怀，我乐于接受他的关怀。我清楚地知道，在这世上，在我众多的朋友中，除了我的几位中学时代的男女同学，再就要数他对我的关怀不掺水分了。

于是他侃侃地分析起我的几篇小说来。一个作家，在今天已经难得听到别人对自己的作品那么直率那么郑重地进行抽丝剥茧式的分析和评说了。这一种人对他人的直率郑重又深思熟虑的态度，恐怕是花钱也不容易买到的了。而且，他对我的作品的分析和评说，无疑是能够直接提高我以后的创作水准的。因为他非是一般的读者，他毕业于东北某大学中文系。当年是大学生的时候，曾协助博览古今中外文学名著的老教授们编写过通用于东北各大学中文系的教材。他当年的洋洋四万余字的毕业论文曾作为范文在校刊一字不删地发表。如果不是"文革"硬性地改变了他的人生志向和人生轨迹，他必定留校执教，现在必定是功成名就桃李满天下的教授了。他是那么了解我成为作家的全部必然性和时代偶然性，了解时代在我身上所发生的绝对作用。他又是那么理解我的文学观，理解我既已成为作

父 母 岁 月

家，何以习惯于将目光投注某些人和事，而对另外一些人和事则漠然地转过脸去。他对此一点的理解如同我自己对自己的理解，有时胜过我自己对自己的理解。所以他的分析和评说，几乎条条句句有的放矢，对我意味着是真知灼见。

我一边默默地听，一边在心里暗想——老隋啊老隋，你为什么要把自己弄到这种一文不名且无家可归的地步呢？你当初为什么要破釜沉舟地"下海"呢？你的人生错就错在那一步，难道你至今还毫不悔悟吗？你如果当初不迈那一步，尽管你也不再能成为文学理论家、评论家或大学中文系教授了，起码你还是正处级的国家干部啊！只要你在正处级的职位上微敛锋芒，隐藏起你一半的才干和能力，处世再学得灵活圆滑一点，升为副局、正局级，又是多么顺理成章的事啊！

"你在听吗？"

"在听。"

"没烦吧？"

"没烦。"

"你可别心里烦了，却强装出一副在认真听的模样！"

"我是不是装的，你还看不出来吗？"

"那好。不谈你的中篇了，现在咱们开始谈你的长篇吧！"

哦上帝！尽管他在侃侃地、比古喻今地谈我的中篇时我的确没烦，的确是在洗耳恭听，的确是在暗暗记住他的某些极有价值的意见，但一听他要接着开始谈我的长篇了，我还是当机立断地扭转话题。若由他谈了起来，我就不便制止了。

我说："老隋，你吃过饭了，我可还没吃呢。让我先吃饭行不行？"

他愣了愣，窘笑着道："行行，你先吃饭，你先吃饭！"

我吃过饭，唯恐他又提我的长篇，抢先问他："老隋，这半年多来，你在南方做些什么呀？"

他点燃一支烟，深吸了两口，轻描淡写地说："也没做什么太有意义的事，不过给几家公司当顾问，参与策划一些经济项目。"

身无分文，投住在我家里，他嘴上还要潇洒，竟说自己在当什么顾问！而且不是当一家公司顾问，是当几家公司的顾问！于是我明白了，他的处境依然半点好的转机也没有。他依然在以五十余岁的年龄，以高智商的头脑，以丰富的人生阅历和谋事经验，在南方到处漂泊流浪，当的是一名不折不扣的老"打工仔"。而当年曾经在黑龙江生产建设兵团大名鼎鼎，一句话足可改善某个知青的命运，一呼百应千应的他，又哪里肯长期地任人呵使，忍气吞声，甘做"催巴儿族"呢？那么这半年多来，他过的肯定依然是今日应招而来，明日被辞而去，有今天没明天的落魄生活了！所谓"参与策划一些经济项目"，无非就是替某些公司起草商业文牍，誊誊写写之事罢了。他语法修辞水平高，字又写得飘逸秀丽，大概还是能够或多或少挣到些誊写费，不至于饿肚子的吧？倘他年轻三十岁，倘在从前，我想他完全可以给某公司老板当一名备受赏识的秘书。如今的老板们大都愿身边有靓丽佳人充当秘书，谁肯聘任五十余岁的一个半老男人充当秘书呢？何况他一旦穿上西服，系上领带，初见之人，就分不清他和他的老板究竟谁才是老板了。老隋是个相貌堂堂气质极佳的男子，永远不失彬彬有礼的风度，尤其在初识者面前，一言一语，一举手一投足，一沉吟一微笑，永远那么不卑不亢，那么矜持又随和，稳重又幽默，即使身无分文的情况下，仍不失气质，不失风度，甚至反而气质越突出，风度越卓尔不群似的。仅仅这一点，就注定了实际上他在南方连一个当秘书的职务都休想谋到。尽管他可以为许多想当秘书的靓丽佳人们开一门课，教授她们怎样当一名称职的好秘书。想当年他二十六七岁在黑龙江生产建设兵团宣传部当干事时，实际上也充当着兵团机关几大秘书之一的角色……

我尽量将我的内心活动隐藏得严严密密，半点也不流露于面，以颇感兴趣似的口吻问他此次到北京来办什么事。

这一问，将他的兴奋点从分析和评说我的作品，转移到了开始谈他自己。

"此次我要办一件重大之事！"他的表情相当严肃，语气也相当严肃，"办成了，我的后半生就有着落了！那时我要把你养起来，保你以后的生活无忧无虑，从从容容地按照你自己的创作计划潜心写出好作品就是！"

诸如此类的话他"下海"以来，不止十次二十次地当面或在信里在长

父母岁月

途电话里对我说过了，他对我的宏愿许下也有十二三年之久了，尽管这已经是他的老生常谈，但我听了心头还是不禁一热。当老板乃是他的一个梦。他迷幻在这个梦里，也已经十二三年之久了。十二三年来，我不止一次试图将他从他的梦里拖拽出，但我的努力全白费了。我的对手太强大。对手当然不是指他，而是时代。这时代每天都通过各种媒介向社会宣告，某些人摇身一变，奇迹般地成为千万富翁亿万富翁的实例。有太多这样的实例，诱惑着他，他根本听不进我苦口婆心的劝说。他一次次地对我信誓旦旦地描绘他的宏愿，一次次地严肃又逼真地向我表达他的美意，并不是为了使我能在他身无分文的情况下一而再、再而三敞开家门接纳他，便向我一而再、再而三地开空头支票。他知道我的家永远不会拒绝他这位不速之客。他的老生常谈，依我想来，只不过是固守着一种初始的信念和自信。他的自信已是他的唯一的财产，个人财产、精神上的财产；升值、保值或贬值，全由他自己进行调控的财产；他一次次诉说它，就能使它保值，起码不使它贬值似的。好比我为了保持住我对某一篇小说构思的执着，总忍不住要对自己认为有耐心听的人一次次讲述一样。讲述的次数越多，我的构思越详细、越完整。他也是这样。诉说是他固守自信的唯一方式。所以对他而言，唯一的简单的方式，当然也便是最有效的方式了。我猜除了我，可能没有第二个人肯听他的诉说。我猜他的儿子和女儿也未必肯听他的。我猜他也未必会对他的儿子和女儿老生常谈……

他又加重语气说：“我一定要办成！某些人能办成的，我为什么办不成？"于是他打开了他的皮箱。我已很熟悉那只皮箱，十二三年来，我一次次见它由新而旧。皮箱里除了一套内衣内裤、一双袜子、一条领带、一个厚厚的笔记本儿，再就什么也没有。用"空空如也"四个字形容也不为夸张。

他先拿的是那厚厚的笔记本儿，朝我一抛，不当一回事地说：“算了，也没情绪谈你的长篇了。这个给你，闲时看着解闷吧！"

我接住笔记本儿，翻开略看一眼，见他那飘逸秀丽的好字，已密密麻麻地写了百余页，且每页双面写的。我就很奇怪，他为什么要让我看他的笔记本儿呢？记了他自己一些什么难以当面向我启齿的隐私呢？再细看，

又是中秋

心头不禁又是一热……

想不到正反百余页，所记全是他读我的小说之后的杂感，也不光是我的中篇、长篇或短篇小说的杂感，竟包括了从报纸读到我的零散文章的杂感，短则几行字，长则几千字！每则开始还写着"×年×月×日于×地购得晓声新作"，或"偶读报载晓声随笔"……

这就是老隋！

我抬头望他，心中有些感激的话，却又不知该怎么开口说。且莫以为他对文学还有多大恋心，我清楚他早已是一个对文学失去兴趣的人。自从他"下海"以来，我敢断定他一次也没再进过任何一家书店，我的书显然都是他从书摊上买的盗版书。而且我敢断定，他也早已不是一个经过书摊就忍不住驻足的人，情形可能是这样的——当他听什么人说我又出版了小说以后，才赶紧去逛书摊，一旦发现便毫不犹豫地买下，或从某书摊前走过，无意间一眼瞥见了一张"新书介绍"招贴广告，同时瞥见了我的名字，于是不由得停下脚步。而那时他兜里可能并没多少钱，可能钱刚刚够他吃一顿饭，或刚够他买一条烟，刚够他去远处"打的"……

情形可能是这样——在某地一家价格最低的小旅店里，他包有一张床位。那几天也许是他连"参与商业项目策划"的差事都找不到的日子，于是他就躺在床上读我的小说，饿了吃烧饼面包，渴了喝白开水，读完就伏在桌上记下杂感，如果那房间有桌子的话。无论从精神方面还是物质方面而言，他都是一个一天也不能没事可干的人。真的较长期地没事可干了，他也就连烧饼面包都吃不上了，他也就连价格最低的小旅店里的一张床位都包不起了。于是读我的小说，记他的杂感，便成了一名来自北方的、闯荡于南方的老"打工仔"的一件可干的事，毕竟这是一件道德的、文明的、于他无害而于我有益的事。他一边做这一件事，一边期待他的小叶或儿子女儿，尽快寄些钱来接济他。我想，在不少的日子里，他是一位须靠儿子和女儿在经济上予以"关照"的父亲。所幸的是他的儿子和女儿都很爱他这位命运落魄而壮心不已的父亲。据我所知是这样：无论他在天涯海角，无论他沦落到何种地步，我相信他对"梁晓声"三个字都异常敏感。我们之间的深厚情谊大概也等于他的一份"财产"，常使他觉得自己还远远没

269

父 母 岁 月

沦落为一个彻底的穷光蛋的地步,对于他意味着很大的温情脉脉的人生慰藉。他买我的书,读我的书,与所谓"文学"二字根本无关。仅仅是,百分之百地是,由于对我的终生无悔的友情……

你若对这样的一种友情说什么感激之类的话,无论多么发自内心,都是不免会显得轻佻的。

像老隋这么重友情的人,我的生活里已经所剩不多了。正如我前边所提到的,还有,便是我的几名中学男女同学了。那和老隋与我的友情一样,乃是一种彼此在心里生了根的东西,一种大漠上的仙人掌般的东西。其他一概皆是所谓友好交往。而友好交往和彼此在心里生了根的那一种感情,毕竟是有区别的。

我合上笔记本,诚挚地说:"我一定读。"

我也只能这么言简语淡地说。在我们之间,太感情的话,未免会显得夸张,会导致我俩一时都不自然起来,正如他将笔记本儿抛给我时,像抛过来一盒烟似的不当一回事。

他却在箱子里翻找起什么来,就那么几样东西,哪样也遮不住哪样也盖不住。我想象不出他那箱子里竟会放过什么稍微贵重点的玩意儿。

但我却看出他心里是真的有点急了,他自言自语地嘟哝:"糟糕,哪去了呢?"

我问:"什么不见了?"

他说:"钱。"

"多少?"

"三百元。"

想不到他此次"光临",并非身无分文,居然还有三百元钱!显然是找不到了,有过三百元钱也跟身无分文是一样的了。

我说:"别急,仔细找找。"

他绝对不是在做戏给我看,如果他此次身无分文而来,他会坦率地对我说"我可连出门乘车的钱都没有了"。前几次我们见面他就是这么说,我们之间的友情使他根本无须做戏给我看。

他将箱子里的东西一样样全拿出,再一样样重新放进去,还是没找到。

他忽然拍了下脑门儿,丧气地说:"想起来了。在列车上买饭时全取出来过,肯定丢了!"

他竟没意识到,他此刻的话,与他刚才"乘飞机"来到北京的说法自相矛盾。瞧着他因丢失了三百元钱而像丢失了护身宝玉般的惝惶,我心里真替他难受。他的钱肯定来之不易,正如我的钱是爬格子所得的心血钱。丢失了那三百元钱,不但意味着他此来又得住在我家,吃在我家,而且出门办事连乘公共汽车的零钱都没有了。每次我塞给他一些在外吃饭、乘车的钱,他表面上不分彼此地伸手便接,其实我深知他内心里是羞愧难当的啊!

我说:"算啦!丢就丢了吧。不过三百元。"

他说:"不足三百元了,在列车上吃饭已经花了五十元……"

我说:"那就更别愁眉苦脸的了,谈谈你的事吧!"

我对他的事从不感兴趣,这不等于我不关心他。我关心他已经关心得有点累了。但愿他有朝一日没有什么辉煌的设想。因为只有那样他的人生才能得救。我主动让他谈谈他的事,不过是无话找话,使他从丢钱的烦恼中摆脱出来。

他愁眉一展,望着我,孩子气地问:"真想听还是假想听?"

我笑了:"当然真想听。"

"那好,就讲给你听。但可不许泼冷水!"他一转身,"唰"地拉开皮箱夹层拉链儿,取出一个黑色的简易公文夹子。就是许多公司举行什么新闻发布会时夹产品说明书的那一种。

他将那夹子双手递给我,低声说:"我老隋全指望这件事的成功了!"

仿佛,那夹子里夹的,是决定他后半生命运的全部玄机。

我打开夹子一看,见是一封写给国务院办公厅并请转呈总理、副总理们的信。字写得是工整得没比、秀丽得没比。不难想象,他写这封信时,该是多么一丝不苟、专心致志、字斟句酌。我的头倏地一下子就大了,十二三年来,我没少看他写的这类东西。最初的这些,是写给企业事业单位、局市级政府部门的。那时,我面对这些东西,还会觉得他做的事多少总该有几分成功的可能。他没办成我还尽量安慰他,鼓励他不要灰心失望,

父母岁月

还常主动将他介绍给某些朋友,请求我的朋友们帮助他成全他,替他穿针引线。后来他那类东西,就是写给中央各大部委,或各省委省政府的了,于是我也就爱莫能助,只有持不鼓励也不反对的暧昧态度了。遭到我的反对、我的讥讽,他有时会愠怒起来的。一次竟因我当面说了几句泼冷水的话,他不辞而别地离开了我的家,使我当天几乎彻夜未眠,操心他身上的钱不多,能否找到个栖身的地方。现在,他这类东西已经是写给总理、副总理们的了。我暗想那么这几十页纸除了有钢笔书法的观赏价值,还会有另外的什么价值呢?

我一目十行地浏览,片刻便明白了大概的内容——台湾某巨商,有意将两亿五千万美金投资大陆,指定他为全权代理人。他的信的目的,是请国务院总理、副总理们,亲批投资项目……

字里行间,洋溢着澎湃的爱国主义激情和愿为改革开放竭尽心力的高涨热忱,十几页无一处勾改。他的认真尤使我心里一阵阵替他感到难受。

他吸着烟,在我面前不停地踱来踱去,偶尔站住,静静地注视我,观察我脸上的反应。我脸上自然丝毫也不流露出会使他心理敏感的反应的,我不愿刺激他使他不高兴。十二三年来,我们见面后,彼此高兴的时候少了,不高兴的时候多了,有时是我对他的事的冷淡使他不高兴,有时他对我的忠告的逆反使我不高兴。

我合上公文夹后,他问:"看明白了?"

我说:"看明白了。"

"草草一看就明白了?"他语气不悦。

我反问:"怎么不打一份?这样的信,还是打一份显得郑重。"

不料他有点生气地说:"难道我手写的字亵渎人的眼睛吗?我讨厌电脑!"

我说:"老隋,你别走来走去的使我心乱好不好?坐下谈嘛!"

他悻悻然地坐下了,但是赌气不看我,一口接一口猛吸烟。

我说:"老隋,别那么吸烟。我又哪儿不对了?你倒是生的什么气呀?"

他说:"我看出来了,你打算朝我泼冷水!泼吧,我不在乎。这十几年我常被别人泼冷水,早习惯了。"

我是打算朝他大泼一通冷水的,但听他的话,我又万分不忍了。

我口是心非地说:"我并没打算朝你泼冷水,真的。我发誓没那打算!不过……台湾巨商,他姓甚名谁?究竟是从事什么商业企业的,你怎么不在信中写清楚呢?不写清楚,让总理、副总理们,怎么认真对待你这样一封信?"

他说:"你看得太漫不经心嘛!我信中已经写明白了,关于巨商的个人情况和背景,我希望当面向总理、副总理们详细介绍!"

我说:"你怎么就那样自信,认为总理或副总理们一定会接见你?"

他说:"事在人为。两亿五千万美金,二十来亿人民币呢!冲这么巨大的一笔资金,他们亲自接见我一下,也不是完全不可能的。即使真的不能亲自接见我,作个批示,我这件事也就成功一大半了!"

我说:"据我所知,许多省市都有直接引进外资的自主权了,二十来亿人民币,哪个省市知道了都会争着抢着往自己省市拉,何必上书国务院总理、副总理们?"

他说:"这你就只知其一不知其二了!二十来亿人民币之巨,省市不太有这么大的引资项目的,非国家级的引资项目不可,而且那台湾的巨商,投资前提也是一次性投入于一个国家级大项目,绝不肯零打碎敲分散性投资……"

我措辞婉转极讲分寸地询问:"你在什么地方、什么场合,怎么认识的那台湾巨商?对方又怎么那么信赖你,二十来亿人民币非指定由你全权代理?……"

他嗫嚅了一阵,说:"这你就别管了。暂时还是我的秘密,以后告诉你。"

他忽然亢奋起来,不容我再问什么再说什么,便向我大谈他支配二十来亿人民币的种种设想。一忽儿说要全投到黑龙江去,因为黑龙江是我们共同的家乡嘛!建一处亚洲最大的滑雪场,周围盖一片别墅,别墅群中有他一幢,有我一幢,说我应该学会滑雪,滑几个冬季的雪,我的身体就会像运动员一样健康起来。一忽儿说全投到北海去也可以。建一处规模不亚

父母岁月

于好莱坞的电影城,每年在那里举办中国电影节,而非什么长春电影节、上海电影节可比了!泱泱十二亿人口的大国,在世界级电影节中不占一席之地简直是国耻嘛!当然电影城周围也要盖一片别墅,别墅群中当然也要有他一幢,有我一幢。他说他要亲自策划,将我自己满意的作品一部接一部拍成电影。当然由他投资由他任出品人,说他一定要我的作品以电影的形式走向世界,说要让世界上三分之二以上的人都通过中国电影知道中国有位作家叫梁晓声……

由于说得亢奋,说得冲动,他的脸上,一阵阵充血,一阵阵充红。我嘿然听着而已。我的双耳却一阵阵失聪,只见他的嘴在动,任凭他尽说尽说,一阵阵的什么话都没听入耳,我的心又一阵阵难受,难受得直想落泪,直想哭……

我寻思,老隋啊老隋,你的美意我心领了,你的诚意我也相信。我相信你老隋一旦能够支配二十来亿,你首先关照的朋友便是我梁晓声。我相信你不管在哪儿盖起一片别墅,有你自己一幢,旁边必也有我一幢。我还相信你一旦坐上了"奔驰"或"劳斯莱斯",你起码会让我出门有辆"凌志"甚至"宝马"坐……

你的这些梦想这些畅想都很浪漫都很美妙。你说我听我奉陪着你作一番精神领略,使你快意,使你亢奋,当然也会使我获得某种小小的想象的愉悦和满足。谁的精神有时候不像自己的口舌一样喜欢吃冰淇淋呢?谁有时候不喜欢体验想象游戏带给自己的幻趣呢?但你为什么十二三年来一直深陷在精神的虚境和想象的游戏之中不肯自拔呢?谁像老隋此梦一做就十二三年不醒?人有几个十二三年啊!五十余岁的你又还剩几个十二三年啊!明明一件经不起细思细想疑点多多的蛊惑人心之事,怎么你就偏偏当成了你人生的第二次风帆了呢?甚至很可能就是一件别人蓄意合起伙来戏弄于你的事!你怎么就执迷了似的根本不动脑筋推敲推敲呢?你南南北北东撞头西碰壁沦落江湖般地闯荡了十二三年,欺骗、挫折、失落经历了一次又一次,智商怎么反而越来越下降了似的呢?……

待他终于沉默了,我才为难说:"老隋啊,看来这件事,我是半点忙也帮不上了!"

他说："我知道你帮不上忙。我求你帮忙了吗？来时有人介绍了几位能帮上我忙的朋友，我下午就去见他们。"

我问他那是几位哪方面的朋友。

他责备地说："反正你每每对我的事不以为然，不告诉你也罢。总之介绍人向我保证，那都是能量极大的人物……"

我不知该再说什么好，只有吸烟，借以掩饰我对他的失望和怜悯。

他按灭烟蒂，走到阳台上，俯身看我家养的两只虎皮鹦鹉。

"鸟笼里没水了，也没食了！"

我不吭声。

于是他默默给鹦鹉添食、添水。

"鸟笼太脏了，该刷了。"

我仍不吭声。

于是他竟自行其是地将两只鹦鹉放出在阳台上，拎了鸟笼子到厕所里去刷。

我看一眼墙上的表，十一点多了，想到他下午还要见他所言那些"能量极大的人物"，便起身到厨房做午饭。

听到他在阳台上捉鹦鹉弄出一阵砰砰嘭嘭的响声，我又赶紧离开厨房奔向阳台制止。

我说："不必捉，不必捉！"

他说："不捉，怎么将它弄回笼子里去？"

我告诉他："打开笼门，人离开阳台，待它们不惊了，会自动钻入笼中去的。"

我扯他离开阳台，他却还要隔窗偷看。见两只鹦鹉果然重新入笼了，就抑扬顿挫地吟出两句诗："云无心以出岫，鸟倦飞而知还。"

我在厨房里没好气地说："你别吟陶渊明的诗。陶渊明既淡泊官位，也不想当大款。"

他在屋里静了片刻，又吟出两句诗是"香稻啄余鹦鹉粒，碧梧栖老凤凰枝"。

于是轮到我在厨房里装聋作哑了。

父母岁月

他在屋里大声问:"这两句是谁的诗?"我老老实实地承认:"不知道!"

他得意洋洋地说:"杜甫的《秋兴八首》!"

我说:"得了吧你!快到厨房来给我打下手!"

他倒也听话,就乖乖地到厨房来给我打下手。他是个好厨子,一进厨房就篡夺了我的权,我倒成了他的下手,只配替他削土豆皮剥葱蒜了。

他一边有条不紊地炒菜做汤,一边关心地问我夫妻关系怎样,父子感情如何,并谆谆地教诲我一些做好丈夫和好父亲的道理。他是一位好父亲,始终是一个好父亲。但却难说是一位好丈夫,因为大约在一九九三年那一年他断然离婚了。他的妻子是一位好妻子,这是许多也认识他妻子的当年的知青无不公认的。他们离婚是因他和一个比女儿大不了几岁的姑娘的关系难解难分自己也撕扯不开了,他因她而有家长年不归,此前他却不失为一位好丈夫,这也是认识他的当年的知青无不公认的。离婚后的他并未与姑娘正式结婚。我猜绝不是他不想而是那姑娘并无此意。但天涯海角忽东忽西的,他漂泊到哪儿姑娘伴他到哪儿。更多的时候倒不是他儿子或他女儿的钱养活他度日,而是靠那姑娘挣的钱养活他度日。有时她甚至还寄钱接济他的儿子和女儿。我见过她,因为有一年春节前他们双双在我家住过。她有着服装模特一般的窈窕身材,鹅蛋脸,眉眼很标致,皮肤很白皙。她这样的姑娘,无论在南方还是在北方,都是某些公司老板们的眼睛一旦盯住了就会顿时一亮的招聘目标。所以公正而论,她陪伴着他一直没甩他,也没听他口中泄漏她闹出过什么使他难堪的风流之事,那也就算对他不错对他很尽良心了。他离了婚还能受到儿子和女儿一如既往的敬爱,我想他在做父亲的艺术方面一定是有些不同一般的长处的,只不过我没请教过,也从不打算请教。我觉得我这辈子用不大着他的经验。

如果不谈什么台湾巨商两亿美金之类的浪漫之事,老隋他实在是一个使人乐于亲近并且令人愉快的人。他待人的真诚坦率,他格外珍视友情的原则,他风趣幽默而又绝不油滑的谈吐,再加上他堂堂的仪表和斯文的举止,都是不乏魅力的。

我关心地问他:"小叶怎样?"

他说:"挺好。"

我寻思片刻,觉得"挺好"二字其意含糊,忍不住又问:"她怎么没和你一起来北京?"

他说:"她到珠海去了。"

"那,你们分开了?"

"暂时的。珠海某公司老板诚意聘她做秘书,却对我这个老家伙一点也不感兴趣,我不能误她的机会啊!何况她暂时离开我,也是为我能生活得更有保障些。'系春心情短柳丝长,隔花阴人远天涯近。''意中人,人中意,我心坚,你心坚,各自心坚石也穿!'"

看得出,他对他的红颜知己小叶姑娘是一百个放心的,接着他就向我大谈小叶对他的好,夸她定期从珠海寄钱给他,寄衣服给他,寄营养品给他,还经常打长途电话询问他的起居饮食、着衣寒暖……

听他谈得幸福,我也不免替他感到几分幸福。

可我心中毕竟存着些难解的困惑。犹犹豫豫地,最终还是索性直问:"那,小叶知道你来北京办这件事吗?"

他不遮不掩地回答:"她不知道,我没在电话里跟她讲。"

"为什么不跟她讲呢?为什么不听听她的看法呢?"

"她又不是我的高参,我也不必凡事都向她请示嘛。再说,我想独自办此桩大事,给她一份做梦都想不到的惊喜!她同甘共苦地跟随了我这么多年,我也应回报她一份惊喜啊!"

听他此话多情,我又不知再说什么好。

吃着吃着饭,他忽然放下碗筷,吸起烟来。

我说:"老隋,你这是什么习惯?哪儿有刚吃了两口饭,莫名其妙又吸烟的?"

他不回答我,也不看我。目光盯着烟头,一个劲儿地只吸那支烟。

我也懒得管他,闷头吃我的饭。

"哎,你说,要不将那二十来亿人民币投到北京,建一处全国最大的商城怎样?我任董事长,你任总经理。名义上的,我保证不牵扯你写作的精力……"

277

父母岁月

我饭在口中,一时难以下咽。抬头呆瞪他,见他正注视着我,满脸焕发着憧憬的光彩。

我隔桌子一手掠下他的烟,目光四下里寻找不到烟灰缸,干脆扔在地上,连连大叫:"吃饭!吃饭!你这家伙先吃饭行不行?……"

吃罢饭,他说他已经几天没洗澡了,不能带着一身汗臭会晤重要的人们,得洗个澡。

于是我调好热水器,安顿他洗澡。

他洗罢澡,又说头发湿,不便即刻出门。

于是我翻出妻的吹发器让他用。

他很在行地往头上抹了些妻用的"摩丝",吹定了发型,换上他皮箱里的干净衬衣,系上领带,穿上小叶从珠海寄给他的白色名牌西服,擦亮了皮鞋,往柜镜前挺胸一站,感觉良好地自我欣赏,并问我:"瞧老隋怎样?"

我说:"马马虎虎。"

"马马虎虎?"

我又说:"仪表堂堂,行了吧?"

他满怀自信甚至是满怀自负地微笑了。

那时的他的确风度有加,仪表堂堂,使我联想到了王心刚在电影《红色娘子军》里扮演的华侨装束的洪常青……

他磨磨蹭蹭地却不走,又坐在沙发上吸烟。我在厨房里刷锅洗碗,忙了一阵后,以为他已经走了。进屋见他仍坐着吸烟。

我奇怪地说:"你不去了呀?"

"去,去……"

他嘴上应着,坐着不起,眼神游游移移,很是不自然。

我研究地瞧了他几秒钟,忽地明白,转身进到另一间屋去,点了三百元钱,回到他面前,塞给他,像塞零花钱给一个口讷的孩子似的说:"拿着。没准儿被人家灌醉了,不'打的'回不来。"

他接钱在手,红了脸说:"也许……不太够吧?"

"不够?"我朝他瞪大了眼睛。

又是中秋

"万一……谈得太久,到晚上了,就得主动表示请人家吃顿晚饭……是不是?初识乍会的,又是有求于人家,这点该讲的礼节不可不讲,是不是?"

听他的口吻,倒好像出去替我办成件什么重大之事似的!

我不能不暗自承认,他的考虑是很有些道理的。但是在北京,请几个人吃一顿饭的话,人不多算,就算四个吧,那么我也就不知究竟该给他带上多少钱才够了。花几百元是请,花一千两千元也是请啊!

我又瞧着他发呆,转身去将存折拿来了。

我交给他存折时说:"家里没那么多现钱的。用多少,只好你自己去取了。"

给他存折,我是一百二十个不情愿的。我非大款,对钱花得值得不值得,我还是很在乎的。如果花我的钱,办成他的大事,我没什么舍不得的。但我认为他要办成的大事,明摆着整个儿就是他自己编织的一种乌托邦遐想。任何头脑清醒的人都会觉得太离谱了!

他接过存折,脸更红了,神态也更窘了,起身拍拍我肩,连说:"好兄弟,好兄弟,冲你,老隋无论如何,也得挣扎着混出个人样儿来!……"

我画了一张图,指示他去储蓄所的走法。又嘱咐他哪几家饭店千万去不得,因为消费太高,宰得令人望而生畏……

他走后,我也没心思继续伏案写作了,将稿纸从桌上收入抽屉吸着一支烟,静静地只想老隋这个人。

我想,他为什么对我说"憎恨电脑"呢?没想多一会儿,就想明白了,如今许多单位许多公司,招聘文书之类的职员,第一条也是起码的一条,便是能熟练地运用电脑。老隋这个老"打工仔"的谋职强项,乃是对文书业务的经验。但他对电脑却可能连摸都没摸过。再有经验,行文水平再高,字写得再漂亮,与那些既能熟练地运用电脑又善解老板心意的女郎们竞争同一职业,十之八九遭淘汰的必是他老隋无疑。男的不如女的,老的不如少的,字写得漂亮不如脸儿漂亮,从业经验不如乖巧的做人经验。老隋他太是前一个时代的产儿。如今他身上渐显出时代落伍者的悲剧性来了。我若是一位老板并且要聘文书或秘书的话,他和某些年轻的、漂亮的、一眼

父母岁月

看去行事乖巧善解人意的女郎们站在我面前任我目审，我也首先会对他老隋说："请尊先生另谋高就吧！"珠海的老板一眼相中了他的小叶，高薪聘之，却绝不肯迁就地同时也关照一下他，赏赐给他一份儿什么差事，不就是一个明证吗？老隋内心里未必一点都体味不到越来越无可奈何地发生在自己身上的悲剧，他内心里的苦涩只有他自己最清楚了……

于是又替他想到他和小叶那一种不尴不尬的关系。如果他紧紧地将小叶拴牢在自己身边，那么两个人就会同时都陷入衣食窘况。如果他要想使自己的日子起码过得去，那么就得使他和小叶两人中有一人先活得潇洒点。比起来当然小叶有优越的先天条件和资本先活得潇洒起来。大千世界，处处精彩，到处都有人欲横流，到处都有凡人难以抗拒的诱惑。先活得潇洒起来的小叶，真能长久洁身自好、专情于他老隋吗？他们的关系，真能如他借诗所言的那样"系春心情短柳丝长，隔花阴人远天涯近""我心坚，你心坚，各自心坚石也穿"吗？别提我有多怀疑这一点了。

…………

大约是一九八五年，我回哈尔滨市探望父母，被几名当年的知青战友通知——某日上午到北方大厦赴宴，东道主竟是老隋。

我当然得去。

一九八五年，在哈尔滨，在北方大厦设宴，要算很上档次的了。

我所见到的隆重情形使我暗吃一惊——偌大的一间餐厅，被老隋包了下来。十几张餐桌，济济一堂围着百余人！菜肴丰盛。气氛热烈异常。每张桌上都有一瓶茅台！我见到了许多一见之下使我格外高兴的人，也见到了许多熟悉的和似曾相识的人。一九八五年身上揣着名片盒的人已经和戴手表的人一样普遍了，前后左右互相交换名片的情形，使我感到不少的人都在急不可待地让别人重新认识自己和向别人推销自己。那情形使我觉得自己和众人都是经营者似的，只不过所经营的全是自己而已。我当然被安排在老隋那桌，即首桌。而且是被安排在他的身旁，我对面坐的便是小叶，她向我自我介绍说她是老隋的秘书。她显得表面矜持而又内心里特别兴奋，脸上洋溢着和老隋一样程度的踌躇满志和自信。秘书出身的老隋自己也有一位年轻漂亮的女秘书，这使我替他感到欣慰的同时，又本能地替他忧患。我觉得一种凶险的人生伏笔,正是从那一天起,喜气洋洋而又热热闹闹地铺垫在他的命运里了。我趁小叶身旁的人离开时,坐过去用胳膊肘碰碰她,悄问她一桌是多少钱的标准。她笑笑,低声回答:"不贵,才一千多,加上酒水一千五六打住。"以十几年前的价格而论,那该是够豪奢的标准了,十几桌总共大约要两万多。我坐回到老隋身边的座位时,情绪不免有些消沉,替老隋隐隐感到的忧患使我没法儿真正高兴起来。

那时刻老隋正擎着杯在餐厅中央发表讲话,他前边究竟说了些什么我也没心思听,只记得他最后说了几句话,大意是——从那一天起,他就停薪留职义无反顾地"下海"了!不干出一番事业誓不为人。今后还望在座的各位多多鼎力支持,而他保证事业成功之后滴水之恩涌泉相报,他许下齐天大愿说他将要设立一笔基金,少应在几百万,多应在千万,以救助当年北大荒知青中生活沦入困境的人,并且资助他们的儿女上学读书,解决他们的儿女将来谋职就业的问题……

他的话被一阵阵极热烈的掌声打断,他的朗朗演说在一片"干杯"声中结束。

于是众人随他齐唱:

今日痛饮庆功酒,
壮志未酬誓不休!

在众人眼中,仿佛他已经是一位财神,一位将造福于社会的慈善家,一位果敢进取头罩光环的偶像。我看出他在那一种气氛的包围之下,心理获得了极大极大的满足,似乎又重新找回了失落多年的精神领袖的良好感觉。

席间,他常被扯到一旁去,倾听急切的陈诉。有的谈自己的人生多么多么不如愿,有的絮叨目前还没住房的苦恼,有的说想自费出一本书却没有钱,有的声称自己拥有一项小发明但愁于没有投资……当然,还有的告诫他应该将目光投向哪方面,那样一定会迅速地发财,而且发大财。千万别涉足哪一行哪一业,那样一定吃亏上当,后果惨重……

父母岁月

老隋一直微笑听着，不时地点头，不时拍着对方的肩许什么愿，不时招小叶过去交代她往小本儿上记下什么……

我默默地望着，默默地呷着饮料，觉得自己是在一出什么戏剧中。一九八五年，中国到处都在喜气洋洋热热闹闹地上演着同样内容、同样场景、同样情节的戏剧。有些人不觉得累，几乎每个月都会有若干次机会在如此这般的戏剧中扮演多多益善的"大群众"角色……

席散人去，我被老隋攥着一只手引领到了他在北方大厦的房间里。

他一坐下就吩咐小叶："快给我俩沏杯茶。我今天可真喝了不少，口干舌燥！"

小叶给我俩沏好茶后他又说："三年多没见面了！席间顾不上和你亲热，现在咱俩从容聊聊。晓声你这一向好吗？"

我没立刻回答，眼望着茶杯说："小叶，你先出去片刻，我想和老隋单独交谈几句。"

房间里一时静了几秒钟。

我听到老隋说："小叶不是外人。"

我猛地抬起头瞪着小叶又说："我想和老隋单独交谈几句！"

小叶脸倏地一红，目光寻求庇护地望着老隋，分明地，她感到受了侮辱。

老隋便向她使眼色。

她离开房间后，老隋笑问我："今天哪儿使你不愉快？发什么无名的火啊！"

我反问："老隋，你作出了这么重大的决定，可预先在信中半点也没向我透露过！"

他说："怎么？现在，你觉得你已经有资格反过来做我的监护人了？"尽管还在微笑，但语气相当不悦。

我不理他的语气又说："冲着咱俩的特殊关系，你老老实实地回答——哪儿来的钱'下海'经商？"

"当然是借的。我自己哪儿来的钱作资本！"

"向什么人借的？"

282

"信赖我老隋能力的人还是不少的！"

"你正面回答我！"

"向总局直属某厂一位厂长朋友借的。"

"那么是公款？"

"不错，公款。"

"多少？"

"六万。"

"你靠什么向对方担保？"

"做人的信誉。"

"还有什么？"

"党票。"

"你一旦失利，党票能用来抵债？"

"可人家借钱给我，也冲我是一名党员！而且是一名党员干部！怎么，你不信赖我的能力了吗？"

"那以后想经营些什么？"

"还没考虑好，所以我今天才……"

"老隋！"我抓住他一只手，"你呀你呀！我并不打算反过来充当你的监护人！这点自知之明我有！我虽然对经商之道一窍不通，但有一点我是清楚的——报上登的那些靠几千元甚至几百元白手起家成为富豪的人和事，十之七八是编造出来的神话。掰开了揉碎了分析，都各有见不得报的玄机和奥妙。马克思的《资本论》你读过的次数比我多！你怎么一下子就敢从借来的六万元钱中花掉三分之一请一次客啊！仅剩下四万元你还能经营什么！"

他从我手中使劲儿挣出了他的手。他脸涨红了，站了起来，有些恼怒地瞪着我，仿佛我是个企图阻止他成就一番大事业的小人。

"老隋，我为你担心！"

"这，用不着！明年这时候，我仍要在这里大宴宾朋！明年我的四万元，起码要变成四十万！"

我也缓缓站了起来，望着他，无话可说。

父母岁月

他忽然又笑了，走到我跟前，将一只手按在我肩上，亲近地说："不愧是我好兄弟。但请别为我担心！对于箭在弦上的人，要善于激励，不要大泼冷水嘛！请问，按你的见解我现在又该怎么办呢？"

我不知他"现在"该怎么办。事实上我并没有什么对他有益的见解。总不能让他退还四万落下欠两万元债务的下场吧？我替他担心而已。

分明地，我们已没法儿再交谈下去，我也只有识趣儿地与他握手告别的份儿。

"祝你顺利。"

"你得说祝我成功！"

他不握我伸向他的手。

"那么，祝你成功。"

他这才与我握手，送我至门外，从另一房间唤出小叶，吩咐她陪我回家。

我说不必小叶陪。

小叶说："我只能听隋总的！"他们还没注册下来一个什么公司呢，但她已经开始张口闭口很时髦地称老隋"总"了。我看出，老隋听得心里很受用。

在出租汽车上，她回答我她是一位农场老教师的女儿。刚从某师范学院毕业，不愿回农场当教师，义无反顾地要追随老隋闯人生。

我说："多多拜托了！"

她说："什么？"

我说："老隋啊！他很少脱离农场的天地，不知外面的世界很精彩也很无奈。又常常凭感觉行事，希望你在他身边多告诫他……"

她低下头，哧哧笑了，有点害羞的模样。

而我，却不觉得我的话有什么好笑的，也不明白她为什么害羞……

以后大约半年之内，我再没见到老隋。收到过他几封信，都不太长。无非关心我的创作，关心我的身体，关心我肝病是否彻底康复。或言他经商的体会，和"下海"的感触。前者切切，后者惘惘。关心之词依然那么真挚，谈他自己的情况则每每几笔带过。

我不曾回信，因为他那几封信不落行址。他甚而在信中写明——"不必挂念不必回信，回信我收不到，因不日将与小叶别往"云云。

他也曾给我寄过保肝的新药、南方的特产，我只能从信的邮戳上，或收到的特产上判断他在南方某省某地。

一天我意外地收到他的电报，内容是询问我可否在北京替他推销几千盘讲解中学课程的录像带。电文明确让我知道，如帮了他一次忙，他至少获利四五万。我是最无能力帮任何人推销任何东西的人，尽管我对他感恩久矣，一直誓心以报。我几乎吸了半盒烟才拟罢回复他的电文，到邮局发电报时又涂涂改改，以什么样的词句回绝都实违我心。我甚至怀疑自己是不是已变得无情无义了……

半年后我终于又见到了他。当时我正在北影文学部开会，他突然出现在我面前，说是到北京来联系一桩大买卖。我看出了他这半年内并未发迹起来，也估计他身上并没带多少钱，便委婉地问他愿不愿住在我的办公室。

他显出很高兴的样子说："当然愿意！这样最好，早晚又能和你常见面了！"

我暗想，老隋呀老隋，你的高兴恐怕主要不是因为早晚又能和我常见面啊！

他每天早出晚归，其实我很少见到他。有一天我为他换床单，在枕下发现了他的一本日记。怀着好奇心翻开看，记的竟全是他的扪心私语。而且全是以日记方式对小叶倾诉的私语，缠缠绵绵、凄凄婉婉、卿卿我我、惺惺悒悒。于是我窥见了一种顿时猛烈拨动我心弦的乞怜和恐慌。一种如他那样一个内心极其孤傲自负的男人，对一个和自己女儿年龄相同的女子的温爱的乞怜，以及唯怕失去她给予他的温爱的恐慌。这使我大为震愕。从此确信——一切男人的心灵的本质，其实都是多么纤嫩和脆弱。也从此明白了小叶其人，对于迷惘的疲惫不堪的老隋原来是多么重要！与她给予他的钟爱相比，我对于他的带有报恩色彩的友情，又是多么粗鄙多么不足论道！原来男人的心一旦陷入对于自己人生前景的迷惘与沮丧，只有女人的柔情才是救治的良方啊！……

后几天小叶也赶到北京来了，我一次也未见到她。我也提醒自己不过

父母岁月

早或过晚到办公室去，以免撞见他们同在令老隋感到窘迫。但是我知道她肯定已经匆匆赶来在他身边给他温暖给他慰藉了。一个房间仅一个男人住着还是一个男人和一女人同住，这一点其实并不难看出。我想肯定是老隋拍电报或打长途电话哀求她快来到他身边的。我只是不忘白天往办公室送开水……

文学部的领导人有次拦住我："晓声，保卫处的同志反映，你的办公室住生人了？"

我说："是的。"

"谁？"

"我哥。"

"你……不是只有……一个哥哥吗？"

我突然大发其火，吼道："除了一个住精神病院的哥哥，我就再不许有堂哥表哥了吗？"

文学部的领导怔了怔，赶紧解释："别生气，你别生气。我只不过就是随便问问嘛……保卫处的同志有反映，我才不得不问问嘛！还同时……住着一个女的吧？"

"那是我表嫂！"

"好好好，不问了，住吧住吧！……"

那一时刻，我内心里觉得万分地对不起另一个女人。以前我给老隋写信时，总少不了有几句是写给那个女人的……

两天后，老隋和小叶都走了。办公室的桌上，留下了老隋写在一页纸上的几句话："晓声，谢谢了。那桩大买卖没联系成，无心与你面别了。我发展颇不顺，以后有出头之日，深情定当后报！"

我拿着那页纸，呆呆地瞧着，许久放不下它……

不久我听说他回东北农场总局了，听说领导责令他写检讨。听说他拒绝写检讨。听说他被开除了公职，也被开除党籍。听说他的家庭无可挽回地破裂了……

不久的不久，我收到他的信，是从南方寄来的。信中说他辞职了，终于成了一个彻底的"自由人"。说也好，从此无羁无绊无拖无累，无家无产，唯一红颜知己相伴，倒也落得可在人生路上潇洒走一回了！……

于是我明白，他家庭破裂了，也竟是真的了……

去年中秋之前老隋又到北京来谈"大事"，又因囊中窘迫住我家里。分明地，他并未因成了一个无羁绊无拖累的"自由人"，而变得多么潇洒起来。据我看，绝不比一个有妻有家有单位有工作的人活得潇洒，相反，感到他是比任何时候都活累了，他两鬓的白发明显地增多了。他打开他的皮箱时，我瞥见里边有一瓶可以滴在梳子上达到染发目的那种染发水儿。他眼中每每聚现的浮躁、迷惘和颓唐、悲观、空虚，也比我前几次见到他时更凝重了，仿佛是一层时隐时现的云翳。我觉得衰老已经开始紧紧地粘上他了……

往事悠悠，往事悠悠。

那一天他很早就回到我家里了，进门后一言不发。刚坐下便吸烟，他沮丧遭辱的神情之下掩盖着羞恼的激动。我觉得他是受到方式很轻佻、打击很严重的伤害了，我觉得他是在外边丢失掉了最后的自尊了。

我谨慎地问："见到他们了？"

他的头往沙发靠背一仰，两眼望着屋顶简短地说："见到了。"

"事情的进展怎么样？"

"我……太天真啊！……"

"说说。"

"不，不想说……"

我望了他片刻，缓缓转身离开了，走到另一间小屋里，我站在窗前望隔街的古墟，也不禁地感到心事浩茫，惆怅深远。

一会儿，他默默地来到小屋里。

"给你存折。我没取钱。"

"他们……不赏你面子？"

"不，是他们不配我请他们。这三百元也没花，我兜里还有零钱，是乘公共汽车回来的。"他又将我给他那三百元塞向我手。

我将我那只手背到身后，婉转地说："算我借给你的。"

他犹豫几秒钟，认真地说："那么，我以后一定还你。"庄重地将钱揣

父 母 岁 月

入西服内兜。

我说:"草木又开始变颜色了。"

他说:"是啊。"

我说:"快到中秋了。"

他说:"是啊。"

我又说:"也快到你的生日了。"

他的目光从窗外收回,不情愿似的转向我,凝视在我脸上。

"是啊。"

他语调有些悲凉。

他三句"是啊",也令我的心情有些悲凉。

我转身去拿来一盒月饼,打开首先递给他一块。

他摇头道:"不想吃。"

我说:"吃吧。权当你陪我提前过中秋,我陪你提前过生日。"

他这才接过去。

我坐床沿,他坐椅子,我俩目光都凝神望着元大都城垣的古墟,望着秋日的阳光下葳蕤凄凄的老草、叶子肥大而静止的树,以及一片片开得热热闹闹的喇叭花、一簇簇开得格外悦目的金灿灿的六瓣黄花,比赛沉默似的吃光了各自手中的月饼。

接着,我们先后吸烟。谁也不看谁,像两个八十多岁的相陪着望窗景的老头儿。

他终于耐不住寂寞地开口问:"你怎么一言不发?"

我说:"好,我现在要开始说话了。我说时,希望你能耐心地听着,别打断我。"

他忧郁地一笑。

我说:"老隋,咱们梦该醒了。再不醒就为时太晚了,来不及了啊!不当富豪又怎样?不当老板又怎样?有份相对稳定的工作,不求有权有车,但求有个精神寄托;有份不多不少的收入,不求高档消费,但求丰衣足食;有个能歇体养心的家,不求是个安乐窝,但求是人生最后的停泊地。这样的日子,这样的生活,真的已使你非常憎恶、非常鄙夷、非常不甘心了吗？……"

我有意一开始就说"咱们"，仿佛我自己是他的一个经商合伙，仿佛我是在和他讨论我俩今后共同的选择，为的是使他不至于感到我仅仅是在"三娘教子"般地训导他。

他缓缓地又将脸转向了窗外。

"只要你同意，我出一部分钱，再向当年的兵团好友借一部分钱，咱们兑个小饭馆儿怎样？你跑采购，让小叶主内。我看小叶挺行的，准会把小饭馆儿经营得红红火火的……"

我绘声绘色地诱劝着。

"我每天为一个小饭馆儿蹬着三轮平板车买菜买肉？"

"以后积攒下一笔钱，可以买辆三轮小货车嘛！"

"有意思！我老隋在北京的大街小巷开辆三轮小货车？是叫绿蚂蚱的那一种吧？就算我愿意，小叶她不顾父母反对，坎坎坷坷地伴随我，最后就落上当小饭馆儿老板娘的结局？"

"……"

"那我对得起她吗？"

"要不调动咱们当年兵团好友的社会关系，求他们介绍小叶到某公司去，而我全力推荐你到出版社去当一名编辑！两个人的收入加起来如果达到一千五，在北京也就属于中等水平了！……"

"你……推荐我吗？"

我意识到，我由于用词不当，已然深深地戳伤了他那变得越来越敏感也越来越脆弱的自尊心。

"我再也不允许我当初的秘书，现在实际上已经是我的女人……的女人，去给别的当老板的男人当秘书，更不许她到什么藏污纳垢的公司去当打工妹！我宁可饿死！宁可我们双双饿死！……"

我怔怔瞪他，半晌说不出话。一时难以理解他为什么不说小叶是"已经是我妻子的女人"，而非要说"已经是我的女人的女人"，难道他需要的只是女人，不再是妻子吗？

是的，我已渐渐开始对他感到陌生了。而他的想法，仿佛一个无形的

父 母 岁 月

巨人,一掌将我击出老远老远。我觉得我站着未动,被击出老远老远的只不过是他。于是我们之间一下子隔开一段必须被承认的时空,它几乎等于二十余年!我们两个北方人,两个曾经有过兄弟般亲情的男人,其实早已不剩多少共同语言了!

我将目光望向窗外,沉默良久,一转身想离开。

"你不愿理我了?"

"老隋,我不知道再跟你说什么好。"

"那么就听我说。"

"……"

"你坐下。"

"……"

"你坐下。"

他将我按坐在椅子上,而他自己仍站着。他背朝我,将目光望向窗外,沉默起来。

"你如果其实并不想对我说什么,我要发信去了!"

连我自己都感到,我的语调冷冰冰的。

"你听着,一年三百六十五天,十年三千六百五十多天。我今年五十多岁了,我登四层以上的楼梯已经开始感到气喘吁吁了。我的心脏已经有毛病了,我去年尿检化验曾出现过三个加号。往乐观了估计,了不起能再活二十年,也就是能再活七千多天。才七千多天啊!就算侥幸活到八十几岁,也不过再活一万多天。精确地计算一下,每隔四年一个闰年。闰年的二月是二十九天,三十年内也不过只多出七天,算白捡。而从六十岁以后的七千多天,活着究竟又能活出点什么大意思呢?六年以后我就六十岁了,我的时间其实无多了。我还能活出点滋味儿的日子,其实只剩两千多天了……"

我第一次听人当面以简单而又运算正确的数学的方式,提示我对人生应有更实际的一种态度。

那时刻隔街古墟上的阳光已开始暗了,一天正在不易令人觉察地过去。我不禁转脸看了一眼桌上的表,仿佛听到一种使我足以心惊肉跳神经紧张的嘀嗒之声，而实际上那表是不发出弦声的。表被一个双膝跪着的，裸体的铜女姿势优美地当胸捧着。"她"是我的喜爱之一，以前我伏案写作，常习惯于欣赏着"她"凝思。听了老隋的话，我似乎觉得"她"是妖女变的，正是用那个双手捧着的、带着指针的东西，一天天在我不知不觉中将我的生命一秒钟也不停止地吸入进去……

"我感到自己仿佛是坐在一辆疾驶着的车上。目标是确定了的，车速也是绝不会因人的意志而改变的。每一棵从车旁闪过的树，都是我的一个日子。每一根从车旁闪过的水泥电线杆，都是我的一个月份。每一块从车旁闪过的里程碑，都是我的一个年头。我的日子、我的月份、我的年头，不停地朝后闪，闪了便永远不再属我拥有。我以任何方式在任何一地都绝无可能再重新找回它们！哪怕是它们的某些碎片、某些残骸或某些浮光掠影！可我老隋仅有六个有价年头了！……"

"什么年头？……"

"有价！价值的价！六十岁以后，我是老板了又怎么样？是富豪了又怎么样？有了一番完全属于我自己的事业又怎么样？有了花不完的钱又怎么样？我想要实现的，必须在这六年里实现！只能在这六年里实现！……"

"你对金钱，有很大的需求？"

"我？我个人对金钱会有什么大的需求？难道你开始把我看成一个享乐主义者了吗？"

"你过去不是。"

"我现在也不是！但总得争取在六十岁之前再重新做一个让别人看得起的人吧？我还能够实现别的什么目标让别人看得起？我连再当一个小小的处长的资本和可能性都根本没有了！我只剩下了唯一的选择……"

"就是要实现当老板的梦想？"

"别人能使梦想成真，我为什么不能？"

"那样你就会重新寻找到了以前的自信和自尊？"

"还可以慷慨地去救助别人！"

"还可以慷慨地大摆宴席！像当年在北方大厦那样宾朋满座对不对？还可以在某一个人际圈子里，被奉迎，被取悦，重新扮演一个教父式的角

父 母 岁 月

色，对不对？"

他猛地一转身，迈着大步离开了小房间，走入到大房间，坐在沙发上，抓起烟盒又一口接一口地吸烟。

我没跟随到大房间去，我甚至不敢朝大房望一眼。

一会儿，他手夹着烟走回到小房间来了。

"晓声，我请你看着我！我现在毕竟还算是你的一位客人！在你家里，跟你说话，你如果连看我都不看我，你叫我内心里怎么想？那你还不如干脆赶我走！"

我将脸转向了他，默默地注视着他的脸，想用微笑缓解一下气氛，却作不出笑样。

"就算你刚才将我头脑里的想法全说着了，那种想法究竟又有什么不好？难道我那些想法可耻吗？如今的社会，不是只有老板们才被视为当代英雄才受宠被敬吗？"

他夹烟的手在发抖，他的脸红得近乎发紫。我明白，我那一天是将他刺伤到极点了。

但是我觉得，有些话，有些我憋在心里早就想对他说的话，我认为是到了非说不可的时候。

"你那些想法没什么不好，也绝对不可耻。如今的社会，也差不多就快变成你说的那样了！但你，无特权、无背景、无遗产、无专利、无名气、无专长，甚至连一个赏识你的人都没遇到过，你凭什么非幻想着……"

他打断我的话，挥了下夹烟那只手，悻悻地大声说："我遇到过！遇到过赏识我的人！我的人生差一点发生过戏剧性的变化！我并不认为在以后的六年里，我的人生就再也没有戏剧因素了！……"

一截烟灰，被他手臂那一挥落在我身上。

"对不起……"

他推开窗，将指间吸短了的烟弹了出去。

我说："老隋，这也值得你在我家里对我说对不起？"

他愣了愣，往脑后抚了一下头发，表情不自然地笑了。

他情绪渐渐平定了以后告诉我——他曾结识过一位香港富孀，比他大七岁，六十多了。她就对他极为赏识，有心成全他的志向，让他做代理人，在大陆投资几千万，但有一个先决条件，而且只有一个先决条件……

"你怎么竟错过了这样的机会？"

我不免替他遗憾起来。尽管我不认为做几千万投资的代理人乃是多么了不起的大幸运，但对老隋，太是扭转落魄命运的机会了啊！

"我没答应她那个先决条件。"

他声音低得像一个做了大错事的孩子。他的眼睛在镜片后眯了起来，他又将脸转向了窗外。那时外面的阳光已完全黯淡了，天虽然还没黑，却已经没有一小时前的明媚了。

我不禁又联想到了他关于生命的算术式，叹了口气。

"你不替我感到后悔吗？"

"替你感到后悔。老隋，我认为你很蠢，很愚，起码在这件事上如此。如果我是你，只要不是要求我犯法作恶的条件，不管再是其他的什么条件，我都会毫不犹豫地答应的，何况人家只有一个条件。什么条件都不讲的话，中国人多得是，有能力的中国人也多得是，何必非你莫属呢？"

"那先决条件是——我不许再和任何女人结婚。"

"竟是……这样？……"

"我曾连续几晚睡不着觉……"

"那么，是她自己想嫁给你，做你的老妻？"

"天真！正式婚姻牵扯遗产，她怎么会嫁给我呢？"

我明白了，我因自己的刨根问底，脸红了。

"那我不但成为一名高级打工仔，而且成为一个六十多岁的老太婆的大陆面首了！我如果答应了，对得起小叶吗？"

"她知道这件事？"

"知道。"

"她当时什么态度？"

"她给我自己作出决定的权利。"

"你决定了以后呢？"

"我对小叶说——机会对我固然重要，但是她对我更重要。如果不能

父 母 岁 月

和她长相厮守,什么样的机会对我都没有了魅力。她当时感动得哭了。"

我也被感动了,觉得他又是那么可亲可爱可敬了。

"现在,你还替我后悔吗?"

我摇了摇头。

"我也不单单像你想的那样,无所归依四处漂泊,梦想成为老板纯粹是为了获得别人的尊敬,纯粹是为了满足自己的虚荣心。不,不完全是那样。如今,别人怎么看待我,我已经不太在乎了,但我要对小叶负责任啊!她追随我离开北大荒时,刚刚二十一岁啊!她不是想成为一个靠租别人的门面开店的小老板娘啊!她对我老隋所抱的指望我不说你也是应该明白的啊!如果我使她对我的指望成为泡影,我老隋还有何颜面苟活于世?我也要对我的儿子和女儿负责任啊!他们爱我敬我一如从前,始终以我为他们的精神支柱,无论我这个父亲沦落到什么地步,他们都认为只不过是暂时的,都不曾对我这个父亲灰心丧气过,都坚信总有一天,他们的父亲能出人头地,能使他们在别的同龄人面前毫无自卑感。我不为他们在六十岁前再创一次人生的辉煌,我对得起他们吗?我还有一份儿心愿,希望有一天能赠给你嫂子几十万元钱。尽管我们已经离婚了,但我觉得她仍是我一个至亲的亲人。在这个世界上,我老隋最对不起的,那就是她了。我还希望自己能报答一切帮助我老隋的人。滴水之恩,当涌泉相报。这才应该是一个标准男人的原则。如果我连这么一种男人的起码原则都恪守不了,我老隋还莫不如趁早自我了结算了!"

我见他脸上已有闪闪的一滴泪在缓淌着了。他一大番自白式的话语,听得我愀然又肃然。他仿佛是为了进行自我辩护才说的,也仿佛是由于释放内心苦闷的本能才说的。仿佛在窗外,在元大都城垣的古墟上,正站立着他的小叶,他的儿女,还有他的前妻,都目不转睛地望着他,都聚精会神地倾听着,都感动得泪盈满眶似的。仿佛站立在古墟上的还不止他们四个人,还有许许多多熟悉他认识他的男人女人。他的话也分明是对一切从前极其尊敬他,而现在怜悯他、疏远他、冷淡他甚至轻视他的人说的。而他的眼泪正是在对他们说最后那一段话时从眼中淌下来的。虽然他们的存在只不过是他一时的想象。那时刻古墟之上其实一个人也没有,只有一羽孤零零的风筝，寂寞地飘在古墟上空，连小街上也没有一个人走过……

我低声说："老隋，我……"

我心里想说的是——老隋啊，你没把我也归到你希望要"滴水之恩，涌泉相报"的那些人中去吧？老隋啊，其实我心里只有向你报恩的意愿，而毫无再希望你回报的念头啊！与你当年对我的扶持和庇护、帮助相比，我如今偶尔接待你、留宿你、硬塞给你只够买烟只够"打的"的钱，连涌泉之恩滴水相报都谈不上的啊！

其实我多么想也"涌泉相报"呢！他从前对我的人生的影响和作用，也绝非"滴水之恩"啊！我一向视那恩、那情、那义重如泰山的呀！但他如今的"志向"太大了，大得完全超出我能助一臂之力的程度！它大得我也只有袖手旁观了。他的自白，使我暗暗下决心，以后再也不规劝他了。如果说在那一天以前，我还希望自己的一番苦口婆心能影响他，能让他回归到一种现实主义的人生态度上来的话，那么那一天以后，我若还死抱着以前的愿望不放，也就真如他说的，未免也太"天真"了……

这么许多层的意思，我当时根本理不出个头绪。根本不知该先说哪一层意思，后说哪一层意思。更不知哪一层意思是当时对他说也无妨的，哪一层意思当时若说了，又会伤害了他已经非常之脆弱变得格外敏感的自尊心……

他那一番自白搅得我思绪纷乱。

他转脸看了我一眼。我觉得他的目光是看透到我内心去了，他脸上那种伪装平静的表情仿佛在无言地告诉我：我对你梁晓声，也会滴水之恩涌泉相报的。我老隋决不能活到让你也可怜我的份儿上！……

我觉得他的目光似乎带有一股很强大的冲击力，也一下子就把我冲击开了。连同我坐着的椅子，我似乎已是在很遥远很遥远的什么地方望着他了。而面前的他，似乎也是在很遥远很遥远的什么地方注视着我。我们之间的遥远感，使我不禁暗想——在现今这个时代，两个曾经亲如兄弟的男人，哪怕根本不发生任何利益冲突，要变得十分陌生视同路人，可能也是非常容易的事，甚至可能是自然的事。

他摘下眼镜，用一根手指，仅仅用一根手指抹了一下他眼角的

父 母 岁 月

泪痕……

"家里有什么眼药水吗？近来我常流泪，可能患沙眼了！"

他语调极平淡地说了这么一句话。

"有！我现在就给你找……"

我赶紧起身离开，内心顿生莫名的委屈和伤感，很怕自己也流下泪来……

他当夜就要离开我家。我不让他走，强留他住了一夜。但第二天一早无论我说什么也留不住他了，他说他想小叶，说他从没这么归心似箭地想过小叶。

虽然他归心似箭，却不许我给他买机票，说只要有一张当天的火车票就多谢了。我说我是没办法买到一张当天的卧铺票的。他说他根本就没想坐卧铺。说既然能坐硬座从南方到北京来，也就能坐硬座从北京回到南方去！言下之意是——我只需要帮助，并不需要救济！他甚至严厉地阻止我送他下楼。

他提前三个小时就离开了我家。我猜他一定都舍不得钱坐出租车。我站在家门外，听他下楼去的脚步声渐逝。他来时拎着几乎空空如也的旧皮箱，回去时依然几乎空空如也。只不过多了一条我送给他的烟。他就那么归心似箭地走了。仿佛南方不但有他的红颜知己小叶，还有他的家，他听惯了的乡音，他的一番事业似的。其实南方除了他的小叶，再也没有属于他的别的什么了……

中秋一过，天渐凉了。转眼就到了年底，也就到了那一年北京最寒冷的日子。

十二月最后几天中的某一天，大约在晚上十一点半以后，妻碰碰我问："听到了吗？"

我说："听到了。"

我和妻都已躺在床上了。楼道里两个人抬着什么重物似的脚步声，从一层至二层，一级级楼梯地传上来。在三楼的最初几级楼梯那儿，脚步声停止了一会儿。分明两个人太累了，不得不歇歇。

妻说："楼上谁家人这么晚了才回来，还往家里搬东西！"

我说:"大概厂里出外景的人回来了,也许带回了服装箱之类的东西吧?"

脚步声一级级踏上三楼,不再往楼上去了。

妻说:"好像站在咱们家门外了!"

我说:"不是好像……"我不由得披衣坐了起来。

片刻,听到了几下敲门声,很轻,很轻,轻得似乎成心不打算让主人听到。

妻大声喝问:"谁?"

门外却又没人应。

妻困惑地看我,神色有点不安。我心里比她还困惑,只不过并不紧张。我猜测准是什么走投无路的外地人找到我家来求助了;或编出走投无路的故事的骗子,找到我家来行骗了。这两类陌生的外地人都进入过我家,结果往往应了那句话——请神容易,送神难。最起码得留住两天,给几百元钱,或往派出所打电话……

又听到几下敲门声,依然很轻,很轻。

我下了床,趿着拖鞋走到门口,低问:"谁呀?"

"我……"一个女人的声音。

"你是谁?"

"你开门了就知道了……"

那女人竟在门外哭了。

我又说:"你不说清楚自己是谁,不说明来意,我不会给你开门的!"

"我……是小叶……"

"哪个小叶?我不认识什么小叶……"

"我是……还有老隋……"

那女人竭力抑制着的哭声,在静静的夜晚听来,是那么绝望。而且,那么悲辱。

我立刻明白门外是谁了,急忙扯亮灯,开了门——果然是老隋和小叶。

老隋显然喝醉了,衣服上、裤子上、鞋上,尽是被冻住的呕吐的秽物。他的脸青白青白的,双唇紫黑,可能由于冷,加上吐和醉,仿佛刚被救上

297

来的溺水者。他穿得太单薄了，一件衬衣，一件毛背心。外穿着一件西服而已。这么一身，在北京寒冷的十二月底的夜晚，如果缩在外边哪儿不活动，第二天早晨非被冻僵了不可。所幸他身上还披着件呢大衣，那分明是小叶的。瘦得他根本没法儿穿上，只能将一只胳膊伸入一条袖子半披着。他已根本站立不稳，身体斜靠在小叶怀里，并且不住地往下瘫着。

小叶则紧靠在墙上，两臂从老隋腋下伸向前，双手扣抱住他，使他不至于瘫倒在地。小叶穿得也不多，脸和手都冻得通红，长发被夜晚的寒风吹得散乱。她紧咬下唇，早已是泪流满面，无声哭泣得几乎喘不过气的样子。

我看她再坚持一会儿，就抱不住老隋了，非一块儿瘫倒在地不可，而老隋，紧闭双眼，口中不停地喃喃着："我心里烧痛，难受，我难受……我得躺下睡……"呢大衣的绝大部分，其实并没能披住在身上，而是拖落于地，被他肮脏的鞋踩住一只袖子。

我帮小叶将老隋扶进门，扶进窗对着元大都城垣废墟的小房间，扶倒在我平时睡午觉的单人硬床上。这时妻也从卧室过来了。她万分惊愕地望着老隋，继而狐疑地望着小叶，她第一次见到小叶。小叶转过身去，双手捂脸，又哭出了声。

小叶随我来到大房间，刚欲开口说什么，被我用手势制止了。

我说："你坐下，先镇定一会儿。"

小叶拘束地在沙发一角坐下，仍流泪不止。

妻去用热水绞了一条毛巾回来递给小叶，小叶擦过脸后，妻已替她冲了一杯奶放在茶几上。

妻对她说："别哭了，心里也别急了。喝完这杯奶再慢慢讲，不是已经到家了嘛！"

小叶喝完那杯奶，情绪镇定了许多，却依然满面羞愧。

我说："现在讲讲吧！你们怎么会狼狈到这种地步？"

小叶说："梁兄，嫂子，一言难尽……我真是一言难尽啊！他……他快把我的心都拖垮了啊！"

她眼中又涌出了泪，用毛巾捂上了脸。

据小叶说——老隋中秋之前从北京回到南方,回到她身旁后,情绪变得极其低落。又低落又恶劣,性情也变得极易暴躁,反复无常。他更难找到事干,也不许小叶找事干。而小叶一旦无事可干,整日厮守着他,二人也就陷入无处栖身、衣食不保的绝境了……

"你不是在珠海一家公司里工作的吗?"

"我……梁兄,嫂子,这事我小叶就不讲了……一讲起来,我一头撞死的心都有啊!"

"你讲,我需要知道。"

"我在珠海的公司里干得挺顺心的。老板对我也不错,工资较高,每月三千多呢!我每月寄他一千五,这样他在海南的吃住就不成问题了。我在海南结交了一位承包中档宾馆的朋友,人家看在我的情面上,白提供给他一个小房间住,可他一封封信里,无端抱怨住在那儿等于寄人篱下,等于是被变相收容,整日遭人白眼,被人瞧不起等等。那房间是很小,才九平方米多,只一张单人床、一张旧桌子,也缺少阳光,原来是供值班警卫夜宿的房间。可即使这样的房间,又有几家宾馆肯白让咱们住啊!出入体面的宾馆,就我每月寄给他那一千五,够住几天的呀?那他还吃饭不吃饭啊!我想每月再多寄钱给他,我也办不到啊!那当然等于寄人篱下,也可以说是被变相收容,可已经沦落到这一种地步了,心里不承受又能怎么办呢?至于遭人白眼,被人瞧不起,那纯粹是由于他过分敏感,也过分多疑。结果他的疑心病越来越重,竟发展到怀疑我和人家有不正当关系的地步!……"

小叶声泪俱下。

妻又为她去用热水浇了一次毛巾。

我说:"吸支烟吧!"递给她一支烟。

她摇摇头。

我断定她会吸烟。我想,伴随着老隋颠沛流离的女子,居然烟酒不沾的话,那就是咄咄怪事了。

我固执地又朝她一递,她这才无言地接了,而我也默默吸起烟来。

我吸了两口烟后,直言直语地问:"那么,你和你那位朋友的关系,

父母岁月

是否毫无可让老隋指责之处呢？"

妻谴责地瞪了我一眼，我转脸不睬。

小叶立即辩道："没有！天地良心，绝对没有！梁兄，嫂子，这么多年来，打我小叶主意的男人不少，但我在这一点上是对得起他老隋的！可他……他找茬儿和我那朋友吵了一回，斥骂人家乘人之危，结果被人家赶出了宾馆。他把自己搞到无处栖身的地步，又到珠海去找我！找到了我，怀疑我成了我老板的情妇，又跟我老板大闹了一通，结果，闹得我在那家公司也没法继续干下去了……"

"小叶，你和老隋……这么多年了，我的意思是……你们为什么不结婚呢？"

同样的问题，我也曾当面问过老隋。他虽然支吾搪塞，没正面回答过我，但我看出，他何尝不愿和小叶早日结为法律上的夫妻呢？

小叶怔怔地望我几秒钟，垂下了头，用烟占住了她的嘴。

"如果你们结婚了，他……是不是就会对你没有那么大的疑心了呢？"

"他在这么一种地步里，我……我怎么跟他结婚啊？"

"可他，是为你离婚的啊！"

"可我，也是为他才迟迟没结婚的啊！否则，我早过上了另一种生活了！……"

"后悔了？"我替老隋预感到了一种极大的危机的存在，这种危机已经明显得只有傻瓜才看不出来了。

小叶又不说什么了，又低下头吸烟了。

妻子忍不住从旁嘟哝："你都问些什么呀！你有什么权利问人家这些呀！深更半夜的，快问点当下的事吧！"

我强装一笑，连说："对对，问当下的事，你和老隋，这次一块儿到北京……有什么新的打算吗？……"

"是他逼我一块儿来的！……他……他像绑架似的，逼迫我和他一块儿上了火车！他对以后绝望了，要回东北他出生的那个农村去当农民！要我陪他死心塌地做农妇！……"

我明白了——他们是在北京转车。

300

"你们到北京就吵架了?"

"嗯。在车上也吵过。"

"因为吵架,他才喝醉了?"

"嗯。我苦苦劝他别喝那么多,我答应陪他回东北当农妇,就差没在小饭店里当众给他跪下了!可他……他像怀着对我的深仇大恨似的,非把自己灌醉不可!幸亏我的小本儿上也有你家的住址,要不然我们今晚只能在火车站过夜了!可……那……他醉成那样,多丢人啊!万一他借着酒劲儿对我发疯发狂我怎么办啊!……"

"他的脾气,是不是上次从北京回南方以后变坏的?"

"是……"

"那件事,你知道吗?"

"他来前我一点都不知道,他回去了我才知道。如果我预先知道不会让他到北京来,那是几个对我居心不良的男人设下的圈套,耍弄了他一场!他们因为在我身上几次都占不到什么便宜,就报复在他身上,什么一笔大生意,只有傻瓜才听不出破绽,才信他们,可他这么个有头脑的人,有时变得也和傻瓜差不多……"

我觉得再也没什么可问的了……

小叶当晚睡在沙发上,盖一条毛毯和她的大衣。

我和妻重新躺在床上后,妻问:"你怎么看?"

我没好气地反问:"什么怎么看!"

妻说:"他们的关系呀?!"

我说:"明摆着,山穷水尽。"

妻说:"所以我才问你怎么看!"

我叹息一声,以一种有"有心救楚,无力回天"的口吻说:"老隋实在太值得我们同情了!"

妻却说:"小叶也实在太值得我同情了!"

第二天清晨我还没起床,便听到了妻和小叶二人互不妥协的话语。

一个说:"小叶,你不能就这么一走了之!"

一个说:"嫂子,我非走不可!夫妻还可以离婚分手呢,何况我们不

父 母 岁 月

是夫妻！"

"你就这么离开他的话，他将来可怎么办？"

"如果我今天还不忍离开他，我将来怎么办？"

我匆忙穿上衣服走到门厅，见小叶已穿着她的大衣了，一只手已拉在门把手上了，而妻子扯着她的另一只胳膊。

小房间里，传出老隋高一声低一声酣睡难醒的呼噜。

妻一见我，着急地说："小叶想一走了之！"

小叶一见我，放开了门把手，以央求的目光望着我。

我对妻说："你别拽住她。"

妻犹豫地放开了小叶的胳膊。

小叶忽然双膝一曲，意欲跪下。

妻赶紧扶住她。

我说："小叶，你可以走。我们是没权利留住你不许你走的，但你起码得告诉我，我该如何跟老隋说？"

她说："随你们便……你们愿意怎么说就怎么说吧。"她显出一副坚定不移、无论我们怎么对老隋说她都不在乎的样子。

我说："正因为我们根本不知该怎么对他说，才要求你留下一句话。"

她低下头想了想，头也不抬地说："就对他说，我走了，再也不可能陪伴他颠沛流离了！"

"还有……就是请他原谅我……千万别……恨我……"

她抬起了头，满眼泪水。

妻将门敞开了。她望着小叶也满眼泪水。我不知道她那泪水究竟是为老隋盈眶，抑或是为小叶而涌。

不知为什么，我那一时刻倒异乎寻常地平静。不是故作平静，而是觉得既没什么可替他人感动的，也没什么可替他人激动的了。那一时刻我竟心定如死水。

我望着小叶说："小叶，那么咱们再见了！"

小叶两眼泪水唰地便流下来了。

"梁兄，嫂子，给你们添麻烦了！"

她说完这句话,将头一低,猛转身冲出门去。

妻也要随着往外跑,我横身门口,拦住了妻。

妻说:"我们怎么能都不送送她!"

我说:"又何必使她更加难受呢!"

小叶奔下去的脚步声急急促促,如同仓皇而逃。仿佛唯恐我们追上她,再将她拖回来。我心里想着她讲给我和妻听的那些事,开始觉得老隋对她的怀疑,未见得全都是毫无根据的主观臆测。但是我和妻一样,非但不嫌恶她,不诅咒她的离去,而竟也有几分同情于她了。我进而又想,即使她真曾以她的容貌她的身体与某些男人交换过什么,那交换的动机和目的,未必就完全没有替老隋作出牺牲和奉献的成分啊!……

"小叶,小叶我口渴,给我倒杯水来,我这是在哪儿啊!"

我闻声沏了一杯淡茶,双手捧着走到他跟前。

"晓声!……我……我又是在你家里了吗?……"

我说:"对,你又是在我家了。"

他醉睡了十余个小时,脸面有些浮肿,双眼网着血丝。他真的已经开始变得苍老,不再器宇轩昂,不再相貌堂堂了。

一副羞容窘色,渐渐展开在他脸上。他接过杯,饮了两口,郁郁地问:"小叶没冻病吧?"

我摇摇头。

他放下心来,自言自语:"她没有病就好。我记得她昨晚是把大衣脱下给我披着了……"

我说:"对。我昨晚见到你们时,你是披着她的大衣。"

他又自言自语:"我什么都没有了,只有她了,只有一位红颜知己了!"

他接着以极亲昵的语调唤道:"小叶,叶子,叶子你过来一下啊!……"

我说:"老隋,她走了。"

他似乎没听明白我的话,愣了片刻,懵懂地问:"走了?干什么去了?上哪儿去了?……"

我低声说:"老隋,她离开你了。"

父母岁月

他似乎还没听明白我的话,表情更懵懂了。

我只得又说:"你也许很难再见到她了!"

"……我不信……"

"真的!她让我转告你,再也不可能陪你颠沛流离了。"

"不,不,小叶!叶子!……"

"她还让我转告你,请你原谅她,千万别恨她……"

"你骗我!……"

"我没骗你。"

他的嘴张了张,却再也没能说出一个字。并且,渐渐地越张越大,大到无法想象,大到了难看的地步。他似乎要发出狂喊,似乎要发出狂笑,似乎要像一个在天色将黑之际,在荒无人烟的山野中,一转身不见了刚刚还在身旁的父母,意识到被忍心又狠心的父母丢弃了的孩子那般哇哇大哭起来……

他咽部艰滞地蠕动了一下。

杯子从他手中掉在被上,茶水湿了一大片被。他身子摇晃了一下,仰倒下去了,杯子一滚,我没来得及接住,落在地上,碎了。

他身子往下一缩,双手往上一扯被子,蒙住了头。被子蒙住他头之前,我见他的嘴张得仍是那么大……

只有他的手指露在被外。他的双手,将被边抓得那么紧那么紧,紧得连骨节都要绽破皮肤似的,紧得谁想使之与被子分开都不可能似的。

被子底下发出了某种被牙关顽强地封锁住的古怪声音。那是一个五十多岁男人想要哭喊却又竭尽全力不使自己真的哭喊出来的强压硬抑住的哽咽,一种令我听来心颤不已的哽咽……

他病在我家里整整三天!

三天后他高烧微退,能缓慢地迈着虚浮不稳的步子行走了,便刻不容缓地非要离开我家不可,态度之坚决,比前次离开我家时尤不听劝阻。

我问:"老隋,你是不是急着去寻找小叶?"

他说:"不。我不是去寻找她。中国这么大,我到哪儿去找她呢?我只想回故乡去过一九九六年的新年和春节啊!故乡还有一位老哥哥,我们已经十几年没见面了……"

他的话格外凄凉。

我说:"你可给你的老哥哥写封信,报个平安啊!留在我家过新年吧!如果你愿意,住到过完春节也行……"

他说:"不,我得走。这是你家,不是我家。常言道——朋友之义不可忘怀,朋友之家不可久居啊!我的亲老哥哥,怎么也不会嫌弃我的。你还是不要留我了,让我走吧!"

我说:"老隋,天地良心,我可绝没有嫌弃你啊!"

他说:"所以我非走不可。等到连你也嫌弃我了,我们以后还怎么见面呢?"

他说着,已然挣脱我的扯拽,迈出我家门走到楼梯口了。

我说:"老隋,我求你先站在这儿等我十几分钟行不行?"

他见我很着急,点了下头。

我奔下楼,飞跑到小卖部,买了些饼干、面包、水果和一条烟,又拦了一辆出租车,嘱咐在楼前等候。

我奔上楼,将塑料袋儿塞给他,气喘吁吁地告诉他,楼下一辆红色出租车是送他去火车站的,我已预付了足够的车费。

他依依惜别地拍了我的肩一下,请求似的对我说:"别送了。要真没嫌弃我就别送我。给你添麻烦了!"

我只好站在楼梯口,看着他一手扶楼梯栏杆,一步一步地踏下楼去。

"老隋!……"

他在下一层楼梯口站住,扭回头向上望我。

"告诉我真心话,你没因为我放小叶走了而生我的气吧?"

他苦笑了一下,摇摇头,继续下楼去了。

前次他离开我家时,还有他的一只旧皮箱可拎,此次他却连一只皮箱都没有了。

我奔向楼梯窗,探身俯望见那一辆红色的夏利出租车正开走……

我的眼睛不禁湿了。

我暗问自己——梁晓声,你内心深处是不是已经开始嫌弃这个有恩于

父 母 岁 月

你的男人了呢?如果你的挽留是百分之百真诚的,是半丝半毫虚情假意也没有的,老隋他又怎么会根本不被你的真诚挽留所感动,非那么坚决地要在新年前两天离开你的家呢?我一这么想,一这么自问,甚至开始怀疑老隋他究竟是不是回故乡去,他的故乡究竟有没有一位老哥哥了,同时,越发觉得老隋可怜,越发觉得人情冷暖之无常,越发觉得自己内心深处,或许正埋着不仁且不义的一颗莠种……

几个月后我又见到了老隋。他竟西服革履起来,竟容光焕发起来,竟又神采奕奕踌躇满志无比自信起来。并且,有了一只很高级的、几道暗锁的崭新的皮箱。

我大惑。

我不便将我心中的疑惑直问,绕着弯子问他那名牌儿皮箱多少钱买的。

他说:"不贵,也算不上名牌儿,才一千多。你呀,你快变成呆子了!一千多元现在是根本买不到一只名牌儿皮箱的啊!"

他说他在办一所私立小学,就是那类每年须交几万元学费的所谓"贵族子弟小学"。

我想,他是懂教育的。先不管"贵族"式的还是"平民"式的,只要他肯办好,是一定能办好的。

但我心中还是有许多疑惑。

我问他哪方面投的资。

他笑而不答,说以后再告诉我。

我说:"办私立小学,那是要经过许多部门批准的,老隋你可不能隔着锅台上炕,还没经有关部门批准就办啊!"

他说:"你怎么把我想象得头脑那么简单?难道连这些起码的常识我都不清楚吗?"

他夺下我的笔,替我收起刚写几行字的稿纸,硬将我从家里拖了出去……

我违心地被他带到某饭店陪客吃饭。客人们我一概地不认识,但似乎都是些热心教育的可敬之士。他和他们大谈他的教育思想、教育主张,以及将要进行的种种教育实践和将要达到的教育目标。他们听得极认真,不时点头，分明地都被他这个具体之人的魅力和他所追求的事业前景的魅力所感染了。我则不时从旁插言，话语简短而又含蓄地作证——老隋他是我最了解最钦佩的朋友。他的目标一定能达到，他的追求一定会实现，他办教育的才智是不容置疑的。我看出，客人们也是很相信我的话的。而我这么说时，老隋则默默吸烟默默听着，显出极谦虚极不好意思的样子。那时他这个具体之人就更有魅力更能获得人们的信赖甚至更可爱了。

他打断我，说："晓声你别夸我了。以咱俩的关系，你这么夸我，会使朋友们觉得你是在奉承我呢！"于是我则不好意思了。的确，我是在有意地当众"歌颂"他。我一向希望自己能帮助他而又从未能真正帮助过他。在他终于开始自己的一番事业之时，我想我能做的，也只不过就是通过自己对他的"歌颂"使比我有实际能力帮助他的人们，都尊敬他、钦佩他、信赖他、支持他。公而论之，老隋他并不强求我这样，也从不暗示我为他这样。完全是我一厢情愿。我想，在老隋，他买单，我吃喝，乃是他的一份儿愉快。当年他的"亲兵"或曰"弟子"之中，仍与他保持着密切关系的，除了我恐怕也就只有二三人罢了。而他找我又是最容易找得到的。我已成为他的"亲情财富"中相当主要、相当重要的"遗产"。正如他也是我的"亲情财富"中相当主要、相当重要的"遗产"……

自此，对我而言，老隋又是一个有可以与之进行联络的通讯地址和电话号码的朋友了。我的名片册里，在关系至亲的那一页，夹有他的一张名片了。那名片上，赫然印着他是"东北亚××子弟小学"校长，甚而印着手机号和传呼号码了。只是还没有传真号码。他曾对我说不久传真也会有的。而这些，就一般情况来讲，已似乎足可证明他是一个有明确身份的人了，起码足可证明他是一个较有明确身份的人了。

但是我却一次也没给他打过长途电话，一次也没给他写过信。因为我的生活形态越来越变得这样了——用信和电话处理现在面临的事，用心和回忆维系过去的那份儿情。都道是情比事重要，但实际上我们每天差不多都在为各自面临的种种事所忙所累。

我和老隋之间的关系，早已由从前的无事不谈，变成了现在的无事可谈。用商业语言来讲，可以叫作没有"业务关系"。和你没有"业务关系"

父母岁月

的人,往往是替你省邮票和电话费的人,尽管他们可能是至亲的朋友。我想许多人都会与我有同感的。

何况老隋到北京的次数多了,到我家的次数也多了。并且,现在也没在我家住过。每次来,时间最长坐两个小时。他腰间的"BP"机常呼他,时间对他来说显得空前宝贵了似的。只要到北京,他必到我家,哪怕仅坐半个小时。有次仅仅待了十几分钟,几乎等于是进了门说了几句话后转身便走。他只是为见到我,见上一面说上几句话就极满足。他对我已无任何求助,只是受我们之间的一份感情的摆布。是的,用"摆布"这个词丝毫也不夸张。我觉得我们似乎都受我们两个男人之间那一份永难相忘的感情所摆布,它摆布老隋比摆布我更容易些。

他每次来我家绝不空手,总是要带水果,带罐头,带糕点,带这带那,最起码也捧个大西瓜来。我没法儿使他不带。我想那也是他的一份愉悦、一种特权。他终于又能体体面面到我家来了。这使他感觉良好。我老母亲住在北京时,他也到我家来过一次。老母亲不但对他这个人熟而不忘,而且一旦回忆起往事,还常念叨他。某次他一进门,见了我老母亲,由衷地笑了,叫了一声"大娘",双膝就要跪下去磕头,慌得我老母亲赶紧上前扶住他。那是他唯一一次空手而来,他因空手而来很不自在,一转身又出去了。二十多分钟后,捧回一尊一尺多高的瓷观音来。

我说:"老隋,你刚才出去专为买这个?"

他笑了,自责地说:"没想到老人家会住你这儿,要不怎么也不会空手来。大娘,不知该给您买点什么好。捧回一尊观音,愿观音保佑您长命百岁!"

我老母亲也笑了,连说:"好,好,我也天天为你和晓声祈祷,托观音菩萨保你们兄弟事业有成、人生顺遂!……"

还有次他晚上来时,领着一个男孩和一个女孩。他说是他校里的学生,要带他们到香港去开开眼界。说将来还要轮流带他的学生们出国。说他的小学校里,应培养出最不平凡的学生。

那两个孩子口口声声叫他:"隋爷爷。"

他听着,笑得那般幸福——上帝作证,我看得出他当时的确是感到非常幸福的。

我问两个孩子:"隋爷爷对你们好不好?"

他们齐声说:"好!"

我也不禁笑了,从内心深处替他感到幸福……

我的在哈尔滨的一位知青战友给我打来长途,说要辞职和"老隋"一起办学,他当年也是老隋最亲的"亲兵"之一,他希望我帮他下最大的决心。

我犹豫再三,坦率地劝他,还是不下这样的决心为好。

他在电话那一端沉默片刻,困惑不解地说:"我本以为你会支持我下决心,没想到你不支持我。为什么?……"

我无言可对,陷入自窘之境。

我的一位最要好的中学同学也打来电话,希望我推荐他去为老隋开车。

我说:"据我所知,他还没车啊?"

他说:"马上就要有车了,一辆'凌志'!"

我说:"听我的话,不要去当老隋的司机。"

他也说:"为什么?为什么?难道你向老隋推荐人还难开口吗?……"

我又无言以对,又陷入尴尬之境。

连我的一个弟弟也打来电话。他"下岗"了,希望我安排他到老隋的小学校去当一名校工。

我说:"别给他添事。"

弟弟说:"你不愿求他,那我可就自己去找他了!"

我坚决而又有些生气地说:"不许!"

从旁听着通话的老母亲也困惑不解地说:"你这是干什么啊!到老隋当校长的校里去当校工,多好啊!老隋还能亏待你的弟弟吗?去了,你今后不是省得操心了吗?"

我更无言以对,更觉得陷入尴尬之境。

对老隋和他的学校的疑惑,其实始终掩藏在我内心里。它一直没减少过,更没消除过。恰恰相反,它经常向我闪现某种危机四伏的预兆。而我的疑惑却不能对任何人说。如果在他终于从沦落人生中摆脱了出来,单枪

父 母 岁 月

匹马满怀憧憬地开创了他的事业之初,我却到处与人大谈对他和他的事业的疑惑,我总觉得我的人品则就近乎卑劣了。何况,对我自己心存的那份疑惑,我并不能以什么确凿的根据支持着,也不过就是本能的疑惑罢了。近些年,眼见身边的种种荣华热闹,不日里泯灭为虚无和颓败,我已有些分不清世事的真伪了,也只能心中掩藏住疑惑,祈祝老隋的事业一帆风顺罢了。但那疑惑既存在着,又不便对任何人说,常使我感到平添了一份苦闷,仿佛内心里钻了一条毛毛虫……

老隋每次见到我,都要向我"汇报"他的"业绩"。

"我又招收了十几名学生!现在,我的学生快遍布黑龙江各市县了!……"

他说这类话时,仿佛当年他因统领着我们那些知青"亲兵",而在人前骄傲地自谓"弟子三千,贤者七十有二"一样喜上眉梢。苦心育才童,欣待桃李开的洋洋自得,溢于言表。

我则总是不失时机地告诫:"老隋啊!创业之初,要量力而行啊!规模不要急于铺得太大,一切要从财力人力的实际情况出发……"

我看出,他对我的告诫,其实是不太以为然的。

某日,我正伏案写作,母亲忽唤我:"晓声,快来快来,中央台在播咱们哈尔滨的事!……"

我放下笔,起身去陪母亲几分钟。节目主持人敬一丹,我的朋友。

"是咱们哈尔滨的事吧?"

"是……"

"咦,那个人怎……怎么像老隋?他怎么……怎么剃了光头?……怎么好像在……被审?……"

"……"

"到底是不是他呀?"

"妈……不是……"

然而电视里千真万确就是被剃光头的老隋!千真万确,他就是在被审!

"你的身份?"

"前东北亚××小学校长。"

被审的他，口气强硬，甚而有些桀骜不驯。

审判员竟也是我的家乡朋友，而且，也是一名当年的北大荒知青，不知老隋当时是否知道这一点？倘已知道，不知他心中该作何感想……

我的一位朋友，在严厉地审讯我的另一位朋友，而我的身为中央电视台节目主持人的朋友，不时以警世的语调进行揭露性的评说……

他们共同的朋友我，目瞪口呆地在电视机前看着。在他们三人中，和我的友情更长久也更深厚的，不是审判员，不是敬一丹，恰恰是老隋……

世界有时不但似乎变得很小，而且似乎很险恶。

"儿子，你说他……真不是老隋？……"

"真不是……"

"我怎么……好像还听到说他的姓名？"

"妈，同姓同名的人多了！别看这个节目了，没多大意思！这个骗案那个骗案，这类事多了……"

我换了一个频道。

重新再坐到写字桌前，我头脑中的文思被一扫而光，荡然无存，一片空白……

电视里传出着男人忧郁的歌唱：

　　家兄胜似老父，
　　一对沉默寡言人。
　　可曾沽清酒，
　　共浇此忧愁。
　　……………

如今，老隋已在押数月了！

学费很高，师资平庸，宿舍简陋，伙食低劣，员工工资拖欠，账面几乎无款，学费不知去向——关于老隋的案子，我也就间接地了解到这么多。

这一切，又几乎尽在我的预料之中。

父母岁月

世事改变了许多人。有时改变的是他们的命运，有时改变的是他们自身的质量。命运乖张，而自身超越不劣的有几个？时来运转，福星高照，而自身质量不随之腐败的又有几个？都道是，完善自身质量才会感受到活着的真谛，命运庸常也是幸福的。眼见的却是，许多人都在云谲波诡的世事中东扑西抱，企图扑抱住什么命运的奇迹，直至将人生交付给了黄粱一梦而难自拔！

老隋啊老隋，我悲你，我叹你，我思你，我念你，我为你多少夜长叹难眠，我为你几回回潸然泪下！

我想，也许是由于我的亲哥哥在我少年时就住进了精神病院，我才在感情上眷守于你，以圆我的恋兄之情结吧？

我想，也许我命中注定，连一位类似兄长的至亲者都不该有的吧？

我想，中秋之后，我一定要抽出时间回哈尔滨去探望老隋一次，尽管他已是一名在押候判之人了。凡二十余年间，我总希望能超倍回报他当年对我那一种恩仁义三者兼有的情感。这份情感却仍如偿还不了的债务，积压我心里。

屈指数来，已有几个与我有过亲密关系的人，被时代从我的人生藩篱内掳去了。有的逃亡国外，有的已被判刑，有的已被枪决。现在，又掳去了老隋。时代强大无比，我势单力薄，他们迷途难返，被时代所掳，又似乎极符合规律。

在一九九六年的中秋，在夕阳西下、昼光与暮色氤氲之刻，隔窗面对元大都古城垣的废墟，我心中渐生着太浓重的惆怅和太绵长的忧郁，那甚至可以说，是一种难以言传的……悲观……

"嘿，你站在窗前发什么呆？"

妻下班。她一边换拖鞋一边又问："你猜我今天看见谁了？"

我没回头，只望着元大都的古墟——有几个女孩，在剪折那一丛丛金灿灿的六瓣儿的花。那些花儿，寻寻常常，自自然然，不争奇，不斗妍，年复一年开放是多么令人赏心悦目，又多么惬惬自得、婷婷潇洒啊！

妻自说自话："谅你也猜不到，我今天看见小叶了！公司叫我去给外商联络住所，在王府饭店，我出电梯，她入电梯，她一点也没变，比那时更白了,更靓丽了。如同贵妇一般,挽着一位五十多岁的男人,看样儿是位相当有钱的富佬儿……"

我缓缓朝妻转过了身……

"你这么瞪着我干什么?连小叶是哪个也忘了?她瞟了我一眼,一低头,装没看见我。我也一低头,装没看见她……"

我再向窗外望时,一丛丛的金灿灿的黄花,已差不多被几个女孩剪折光了。她们彼此炫耀地挥摆着手中的花束,高一声低一声曼唱:

　　……无所谓,
　　……才可悲。
　　这样的人你可以去陪,
　　却永远无法安慰。
　　…………

前两句的起头词究竟哼的是什么,我也没听清……

本文节选自中篇小说《又是中秋》

父母岁月

梁晓声 著

下册

北京联合出版公司

成长变奏曲

  一个孩子的出生比过去容易了；一个孩子的成长却似乎比过去更难了——因为做普通人在今天竟也需要某些资格了……

  一男一女的结婚照从一面很旧的白墙上幸福地向我们微笑。

  少年故作成熟甚至有点故作老到的画外音："列位，不要以为一名初中生没什么故事。人生有戏没戏，安可以年龄的大小推论？列位耐心看下去就会承认，其实我的故事也是挺有那么点意思的……"

  旁白声中，镜头摇下——床上，怀孕的女人，亦即主人公赵小涛的母亲，正双手捧着高凸的腹部在床上呻吟。她看上去三十来岁。

  母亲望向窗外雨夜——雨点，一阵阵泼向窗子……

  旁白："我的故事便是从这一个秋季的雨夜开始的。十几年前，北京还没有如今这么多的出租车，父亲最后弄断了别人家一辆平板车的车锁……"

  父亲蹬车的双脚……

  车上，母亲既穿雨衣又撑着雨伞——平板车在寂静的街上顶着风雨前行……

  医院。

  医生从急诊室出来，训父亲："你是怎么做丈夫的？都快破羊水了！这多危险！立刻去办理入院手续！"

  父亲："可……可你们说的预产期是十号……"

  医生："你当生孩子是烤面包哇！教条！还不快去！"

父母岁月

旁白:"父亲办完住院手续,我已经迫不及待地出生了……"

医生:"恭喜你啊,生了个男孩。同志,教条主义是会害死人的!"

父亲手拿住院联单,惊喜参半地呆住……

父亲要往接生室闯——医生拦住了他:"你进去可不行!"

父亲踮脚从门帘上方往里望……

父亲大惊小怪地问道:"大夫,怎么倒拎着我儿子的脚,还……还打他呀!"

医生一笑:"几乎都这样的,你儿子凭什么例外?"

一阵响亮的婴啼……

父亲脸上渐渐绽出了笑容……

家中。

母亲抱着小涛,父亲在往他的小手上抹印泥……

留念册上,印下了左右两个鲜红的小手掌印,接着印下了两个鲜红的小脚掌印……

母亲:"你失望了吧?"

父亲:"失望?我失望什么?"

母亲:"你不是总说,你喜欢女儿吗?"

父亲:"还是儿子好。还是儿子好。我儿子五官多标致,眉舒目朗的,将来一定是个美男子!"

母亲:"儿子已经是事实了,你才改说儿子好。"

父亲:"我可有言在先啊,我从没说过女儿好的话。一次也没说过。将来你要是告诉儿子,我就认为你存心挑拨我们父子关系。"

母亲:"明明说过不承认,真无赖。"

父亲:"也让我抱抱!"

母亲:"滚一边儿去。你会抱吗?摔了谁的责任?"

父亲:"学着抱么。你不能剥夺我当父亲的起码权利呀!就抱一会儿,就抱一会儿。"

父亲从母亲怀里将小涛抱了过去,像抱一个玻璃娃娃似的,小心翼翼而又笨拙……

父亲表情渐变……

母亲:"尿了吧?"

父亲苦笑地:"连拉带尿!"

母亲为小涛换尿片儿,一边问:"你闻了没有?"

父亲在厨房水池洗尿片儿,反问:"闻什么啊?"

母亲:"闻闻儿子的屎苦不苦?"

父亲:"我已经下水洗上了。"

母亲抱着小涛出现在厨房门口:"哎,你怎么在洗碗洗菜的池子里洗呀!"

父亲:"怕啥?以水为净嘛。再说小奶娃的屎也不脏。"

母亲:"下水了你也得闻闻。书上说,婴儿屎如果苦,那就是生内火了。我觉得儿子有点烂嘴角,怕是和内火有关啊!"

父亲捞起了一片儿带屎迹的尿片儿闻:"我这几天鼻子不通气儿,闻不出什么味儿来。再说苦味儿谁也闻不出来,只能尝出来。"

母亲:"那你就尝尝嘛!"

父亲:"叫我尝屎?"

母亲:"那咋啦?德行劲儿的!尝尝儿子的屎苦不苦就屈辱你了!你不尝我尝!"

母亲抱着小涛走到了水池旁……

父亲:"我尝,我尝,还是我亲口尝吧!"

父亲转身,伴呸其口……

母亲:"啥味儿?苦不苦?"

父亲:"苦倒是不苦,只不过有点咸……"

母亲:"咸?怎么会咸呢?"

小涛望着父亲,忽然嘎嘎笑了……

旁白:"这些生活片段,是我听父母讲的。小时候听了,觉得他们可笑。随着年龄一岁岁增加,越来越不觉得可笑了。于是常想,小百姓父母们对自己独生子女的宠爱,有时真是比名门富家还有过之而无不及啊!……"

父母岁月

楼下忽传来叫骂声："哪个王八蛋把我家平板车锁钳断了！真缺德，有胆量明着！……"

父亲将尿片儿往水中一按："糟糕，我得去向人家道歉！"

母亲："我听着像小郝的声音，要是他家的车，那没事的！"

楼外，父亲歉意地对车的主人说："宏生，别骂了，是我干的。上个星期你嫂子不是生了么！深更半夜的我没拦着车，一急之下……"

车的主人郝宏生是酱油厂工人，看去比父亲年轻些，其实只比父亲小一岁，是同辈人。

郝宏生："哎哟，副厂长，这话怎么说的，我要知道是您，我怎么也不会骂起来呀！"他笑了，半真半假地，"要不我打自己几个嘴巴子？"——说着佯装真要那样儿。

父亲拦住他手："又跟我来这套！就叫我四海，你能少点什么呀？"

郝宏生："您本来就是我们副厂长嘛！叫四海也显得我太那个了呀！"

父亲："那就叫大哥。邻里邻居的，别让副厂长三个字把咱们关系搞生疏了！我赔你把新车锁。"

郝宏生："千万别，我换条链子不就行了吗？哎，大哥，是喜得贵子啊，还是天赐千金啊？"

父亲心愿有所不遂地："哎，想啥偏不来啥！别人家都想要儿子，偏偏生女儿；我这个想要女儿的吧，又偏偏抱回个儿子！……"

郝宏生："我家那口子也快生了……"凑向父亲，机密地，"我就想要儿子，做梦都想要儿子！如果我家那口子生的是女儿，咱两家来个……怎么样？……"

他双手作调包之势——父亲立刻退开，既摇头且摆手，严肃地："不行，不行，哪儿能这么干呢！"

父亲转身便走，几步后回头又说："我可什么都没答应你啊！没答应！根本没答应！……"

郝宏生："瞧你这样儿！一动真格的，吓跑了吧！……"

小涛过"百日"——他一身簇新，鞋帽整齐，额正中还点了一个小红点，被放置在沙发上……

父亲蹲着为他照纪念照……

母亲手摇玩具吸引他的注意力……

晚上。

小小的生日蛋糕摆在吃饭的圆桌上，插了两支蜡烛。

父亲卷了一本书做音筒，凑近小涛的脸，闭着双眼摇头晃脑一往情深地低唱："祝你生日快乐，祝你生日快乐……"

父亲的表情那么投入，很有点帕瓦罗蒂的意味。而母亲拍着双手，小涛的目光专注于蛋糕……

"祝你……"

啪！……

小涛的一只小手深深地拍入蛋糕，蜡烛倒了，却有一支仍燃着，奶油四溅……

父母愕然。

小涛开心地嘎嘎笑……

母亲："这孩子，这孩子！"

父亲："这能怨孩子吗？怨你没抱住他啊！"

小涛满是奶油的手，朝父亲脸上一抹……

父亲："儿子，别这样，别这样……"

小涛仍连拍蛋糕，燃着的那一支蜡烛也灭了……

黑暗中，小手拍在桌上的响声，小涛嘎嘎的笑声……

父亲生气的话语声："你是木头人啊？还不快把他抱开！"

旁白："爸爸和妈妈，对我的确是怀有望子成龙之心的。为了实现这一点，他们将我送到了一所条件良好的幼儿园，动用了三千多元的存款。而那是当年家里全部积蓄的一半儿……"

抱着小涛的母亲和姚副院长走过长长的育儿室走廊——各室门上方，悬挂着牌子，像学校的班级一样编了号……

某室内传出钢琴声，女音乐老师教唱歌……

父母岁月

她们在一门外驻足，姚副院长敲门——出来一位年轻的女老师……

姚副院长："这孩子安排在你们班，我前天跟你打过招呼的。"

女老师点头，向母亲伸出双手……

母亲反而下意识地将小涛抱得更紧了……

女老师仍伸出着双手，目光困惑地望向姚副院长……

姚副院长理解地对母亲说："放心吧，任何一个孩子在这里都不会受委屈的。"

母亲这才依依不舍地将小涛交给女老师——女老师抱小涛入室，门在母亲面前关上……

姚副院长和母亲离开的背影……

姚副院长："小涛会受到很好的关照，所以你一点也不必有什么顾虑。周末要和四海按时来接孩子，啊？"

母亲受宠若惊地点头……

小涛的哭喊声："妈妈，妈妈来，妈妈来！……"

母亲条件反射地站住，本能地转身欲往回跑……

姚副院长拦住她，摇头……

某办公室探出一颗姑娘的头："姚副院长，有位家长电话找您，急事。"

姚副院长向母亲伸出了手："对不起，我不远送了。等四海来，你们直接到一楼财务去交款就是。"

母亲机械地与姚副院长握了一下手。

姚副院长："每个孩子送来的第一天都哭，老师会哄好他们的。"

姚副院长匆匆进入办公室。

母亲呆在原地……

钢琴声……

小涛的哭声……

母亲不由自主地向那育儿室跑去——刚跑几步，又理智地站住了……

钢琴声……

小涛的哭声……

母亲流泪了……

母亲双手掩面，转身跑过长廊，跑出楼，跑到一棵树下……

钢琴声和小涛的哭声依稀可闻……

母亲双手掩面的背影……

某商场。

母亲站在柜台后发呆……一顾客指着什么东西低声说了句话，母亲未觉……

另一售货员用胳膊肘碰了母亲一下："有人买东西。"

母亲猛省，赔笑："对不起……"

商场食堂。

母亲在吃饭，有两名女同事走来，坐她对面。

同事甲："哎，听说你把儿子送一所高级的幼儿园去了？"

母亲表情不自然地一笑："也不算太高级。只不过……条件比一般的托儿所好点。"

同事乙："还不算高级？那幼儿园我知道，老百姓的孩子没敢往那儿送的。"

母亲的表情更加不自然。

又凑过来两名女同事。

女同事丙："哎，每月多少钱啊？"

母亲："不贵……才……才三四百……"

女同事乙："得了吧，骗我们，我们就信呀？每月八百，对不对？"

女同事丁伸舌："乖乖，比咱们一个月的工资还多！"

女同事甲："可怜天下父母心啊！李姐，你可真舍得为儿子出血，不过啦？"

母亲掩饰复杂心情地笑笑："我们婚前多少有点积蓄……"

母亲端着碗菜起身匆匆走了……

背后传来一女同事的议论："我看啊，李姐是小蛾子落在牡丹花上，硬充大马莲蝴蝶，抽的什么风呢？"

父母岁月

家中。夜晚。

一阵婴儿的啼哭使母亲惊醒,猛地起身,见父亲在黑暗中吸烟……

母亲:"儿子呢?儿子怎么哭了?……"

父亲:"儿子不是已经全托了吗?"

母亲定神聆听——哭声来自窗外。她缓缓又躺下,再也睡不着……

母亲:"哎他爸,咱们的决定,到底对不对呢?"

父亲:"我也正在想这个问题啊!"

母亲:"你开始后悔了?"

父亲:"不,不后悔。为了使儿子从小受到良好的培养,将来有出息,现在我们苦自己一点值得。付出多么巨大的智力投资都值得。"

母亲:"可也得面对现实吧?明摆着,我们最长有能力负担一年多的入托费……"

父亲:"所以,我在想,要不要辞了副厂长,下车间去当工人,那样每月可以多二百几十元的劳动奖金呢!"

母亲:"你可不能啊!"

父亲:"我还真有点当够了。一个小小的酱油分厂的副厂长,都不好意思印名片……"

母亲急了,又猛地坐起,厉声地:"我不许!那也是副厂长,你辞了我跟你离婚!……"

周末,幼儿园门外。

各种类型的小汽车,一辆接一辆——父母的双腿从车间走过,像检阅……

院内、楼内、室内——到处是接孩子的家长,热闹异常。那些家长都穿得很时髦,手机声此起彼伏,孩子们呼爸叫妈……

小涛站在小床上,双手抓床栏,仿佛一只被囚的小动物,孤单地企盼着——他终于发现了父母,叫:"爸爸!妈妈!……"

母亲抢先将小涛抱起,一阵亲:"哎呀,我的心肝宝贝,可把妈想死了!"

小涛:"回家!回家!……"

父亲一边替他穿鞋一边说:"回家,回家,爸爸妈妈就是来接你回家的!"

父亲抱着小涛,和母亲并肩走到院子里——一些大点的儿童欢乐地跑向各家的小汽车……

小涛:"坐车车,坐车车……"

母亲:"对,当然得坐车车回家。只不过咱们不稀罕坐这些破小汽车,咱们坐大大的公共汽车!"

父亲:"儿子,坐公共汽车好。公共汽车大,一起能坐好多好多人,那多好哇!"

父亲嘴上这么说着,目光却被一辆红色的小汽车吸引了……

父亲:"你先抱会儿,我去看看那是辆什么车!"

母亲抱过小涛,嗔怪地:"你看看能过点什么瘾啊!"

父亲已走了过去,看前,看后……

母亲也情不自禁地跟了过去……

父亲:"这是辆跑车!"

母亲:"别跟我说,我不懂。儿子,摸摸。长大了有点出息,买一辆开着带老爸老妈兜风儿!……"

母亲将小涛放在了车前盖上,小涛双手抓住了旗杆:"杆杆儿,杆杆儿!……"

传来一声喝喊:"哎,你们干什么哪!……"

父母同时回头……

小涛从车盖上滑下,旗杆断了——小涛跌于地,哭……

母亲刚将小涛抱起,一大腹便便的男人已冲来,对父亲瞪眼:"甭废话,赔!这是名车,配根旗杆一千多!……"

父母对视,一时全呆傻了……

小涛望着那男人,心里也一时害怕,不敢哭了……

父亲猛省,冲小涛吼:"我揍你!"

母亲转身,抱着小涛噤若寒蝉地躲向一旁……

旁白:"由于发生了这件事,我的高等幼儿全托生活,仅仅一周便结束了,父亲虽然赔了人家一千多元,但却省下了全年的入托费。并且,可以仍

父母岁月

当酱油分厂的副厂长了。正是——坏事反而引出了好的结果。至于我自己,对于那短短一周的高等幼儿全托生活,是半点记忆也没留下的。如果父母后来不告诉我,我根本不知自己两岁半时居然还荒唐地高级过那么一次……"

小学。

母亲用自行车接小涛……

路上,小涛自我感觉极好地:"妈妈,今天我们班又考试了,我得了第二名!"

母亲:"真的?哎呀我的儿子!你可真替爸妈争气!妈今晚给你做顿好吃的!你想吃什么?"

老师望了父亲片刻,意味深长地笑了:"唉,怎么你们做家长的,十个里有四五个都希望自己的儿子是特长生啊?觉得将来靠特长吃饭比靠真才实学吃饭容易吧?我没发现你儿子有什么别的特长。但听力奇好是真的。全班都在读课文,他居然能听到有只蚊子嗡嗡着。这要好好培养培养,将来说不定成为杰出的指挥家!"

分明地,老师的话不无调侃意味。

但是从父亲脸上的表情看,这对父亲的心理产生的影响是巨大的……

旁白:"从此,爸爸和妈妈专执一念,做梦都梦见以后的儿子成了大指挥家。为了这梦想的实现,爸爸妈妈四处求人送礼,带我登门拜师学艺……"

一柄沾了水的梳子,不厌其烦地梳小涛的头发——将他的头发梳成了光溜溜的小分头……

镜头拉开,母亲在端详小涛——父亲双手捧哈达似的捧着一条领带,耐心地等在一旁……

母亲扭头问父亲:"你看怎么样?"

父亲:"行,挺好。蛮有风度的。"

母亲:"那我可就为儿子定型了!"

父亲:"定型吧,定型吧。"

于是母亲往小涛头发上喷定型雾,之后起身让座,父亲坐下为小涛扎领带……

一身崭新的小涛,站在穿衣柜前,表情淡漠地注视着镜中那个既像自己,又有些陌生的男孩……

母亲的画外音:"儿子,从今天起,这一整个暑假就要拜师学艺了。可千万对师傅嘴甜点,啊?"

镜中的小涛,循声默默扭过头去……

父亲的画外音:"你妈说得对。但人家艺术领域,不叫什么师傅,叫导师。导师,记住了吗?嘴甜一点自然是应该的。但最重要的是认真学。要记住导师的每一条艺术教导……"

镜中的小涛,循声向另一边扭过头去……

他的表情始终漠然着。

父母带着小涛在一个街口询问……

父母带小涛走进了一个环境优美的小区……

小涛和母亲,惴惴不安地望着父亲敲一扇门——小阿姨开了门,问:"找谁?"

父亲:"陶老师在家吗?我们是……"

小阿姨:"噢,明白了,请进来吧!"

三人鱼贯而入——那是一套两室一厅的单元。厅较大,布置得颇具艺术气氛。书架上、墙上,摆着挂着奖杯奖盘之类……

主人陶老师,六十多岁了,是本市师范学院艺术系的退休教师——头发花白,斯文儒雅,正坐在沙发上陪两位三十多岁的男女客人交谈……

小涛一家,见状拘谨地站在门口……

陶老师站起,热情而又亲切地打招呼道:"别站在门口呀,都请过来沙发上坐嘛!……"

父亲犹犹豫豫地率领母亲和小涛走了过去……

小涛欲坐,见父母仍站着,未敢坐……

父亲将礼盒放在茶几上,腼腆地:"没什么可带的,只带了点茶和滋补

父母岁月

品……都不知该怎么称呼好啦,是叫您陶老师呢,还是叫您陶老呢?……"

陶老师:"一样的一样的,随便叫吧!陶老嘛,岁数尚少,有点不够资格。我现在虽然退休了,但毕竟当了一辈子老师,还是叫老师吧!坐,坐呀!"

父母惴惴地坐下,小涛也随之坐下,东张西望,也有些惴惴的样子……

陶老师责备地:"电话里不是嘱咐过你们了吗,怎么还带东西来呢?"

母亲:"可,拜师学艺是件郑重的事,我们怎么好意思两手空空的来呢?"

两位年轻的客人闻言后,一齐将研究的目光望向小涛……

男客人注视着小涛,俯身问:"小朋友,喜欢音乐吗?"

小涛心情紧张,身子紧往沙发上靠,低头不语……

父亲:"这孩子自小惧生。"

母亲:"涛,说话呀,回答这位叔叔呀!"

小涛怯怯抬头望对方,讷讷地:"爸妈非叫我喜欢,我就喜欢呗!"

父母不禁对视……

两位年轻的客人也不禁对视……

父亲尴尬地嘟哝:"这孩子,怎么说话呢!"

男客人微笑,摸了小涛的头一下,又问:"知道莫扎特是谁吗?"

小涛茫然摇头……

男客人:"那么,知道贝多芬吗?"

小涛又摇头……

母亲:"音乐家!是大音乐家呀!"

小涛不满地看了母亲一眼:"现在才告诉我,我还好意思说吗?"

父母不禁又对视……

陶老师也微笑了:"看来,自尊心还很强呢!"

女客人望着小涛说:"我弹一段曲子,你要认真听,啊?"

于是起身走到钢琴那儿,坐下,想了想,非常流畅地弹了一段《七色光》……

女客人扭头问小涛:"听过这段曲子吗?"

旁白:"我当然听过那段曲子,也当然知道是北京电视台七色光少儿节目的序曲。可,我内心里忽然产生了一种被爸爸妈妈推销,还像件东西似的被别人拿在手里掂量来掂量去的感觉。所以,我感到委屈极了,不愿回答……"

小涛心理逆反地将头一扭……

母亲着急地:"儿子,这……这妈都听出来了,你听不出来?"

父亲:"小涛,成心的是不是?"

小涛又将头扭向了另一边……

女客人:"这孩子,真有个性!"望着男客人又说:"咱们走吧!"

于是他们起身与陶老师告辞……

趁陶老师送客之际,母亲扭了小涛的耳朵一下:"你呀,你呀,你可真是个气人的孩子!……"

陶老师回来,见小涛眼泪汪汪的,笑道:"怎么?委屈了?能理解。我小时候也不愿被别人强迫。更不愿在被强迫的情况下,还被考问来考问去的!"

陶老师坐下后又说:"他们是我的两个学生。一个留在了艺术系教音乐,成了副教授。一个到国外去深造。小涛,我敢保证,他们替我考问你几句,都是出于良好的愿望。"

父母几乎同时地:"那是,那是。"

陶老师:"我退休在家,并不缺钱花。偶尔指导一两个孩子学音乐,完全是出于爱才之心。"

父母同时地:"明白,明白。"

陶老为小涛倒了半杯水,指着说:"孩子,你看,半杯水,并不意味着有半杯是空的。恰恰相反,而意味着有半杯是满的。所以呢,不知道莫扎特不是什么羞耻,不知道贝多芬也不要紧。只要有一定的天赋,又有兴趣,肯学,就有可能迈入音乐的殿堂。"望着小涛的父母接着说:"今天就可以让孩子留下,我们先彼此了解了解。"

父母站起……

父亲一句话一鞠身地:"真是太感激了,请老师多费心啦!"

陶老师:"小娟,替我送送客人。"

父母岁月

于是小保姆送父母离去……

陶老师："孩子，跟我来。"

陶老师引小涛进入一个房间——那房间像儿童娱乐室，有一摞摞的画册，有各种电动玩具，还有游戏机，正与电视连着线。当然，墙上也挂着提琴、二胡、琵琶、吉他……

陶老师："孩子，在这个房间里，你是自由的。如果你想欣赏音乐，这是录音机，音质很好。这是音带，都是名曲。如果你对哪一种乐器感兴趣，便取下来。想看画册也可以的，总之，从现在起，两个小时内你是自由的……"

小涛的目光，早已被电子游戏机吸引，半听未听地……

陶老师默默退出，关上了门……

小涛将门推开一道缝，见陶老师持剑在手，向阿姨小娟悄悄嘱咐什么，之后出了家门……

小涛迫不及待地扑向游戏机，一屁股坐下玩了起来……

室内忽然响起了优美的音乐，小涛回头，见阿姨小娟正看着他……

小涛："小姐姐，请把录音机关了行吗？"

阿姨小娟没好气地："你是来玩游戏机的呀？"

小涛："老师说了，两个小时内我是自由的，想干什么干什么！"

阿姨小娟感叹道："唉，可怜天下父母心啊！"她将录音机的声音调大了……

小涛："关了！我都听不到游戏机的声音了！"

阿姨小娟再次将录音机声调大……

小涛起身走到录音机前，一下将录音机按灭，抗议地："要不你请离开，要不咱俩一块儿玩也行，就是不许再打开录音机！"

阿姨小娟："你这小孩，真不识好歹，哼！"怫然而去……

家中。

三口人在吃晚饭。

小涛："爸，妈，明天起你们不要送我去了。我已经认路了，给我车钱我自己能去。"

母亲夸奖地:"好孩子,开始让爸爸妈妈省心了!"

父亲:"儿子,导师都教你些什么?"

小涛:"教我怎么指挥呗。"

父亲:"一会儿能把导师教你的,演习给爸爸妈妈看一遍吗?"

小涛一愣……

母亲嗔怪父亲:"你也太心急了点吧?孩子才学一天,能演习给你看什么?"

父亲挠头……

小涛暗舒了一口气……

第二天。

母亲上班前交给小涛十元钱:"涛,午饭热在锅里。吃了午饭,睡一小觉,就去陶老师家,啊!坐车剩下的钱,路上可以买支雪糕吃。"

小涛往外推母亲:"妈,快上班去吧!"

母亲俯身亲了他一下,离家而去……

家中时钟指向两点……

小涛蹦蹦跳跳走在路上……

小涛进了一家电子游戏室……

小涛痴迷地玩电子游戏机……

旁白:"三天后,小娟姐姐来到了我家。而我那时,仍泡在电子游戏室里……"

母亲:"什——么?!他……他连续三天,一次也没去?!"

父亲一掌拍在桌上,怒不可遏……

小娟:"陶老师怕你们生气,所以才让我来亲自说明一下情况。这是陶老师给你们的信……"

母亲接信后,小娟礼貌地告辞……

父母同时看信,陶老师的画外音:"艺术的事情,几乎只能从兴趣开始。我第一天就得出了结论,你们的孩子并不爱好音乐。家长的愿望是可以理解的,但孩子的兴趣也应受到尊重。只有二者统一起来的时候,我才能起点基础作用。所以,请不要再送孩子来,那就太难为孩子,也难为我了!……"

小涛的哀号声:"不敢了!不敢了!爸爸妈妈,我再也不敢撒谎骗你们了!……"

父亲将小涛按在膝上,狠打他的屁股——一下,两下,三下。母亲从旁看着落泪,跺脚:"真该打!该打!我才不拦着呢!"

母亲嘴上虽这么说,终于还是不忍心,将小涛从父亲手中"抢救"了下来……

母亲抱着小涛哭:"儿子,儿子,你怎么这么让爸爸妈妈失望啊!……"

旁白:"爸爸妈妈寄托在我身上的指挥家的梦想,就这样由于我而不体面地破灭了。小学四年级时,我却自己迷上另一门艺术,那就是——绘画……"

小涛房间的墙壁上,贴满了他临摹的卡通人物。实事求是地说,临摹得很像。

而他自己,正在为最新一幅"作品"着色……

父母先后进入房间,望着儿子和他贴满墙的"作品",交换忧虑的目光……

小涛:"爸爸妈妈,你们看我临摹得多像!多像!"

母亲敷衍地:"是像,是像!"

父亲:"儿子,坐下。爸爸妈妈要和你严肃地谈一谈。"

小涛困惑地:"我又怎么了呀!"

母亲:"儿子,你没有什么惹爸爸妈妈不高兴的地方,事实上你这一向学习成绩进步很快,也很大,爸爸妈妈很为你高兴。"

父亲:"所以,爸爸妈妈要和你严肃地谈谈。我们怕你迷上画这些东西,心思不能完全在学习方面,学习成绩又退步……"

小涛:"不会的。学习是第一位的,这一点我已经明白了!不信你们检查我所有的作业本,差不多全是5分……"

父亲:"儿子,别拿作业本儿。爸爸妈妈不检查也相信你的话,真不会影响学习?"

小涛:"我发誓!爸爸,妈妈,这假期给我报一个美术班吧!要报那种正规的，有水平的老师教的！……"

父母对视。

小涛："我喜欢绘画！你们不是总希望培养我成为艺术家吗？我自信我将来一定会成为大画家！求求你们了……"

父母对视。

父亲一拍腿："好！满足你的愿望！"

厕所里。

蹲在便桶上的小涛，随手拿起了角落里的一张报看……

屋里。

母亲不以为然地："我同事们说，她们的孩子也都爱临摹那些卡通画上的人物，也都临摹得很像。"

父亲："先不要打消他自信。这次，他自己究竟是什么水平，还是由他自己来慢慢认识吧！"

厕所里突然传出了小涛的叫声："爸！妈！快来快来！……"

父母大惊，几乎同时冲向厕所——父亲拉开了厕所门……

小涛："看！报上登的，一幅画拍卖了一百五十多万……"

少年美术班教室里。

老师："小涛同学，你带来的画可以让同学们欣赏欣赏吗？"

小涛环视围拢着他、期待着的学员们……

老师："新学员来了，一般都要和老学员互相交流交流。"

小涛从夹子里取出一张自己画的画，往桌上一摊："欣赏就欣赏，请吧！"

学员们纷纷拿起看……

一男学员："还有别的吗？"

一女学员："我们早不临摹这些了！从前的绣花女也能临摹得这么好。我们现在已经开始创作实践了！你有创作画让大家学习学习吗？"

小涛一时怔愣——学员们纷纷散去，回到各自的画架前……

老师看出小涛自尊心受挫，安慰地轻拍他肩："别泄气。这些老学员，招时选拔和竞争就严格了些。所以他们的水平普遍比你高许多。他们大多数

父 母 岁 月

获得过不同级别的青少年美术作品奖,有的甚至获得过国际性的奖。别和他们比,慢慢来,今天暂且先观摩观摩他们的创作,啊?"

学员作品陈列室。

老师带领小涛参观——一幅幅国画、油画、书法、工艺画——或传统的,或现代的;一列列获奖证书……

小涛看得自愧弗如。

画室。

小涛默默将自己的画收拢,夹起……

小涛观摩别人作画——一支支油画笔和国画笔,那么自信地在纸上或画板上抹、写……

一张张脸上自信的表情……

家。

小涛将画夹用胶条封上了,显然一个时期不打算再翻开了。

父亲走入……

父亲:"儿子,这是干什么?"

小涛淡淡地:"不干什么。封起来,保存着,作为自己留给自己的纪念。将来看看,挺有意思的。"

父亲:"你好像有点不高兴似的。"

小涛掩饰地:"没有呀!"

父亲:"没有就好。"

小涛将夹子放入书柜,庄重地:"爸,谢谢你和妈妈为我参加美术班的事费了不少心。可,我不想再去了。"

父亲:"为什么?"

小涛:"因为……因为比我画得更好的孩子,全国肯定太多太多了。今后,我还会喜欢画画,可我不再做画家梦了!……"

父亲:"儿子,其实,爸爸妈妈也知道,全国比你画得好的孩子多极了!"

小涛不满地:"那你们为什么不告诉我?!"

父亲:"爸爸妈妈想让你从小就自己明白这样一个道理——山外有山,人外有人。这样,你将来长大了,就能永远保持一点自知之明。人完全没自信不好,但完全没有自知之明也不好。"

小涛:"那,你们为什么还梦想我成为指挥家?"

父亲:"父母对自己孩子的认识,有时也会犯一厢情愿的错误啊!"

小涛望着父亲,沉思……

旁白:"那一天,我觉得自己一下子长大了几岁似的。至今我仍认为,爸爸当时对我说的话,是对我进行的很有益的教导,使我内心里特别感动的是——爸爸第一次向我承认,大人有时也是会犯错误的。在那一年的春节晚会上,我将这件事编成了小品,我演我爸爸……"

一派联欢气氛的教室里——小涛在演小品……

小涛:"爸爸妈妈想让你从小就明白这样一个道理——山外有山,人外有人。这样,你将来长大了,就能永远保持一点自知之明。人完全没有自信不好,但完全没有自知之明也不好。"

"儿子":"那,你们为什么还梦想我成为指挥家?"

小涛:"父母对自己孩子的认识,有时也会犯一厢情愿的错误啊!"

同学和老师一起热烈鼓掌……

一男同学:"赵小涛演得好不好?"

同学们异口同声:"好!"

"节目一等奖给谁?"

同学们:"赵小涛!"

小涛笑了,笑得腼腆而又满足……

旁白:"我的表演天赋,很受我们大队辅导员老师的赏识。她亲自到家里来和爸爸妈妈谈了一次,建议爸爸妈妈在五年级暑假,送我到少年表演班去接受培养……"

父母又和小涛进行严肃的谈话……

父亲:"儿子,爸爸妈妈已经学会尊重你的个人意愿了。告诉我们实话,你将来想成为影视明星吗?"

小涛摇头:"不。"

父母岁月

母亲："可为什么呢？"

小涛："我讨厌动不动就被人认出来。然后，就是签名呀，合影呀！那时明星显得多傻呀！追星的人更傻。再说，我要是有点小秘密，被些个讨厌的记者当花边写到报上去，他们自己赚稿费，而我还要遭那么多人议论……"

父亲："可，你们老师也是一番好意啊！咱们也不便对老师的好意毫无行动是不是啊？"

小涛："那你们说怎么办呢？只要你们说得有道理，我听你们的。"

父亲："咱们去报一次名。考试考试。考上了，咱们向老师去报个喜；没考上，对老师的好意也有个说法。行不？"

小涛勉强地："那，你们说行就行吧！"

母亲不禁摸了小涛的头一下："好儿子，越来越懂事了。"

雨……

小演员班考场。被一道屏风隔开的孩子们、家长们，不时向屏风后探头探脑……

忽然一阵骚动——一位二十来岁的靓妹出现，人们窃窃私语："她当年就是在这儿受过培养的！"

"人家现在都成明星了！拍好几部电视剧了，说不定哪天一下子就红得发紫！"

一位当妈的显然认识那靓妹，牵着自己女儿的手迎了上去……

当妈的："哟，小珍，你来干吗呀？"

靓妹："来担考呗！他们担考的老师不够了，打电话再三请我来，我盛情难却呀！"

当妈的将靓妹扯到一旁，悄悄地："你看我为女儿设计的形象怎么样啊？都说形象分儿很重要呀！"

靓妹："你怎么给女儿梳了两条小辫儿呢？多没时代感！多没个性！我当年考取可是剪了短发，和男孩子的分头差不多的短发！个性一下子就突出来了！……"

靓妹说罢，匆匆走向屏风后……

当妈的瞧女儿，四顾，心里急——她发现卖冷饮的大婶桌上有把剪刀……

当妈的奔过去，抓起剪刀："借剪刀用用！"

大婶："不行不行，这可是专剪食品包装的！"

当妈的掏出十元钱拍在桌上，拿着剪刀，将女儿扯到了一个角落……

女儿双手护着小辫儿："不剪掉嘛！不剪掉嘛！"

当妈的："不能听你的。"

咔嚓——一条小辫；咔嚓——又一条小辫落地……

女儿哭了……

小涛和父亲呆呆地看着这一幕……

一辆进口轿车驶至考场门外——车门一开，下来一位小小阔少，接着下来气宇轩昂的父亲和贵妇派头的母亲……

考场里孩子和家长的目光全体望向他们……

那母亲鹤立鸡群地在考场中央打手机："爸，妈，告诉贝奇他姥爷和姥姥，我们已到考场了，你们都在家放心地等着他回去吧。一会儿就离开，不过走走形式嘛。当然没这必要。可贝奇心劲儿高哇，孩子嘛，也得满足他虚荣一下非考考的愿望嘛！……"

小涛仰头瞧瞧对父亲说："爸，一部外国电视剧里的小狗也叫贝奇。"

父亲低头严厉地："闭嘴，不许胡说八道！"

贵妇派头的母亲打完手机，扯着阔少的手便往屏风后直奔而去……

家长们不满，嚷嚷：

"怎么不排队啊？"

"还有没有个先来后到了？"

"考场人人平等！"

阔少的爸一瞪眼："乱嚷嚷什么？！等不耐烦的出去！我们每年赞助几万，难道连这点优先的资格还没有？"

考场霎时鸦雀无声，家长们一个个噤若寒蝉……

屏风后传出对话声：

"贝奇，你想表演点什么呢？"

335

父母岁月

"你说吧！你出什么题，我表演什么！"

"那，你表演一下吃西瓜行吗？"

"吃西瓜？我……我没吃过西瓜！"

"你没吃过西瓜？这不可能吧？你怎么会没有吃过西瓜呢？"

阔少的父亲立刻奔到屏风后……

"他是没吃过西瓜！我们贝奇从小长这么大就没吃过一块西瓜！你问的什么呀，我们贝奇怎么会'吃'西瓜呢！"

"吃"字被说出极其强调的意味。

"我们贝奇只喝过西瓜汁儿！而且是阿姨替他榨好了倒在杯里！吃西瓜，要被西瓜籽噎住了怎么办？……"

"那，那算我问得不好！开始吧，咱们就表演喝西瓜汁！"

考场肃静得出奇……

忽然，一个孩子小声唱起来："世上只有妈妈好，有钱的爸爸像个宝……"

于是，所有的孩子都随之而唱……

于是家长们拍手助威……

父亲扯着小涛的手悄语："儿子，咱们出去一会儿，爸爸憋闷得透不过气儿了！"

小涛："爸，我也是。"

父子双双到了外边，站在避雨处——父亲掏出烟叼在嘴上……

小涛："爸，你看……"

小树林里活动着母女二人的身影——七八岁的女儿扎两条冲天小辫儿，一手背身后，另一只手的食指，指着自己太阳穴那儿，作若有所思之状慢慢走；那当妈的，跟在后边，为女儿撑了一柄伞。伞刺滴下来的雨滴，将那母亲的衣背滴湿了一片……

小涛："他们在干吗？"

父亲："也许在酝酿表演感情吧？"

父亲指间夹着烟，根本忘了吸……

小涛："爸，咱们要不要告诉他们，把小辫儿剪掉？"

父亲："儿子，咱们别多事。"

考场突然传来严厉的一声:"安静!"

孩子们的歌唱戛然而止……

父亲扯着小涛的手,惊异地回到了考场,他们看见——一位花白了头发的、五十多岁的妇女,正在严肃地问一名主考老师:"李老师,你先向我解释解释,究竟发生了什么不寻常的事?"——她是艺校校长。

李老师嗫嚅地:"校长,您别太认真,并没发生什么不寻常的事。只不过一个小小的误会,孩子们和家长们就瞎起哄……"

李老师将校长扯到一旁,又悄悄说了几句……

校长命令地:"去取来。"

李老师不情愿地:"这,您何必生气呢!……"

校长:"在我看,这已经是很不寻常的事了。我再说一遍,去取来!"

李老师走入一房间,片刻取出一厚厚的红纸包交到校长手里。

校长接在手里,掂了掂,拿着走到阔少的父亲跟前……

校长:"这是你们赞助的三万元钱,原封未动还给你们。钱,是我们发展艺校规模所需要的,但我们的艺校给孩子们和家长们留下一种什么样的印象,进一步说,将会影响他们今后怎样看待社会,更是我们所看重的问题。如果您的孩子真想成为本艺校的一名小学员,那么请带他排到后面去,由我亲自来考他。否则,我只好说——对不起,请离开。"

考场霎时响起孩子们和家长们的掌声……

那父亲发愣之际,那母亲一把将钱夺了过去,扯起儿子的手,悻悻地:"这地方发贱,给钱都不要!贝奇,咱们走!"阔少从口中吐出胶糖,捏在指间,狠狠往一根大厅柱子上按……

阔少:"哼,我亲自来考是给你们面子,我还不稀罕考了呢!"

校长:"站住!"

那一家三口站住,都回头狠狠瞪校长……

校长:"替你们的孩子,把柱上的胶糖除掉。"

那当父亲的蛮横地:"成心栽我们面子?我不,我儿子也不,能把我们怎么样?"

父亲离开小涛,大步走了过去,冷冷地:"先生,请对可敬的校长女士

父 母 岁 月

说话礼貌点。如果您不，我就当着您儿子和您妻子的面修理你。如果那么一来，您可就更栽面子啦！"

那当父亲的被小涛父亲正义凛然的样子所威慑，掏出手绢，乖乖将柱子上的胶糖除掉……

他们一家三口狼狈而去……

校长对父亲感激地："谢谢您的正义声援。"

父亲："不客气。在孩子面前，正义应该有自己响亮的声音。"

父亲回到小涛身旁，小涛骄傲地："爸，您表现得真棒！说得也棒，像电影里的台词一样棒！"

父亲挠头，有点窘地："就是从一部电影里学来的。别夸，再夸老爸脸红了！"

母亲冒雨冲入考场——考试已经结束，只有小涛父子俩坐在长椅一角，父亲的手臂搂在小涛肩上……

母亲内疚地："我到底还是来晚，来晚了！妈妈该死，我怎么会把报考单揣在自己兜儿，带到单位去了呢？……"

小涛："妈妈，我再也不许你说自己该死的话！"

父亲："对，我也不许！"

母亲："考了吗？录取没有？"

父亲："虽然没报考单，人家还是允许考了。不过，要求挺高的，那么多孩子考，只录取两名。咱们小涛为了成全别的孩子，所以……"

母亲不禁失望……

小涛："妈妈，没被录取我心里挺高兴的。真的，因为我亲眼看到了爸爸的高大形象……"

母亲困惑地望父亲……

父亲："儿子，这地方多大，多静，爸爸妈妈为你表演一个节目，想看吗？"

小涛："想！"

父亲起身做了一个优雅的姿势，邀请母亲跳舞……

母亲:"去!我浑身湿成这样,你还有心思出洋相!"

父亲:"儿子已经说想看了,别扫儿子的兴嘛!"——不由分说,揽住了母亲的腰……

母亲一开始极不情愿,渐渐地,步子活泼了……

父亲望着小涛说:"你妈妈当年舞跳得可好啦!"母亲不好意思地笑……

小涛幸福地望着……

父母翩翩起舞……

音乐……

家中。晚饭后。

小涛在背课文,母亲手捧课本,不时予以纠正……

父亲倒背双手从另一房间走来……

父亲:"能打断你们一下吗?"

母子抬头,诧异地望父亲……

父亲自背后出示一册大夹子,郑重地:"儿子,爸爸要求你今天晚上睡觉前,看看这个。"

小涛困惑地接过,疑问地望母亲……

母亲对父亲责备地:"你真是的,教育儿子也不看个时候。"

父亲:"我心里对儿子早就憋了满肚子的话,今天再也憋不住了,非说不可了!"

父亲坐下,望着小涛,又说:"儿子,这夹子里,都是爸爸从各种报刊上剪下来的文章。内容呢,都是教导大人们如何做好父母的。现在,做父母比以前难了,要求高多了。爸爸妈妈文化低,又没经验,所以,陷入过误区。误区你懂是什么意思吗,儿子?"

小涛瞪大眼睛注视着父亲,摇头。

母亲:"就是犯错误的意思。"

父亲:"儿子,你理解成是犯错误的意思也行。比如,明明家里经济并不富裕,却偏偏要把你往收费很高的幼儿园送。又比如,明明你没有什么音乐天赋,却偏偏指望你成为音乐家,这都是错误的啊!"

父母岁月

小涛："可，爸爸，我记得你已经检讨过了……"

父亲："检讨一次是不够深刻的，现在爸爸代表妈妈，郑重地对你做第二次检讨。爸爸想说明的是——第一，爸爸妈妈不是富人，将来肯定没有钱和财产留给你。第二，爸爸妈妈也不是聪明人，肯定也没有多高的智商传给你。爸爸妈妈能尽到的责任，主要是使你从小具备一些好品质。比如那位陶老师对你说过的话——'半杯水并不仅仅意味着有半杯是空的，还意味着有半杯是满的。'这话说得多好哇，爸爸妈妈是说不出来的。所以你要从小牢牢地记住。这样的话会使你永远不对自己丧失信心。又比如你报考少年美术班的体会，也要总结心得。那件事会使你明白一个最简单的道理，别人往往是你的镜子，经常和别人比照一下，就不会头脑发烧，以为自己某方面是最好的了。又比如今天，发生在考场的事，既教育了你，也教育了爸爸——金钱有时候看起来似乎是万能的，但也仅仅是似乎而已。世界上将永远有比金钱重要的东西，那就是某些原则，做人的原则和做事的原则。儿子，你可要从小学会做一个有一定原则的人啊！你将来是一个怎样的人，主要靠你自己了，明白吗？"

小涛神情庄重地点头……

躺在床上的小涛翻看那大厚夹子……

小涛的旁白："以前，我总觉得，做一个好儿子真不容易。又要学习好，又要善解人意，太难了。那一天，我开始明白，像我爸爸妈妈那样一些大人，为了做好父母、好家长，也多么不容易啊！"

小涛和母亲在包锅贴儿。

父亲下班回来，一边换拖鞋一边问："怎么包起锅贴儿来了？"

母亲满脸喜气地："咱们小涛的成绩排名又与'二'连在一起了。不过，不再是倒数第二名，是正数第二名了！而且，是全年级的正数第二名……"

父亲愣了愣，激动而又无言地将小涛扯入怀中，紧紧地搂着……

一家三口吃锅贴儿……

小涛剥蒜……

母亲："儿子，妈替你剥，别辣着你眼睛。"

小涛护着蒜盘儿："不嘛，我自己剥。我都五年级了，你们不许再把我当成小孩了！"

父母听了他的话不禁对视。

父亲："儿子，还剥啊？你能吃那么多吗？"

小涛只是默默剥……

小涛端着小盘去厨房将剥好的蒜冲洗一遍……

小涛回到饭桌旁坐下："爸，妈，你们不是都爱吃蒜吗？请吃吧！我不吃，我是为你们剥的！……"

父母不禁对视，都流露出十分感动的表情……

旁白："我初中升得很不顺利……"

小涛放学一回到家里，父母立刻从厨房出来了……

母亲："儿子，成绩宣布没有？"

小涛怏怏地："宣布了。"

父亲："怎么样？快告诉爸爸妈妈。"

小涛："数学一百，语文九十八。"

母亲一块石头落地："那，我儿子升重点中学肯定没问题啰？"

小涛："老师找我个别谈话了。老师说……老师说……"

父亲急了："别吞吞吐吐的，快讲嘛！"

小涛："老师说，重点中学没我……全校重点中学只保送了一名连续三年的三好生，我又不是。其余六名是人家重点中学点名来要的。人家的爸爸妈妈向重点中学赞助了……"

父亲："这……怎么可以这样！怎么可以这样！……"

母亲："那，其余六名同学的分数都比你高吗？都是双百吗？"

小涛摇头："老师还说，老师还保证——向除了重点以外最好的一所中学推荐我……"

母亲："那不行！他爸，这咱们可得为儿子找学校说道说道！"

父亲："岂有此理！岂有此理！……"

敲门声……

父母岁月

父亲暗示母亲去开门……

母亲开了门,门外站着两个男人一个女人……

女人:"是赵小涛家吗?"

屋里,父亲低问:"小涛,你闯下什么祸了?"

小涛也被搞得忐忑不安:"没……没呀!……"

女人:"我们都是他同学的家长!能进屋谈吗?"

母亲:"请!请!……"

三位同学家长的"光临",使空间顿时显得更狭窄了……

父亲:"坐!坐!……"

男人甲:"不必客气,我们说几句话就走!"

男人乙:"我们是专门来替你们儿子打抱不平的!你们儿子的成绩明明够升重点中学,凭什么道理被排挤在重点之外!……"

男人甲:"只宣布成绩不行!得让校方解释,解释不清,你们就应该去闹他个天翻地覆慨而慷!我们支持你们!还可以联合更多的家长支持你们!……"

女人挥舞手臂:"对!闹他个天翻地覆慨而慷!我儿子没考好,别人的儿子也别想顺顺当当地升入重点!不闹白不闹!我是你们的坚强后盾!……"

父母和小涛,根本都没有插嘴说话的机会,只有一会儿一齐看这个,一会儿一齐看那个的份儿!……

同学家长们的话声消失,只见他们表情一个比一个激动……

客人们走了——家中静了……

小涛:"爸爸,妈妈,求你们别到学校去闹行不行?不管分到一所什么样的中学,我都会继续努力学习的!真的!……"

小涛快哭了……

父母理解地望着他……

小涛:"老师都向我个别解释了,老师对我很好的呀!再说,人家重点中学点名来挑学生,老师也没什么办法呀!……"

旁白:"然而,连老师个别向我做的保证也落空了……"

父母下班,在楼口前碰到,一块儿上楼……

父母先后进了家门……

母亲："儿子，你怎么了？"

小涛坐在沙发一角哭，样子十分可怜……

父亲："小涛，别哭，别哭，受什么委屈了？有人欺负你了？……"

小涛："爸，妈，我对不起你们！我被分到最差的中学了！……"

父母对望，表情顿变……

旁白："教育部门有了新规定，除已被重点中学接收的小学毕业生，其余一律就近升中学。当然，如果赞助，较好的中学，也不是那么坚持原则……"

父亲翻看存折，抬头瞪母亲——母亲惶惶地将头一侧，垂下了……

父亲："怎么？！……怎么就三千元了！"

母亲嗫嚅地："我……我……"

父亲大怒，拍了下桌子："快说！"

母亲："同事的老娘生病住院……我借给她了……"

父亲："你！……你！……你给我要回来！现在就去要！去！……"

母亲："才借给人家几天，没法儿开口要哇！"

父亲摔碎一只茶杯，颓然地坐在椅子上，呼呼喘着粗气……

母亲双手捂面，跑入小屋，关上了门——传出母亲的哭声……

小涛呆呆地将这一切看在眼中，不知所措——显然，他心中有种负罪感……

父亲大口大口吸烟……

父亲将半截烟狠狠按灭在烟灰缸里……

父亲："过来！"小涛慢慢地，惧怕地向父亲走去……

父亲举起手臂……

小涛以为父亲要打他，缩头，转身……

父亲的手却轻轻抚在他头上，接着摸在他脸上……

父亲："儿子，爸爸怎么也不能眼见你被分到一所最差的中学。爸爸要为你的命运尽最大努力。"

小涛流泪了……

父亲的手指抹去了他的眼泪……

父母岁月

父亲:"事不宜迟,快,去洗把脸,跟爸爸走……"

一所中学的走廊里。

父亲在前,小涛在后的背影……

他们驻足在校长办公室门外——父亲犹犹豫豫,想敲门,又缺乏勇气……

门开了——校长送一男客人出来……

客人:"那,我就不再来了。赞助费三天后保证让我公司里的人送来!"

校长:"放心,谈定的事,我们校方是不会有变的。开学前让孩子来报到就是了!"

校长送客人走至楼梯口,转身回来,被父亲拦住了……

父亲:"校长……我……这是我儿子,他是小学应届毕业生……"

校长:"明白了。谁介绍你们来找我的?……"

父亲:"没人介绍。但是我,您只要看了我儿子从四年级到六年级的成绩册,一定会认为,他是配成为这所中学的学生的……"

父亲慌慌地从包里取出一叠成绩册,双手恭而敬之地将成绩册递向校长……

校长接过,看了小涛一眼,翻开最上面的成绩册……

校长边看边走入校长室……

父亲悄悄对小涛说:"你别进,等在门口。"

父亲跟入,门关上……

小涛将门推开一道缝,向内偷窥……

校长坐下,将第一本成绩册放一旁,翻看第二本……

校长将第三本成绩册翻开后,看了片刻,抬头客气地对父亲说:"请坐,请坐嘛!"

校长将最后一本成绩册也看完了,问父亲:"按你儿子的成绩,完全可以升重点嘛!"

父亲:"是啊,是啊,可情况是在不断地变化,有些情况不是我们所能左右的……"

校长:"让孩子也进来吧!"

父亲喜出望外,走出门对小涛悄悄说:"儿子,打起精神来,有门儿!"

父子二人重新进入校长办公室,父亲将小涛推向校长的办公桌……

校长一只手压在成绩册上,郑重地:"赵小涛,冲你这些成绩册上的成绩,我代表本中学收下你了!"

小涛不禁仰脸望父亲,父亲也正低头看他,父子二人笑了。校长匆匆在一页纸上写了几行字,递向父亲:"三天内到财务去交赞助费。因为你儿子成绩好,我将赞助费减为两万。你要知道,别的中学可是三万到五万啊!……"

父子二人的笑容顿敛……

父亲伸出去接那页纸的手僵住了……

校长:"我理解,两万对有些家庭,可能也是一笔不小的数目。但你们也得替我想想啊,如果我单单对你们例外,全免了,别人也许还会以为我自己收贿了呢……"

父亲:"是啊,是啊,我们应该替您想想……"

父亲嘴上这么说,手还是没接纸……

校长将纸撤了……

校长坐下重写……

校长:"我再给你们减五千,一万五。我只能为你们做到这份儿上了……"

小涛突然一扭身冲出校长办公室……

父亲:"我跟儿子商量商量,我跟儿子商量商量,校长,多谢您的关照啊!……"

父亲对校长弯了弯腰,也急忙离开……

父亲冲出教学楼,朝跑向校园里的小涛的背影喊:"小涛,你给我站住!站住!……"

父亲追出校园……

父亲追到人行道上——好奇的行人驻足观望……

父亲在公园的喷水池旁追上小涛,抓住他胳膊——父亲喘息不止,小涛也是……

不远处,老人们在练太极拳,在舞剑……

345

父母岁月

小涛噙泪地:"爸,你要打我就回到家里再打,求您别在这儿打我。"

父亲喘息着坐在喷水池的水泥围台上:"儿子,你也坐下。"

小涛顺从地坐下……

父亲手抖抖地掏出烟吸,呛得咳嗽……

小涛从父亲嘴上取下烟,起身去扔在一垃圾桶里,回来重新坐父亲身旁……

父亲:"咱们一共去几所中学了?"

小涛:"四所。"

父亲:"人得实事求是。应该承认,刚才那所中学的校长,对咱们真算挺好的了,是不?"

小涛:"是。"

父亲:"人家已经做到那份儿上了,如果咱们再得寸进尺地求三求四,替人家想,也太难为人家了,是不?"

小涛:"是。"

父亲:"儿子,爸爸累了……"

小涛扑入爸爸怀中:"爸,我不愿看到你为我那样儿……不愿家中为我上学的事花钱……爸,我不是向您保证了吗?无论成为哪一所中学的学生,我都会努力学习的呀!……"

父亲搂住了他:"别哭,别哭,爸爸也不是不相信你的保证,可爸爸如果完全不为你做点什么,爸爸心里会感到自责的呀!……"

旁白:"我最终还是成了那一所全区最最普通的中学的学生……"

操场上——男同学们在打篮球……

"赵小涛!……"

小涛得球,持球循声而望,见一女生(郝萍萍)在朝他招手。小涛远投,入篮,得意地学球星模样,举双臂作呐喊状,之后跑到郝萍萍眼前……

郝萍萍四望,神秘地:"跟我来,有重要的情报告诉你!"

小涛随郝萍萍绕到楼后,二人贴墙而立……

(此时的小涛,已是初三上学期学生了。)

郝萍萍："我听到'刁小三儿'他们几个……"

小涛："萍萍，别背后叫人家外号，不好。"

郝萍萍："我听到刁文礼他们几个嘀嘀咕咕，说要给你点颜色看，你可千万提防着点。"

小涛："为什么？"

郝萍萍："还能为什么？因为你当班长，经常管他们呗！……"

空中滴下水来——小涛抬起头，见一只水桶和几颗男同学的头探出三楼一窗外……

小涛将郝萍萍推开……

水泼下——小涛几乎被泼得从头湿到脚……

郝萍萍目瞪口呆……

郝萍萍抬头骂："'刁小三儿'，你们缺德带冒烟！"

教员室。

男老师厉声问："赵小涛，你必须告诉老师，谁干的？"

小涛："老师，我没看见。"

郝萍萍："老师，他看见了！他肯定看见了！"

老师："赵小涛，这不是你和几个同学个人之间的事。这样的事老师不管，这学校还算不算一所学校了！……"

郝萍萍："是刁文礼他们干的！我听到他们嘀嘀咕咕说……"

小涛："萍萍，你又没亲眼看见，别误导老师作出判断……"

郝萍萍："我？……误导老师？！……"

小涛："老师，我调查清楚了，再向您汇报。我是班长，这件事由我自己正确处理吧！……"

上课铃响……

郝萍萍和小涛匆匆往教室走……

郝萍萍："哼，以后再也不理你了！人家替你仗义执言，你自己倒装好人！"

小涛："我本来就是好人嘛，不是好人你们会选我当班长啊？萍萍，别生气，以后我会向你解释的……"

他倒退着走，一边急急地向萍萍解释……

放学了。

一群学生推着自行车拥出校门……

刁文礼等三名同学骑自行车驶入一条小街……

他们几乎同时刹住了车——小涛将自行车横于他们面前……

刁文礼："怎么，想打架？"

小涛："我一个人打得过你们三个吗？那不等于自讨苦吃么？过几天就要期考了。我只想告诉你们——如果你们愿意，从今天起，放学后我与你们共同复习功课……"

小涛言罢，骑车而去……

三名同学面面相觑。

第二天。

静悄悄的教学楼走廊……

班主任离开教员室，见本班教室还亮着灯，很是奇怪……

班主任从门上的玻璃朝内望——见刁文礼等三名同学在认真听课，而小涛在黑板前向他们讲解数学……

老师表情欣慰，悄悄走开……

家中。

三口人在吃饭……

小涛狼吞虎咽，冷不丁地冒出一句："今天公布期考名次了。"

母亲："什么名次？"

小涛："第七名。括号，正数。"

父亲："不要骄傲。你们班在全校是中等班啊！"

小涛心不在焉似的："不是全班第七。"

母亲："那……全校？……"

母亲刮目相看地瞪大了眼睛……

小涛："也不是全校。全区。全区统考第七名，没发挥好，所以你们只能将就着接受这个事实了……"

父母对视，惊喜得无法形容……

父亲对母亲大叫："你看不出菜凉了呀？快给儿子热热去！再炒两个菜！真是的，我一个想不到，儿子就得受委屈……"

父亲又摸了儿子的头一下："这小子，什么时候变得比他爸爸还成熟了？荣辱不惊啊！"

小涛："爸，您用词太深了，不懂。"

母亲望着父子二人笑……

旁白："又放暑假了。那一天，爸爸带我去参观水族宫。我本不怎么想去的。可我知道那是爸爸对我表示的一份爱心，便装出特别高兴的样子……"

父子二人走出楼洞……

父子二人走在社区的小街上……

走在前边的小涛，奔跑助跳，抚到了树枝——他回头喊："老爸，露一手！"

父亲也奔跑助跳，却未抚到树枝……

小涛得意地："怎么样？不行了吧？"

父亲自愧弗如地："是啊，不行了，老了！"

三个戴墨镜的男人很突然地出现在他们面前，其中一个说："借个火儿。"

父亲掏出打火机，揿着，双手礼貌地伸向对方——对方却出其不意地向父亲面门一拳打去，父亲倒在地上……

小涛："你干吗打人？干吗打人？"

一个男人从后面抱住了小涛，使他卫护不了父亲……

第三个男人朝倒在地上的父亲狠踢……

父亲刚一爬起便被踢倒……

小涛："来人呀！歹徒行凶啦！……"

小涛咬抱住他那个男人的手——对方疼得哎呀乱叫，放开了他——他一头向正在殴打父亲的男人撞去，对方被撞得一屁股坐在地上，墨镜也飞了

349

父 母 岁 月

出去……

　　小涛望着那男人一愣……

　　有人朝这里跑来……

　　那男人爬起，顾不上捡墨镜，仓皇地："走！……"

　　小涛抱住了满脸是血的父亲，哭了："老爸，老爸你没事吧？……"

　　旁白："爸爸伤得不轻，住了几天医院。厂里替父亲出面报了案，公安机关初步判断，可能是由于父亲负责厂里的打假工作，那些私造伪劣酱油的小贩怀恨在心，进行报复……"

　　医院病房——小涛母子坐在父亲病床两旁……

　　母亲泪汪汪地："疼吗？"

　　父亲苦笑："疼是疼点。别担心，一点皮肉伤，外加轻微脑震荡。"又对小涛歉意地说："儿子，真对不起。不但没带你去成水族宫，还让你受惊了！"

　　小涛："老爸，别这么想。"

　　厂里的一些领导来看望父亲……

　　厂领导："老赵，安心养伤。工会研究了，决定从两万元打假奖金中，拨出一万元奖励你，你是因工负伤嘛！"

　　父亲："这何必呢！千万别那样。负责打假，是领导班子分配给我的工作嘛！"

　　厂领导："老赵，这你受之无愧的。工会的决定应该尊重。再说，你负责的打假工作，为厂里挽回了十几万元的损失呀！"

　　厂领导放下红纸包走了……

　　一家人的目光不禁都望向红纸包——天上掉下来的一万元似乎使母亲有点喜出望外……

　　母亲将手伸向红纸包，与父亲四目一对，手又缩回来了……

　　母亲："他爸，我想……我想咱们应该给儿子买台电脑是不？他同学差不多都有！"

　　小涛："不，我不要。"

　　父亲摸了小涛的头一下："儿子，心口不一可就不好了。买！但是只能

350

买五千元以内的……"

母亲:"那是那是。一万元对咱们来说可是笔大数儿,当然不能一下全花了!"

旁白:"爸爸说对了,我的确心口不一。我早就盼着拥有一台电脑了。可我又认为,打我爸爸那三个人,肯定是受萍萍她爸的指使,我这么认为是有根据的。我要是说出我的根据,事情的性质就起了变化,我就没了电脑,我心里矛盾极了……"

小涛陷入了回忆——

小涛在报摊前买报。萍萍爸与那三个男人中的一个,就是被小涛认出的一个正在嘀嘀咕咕……

萍萍爸向小涛努嘴……

那男人瞪小涛……

小涛:"郝叔叔,怎么没去上班?"

萍萍爸阴阳怪气地:"这,就要问你爸啦!"

商店——电脑部……

母亲:"儿子,就买这台怎么样?咦,儿子,为你选电脑,你怎么还不高兴似的呀?……"

小涛:"妈,我没不高兴。"

小涛强装一笑,母亲困惑……

家。

小涛在操作电脑——母亲在一旁看……

敲门声——母亲去开了门,见是萍萍……

萍萍:"阿姨,我从我家窗子望见您和小涛搬回电脑来了,让我也过过电脑瘾行吗?"

母亲:"行,行!瞧你这孩子问的,有什么不行的?"

萍萍还没走近小涛,小涛已关机,并站了起来,冷冷地:"坏了!"

萍萍:"别逗了,刚买来就坏了?"——她羡慕地伸手欲摸电脑……

小涛:"不许摸!"

父母岁月

萍萍愕然……

母亲:"小涛,你怎么这样对待萍萍?!太不像话了!"转而哄萍萍:"萍萍,别生气啊,小涛不是和你认真的,他跟你开玩笑哪!"

小涛:"我是认真的。我才不跟她开什么玩笑呢!"

萍萍一扭身跑了出去……

母亲:"这……这……赵小涛,你必须对你的行为做出解释!……"

小涛:"妈妈,我当然是要解释的,但不是在今天……"

他说完,也离开了家……

母亲追出家门:"你哪儿去?!"

小涛的脚步声已下楼了……

小涛来到萍萍家门外,平定了一下喘息,举手"啪啪"拍门……

开门的正是萍萍爸,他神色略一惊惶,随即镇定,泰然地:"小涛,有事?"

小涛目光定定地瞪他……

萍萍爸不自然起来:"你哑巴啦?没事我关门了啊,莫名其妙!"

小涛用脚卡门:"要叫人不知,除非己莫为!"

萍萍爸:"你什么意思?我不懂。"

小涛:"你自己心里明白!"

萍萍出现在父亲身后:"赵小涛,你欺人太甚!你凭什么闹到我家门上来了?"

小涛:"我欺人太甚?你爸他策划了殴打我爸的阴谋!这就是证据!必要时我会交给公安局的!"他掏出墨镜,举给萍萍父女看……

萍萍疑惑地望父亲……

萍萍爸:"你捡了一副墨镜能说明什么问题?你这不是血口喷人吗?"

小涛被问得一愣,答不上来……

萍萍:"你说你说!血口喷人就是诽谤,诽谤就是犯法的!你今天说不上来就不行!……"

小涛连连后退……

萍萍:"还反了你了!……"

她举手似乎要打小涛……

小涛怯了，转身跑下楼……

萍萍："赵小涛，有理你就别跑！"她胜利地笑了，由笑而哭，冲爸爸跺脚，嚷："爸，这到底是怎么回事嘛！"

旁白："父亲住了几天院，回家了……"

直伸双腿坐在床上的父亲对母亲说："你现在就把剩下的五千元给老郝家送去吧！他农村有一大家子人，还有一位瘫痪的老父亲，担子太重了。你就说是工会决定给他的困难补助！"

母亲："那……你既然这么决定了，我也没话好讲了……要不，送过去三千行不？"

父亲坚决地："不行！"

小涛从电脑前离开，愤愤地："我反对！干吗要送给他？他不是好人！他……"

母亲严厉地："小涛！……"

父亲："别制止他，让他把话说完。"

小涛只张了张嘴，不知说什么好……父亲："儿子，我真替你感到可耻！为五千元钱，就诽谤一位邻居不是好人？"

小涛："爸爸，是他找人打你的！"

母亲："小涛，你怎么没根没据地乱说？"

小涛："我……我有根据……"

父亲："住口！这太离谱了！太过分了！"——欲下床揍小涛……

母亲急将小涛推开去……

晚。

三口人在吃饭——父亲不时因脸上的伤痛咧嘴，吸冷气……

敲门声……

小涛起身去开门，见门外是萍萍爸……

萍萍爸："小涛，让我进去行吗？"

父 母 岁 月

小涛不情愿地从门口闪开了身……

父亲:"老郝啊,坐坐,吃了没有?没吃一块儿吃点?"

萍萍爸落座,望着小涛,平静地:"小涛,你过来。"

小涛在父母的注视下违心走到了他跟前……

萍萍爸:"你打我吧!"

小涛狠狠扇了他一耳光……

父母一时没反应过来,呆若木鸡……

萍萍爸:"打!"

小涛又扇了他一耳光……

萍萍爸:"再打,再打……"

小涛望着他第三次举起手,但却扇不下去了……

父母终于反应过来,父亲猛一拍桌子震掉一只碗,碎了……

父亲瞪着小涛,脸扭歪了,恼怒之极而一时张嘴说不出话……

母亲抓住了小涛那只举起的手:"你疯了?"

母亲扇了小涛一耳光……

萍萍爸忙起身阻止:"别打小涛,别打小涛,小涛是好孩子。他没疯。我疯了。"望着父亲又说:"副厂长,是我……是我找人打的你。"

气氛一时凝固了似的。

母亲不禁放了小涛……

父亲缓缓落座,摸着脸上的药布苦笑:"怎么会这样,怎么会这样呢?老郝,我这副厂长一向对你挺好的呀,你干吗找人打我呢?"

萍萍爸:"谁叫你让我下岗?我……我下岗了,我……我怎么办啊?"——捂脸哭了……

父亲:"下岗?这是从何谈起?我们厂的酱油是名牌儿,在市场上经得起竞争,我们厂没必要让工人下岗嘛!"

萍萍爸:"假话!你们当官儿的总说假话!下岗名单都排出来了,黑名单上有我,当我蒙在鼓里呀?"

父亲:"谁告诉你的?"

萍萍爸:"我不说!我不会说的!"

354

父亲："不说也好。说了，更复杂化了。老郝，你误会了。那不是下岗名单，那是分流名单……"

萍萍爸："还不是一回事！……"

父亲："不是一回事。分流，是要分出一部分有经验的工人，到外县去组建一个分厂。外县假冒我们厂品牌的酱油太多太多了。我们去建一个分厂，不就把市场充分占领了吗？……"

萍萍爸："那，好差事怎么轮不到我，干吗到外县去，你就指名不能少了我？"

母子二人的目光望向父亲……

父亲："你呀，老郝呀，我是为你争下的名额呀！每天二十元的补贴，一个月就是六百元呀！我不替你争，那……那能轮到你吗？……"

萍萍爸望着父亲愣住……

萍萍爸从兜里掏出了五千元钱："这……这五千元钱……这我还怎么有脸收哇……"

父亲："你看你，你不收，那就错上加错了！你收了，咱们之间的事一笔勾销，我对谁也不说。你不收，我就向厂里汇报……"

萍萍爸泪眼模糊地望小涛："小涛，叔叔求你，别对萍萍说实情……太丢人了，太丢人了，说了，我没法儿要求她尊敬我这个当爸的了……"

小涛值得信任地点头……

小涛的小屋里熄了灯——他已躺在床上，能听到父母在亮着灯的大屋里对话……

父亲："我想，那电脑得退了，钱得还回工会去。"

母亲："他爸，你也太认真了吧？天知，地知，老郝知，咱们夫妻俩知，都不对别人说，谁会知道实情呀！"

父亲："但自己心里不是从此就不干净了吗？再说儿子也知道实情了，我应该给他做个好榜样。否则我们今后还有什么资格教育他？……"

旁白："从小长到大，我内心里一次也没对父亲产生过敬意，更没瞧得起他小小酱油厂副厂长的头衔。但那一天晚上，我因有一位值得自己敬爱的

父母岁月

父亲而流泪了……"

白天。萍萍在楼前给自行车打气，却对不准气门芯——一双手将气门芯对准了，是小涛蹲下了……

萍萍："滚！少献殷勤！"

小涛："萍萍，我错了！我已经向你爸爸当面道过歉了，你也给我个机会吧！"

萍萍："不给！"

小涛："别嘴硬。我知道你心里已经原谅我了！"

萍萍："没门儿！你做梦！"

小涛："梦想也可以成真嘛！……气筒上一条毛虫！……"

萍萍惊叫一声，扔了气筒……

小涛趁机夺得了气筒打气……

萍萍羞恼地瞪着他……

萍萍："别打了，你成心要把我的轮胎打爆哇！"

小涛："萍萍，我求你帮个忙儿！"

萍萍："不帮！"

小涛："不帮也得帮！我得把那台电脑退了……"

萍萍意外……

小涛："我爷爷生病了，急需钱……"

萍萍："你爷爷不是早不在了吗？"

小涛挠头："总之我家现在急需钱！我爸妈为难死了，我不愿看到他们为难，所以……好萍萍，趁他们都上班去了，你就帮我这个忙吧！……"

傍晚。

小涛和萍萍一块儿回到家里，父母已下班在家了……

母亲急切地："小涛，电脑呢？"

小涛："我已经求萍萍帮我退了！"——他俩满脸汗……

父亲："这……这……退得容易吗？"

小涛："不容易。萍萍跟人家哭，闹，耍赖，死磨硬泡，要不根本退不了！"

母亲："萍萍，这可叫婶儿怎么感激你呢？快来跟婶儿洗把脸！……"

在萍萍的洗脸声中，父亲低声而又严肃地问小涛："你把真相告诉萍萍了？"

小涛摇头……

父亲释然地："这就好。有些事，既然对别人保证了，就要做一个值得信赖的人，守口如瓶。"

小涛点头……

旁白："有一天，父亲偷看了我的日记……"

父亲坐在沙发上翻相册——小涛的小脚印、小手印，一系列成长过程中的照片历历在目……

父亲合上相册，表情无限感慨……

父亲拿着相册走入小屋，将相册收起——看了一眼小涛的书包，犹豫一下，打开书包，翻小涛的作业本儿，成绩册……

父亲的表情极为欣慰……

父亲发现了小涛的日记本儿，自言自语："这小子，开始写日记了……"

父亲将书包收好，转身离开——驻足于门口，回望书包，表情有点矛盾……

父亲又从书包里掏出日记本儿，坐在小涛的写字桌前看起来……

小涛的画外音："爸爸老了，头发开始白了。妈妈这一年里也明显老了，变得爱唠叨了。我心里好体恤他们。有时候我非常想反过来像家长一样安慰他们，关心他们，可又不知自己究竟应该怎样做、怎样表达，只有长久地将对他们的爱埋藏在内心深处……"

黄昏温馨的金辉中，小涛和萍萍骑着自行车返回社区——二人在楼前同时下车……

萍萍："过几天，我也请你看电影！"

小涛："那我先谢了！"

家中。

父母岁月

父亲仍在看小涛的日记……

小涛的旁白继续：亲爱的爸爸妈妈，让我在日记里向你们保证——我将来工作了，一定好好孝敬你们，一定经常给你们买爱吃的东西，节假日一定经常陪你们到处玩玩……

小涛推开家门——见自己的屋门掩着，有点奇怪，向内偷窥……

他看到父亲一手拿着他的日记本儿，一手掩面，感动流泪的样子……

小涛默默看了一会儿，悄悄退出家门，他背贴着墙蹲下了……

不知为什么，他一转身，头抵着墙，分明地——也无声地哭了……

旁白："郝叔叔到外县去之前的两天，提议我们两家到公园去玩……"

公园里。

小涛和萍萍坐在草地上……

萍萍："初中毕业以后，我不想考高中了。我想考职高，为了减轻爸爸妈妈的经济负担，早点参加工作……"

小涛："我陪你考职高。"

萍萍："骗人！你学习那么棒，会屈才考职高？"

小涛："萍萍，我的想法和你一样啊！我决定参加工作以后继续读夜大……"

萍萍："那，咱俩可真想一块儿去了！"——她凝视着小涛，忽然在他唇边吻了一下……

远处，萍萍妈指着说："呀，我女儿亲了你儿子一下！"

萍萍爸："那叫初吻。"

小涛母亲满心忧患地："难道他们开始早恋了？这可不好，这可不好……"

举着相机的小涛父亲不得不放下了相机，别有一番见解地说："家长同行们，这有什么可大惊小怪的呢？刚才咱们不是每人吃了一支巧克力雪糕吗？我猜一定是我们小涛唇边沾了一点雪糕，而你们萍萍没带手绢，只好用嘴替他吮了去！"

萍萍爸："我敢说，我女儿肯定忘带手绢了！"

萍萍妈："我女儿最喜欢吃巧克力味儿的雪糕了。她见不得一丁点浪费！"

小涛母亲喊:"小涛,快跟萍萍过来照一张合影!"

小涛站起,也将萍萍拉起,与她手牵着手跑来……

母亲:"你们有点集体观念,别离大人太远!"

小涛、萍萍下意识地松开了手……

五人重新站好位置,小涛父亲又开始拍照……

一阵喜鹊的叫声从空中掠过……

小涛母亲抬头望着说:"也许,咱们两家今年必有一家逢上喜事吧?"

萍萍爸:"干吗必有一家呀,肯定两家同喜!"

萍萍:"叔叔,把喜鹊也照上,把喜鹊也照上!"小涛父亲朝空中举起相机……

喜鹊的叫声转移……

小涛父亲朝空中举起相机追去……

咔嚓……

一张底片充满银幕——其上只照到了一只喜鹊尾巴……

画外——两家人的笑声中,萍萍和小涛的私语:

"小涛,不许改主意啊!"

"你改我都不改。我不认为夜大出不了人才。我们一定要通过自己的刻苦努力证明这一点!"

远处,传来悠长的一声:"雪糕!巧克力雪糕!……"

本文节选自短篇小说《成长变奏曲》

疲惫的人

这是十一月里的一天。确切地说，是十一月九日，离来暖气还有一个星期。

……………

像这座北方城市的许多三口之家一样，王君生一大一小的两居室单元。大房间其实并不大，十四平方米，小房间才七八平方米。大房间朝阳，小房间背阴。小房间里有一张单人床、两只微型沙发、一台电视；大房间里有一张双人床、儿子的写字桌、一排书架，另有一张电脑桌，准备凑足了钱为儿子买来电脑放上边。以前，儿子小时候，小屋里没有那张单人床，三口儿都睡在大床上。儿子发育得很猛，小学四五年级时是个小胖子，而后个子一蹿就蹿到了一米五。虽然他和妻子的身材都不算是高个儿的，毕竟，三口儿同睡在大床上是挤不开了，于是就买了一张单人床摆在小屋里，依他的意见，该让儿子单独睡小屋了。妻子却反对，理由是小屋临街，楼下是菜市场，早晨四五点钟噪声就开始响起，太影响儿子的睡眠。又背阴，终年不见阳光，势必影响儿子健康成长。再说，儿子从小有蹬被子的习惯，没大人陪睡怎么行呢？

"蹬被子是毛病。是毛病就得改！人家外国，啊，小孩三四岁起……"

他企图坚持一下自己的意见。

"去去去，少跟我提外国！外国还有一家住一幢小楼的哪！那是好比的吗？……"

妻子急赤白脸地反驳他。

儿子默默从旁听着,一副事不关己的模样。

他又问儿子:"你自己的意见呢?"

儿子说:"我认为,我和我妈还是应该睡大屋。因为,我和我妈都比你起得早,所以,都比你需要保证睡眠质量。"

他张了张嘴,再什么话都没说出来。

妻子乐了,当即在儿子脸上亲了一下,感动地说:"好儿子!真是好儿子,心里知道疼妈了!"

儿子自从当上"二道杠",说话不再像孩子了。话中不但"因为""所以"多了,还动辄"我认为"。

在家里,也不知究竟从哪一天开始,他和妻子都相互比赛着似的讨好儿子那种"我认为"。

从此,他睡小屋的单人床了。

儿子上中学后,个子又蹿了一蹿,快和他一般高了。

有天早晨,儿子上学去以后,妻子前脚小屋门里,后脚小屋门外,手拿梳子一边梳头一边对正坐着穿衣服的王君生说:"哎,从明儿起,我睡小屋,你和你儿子睡大屋吧!"

他困惑地问:"怎么了?"

妻子白了他一眼:"还用问啊?你是盲人啊?看不见你儿子已经长多大了吗?"

经妻子这一反问,王君生顿悟,儿子早已不再是小孩子了,不能再和妻子睡在一张床上了。再继续那么睡下去,对妻子对儿子,都是很尴尬的事了。

他闷闷地穿好衣服,下了床,走入大屋,以换房人那种目光打量了一番,然后闷闷地走入小屋,又是一番打量。接着找出一段绳子,量单人床,量小屋的门。再次走入大屋,量双人床,量大屋的门。妻子并没理睬他的举动,站在厨房里,手拿半张油饼,一边吃,一边等着煤气灶上的一壶水烧开。

他说:"哎,跟你商量个事。"

妻子从厨房探出头,两腮嚼动着,耐心有限地瞪着他。

"咱们把大床移到小屋,把小床换到大屋怎么样?"

父 母 岁 月

妻子喉部一蠕，一口油饼不太顺畅地咽下去了。他看得出，妻子吃得怪干的，显然是希望在上班前能喝上口开水。儿子的早餐是半截肠、一个煎鸡蛋、一袋奶；像许多家庭一样，儿子是重点营养对象。妻子不享受儿子那种优待，一般早餐是半张油饼、一碗豆浆。楼下卖豆浆的外地人回老家去了，她就连豆浆也喝不上了。他和妻子同等待遇，半个月来天天的早餐是油饼和开水。偶尔换样，不过是油饼变油条。三口之家，如果每人的早餐都是半截肠、一个煎鸡蛋、一袋奶，他们是吃不大起的。或者不说吃得起吃不起这么难听的话，而说舍不得吃吧。妻子已半下岗，每月三百多元工资。三口之家一个月都那么吃下来，儿子的电脑就甭想买了，电视机和冰箱也甭打算换了，妻子更甭打算每年添一两件新款式的衣服了。

四十四岁的妻子，对自己的穿着偏偏越发上心起来。她的节俭是情愿的，有个人主义之目的。他却一直都希望每天吃和儿子同样规格的早餐，只不过这希望实在难以启齿。并且，自忖即使说出口了，也不会获得妻子的批准。

妻子喉咙通畅以后说："怎么？你要一个人占据大屋呀？想得倒美！"

他说："你看你这人，动不动就对别人的话产生误会。我能那么自私？能那么想吗？把大床移到小屋，咱俩从此不就可以同床了吗？"

妻子眨眨眼，似乎还是没能立刻领会其意。

他又说："反正是万万不可以让儿子睡小屋的。得保证儿子在家里也有一个安安静静的学习环境是不？"

妻子点了点头。

"那你就快来动手和我搬床呀！还愣着干什么？"

"可，我再耽误几分钟，上班就该迟到了！"

"不迟到不是每月也照样开三百多元吗？"

"可如果再迟到，也许就……"

"你别啰唆了行不行！"

他不禁恼火起来，冲妻子大嚷一句，他知道妻子想说的是"就轮我下岗了"。正是由于妻子想这么说，他才恼火。

妻子一声不吭，放下手里的油饼，走到大屋听从他指挥。

"你把手上的油擦擦！"

妻子就从床上抓起条枕巾擦手。

他看了更加来气，吼道："你怎么用枕巾擦？"

妻子说："你从来也不洗东西，你火什么？"

他说："擦上了油能洗掉吗？"

妻子说："你没看电视里的广告哇？新一代的'活力二八'，半瓶子油倒在这条枕巾上也能洗干净！"

他气得张了张嘴，一时不知说什么好。

妻子却扑哧笑了，反而催促他："快点，快点！我听你指挥。依你也好，我没意见。省得我每个星期六半夜三更的偷偷溜到小屋去就合你那点需要！"

他刚抬起一边床，听了妻子的话，又放下了，目光很凶恶地瞪着妻子。

妻子赶紧又笑道："你干吗这个样子看着你老婆呀？开句玩笑都不成了？好好好，不是我就合你。我承认我也有那点需要行了吧？"

于是她弯下腰去先自抬起了她那边床。

他看出妻子内心里其实是很为他的英明决策所鼓舞的。决策无论对于他还是对于妻子，明摆着好处大大的，而且早都是各自的夙愿。分床其实比分居强不到哪儿去。在三十余平方米的空间内夫妻的分床隔室，若非正闹离婚的两口子，彼此都难免会有种仿佛被相互虐待的感觉。他意识到了自己的生气并没什么道理，于是也笑了，也抬起了他那边床。

"两道门能通过这张大床吗？"

"没问题，我量过的。"

"你量得准吗？"

"你今天怎么这么多废话呀！转！不是往你那边转，是往我这边转！真笨！抬，抬高！再转！现在是往你那边儿转！"

"我可告诉你，差一丝一毫也过不去。"

"给我闭嘴！"

"是不是应该先把那张单人床拆了，把小屋腾空？"

"这……"

妻子的提醒无疑是非常之及时的，也无疑是非常之正确的，正确得像真理一样。

父母岁月

于是两口子暂时放下大床,都到小屋去齐心协力对付那张单人床。小屋的空间太小,要想成功地在小屋里将那张单人床拆了,必得先将电视机和两只小沙发搬出小屋。也不能往大屋里搬。大屋塞满了,又势必影响一会儿搬大床。这个家没厅,所以只能往家门外搬。

他们那么做了。看起来没几样东西,真往外一搬,一些平时用不大着的杂物,以及墙角床下的木箱纸箱,就都暴露在眼前了。单人床终于拆散,铁床架也搬到外边的楼道去了。楼道巴掌大的地方,堆放不下,有些东西就只得往楼梯上堆放。只剩下单人床的床板,靠着一面墙立了起来。两口子都已出了满身大汗,而且都有点气喘吁吁起来。都是四十好几的人了,久没这么出力气地"劳动"过了。岁数不饶人啊!

当两口子重归大屋,妻子一屁股坐在双人床上,仰起汗津津的脸问他:"歇会儿不?"

他看出她是真累了,想歇会儿,但又希望歇会儿的话由她口中说出。他也有点累,却更希望早点把房间重新安顿好。

所以他问:"你很累吗?"

妻子偏不说累,反问:"你就一点都不累吗?"

他所问非所答地说:"我是替你考虑,你不急着上班去吗?"

妻子看了一眼手表,终于站起来,不无抱怨地说:"都晚一个多小时了!行,那就不歇,接着倒腾。"

王君生马上跟了一句:"对对,还是你说得对,一鼓作气的好!"

…………

要从面积并不算大的大屋里,将那张很大的双人床弄出去,实在不是一桩容易之事。如今家具市场几乎见不着那么大的双人床了,它是十六七年前的产品。两口子结婚前一块儿去家具店买床,他一眼就看中了它。他说这家伙值得买!大!儿子五六岁以前不必添小床了。她难能可贵地,半句也没与他争执就同意了。她当时悄悄对他说,比一般的双人床宽一尺,却只贵二十几元钱,合适!仿佛买下它就等于占了一次大便宜。王君生已根本说不清当年是怎么将它弄进屋里的了,当年有他和她同事中的几个壮小伙帮忙,没让他两口子靠前。他只记得大床摆好以后,几个壮小伙都累得东倒西歪。

王君生想得很缜密，怎么将大床竖起来，再怎么翻过去，怎么九十度一转，再怎么一竖、一翻、一推、一转……就进小屋了。但两个人按照他那缜密的"理论"去"实践"，结果满不是那么回事了。不是在竖的时候"理论"脱离"实践"，就是在翻转的时候"实践"背离了"理论"。妻子表现颇佳，他怎么指挥，她就怎么配合，始终一言不发，对他的指挥保持绝对的沉默和绝对的服从。终于，他们是将那大床竖着推到了小屋和大屋之间的窄过道里。代价是刷下了一大片墙皮，撞松了大屋的门合页，铲起了一溜儿地板革，碎了一只两口子都很珍视的花瓶，碰裂了鱼缸的一面玻璃，淌了满地水，还搞断了电话线，摔哑了电话机……

在过道儿，两口子隔于床的两边。王君生没法儿挪地方，被床挡在墙角了。妻子既进不了大屋也进不成小屋，被床挡在家门口了。而最糟糕的是，分明地，那竖起着的大床，并不能进一步被推入小屋。两只床腿卡于门外，不是卡着一点点，而是齐床裙那儿卡住了。即使将四只床腿统统锯掉，床也还是没法儿推入小屋。因为没法儿像他指挥的那样，将床在过道里再翻一次，再转一次。不是力气问题，而是立体几何问题。尽管被挡在墙角挪不了地方的他直嘟哝："只要再翻最后一次，只要再转最后一次……"

连他自己也不清楚自己究竟在哪一步骤指挥错了。也许指挥步骤并没错，错在最初的理论设想。但总之，明摆着是错在他一个人身上。妻子是半点错也没有的，因为她一声未吭，只服从指挥来着，只奉献力气来着。

她隔着竖起的大床对他说："快，给我找创可贴！我手挤破了，进不去屋！"

他只能看见她的头，她也只能看见他的头。她紧皱着眉，而他咧着嘴——他一只脚正被床压着。他在往外挣脚，一时挣不出来。他们的头倒是可以凑近的，但是那样的两颗头显然都无心往一块儿凑。他说："你先抬一下床，床压着我脚呢！你站着怎么用劲儿呀，蹲下呀！"

于是她的头在他眼前缩下去不见了。

他一抽出脚，立刻同时听到她的叫声："哎呀哎呀，我手也被压住了！快抬床快抬床！"

他就慌忙抬床。他要抬起床也得蹲下身才能用上劲儿，但是他被紧挡在

父母岁月

墙角的身子却难以蹲下去。勉强蹲下去了,又不便于使劲儿。而她的"哎呀"声一直不绝于耳……

终于,她的手获救了,两口子又能看见对方的头了。

她说:"偏偏破了的手又被压了一下。"

他说:"那我也没法儿替你进屋去找来创可贴,我被挡在这墙角了。"

她说:"我提醒你应该再仔细量量门的吧?"

他说:"你并没像现在这样提醒,你只不过问我量没量门,而我预先量过了。"

她说:"那你究竟是怎么量的?怎么会是现在这么一个结果?"

他说:"量的是没错,肯定实际搬时搬错了。"

她的头猛地向他的头凑近,挑眉瞪着他说:"你意思是,也有我一份儿错啦?"

"我没这意思。"

他想伪装出点悔意,实际上他心里也确有些许悔意,但那些许悔意并不情愿从他心里爬到他脸上。他希望它明智又成功地爬到他脸上,所以暗中和它较劲儿。这么一来,就使他脸上的表情非常古怪,不但显得毫无悔意,看去反而似乎有几分无赖相。

"你知道我心里这会儿怎么想的吗?"

妻子瞪着他的双眼眯了起来,表情和语调都有那么几分戏剧的意味,仿佛在说一句台词。这是中国和外国的电视连续剧对人们日常生活的污染现象。它使不是演员的人们在某些日常生活的"规定情景"下,想象自己只不过是在演戏,并且说出类乎台词的话语,企图以此方式摆脱糟糕的局面。这种局面在人们的生活中是越来越多了,每每做一下演员之状的男人和女人也越来越多了。

那时两口子隔着竖起的大床凑近着的两颗头,如一对儿欲斗的鹌鹑。妻子那颗浓发焗得蓬松而曲卷的头,像一只雌鹌鹑;而他那颗刚刚理过的头发稀少的头,像一只脱毛的雄鹌鹑。两颗头的态势一触即发,似乎立刻会将对方的眼睛啄出来。

然而王君生被妻子那句有几分戏剧意味的话逗笑了。他说:"我知道你想和我大吵一架，也知道你其实不会和我吵，因为你怕舌头上再生出小瘤儿。"

他的表情和语调也有那么几分戏剧的意味，他想逗妻子也笑一笑，企图减轻眼前糟糕的局面对自己和妻子的心理造成的压迫感。

妻子却没如他所愿地笑。她的头猛地向后仰去，与他的头拉开了距离。同时她眯起的眼睛又瞪大了，一只手臂高举在竖起的大床上方了……

王君生恐怕挨耳光，急忙往床下缩他的头。迟了。不过妻子的手也并没扇在他脸上，她扭住了他一只耳朵，扭得他龇牙咧嘴，歪着脸踮起了脚……

她小声然而威胁地说："给我听清楚了！我下班回来以后，要看到这个家又恢复了家的面貌，否则你可别怪我跟你翻脸！"

进入不了大屋也进入不了小屋的妻子，用手绢包扎了受伤的手，撇下家门里外糟糕的局面，以及被囚隔在墙角的丈夫，匆匆地上班去了。一个易拉罐儿滚下楼梯的锡鼓般的音响声，伴随着妻子匆匆的脚步声一直到楼下。

"这是谁呀？热闹劲儿的！一大清早，就不能让别人睡个回笼觉哇？！"

楼下传上来某男人的谴责。邻居们关系不错，那男人的谴责很有分寸。王君生听出了那男人的恼火，猜他大概非常想骂，又不好意思骂出口。

他像爬墙一样从墙角爬到大床这边来了，但爬过来了也还是进不了大屋。正一筹莫展之际，楼上一家的男人站在他身后了。

"哎呀，王大哥，你这是……要搬家吗？……"

对方比他年轻十二岁，是商业局的一位处长，姓姚，而王君生是商业局下属酱油厂的一小小分厂的副厂长。按级套的话，勉强算是副科级。他一向觉得对方对他的敬称中，隐含着几分轻蔑。他不喜欢对方，正如对方一向假装和他亲近。

他没好气地说："不是要搬家。我能往哪儿搬？只能在这儿画生命的句号了！我是想把这大床弄进我这小屋去！"

"原来如此。"对方朝楼下一招手，"你们上来！"

于是上来几名棒小伙儿，印在他们工作服上的字告诉他，他们是搬家公司的。

对方说："麻烦你们帮他把这大床弄进那小屋，完事我送条好烟谢你们！"

父母岁月

于是几名棒小伙儿挤进他家门，有的研究床，有的掏出卷尺量他家小屋门的高度和宽度。

王君生连忙对踌躇满志的姚处长说："不必麻烦他们，不必麻烦他们……"

姚处长苦笑道："别客气。我买了一套家具，正巧今天送来。你家堆在楼道的东西不清理了，我那套家具能往上搬吗？老实说，我已经陪着他们在楼外等半个多小时了。不是我没耐心，是他们急，人家上午还有两处搬送任务哪！"

王君生的脸倏地红了，连声说对不起。

棒小伙儿们中的一个，脸上毫无表情地对他说："拿锯来！"

他一愣："拿锯干什么？"

"不把四个床腿儿全锯掉，这床根本弄不进你这小屋去。"

"锯床腿儿可不行！把床腿儿全锯掉我妻子回来要生气的！"

棒小伙儿们中的另一个脸上毫无表情地说："也不必四个床腿儿全锯掉，我看锯掉两个就行！"

他指的不是前后的两个床腿儿，而是同一侧的两个床腿儿。

王君生不禁地叫了起来："那……那我这床不就成了滑梯了吗？！"

棒小伙儿看看他们的雇主，一个个都嘟哝——那就没办法了，爱莫能助了！

姚处长急了，振振有词地说："王大哥，你这么样儿就不太好了吧？我雇的人，我劳他们的驾帮你忙，我替你出一条好烟谢他们，你怎么还难为起他们来了呢？"

王君生也火了："你这叫什么话？依他们出的主意，我这床还能当床睡吗？"

又有一个棒小伙儿说："其实四条床腿儿都锯掉也没什么不好，如今时兴矮床。"

王君生吼道："可是我老婆回来要生气的！我不想惹她生气！"

棒小伙儿们一时就都沉默了，都将目光望向姚处长。王君生从他们的表情看出，分明地，他们内心里是全都将他视为一个非常怕老婆的男人暗嘲着了。

他不由得又吼了一句："我并不怕老婆！"

两个棒小伙儿忍俊不禁地侧转身窃笑。

姚处长忙说："王大哥你别发火儿！千万别发火儿！咱们再冷静想想，办法是人想出来的嘛！"——他说着掏出烟，一一分给棒小伙儿们，并给了王君生一支。

他心里生气。既生自己的气，也生那些棒小伙儿的气，还有点生姚处长的气——他妈的你怎么偏偏这时候添乱！由于生气，本不想接烟，但是一只手却不由自主地伸了出去……

他吸了两口烟，情绪镇定了些。转而一想，自己生别人的气，是多么的没有来由。

他歉意地冲姚处长笑了笑。

姚处长也冲他笑了笑，表白地说："不是我没耐心，真的不是我没耐心，是他们着急……"

姚处长说完看了一眼手表。

腕上戴着手表的棒小伙儿们，也都受他的影响，低头看起手表来……

王君生终于义无反顾地说："算了！我这床也不往小屋弄了，诸位干脆帮我把它归回大屋去吧！"

姚处长立刻将吸了半截的烟扔在地上，一脚踩灭，下达了命令："抬！"

于是棒小伙儿们都一齐扔掉了烟，齐心协力抬那大床。终于，众人费尽九牛二虎之力，又将大床弄到了大屋门口。但是那大床也没法儿归回到大屋里了，还是有两条床腿儿碍事。正是进也进不得，退也退不得。早知如此，何必当初！

姚处长却狡猾地对棒小伙儿们说："诸位，王大哥对这张床挺有感情的，别硬往屋里弄了，弄掉哪条床腿儿王大哥该心疼了！我看让王大哥自己慢慢往屋里移吧。他能移出来，他就一定能移进去。咱们先帮王大哥把楼道的东西统统搬进来！……"

于是棒小伙儿们就都心照不宣地撤出去了。不愧是搬家公司的，转眼就将堆在楼道和楼梯上的东西全搬进来了。楼道和楼梯上的障碍是清除了，但是他的家里却被堆得几乎没有立锥之地了。

父母岁月

他们还替他将家门关上了。

听到家门外沉重的脚步声,他将家门开了一条缝朝外偷窥,见那些棒小伙儿们抬的是漆光闪耀的红木家具。他曾在家具店见过那样的一套家具,标价两万多。他家在三层,姚处长家在五层。他家住一套两居室,姚处长家住两套两居室,打通了一堵墙。去年春节他曾到过姚处长家一次。姚处长家装修得很高档,如五星级宾馆,又具有咖啡厅的情调。那一次去姚处长家,他心里格外受刺激,所以再也不去了。他想,宽敞而又装修高档的住房,摆上一套红木家具,主人待在家里的心情将会多好哇!这么一想,他就不禁地嫉妒起来。

他已经完全忘了,自己和妻子是怎么样将那大床从大屋里弄出来的。弄出来,是一套步骤;弄进去,必是另一套步骤。好比打算盘,加法和减法的口诀是不一样的。那些棒小伙儿预先根本不思考步骤,所以床腿才又卡在大屋的门外了。要不,搬得出来的东西,怎么会搬不回去呢?唉唉,现在的年轻人啊,无论什么事情上,对别人是半点责任感都没有了!

最终,他自己也不得不动锯了。幸亏他学过木工,家里还保留着一把锯。锯挂在阳台上,遭雨淋过,生了很厚的锈,凑合着还能使。往下锯床腿儿时,他觉得像自己截自己的肢。姚处长说得不错。他的确对这张大床有了种说不清道不明的感情。没有这张大床,就没有儿子啊!一家三口,曾共同在这张大床上睡过两千五六百个夜晚啊!……

床,到底是被他又弄入大屋里了。而且,又推到原来的位置了。它比以前矮了一尺,看去像屋地砌了一级台阶似的。他坐、躺、站,反复数次。觉得坐着别扭,膝盖必须耸着了,要想伸直,就只能把两只脚伸向前边去了。躺着呢,像躺在地上似的了。往起站,四十多岁的腰板得使把子劲儿了……

刚接上电话线,修好电话机,单位来了一次电话,问他是不是忘了,厂里要由他主持"打假预备会"。他当然忘了。若没忘,一大清早就不挪床了。想得太简单了,以为半个多小时就大功告成的事,不承想累了两个多小时,白累。可他对厂里说没忘。身为副厂长,不按时上班到厂,还把由自己主持的会给忘了,像话吗?他撒谎说他病了,感冒了。早晨起来头疼得厉害,不能去上班了,请转告等他到厂开会的同志们,"打假预备会"改天再召开吧……

放下电话，发了半刻呆。心想真他妈的，什么都假，连酱油和醋居然也不能幸免。要是某一天假货比真货还多，那打得过来吗？

将小床也重新支起在小屋里，将家具重新都归了位，赶紧的接着就拿起笤帚扫地，拿起墩布拖地。往外扔四条锯掉的床腿儿时，碰见姚处长从楼上下来，夹着一条烟。

姚处长笑了，略带挖苦意味地说："王大哥，咱们楼上楼下住着，又是同一个系统的干部，你也太跟我客气点了吧？不就是锯掉四个床腿儿嘛！为什么就偏不让人家替你锯，偏自己锯呢？"

他怔怔地望着姚处长，一时竟不知怎么回答才好。

姚处长从腋下抽出那条烟给他看，又说："你看，我这人多实在。说了替你送人家一条烟，就真送。你偏不让人家帮着锯掉四条床腿儿，我这条烟不是替你送得有点亏吗？"

他本想这么顶一句："用不着你替我送一条烟！"——可转而一想，如果这么说了，就得从自己家献出一条烟。姚处长拿在手里的是一条"红塔山"，自己家还没一整条比"红塔山"好的烟，相比之下送不大出手。光顶一句拉倒呢，嘴上倒是痛快了，却又会显得自己未免太小气了。

于是话到唇边强咽回去，改口说："我算什么干部，才管百十来个做酱油的。还不是主管，是个副的！你今后甭用'干部'这个词儿抬举我。"

他话一说完，转身便进了家门。

只听姚处长在门外嘟哝："这话从何说起呢，这话从何说起呢……"

姚处长的尴尬，终于使他心里的气消了点。

家又恢复了往日的样子。由于床矮了，墙皮剐掉了一大片，地板革被床腿儿铲起了一溜儿，鱼缸漏了，鱼全死了，大衣柜的镜子裂了……所以区别还是有些的。

妻子和儿子晚上在家门口遇着了，同时进了家门。

妻子小屋大屋来回看了一遍，将拎包往床上一抛，双手朝腰里一叉，瞪着他意欲发作。

儿子看看当爸的，看看当妈的，还没从身上取下书包，就像乐队指挥似

父母岁月

的左右分开两臂,及时制止道:"同志们同志们,这有什么可惊有什么可怕有什么可大惊小怪的?我对家变成了什么样子并不在乎,我在乎的是我在班里的学习名次!告诉你们,我可临近考试了!"

他赶紧表态:"儿子,我和你在乎的事情是一样的。"

于是妻子叉在腰际的双手垂下了……

吃晚饭时,他搭讪似的对儿子说:"儿子,跟您商量个事……"

儿子一口饭含在嘴里,撩起目光看他,像一位不喜欢被拍马屁的老板看着一名企图讨好取悦的下属。

妻子也不拿好眼色乜斜着他说:"你酸不酸呀?跟儿子说话还您您的!"

他这才意识到自己用错了词,赶紧又自嘲地笑着说:"幽默嘛,调节家庭气氛嘛!我要跟您,不不,跟你商量的是这样一件事——你睡觉太不老实了,有好几次夜里差点一脚把你妈蹬下床,所以呢,你妈提出……"

妻子在饭桌下狠狠踩他脚,他赶紧纠正自己的话:"不,不是你妈提出,是爸爸主动要求,也可以说主动申请,从今天晚上起,和你共同睡在大床上……"

儿子含在嘴里那口饭,还不往下咽。他看出儿子脸红了,同时也看出,儿子不是由于不好意思才脸红的,分明是感到被侮辱了,自尊心受到严重伤害了。他早就开始觉得,在他们这个三口之家里,每个人的自尊心都比以前增强了,也敏感了、脆弱了、很容易受到伤害了。而首先需要共同爱护的,是儿子的自尊心,其次是妻子的,再其次才是他的。再其次也就是最后的意思。最后的意思也就是不太受到特别的爱护,伤害一下也没什么大不了的意思。儿子每升高一个学年,他就越发地感到,他们之间的父子关系在渐渐地发生倒错似的。

他常独自暗想,到了儿子高考那一年,大概就是到了他这位父亲在儿子面前最像儿子的时候了!起初他还本能地惊异于这一种倒错,后来慢慢习惯了。仿佛有一种强大的渗透力,决定着这一种倒错是合理而且正常的现象。他今天竟对儿子称"您",实在是由于那一种渗透力在潜意识中作祟。

他简直近乎小心翼翼地又补充了一句:"行吗儿子?你同意吗儿子?"

儿子嘴里那口饭终于缓缓咽下去了。

儿子喝了一口汤，顺了顺咽喉，然后眯起眼凝视着他反问："爸，我在这个家里是什么地位？"

他和妻子不由得对视了一眼，妻子的一口饭也顿时噎住。

他不知究竟应该怎么回答儿子的话才妥。

儿子又说："好，那么让我来替你们回答这个问题。我在家里的地位是——儿子！是刚上高一的儿子！既然是儿子，那就要做得像个儿子。而且，我认为，一切儿子，都应该尽量做个好儿子，我处处就是这么要求自己的。可你们，你们好像早就不把我当儿子看待了！你们常常搞得我没有了是儿子的感觉你们知道吗？而那一种是儿子的感觉对我很重要你们知道吗？一个高一的大儿子还需要有人陪睡吗？这要是传到同学之间多让他们耻笑我！我为什么不能单独睡那间小屋？为什么不能自己睡那张单人床？爸、妈，我主动要求，也可以说主动申请，从今天晚上起，单独睡小屋！"

妻子一急，嘴里的饭没往下咽，吐在桌上了。

她说："那可不行！那可不行！小屋太阴，终年不见阳光！你小时候着过凉，已经落下了关节炎！"

"关节炎？"——儿子打鼻孔里嗤出了一声，"我是足球场上的前锋，我自己怎么不觉得？"

儿子的目光望向了当爸的。

王君生立刻从旁证实："对对，你妈说得对，她没骗你。你现在不觉得，是因为爸妈自那以后一直加倍爱护于你……"

妻子不满地说："你比我对儿子的责任感更强？"

他便又纠正自己的话："是妈妈，妈妈自那以后一直加倍爱护于你。还因为你现在年轻，精力体力都处在充沛阶段，所以自己不觉得。再说睡在小屋那边也太吵，会影响你学习。你学习成绩的好坏，是咱们家目前的头等大事！"

儿子看看爸爸，看看妈妈，低声说："那，我要在这件事上表现得像一个好儿子，就只有接受我爸的申请啰？"

他说："爸爸是这么希望的，这么希望的……"

妻子说："好儿子其实就是那种善于理解爸爸妈妈爱心的儿子，儿子你

父 母 岁 月

在我们心目中正是这样的好儿子呀！"

儿子问："爸，那么你把床腿儿锯掉了，是为了防止被我从床上一脚蹬到地上摔着？"

他笑了，摸了儿子的头一下，解释性地说："那倒不是。如今时兴矮床嘛！"

儿子说："为了赶时兴，不惜以种种损坏为代价？"

他挠挠头，笑得苦涩起来。

儿子又问妈："妈我夜里真乱蹬乱踹吗？把你从床上蹬下去过吗？"

妻子被问得直眨巴眼睛。他看得出，妻子是多么不情愿将莫须有之事强加在儿子身上啊。

他一时变得机敏起来，俏皮地替妻子回答："对于儿子问的话，母亲如果不便回答，有权保持沉默。"

三口人面面相觑了一阵，突然都大笑不止……

那一天晚上，儿子十一点半以后才上床。王君生在儿子做功课时，一直躺在床上看一本《世界名人幽默》。他不好意思先睡，有意陪伴儿子。他的目光几次离开书页，望向儿子的背影，心中涌起一股股浓厚的体恤之情。但一想到如果两年后儿子高考落榜，对儿子、对他和妻子意味着什么，也就只有一再打消催促儿子上床的念头。进而想到许多家庭高一的儿女们肯定都是这么用功地学习着，为父者的感情便平衡了。

那一本书中每页都有名人的幽默话语和可笑之事，但他默默地读着，竟一点也笑不起来。

儿子反而心疼他，几次劝他先睡，并将台灯光用纸罩住了半边。

他谎说不困，其实很困。劳累了一天，怎么会不困呢？

儿子上床前，没刷牙、没洗脸也没洗脚。他关灯不久，儿子便发出轻微的鼾声。

他刚翻过身去，又隐隐听到妻在小屋抽泣。欠身细听，一片寂静。头一挨枕，眼一闭上，又听到了。

小屋比大屋的温度低四五度。他想妻子白天手上带着伤，心里憋着气，因为配合他的举措而上班迟到，这会儿肯定非常希望获得他的温存和体贴吧？但又一想，那么谁来哄哄我呢？也就有点懒得理她。但妻子的抽泣声伴奏着儿子的鼾声，并不自行地停止，终于使他听得心中有些不忍了，于是悄悄起身，赤着脚溜到小屋里，还没忘用脚钩上小屋的门。

黑暗中，妻子将被卷裹在身上，似乎不欢迎他的光临。小屋的确冷，他只穿条裤衩，在床前冻了片刻，浑身一哆嗦打了一个大喷嚏。觉得怪没趣儿的，一转身淌着清鼻涕就想离去。妻子的手却及时从被窝里伸出来，在他大腿上拧了一把。他领会到这是被接纳的表示，于是掀开被子，一条黄鳝似的钻进了妻子被窝。

妻子悄问："你把什么搞到枕巾上了？黏糊糊的！"

他说："清鼻涕，我用枕巾角擦了下鼻子。明天我要是感冒了责任在你。"

妻子说："讨厌！"——顺势往他怀里一偎。

他就将她搂抱住了，嘴贴着她耳朵说："你有什么可委屈的？我才委屈呢！我要把大床换到小屋来，还不是为了从此咱俩可以像两口子那样天天晚上同睡在一张床上？还不是为了给儿子创造更好点的学习条件？"

妻子说："这我都明白。"

他说："你明白，半夜三更还在这屋抽抽泣泣的！"

妻子说："我心里的委屈和烦，是因为另外的事。今天我们商场领导找我谈话了，让做好下岗的思想准备。"

"就找你一个人谈话？"

他心情一沉。

"找了二十多人一起谈的，都是我这种四十好几的人……"

他感到妻子的泪弄湿了他的胸。

"这你犯不着觉得委屈，更犯不着流泪。不少单位都要开始动员，前些天我这小小酱油厂的副厂长也找了几名职工下毛毛雨呢！"

前些天厂办公会决定让他负责下岗职工的动员工作。这可不比领导"打假小组"打假，这是得罪人的很棘手的事。他本不愿管，可厂长等几位厂级干部一致讲他人缘好，为人正派服众，工作比较好做些。他却之再三，没办法只好应下。找几位下岗对象一谈，对方不是痛哭流涕说家境困难，就是怒气冲冲骂不绝口，搅得他心里沉甸甸的不好过。想不到自己的妻子也面临下

父母岁月

岗的境况。他不禁地对妻子生出一阵怜爱，不停地抚摸她的身子，吻她的肩和颈子。

"这一次看样子不是下毛毛雨，要来真格的了！"

"那也不必慌，更不必怕，到时候我自有安排。"

其实他在说大话。他自己内心里，受到这件出乎意料又似乎意料之中的事的冲击，开始慌和怕起来了。妻子原在一家小商店当售货员，是他四处送礼求人，才将妻子调到目前这家大商场当售货员。没想到这家大商场的经济效益一天比一天下降，前景越来越不妙。而当初那家小商店，由于周围一片新的社区先后落成了，买卖却一天比一天红火。

"当初真不该听你的。我说都四十多岁了，不必再调了，你偏怂恿我调。偏说树挪死人挪活！我要不调走，兴许能当上副经理呢！那不就和你一样，也混入国家干部队伍了？什么事一听你的，结果准糟！"

妻子又在他胳膊上狠狠拧了一把。

"当上副经理又怎么样？还不就是个副科级！都不敢往名片上印，反而怕被别人小瞧。"

"听说原先那小商店，每人的月奖金就三四百元呢！我要真下岗了，每月可就只能拿二百来元了，光指你每月那六七百元工资，以后的日子可怎么过呀！"

"放心，车到山前必有路，柳暗花明又一村……"

对于以后的生活状况的慌和怕，一出现在他内心里，就像蚂蚁出窝似的，顷刻成为一群，在他那男人的胸膛四处乱爬，乱钻乱咬。

他没有了困意。

"你就会……"

黑暗中，他猜到了妻子还想继续抱怨他，于是便用自己的嘴去吻堵住她的嘴，同时将她搂抱得紧紧的。

妻子在枕上晃着头，想要躲开他的吻，想要说出她一心想说的话……

他一翻身，将她牢牢地压在自己身下，并用双手捧住她的头，不许她的头再晃。他内心里涌起了一股强烈的冲动，似乎只有靠了那一种冲动的实现，才足以抵消掉渐渐扩散满胸膛的慌和怕……

妻子服帖了，温顺了，不但开始接受他的亲吻，也开始抚摸他了……

他从沉睡中被妻子推醒，没醒前做着梦。梦见不会游泳的自己在激流中随波而下，紧抱着一只鱼形的儿童救生圈不敢稍微一松。醒来才发觉紧抱着的乃是妻子的两条腿。

妻子指指窗，灰白的天色透过了窗帘。他一时有些懵懂，不知自己怎么居然会在小屋里，和妻子挤在一张单人床上。

妻子将一根手指压在他嘴上，另一只手朝大屋指了指……

他这才想起夜里的事，同时立刻明白了妻子的暗示。幸亏自己还不算是个胖男人，他想，否则单人床就容不下妻子躺了。显然，妻子若不与他头脚倒置而眠，两个人谁都别想睡成。

他悄悄起身下了床，内疚地问："没睡好吧？"

半明半暗中，他看出妻子的脸有些浮肿。

妻子温情脉脉地笑着说："还行。"

"夜里……你好吗？……"

"好。"

妻子温情脉脉地回答，使他心里不那么内疚了。

他俯身吻了妻子一下，又赤着双脚悄悄地溜回大屋，轻轻躺在地铺般的大床上。

"爸，你小心着凉。"

儿子冷不丁地说了一句。

"儿子，你……什么时候醒的？……"

连他自己都听出来了，语调是那么羞惭。

"刚醒。"

儿子背朝他，一动未动，看样子并不打算向他翻过身来。

"我上厕所了。是我上厕所把你弄醒的吗？"

话一说完，他立刻觉得说得太不像话。明明是从妻子的床上溜回来的，怎么可以说成是"上厕所了"呢？这不等于是在侮辱妻子吗？

他从床头柜上摸起手表看了看，四点过五分，还有两个小时可接着睡。听听儿子的呼吸非常之均匀，以为儿子又睡过去了，却不料儿子再次说：

父母岁月

"爸,其实你们大可不必……"

显然非是梦话。

他一时仿佛被粘在床上,动不得了。半天,才细语悄声地问:"儿子,我和你妈……大可不必怎么呀?"

那份儿心虚,如同他和妻子加入黑社会而被儿子有所觉察了。

"你们的心理完全可以放轻松点,大可不必把我的存在当成一回事。"

儿子的口吻听来无比郑重。

他一阵怔。又半天,以其昏昏却企图使人昭昭地说:"那我们可做不到啊!儿子,你对我和你妈很重要……"

他向儿子翻过身去,靠拢过去,隔被将一条手臂搭在儿子身上。

他又说:"你的存在非常重要。我们只有你一个儿子,哪能不把你的存在当成一回事呢?"

"爸,再睡会儿吧!"

儿子仍一动也没动。

他却在心里反复破译儿子的话,不知儿子的话是泛指一向的家庭关系,还是针对夜里自己贼一样的行径……

吃早饭时,这三口之家,每人的表情都显出了几分庄严的意味。

他由于前二十四小时内,心理方面和身体方面都有较大的消耗,而且睡眠不足,没能恢复过来,在单位从上午到下午一直处于腰酸腿软、头晕目眩的状态……

今天,暖气是早已经来了。元旦已经过去了,春节就要到了。

今天他躺在大屋的床上休病假。确切地说不是休病假,而是疗养公伤。其实疗养公伤也不算说得很确切。因为他的伤不是在单位造成的,而是在离家不远的街拐角造成的。也不是在工作时间内造成的,而是在公休日造成的。

那一天是星期六,上午十点多钟,他推着坏了闸的自行车到街拐角去修,迎面碰上一个戴墨镜、穿夹克衫的青年。

对方彬彬有礼地拦住他,彬彬有礼地问:"您是不是姓王?"

他说是,我姓王。

"你就是王君生先生吧?"

他点头,谦虚地说不必称先生。

对方笑了。

他也笑了。笑着反问:"您是……"

对方笑着从兜里抽出了右手,手上戴着金属撑子。就是黑帮电影里打手打人的那一种。他在家里看过些黑帮电影的录像带,对那玩意儿并不眼生。

"教训你这个王八蛋!"

他刚意识到情形有点不对,还没来得及做出什么防范的反应,额头上已挨了重重一击,倒在地上。

不知从哪儿又冒出了两个家伙,他们一齐用穿着皮鞋的脚踢他,踢得他刚从地上支撑起身又倒下去,刚从地上支撑起身又倒下去……

他没喊叫求救。四十六岁的他,一向是个老好人,并不曾得罪过谁,也是生平第一次遭到殴打。所以他的嘴还根本不习惯喊叫出求救的话语,他完全是在一声不吭地遭受着殴打。当然,他也完全丧失了抵抗的能力,更谈不上反击了……

他住了半个多月医院。肋骨折了两根,眉骨那儿缝了几针,额上也缝了几针,耳朵险些被撕下来,缝了十来针。脸肯定是要落疤的,万幸的是眼睛丝毫也没受伤。

在他住院期间妻子报案了。公安人员曾到医院当面向他取证,又经过一番调查,初步断定是由于他领导厂里的"打假小组"参与端了几处"制造"假酱油的黑窝点,因而遭到对方实行的报复。

厂里的人也都这么认为,所以将他的受伤视为"严重公伤",不但全额报销医药费,而且多次派人慰问。如果他挨打真和"打假"有关,那也的确是全厂最严重的一次公伤事件。厂里的另几位头头经过讨论,一致决定颁发给他五千元奖金。不过案子还没破,打他的三个家伙还没逮着。究竟是不是因公遭到报复,最终要等那三个家伙被逮着了,招供了,才能开全厂表彰会,才能颁发奖金给他。尽管从各方面分析都是没什么疑问的事,但不怕一万,就怕万一啊!万一全厂表彰会开了,奖金也颁发给他了,又不是那么一回事了,他自己和别人不是都会陷入被动,被传为笑柄吗?

本市新闻界不知怎么也获悉了这件事。报社的、电台的、电视台的记

父母岁月

者都曾到医院去采访过他，搅得他别提有多烦。真相还没最终大白呢，他有什么可对他们说的呀？可他们都执意要采访，说那叫"超前新闻"。如果不是那么一回事了，压下就是。一旦逮着案犯，真相果然，采访可以最及时地推出……

回到家里疗养这几天情形好多了，不受记者们的滋扰了。额上的和眉上的伤已封口了，拆线了。留下的两道疤都在一边，而且太近，也就相当明显。好在已经是四十六岁有老婆孩子的人了，不存在影响找对象的问题。两肋却仍打着石膏缠着绷带，医生说近五十岁的人了，骨头接茬愈合得慢，晚点拆只有好处没有坏处。

妻子终于还是下岗了。但她单位的领导说，在她重新找到工作以前，仍享受商场正式在岗职工的一切待遇。因为她的丈夫可能是"打假"英雄啊！对可能是"打假"英雄的男人的妻子，当然应该予以特殊的照顾。尽管他还仅仅"可能是"。但万一真是，在他卧床养病期间，竟然对他的妻子一点点都未予以照顾，不是显得她商场的领导们太不近情理了吗？他猜她商场的领导们准是这么想的……

妻子对他是关怀极了，在医院里因为心疼他而放声大哭过。每天都守护他一个上午或一个下午，每天都做了有营养的好吃的饭菜从家里带到医院。还替他剪手指甲、脚指甲，刮胡子、挠痒痒儿。

今天是他从医院回到家里的第十三天。妻子和与她同时下岗的几个老姐妹相约了一清早就到劳务市场找工作去了。

今年的冬天暖气供热不足，家里并不怎么暖和。早六点晚六点各供一次热，每次不过一小时，夜里十一点至一点再供一次热。一天二十四小时，供三次热，总供热时间四小时。煤涨价，有些住户无限期地拖欠取暖费；锅炉工嫌工资低，多次闹情绪变相罢工；当年管道施工马虎，接口不严漏水，埋得浅经常被冻裂……这一切综合因素导致供热不足。大屋里的温度也不过能维持在十度左右，小房间里才七八度。而且，大屋里也没有了每年冬天充足的阳光。一百多米以外，斜对着他家窗子的方向，某房地产公司盖起了一幢十八层塔楼，那正是每天太阳升起的方向。那幢塔楼盖到十层的时候，阳光就照射不到他家里了，而且永远。

楼里一二三层的许多人家，曾联合在一起，公推他为代表，找那家房地产公司理论。他当时也曾再三推却，说自己人微言轻，必负众望无疑。可大家说好歹他也是位副厂长，这年头，大小是个官儿，就比一伙儿平头百姓捆在一起分量重些。他建议让五层的姚处长作为交涉代表，姚处长能言善辩，还与不少局长过从甚密，正可以为全楼居民们的利益据理力争。何况，姚处长家的阳光也被挡住了嘛！即使不愿代表大家，为他自家的利益，他也不至于袖手旁观啊！大家都说去找过姚处长了，说姚处长不但不肯做大家的代言人，而且态度严肃地拒绝参与。

甚至，姚处长令大家困惑地完全地站在房地产公司的立场，极言对方手续的齐备与合法，批评大家企图进行交涉的动念近乎无理取闹。王君生听了，大为不解。他想不通姚处长那么一向寸利不让、寸利必得、连芝麻粒儿大的一点小亏都不肯白吃一次的人，怎么在这件明摆着利益受到较严重侵害的事上，态度竟一反往常起来？他正如坠五里雾中地糊涂着，众人就一个劲儿地从旁夸他一向比姚处长好，一向多么肯于为了大家的利益挺身而出仗义执言，一向多么具有交涉的杰出能力。总之，又是夸他又是怂恿他又是激他。他起初还能自谦，还能保持头脑的冷静，还有几分自知之明，清楚自己并不像大家夸的那样。后来就被夸蒙了，仿佛自己真是大家所认为的那样了。结果晕头转向地不知怎么就答应了大家的请求。斯时，在他的意识中，除了被众口当面美化的愉悦，还滋生着一种好大喜功的心理。你姚处长拒绝于大家的，我王厂长偏要为大家挺身而出。你在邻里关系方面的损失，正好增长我在邻里关系方面的威信。如果你姚处长手拍胸膛接受了大家的请求，反而显不着我了哪。如果你不负众望，你今后还更有资本在我面前趾高气扬了呢！嘿嘿，你拱手将一次表现自己能力的机会相让，我又干吗不趁机表现表现自己呢？

于是有一天，他在厂里请了假，开始实行他的承诺。他先去一家高档理发店理发。

理发师傅说："哎呀你哎，头发倒是还不算太稀，就是枯了，跟一蓬干草似的。平时缺乏保养的原因啊！"

他说："所以才来保养的嘛！"

理发师傅问："我们这儿有法国进口的特效护发膏，给您洗发时用不用？"

父母岁月

他说:"当然用!"

理发师傅说:"可是贵了点啊。"

他说:"花多少钱我不在乎,只要我离开您这儿时变得精神了就行!"

有了他这话,人家便细细地为他理、为他洗、为他吹。当他从理发椅子上站起身时,镜中的自己看上去年轻了五六岁。他十分满意。

"多少钱?"

"八十五。"

他的脸一下子拉长了。随即,脸上又挤出一堆极勉强的笑,竭力掩饰起受骗上当了似的表情。

"我以为得多少钱呢!才八十五啊,不贵,不贵!下次我还来这儿理!"

嘴上如此说,心中却暗暗叫苦不迭。他已多年没进过理发店了。

头发长了,一向只在街头街尾让"马路理发员"们理短拉倒,而那么理一次才三元钱。迈出理发店的门,他心中速算了一笔账——他是将自己以后两三年的理发钱,此次一总儿预支了。但是为了将邻里们重托之事办成,他又自我安慰地想——这点个人利益的损失是不应该计较的。

那一家房地产公司设在一座非常气派非常豪华的大厦内。

一位秘书小姐问他找谁。

他说找总经理。

问他有何公干。

他犹豫了一下,说洽谈业务。

问他是哪个单位的。

他说是"红星集团"的,并且尽量挺直腰板,伪装出较有身份的人的模样。

秘书小姐翻着白眼想了想,似乎要从自己的特殊记忆中搜索到"红星集团"的印象。显然并没搜索到,却也显然不太敢怠慢于他。

她礼貌地请他稍候片刻,旋即进入经理办公室。片刻出来,替他拉开经理办公室的门,做了一个优雅的手势,客气地笑盈盈地往里请他……

经理办公室宽大而且布置得庄严。总经理看上去比姚处长还年轻,还有风度,还踌躇满志。对方从高靠背的老板椅上站起身,矜持地绕过两米左右的大办公桌，主动与他握手。对方脸上的表情也是那么庄严，与办公环境的庄严协调一致，相得益彰。

二人在舒服松软的皮沙发上坐下后，对方不无敬意地说："我对你们'红星集团'的实力仰慕已久啊！听说你们的股票上市后一直在涨？"

他搪塞地嗯嗯着。

对方轻搓着滋养得白白嫩嫩的双手又说："如果你们的集团和我们的公司能达成什么合作项目的话，那真是珠联璧合，珠联璧合啊！请问，你们方面有什么意向？"

他觉得实难再装下去了。在生活中，他第一次为了达到目的而演戏。既然已见着总经理了，他认为也就没必要再骗下去了。为了平定一下心情，鼓舞起必胜的信心和斗志，他从西服兜里掏出了烟。那是一盒包装很低劣、价格很便宜的烟，民工们常吸的那一种烟。那盒烟往茶几上一摆，对方似乎立刻就看出了破绽，于是对方的目光打量在他身上。他身上穿的一件新西服是从地摊儿买的，那是穿名牌儿的人一眼就看得出来的，而对方正是那类一身名牌的人物。

他吸了两口烟，在对方的审视之下，从西服的内衣兜摸出了一张名片递给对方。

"你……酱油厂的？……"

"您别以为我骗您了，其实也不能算骗。我们厂生产的酱油是'红星'牌儿。如果我们厂有一天牵头儿成立酱油托拉斯，那么肯定就会另有一个'红星集团'诞生的。说不定我也会和您一样，当一位总经理什么的……"

"等等，等等，"——对方打断了他的话，"别扯远了，推销酱油吗？"

"不。我们的销路很旺，不搞直销。搞直销也不必我这位副厂长亲自出马。"

于是他话锋一转，直切正题。

对方倒也显得耐心可嘉，并不往外撵他。他则相应地暗自要求自己识趣，尽量把话说得简短。

"说完了？"

"说完了。"

父母岁月

"那怎么办呢？让我们将盖了一半的楼铲为平地？"

"我理解，我们那幢楼的居民倒也没这个意思，只不过要求点经济补偿，平衡平衡心理嘛！现如今，谁的个人利益受到了侵害，都会产生这种要求的是吧？"

"也包括你自己啰？"

他愣了一下，诚实地点头。

对方站起身说："咱们换个地方谈。"一说完便往外走。

他也赶紧起身跟着，跟到了秘书那间屋隔壁的小屋里。相比于宽大庄严的经理办公室，那小屋的布置简陋多了。两张单人床、两只小沙发、一张桌子和茶几而已，桌上还摆着一台十四英寸的小彩电。

还没等他坐下，对方已拔脚离去。

"什么阿猫阿狗你都引见给我！再发生一次这样的事我辞了你！"

他听到了对方语势汹汹的训人之声，对那秘书小姐，他心里不禁感到了几分歉意。

紧接着进来了两名五大三粗的保安，手里各拎着电棍。

一个将他那盒烟及他的名片拍在桌上，冷冷地瞪着他说："这都是你的东西，给你。"

另一个也冷冷地瞪着他说："请你立刻离开这里，这里是我们的休息室！"

他说："你们经理刚才跟我说换个地方谈。问题还没交涉完呢，我不走。"

"不走也得走。"

"这叫以其人之道，还治其人之身。"

他们一边一个，架着他的胳膊，将他从沙发上架起来，架出了那小房间。

他的目光刚一和秘书小姐泪汪汪的目光接触，她便厌憎地背转过身去。他被架着穿过长廊。他挣扎，但哪里摆脱得了两个五大三粗的保安的挟持。

"我是公推的代言人！你们这样对待我是不行的！你们经理是要后悔的！……"

他扯着嗓子威胁地喊叫。但是寂静的长廊里，只有他自己愤怒的回声。

他们一直将他挟持到电梯口才放开他。

"对不起，我们只不过是在履行职责。我们总经理要求你从我们公司这一层楼消失,消失得越快越好。"

他们中的一个摆弄着电棍这么说。而另一个,则用电棍捅了一下电梯灯标,电梯门一开,他被推了进去……

此后他又去了两次,却连房地产公司那一层楼都没上去。

他不得不向邻居们通报情况。通报时别提多么沮丧,多么惭愧,一再地承认自己的无能,一再地说些辜负众望的自卑话。大家一听就炸了。都说是可忍,孰不可忍!都说房地产公司欺人太甚。说我们居室的阳光明明被遮挡住了,不给予经济赔偿绝不答应,绝不善罢甘休。说要众志成城,同仇敌忾,要打官司,要求助于舆论的道义声援……

他说自己在态度上同意是同意的,也不会转变立场,只是另外推举一位代表吧!因为事实已经充分证明,自己是没能力交涉好这件重托的。大家却都说别介啊!都说谁也不信赖,就信赖他王君生的能力!

不但信赖他的能力,更信赖的是他一向具有的甘为别人鞍前马后的责任感和牺牲精神。就是再推举一百次,代表非他王君生莫属!自知是盾,赞美是矛。但若用赞美这柄矛刺自知这块盾,则几乎,不,不是几乎,则一概地没有不被刺穿的。从帝王到庶民,从圣人到小人,都同样地经不起赞美。相对于赞美这柄矛,自知这块盾往往都像是画了蒙人图案的纸板做的。王君生当然既非圣人亦非小人,他是一个老好人。他活到四十六岁,只被赞美过两次,另一次便是这些人对他的前一次赞美。他们两次赞美他的目的都是一样的。中小学生在选举"劳动委员"时,往往就是那么七言八语而又齐心协力地对他们的某一个同学极尽赞美之能事的。那某一个同学,又往往和王君生似的,既是老好人,既不善于坚决地说不,又多少有那么点受宠若惊……

结果是他从那一天开始为自己更是为众邻居写诉讼状。他生平第一次写那玩意儿,少不得要借本《法律常识手册》夜夜细读,少不得要自费到律师事务所去咨询。连续几个晚上,儿子写至深夜,他也写至深夜。儿子占据着桌子写,他坐在床上,夹子垫在膝上,一沓信纸垫在夹子上写。妻子问他写什么,他不敢讲真话,撒谎说自己写的是副厂长工作总结……

后来就是一次次跑法院,催促人家尽快立案受理。

不久他发现他住的那幢楼起着变化,一些人家先后将阳台用铝合金窗封

父母岁月

起来了。封阳台的正是那些阳光被挡住的人家,铝合金窗使他们各家的阳台变得美观了。而另外一些人家在装修,或铺木块地板,或对四壁进行喷涂。邻居们见了他一如既往地亲切点头、微笑、主动打招呼,却没有一个人询问他起诉的事。这曾使他心中有几分纳闷儿,但仅仅纳闷而已,并没将两件看似不相干的事敏感地有机地联系起来想过。

谜底是由妻子揭开的。

有一天他下班刚进家门,妻子将他扯到小屋里悄悄说:"你知道别人家为什么都封起阳台来了吗?是房地产公司免费替封的。室内装修的人家,也得了房地产公司的赔偿款。少则一两千,多则五六千。不要钱想要物的人家,房地产公司给换了冰箱,或买了微波炉送上门。听说房地产公司原本是预备下了一笔赔偿款的,有十多万元钱呢!赔偿也肯定有咱家的份儿,你说咱家要钱呢还是要物呢?"

妻子的话使他当场呆住了。

他这才意识到,自己熬了几个夜晚呕心沥血反复修改多次并花钱打印的诉讼状,其实已经完全没有了任何代表性可言。分明地,邻居们已暗中与那家房地产公司达成了解决矛盾的种种协议,而且,要求都获得了不同方式的满足。可想而知,他们在力争条件的满足之时,一定都还曾以打官司相要挟过,却没有一个人预先告诉他这一点。甚至在他们的条件已经获得满足之后,也"忘记"通知他打官司的事可以终止。

我被出卖了——这一种意识像误食了一大口芥末的感觉。吐已经晚了,芥末被唾液所稀释,大部分咽下去了,其辣直冲脑顶。他顿觉血脉偾张,两眼出泪,鼻孔里仿佛要往外冒烟冒火。

妻子见他那样子异常,奇怪地问:"你怎么了?"

他说:"想打喷嚏,却打不出来。"

妻子从她自己头上扯下根头发,两指捏着递向他:"拿着。捅捅鼻孔,一痒,喷嚏就打出来了。"

"不用!"

他生气地将妻子的手从眼前拨开。

"你这人,我白扯下了一根头发!"妻子一边将那根长头发往自己手指上绕,一边以不容商量的口吻说:"这次我拿主意,咱们要钱!顶数咱家的阳光被遮挡得多,少于三千不行!要来了,先凑足钱给儿子买电脑!他许多同学家都有电脑,他却还没摸过电脑呢。儿子懂事不提,咱们做父母的不能不替他想到!"

他一屁股坐在单人床上,继续发呆。

"你倒是说话呀!"

"买电脑急什么?我厂里不是还要发给我五千元奖金吗?"

"可……谁知道哪年哪月才破得了案?反正这事我做主,你去办。过几天我向你要三千元钱!"

妻子说完,离开小屋,走到大屋去,向儿子讨好:"儿子,儿子,妈告诉你件好事!咱家将获得房地产公司的一笔补偿,少说也是三千元!过几天就能替你把电脑买回家来了!……"

听着妻子的话,他点燃一支烟,大口大口地猛吸。他平生第一次想破口大骂,骂那些曾两次当面对他说尽赞美话语的男人和女人……

那一天夜里他失眠了。是单枪匹马地和房地产公司打官司,还是不要那三千元钱了,当成一次人生的教训忍了?如果是代表众邻居打官司,他自忖有七分打赢的信心;如果单枪匹马,那么七分信心就只剩下三分了。阳光何价?这是没法儿换算的。再说对方有齐备的手续,阳光又是从大前提上讲应该共享的,曾照进谁家的,并不意味谁家就有垄断权。打官司就得请律师,即使打赢了,估计三千元也刚够付律师费的。又估计那家房地产公司显然已经恨上了他,采取的分明是团结一大片,孤立他一家的策略。对方也显然早已做好了法庭上见的种种部署,那肯定将是一场打起来十分之艰难的官司吧?一想到即使打赢了,补偿也将全归律师,而一旦官司输了,还将损失几千元律师费,他便英雄气短了。倘儿子心理也受到官司的干扰和冲击,影响了学习,岂非因小失大吗?可如果当成一次人生的教训默默忍了,又哪儿去弄三千元钱向妻子交代呢?干脆对妻子来个"彻底坦白"吗?

当时都没讲实话,现在怎么讲呢?妻子不一一找那些邻居去吵架才怪呢!一一都吵翻了,还能在这幢楼里继续住下去吗?又将给儿子的心理造成多么恶劣的影响呢?他是早已变成这样一位父亲了——凡事一想到儿子,多

父 母 岁 月

大的苦都能吃，多大的委屈都能默默承受，多愤怒的时候都能自我消解变得一点脾气也没有了……

第二天早上，他从车棚里推了自行车要去上班时，碰见住另一单元的老张也推自行车要去上班。老张是肉联厂的推销科长。老张当面赞美他时表情最为由衷语言最为真挚。

"君生，上班？"——老张对这幢楼里与自己平辈的男人们，一向略姓呼名，而且总流露出饱满的一视同仁的亲近。那一种亲近具有不可抗拒的，使人简直不能不对他也同样亲近起来的声情魅力。那一种特殊的魅力是使他成为一名成功的推销员的必备条件之一。

"是啊，上班。"——王君生报以一笑。笑得极不自然，分明对老张那种亲近接受得有几分保留，有几分勉强。

"遇到烦恼事了？"——老张并不推了车马上就走，而在等着他一块儿走。瞧着他一时打不开那把破旧的车锁，老张又说："该换车锁了。我还有把链锁，用着不习惯，明天送给你，反正放着也是白放。你这个人啊，太内向，有什么烦恼总爱闷在心里。这不好，很不好，会闷出病来的。我等小百姓，谁少得了与烦恼的事撕扯不开的时候？要善于对人说。听者无害，说者有益。说就是宣泄嘛。宣泄和出汗一样，是一种心理的自我保健嘛！"

他终于打开了那把破车锁，于是一手扶着自己的车把，一手搭在老张的车把上，瞪着老张茅塞顿开似的说："那么，老张我就问你，大家是不是背地里已经得到房地产公司的好处，没谁再想和他们打官司了？"

老张说："不是得到了他们的什么好处，是他们理应对我们进行的补偿！人家既然补偿了，咱们还有什么官司和人家打的？"

他说："这情况却没一个人告诉我，我家也没获得任何补偿。前天我还跑了一次法院，催促立案。现在看来，变成我一家要和房地产公司打官司了！"

他心里以为，老张听了他的话，一定会很尴尬，很不好意思，很内疚，甚至显出无地自容的样子。殊料老张一点也不觉得尴尬，并没像他想的那样面红耳赤支支吾吾。

"什么？你……还根本不知道？竟没一个人告诉你？"老张仅仅表现着

惊诧,继而表现着愤慨,"这算什么事?这太不应该了嘛!不可以这样的嘛!怎么能这样呢?我是想过要告诉你的。但又一想,肯定会有人告诉你的,我何必多此一举呢?你看,亚明来了,你再问问他!"

老张看了一眼手表,又吃惊地说:"哎哟,我得先走了,不然要迟到了!不像话,不像话……"

老张抓着他的腕子,将他的手从自己的车把上拿开,不停地嘟哝着"不像话",匆匆地就走掉了。

叫亚明的男人姓周。原先也是酱油厂的,厂办公室主任。后来通过姚处长的关系,调到局里当后勤处副处长去了。

周亚明一边用目光寻找他的自行车,一边问:"老张刚才和你说我什么?"

王君生还没完全从自己和老张的对话中摆脱出来。他觉得在刚才那场对话中,自己和老张似乎都错位了。本来有理由有权利生气的是自己,觉得尴尬觉得不好意思的应该是老张,怎么的竟反过来了呢?老张既然像是自己,成了有理由有权利生气的人,那么自己也只有像老张,觉得尴尬觉得不好意思了。怎么的竟反过来了呢?他一时想不明白。

他愣怔之际随口回答周亚明:"我们没说你什么。"

"说了吧?我都听到他提我的名字了!"

周亚明已发现了自己的自行车,但是并不走过去,而是横移一步,挡在他的自行车前边。看那样子,如果他不做出解释,周亚明是不肯放行的。

他只好说:"大家暗中都得到了房地产公司的补偿,而我仍蒙在鼓里,还一直准备代表大家和房地产公司打官司。老张因此有点生气,让我问问你……"

"问我?问我什么?"

"我想……我想……他的意思是,让我问问你心里有什么感觉吧?……"

"这还用问吗?"——周亚明倒顿时面红耳赤起来。但显然不是由于尴尬不是由于不好意思,而是由于和老张同样的愤慨,"竟没一个人告诉你?这算什么事?这太不应该了嘛!不可以这样的嘛!怎么能这样呢!全楼多少户人家啊!一个想不到,两个想不到,老张想不到,我想不到,有情可谅,怎么就都想不到呢?几乎家家都有电话,临睡前拨下电话,五分钟的时间内

父母岁月

就告诉清楚了嘛！出来进去的碰见了，几句话也就告诉清楚了嘛！这些人心里成天都想什么呢？问我的感觉，我好生气！老张多生气我就多生气！"周亚明的话，几乎和老张说的话一样，仿佛他们商量过了怎么说。

周亚明对他放行了。一边说一边走向自己的自行车，他一弯下腰开车锁，就不打算直起腰了似的。王君生望见他那是辆新自行车，当然也是新锁。他不明白周亚明为什么开新车锁比他开自己锈迹斑斑的破车锁还费劲儿。

他一时尴尬极了，觉得难堪极了，不好意思极了，仿佛两个邻居中的男人所谴责的恰是他自己似的。

他讪讪地说："那，我先走一步了。"——说罢，推着自行车便走，好像有点怕周亚明追上来继续进行谴责……

他没直接骑到单位，而是先去了法院。

几次接待过他的一位年轻的法官，听了他的话，皱眉道："你这人真古怪！前天你来催我们立案，我们昨天刚立上案，你今天一早又来撤诉，当我们这儿是什么地方啊！"

一位老法官将那位年轻的法官扯到一旁去，凑头嘀咕了几句。究竟嘀咕了些什么他也没听清，只隐约听到"打过招呼""撤得正好"两句。

"那么好吧，你去办理一下撤诉费吧！"

于是那年轻的法官，就不动声色地将诉状还给了他。

"还要交撤诉费？"

他下意识地将一只手捂向衣兜，仿佛怕对方搜他兜。

"怎么？不情愿啊？"——对方又将诉状从他手中扯了回去，似乎要作为扣押物。

"不不，我不是不情愿。真的不是……"

他那只捂住衣兜的手伸入了衣兜，掏出一把零钱，很窘地解释：

"我身上没带多少钱。您看，就这点零钱……"

那名老法官本已走出接待室，听到他们的对话又返回来，劈手从年轻的法官手中夺过诉状，沉下脸以训斥的口吻说："你可真多余！"

他双手将诉状还给王君生，微笑着，非常之客气地安抚道："特殊情况特殊对待，免了免了，这个主我做得了，您快上班去吧！"

疲惫的人

王君生离开法院,将诉状丢在车筐儿里,匆匆地往厂里蹬去。经过一只垃圾桶,他一手抓出诉状,扔到垃圾桶里去了。

他想——妈的这件事就让它结束吧!他决定不再向其他众邻居提起或质问。他明白,即使提起,即使质问,他们回答他的话,也必和老张和周亚明是一样的。

一到厂里,他就找到主管厂长,恳求厂里借给他三千元钱。他是位没有"小金库"的丈夫,不给妻子一个说法是不行的。而若给妻子一个说法,只有借钱。

厂长问他借钱干什么。

他支吾了半天,说老岳父病了,得住院。厂长凝视着他大摇其头,说我的副厂长,你难道忘了,你老岳父已经死了两年了,是厂工会帮着料理的后事啊!

他腾地闹了个大红脸,一时吭吭哧哧地不知再说什么好。幸而厂长与他关系不错。厂长说——得,我也不逼你非回答借钱干什么了,只要不是去赌去嫖,不是去花天酒地,我批准财务借你。但只能借你两千元,超过两千元要开会研究,这个规矩你也是知道的……

那一上午剩下的时间里,他就在厂里见谁向谁借钱,吃午饭前,终于借够了一千元。

他并没当天晚上就将三千元交给妻子,怕"任务"完成得未免太快,妻子起疑心,一个星期后才将钱交给妻子。

妻子接钱时眉开眼笑,一边点数一边问他:"顺利吗?"

日子过得拮据,他十分理解妻子对钱那种喜欢的程度和心情。

他皱着眉说:"还算顺利。你别点数,我已经点过了,差不了的。"

妻子却如同没听到他的话,一直点完为止。将钱收好后,絮絮叨叨地竟开始抱怨他索赔太少。

他说:"你当时一开口说了个三千元嘛!"

妻子说:"我当时说的是少于三千元不行!你自己没长脑子呀?数咱家阳光被挡得多,所以咱家有理由要求比别人家多的补偿!"

他火了,吼道:"你还有完没完?"

父母岁月

家里霎时一片静。妻子在那一片静中颇显不安地瞧着他。

儿子出现在小屋门口。

儿子说:"你们整天钱、钱、钱,庸俗不庸俗?"

儿子一说完,清高地转过身去走向大屋。

那一片静持续了很久,似乎具有神圣性,做父母的不敢轻易打破似的。

那一天王君生明白了一条生活原理——钱对一个家庭如果太重要了,这个家庭就没法儿不充满与钱有关的琐碎又庸俗的内容。

从此他中午在厂食堂只买素菜吃。

....

晚上,妻子做好了饭,两口子静静地等着儿子放学归来。左等不归,右等不归,沉默得都有点不自在起来。于是相互搭讪地找话说。不知怎么一来,话题扯到了妻子在儿子之前曾打掉的一胎。

妻子说:"那一胎兴许是女儿。"

他说:"眼下这个要不是个儿子,是个女儿,可就省心多了!考个职高,将来分到哪个宾馆去,不挺好的吗?"

妻子叹了口气:"当初是你坚持打掉了,世上没后悔药。那一胎要真是个女儿,准挺漂亮的!"

他也不禁叹了口气:"儿子最不幸的,就是哪哪儿都长得太像你了!"

妻子反唇相讥:"身材像谁?腰长腿短大猩猩似的身材像谁?还不是像你!长得一般般,将来再考不上大学,没咱俩省心的日子过!"

"还莫如当初不要孩子。"

"你这会儿后悔了?……"

一听到开门声,两口子立刻都缄口了。儿子一进屋,妻子满面堆笑迎将上去,关怀备至地问,怎么回来这么晚?是不是自行车坏了?穿得少不少?受没受冻?

儿子一走到他跟前,他也立刻巴结似的说:"儿呀,饿坏了吧?快伸手过来,让老爸焐暖你的手!"

儿子既不多看妈一眼,也不多看爸一眼,更没将手伸给他让他焐,仿佛根本就没听到他的话似的。儿子一放下书包,往饭桌前一坐便自顾自地狼吞虎咽起来。吃完一碗饭，盛第二碗时，冷不丁地冒了一句："今天公布名次了。"

他急问："什么名次？"

妻子也急问："什么名次？"

"参加全区数学'奥林匹克'竞赛的名次。"

他追问："儿子你名次多少？"

儿子头也不抬，矜持地淡淡地说："没发挥好，只取了第七名。"

妻子手抚胸口大舒长气："不错，不错。能取全班第七也不错了！儿子你可千万要再接再厉！"

儿子白了当妈的一眼，吞下一口饭，不但矜持而且简直有点心不在焉似的说："不是全班第七。"

"那……全校？……"

他刮目相看地朝儿子瞪大了眼睛。

"全区。全区第七名，没发挥好。所以你们只能将就着接受这一个事实了……"

他和妻子一时互望着，都显出一种可笑之极的呆样儿，都有点不相信自己的耳朵。

妻子仿佛不愿破坏那一种异乎寻常的肃穆的宁静，小声问："你说是全区第七名？"

"是的。全区第七名。怎么？你们的耳朵今天都不好使了吗？"儿子说时，仍头也不抬。

他对妻子大叫起来："你看不出饭菜凉了呀？快给儿子热热去！再多炒两个菜！真是的，我一个想不到，儿子就得受委屈！"

是夜，他又失眠了。是由于被儿子带回的好消息冲击的。他开亮灯，欠起身，久久地端详着儿子酣睡的脸。认为儿子其实长得很体面，简直可以说是相貌堂堂，一表人才，儿子今后绝对比自己有出息。他想，儿子带给自己的，才是真真正正的好消息呢！至于五楼的姚处长是否会被立案审查，见他妈的鬼去吧！与自己有何相干呢？姚处长就是已经被枪毙了，自己一家目前怎样生活，以后不是还得照常怎样生活吗？他在心里对儿子说，儿子，儿子，

393

父 母 岁 月

好儿子,争气的儿子,老爸谢谢你了。有你这么个争气的儿子,老爸的命运还不算太糟。活得再累也值了啊!

一个星期后,他能起动了。姚处长的家,恰在他能起动那一天被查抄了。开来两辆大卡车、一辆警车。姚处长家那套才买的红木家具,还有高级组合音响、超大屏幕电视机什么的,装了满满两卡车拉走了。最后,戴着手铐的姚处长,也被两名公安人员一左一右挟持着离开了家。他们下楼时,姚处长和站在家门口的他打了个照面。姚处长的目光刚一接触到他的目光,便迅速将头一低。那样子仿佛是因为做了什么危害他的利益的事才犯法的。那一瞬间,他心中竟然倏地生出一种大的同情。往日由于嫉妒而严重倾斜的心理,不但恢复了较正常的平衡甚至充满了悲天悯人的姑息之慈。姚处长被押上警车后,五楼叮叮咚咚地又响了一上午才平静。是留下的几名公安人员在他家接着搜寻赃款……

他心中那一种悲天悯人的姑息之慈,居然纠缠了他整整一白天。

他惊异于自己为什么并不能真的幸灾乐祸起来。经常碰见一身名牌儿的姚处长上楼下楼,他内心里日日夜夜暗自巴望的不正是这么一天吗?他很不明白自己了。

他原以为妻子肯定会幸灾乐祸、喜不自胜、眉开眼笑起来的。可不知为什么,妻子也丝毫没显出高兴的样子。当然也没显得多么震惊多么意外,只不过脸上没什么表情地缓缓坐下,陷入了长久的悻然的沉默。

"街两旁看热闹的人都站满了。"

"……"

"从他家拉走的东西装了两卡车。"

"……"

"你哑巴了?"

"他爱人……其实倒是个挺好的女人,每次见着我,总是主动客客气气地打招呼。咱们儿子半夜肚子痛那一次,还是求他爱人开车送医院去看急诊的呢……儿子在医院观察了两个多小时,人家在汽车里等了两个多小时……"

他万没料到,妻子竟以充满感情的口吻说出这样一番话。这一番话似乎使他们看待五楼那一户人家的一向态度完全地来了个大转变。仿佛那一户人家所摊上的是一桩飞来横祸，是大不幸的事件。

他以近乎陌生的目光呆望了妻子片刻，试探地问："那……咱们……要不要上楼去瞧瞧？"

"去他家的人不少吧？"

"我想，肯定没人去……一下午楼道静悄悄的……"

"去不去依你。"

"依你。"

"还是依你……"

他看出妻子是有心上楼去瞧瞧的，投其下怀地说："邻里邻居的，就上去瞧瞧吧！"

于是妻子也不急着做晚饭了，两口子双双登上五层，来到了姚处长家门前。

轻轻敲了几次门，才听到姚处长也上高二的女儿姚雪在门内怯怯地问："谁？……"

妻子低声回答："是我们，你三楼的王伯伯和王婶儿……"

又听姚雪在门内请示："妈，是三楼的，开不开门？"

接着听到姚处长妻子的声音："问他们有什么事？"

于是姚雪又问："你们有什么事？"

两口子在门外对视一眼，一时都不知该作何回答。妻子捅了他一下，他张了几次嘴，说出的一句话竟是："来安慰安慰你妈……"话一说完，自觉立场大大成问题，心虚地楼上楼下望了望，唯恐暗中有耳将自己的话听去。

门终于开了。

夫妻二人迈进门，但见那往昔像五星级宾馆套房似的家，到处被抄翻得乱七八糟。几个房间的门皆敞开着，高档的家具都被抄走，几个房间都显得空空荡荡。某些柜门上，还贴着封条——有几处地板块儿被撬起来了，客厅里的壁布也被撕下了几条……

两个女人一个站着，一个坐在沙发上，既相识又陌生地望着。望着望着，坐在沙发上的那个漂亮女人忽然双手捂住脸哭了，边哭边说："我早料到会有这么一天，早就料到的！不敢动大贪大贿，专整我们这种小不拉子……"

父母岁月

于是他妻子就趋上前也坐到沙发上，将手轻搭在对方肩上劝道："想开点，想开点。事既然摊到头上了，也只能往开了想是不？"

于是姚雪也哭起来。

而他则抚摸着那高二女生的头不无同情地说："你别哭，你别哭……你一哭……你妈更难过了……"

姚处长的妻子抬起头，泪眼汪汪地求他："大哥，你要有路子，千万托人捎个口信儿给姚雪她爸，叫他别硬撑着，统统交代算了！免得受煎熬，也争取个宽大处理啊！……"

他顺口而言地说："没问题，这事包在我身上了。我想……我想这我还是有能力办到的。"

其实他也明白，自己哪儿来的那种关系、那种能力？满口的承诺不过是等于零的大话罢了。

从五楼回到家中，儿子已经放学了。

儿子问："你们上哪儿去了？"

妻子犹豫了一下如实说："上五楼去了。"

"姓姚的那家今天被抄了吧？"

他问："你刚放学，你怎么知道？"

儿子打鼻孔里嗤了一声。

他又说："儿子，以后遇见姚雪，可不许你歧视她。要主动和她打招呼。"

儿子沉默几秒钟，庄重地说："如果她以后不再那么高傲了，我可以考虑主动和她打招呼。但我也不能在她面前表现得太没尊严。别跟我谈他家的事了，快做饭吧！"

儿子说完，复又埋头写作业，一副不管世上乱纷纷，一心只读圣贤书的模样……

王君生上班后，在厂里听人们议论——姚处长还有收费替人"跑官"方面的罪……

听了那些议论，他又是几夜睡不着觉。他想起一年半以前，自己也曾给姚处长送过礼，求他帮自己往局里调动。这究竟算不算是"跑官"呢？他有点拿不准。从此多了一块心病。如果自己不主动交代，姚处长那头儿将自己交代出来了，不算"跑官"不是也算"跑官"了吗？那自己在酱油厂还有脸混下去吗？经过多次思想斗争，最后决定还是明智一点，抢在姚处长把自己交代出来之前主动去说清楚的好……

"你送的什么？"

"一瓶酒。还有……两条烟……一副……钓鱼竿儿……他爱钓鱼……"

"什么酒？"

"马爹利。"

"那也算是法国名酒了。烟呢？"

"很普通的烟……'红塔山'……"

"'红塔山'还很普通？那你这位副厂长平时尽吸什么烟啊？"

"别误会，你们别误会。我心慌，顺嘴那么一说……我平时吸很便宜的烟……"

他惴惴地从兜里掏出半盒低价低质的烟给对方看。

"鱼竿儿。说说鱼竿儿多少钱？"

"不太贵，二百八十多元……"

"如今下岗工人一个月的生活保障费才二百元多一点点。"

他脸倏地红了。

"好，现在我们来算一算……一共能有一千多元吧？"

"差不多……同志……我……你们认为……我这也算'跑官'吗？……"

对方严肃地冷冷地反问："你自己认为呢？"

他吭哧了一阵，无话可说。

对方命他在记录上签了名，按了手印，就打发他走。

他临走时问："会处分我吗？我这事，就是按'跑官'论，我不是也没跑成吗？他只收了我的东西，并没真替我办啊！"

对方以一种凛凛的目光瞪着他说："要我把你这些话也记录在案吗？"

他又被闹了个大红脸，急说："千万别千万别……"识趣地逃之夭夭。

交代以后，心病非但没去，反而加重。悔之晚矣，对自己的轻率甚是懊恼。又常暗想：王君生呀王君生，四十六岁的个大男人了，也算经历过些人生严峻关头的"洗礼"和考验了，怎么越活越胆小，遇事还是太沉不住气

父母岁月

太不成熟呢？不就是心存晋升之念，求过一次人送过一次礼吗？这年头，少于一千元那还算礼还送得出手吗？人往高处走，世之常态，谁他妈不是这样啊？还没谁问罪到头上呢，自己倒是慌的什么主动交代的什么劲儿呢？

如此这般地想时，恨不得自己扇自己嘴巴子。

懊恼闷在心里，封在嘴里，连对妻子都只字未提。

一个星期后，并没因主动交代引出什么自己担心的下文，于是又暗自侥幸起来。觉得还是主动交代好。起码，懊恼了几天，心里干净了。后来听邻居们议论——那幢十八层高楼之所以能批准在仅距他们这幢楼几十米处破土建盖，姚处长为房地产公司立下了汗马功劳。一些"关节"是他出面打通的，一些批文是他斡旋官场关系跑下来的。当然，那些官儿皆获得了不同的好处。而作为对他的"奖励"，房地产公司答应连产权"赠"他一套一百二十平方米的单元。这终于解开了他心中当时对姚处长产生的困惑。邻居们尽管获得了补偿，但都还是有种被出卖的感觉。姚处长已被收审，不可能对姚处长集体问罪，于是气都出在姚处长的妻子和女儿身上。曾有女邻居当面骂过姚处长妻子，并往她脸上啐过唾沫。那母女二人受气不过，某夜悄悄回她娘家住去了。她仅向王君生一家告别，托他们照看走后的家……

又过了一个星期，局里通知他去开有关"菜篮子工程"的质量会。没了酱醋，百姓的生活就没了朴素的滋味儿。所以市里局里对于酱醋质量非常重视。会后，一位副局长请他留下个别谈话，他心里咯噔一下发毛。果然，副局长开门见山单刀直入："王副厂长，你的交代，由纪委转到局里了。你能主动交代，这是明智的。纪委对你这一点还是充分肯定的。但……"

副局长"但"住了，吸起烟来。

"要把我一撸到底吗？副局长你只管照实说，把我怎么着我都没怨言。我承受得住……"

他尽量说得平静。却连自己也听得出，语调在发抖。四十六岁了，三分之二的人生过去了，好不容易才熬上一位副厂长当啊！虽然只不过是副科级，可如果连副科级都当不成了，四十六岁重新开始当工人，而且是酱油厂的工人，那不是越活越凄惨了吗？当工人离下岗可只有一步啊！妻子已经下岗了，怎么告诉她呢？

他觉得后背上有几条小虫蠕着似的往下爬冷汗。

"你别紧张，没那么严重，没那么严重。人无完人，金无足赤。来，你也吸一支……"

副局长递给他一支烟。他猛吸几口，呛得直咳嗽。

副局长待他止住咳嗽，才又说："没想到你也会有那样的事，局里几位领导都挺替你遗憾的。你们厂长再过些日子就该退休了，本来，局里已经决定任你为厂长。当个四五年，五十一二岁，再调局里当哪个处的处长。局里一直在暗暗考察你，打算重点培养你的嘛！"

听了对方的话，他懊悔得直想以头撞墙，也愤怒得直想跳起来破口大骂！——打算重点培养我为什么从未给过我一点点暗示？要是给过我一点点暗示，我还至于拎了东西低三下四地去求那姓姚的吗？

"王副厂长，听了我的话，你对于自己的错误有什么认识？或者，有什么反思？……"

"我……我辜负了局领导的栽培之心，我对不起诸位局领导……我羞愧……我无地自容……"而他心里说的却是——"滚你妈的蛋！"

他早就听人议论过，平庸无能的他之所以当上副局长，正是由于擅长"跑官"。

"嗯，有这种真诚的态度就好。其实呢，发生在你身上的事，不是什么大不了的事。你自己若不主动交代，估计也没人知道。即使姚处长把你交代出来了，局里也会替你抹抹平的。可你……你主动交代了，纪委备案了，交代材料转到局里了，既成事实了。所以，局里也就不能不……我的意思你明白？……"

"明白……"

"那我现在就代表局里，口头向你宣布局里对你的处分——第一，厂长的职务你是不可能接了，由你们厂管行政的李副厂长接。他比你年轻十几岁，希望你今后好好配合他工作。第二，如果副厂长还照当着，实际上也等于没处分你。万一群众知道了你的错误，对局里提意见，局里没法解释。所以，副厂长你也别当了。由你们的厂办主任接替你。你呢，和他调换一下，当厂办主任吧。但他们都比你年轻，你可不要对他们不服气。局里在任免令上，

父母岁月

会照顾你的自尊,什么都不提,只强调由于你有健康情况,而且是你自己请求的。你不挨打了吗?正好是个借口。你看这样行吗?……"

"行……"

"副科级还为你保留着。明天你让厂里转一份请求书来,好不好?……"

"好……"

副局长与他的谈话从始至终和颜悦色,使他没法儿不心怀几分感激。

晚上,他背着儿子对妻子宣布:"你以后和人谈起我,再别说我是副厂长了。我已经不是了,是厂办主任了!"

"这……这不是降了吗?你犯什么错了?……"

妻子不禁地"友邦惊诧"。

"什么话,我能犯什么错?一个小小的酱油分厂,副厂长和厂办主任有什么高低区别?我的副科级不变!……"

妻子暗暗舒了口气。

这使他看在眼里,悲在心里,苦在心里。唉唉,不足论道的一个副科级,却原来在自己和在妻子的意识中,都是那么要紧的事。

他又说:"当销售副厂长太累了。领导这样安排,纯粹是出于对我的关怀和照顾,也是希望我能更好地扶植一下年轻人。这是特殊的信任你懂吗?……"

听他那口气,仿佛一位资格很老的老干部。他还想多说几句,瞥见儿子正扭头望向自己和妻子,打住不说下去了。

他从儿子的目光中,感觉到了大人般的心照不宣的明察意味和几分……怜悯……

回到厂里后,他从别人闪烁其词的议论中才恍然大悟——其实局里并无诚意提拔他,正拿他的安排犯难呢。他自己一坦白,恰好为局里解除了一道难题。

成为厂办主任以后的他,希望自己不失落,可在两位比自己年轻得多的厂长副厂长面前,却怎么也掩饰不住自己的失落和尴尬。尤其是当他们向他布置什么事,而他向他们请示什么事的时候。他清楚——厂办主任,这是四十六岁的自己最后的一种"保险"。在活到三分之二的岁数上,如果再连厂办主任也不慎丢了，那自己可就接近着一无所有了。

他明白自己是再也丧失不起什么了……

借厂里人的钱该还了。人家不提，他见人家每每怪不好意思的。

有天趁新任厂长和副厂长在一起，他鼓足勇气，豁出面子，请求他们从自己那五千元奖金中再预支给他两千元。

厂长副厂长对视一眼，一时都显出有口难言的样子。最后，副厂长在厂长的暗示之下，措辞谨慎地说："老王啊，实话告诉你吧，瞒下去也不是一回事。总瞒着，你心里就会老惦着那五千元。那三个家伙逮着了，案子也结了……"

副厂长说到这儿，卡壳了，目光求援地望向厂长。

厂长却挠挠头说："你告诉他你告诉他，你已经开始告诉他了，还为难个什么劲儿啊！老王和咱们是绝对的自己人，我相信该他担待得了，他一定担待得了……"

他瞧瞧厂长，又瞧瞧副厂长，颇犯糊涂地问："发我五千奖金，职工代表会上不也讨论过，并且一致同意的吗？你们不是也都支持那决定的吗？你们现在可有什么为难的？……"

在他的催促之下，副厂长吞吐了半天，才又开口道："老王啊，表彰会是不能开了。那五千元奖金嘛……这个这个……告诉你了你可千万别生气……不是造假酱油的那些人报复你……是……是咱们自己厂的一个浑小子找了那么三个王八蛋……"

"咱们自己厂的？为什么？"

"还能为什么呢？不是分工你去动员厂里二十几个人'下岗'吗？他们中的一个……"

"谁？！究竟是谁？！……"

他霍地站了起来，仿佛周身的血液一下子都涌上了脸，如同炽热的岩浆急需寻找到地层薄弱处喷发一样。

"老王，老王，坐下，坐下——"厂长双手搭在他肩上，将他用力按坐了下去，"你看你眼都红了，想杀人似的。咱们是领导，咱们得忍。要顾全大局呀是不是？那浑小子已经后悔了，分别找我俩承认错误了，哭得一把鼻

父母岁月

涕一把泪的。他也没料到会把你打得那么惨……老王你说这，表彰会还能开吗？还能发你五千元奖金吗？以什么名目发啊？……

"好！好好好……奖金我不要了！可……可你们为什么不让公安局法办他？！……"

"老王啊，这事我们也研究过几次了，为难啊！自己厂里的职工，家里有老婆孩子，送公安局去还不得判个一年二载的？这事我们也正想跟您商量商量，怎么处置，也得听听您的意见。当然了，这浑小子办的事也该法办，更不用说下岗了……"

他的头嗡嗡地响，厂长再说的什么他也听不清了。他万没想到平日抬头不见低头见的工友能下此黑手，太让人寒心了。自己平时从没摆过副厂长的架子，没和谁红过脸。不承想却为下岗之事而遭此毒打，不法办公理难容啊！可又一想，这浑小子此次下岗是准的了，再被判刑关几年，他家里的日子还能过吗？想到自己妻子下岗、儿子上学的难处，他心软了……

"你们不是要问我的意见吗？我看就别送公安局了。杀人不过头落地，人家不是认错了吗？还是由厂里处理为好。至于是谁，我也不想知道了，我也不愿知道了……"

副厂长赶紧附和："对对对，还是不知道的好，还是不知道的好……"

他觉得双腿软了，再也没力气往起站了。觉得肋骨和眼眶那儿，又开始痛了似的……

厂长不安地问："老王，你没事吧？"

他嘿然摇头，无声苦笑。

厂长推心置腹地说："老王，咱们在这个小厂共事多年了。你是好人，我俩心里都有数儿。我俩已经商议过了，提议工会讨论，补助你三千元。这样，你欠厂里，欠别人的钱，就可以都还上了。在厂里条件允许的前提下，好人应该受到点爱护……"

副厂长也说："你向厂里借钱，向别人借钱的原因，我俩也是知道些的。你爱人下岗了，我俩的提议名正言顺，估计工会讨论通过也没什么问题……你脸色不好，你……"

他身子晃了几晃，一阵头晕目眩，栽倒了……

下午，厂里出车，副厂长亲自将他陪送回家。副厂长告辞后，他仰躺了一会儿，见儿子的桌上书书本本堆得太乱，起身替儿子整理。整理中，发现了儿子的日记。没想到儿子还记日记，没想到已经记了大半本儿。他退向床，坐下翻。看着看着，眼泪流下来了——一向似乎连对父母都冷淡无感情的儿子，却原来是一个对父母感情深厚的好儿子！一页页一行行一句句，记下了平日里对父母的殷殷种种的体恤！

妈妈由于下岗，连日来心情糟透了，动不动就和爸爸发生不必要的争吵。这很影响我学习，但我一定要忍，因为爸爸已经做了我的榜样。我绝不可流露出对家庭生活的忧虑，我还是学生，再忧虑也没法子。如果流露了，反而会增加爸爸妈妈的烦恼……

我觉得自己也活得很累。今天学校又收费为学生买课外复习资料。我早已看出爸爸妈妈手头儿紧，回家只字未提……

爸爸老了，头发已经花白了。妈妈这一年也老得明显，变得爱唠叨了。我心里好可怜他们。他们对生活的唯一希望，已经完全寄托在我身上了。但我如果考上大学，他们真的供得起我吗？四年啊！我像一座山，还要继续压在他们身上吗？我不忍心。爸爸妈妈，我不忍心啊！……

我不想上大学了！我想工作，为了减轻爸爸妈妈的经济负担。我想早点打工！……

他再也看不下去，将儿子的日记压在胸口，伏在床上放声大哭！
没想到儿子也活得这么疲惫……
厂里每两年例行一次的身体普查的第三天，合同医院通知他复查——X光片显示他肺上有几处可疑阴影。
去？——还是置之不理？
他独自思考了几天，如同哈姆莱特终日苦苦地思考"生——还是死？"。

父母岁月

他将通知单撕了,决定置之不理。

内心里倒也没什么惶恐,只不过觉得太疲惫了,不愿命中再出现任何"麻烦"之事来纠缠自己了。从此,一种无所谓的、近乎视死如归的人生态度,渐渐形成在他的意识里。归去来兮?归去也好。他常这么想,唯觉得早死太对不起妻子对不起儿子。

第一场雪下得很厚,很松软。到处银装素裹、玉砌琼雕,城市变得干净而又美丽。雪是从天黑时分下起的。第二天是个明媚的朗日,雪不化,也不太冷。而且,是星期日。

"今天谁也不许扫我的兴!今天咱们一家三口都要出去赏雪!中午到饭店撮一顿!"

妻子和儿子对他的提议备感意外,但都表示依从。那一种依从的态度中,又都有几分大人照顾小孩情绪的成分。他看出来了,却并不因而沮丧。相反,兴致更高了。不知为什么,那一天,他忽然极想当一次孩子,极想被人哄,被人宠,被人亲爱地予以呵护,哪怕是有些勉强于妻子和儿子。

一家三口去了公园。

他在雪地上打滚儿,用雪球儿抛妻子,往儿子领口里塞雪,真的忘了自己年龄似的,顽皮得没边儿。

在他兴高采烈的好情绪的影响之下,妻子、儿子脸上也时时露出平常难得的快乐的笑容。

一家三口闹累了,相依相靠地坐在长椅上。有一对儿带着五六岁小女孩的外国夫妻,在他们打闹时一直望着他们笑。当他们坐在长椅上后,那外国丈夫又用"拍立得"相机为他们拍照。将照片交给他们时,竖起大拇指说了一句英语,儿子站起身礼貌地用英语回答了一句什么。他们走后,他问儿子,人家说的什么?

儿子回答,人家说——幸福好。

又问是说他们自己还是说咱们?

妻子抢答,这还用问吗?当然是说的咱们一家三口。

儿子权威似的点了一下头。

他不禁地喃喃自语——幸福好?幸福当然好啦。如果幸福不好,这世上还什么好呢？

妻子也喃喃自语——咱们一家三口，几年来没这么开心过了……并当着儿子的面亲了他一下。

他忽然想起了什么，郑重其事地对儿子说："儿子，爸爸妈妈今天要向你透露一桩家庭秘密。"说完，他从内衣兜取出一个存折给儿子看："儿子，看清楚，上边存了多少钱？"

儿子看了一眼，说一万。

"不对。"

儿子接过存折认真看了一会儿，一丝不易觉察的笑意挂在嘴角："噢，我少数了一个零，是十万啊！爸，谁的存折？"

"当然是咱们自己家的啰！是没生你时，咱们家搬迁，国家补的一笔搬迁差价。儿子，你可一定要争取考上大学。只要你考得上，爸爸妈妈就供得起！有这十万元在手，咱们家经济上其实没什么愁的是不儿子？……"嘴里一边说着，一边向妻子使眼色，暗中拧妻子手背。

那是几年前的存折。其实只有十元钱。他模仿了多遍笔迹，加了四个零。损失十元，给儿子服一颗定心丸，他认为值。花十元钱在药店里能买到如此奇效的定心丸吗？

妻子也附和着他的话说："儿子，爸妈从来没舍得动用这十万元钱，就是预备给你上大学后用的……"

"我上大学用不了这么多钱……"

"还有你结婚呢！"

"爸，妈，你们放心，我会考上大学的。这对我来说没什么问题！我结婚也不会再用你们的钱！我工作后，一定要使你们生活得幸福！我要非常非常地孝敬你们……"

儿子低头抚摸着存折，好一会儿才抬起头，双手郑重地将存折交给他："爸，收好。千万收好……可别丢了……"

当儿子将存折还给他时，他才敏感地发现儿子的目光有些异样。

儿子又低声说："爸，妈，我不仅长大了……而且……成熟了……"

由儿子的话，他忽然联想到了一句名言——"人长大了意味着能够看穿

父母岁月

某些事情的真相了，而人成熟了则意味着明明看穿了也不说出来。"

难道……难道被儿子，被不但长大了而且自认为成熟了的儿子看穿了吗？

他不禁地显得不大自在。

"儿子……"

"嗯？……"

"爸爸最近……总想使你明白……"

"明白什么？……"

儿子的头靠在妈怀里，只将目光望向他。那一时刻，他觉得儿子的目光又如婴儿时那样的纯净无邪。他想不起是从什么时候就再也没见到儿子童真的目光了，心里不由得一颤。

"我想使你明白……在许许多多人之间，比如今天我们所见的那些陌生人之间，不是所有做爸爸的都是副厂长对不？"

妻子温柔地纠正他："厂办主任。"

儿子说："是的，爸爸。"

"你妈妈下岗了，可有的孩子，爸爸妈妈都下岗了……"

"这我知道，爸爸。"

"更不是所有的人家，都有十万元存款。"

"你说得对，爸爸。"

"那么，你对此有何看法？"

"爸爸，你的意思是，我应该感到幸福？"

"我正是这个意思。"

儿子笑了，笑得眯起了眼睛。

"许多儿子的爸爸是工人，而我的爸爸是厂办主任；许多儿子的父母都下岗了，而我的爸妈中只不过一人下岗了；许多人家欠债，而我们家有'十万元'存款……"

妻子接着儿子的话说："许多人家只有一间住屋，甚至三代同室，而我们有两间……"

他接着妻子的话说："许多人家有各种不幸，而我们一家三口十几年来太太平平……"

儿子以总结的口吻说："爸爸，妈妈，如果我感到幸福，会使你们内心快乐是不？"他和妻子对视一眼，都点点头。

儿子虔诚地说："爸爸，妈妈，自从我上中学以来，就几乎没有过幸福的感觉了。但是今天，这会儿，你们又把它给予我了！谢谢爸爸，谢谢妈妈……"

儿子的左手抓住了爸的一只手，儿子的右手抓住了妈的一只手。

儿子眼中泪光闪闪。

他和妻子的眼中，也不禁泪光闪闪。

那时刻，他觉得一家三口仿佛真在一种无边无际的不知始于何日何处的大幸福之中……

从远处飞来一群喜鹊，落在他们头顶的树上，喳喳喳叫个不停，弄下一片雪……

正午的太阳，又红又大，阳光慷慨地普照着他们。

儿子说："爸，我饿了。咱们中午吃烤鸭吧！"

他一跃而起："走！向饭店——前进！"

于是儿子扯着妈的手跑到前边去了。

"爸，快点呀！……"

望着妻子和儿子的背影，他大声唱了起来：

　　我不是一个特殊的灵魂，
　　不能给你多彩多姿的梦；
　　我不是一个传奇人物，
　　不能给你一些动人的色彩。
　　…………

"老爸，别唱了！你糟蹋潘美辰的主打歌，人家会提抗议的！……"

儿子转身望他，倒退着走，调侃中洋溢着浓浓的父子昵情。

"好小子，敢贬损你老爸！反教啦！"

父 母 岁 月

他边走边抓起一团雪，攥成雪团，瞄了瞄，准准地击中儿子肩头。

他孩子似的哈哈大笑……

那一群喜鹊被惊起，喳喳叫着从他们上空飞过。

不知何处，传来一声悠长而又韵味儿十足的吆喝：

"冰糖葫芦！……"

本文节选自中篇小说《疲惫的人》

钳工王

好大一场雪！

这是一九九六年最后几天中的一天，更确切地说，是十二月二十八日，星期六。

四天后一九九七年就和人们碰脑门儿了……

章华勋在梦中被电话惊醒——"厂长，下雪了！"

他听出是厂办主任李长柏的声音，他先撩起窗帘一角朝外望了望，天还完全黑着。扯亮灯，又从床头柜上抓起手表一看，四点十五。

"你没见过下雪呀？"

他不禁有些生气。他昨晚十一点半才回到家里。和港方代表的"谈判"很令他沮丧。事实上那并不能算是一场正式的谈判。谈判结果早已形成具有法律意义的合同。他企图改变合同内容的要求显得唐突而又强人所难。全过程无非是他慷慨激昂了一通，甚至大发脾气——对方非常有涵养，非常理解，却又爱莫能助地听着罢了。结束的时候他几乎什么都没改变。这一点在他的预料之中。他明知改变不了什么竟仍强烈地要求改变什么，完全是受一种巨大的责任感的促使。没谁逼着他非担负起那一种责任感。他有充足的理由推卸得一干二净。是他自己非负担起那一种责任感的。它鼓励他扮演一个挺身而出同时回天乏术的角色。

"三二三"厂是国内的老军工厂，中华人民共和国成立以来它一直生产一种东西——枪。各式各样的枪，各式各样的枪所需要的子弹。"抗美援朝"

父母岁月

战争中，它生产的枪武装过志愿军，那时它只有五百多人。现在已发展到三千多人了，还不包括他们的家属。如果包括了，已经一万二千余人了。在 A 县县城的东南地带，"三二三"厂的三千多名职工加上他们的家属，组成了一片庞大的社区。不过是一片房舍老旧甚至可以说破烂不堪的社区。整个社区内仅有几条水泥路和几条砂石路，其余皆是土路，当地的土质盐碱成分含量大，呈灰白色，狼粪那一种灰白色。夏秋两季，大风一刮，灰白色的土尘飞扬起来，远远望去像放了烟幕弹似的，而春季冰雪一化，土路皆被踏成一条条灰白色的泥泞带。因而邻县的一家鞋厂，与"三二三"厂一直保持友好关系。"三二三"厂的职工，每家都有邻县鞋厂生产的几双胶鞋或雨鞋。除了厂一级领导和有突出贡献的科技人员住的是几排砖房，其余人家住的全是泥房。他们的泥房当然也是灰白色的，所以 A 县人，将他们那一片社区叫作"茧房区"；将他们和他们的家属及子女，不分老少，一概地叫作"蛾子"。

但正是经由这些"蛾子"之手制造出来的枪，始终源源不断地供给着中国的军队。他们引以为荣的是，大约每十支中国造的步枪的枪身上，有一支准印着永远也磨不平的"三二三"。前几年，军工厂"下马转产"，"三二三"厂错过了机会，中国既还有军队，军队既还需要枪，就不能没有造枪的厂。这个道理是再简单再明白不过的。结果"三二三"厂"下马转产"的报告没被批准，仍造枪，主要是步枪。

"三二三"厂生产的步枪是跟得上世界水平的。中国军人"大比武"年代的"神枪手"，乃至近些年在国际射击比赛中获了金牌的冠军们，用的也几乎全是"蛾子"们造的步枪。

没有战争，武器的生产便没有利润可言。"蛾子"们一如既往，一代代为国家造枪，"三二三"厂一年比一年穷。它的前几任厂长，曾因资金短缺修不起厂房，改造不起社区的路况而烦恼多多，一筹莫展；它的后几任厂长，却早已因拖欠工人的工资而有苦无处诉了。像许多大中型企业一样，"三二三"厂的退休工人，比在厂职工还多出一千余人。如今，许多商品的价格都由市场来"调整"了，有些商品的价格已涨了十几倍，乃至几十倍。但"三二三"厂生产的精良步枪，毕竟非是什么"商品"，毕竟不可能按照"市场"行情来进行价格"调整"。国家是以成本价收购"三二三"厂生产的步枪的。这成本价已十几年没提高过了。

"三二三"厂的穷也是再简单再明白不过的事。

"蛾子"们的日子过得穷，更是再简单再明白不过的事。

穷只有一个好处，就是无须防贼，在"三二三"厂的庞大社区内，多年来没发生过失窃案。某些人家仍没养成离家锁门的习惯，县城里的贼也不滋扰"茧房区"，知道那里没油水儿。

三年前，一位军界首长视察"三二三"，所见令他辛酸万分。

一行人走在社区内，走至一户人家门前，见门虚掩着，那军界首长问："可以进去看看吗？"

陪同的厂长书记们说："可以。有什么不可以的？首长请进去看看吧！"

于是十几个人都进去了，屋内无人。里一间，外一间，只有几样破旧家具，火炕上铺的是城里人家十年前时兴铺地的那一种简易铺地革，图案已经磨损得模糊了。

首长秘书说："什么东西，用得好，莫如用得巧。这就是用得巧的一个例子。不过这地板革太旧了，该换块新的了！"

党委书记听了连连点头说："是啊是啊，是太旧了！"

厂长也说："该换块新的了，的确该换块新的了！"

章华勋当时也是陪员之一。他当时是李长柏现在的角色——厂办主任。他当厂长后，李长柏才替了他的厂办主任。他当时听出了，也看出了书记和厂长的话说得都不那么由衷，都不过是在虚与委蛇地随口附和罢了。他忍了几忍，终于没忍住，冷脸瞪着首长秘书说："换块新的当然好啦！那多美观呀！可那不是得花钱买吗？工人的钱是工资。厂里已经三个月只发百分之六十的工资了。工资基数低，平均下来不过一百七十多元。你的算术一定比我好。你算算，一百七十多的百分之六十是多少？……"

他的话，使首长秘书的脸顿时红到了耳根，仰起脸讪讪地望着屋顶，默默退了一步，避开他那不敬的目光，隐到了首长身后。

他说话时，首长没看他，而在瞧着炕上的一盆蒸土豆。他说到工资基数时，首长从那盆里拿起一个土豆，剥了皮，挺爱吃地吃着。待他的话说完，首长手里的土豆只剩下了一小块儿。首长将土豆全送入口中，掏出手绢擦手。

411

父母岁月

首长咽下了土豆,揎起了手绢,这才将脸转向他,不动声色地盯着他脸问:"你是厂里的什么人物?"

党委书记替他回答:"首长,他是厂办主任。姓章,文章的章,章华勋。他父亲是中华人民共和国成立前咱们兵工厂的有功之臣,一九四七年牺牲了。那时他刚一岁多。"

首长仍不动声色地盯着他脸问:"这么说你是烈士子弟啰!"

他刚欲开口,厂长又抢先替他回答了:"对对,他是烈士子弟,烈士子弟。"

厂长一边说,一边向他暗使眼色,那意思是免开尊口,别惹首长不高兴。他明白,书记和厂长,都是为他好。因为首长在视察过程中,已发过几次火。

首长又问:"听你刚才那话的意思是,工人们已经穷得连几米铺地革都买不起啰!"

这一问,使书记和厂长一时你看我、我看你,都噤若寒蝉,不敢替他回答什么了。其他一干人等,也都面面相觑,空气一时仿佛凝固了。

他犹豫一下,以肯定的口吻说:"对。情况正是首长理解的这样。尤其这一家,生活更困难。"

"厂里像这一家生活这么困难的工人,还有多少?"

"少说有几百户。"

首长不再问什么了,又抓起一个土豆,若有所思地剥着吃,比吃第一个土豆下口慢了。

于是书记说:"大家吃土豆,吃土豆呀!这土豆是厂里开了片荒地自己种的,很沙,也很面。"

厂长双手去抓土豆,一一分给大家。

大家都默默地剥着吃。偶尔有人小声说,是很沙,是很面。

只有章华勋没接土豆。他若接,就不够分的了。当然他没接,并非因为不够分,而是心里知道那盆土豆的重要,不忍接了吃。

大家正吃着,一个少女回家了,她见满屋子人,显得非常局促不安。目光朝炕上一望,见小盆空了,一个土豆也没有了,愣了片刻,"哇"的一声哭了。

大家被哭得懵里懵懂。

章华勋从旁低声说:"咱们把她家的午饭吃了。孩子下午还要继续上学呢!"

屋里的空气顿时又像是凝固住了。

有那没吃完的,窘态万状地,将手中啃得不成形的土豆,惭愧地放回了盆里。

首长的秘书尤其窘、尤其惭愧,连说:"对不起对不起……"

"你别废话了!"首长打断他,"你给我到县里去买馒头!买包子!买烧饼!买挂面!要多多地买!开车去!限你十分钟内买回来!……"

秘书二话不说,拔腿便走。

首长蹲下,双手轻轻拉住那少女的双手,端详了她片刻,张张嘴,想说什么,话到唇边却咽回去了。首长直起身,摸了一下少女的头,从内衣兜掏出钱包,放在了炕上,愣了愣,又脱下呢大衣,撸下手表,一并放在炕上。

首长一言不发,谁都不看,也拔腿便往外走。

众人默然、肃然,一个个悄无声息地跟将出去。门外蹲着一个人,正是五十多岁、胡子邋遢、面色黑黄的"钳工王"。那是他的家。那是他的女儿。他还有一个儿子,当时读高中,住校。

首长发现"钳工王",脚步停住了一下,似乎想走到"钳工王"身前去问什么话,但犹犹豫豫地,又将目光从"钳工王"身上转移开了,撇下众人,独自踽踽前行。

章华勋注意到,首长眼角挂着一滴泪。

他问"钳工王":"你怎么见家里有了客人,就连家门都不进了?"

"钳工王"袖着双手,头也不抬地嘟哝:"日子过成这样,没脸待客。更没脸见什么首长。"

那时刚过完新年,离春节还有半个来月,正是最冷的日子。一阵北风啸过,卷起一团雪,将首长瘦小的身影几乎完全裹没了……

众人怕首长冻坏了,有的在拦车,有的脱了自己的大衣追赶上去……

春节一过,刚到三月份,上级出其不意地下达了文件,批准"三二三"厂转产,并批准可以行使如下企业自主权——合并、被兼并、合资、拍卖,

父母岁月

乃至宣告破产。

这一档使全厂干部职工着实地欢天喜地了一番。仿佛那档本身即是一剂灵丹妙药，足以使该厂起死回生似的。

公正而论，三千多被叫作"蛾子"的军工厂的工人，并非一个个皆是穷而惰，一门心思坐等国家拯救的人，有一个时期三千多人下了班几乎人人都去摆摊儿"创收"。但是全县城才十几万人，是个穷县，呼啦啦剧增了三千多摆摊儿的，别的百姓还做不做小买卖小生意了？

"改革开放"十几年来，老百姓终于获得了被允许做小买卖、小生意的"特权"，一旦受到来自三千多"三二三"厂的工人的巨大冲击，矛盾发生了。由发生而渐渐激化了。"三二三"厂是军工厂，又使这一矛盾似乎带有了影响军民关系的性质。于是县里的领导们，紧急会晤厂里的领导们。最后解决矛盾的办法是——在县城边上，辟出一块场地，专供"三二三"厂的三千多工人摆摊设位做小买卖、小生意。三千多人，形成了一处规模极庞大极壮观的民间贸易市场。但县里的居民们，订了同盟之约似的，几乎都不到那市场去买什么，因而那市场的情形往往是只见卖家，不见买主。三千多人的工资水平都很低，消费水平更有限得可怜。人人都成了卖家，县里的居民又不去买，买卖状况是多么冷清也就可想而知了。往往是挨到天黑不得不收摊儿时，以我家的萝卜换你家的白菜，或以你家的小葱换我家的大蒜罢了。

章华勋和工人们的关系都挺不错，那时他常想——怎么着肥水也别流外人田啊！买菜啦，买小东西啦，他一向去那市场。但工人们都不好意思收他钱。几元钱的东西，关系都挺不错，能好意思收他钱吗？几次以后，连他也不去那市场买菜买东西了。

不久那市场自行解体，又成了一片空旷地。有许多工人非但没为自己的家庭"创"什么"收"，反而还赔了钱。都道是买买卖卖，有赔有赚，赔赔赚赚，可对每月工资只能拿到手一百七十多元二百来元的百分之六十的他们，一个月内赔个一百来元，就足以赔得他们胆战心寒啊！

他们只剩下了一个盼头，盼着什么效益好的厂来与他们合并，盼着什么财力雄厚的大公司来兼并他们，盼着有外商来支持本厂转产。在盼的过程中，并未停产，还一如既往地造枪，总不能停了产盼着啊！他们普遍都有这样的觉悟。一边生产一边盼,仍月月圆满完成国家下达的生产指标……

有一阵子,厂里的头儿们似乎全都变成了公关先生,从早到晚忙于接待,忙于引领着来宾们四处参观,一个个介绍起厂情厂况来,都变得能说会道了,当然,还要陪宴。既陪宴,也就还要陪酒。常都喝得红头涨脸的。厂里的工人们,不像别的厂、别的企业的工人们,看见了知道了就来气,就恨,就骂娘。恰恰相反,他们高兴。知道厂头们是在忙于为厂找"婆家",为工人弟兄们找出路。那一阵章华勋最忙,跑前跑后,忙得一天到晚顾不上回家。而他和厂头儿们一旦消停了,不在会客室里而在办公室里了,工人们的情绪便低落了,有人便垂头丧气、长吁短叹了……

终于有一次几乎就让工人们盼出头了——国内某公司意欲接手改变"三二三"厂的命运了。意向书已签订了。消息不胫而走,已经沸沸扬扬地传开了。工会主席已经向车间主任们下"毛毛雨"了,说不久将要召开职工代表大会表决重大选择了……

但后来摸清了对方们的牌路——他们并不诚心改变"三二三"厂的命运,他们的动念在于据说国家将会贴补的三千多万"企业破产安置费",一旦三千多万到手,他们便宣布"三二三"厂破产,用一千多万打发工人们回家,余下的一千多万,岂非得来全不费工夫吗?正所谓"醉翁之意不在酒,在乎山水之间也"。险些既成事实,上一次空前大当!工人们一怒之下,揍了那些"机关算尽太聪明"的家伙一顿,并烧毁了他们的一辆"凌志"。他们想告,想要求赔车,但惹恼的不是三十名三百名工人,而是三千多名工人。这个数字使他们畏惧,没敢告……

经历了那一件事,领导也罢,工人也罢,似乎全都明白了——他们的厂不是俊俏媳妇,没人愿娶!县里自是没有魄力接受的,两亿多元欠款,县里若接收了,猴年马月才能替厂里还清啊!省里也没一家企业或集团公司有胆量染指"三二三"厂。除了两亿多元欠款,还有三千多工人转产后的再就业问题呢,还有四千多退休工人的劳保福利问题呢,还有工人子女的就读问题呢!"三二三"厂是企业社会化的一个典型。

好事多磨。现在,厂是终于"嫁"出去了。用词更恰当地说,是卖出去了。卖给香港富商了,合同一年前就签毕了,并且公证了,具有了法律性

父母岁月

质。前几天，香港富商派全权代表来正式接收工厂了。然而也是直到前几天，章华勋才明白，按照那合同，全厂四十岁以下的工人，只有百分之五十经过严格考核，方能重新被招募为合同工，其余百分之五十的工人，只有一个选择——领取几个月的辞退金，回家另谋出路。而四十岁以上的工人，只能照顾性保留百分之二十，百分之八十得领辞退金回家！也就是说，全厂三千多人中，将有半数以上陷入失业困境。

这合同是前任厂长签的。当时人们皆因厂终于被"嫁"出去了而高兴。仿佛人人自己都是"老大难"女子，终于被"嫁"出去了一样庆幸，一样喜出望外，所以也就没谁真正关心那合同的详细内容。前任厂长签完那一份合同不久，香港方面就汇来了一笔款，于是全厂工人都补发了工资，那一天一些年轻的工人，放了鞭炮，扭起了秧歌。这之后不久，前任厂长调到省里当什么厅的副厅长去了，还带走了几个人，都是了解合同内容的人，从此，那合同就在保险柜里存放着，没谁再去多想它。连新任厂长章华勋也不曾多想到它，更不曾打开保险柜看它。他认为，自己这个新任厂长，事实上只不过是一位过渡厂长，而过渡时期又是很短的，香港人一来，自己将这个厂一交接清楚，自己这个厂长也就等于自行的废黜，连自己的去留或任用，都将听香港新厂主的安排，他哪里还有那种打开保险柜取出合同文本细看的好奇心！……

他是在收到一份电传后才命秘书取出合同文本的。那是一份很普通的电传。文字极短，通告全权代表何日到达而已。他看那合同文本时心里很特殊，似乎有几分不情愿，有几分被迫，似乎与自己的命运紧密相关，又似乎与自己一点关系都没有。他对这个厂有深厚的感情，却对自己的去留持无所谓的态度。儿子已经上大学了，学费全由岳父母包管了。岳父母都是离休的师级干部，他们只有一个女儿。儿子的大学和岳父母安度晚年的干休所在同一城市，使他们夫妻俩简直半点都不必为儿子操什么心。至于他自己，他的几名当"总裁"当"董事长"的大学同窗，已向他发来了既郑重又诚挚的邀请信，希望他去助他们"一臂之力"，当位副经理什么的。许下的月薪也是很可观、很令他满意的。何况，他这位厂长，并非上级红头文件正式委任的。厂都将不厂了，还委任的什么厂长呢？说得体面点，是"代理"厂长。说得不敬，其实不过是短期的"维持会长"。在这个厂还没被接收前,总得有个人临时维持着不是?不能叫人家来接收一盘散沙、无首人群吧?

但他看过那份合同后,震惊极了,呆坐了半天,接连吸了三支烟,仍缓不过神儿来!一半还多的工人明摆着将要面临失业呀!他妈的怎么能这么卖厂!这不是卖厂,已经意味着是出卖一千几百名工人弟兄的最根本利益了呀!他妈的这样的人怎么还能升官呢?走时还受到许多工人自发的欢送!工人们还依依不舍千恩万谢!

他恨得七窍生烟,如果对方正在他面前,他定会一个大嘴巴子狠狠地扇过去!

他又将那合同文本锁进了保险柜,没敢将他看到的内容向任何人透露。如果合同中的两个百分数被工人们知道了,后果不堪设想。愤怒起来的工人们,也许会变成三千头愤怒的狮子吧?

从那一天起,他没再睡过一个踏实觉。

从那一天起,他觉得他肩上担起了一份责任。他想他章华勋,要为工人弟兄们的根本利益义正词严地向港商的全权代表提出修改合同的建议。不错,使合同生效的是法,但在这个国家里,与法同在的,总该还有点良心吧?三千多几代工人并不情愿是包袱呀!他们平均拿一百七十多元的月薪,每月干的可绝不是只值一百七十多元的活呀!说他们是包袱,太昧良心了吧?就算他们是沉重的不知该往哪儿甩的包袱,那么又是谁将他们变成了包袱的呢?往小了说还不是这个厂吗?往大了说还不是这个国家吗?还不是这个国家将他们牢牢地死死地几十年如一日一代代按住在这个厂里的吗?历史事实是,当年谁如果进了这个厂穿上了这个厂的工作服,那就等于是在无期限的生死契约上按了手印画了押!若想活着离开这个厂,几乎是痴心妄想!都说当年的知青返城难,成了这个厂的工人再想离开这个厂,绝不比当年的知青想返城容易!他章华勋当年就曾因企图调离这个厂,不但受到了大会小会的批评帮助,还险乎被开除党籍!……

这种时候,是一个人最需要与别人商议的时候,也是需要党委做出理性的"集体决定"的时候。但章华勋却不知该去与谁商议。老书记已经离休,回原籍去了。一位副书记在那份合同签订以后调走了,另一位副书记便是他

父母岁月

自己。还有三四位党委成员,章华勋认为他们的嘴巴又都不够严紧。与他们商议的结果,无非有两种可能——或者真情泄露,全厂义愤填膺,闹静坐请愿,闹示威游行,闹集体上访,最终将合同闹成废纸一张拉倒;或者他们借口合同已签,厂已实际上易主,党委已没有存在的意义,不肯和他一起做出什么决定。因为道理是那么简单——不管做出的是怎样的决定,谁一旦参与了意见,谁就将对那决定负起一切责任。请愿、上访的责任,谁肯与他分担呢?将合同闹成废纸一张的责任,谁肯与他分担呢?这种时候,谁还有那么许多的责任感呢?

最初的震惊与愤慨平息下去之后,章华勋甚至也不再生他的前任厂长的气了。两亿多贷款,港商全部替还;拖欠工人的工资,港商全部替发;将被解雇的工人,由港商给予补贴;将一个生产步枪的厂,改造成一个服装厂,港商非再投入数亿而难达目的。一千多人的服装厂,已然是一个规模不小的服装厂了,非要求人家将三千多工人全部安排了,人家做不到呀!转产要对工人进行集体培训,人家愿多保留年轻的工人,也是理所当然的啊!前任厂长能签订这么一份合同,其谈判过程,可想而知该是多么艰难啊!其功劳也是不可抹杀的啊!起码是功大于过的啊!而港商的条件一点也不算苛刻嘛!人家能做到的,人家都做到了啊!与其三千多人捆绑在一起沦于有厂无薪的困境,莫如先给一千多人找条出路,也不失为上策啊!

章华勋真后悔在这么特殊的时期当上了什么代理厂长!他觉得自己所面对的现实,简直是在对他进行刻毒的嘲弄。说是耍弄也不过分!……

港商的全权代表一见到他,便客气地对他说:"章先生,我方诚意聘请您出任新厂的副总经理,不知您愿不愿今后与我们同舟共济?"

这是他万万没想到的。

全权代表年轻得很,才三十一二岁,风度翩翩,踌躇满志,对他所表现出的客气,是那种很矜持的客气,矜持中有几分居高临下的意味。

尽管对方居高临下的心态,是以相当客气甚至不失敬意的语调"包装"了的,比对方年长二十余岁的章华勋,还是感到自尊心被什么尖锐又细长的东西深深刺了一下。

他怔了几秒钟,一笑,不置可否地说:"我非常感谢贵方对我本人的信赖。我想提醒贵方,难道就不需要对我进行一番起码的了解和考察了吗?……"

对方也一笑,说早了解过了,也考察过了。对他在工人中的群众基础和威信,对他管理方面的能力,是丝毫也不怀疑的。还如背个人简历似的,道出他在哪一年毕业于什么大学什么专业,哪一年开始当车间主任,哪几年进行过哪几项技术改革,哪几年当过一时期的厂长助理……

"为了表达我们的诚意,现在就可以由我向您颁发委任证书!"对方打开拷克箱,取出大红证书,郑重地双手向他呈送。

刚握过手没几分钟,就当面颁发委任证书!对方雷厉风行的工作作风,使他内心暗暗钦佩。

但他并没伸出手去接证书。

他迟疑了一下,说:"可我是有二十余年党龄的党员……"

对方又一笑:"这没什么。章先生太多虑了!我们对信仰不干涉的,只要不影响将来的企业管理和发展,我们绝不要求任何是党员的人退党。"

他仍犹豫着不接证书。一想到将有半数以上工人失业,他内心里矛盾极了,仿佛接了证书,就等于从道义上背叛了那半数以上的工人似的。

"章先生有什么条件,尽管讲出来。只要不过分,我们都可以考虑的!"

"您的儿子大学毕业后,如果愿意,可以入厂。厂里今后将需要和重用一批大学毕业生……"

他双手不由自主地接过了证书。

"那么,现在,我们之间,就是志同道合的自己人的关系了。希望章先生鼎力协助,使我顺利完成接收事项……"

"一定,一定!请您放心……"

章华勋嘴上这么说着,又想到那半数以上工人的失业问题,心里很不自在,很别扭,很不是滋味儿,暗暗谴责自己未免太快地就成了对方志同道合的"自己人"。

他陪对方四处视察厂区时,几次欲开口提出修改合同上那两个百分数的建议,但对方不断地问这问那,使他根本没机会提出。

一些工人正在厂区挖沟,抢修暖气管道。

父母岁月

全权代表站在沟沿上,望着沟中锈得起鳞的管道问:"多少年没换过了?"章华勋据实相告——那些管道从一九五一年建厂起,就深睡在地下,距今已四十五年了。

"真不可思议!"

全权代表说着,跃下了两米多深的沟底。而且竟能像高水平的体操运动员一样,一步也未踉跄,稳稳地就站了起来。对方既已跃下,章华勋也不能站在沟沿上了。他也跃了下去。他落地的情形可没对方那么潇洒,毕竟五十多了,毕竟比对方年长二十余岁。他落地时向前扑倒在稀泥堆上,双手和衣服都沾了稀泥。

全权代表则已蹲下细看那些管道了。他捡起一块卵石敲管道。管道一敲掉一片锈渣儿。

一名工人担心地说:"先生您别敲哇,没见我们在修嘛!敲个大窟窿怎么办?"

全权代表弃了卵石,掏出手绢一边擦手一边感慨地说:"都这样了,居然还能将就着供暖,你们居然还善于修,不简单!难为你们了啊!……"

另一名工人说:"我们是干这行的嘛!再不容易修,也得修啊!哪怕锈成了酥皮儿点心似的,只要厂里不更换,我们也得保证修好保证供暖啊!……"

管道四处射水,沟底下"细雨"漾漾。那几名工人的衣服全湿了。脸也全湿了。在十二月的寒冷之下,一个个冻得双唇发紫、浑身哆嗦。

全权代表看了他们一眼,什么也没再问再说,一声不吭便往沟上攀。沟上垂下一条绳子,沟壁上铲出了几个踏脚的浅窝儿。他攀得也很灵活,猫似的转眼就攀上去了。

章华勋就没他那般灵活了。他有关节炎,由于厂里的供暖管道常出问题,许多个冬季,车间里的暖气热三天、凉五天。他的关节炎,就是因日久天长地受冷落下的。几名工人见他自己难以攀上去,不得不托着他屁股朝上举他。全权代表也不得不伸下手拽他。

他上了沟,不禁满面窘色。

全权代表又发感慨:"在这样的厂里,拿差不多是世界上最低的工资,造出差不多是世界上一流的步枪,这个厂的工人们都很可敬啊!"

对方的话使章华勋心头一热，顿时觉得，和对方的关系，真有那么点"自己人"之间的关系了。

他也感慨起来："对对。您说得对极了！我们厂的工人，个个都是好工人！绝非一半儿素质好，一半儿素质不好。这一点我可以很负责任地向您打保票！……"

对方有点困惑地看了他一眼，似乎不解他的话为什么要那么说。

"我们厂的老工人们，尤其有一种良好的传统，遵厂规，守厂纪……"

不料对方打断他说："遵守厂规厂纪，那是一名工人起码应该做到的。如果工人连这一点都做不到，是管理松懈，管理者失职。"用手朝沟下一指，俯视着那几名工人低声又说，"你替我记住他们的名字。他们都可以免过考核这一关成为厂里的工人！我们面临的第一件事是改造厂房，很需要他们这样的管道工……"

章华勋听了，心中亦喜亦忧。替那几名可以免过考核的年轻工人喜，替"钳工王"等一批老工人的命运如何而忧。他们中许多人也和章华勋一样，患了比他还严重的关节炎，有的还因风湿性关节炎而患上风湿性心脏病。但他们年轻时都曾是厂里的骨干工人，十之八九曾是各级"劳模"。"钳工王"还曾是章华勋的师傅……

回到会客室，章华勋为全权代表沏了一杯茶，待对方坐在沙发上后，终于有机会说他早想说的话了。

"我们现在谈谈合同好吗？"

"谈谈……合同？合同不是早签订了吗？"

对方将刚端起的茶杯，缓缓地又放下了。很显然，他的话使对方感到了几分意外，也感到了几分麻烦。而对方那种猜疑的表情和那种本能设防的口吻告诉他，一切关于合同的话题，都是对方所不愿谈，认为根本没必要谈的。

"是啊是啊，是早签订了。但不是我签的，是我的前任……"

对方的态度，使章华勋的心理备受压力。

"我知道是你的前任厂长签的。我方的签署人也不是我。不管是谁签的，总之是签订了，而且公证了，具有法律性质了。所以关于合同的一切条款，都已经是既成事实，我的责任和权限，只不过是来履行一下接收这个厂的程

421

父 母 岁 月

序罢了。我看我们最好不要谈合同。谈超出了我们二人责任和权限的问题，我认为对我们都是不明智的，也肯定是徒劳无益的！"

对方以毫不含糊的言辞封章华勋的口，一开始就不给他留有一点余地。

"可……我现在不还是这个厂的厂长吗？所以我认为那合同……"

因为明明知道从对方到达那一天起，便意味着这个厂已经正式易主了，便意味着自己这位厂长已经被取消资格了——章华勋有点理直气壮不起来。

"可您已接受了委任证书。您已不是什么'三二三'厂的厂长了。'三二三'厂已成为历史了，不存在了。您已是我们将定名为'绅士服装厂'的副经理了。所以我有必要郑重提醒您，您的立场，应该彻底地发生一个转变，转变到和我相一致的立场上来！"

对方的口吻中，已经带有训导的意味了。

"即使我以'绅士服装厂'副经理的头脑思考，我也还是认为那合同……"

"章副经理，我再强调一次，我不愿，不想，也没有半点义务跟你谈合同，请不要使我反感！"

对方沉下了脸，口吻已经变得有点盛气凌人了。

章华勋愣怔住了。他眯起眼望着对方，一时陷入尴尬，不知还该怎么继续谈下去。

而对方重又端起茶杯，缓和气氛地笑笑："咱们君子协定，说不谈合同就不谈合同！您也坐下嘛，喝杯茶暖暖身子嘛！今天可真够冷的，有零下三十度吧？……"

章华勋突然大光其火，挥了下胳膊，放开嗓门嚷道："谈！必须谈！非谈不可！你他妈竖起耳朵给我听明白了，我说时你再也不许打断我！……"

对方没料到他会突然发作，被他的嗓门惊得手一抖，洒了一身茶。

于是轮到对方愣住了，眯起眼望着他陷入尴尬。

他从桌上拿起了那大红的委任证书，一大步跨到对方跟前："你以为就这么个玩意儿，就能收买我的良心啊？就能使我一点都不替工人们的利益着想啦？就能使我彻底地站在你们的立场上啦？没门儿！你们对我章华勋了解得那么清楚，怎么就忘了，也了解了解我章华勋和工人是什么关系？我章华勋不那么容易收买！……"

他将大红的委任证书抛在了对方脚旁。

对方弯腰捡起证书，掏出手绢擦了擦沾上的水迹，竖立地按在膝上，二指轻轻敲点着，不言不语地矜持地笑望他——那意思是，你说吧，我洗耳恭听。但你说也白说，我听也白听。

于是章华勋开门见山，直奔主题，就合同中的两个百分数，慷慨陈词，据理力争。

他说时，对方果然耐心可嘉地听着，一次也不打断他。不过二指始终轻轻敲点证书，任由他自说自话。

章华勋直说得口干舌燥，直说得嘴角泛起了白沫儿，他说得声情并茂，至仁至善……

"您说完了？"

"说完了！"

"您说了半天，说到底只有一个意思，就是认为——四十岁以下的工人保留百分之五十，四十岁以上的工人保留百分之二十，都保留得太少太少，对不对？"

"对！"

"我们接受这个厂的同时，根本不可能保留百分之百的工人，这您同意吗？"

"同意！"

"很好。我很高兴在这一点上我们首先达成了共识。那么，就得打发回家一批工人，无论从有良心没良心，是否符合社会正义感，以及是否仁是否善的角度思考，这都是没奈何的事，对不对？……"

"……"

"您回答我呀，大叫大嚷地回答也没关系！"

"对……"

章华勋的声音低了下去。

"那么，依您章先生，四十岁以下的工人究竟该保留多少？四十岁以上的工人又究竟该保留多少？……"

父母岁月

"这……"章华勋没想到对方绕了两个弯子,将问题反问给他了。

"前提是——只能从三千余名工人中,重新吸纳一千三百余名工人。这可不是一个保守的数字,而是一个在极限边缘的数字。这个数字,是由一些专家,根据企业的规模、投资的总额,未来几年内生产、销售的科学预测确定的。也是经过计算机一次次进行的各项数据统计印证了的,多保留年轻工人,就只能少保留老工人,两部分工人都想多保留,那么就超过了吸纳极限。超过了极限,企业就背上了人员过剩的包袱,就没有发展二字可言了,那么不必您章先生慷慨激昂,我方也就不会投资了,您的良心不会有什么不安了,您也实践了您所谓的社会正义感,完善了您的仁和善的主张,但您同时也应该为全体工人找工作。否则,您的所谓良心,所谓社会正义感,所谓仁和善,不是空洞得很、虚妄得很,事与愿违吗?……"

章华勋从对方跟前一步步退开了,缓缓坐在沙发上了,低着头吸烟了……

"我们是办厂的,办企业的。不是办什么收容所,办慈善事业的。我认为,我们的总裁,比您章先生慈善得多!至今他已将几千万捐给了大陆的各项慈善事业!他的慈善才是名副其实的慈善。但是,如果他办一个厂,亏一个厂,他又哪儿来的钱捐给什么慈善事业?所以,我们总裁有句格言——以硬心肠创业,以软心肠济世,先薄爱而后博爱之!不知章先生以为如何?……"

章华勋一口接一口吸烟,吸罢一支,又燃一支。他被对方驳得无话可说。他提不出他自认为合情合理的两个百分数。与合同上的两个原百分数差距太大,等于强词夺理;正如对方所言,等于从基础上推翻合同。姑且不论他是否能够做到,一千三百多本可重新被吸纳为工人的人,要不恨死他才怪呢!另外一千七百多人也并没从中获得丝毫利益,因而也未必会感激他。空洞的、虚妄的、事与愿违的良心、正义感,以及仁和善,不是明摆着反而破灭了一半左右的工人们的希望吗?而与合同上的两个百分数差距不大,也不过就等于再勉强塞给对方些人,还是解决不了更多的人无法逃脱的失业命运……

"章先生,我看这样吧!"对方站了起来,第二次双手将委任证书递向他,"用您的话说,这个玩意儿,您还是应该接受。我们并没有什么收买的意图。未来的企业需要您。您熟悉的一千三百多工人，我想也是需要您的。希望您别太感情用事。我虽然比您年轻得多，却明白感情用事的严重危害性……"

章华勋抬起头来了，伸出手去了，双手欲接未接之际，不知为什么又缩了回去。

"当然，考虑到您在厂里可能有一些特殊的人际关系需要感情照顾，我个人做主，给您五个名额，只能五个，再多一个我也没权力了。我也是性情中人，该理解的可以理解。大陆不是有句话，叫'理解万岁'吗？……"

对方又笑了笑。

章华勋也不禁笑了笑。连他自己都意识到了，他是笑得多么不自然啊！又是笑得多么屈辱啊！

他的双手，违背意愿地伸了出去，第二次接过了那份大红的委任证书……

对方从拷克箱里取出一页纸，将自己的笔横放在纸上，然后饮起茶来——单等他在那页纸上写下五个人名。

这是他平生所面临的，最使自己感到困窘、感到心理屈辱和难堪的情形。

他抬头望着桌子，吸着烟，许久未动。

对方不催他，也不看他，独自默默地静静地饮茶。

他终于按灭烟，起身走向那桌子，坐了下去，拿起了笔……

他在纸上写下的第一个名字，是"钳工王"的名字。

写罢他开始发呆。发呆了半天，才写了第二个自己认为必须照顾的老工人的名字；又发呆了半天，落笔写下了第三个老工人的名字。只剩下两个名额了。他觉得手中的笔沉甸甸了！他手心出汗了。他放下笔，将手在衣服上抹了抹，一笔一画地写下了第四个名字。

"五个，五个名额。对我来说，这也是一个极限了，希望您千万不要让我太为难……"

对方低声从旁提醒着他。

而这时他心里正想到他的妻子。她的年龄当然也在四十岁以上，是老车工。按车工这一行来说，她的年龄太大了些，眼力不行了。再干下去是很

父母岁月

容易出事故的，服装厂不需要四十五六岁的女车工，她当在被淘汰的百分之八十的老工人以内，而且肯定将是属于坚决淘汰的人。她对这一点怕极了，近来已经怕到神经兮兮的可怜地步，一天到晚絮絮叨叨地问他，她变成了家庭妇女以后他会不会烦她、会不会和她闹离婚。他认为她的怕主要是一种失落心理的反应，也许还跟更年期有关。她的怕也影响得他有些怕了，怕她真变成了家庭妇女以后整日愁眉不展、长吁短叹，仿佛一名害了思乡病的终身女佣，而他真的烦她，又没法儿安慰她，没法儿为她再谋职，更没法儿"解雇"她。这时代哪个单位还需要四十五六岁的女车工啊？……

她那张神经兮兮的表情可怜的脸，清清楚楚地浮现在他眼前了，似乎在发急地对他说——写我的名字！快写上我的名字！最后一个名额得是我的！要不然我跟你一辈子别扭起来没完！

他闭上了一会儿眼睛，然而还是能清清楚楚地看见她那神经兮兮的表情可怜的脸。

"还没写完？……"他睁开眼睛，一横心，在纸上写下了最后一个名字。并非他妻子的名字，仍是一位老工人的名字。

他将那页纸交给对方时，以为对方一定会问问他，那些人都跟他是什么特殊的关系。其实，除了"钳工王"曾当过他两年师父，另外四人和他的关系丝毫也不带有特殊性。他写上他们的名字仅只因为一点——他们还能否有一份儿工资对他们的家庭生活实在是太举足轻重了。即使对"钳工王"，也非是师徒之情在起大的作用。"钳工王"的老妻比他的妻子大两岁，同样是厂里的车工。四年前患了胃癌，手术后提前病退了，在全厂人都只能开百分之六十工资的情况下，给她那点退休金不过八十多元，前不久她又住了一次院，癌症复发，早已全面扩散。如果"钳工王"再失业，他们的日子就没法儿过下去了……

章华勋想好了，对方一旦问，他就从"钳工王"开始讲起，讲完五位老工人的具体情况，还要接着讲许许多多老工人几十年来对厂里的贡献，讲他们和厂史那种休戚与共的关系，给对方好好上一堂中国工人阶级的起码概念课。

然而对方并不问他。对方看了那页纸一眼，当即折起，锁入拷克箱了。

分明地，对方对他们究竟是五名什么样的工人，对他和他们之间的关系，半点都不感兴趣。

对方向他保证地说："您放心，他们的事就这么定了！到时候您再给我提个醒，免得我忘了。"

他却什么也不愿说了。

"怎么，我们之间这场由不愉快开始的谈话，只能不愉快地结束吗？您还有何指教？"

"我……我愉快了……"

章华勋强作一笑……

厂办主任李长柏打来电话时，他正梦见着"钳工王"，梦见着"钳工王"满身满脸都是血，拉着女儿的手向他走来。走到他跟前，开口便命女儿给他跪下，叫他"爸爸……"惊得他扯起那少女，骇问"钳工王"：怎么了怎么了？怎么弄得满脸满身都是血？"钳工王"惨然一笑，眨眼不见了。他正转着身子寻找"钳工王"，电话便响了……

"厂长，厂长你在听吗？………"

"在听！有什么要紧事你快说！没什么要紧事你把电话放下！现在才四点多你知道不知道？……"

"知道知道！厂长我是有要紧事才不得不给你打电话的！……"

"别啰唆！"

"好好好，我不啰唆，我简明扼要向你报告——刚才，也就是半个小时前，厂里的粮店被盗了！我现在已在现场……"

"什……么？！……"

"厂里的粮、店、被、盗、了！……"

"你别离开，我马上去！……"

他放下电话急急忙忙穿衣服。

妻子也醒了，不安地问他出了什么事。

他没好气地吼了一句："少问！睡你的！……"

他家住的是平房。他推了几下，才将门推开。西北风啸起一阵阵呼哨，其声凄厉，风将雪扫向他家那一排平房，家家户户的门前都堆起了二尺高的

父 母 岁 月

雪墙……

雪仍在下。他弯着腰，低着头，袖着双手，顶着一阵强过一阵的西北风，踏着深雪，艰难地朝粮店的方向走去。路上他看见大标语牌被刮倒了。标语牌上写的一条标语是——发扬工人阶级优良传统，争取改革年代再立新功！他也看见一株大树被雪压折了巨枝，如同一条被砍断的手臂，垂撑于地。只不过那白森森的断处没有鲜血流淌着，只不过树是不会发出痛苦的呻吟的……

粮店门口，手电筒光晃来晃去，有几个人出出进进的，一个人向他迎上来，他看不清对方是谁。

"李主任！李长柏！……"

"厂长，你不来，我还真不知道该如何处理！天一亮，人人看见了，那影响可就太恶劣了！……"

他这才听出迎到他跟前的正是厂办主任。

"被盗了多少？……"

"你亲自看看吧……"

"我在问你！"

"不少！三百多袋苞谷面、一百多袋面粉、六七十袋大米……"

他走入粮店，见内况并不像预想的那么糟，看不出什么哄抢的迹象，更没有肆意破坏的迹象。只不过堆放粮袋的库房几乎空了，使人觉得更像是被一伙人秩序井然地搬运空的……

"挂面、油、馒头什么的，都光了……"

"你是谁？"

"我是粮店负责人。厂长，我们可是几个人承包的，你得给我们做主哇！……"

对方"呜呜"地、孩子似的哭了。

"别哭！一个大男人，动不动就哭，讨厌！李主任，你过来！……"

李长柏立即走到他跟前。

"什么人带的头？……"

"这……这我现在也没弄清楚……没一点动静。巡夜的警卫巡到这儿，

428

见粮店门开着，觉得奇怪，进去一看，空了，心想可能是被盗了……"三百多袋加一百多袋再加六七十袋，还有挂面、油，没二百人，绝不可能悄没声地、迅速地就将粮店搬空了！

章华勋走出粮店，见一片脚印虽然被雪覆盖了，却依稀可辨。所去的方向都是一致的，将他的目光导向了宿舍区的一条主要土路。

"你们就没谁想到，应该顺着脚印追查追查吗？"

"厂长，我们都想到了……"

保卫科长这么说着，走到他跟前，打算向他汇报的样子。

"别叫我厂长！厂都被接收了，我还是什么厂长！"

"那……那……怎么叫你？……"

"叫我名字！或者叫我老章！叫什么都行，就是不许再叫我厂长！……"

他离家时忘了戴棉帽子，此时两只耳朵冻得锥刺似的疼，只得用双手捂耳朵，心里一股股的恼火直往脑门儿蹿。

保卫科长呆瞪着他，不开口了。

"你倒是说话呀！哑巴了？"

"滚你妈的！老子没什么跟你好说的了！你不是厂长了，难道老子还是科长吗？香港老板并没委任我是保卫科长！哼，老子回家睡觉去了！……"

保卫科长一说完，转身便走。走了几步，又回头对保卫科一干人吼："你们干吗还不走？陪在这儿受冻，都不知是在替谁尽职尽责！走哇！……"

于是保卫科一干人，犹犹豫豫地，先后跟随保卫科长走了。

转眼间，粮店门前只剩下了章华勋和厂办主任二人。厂办主任李长柏临出家门没顾上穿棉鞋，脚上是一双在家里穿的单鞋，脚冻得不停地蹦高。

章华勋迁怒地冲他嚷："你还在这儿受冻干什么？你也走哇！走哇！……"

李长柏哀求地说："厂长……"

"别叫我厂长！"

"老章，咱们进粮店吧！我脚冻僵了！……"

"你家被窝里暖和！滚回家去吧！……"

李长柏却一转身冲进了粮店……

父母岁月

　　章华勋跟入粮店，见李长柏已脱了鞋，坐在地上，双脚上翘，将两脚蹬在暖气上。

　　李长柏看也不看他，自言自语似的说："人人火气都大，这是可以理解的。但发火之前也得想一想，发得多少有点道理没有？人家保卫科长一接到汇报就来现场了，人家按常规照了相，人家及时通告了我，人家也顺着脚印追查了……但厂里许多人都走那条路，夜里又过了几辆车，再加上大雪一覆盖，分辨不清……"

　　他听出，李长柏也憋了一肚子对他的不满。

　　他靠着暖气蹲下，低声问："你认为是谁干的？"

　　李长柏一仰脸，瞪着房顶说："没根没据的，这我怎么能随便乱猜疑呢！不过一会儿县公安局的人就来了……"

　　"县公安局？……谁通知他们的？……"

　　"我。我还提醒他们牵条狼狗来。狼狗一嗅，准能追查出几个人……"

　　"嗨，你好糊涂！……"

　　章华勋"腾"地站了起来，目光四处寻找电话，一发现，立刻奔了过去……

　　"快告诉我县公安局的电话！"

　　李长柏告诉他以后，他抓起电话就拨。但是迟了，县公安局的值班员说，刑警队长召集了十几个刑警队员，牵着两条警犬，已经出发到这儿来了……

　　他放下电话，又走到暖气那儿蹲下，双手捂着耳朵一个劲儿地搓，直搓得两耳火辣辣的。

　　李长柏瞧着他的脸问："难道我通知县公安局，也通知错了？"

　　他根本不愿让县公安局的人来办这桩案子，更进一步说，他根本就不愿这件事成为一桩案子，他想大事化小、小事化了，不张不扬的，抹平过去拉倒。为了安定，有时不得不采取睁只眼闭只眼的策略。对于国家，安定是第一位的，是压倒一切的至高原则；对于这个厂，在此特殊的敏感的人心动乱的时期，又何尝不是呢？

　　但是他却懒得向李长柏解释。

　　李长柏倒也识趣，并不追问，掏出烟来。

二人都吸了几口烟后，李长柏耐不住寂寞，没话儿找话儿地嘟哝："县公安局的人也该来了呀！"

他说："他们来了，你就这么告诉他们——不过是粮店的人一时粗心，下班忘锁门了。风一刮，将门刮开了。巡夜警卫以为被盗了，其实什么也没丢，一场虚惊……"

"这……不太好吧？"

"有什么不好的？"

"这不等于是……耍人家嘛！"

"你要说得像真事似的！"

"那也等于是耍人家呀！"

"叫你怎么说，你就怎么说！"

"我打电话通知他们来的，你又叫我骗他们，不也等于耍我吗？我不干。你想怎么骗他们，就自己骗！"

"我？……我是厂长，你是厂办主任！"

"你少来这套！刚才你还亲口说你已经不是厂长了！还莫名其妙毫无道理地发脾气，不许我和保卫科长叫你厂长！……"

"刚才我情绪太冲动。现在我不是情绪平定了嘛！"

"你情绪平定了？我情绪现在开始不平定了！我图的什么？还不知香港富商要不要我这个人呢！保卫科长说对了，都不知是在为谁尽职尽责！……"

"你别这么想嘛！"

"那我该怎么想？哎，透露透露，怎么研究我这个具体人的问题的？"

"研究你？研究你什么问题啊？"

"别装蒜！好歹我也是厂办主任，或去，或留，你总得和那位接收大员研究研究吧？我没功劳还有苦劳吧？"

"功劳也罢，苦劳也罢，都是算在前一本账上的了。人家根本不看前一本账。人家是重打锣鼓另开张，对一切人都重新认识，重新衡量……"

"妈的！操他妈！操他八辈祖宗！听你这话，已经没我的戏……"

李长柏的脸顿时由于激动涨红了，双脚从暖气上滑落，脚后跟"咚"地磕在地上……

"你别犯急啊！我可没说你已经没戏了！"

"听话听腔，锣鼓听音，当我是傻子呀？"

李长柏表情大变，一反平素温良谦恭之模样，有点气急败坏地瞪着他。

"我并没和那位全权代表研究过你嘛！真的！……"

"那……那你呢？……"

"我怎么了啦？"

"你是去？还是留？……

"我……"

"你说！说！……"

"我……我留……他们聘我当副经理……"

他本想搪塞过去，不说实话。可不知为什么，已在内心里编好了的假话，舌尖上打个滚儿，竟没说出口，咕噜又滑回嗓子眼儿里去了，真话倒蹦出了口……

"你王八蛋！……"

李长柏骂了一句，就开始穿鞋。一穿上鞋，立即站了起来。

他仰脸瞪着李长柏，李长柏低头瞪着他，二人互瞪片刻，李长柏恨恨地几乎是咬牙切齿地说："姓章的，我今天算把你看透了！原来到了关键时刻，你这人自私透顶！把自己的后路安排好了，就一点感情都不讲了，就谁都不顾了！我……我踢你！……"

李长柏狠狠地朝他后腰上踢了一脚，踢得他身子向前扑了下去。

待他也站起来，李长柏已离开了粮店。

他追出粮店喊："你回来！你给我回来！……"

李长柏大步腾腾往前走，哪里有回来的意思！

而这时，天微微亮了。

他又退回了粮店。就剩他自己了，他想他不能拔腿走。他若也一走了之，县公安局的人来了，谁接待呢？连个接待的人都没有，那像话吗？他想他这又是在为谁尽职尽责呢？前一个厂已经不存在了，后一个厂还没定型，该抓谁抓谁呗！和我章华勋又有什么相干呢？若能一股脑儿抓走几百，还少了几百人竞争呢！我为什么要一手遮着盖着呢？我何苦来的呢？

正这么想着，外面传来刹车声。不待他往外迎，县公安局的人们，已经雄赳赳地大踏步闯进来了。来的人还真不少，十二三个。果然牵着两条大如毛驴似的凶猛警犬。

刑警队长和他是认识的。

握过手后，刑警队长说，半路车陷住了，要不早赶到了。他们浑身是雪。刑警队长又说，他的部下都是一个个被他从被窝里拽起来的……

章华勋非常过意不去了，赶紧用自己的双手替他们拍打身上的雪。两条警犬扬起鼻子，在空气中不停地嗅，发出"呜呜"的激动的低吠，一蹿一蹿的，扯得警犬员拖不住犬缰站不稳脚……

刑警队长说："粮店都快被盗空了！这可算是一桩大要案了！正是严打时期，顶风上嘛！我早憋着侦破一桩大要案了！我的部下来时也一个个摩拳擦掌！这案子好破！我保证一个星期内一网打尽！咱们也争取上一次省电视台，爆个新闻大冷门……"

而那些刑警队员，已经分散开了，在各处详查细看了。

"其实……其实没发生什么案子。不过是……是一场误会……什么也没被盗……"

"误会？……"

刑警队长浓眉之下那双似乎时刻在洞察什么的眼睛一下子睁圆了，表现出令章华勋无地自容的愕然。

"章厂长，您说，原来不过是一场误会？……"

"对对。不过是一场误会。其实……这都怪我们的厂办李主任和我们的保卫科长……他们不应该在还没搞清楚的情况下就给你们打电话，害得你们……"

刑警队长皱起眉打断他，对自己的部下说："同志们同志们，暂停暂停，都围过来，看来……"

于是他的部下都围过来了。

刑警队长又说："章厂长，我是没法儿解释了！您向他们解释吧！……"

于是章华勋开始将全部"过错"往李长柏和保卫科长身上推，开始现编"故事"骗他们。他不是一个撒谎的专家。他的故事编得漏洞百出。而他

父 母 岁 月

们则交换着心照不宣的眼色。他看出他们谁都不相信他,他尴尬极了,想将"故事"编圆,却越编破绽越多,漏洞越明显……

"章厂长,解释完了?……"

"解释完了……"

他竟出了一脑门儿的汗。他将手伸进兜里掏手绢儿,却掏了个空。没揣手绢儿,只得以手抹脑门儿上的汗,抹了往地上甩……

刑警队长说:"章厂长,您别这么出汗。犯不着出汗。"他一一扫视着自己的部下,紧接着问:"你们怎么看?"

"一切迹象很明显,肯定是被盗了!"

"当然是被盗了。如果连这一点都看不出来,不是白吃这一碗饭了嘛!"

"队长你看这米这面撒的!有个家伙还在被撒在地上的米这儿滑了一跤,摔破了哪儿,你看这是血迹!……"

他们七言八语。

两条警犬早已捺不住性子了,一蹿一蹿地要往外冲。一名警犬员没扯住犬缰,被犬挣脱,箭似的冲出门外去了。那警犬员也急忙追出去,于是外面犬吠声、唤犬声一时乱成一片……

刑警队长望着章华勋问:"章厂长,您看这事,到底该怎么办呢?"

章华勋诅天咒地:"同志们,同志们,请一定要相信我!如果我解释得不明白,那……那也是因为我有难言之隐衷啊!这么着行不行?大家看天已经亮了,早上了,各位都怪辛苦的,我陪各位吃早饭,陪各位喝几盅,我替我们厂办主任和保卫科长向大家鞠躬谢罪了!……"

于是他左转身,右转身,四面鞠起躬来。

他赔着笑脸拉拉扯扯,终于将刑警队一干人半情愿不情愿地引到了厂食堂的小餐厅。时间太早,还不到七点,食堂刚起火。他交代大师傅快炒一桌菜,然后就隐藏起一肚子的窝囊,陪着那些人喝茶、吸烟,无话找话东一句西一句瞎聊……

大师傅没料到食堂刚起火,厂长就须陪客共进早餐。一个穷县城,煤气还没普及。厂里的大食堂小食堂也是用煤的,不过比工人家多一台鼓风机。着急了,火势弱,就开动鼓风机吹一阵罢了。七点半,才上第一盘菜,八点多，菜刚上齐。

"来来来，诸位都别客气！家常饭菜，实在是算不上招待啊！只是给大家暖暖身子，满上满上，请，请……"

章华勋寒暄不已。

除了两名开车的刑警，其他人倒也不见外，擎起杯便饮酒，操起筷子便夹菜。章华勋看得出来，自己这位厂长若不陪他们共进这顿早餐，他们一个个心里是没法儿顺气的。满以为要破一桩大要案，亢奋地牵着两条警犬急如旋风般赶来，怎是他"误会"两个字就可以轻轻巧巧地将人家打发走的呢？人家不是招之即来挥之即去的"应召女郎"啊！设身处地，站在人家的角度想想，人家一个个都不发火儿都不骂娘，而且他恳求人家留下吃顿早饭，人家就留下了，面对着炒土豆丝儿、炖萝卜块儿，不挑荤说素，就算都很给他面子很有涵养了！

章华勋满腹的愧疚没法儿说，只能以主动地、热情地陪酒的方式来表达。他不胜酒力，尽管摆上的是一瓶低度酒。三巡过后，他脸红得像关公了。忽然厂办的一名同志出现在桌前，朝他跺着脚急赤白脸地说："哎呀呀厂长，你怎么在这儿喝起酒来了！你这不是自找着要挨众人骂么？……"

他放下刚刚擎起的酒杯，惴惴不安地问："又出什么事了？"

"今天早晨八点钟，你不是召集全厂干部和党员开情况通告会吗？现在都八点四十多了！礼堂的管道漏水，没通暖气，都冻得受不了啦！许多人分头寻找你，哪哪儿都找遍了，没想到你在这儿喝得怪来情绪的！……"

一番话，说得客人们你看我、我看你，都放下了筷子落下了杯，一个个神色比他还窘十分，说得他不由自主地、晃晃悠悠地站了起来……

而对方又一跺脚，转身先自悻悻而去。

"糟糕！"章华勋使劲儿拍了下脑门儿，然后朝客人们抱着拳口齿不清地说，"我……我险些误了大事！我得立刻走……走了……"

刑警队长往起一站，连说："章厂长，真对不起！我们原本都不愿留下嘛，是你偏让我们留下啊！我们不留下实在是怕你觉得太没面子啊！你快去吧快去吧！同志们，我看我们也撤了吧……"

于是他们纷纷站起，牵上警犬，撇下章华勋，以紧急转移般的速度离

父母岁月

开了……

大师傅送来一盆馒头,见状不满地嘟哝:"这不是浪费嘛,贪污和浪费是极大的犯罪!"

章华勋气得大喝:"你别跟我念这套经!"

他脚步虚浮地走到外边,没戴棉帽子的头被寒风一吹,冷气逼心,浑身打了个哆嗦。胃里一阵翻腾,抱住门旁一棵树,"哇"地大吐起来。吐过,觉得胃里是好受些了,但身上更冷了。不过头脑倒顿时清醒了许多。

他撒腿向大礼堂一路小跑……

跑到半路,头疼欲裂,就先跑到办公室去,沏了杯浓茶。想喝,无奈茶烫。也不敢再多耽误片刻,双手捧着保温杯又往礼堂一路小跑……

刚奔上礼堂台阶,正巧他妻子冲出来,夫妻差点撞了个满怀。

他妻子大声数落他:"一早儿厂里来的什么贵客,非得你陪着吃饭!你存心把全厂的干部和党员都冻僵在这儿呀!四点多钟就离开家,帽子也不戴,脸也顾不上洗!看你两眼角的眵目糊!给你手绢儿擦擦!……"

他妻子也是党员,也和大家一样,在礼堂干等了他一个来小时,干冻了一个来小时。与大家不同的是,她两耳早已灌满了人们说他的损言怪话。而她对他说的话,其实也是有意说给别人听的,包含有变相替他开脱的意思。

但他此时已是心乱如麻。对妻子的大声数落,哪里还能领悟得那么全面!她的话,简直等于火上浇油。他想,我这个代理厂长,我这个非常时期的"维持会长"有多难,别人不理解不体恤,你还不理解不体恤吗?亏你还是我老婆!有别人数落我的份儿,还有你数落我的份儿吗?

他一手擎杯,腾出另一只手,猛将妻子往旁一推:"闭上你的嘴!躲开!"

他妻子险些被他推得跌下台阶去……

他走入礼堂,听到一片远雷般的跺脚声。不供暖,礼堂内比外边的温度高不了多少。只是北风吹不着人们罢了。

他听到背后有人骂道:"还捧着个保温杯来!人五人六的,以为都是来等着听长篇大论的呀!厂都卖定了,一个前朝代理厂长还充的哪门子大瓣儿蒜呢!……"

他走上台,张了张嘴,觉得嗓子发紧,说不出声来,不得不打开保温杯盖，先喝口茶……

"别他妈喝了！……"

又有人怒骂一句。

嗓子温润了点，不那么发紧了，但还是头疼欲裂。

"同志们……"

"别打官腔儿了！开门见山吧！……"

"我……我头疼得厉害……"

"活该！……"

"酒烧的！……"

"让我……让我喝完这杯茶……"

"装什么可怜样儿！通告完了情况回家喝去！"

任凭人们向他发泄怒气，他还是将那杯浓茶一口气喝光了，霎时出了一额头一身的虚汗……

"同志们，昨夜，咱们的粮店被盗了。几乎被盗光了……"

一片远雷般的跺脚声顿时停止了，人们渐渐安静了。

很多很多年以来，厂保卫科的人一减再减。因为他们除了例行的保卫工作，实际上没什么事可做。很多很多年以来，这个厂和它所属的社区内，连小偷小摸都很少有过……

他的话使人们感到愕异，感到震惊。

"我四点多就到现场了。我个人不想将这件性质严重的事当成一桩案件。但是我赶到现场之前，已经有人向县公安局报案了，由于我和在现场的同志意见不统一，所以县公安局的人赶到时，只剩我一个人留守现场了。我对他们说，不是案件，是一场误会……"

一时间鸦雀无声。

"你们应该不难想象，我对他们撒谎时，是多么难堪、多么尴尬。咱们在一个厂里相处二十几年了，大家都知道我并不是一个善于撒谎的人。尤其在明显被盗过的现场，在公安人员面前，撒谎对我更是一件很困难的事。他们是为破案而来的。他们途中陷了车，他们都冻得够呛。天又亮了，快到吃早饭的时间了，不留人家吃顿早饭暖暖身子驱驱寒气，我不忍心。所以我陪他们吃饭。所以我也陪他们喝了几盅酒。大家都知道，我并不爱喝酒，喝酒对我是受苦。总之我来晚了，我让大家久等了，我让大家受冻了，我现在向大家谢罪！……"

他在台上一次次深弯下腰，四面八方地鞠躬。

已给县公安局的人们鞠过躬谢过罪，现在又给厂里的人们鞠躬谢罪，他内心里替自己难过极了，想哭。

"同志们，到年根儿了。再有几天就是新年了。新年一过春节紧接着就到了，厂里已经又几个月没发工资了。尽管与我厂签了合同的港方答应，工资一定会补发，但毕竟只是一种承诺，还没发到大家手里，中国人不过新年，总得过春节吧！厂里许多工人家生活都很困难，所以，我坚持认为，三百多袋苞谷面、一百多袋面粉、六七十袋大米，是某些家里生活很困难的工人，为了过个年，为了过上春节，向粮店借的。我相信，工资补发以后，他们是会主动地自觉地去粮店补交钱的。一时还交不上的也没罪，由我章华勋替他们担着了！在座的都是干部，都是党员，如果在座的人中，也有人参与了昨夜的'借粮'活动，我希望能站出来，当众认个错儿，毕竟，那不是一种'借粮'的好方式……"

鸦雀无声。空气仿佛凝固了。人们仿佛定住了，都一动也不动，如同他是在面对一排排石头人说肺腑之言。

"那么，我希望，不……我请求大家，起码表个态，对我个人的决定，认为对，或错，支持，或不支持，也给我个明白，让我这个代理厂长，在刚才那件事上，心安一点，对大家的态度知情一点……"

依然是一片鸦雀无声。竟无一人开口。

他内心里更替自己倍感难过了。他低下头了。

突然地，许许多多的人异口同声地喊出一个字——"对"！

他抬起了头，不知不觉间已泪流满面！

"支持！"

"支持！"

"支持！"

他欣慰地笑了，如果不是他举手制止，全场人不知还要喊多少遍支持……

"同志们，下面，我将情况向大家通报一下……"

于是整个礼堂又鸦雀无声。

他首先从那份合同讲起。讲它是在怎样一种没有第二个选择的万般无奈的大背景之下产生的。讲港商所做的种种承诺的可靠性，讲哪些方面港方做不到，为什么做不到。讲自己就合同和港方全权接收代表发生的争论，以及自己如何被那全权接收代表驳得哑口无言，没有道理再坚持……最后讲到了合同上两个冷酷无情的百分数……

有人哭了。

站在台上的章华勋，一开始并没听到那哭声。他只看到一些人回头。但仅仅半分钟后，他就听到哭声了。是一些女人，女党员在哭。听得出来，她们都企图竭力控制住自己不哭出声。那些四十多岁的女人啊，她们一个个低垂着头，紧咬住自己的唇，有的甚至用手紧捂住自己的嘴，却还是哭出了声。于是她们的哭声此起彼伏。于是她们的哭声渐渐汇成一片，仿佛一些看不见的、淌出响声的水流在往一处汇集，汇集到足够高的水位，要猝地跌落为瀑布似的。

某些被丈夫抛弃了的妻子往往就是那么哭的。那是一种内心充满了委屈和悲伤，又没法儿对人说，又不知该用什么方式宣泄一番的女人们的哭声，是一种使男人们听了揪心的哭声，是一种最能引起男人们的怜悯的哭声，是一种男人们听了，愿像哄小女孩一样试图哄哄她们，抚慰她们的哭声。某些男人在这种情况下，常常会黔驴技穷地大耍活宝，希望能使她们破涕为笑……

果然有一个男人高叫："嗨，我们的女布尔什维克们，今天都怎么了啊？想合演一出《小寡妇上坟》啊？……"

几个男人凑趣地笑了。

又有一个男人高叫道："她们的年纪不可能再演小寡妇了！……"

然而没男人再跟着笑了。

蓦地，一个男人哭了起来。那是男人的号啕大哭。男人根本不加克制地、根本不顾及自尊地、根本不怕遭到耻笑地、旁若无人痛痛快快地号啕大哭，响亮而高亢。这一个男人的哭声，加入到女人们的那一种各自压抑着的哭声

父母岁月

中去,形成了极强烈的反差。

于是女人们的哭声受到影响受到促发,顿时大了起来。

于是几乎所有的女人、所有的男人,都受到影响受到促发,都呜呜咽咽哭了起来……

站在台上的章华勋束手无策,泪在脸上"唰唰"地流。

他想不出一句可以安慰大家的话!

"都别哭!"

有人厉喝了一声,其声淹没在哭声中。

章华勋看到一个人站了起来——是"钳工王"。身子干巴瘦小的"钳工王",离开坐位,一手捂着心窝,略微弯着腰,步子缓慢地向台上走来……

"钳工王"不姓王。姓姚。六十年代初,各行各业大摆擂台,竞赛出许多行业状元。他就是那时一举夺魁,被誉为全国的钳工状元的。锉、钻、铰刀、老虎钳等工具,在他那双手里,曾都被运用得如同法宝一般。当年竞赛时,他不与自己的同行们比,却向几位比出来的、全国顶尖的车工挑战。结果,他手工锉出来的零件,组装后所达到的严密程度,和那几位全国顶尖的车工们车出来的零件难以区别。有人大加怀疑,而他为了证明自己那双手控制力度的准确性,当众将他的奖品——一块手表从腕上撸了下来,往表壳上抹了些黄油,放在锻台上,问参赛的锻工们敢不敢用汽锤一下下沾尽表壳上的黄油?他们不敢一试。而他自信地坐上了锻工椅,手握汽锤操柄,在众目睽睽之下,锤起锤落,沾尽了表壳上的黄油,而表完好无损,于是不但钳工们服了,车工们、锻工们也都服了,都看他那双长满茧子的平凡的神手,都说他这位钳工,真是气死车工、羞死锻工。"钳工王"的尊称,从此跟定了他。他的本姓,倒渐渐地被人们淡忘了……

"钳工王"上了台,站在章华勋身旁,又厉喝一声:"都别哭!"

大多数人不哭了,噙着泪,呆瞪他。

章华勋往一旁闪了闪身,扯了"钳工王"的袖子一下,将"钳工王"扯到了台上的中心位置。他对"钳工王"说:"师父啊,帮帮我!帮我劝大家别哭了,我不知道该用什么话劝……"

"钳工王"说:"徒弟啊,我也不知道。"

师徒二人在台上互瞪片刻,"钳工王"将目光扫向了台下……
"钳工王"举起了双臂……

　　战士肩上枪
　　我们手中造
　　枪上的准星
　　像我们的眼睛
　　…………

"钳工王"沙哑着嗓子,低声唱了起来。他唱的是厂里人人都曾会唱的一首歌,他挥舞着他的双臂,自己为自己打拍子,他的声音不但沙哑而且气弱,但他的双臂,却是在尽量挥舞出力度。"钳工王"不会唱歌,更没当众在台上唱过。年轻时最不好意思的事便是被逼着当众唱歌,他自然也不会打拍子。只不过是在胡乱地挥舞着双臂罢了。他几乎每一句都唱走了调。他的手势没有一下准确地合在音阶上……

然而一些男人竟跟着唱了起来:

　　战士肩上枪
　　我们手中造

一些女人竟也跟着唱了起来:

　　战士立军功
　　我们绽微笑
　　…………

脸上挂着泪的男人和女人们,将一首自豪欢乐的歌,似乎唱出了一首挽歌的意味。

"钳工王"的手臂停止挥舞,垂下了。

父母岁月

他张合了几次嘴,开口说话了。

他这么说:"大家刚才都哭什么呀?天没塌下来,地没陷下去,没谁宣判我们集体的死刑,明天、后天、大后天,明年、后年、大后年,我们还活着,还得活着,还要活着,那现在又哭个什么劲儿呢?我老姚,自打入厂以来,从没在大庭广众面前发过言,是不是?可今天我想说两句。希望大家给我一次机会,允许我从从容容地,把心里想说的话都说完,今天以后,我肯定没机会说了。我想说的是,'文革'中,因我是劳模,多次调我去大学里当工宣队,而且封我为工宣队队长。我没去过,也没把工宣队队长这种'御封'当过一回事。我这辈子,最大的光荣就是靠自己的双手争了个'钳工王'的尊称。人一辈子有过一种符合自己实际的光荣,应该知足了。当年我为什么不愿去当工宣队队长呢?当年我寻思——咱才小学五年级的文化水平,到大学去横插一腿干什么呢?怂恿咱去管大学咱就傻兮兮地去呀?管得了吗?去了不也是瞎胡闹吗?……"

不再有人哭了。尽管还有人在默默流泪。尽管人们都不太明白"钳工王"今天为什么要上台当众提当年的事,但出于对他一向的尊敬,全体望着他,全体聚精会神地听着……

章华勋也不明白他,也在认真听他的每一句话。

"近些年来,时兴了一个新词叫'反思'。'反思'不就是咱们老百姓常说的反过来想一想吗?以前,总把咱们工人叫'领导阶级',其实咱们又哪里真的领导过什么呢?近些年来我就总反过来想,一个国家,在快到二十一世纪的这个年代,要富强,要改革,要腾飞什么的,也许就轮到咱们工人阶级来牺牲了,一旦想通了这一点,也就想通了现在的许多事。下岗啊,失业啊,果真是改革需要咱们咽这颗苦果吗?那,咱们就当成是咱们的命吧!人对命可以不满,可以不服。不满不服,才生出志气。哭多丢人啊!哭有什么意义啊!……"

气氛又恢复到鸦雀无声了。人们听得屏息敛气。

章华勋怕"钳工王"说出什么影响不良的话,急对他说:"师父师父,您别说得这么这么……那个……师父,大家听着,我现在很负责任地宣布,经过我的争取,姚师傅和另外四位老师傅,已经被港方无条件地收纳为新工人了！"

"钳工王"却一点也没高兴。

他看了章华勋片刻。他的目光变得忧郁而温柔了，仿佛一位因为什么事内心里觉得对不起儿子的父亲似的。他的目光里分明地包含有比语言更多的意思，以及语言难以表达的意思。

他接着说："徒弟啊，这我当然是非常感激你的。难得你这么多年来，心里一直揣着我这个师父。但我，不想入新厂……"

章华勋非常不解他究竟是怎么想的。却又不便直问，只是一个劲儿地重复着："师父您这又何必呢！师父您这又何必呢！……"

台下的人们对"钳工王"也大惑不解。他们皆静静地望着他，期待着他给他们一个明白。

"钳工王"接着说："近几年，厂里开不出工资的情况下，我和我老伴儿还花了厂里不少医药费。我常感对不起厂，对不起大家。我这厢给大家鞠个躬吧！……"

于是他恭恭敬敬地向台下鞠了三次九十度大躬。

鞠躬后，他那原本佝偻着的腰，似乎更挺不直了。

他就那么弯着腰，一手捂着胃，保持着近于鞠躬的体态，又缓慢地说："我老了，腿发软了，手也发抖了，我干不了什么了。我真的干不了什么了。已经干不了什么了，编入新厂，不是等于想躺倒在新厂的福利上吗？这多让人瞧不起啊！这点志气，该保留，咱们还是要保留的。空出名额，多解决一个年轻工人的就业问题吧！再多解决一个家里困难之人的就业问题也好啊！说了这么半天，其实我想对大家说明白的意思只有一个——如果咱们面临的是绝境，如果前边是一条大江大河，只有一条船，只能渡过去一部分人，渡过去的人就有了生路，难道咱们在座的，都会如狼似虎地争着往那条船上爬吗？我看不会，起码我'钳工王'不会，我想你章华勋和许多人也不会！何况，农村人能离乡背井到城里来打工，我们城里人，不需要离乡背井，我们去打工还不行吗？天无绝人之路啊！所以，一句话归百种，咱们别哭，别争，别闹事，老的让年轻的，年轻的体恤点老的，咱们就当是一群牛马，没精神的，也要抖擞起点精神啊！任人家挑，任人家选吧！这世界，做衣服的人多

父 母 岁 月

了，总比造枪造炮的人多了好啊！如果咱们是投资商，要投入多少个亿办工厂，不是也愿挑选年轻的、文化水平高点的工人吗？不是也不情愿收五十多岁干不了几年就得养起来的吗？最近我又常想，每人一张嘴，张大了也不过就直径三十多厘米，可乘以十二亿，那就是一个直径三十六万公里的巨洞啊！每天都得往这个洞里倒吃的、倒喝的！谁叫咱们中国人多呢！将来的厂，还是咱们中国人当家做主的厂嘛！咱们中的一部分，还是在咱们中国的土地上，名分还是中国工人嘛！咱们中的一部分，终于又有工作了，终于每月能开全资了，终于盼到工资比以前高不少的日子了，咱们不是应该高兴吗？不是一件大喜之事吗？……我老姚今天就说这些，大家爱听不爱听的，反正都听了，不对的，你们也别背后骂我。我真的没机会再跟大家说这么多了……"

在人们鸦雀无声的注视下，"钳工王"如释重负地长出一口气，一手捂着胃，低头往台下走。他走到台口，站住，转身对章华勋又说："徒弟啊，还有一件事，我当众拜托给你了。就是我那女儿，大家都清楚的，她不是我'钳工王'的亲生女儿，是我当年捡的。反正她肯定是咱们这个厂的工人的后代无疑。哪一天我和我老伴儿，如果……都不在了，希望你能将她当成自己的女儿一样，对她负起份儿责任来……"

被"钳工王"的"演说"打动得心酸泪流感慨万千的章华勋，醒过神来赶紧走过去扶着"钳工王"下台，一边说："师父您放心，您一定放心吧！……"

将"钳工王"扶到台下后，章华勋又登上台，接着发表"演说"。其实他觉得已经没什么可讲的。也明知自己是不可以讲得像"钳工王"那么实在、那么直率、那么掏心的。但"钳工王"讲完，自己不再接着讲几句，又似乎有些不妥。没什么可讲的而必须得讲，他就讲得很没条理，很不由衷，无非一再重复自己已经讲过的话，一再自以为是地修正"钳工王"讲得不够全面不够艺术的意思。他颠三倒四地讲了二十多分钟，台下渐渐响起了嘘声，响起了跺脚声，有人干脆起身退场……

"哎哎，那几个人，都别走都别走，坚持一会儿，还没发表儿呢！……"

站起来大声制止的是李长柏。他怀抱着一大摞表格。不管章华勋是否还要继续说什么，便自作主张地散发起来。

444

钳工王

章华勋在台上尴尬了几秒钟，趁机跃下台，躲到一个角落吸烟。

他认为自己所主持的最难的一次会，也就如此这般地临近结束了。他有一种安全着陆的庆幸。庆幸没被撵下台，没挨骂，没受唾，没发生什么控制不住的局面。这使他不禁暗暗感激"钳工王"。谁也不能不承认，"钳工王"的一番掏心窝子的"演说"，对稳定人们的情绪起了非常巨大的作用……

"'钳工王'，姚师傅！老姚师傅！……"

他的妻子在拿着一张表格纸寻找"钳工王"。那表格没什么特殊的意义，只不过是录用时的履历参考罢了。

"'钳工王'！……"

"姚师傅！……"

"咦，他哪儿去了呢？……"

一些人帮着他妻子寻找"钳工王"。

"钳工王"早已离开会场了。

他走到他妻子跟前，要过那张表格说："给我吧！老姚师傅的履历我十分清楚……"

他掏出笔，想坐下替"钳工王"填写表格。将坐下还没坐下之际，听到了一声猛烈的爆炸……

这一声猛烈的爆炸，将每一个人都震呆了。

全体刹那的呆状之后，人们争相往外冲。章华勋被人流裹挟到外边，跟随人们朝西北方向一片空旷野地跑……

那儿硝烟还没散尽。雪地上出现了一个熏黑的坑。坑的周遭，方圆数米内，白雪上遍布猩红的点子。空气中弥漫着火药味儿。

人们跑那儿，围着那坑，看着，一时都猜测不到究竟发生了什么事。

有人捡起了半顶帽子："看——这……这是不是'钳工王'的狗皮帽子？……"

"是！没错儿！是他的！他刚才在台上不就戴着这顶帽子来吗？……"

"那儿是什么？挂在树上的！……"

附近一棵树的枯枝上，挂着大半条灰色的围巾，旗幡似的，在寒风中飘摆……

445

父 母 岁 月

一个小伙子攀上树取那围巾。他还没下树就失声痛哭了:"是我师母的围巾!师父啊,师母啊,你们何必这样啊!天啊天啊,我的好师父啊!……"

小伙子哭晕了,从树上摔落下来……

人们什么都明白了。

一些男人和女人,摘下了他们的帽子,摘下了她们的围巾,纷纷地,双膝跪在那坑的周围了。他们和她们,都是"钳工王"的徒弟,或者,是他的徒弟的徒弟……

章华勋和另一些人,也都跪下了。

旷野上,寒风中,一片哽咽,一片哭声。

在一九九六年最后几个日子中的这一个日子,这个解体了的军工厂的几代工人,以跪和哭,悲痛地哀悼他们中曾经最优秀的一个。

"钳工王"的女儿,哭着交给了章华勋一封信。

"钳工王"在那封信中写道:"徒弟,别抱怨我和你师母就这么走了。也替我请求大家别抱怨我们。你师母早就不愿成为他人和社会的累赘了。她早就暗暗下了决心做出这种解脱自己也解脱他人和社会义务的选择。她跟我商议过多次了。我终于被她说服了,我们感情深,这你也是知道的。何况医院最近诊断出,我的一只肾已坏死,所以,我莫如陪她一齐走。我俩在厂里徒弟太多。我们都不愿死后再给大家添任何麻烦了。人家刚接收新厂,就为我俩开追悼会,多不吉利,又多讨厌呢!所以,我们就选择了这一种走得无影无踪的办法。如果反而添了更大的麻烦,那对我们来说是事与愿违。答应我们,千万别开追悼会。没那个必要……"

章华勋的泪珠子噼里啪啦地往信上掉。

他没看完那封信,就将"钳工王"的女儿扯入怀中,紧紧地紧紧地搂抱住,怕她被谁从怀中夺走似的。

而那少女,就哭着叫了一声:"爸爸!……"

章华勋被叫得肝肠寸断,心如刀绞。他几乎哭得喘不过气来……

他从怀中推开少女,又向那坑接连地磕起头来……

那被炸黑了的坑,似乎在默默地向他倾诉着什么……

它似乎意味着,这一代钳工之王的一个令人震撼的句号。

钳工王

他曾是他的许许多多工人弟兄和工人姐妹们的骄傲。

他的传奇性故事，曾为"钳工"这一工种增加过非常荣耀的光彩……

章华勋对自己恨极了。恨自己为什么那么麻木，竟未从"钳工王"的"演说"中预感到悲剧的发生……

所有的人都向那坑磕起头来……

离人们不远处，站立着港方的全权接收代表。他缓缓地，也从头上摘下了帽子……

第二天，港商代表紧急约见章华勋。

"非常抱歉，我又经过一夜的思考，决定还给你们这个，我想，我应该带领那些将被裁减下来的工人另谋我们共同的出路……"章华勋将那大红的委任证书放在了桌上。

"不后悔？"

"不。"

"等等。先别走……我想告诉你——昨天，我与我们总裁通了一次电话，他已决定另拨三千万元，扶植将被裁减下来的工人们，办一个分厂，隶属总厂。将来可以为总厂进行多种经营。我的意思是……这也需要一个有凝聚力而又有奉献精神的人……算是贷款方式的一种扶植。第一年免息，第二年按大陆的息率付息。第三年要按香港的息率付息……你敢不敢？……章先生，昨天，我的心情也非常难过，你如果说敢，我的心情会好受些……"

"敢。我当然敢！……"

全权代表欣慰地微笑了一下。

"那么，你就得坐下，和我详谈这件事了。"

章华勋凝视着对方，默默地，然而也是表情坚定不移地在沙发上坐下了……

棋逢敌手

所谓命运的普通内容，对普通的人而言，乃是社会性的、时代性的。又一个十年过去之后，吴振庆、王小嵩、郝梅、张萌……他们的人生都发生了魔方似的变化。命运对于中国人，似乎不再是神秘的不可抗力，而是可以拆卸也可以重新组装的东西了。

如今，穿西服、打领带、梳大背头，俨然是一位大亨的吴振庆，已是兴北公司的总经理，为了和这地位相称，他的肚子也凸起来了。他的办公室摆设很阔气，一切都是新的，连造型古典的架式电话也被他手下人擦得熠熠发光。他端着漂亮"小秘"冲的咖啡，漫不经心地啜饮着，脑子里盘算着下一步棋怎么走，才能在即将开始的和外商的谈判中占据主动，让谈判朝着自己希望的方向发展。

门被轻轻推开，一个小伙子拿着几页纸走进来，彬彬有礼地呈到吴振庆面前。吴振庆只略扫那么几眼，当下便火了，口气很硬地说："赞助方面的事不要找我，找公关主任批！"小伙子顺从地应了声"是"，便脚步轻轻地退了出去。

按说，作为一个下属，小伙子的行为无可挑剔。而也许正是这点使吴老板心里很不舒服。他自己也奇怪，为什么总是对这些大学生、研究生发火，难道仅仅是因为他虽然做了他们的老板，可依然只是一个受过初中文化教育的人而产生的嫉妒吗？

吴振庆的心里乱糟糟的，本来已经和日本的崎丸公司说好，今天日方老板前来和中方老板直接见面，就双方合作生产条形码收款机一事进行洽谈。但忽然之间，日方改变了主意，老板自己不来而只派了一个全权代表，这对谈判会不会有影响呢？吴振庆已经跟市里有关领导汇报，说来的是日本的大老板，而且按接待大老板的规格在高级宾馆订了房间。不料日方又临时改变了主意……

门又被轻轻推开，这回进来的是女秘书小高，一个受过高等教育，又年轻又漂亮又时髦的女性。小高用甜甜的、柔美的声音提醒吴振庆："经理，您该去机场了。车已经在楼下等着了。"

兴北公司的楼前停着一辆"林肯"。吴振庆走下台阶。顺手从台阶两侧摆着的花盆上摘了一朵花，别在扣眼里。回头的刹那，他发现跟在身后的小高在窃笑，不由得不舒服："笑什么？"小高由于深受老板信任，再加上自己年轻漂亮，所以有时候和老板说话口无遮拦，她笑道："有点冒傻气！"

"是吗？"吴老板很顺从地摘下花，递给小高，"那你戴吧。不然这朵花该伤心了。"

小高接过花戴在胸前，吴振庆才发现她仍旧穿着公司的制服："怎么不换一身漂亮的？"吴老板一脸不悦。因为他刚才叮嘱过小高，今天接外商可以打扮一下。

小高不慌不忙地说："我认为还是穿咱们公司的制服好。我喜欢咱们的制服裙，端庄大方，再说，也能间接向对方体现我们员工的职业意识……"

这正是小高厉害的地方，善于让老板知道她处处为公司着想。

吴振庆坐在宽大舒适的林肯车里，眯着眼想心事，坐在后排座位的小高也在想心事。

实际上，小高对她的这位老板是打心眼儿里尊敬的。否则，也不会那样尽心尽职地给公司卖命了。可最近，公司的说法也很多，说公司的名气越来越响，资金越滚越厚，老板的脾气也越来越大了。她拿不定主意，要不要把这点告诉老板。他们这一代人，经历了三年困难时期，经历了"文革"，经历了上山下乡，失去了考大学的机会，失去了恋爱季节，总之失去了很多，很让人同情，可也挺让人尊敬。但一旦他们阔起来，照样会变得颐指气使、得意忘形，真让人失望。

父母岁月

小高不禁心里暗暗叹了口气。

而吴振庆琢磨的却是很快就要进行的谈判。车开到郊区公路上时,吴振庆忽然喝道:"停!"

小高一愣:"怎么?"

吴振庆打开车门走下来,看着小高一脸惊异之色,不由得笑了:"没什么。日本方面派一名代表来,我干吗还亲自到机场去接?我这中国老板也太贱了吧?小高,你去接,礼节上就够了。我不能给他们这么大面子,防止小日本儿在我们面前趾高气扬,摆出不可一世的架势来……"

小高点头:"也是。可你怎么回去?"

吴振庆友好地摸摸小高的头,说:"别管我了,反正我能回去就是。"刚要迈步,又想起了什么,拉开车门冲坐入车里的小高喊,"记住十六个字——落落大方、彬彬有礼、不卑不亢、不亲不疏……"

半小时后,吴振庆已从郊区公路打的回到公司,并且通知属下到楼上圆桌会议室开会。

他就是这么个人,雷厉风行,不讲情面。虽然只受过初中教育,但多年来失学、插队、返城、失业、找事,能经历的几乎都经历了,和那些只会吸烟、喝茶、看报、读报的官老爷比,有本质的区别。虽然经常对大学生、研究生这类人发火,但在公司里实际重用的却是这些人。并且,职工们的福利待遇搞得很好,公司发展了,也总是尽可能在物质上体现对职工们的关怀。

楼上圆桌会议室已坐满了人,大多是年轻人。吴振庆大步流星地踏入会议室,扫视了一圈正襟危坐的人,说出的话不觉就有了嘲讽的意味:"嚯,都坐着啊?一个个都像董事似的,你们以为这是开董事会啊?"

众人面面相觑,纷纷欲站起……

吴振庆做着手势:"都坐着吧坐着吧!你们嘛,都是公司的精英,也可以说都是公司的主人。我呢,不过是大公仆。主人们坐着,公仆站着,理当的……"

他的话中,嘲讽和自嘲的苦味儿更重了。他吸着一支烟,又说:"诸位主人都知道,今天,我们日本方面的、未来的合作伙伴,即将光临了。为了结识上这位伙伴,为了达成最后的合作,我曾三次带人前往日本,花了公司几万美元。在一份份厚礼的感召下，对方的老板终于接受我们的诚意邀请，信誓旦旦地保证一定亲自来对我们的经济实力进行考察，并签署共同开发条形码收款机的合作意向书。可是，即将光临的，却不是对方的老板本人，而是一位代表了。这究竟意味着什么呢？起码意味着如下内容：一、对方的诚意，与我们的诚意相比，是打了折扣的。如果说我们抱着十分的诚意，那么，也许对方至多只有五六分诚意。二、对方在向我们摆架子。我们希望达成合作的主动性和迫切性，也许恰恰应了我们中国人那句话——上赶着不是买卖。三、如果我们的主动性显得过于迫切，那么，等于我们在这种合作关系中，首先承认了对方确实是老大，我们确实是老二。对方就会更加摆出老大在老二面前的那种矜持姿态。如果我们仍显得再弱了点，对方必将提高他们的合作条件。事实上怎样呢？事实上，我们和对方的经济实力不分上下，旗鼓相当。综上所述，我决定不亲自到机场去接他们了。我要求，我们的一切人，对待我们即将光临的远道客人，以十六个字为原则——落落大方、彬彬有礼、不卑不亢、不亲不疏。谁，如果在小日本儿面前显出一副低三下四、攀附巴结的奴婢相，有失本公司尊严，可别怪我不客气！"

众人不禁热烈鼓掌……

全权代表是王小嵩，他现在还有一个日本名字"宫本一雄"。而此时，他是作为宫本家未来的女婿、崎丸公司的高级雇员，作为崎丸公司总裁宫本健太郎的心腹来摸吴振庆的底牌的。

豪华的"林肯"缓缓开到"兴北"楼前……

小高在前，王小嵩和未来的内弟宫本达夫坐在后排。

此时此刻，王小嵩的心情之复杂不亚于吴振庆。饱经风霜的面庞毫无表情，很难再从他脸上找到当年的温良，却让人感觉到一种深不可测的城府和老练。而他未来的内弟，则是个涉世未深、一股傲气的日本青年。

车驶进这样一条不起眼的小巷，宫本达夫脸上不加掩饰地浮起不屑的神色，用很流利的中国话说："一家体面的公司，怎么可以把总部设在这样的小街道？"

小高回过头来，微微一笑，说："宫本先生，据我所知，日本目前名扬

父母岁月

世界的大公司，也都是从第二次世界大战之后的废墟上建立起来的。与你们当年相比，我们现在的条件很不错了。何况，我们正在筹建'兴北'总部大厦。最迟后年，我们希望在十四层总部大厦接待贵公司的总裁宫本健太郎先生……"

她说完，下车替他们开了车门，引导他们踏上台阶……

两名临时的礼仪小姐用日语说："先生们，请……"

宫本打量她们，她们目不旁视，使宫本感到几分诧异……

他们进入楼内……

两名年轻人用日语说："先生们，请……"

他们也目不旁视，不苟言笑……

"先生们，请……"

"先生们，请……"

他们在每层楼口，皆受到同样"欢迎"……

宫本脸上的傲气少了，在这样一种"欢迎"的氛围之下肃然了几分……

王小嵩则显得有几分困惑……

终于，他们来到总经理办公室门外。

一位侍立在门外的年轻人，用日语彬彬有礼地说："先生们请稍候，总经理正在接美国长途……"

王小嵩和宫本达夫驻足，小高对王小嵩说："我先进去通报一下。"

宫本悄悄用中国话问王小嵩："你的同学吴先生，是一位对属下要求十分严格的人吧？"

王小嵩的心情远不及宫本轻松，不仅因为身负使命，怎样面对即将见面的青年时代最铁的朋友、他妈妈的干儿子，在他内心深处也是个问题。他摇摇头说："时代变了，人也会变的。我已经很难判断他目前是一个怎样的人了……"

就在这时，小高匆匆走出办公室："先生们，我们总经理已经在恭候了……"

年轻人替他们打开了门……

只见吴振庆离开大写字台，热情地迎上前来，小高抢前一步作介绍"这位是宫本达夫先生"，然后，笑意盈盈地指王小嵩："这位，似乎不需要我介绍了……"

吴振庆刚刚才从小高那儿知道，日方的全权代表竟是他过去的铁哥们儿王小嵩。王小嵩不是去了美国吗？怎么又在日本出现？这一切他都顾不得细想，连同老友重逢的惊喜，使他将一切猜测全都一股脑儿地先搁在了一边……

小高的话音未落，笑意还写在脸上，吴振庆已张开双臂，意欲拥抱王小嵩……

不料王小嵩将身体侧转向小高，微笑着说："还是有劳高小姐介绍一下好……"听似玩笑话，实则有意将相互关系处理在理性多于友情的水平……

吴振庆举起的双臂，只好缓缓拢回到胸前，掩饰地整了整西服领："看来，我们都需要重新认识对方？"

小高反应得快，见此情形，连忙抢前一步说道："您这么一说，倒显得我失职了。好，我来郑重介绍一下——这位是日本崎丸公司总裁宫本健太郎先生的全权代表宫本一雄……"

王小嵩这才向吴振庆伸出手来……

吴振庆掩饰着不悦，与他握了握手……

茶已备好，四人落座。

吴振庆和王小嵩互相端详，宾主之间出现了短暂的沉默。

伶俐的小高最先打破了沉闷，她偏着头，微笑着向宫本达夫："先生对敝公司第一印象如何？"

宫本达夫不改其傲，头一扬说："我仿佛来到了什么黑手党总部，将要和一位说一不二的'老头子'打交道似的。"

小高细声细气地说："宫本达夫先生真幽默。"

吴振庆却哈哈大笑起来："那么，您就不提防我这上好的龙井茶里下了致命的毒药吗？"

宫本达夫也笑了……

王小嵩笑道："吴总经理也很幽默嘛！我们的总裁再三嘱咐我，一定要首先向吴总经理表示歉意……"

父母岁月

吴振庆说:"那没什么。我也取消过别人期望接待我的机会……我看,二位远道而来,一路够辛苦的了。饮过茶,先让高小姐陪二位到宾馆去休息怎么样?"

王小嵩说:"也好……"

初次见面,双方都心怀顾虑……

在豪华宾馆里,宫本达夫一边吸烟,一边踱步,一边发表着自己的见解:"我在中国留学三年,据我所知,你们中国人,尤其你们东北人,是最讲哥们儿义气的。为了哥们儿义气,有时候甚至甘愿两肋插刀,怎么你的这位同学加亲密战友,给我留下的完全是另一种印象?"

正低头坐在沙发上抽烟的王小嵩抬起了头:"什么印象?"

宫本说:"他好像……不太是你一路上说的那种——友谊为重、友情第一的人……"

王小嵩按灭烟,站起来说:"怎么,你对于谈判前景丧失信心了?"

宫本一笑,又是一脸傲气:"这,就要看你的技巧如何了。当然,首先要看你是否不辜负家父的赏识和……信赖……"

王小嵩正色道:"达夫,你这是什么意思?我提醒你,我和你一样,也是宫本家族的一员……"

宫本冷冷一笑:"你这么以为吗?我也提醒你,我的堂姐,还没有正式嫁给你呢。举行婚礼的时日,是可以根据某种情况的变化,推迟或取消的……"

宫本的话使王小嵩已很复杂的心情增加了几许恼怒,没容他反驳什么,响起了敲门声。

宫本走去开了门,是小高,她笑容可掬地说:"两位先生,请去用晚餐吧!"

王小嵩问:"你们老板不来陪我们吗?"

"我们老板太忙,他正和美国方面通话,商议另一方面的合作意向,请——"小高说着,做了一个"请"的手势。

宫本和王小嵩对看了一眼。王小嵩脸上显出几分不悦。

小高一边带路,一边说:"不过他说了,晚上一定来陪全权代表先生叙旧。"

在宾馆餐厅雅座，小高陪着两位宫本吃饭。

王小嵩问："高小姐，在兴北公司任职几年了？"

小高说："不长，才三年。"

王小嵩没话找话地又说："那，对你们老板事业的发达史，想必多少也会了解一些吧？"

小高微笑道："如果全权代表先生感兴趣的话，以您和我们老板的特殊关系，完全可以当面直接去问他嘛！"

宫本不甘寂寞："据我所知，你们老板只有初中文化程度，而且，待过业，从事过最下等的劳动……"

小高不禁看看王小嵩……

王小嵩暗恼地斜了宫本一眼，低下头摆弄刀叉……

小高一脸郑重之色："据我所知，那正是我们老板不以为耻、反以为荣的一点。不是所有只上过初中、待过业、从事过最下等劳动的人，都能顺理成章地成为老板。翻开全世界的经济发展史，在许多国家，都曾有一些指甲黑乎乎的人，对社会进步起到过推波助澜的作用……"

宫本说："可是我们宫本家族的历史不同。我们宫本家族在'二战'前曾是显赫一方的贵族世家……"

王小嵩将刀叉重重一放，生气地说："我们讨论这些干什么？这又不是宫本家史的学术研讨会！讲历史，你很难肯定地说，他们的吴老板不是中国战国时期吴王夫差的后裔！难道这牛排不好吃吗？"

小高接口道："对，对。咱们换个话题——你们日本人，是更习惯于像中国人一样使筷子呢，还是更习惯于像西方人一样使刀叉？"

宫本说："我个人嘛，还是习惯于使筷子。刀叉一摆，总使我联想到外科医生动手术的情形……"

小高和王小嵩不禁笑了，气氛顿时放松下来。

估计晚饭吃完了，吴振庆来到宾馆。王小嵩、宫本还没回来。他点着一支烟吸着，刚吸一口，电梯的门开了，小高、王小嵩、宫本先后走了出来。

吴振庆热情洋溢地迎上前去："两位宫本先生，晚餐用得好吗？"

父 母 岁 月

小高一笑，笑得很有魅力，说："在一片祥和的气氛中，我代表您陪两位先生共同进餐。"

宫本看小高一眼，对吴振庆说："高小姐谈锋机智婉转，使我初步领教了贵公司的实力。"

王小嵩也接着说："在谈到世界经济发展时，高小姐的见解，令我的这位同人深表钦敬。"

吴振庆哈哈大笑，拍了拍小高的肩："我想和老朋友叙叙旧，既然这一位宫本先生很高兴和你交谈，你陪他聊聊怎么样？"他转向宫本，"我想，对于我的这种愿望，您能够理解吧？"

宫本点头："理解，理解……"

服务员开了房间——四人分别进入两个房间。

吴振庆和王小嵩默默相望。关了门，似乎将现在关在了门外，而从前的友情像音乐一样同时在两人心上流淌。

终于，他们同时张开双臂，拥抱在一起。

王小嵩说："原谅我，在我们刚一见面时，我使你尴尬了一次……因为达夫是宫本健太郎的儿子，在他面前，我觉得我的一举一动，仿佛是受着某种监督……"

吴振庆很体贴地说："我看出来了。"

两人落座后，王小嵩笑问："用多长时间赶排的呢？"

吴振庆不解："什么？"

王小嵩说："贵公司的迎宾仪式啊……"

吴振庆也笑了："没别的意思，只不过想给你们留下深刻的第一印象……"

王小嵩摇摇头："太戏剧化了，搞得像拍什么黑帮电影……"

吴振庆道："噢？我要是真能当导演，就喜欢拍情节片儿！没情节，什么事都没了意思！"

王小嵩说："说说，怎么一步登天的？"

吴振庆掏出烟请王小嵩吸，他一边吸一边回答："说起来也简单，像篇童话似的——首先是我哥哥转业后，在我嫂子那个县里当上了经贸委主任。

那是个沿海县,开放后经济搞上去了,便向内地扩展实力。他带回哈尔滨三十万元作为启动资金,想物色一个人干点什么。这对我是个千载难逢的机会,当时我正扫大街、扛煤气罐。我岂能放过?近水楼台先得月,写下军令状,就把资金垄断过来了。于是我又建起了施工队。第一把就赚了二百多万。后来就赶上了房地产开发的热潮。你如今也在商界了,不细说你也懂。干房地产开发简直是一本万利。何况,一个人要想把几百万变成一千万几千万,比要想把几百元变成一千元几千元容易得多,只要他不是个大傻瓜……"

吴振庆侃侃而谈,王小嵩频频点头:"徐克的情况怎么样?他从外地回来了吗?"

吴振庆说:"回来了。炒楼花,炒股票,什么都干过。他自己说赚了几百万,我猜也就几十万,却当起息爷来了。说是前二十几年活得太亏了,如今想把损失的享乐追补回来……"

王小嵩又问:"德宝呢!"

"还穿警服。有一年说是被提升为公安局的处长,可是被别人顶下来了。闹了一阵情绪,调到派出所去了。他那个人,吉人自有天相,如今当了所长。他负责的那一片治安搞得好,他这个所长就年年是市公安系统的标兵。荣誉是捞了不少,他那人有荣誉感,看待荣誉比看待金钱重要。如今这样的人不多了……"

王小嵩心里说:"都可以了,都可以了。"又问,"你们和张萌一直没来往?"

吴振庆叹口气,说:"别说和她了,就是我们三人,也不常能凑在一起了。也就是每年过春节的时候,相互走动走动……只听说张萌在一个中美合资的公司里当公关部主任……"

王小嵩欲言又止,最后终于还是忍不住问:"她呢……"

"郝梅?……你看……"

吴振庆打开皮包,取出一本书递给王小嵩——那是一本小说集——《女性自白》,封面上赫然印着"郝梅"两个字……

王小嵩问:"她写的?"

吴振庆点点头:"她现在是作家了,省作协理事。不算太有名,可比你

父 母 岁 月

我有名。再说她也不图出名,她总算也找到了适合自己的职业……"

王小嵩一只手轻抚着封面:"送给我吧……"

吴振庆说:"那可不行,她签了名送给我的。这一次,你们总该见见面了……"

王小嵩已把书打开——扉页上,印有郝梅和丈夫老潘及儿子的合影……

吴振庆说:"你当年回北京后不久,她女儿芸芸就死了。她现在的孩子仍叫芸芸。她丈夫是工人,对她相当好。论家庭幸福不幸福,我看她现在是我们之中最幸福的……"

王小嵩怅然地将书还给了吴振庆……

往事回忆太沉重。况且,对十多年羁旅他乡的王小嵩来说,挂念的、关心的太多、太多,而时刻萦于怀、最放心不下的是年迈的母亲。"我……今晚想见上我母亲一面。"提起母亲,王小嵩的脸上出现一丝温情。

"好。不过我也有两年多没去看望老人家了。我开车陪你去!"吴振庆看一眼手表,"是不是太晚了点?"

王小嵩站起来:"不算晚。今晚见不着老人家,我会失眠的……"忽然想起了什么,"对了,我还有一件小小的礼物送给你……"

他说着找出一长形礼盒,打开是一条漂亮的领带:"这是我们公司为高级职员们定做的,名牌儿。来来来,换下你那条,戴上这条,看看怎样……"

吴振庆开起玩笑来:"这,并不意味着我是被贵公司招募了吧?"他边说边摘下了自己的领带……

王小嵩笑了:"敝公司哪有那样的狼子野心啊……"他替吴振庆戴上了他那一条领带……

吴振庆笑了:"来而不往非礼也……这是我们公司的徽章……"他从自己胸前摘下徽章,替王小嵩佩在胸前,"愿我们谈判成功,今后精诚合作……"

他们相视微笑——微笑之中,既有当年的友情,又各有某种意味深长的内容……

他们同时扬起手——两双手拍握在一起……

吴振庆亲自驾驶着"林肯",载着王小嵩,驶向一片居民楼区。

这片居民住宅区是兴北公司兴建的。当年,这片楼区刚盖起来,王小嵩的弟弟就来找吴振庆，希望能调房。作为王母干儿子的吴振庆，给他们调了一套两居二层的房子。在王家乔迁之前，吴振庆还特意嘱咐手下人给这套房子多加了一排暖气。因为他知道王母怕冷。这还不算，索性一并连电话也装了。

王小嵩听着，动情地说："我母亲有我这个儿子，还不如有你这个干儿子。"

吴振庆看他一眼说："你这话说得倒也不算夸张。要是全中国含辛茹苦了一辈子的老母亲们，都能有我吴振庆这么个干儿子就好了。那马克思在天堂里，也就该为他老人家的共产主义学说感到欣慰了……"

车无声地停了。

王小嵩走下车来，凝视着自家的窗口。窗里已经熄灯。

王小嵩凝望着窗户，心潮起伏，默默地诉说："妈，我回来了！又隔十年，我才回到您老人家身边，我对不起您。我不是一个好儿子。我在写给您的信中，替自己编了那么多谎话，编了那么多理由……妈妈，在振庆面前，我好羞愧啊！"

吴振庆也下了车，站在王小嵩身旁，低声地说："要不，既然来了，就进去？"

王小嵩摇头："不了，我妹妹明天还要早早起床上班……"

吴振庆说："那就改天吧。"

王小嵩点点头。

忽然，吴振庆像想起了什么似的，突然问道："你、你怎么没带你那口子和孩子一块儿回来？"

王小嵩啜嚅道："我在北京……只待两天……"

"连家也没顾上回去看看？你也未免太为日本人效忠了吧？"吴振庆打趣他，谁知王小嵩脸色一变，欲言又止，一低头钻进了汽车。

吴振庆也回到了车上，察看他的脸色："开玩笑，不至于生气吧？"

王小嵩苦笑，缓缓摇头："我在北京……已经没有家了……"

吴振庆愕然……

当年王小嵩回到北京后，由于知道了关于郝梅的一些真相，一个时期内

父母岁月

感情波动很大。他的妻子，就通过她父亲在美国的一位老朋友，把他办出了国。她的愿望也是良好的，一来是为了平复丈夫的感情，二来是为了让丈夫出国镀镀金。他自己也巴不得能那样。那正是第一次出国热的年头儿。但没想到的是，他走了，她却耐不得寂寞了。三年后王小嵩从国外回来，她竟不再属于他了，连孩子对父亲也陌生起来。王小嵩一气之下又出去了。后来他们离婚了，是她主动提出来的，孩子也归她了。那男人在香港继承了一大笔遗产，很有钱。

而这时，美国方面的经济担保人了解到老朋友的女儿已经和王小嵩离了婚，认为再没有为王小嵩担保的义务了。就这样，王小嵩陷入了身在异国举目无亲的困境。英语还学得不行，想打工人家都不愿雇，而签证也快到期了。

他病倒在一个小旅店里，多亏一位日本姑娘可怜他，经常去照顾他。

王小嵩和这日本姑娘是在自选商场认识的。他捡着了她丢的包儿，里边有三千多美元，还有几十万日元。当时王小嵩没打开看。如果打开看了，见有那么多钱，他未必会还给她……就这样王小嵩病好后，在日本姑娘的建议下，随她到了日本……

后来的事不问吴振庆也猜到了七八分，可他还是问了："后来呢？"

王小嵩说："后来她安排我在她伯父的公司里工作……"

"如果我没有猜错，就是崎丸公司？"

王小嵩毫无表情地说："是的……"

吴振庆又逼一句："再后来你就开始追求她？"

王小嵩说："不……是她爱上了我……"

吴振庆哼了一声，问："有什么区别？"

王小嵩转过头，看看吴振庆，说："这……是有点区别的……"

吴振庆又问："她很漂亮？"

王小嵩摇头："一点也不漂亮。甚至可以说，其貌不扬。不过心地挺善良……"

吴振庆笑了："也就是心灵美？"

王小嵩用低沉的声音说："可以这么说。她是个挺虔诚的基督徒。我不但是一个加入了日本籍的中国人,而且,已经是半个属于宫本家族的人了……"

吴振庆无意似的又问:"你决定和她结婚了?"

王小嵩木然地说:"我别无选择,也不愿伤她的心……"

吴振庆终于忍不住了:"宫本健太郎,肯定是知道了你和我的特殊关系,才改变了主意,不亲自来和我谈判,而临时委派你做全权代表的吧?"

王小嵩缓缓将脸转向吴振庆,吴振庆正目光咄咄地盯视着他。

王小嵩默认了……

吴振庆不由得恼火:"妈的!这只狡猾的老狐狸!"

王小嵩说:"宫本先生对我很器重,从某种意义上说,等于是我的大恩人……"

吴振庆终于爆发了:"可这他妈跟我有什么关系!我倒宁愿是这只老狐狸亲自来!或者是他委派别人来!"

他砰地关上车门,发动了车,一个急转弯,将车开走了……

某种尴尬笼罩着小小的空间。汽车录音机里正放着崔健的摇滚《不是我不明白》:

> 过去我不知什么是宽阔胸怀
> 过去我不知世界有很多奇怪
> 过去我幻想的未来可不是现在
> 现在才似乎清楚什么是未来
> 噢……噢……
> 过去的所作所为我分不清好坏
> 过去的光阴流逝我记不清年代
> 我曾经认为简单的事情现在全不明白
> 我忽然感到眼前的世界并非我所在……

吴振庆将开关使劲儿一按,歌声戛然而止……

王小嵩也将开关一揿,歌声又起——

父母岁月

　　二十多年来我好像只学会了忍耐……

　　吴振庆又将开关使劲儿一按。
　　王小嵩看了他一眼，将脸转向窗外。

　　夜幕低垂，笼罩着这个城市，王小嵩回到了宾馆，而吴振庆直接回了他那俄式装修、几近豪华的家。
　　吴振庆的妻子就是当年的那个葛红。
　　人生无奈，吴振庆到头儿还是和她成了夫妻。
　　吴振庆在外面为朋友、为公司奔忙之日，也正是她在家闲得无聊之时。
　　此刻，她正很舒服地坐在轮椅上——那是一种美容用的轮椅。她的脸向后仰靠着，上面贴满了西红柿片和黄瓜片，红红绿绿的，像盖着一块花布。她耳朵上塞着耳机，一边听音乐，一边还在轮椅扶手上打着拍子，听任旁边的蒸汽美容器的喷嘴儿里喷出的蒸汽喷在她脸上。一副舒适透顶、悠然自得的样子。
　　吴振庆开门、关门的声响惊动了她，她双眼睁开了一道缝，斜向一面镶在墙上的镜子——从镜子里，她看到了吴振庆在门厅那儿换鞋、脱衣、挂衣……
　　吴振庆走入客厅，两只"马耳他"小狗从一个房间蹿出来，一边一只抱住他的脚，谄媚地对主人表示亲热。
　　葛红挑衅似的说："惭愧不惭愧？"
　　吴振庆抱起一只小狗坐在沙发上，一边爱抚一边说："惭愧什么？"
　　"你当这家是你的高级旅店呀？"
　　吴振庆也不示弱："你当我是整天在外边寻欢作乐呀？"
　　葛红鼻子里哼了一声："那谁知道！"
　　吴振庆便说："既然毫无根据，那就别整天瞎起疑心。"
　　葛红提高声音说："也不能说毫无根据。有人预言我四十五岁的时候，有夫妻离异、家庭破裂之患……"
　　吴振庆将小狗猛推下身，恼火地说："我告诉过你多少次了，不许你将那些神神道道的人一个个往家里请！这家不是什么会道门俱乐部！如果再让我撞着了，你可别怪我不给你留面子！"

葛红也瞪着他："哟，一句话不爱听，就生这么大气呀？"

吴振庆不吭声，起身去倒了杯水，走到桌前，按了一下电话开关，又坐下去听电话留言。

"吴叔叔，我那套房子，你什么时候给我调换成啊？我都等了三个多月啦。你再拖，我可生你气了啊……"是一个娇滴滴的女性的声音……

"吴总经理，我是电视台记者小王，马小婉同志的服装设计表演后天进行，请柬已经提前寄往公司了。您千万到秘书那儿查一下，别误了。因为您是颁奖人啊。对了。请将赞助款的支票一并带来……"一个男性的声音……

吴振庆嘟哝着："莫名其妙，也没人和她比，还颁什么奖！"

葛红双手抱肩，说："你往家里安这么一部电话，烦不烦人啊！你就不会声明一下，以后不许人们往家里打这类电话吗？"

吴振庆说："怎么声明？登报？在电视里？你还嫌我不够出名的啊！"

葛红回敬道："嚯，您倒滋生了名人的烦恼。要不咱俩换换？你在家里做生活优越的赋闲女性，我替你去公司里当总经理！保证当得一点也不比你差劲儿！"

在他们进行以上对话的同时，留言电话并未沉默着——"小吴，我是老葛，没什么大事，只是有一件区区小事，到时候请您关照一下。我三女儿要出国自费留学，求您给兑换点美金。不多，三五千就行，当然是官价兑换，否则我也犯不着求您了。希望及时给我回个电话……"

第四个留言——"振庆，你可又一个多月没过爸妈这边来了。你爸想你了。他好像听到了关于你的什么闲话，整天坐立不安的，说是要当面教育教育你。儿呀，抽空儿过来看看老爸老妈吧，啊？"

吴振庆关了电话，有些生气地说："哎，怎么我妈的电话你都懒得接了啊？"

葛红也关了她的蒸汽美容器，从轮椅上站起来说："谁懒得接了？别乱扣帽子好不好？"

吴振庆说："要不她怎么会往家里拨这个电话？"

父母岁月

"我怎么知道？兴许她往家里打电话的时候，正巧我不在家呗！"葛红一边说一边从脸上一片片取下那些"贴片"，放在另一只手里，"才一个多月没过去，他们就挑理了？你都快一年没去看过我爸我妈啦！"

葛红和当年很不一样了，显得白净多了，也富态多了。她现在的形象会使人不由得联想到港台影视中那些整日优哉游哉无所事事的中产阶级妇女。她脖子上戴着金项链，指上戴着金戒指，耳上大耳环随着身体的转动乱晃。

她瞧着吴振庆，有些幸灾乐祸地调侃："又有绯闻啦？看来你老爸的信息渠道比我还灵通呢！"

吴振庆有些疲倦地说："得了得了，别贫了。你说你现在怎么变成了这样啊！"

葛红一愣："我变成了什么样了！"

吴振庆客气地说："庸俗！庸俗不堪！"

葛红反而笑了："不错，你说得对，我承认。不过我觉得，你吴大经理所谓的庸俗生活，正合我意。我过得挺好，如鱼得水，你挣，我花。你治家，我享受。你给我创造优越的物质水平，我给予你最大的宽松政策，对你实行无为而治。咱们各得其所，和平共处……"

她换坐在沙发上，一边说，一边逗弄两只小狗……

吴振庆实在不愿听这些唠叨，他一边起身踱到大鱼缸前去喂鱼一边乞求地说："唉，你这张嘴呀，怎么现在变得一开口就一套一套的，你存心逼我提出离婚是不是？"

葛红笑了："咱俩离不了，除非我主动提出来。我才不那么犯傻呢！而你，首先就过不了父母关，你要是敢提出和我离婚，你爸妈那种老脑筋，要不和你断绝关系才怪呢。其次你过不了和儿子的感情关，儿子冲你叫声爸，你保证就回心转意了。再次你过不了舆论关，你也知道新闻界正盯着你哪，正巴望找个什么时机曝你的光。最后你过不了你的正统观念关，你这种人，内心里即使想当陈世美，也得等到凑足了一百条理由才敢付诸行动。你最多也只能干些拈花惹草的小勾当，满足点男人的好色之心罢了。和你生活了这么多年，我早把你研究得透透的了……你承认不？"

吴振庆甘拜下风地说:"对,对。我承认……"

葛红望他一眼,脸上露出了胜利者的微笑:"你呀,你就心甘情愿地为新时代中国女性的幸福做奉献吧!"

说着,她抱着一只小狗走到他身旁,又说:"我真羡慕这些鱼。我还不如它们,能有幸承蒙您忙里偷闲地关心关心……哎,你看看我脸……"

吴振庆不知所以地抬头看她的脸。

"怎么样……"

吴振庆不明白:"什么怎么样?你病了?"

"又白了没有?皮肤又细嫩了没有?"

吴振庆应付地说:"又白了,又细嫩了。"

葛红满意地说:"看来,'功夫不负有心人'这句话,还是多少有些道理的。人家都说我根本不像四十出头的女人。我这全是为你下的功夫!"

这回,轮上吴振庆发愣了:"为我?"

葛红说:"不是为你是为谁?为了能让你爱看嘛……"

她亲了吴振庆一下,转身走到桌子那儿……

吴振庆掏出手绢擦脸,扭头望着她,只听得葛红大叫起来:"哎呀!你怎么把茶杯往我写的稿子上放?"

吴振庆不解:"稿子?那两页纸?"

葛红顿一下脚:"看,都被你弄湿了。我今天一天的创作劳动白费了!这是我发表希望最大的一篇小说!"

吴振庆更加诧异:"你?……写小说?……"

葛红说:"你那么瞪着我干什么?郝梅都看过了。她评价我写得不错……"

她翻出郝梅的信读:"对于从没写过小说,也很少读小说的人而言,能写到这种水平,也就很值得欣慰了。我提不出太多的意见,只提一条,供你参考——那就是文字表达能力……连郝梅都提不出太多的意见,我还不应该有自信吗?"

吴振庆火了:"你给我听着!你以后再别去干扰郝梅好不好?她不像你,整天在家闲着没事干!"

葛红针锋相对地说:"闲着没事干我才写小说呢!能干正经事的人谁写

父母岁月

小说？"

吴振庆叹口气："跟你真是说不到一块儿去！我问你，上次有个什么小报的记者，约你写那篇稿子，你不至于真给他们写了吧？"

葛红说："人家上赶着约稿，我干吗不写？"

吴振庆瞪着眼睛："这么说你还是写了？"

葛红点点头："当然写了，已经寄去了，他们回电话说。最近一定发。"

吴振庆无奈地说："你怎么也不给我看看？你都写了些什么？"

葛红说："给你看，我怕你横加干涉。不过就是我刚才分析你的那些内容，不精彩吗？"

吴振庆仿佛吞了一粒苦药："精彩，很精彩，简直精彩极了！"

他气愤地连连抖着鱼食袋儿，将一袋儿鱼食都抖光了……

葛红赢了这场嘴仗，显得很宽容："还不睡啊？别忘了今天可是星期三，逢单同床，这可是你自己定的夫妻生活规则。你已经欠下我好几次做丈夫的义务了……"

她说着进了卧室，复又探出头来说："反正我等你……"

两只小狗都扑到吴振庆脚边来讨喜欢，他心里烦极了，一脚一只，将它们都挑了开去……

这一夜，吴振庆想着王小嵩，久久不能入睡。他心里不停地默叨："王小嵩、王小嵩，你可不要不自觉地受人利用，为你个人的患得患失来算计我。"到天蒙蒙亮时才蒙胧睡去。

他被一个声音吵醒，睁开眼，见是儿子背着书包，站在床头叫他。

"别烦我，有事找你妈去。"他咕哝了一句，又闭上眼睛，翻了个身。

儿子扳着他肩膀，将他的身子扳了过来："我妈说，这事她不管，非你管不可！"

吴振庆迷迷糊糊地说："什么事？快说……"

儿子说："我们学校下个星期要组织郊游，让你们公司出车……"

吴振庆说："嗯……"闭上眼睛还打算睡，忽然又睁开眼睛，叫住儿子，"你们学校组织郊游，管我要的什么车啊？"

儿子委屈地说："不管你要管谁要？"

吴振庆急了:"爱管谁要管谁要!再说公司里都是小车……"

儿子说:"谁让你派小车了?我们老师说叫你给租几辆大轿车!"

吴振庆说:"谁出钱啊?"

儿子说:"老师没说……"

吴振庆说:"那你问清楚了再跟我说!"

卧室外传来葛红的声音:"你别跟孩子装糊涂,这不是明摆着的事吗?还用孩子再问啊……"

儿子站在他床前要哭……

葛红继续说着:"好些个鸡鸣狗盗的事,你们都东也赞助、西也赞助,怎么关系到下一代的事,你这个当大老板的爸爸反倒抠门儿起来了?你这不是成心不肯给儿子个高兴嘛!"

儿子哇地哭了……

吴振庆心一软,说:"别哭别哭,好好好,爸爸答应了,快让你妈再给擦把脸上学去吧!"

儿子离去,他抓起手表看了看,一骨碌坐了起来,抓起电话就拨:"小高吗?我是老板!今天我起得晚了点,看来得八点半才能到公司。对,你还要陪他们去吃早饭。九点半再陪他们到公司来吧……"

他放下电话,匆匆穿衣,一边大声埋怨:"你怎么也不早点叫醒我!"

葛红的声音还是那么大:"你也没这么交代过我啊!再说,你给自己百里挑一地物色了那么一位年轻漂亮、又会办事又善解人意的秘书小姐,我再一厢情愿地替你瞎操心,不是显得太不识趣了!"

吴振庆恨恨地说:"哪一天我非请回家来一位八级焊工,把你那张破嘴焊上……"

他急急忙忙地冲入洗脸间,对付了事地刷牙、洗脸、拢头发……

他离开洗脸间,见妻子守立在门外,一手夹着烟在吸,一手拿着几页纸……

吴振庆一愣:"你怎么吸起烟来了?"

"你刚发现啊?心灵寂寞呗!"

吴振庆将烟从她嘴上夺下来,扔进了马桶……

467

父 母 岁 月

葛红若无其事地从兜里掏出烟盒,又点上了一支,姿态很优雅地按着了打火机,深吸一大口……

他瞪着她不知再说什么好……

葛红吐出一缕烟:"你打听打听,女作家中有几个不吸烟的?不吸烟创作灵感从哪儿来?"

吴振庆只得听之任之:"好好好,你吸吧!"

葛红换了一种口气说:"哎,求你件小事,这篇小说,麻烦你公司里哪位小姐给打出来……"她说着将稿子朝他一递……

吴振庆坚决地说:"亲爱的,少来这一套,我们公司的小姐们,对你可没这个义务!我也不惯你这种臭毛病!"

葛红说:"那你给我买电脑!"

吴振庆拥抱了她一下:"亲爱的,买!买!等你成了女作家之后,不用你再提,我也会给你买……"

"哼!那时候,我就用我自个儿的稿费买了。"

她一边说,一边暗中将稿子塞入他衣兜……

吴振庆点头:"好老婆,尽说有志气的话!"他演小品似的亲了她一下,立刻厌恶似的将她推开,夹起皮包迈出了家门……

葛红瞅着狗们发愣——它们也瞅着她发愣……

她的目光在房间里环视着,发现鱼缸里的情形有点不对劲儿,走过去一看——鱼都漂在水面死了。水面上一层鱼食……

她踱到窗前望楼下,见吴振庆上了车……

尽管王小嵩使吴振庆一夜没睡好,他坐进了小车里想的还是王小嵩。他明白,现在他俩是一个身在曹营,一个身在汉。各尽其责,各事其主。在这种情况下,他们的友情就只好往一边放了。"我可不拿公司的丝毫利益,买你的好儿。"他暗暗想道,好像王小嵩就在面前,"我要欲擒故纵,往后拖两天再跟你谈判。我一定要号准你的脉,让你的耐心经受点考验。"想到此,他心里似乎感到一种踏实,伸手一摸,把葛红悄悄塞到他衣兜里的稿子掏了出来,展开一看,只见标题是《甩不掉我的丈夫》,笔名蒙丽莎。

文章开头是这样写的:

丈夫这一种东西，实在是女人的一种大错特错的需求。你没有他的时候，即使觉得自己什么都有了，似乎仍觉得一无所有。而当你一旦有了他的时候，连你原来曾有的那一切，似乎渐渐失去了。丈夫们是女人们最大的剥夺者，他会把女人剥夺得只剩内脏是属于自己的了……

吴振庆不由自主地将这几行字读出了声。

年轻的司机问："老板，你读的是什么？"

吴振庆说："一位女作家的处女作……你觉得这开头怎么样？"

年轻司机说："不错，挺棒的，很有煽动性。这年头儿，没点煽动性的小说谁还爱看！丈夫这一种东西——这开头就语出惊人！作者是谁呀？"

"蒙丽莎。"

年轻司机说："挺耳熟的，对了，想起来了，一种系列化妆品也叫这名字……"

吴振庆哭笑不得地将脸转向了车窗外，他忽然对老婆有一种新的认识。

"老婆，看来你还不是连一点起码的文字表达能力都没有哇，我倒一向门缝里瞧人，有点把你瞧扁了呢！只要你能成气候，我老吴并不在乎将自己的名誉权奉献出来供你玩文学，只不过你的笔名得改，梦丽或者梦莎都比蒙丽莎好，否则读者会误以为是化妆品厂花钱雇写手做广告哪……"

当吴振庆为王小嵩在床上辗转反侧、难以入睡的时候，王小嵩也在宾馆房间里为吴振庆而睡不安稳。他和吴振庆一样，预感到他们之间进行的将是一场棘手的谈判。为了使谈判顺利进行，他需要宫本理解他、相信他，而不要对他抱有敌意。他后悔刚才打了宫本一耳光，自己太不冷静了。不过宫本也太不近人情、太狂妄，指责他探望十年未见的老母，而且竟然说出"难道你们的母子之情比公司对你的使命还重要"的话来。亲情是亲情，友情是友情，使命归使命，他心里分得清清楚楚。他不能容忍一个比他年轻二十岁的黄口小儿那么无礼地教训他。尽管这样想，他还是决定第二天去跟宫本道歉——毕竟是自己动了手。

早晨，王小嵩敲门走进宫本的房间，宫本正用电须刀刮脸——冷冷地无

父 母 岁 月

言地望着他。

王小嵩说:"达夫,我向你赔礼道歉……"接着,他以日本味儿十足的姿态,向宫本低头认错。

宫本将脸转向一旁。

王小嵩诚恳地说:"宫本君,你不肯原谅我吗?"

宫本看了他一眼,关上电须刀:"行了,过去的事情就权当没发生过吧,反正我又没把你当外人。"

王小嵩说:"你能这样看待我最好……"

二人落座后,王小嵩又说:"你应该理解,我的压力很大。因为,我的角色,是一个很不容易扮演的角色。"

宫本瞧着他,一句话也不说。

王小嵩接着道:"吴总经理,对于我,似乎已经产生了心理防御……"

宫本仍沉默……

"所以,我认为,应当由我们这一方,主动提出推迟谈判时间,提出对他们的经济实力需进一步考察。现在,谁表现得越从容不迫,主动权反而越有可能控制在谁的手里,免不了要先有一场心理较量。我们中国有句话——上赶着不是买卖。这句话在中国目前仍具有普遍的意义……"

宫本脸上呈现着并不完全信任的神色……

王小嵩诚恳地说:"你应当完全信任我,并且,支持和配合我。要知道,起码我自己,已经将自己看成宫本家族的一员了,不管你是如何看待我的……"

宫本似乎受了感动,但却继续沉默着……

"你还不相信我的立场吗?"

宫本终于开口:"相信,事实上我总在说服自己相信这一点……"

他向王小嵩伸出了一只手,王小嵩也伸出了一只手。

两只手紧握在一起,他们心照不宣地彼此注视着……

谈判终于开始了。吴振庆、小高还有吴振庆的顾问李先生坐在一边。王小嵩、宫本达夫坐在另一边。他们隔着桌子,相互点点头。

吴振庆站起来,介绍说:"我首先向两位先生介绍我的助理李唯忠李先生……"

王小嵩、宫本与李先生相望点头。

"情况总是在不断地变化，有时候不以人的意志为转移，我非常想向两位提出建议……"

王小嵩分明猜到了吴振庆将要提出的建议会是什么，他举手打断了吴振庆的话："吴先生……"

吴振庆停住话望向他……

王小嵩先发制人地说："在您没有提出您的建议之前，我也非常遗憾并且非常郑重地通告朋友们，由于我方宫本先生的身体原因，我方不得不请求谈判时间后延三天……"宫本站起，向吴振庆一低头："请多关照！"

吴振庆和下属面面相觑……

宫本落座后，王小嵩仿佛很真诚地说："我代表宫本先生及公司，向朋友们表示十二分的歉意。中国有句话是——在家靠父母，出门靠朋友，望朋友们予以谅解……"

吴振庆说："谈判时间后延三天，也正是我想向两位先生提出的建议。看来，在这一点上，我们双方……"

宫本不甘寂寞地说："不谋而合！"

吴振庆应道："对，不谋而合，也可以说是——正中我方下怀吧……"他转望王小嵩，"我这么用词，不算犯语法错误吧？"

王小嵩听出他弦外有音，报以外交性的一笑……

李先生说："您刚才说得不错，在家靠父母，出门靠朋友。先生们在中国可以信赖和依靠的朋友们，当然就是我们了。不知宫本先生需要我们予以哪方面的关照？我们公司与本市各大医院，都建立了非常友好的关系……"

宫本望着王小嵩："这……"

王小嵩不慌不忙地说："宫本先生的身体，倒没什么大的不适，不过是某种……不便向朋友们启齿的小疾，但是的确需要养息数日……"

吴振庆一笑："那我们作为先生们的朋友，就放心了。我看今天，我们双方就这么决定了，三天后再开始谈判。"转望着李先生说，"立刻向香港方面发一份电传——我明天到香港。请我们的港方合作伙伴，做好能与我当天进行商务洽谈的准备……"

李先生会意："好，我这就去。"站起来，向王小嵩和宫本彬彬有礼地一点头，离开了。

吴振庆又把脸转向小高："小高，请替我务必搞到一张明日去香港的机票……"

小高说："没问题。"

宫本与王小嵩不禁对视……

宫本有些急了："可是吴先生，您不可以去香港……"

吴振庆一笑，故作诧异地问："为什么？世界很大。须知本公司不但愿与贵公司建立友好的合作关系，而且与中国台湾、中国香港、美国、新加坡等十几个国家和地区，都有即将上马的合作项目。我们中国还有句话是——不能交上了新朋友，就忘了老朋友啊！"

王小嵩赶紧补充："宫本先生的顾虑是，怕您在时间方面向后拖得太久了……"

吴振庆做出坦然的样子说："这一点两位先生敬请放心，三天后我一定回来坐在这里，恭候两位……"王小嵩心存疑窦地眯起了眼睛。在场的每一个人都嗅到了那淡淡的火药味儿。

本文节选自长篇小说《年轮》

欢欣与共

对于周蓉母女，工作问题并不像她们想的那么容易。

周蓉以为，只要通过各种渠道将自己回国的信息发布了，即使早先工作过的那所大学不再青睐自己，省里市里别的大学也会主动找上门来，与她洽谈工作之事。

她完全想错了，根本不是那么回事，没有任何一所大学的人联系过她。倒是她的博导汪尔淼先生拄着手杖敲开过她的家门。导师已经完全秃顶，秃到以后不必理发的程度。十几年不见，他已显得老态龙钟。大学里有些老先生八十多岁了还鹤发童颜、精神矍铄，导师的身体显然和他们没法比。周蓉开门时，他因为爬了三层楼梯而在门口气喘吁吁。

周蓉一见是导师，在门口抱着他，强忍着才没哭出声。

导师却笑呵呵道："我是来探个虚实。好，好，真回来了就好。还能住进这么一幢不错的楼里，更好。先进屋行不？让别人看见了会奇怪的。"

周蓉这才止住眼泪，喜滋滋地将导师搀入家门。

导师竟有兴致将她的家参观了一番，欣慰地说："不错不错，真是不错的一个家。我又有一名学生安居了，我又多了一份愉快。"

周蓉不好意思地说，自己实在是沾了丈夫蔡晓光的光，并问导师的居住情况怎么样了。

导师笑着说："住进三室一厅的教授楼，条件好多了。上厕所不必出家门，在家里也可以洗上热水澡，有自己的书房，睡觉再也不必往低矮的吊铺

父母岁月

上爬了，托改革开放的福了！"他的幸福之感溢于言表，仿佛从天堂归来。

周蓉又问师母身体可好。

导师的表情瞬间一变，忧伤地说，老伴已病故，没能在教授楼里住过一天。他女儿常住精神病院，以他现在的身体情况，肯定照顾不了女儿，没法子。他的退休金，除去交女儿的住院费，也就只够自己一个人花了。很想请个阿姨照顾照顾自己，却又请不起。

"不过，除了退休金，我还能另外挣点，写写文章，编编教材，参加会议做一次主题发言，也有些收入。不再挣点攒点，那也不行啊。哪天我走了，女儿怎么办呢？她是不折不扣的'双无'人，我不给她留点钱，她不惨了？周蓉，她只比你小一岁啊，也五十出头了。有时候我到医院看她，一个老头儿面对一个五十多岁患精神病的女儿，她又不跟我交流什么，只不过反反复复说要回家，那会儿我还真是很无奈。"

即使说这些话时，导师居然还是乐呵呵的，如同在讲小说中的情节。

周蓉听得鼻子发酸，关切地问导师身体如何。

导师说，他早就戴上"三高"帽子了，经常这儿痛那儿不舒服的，总之身体的各种器官都老化了，连学校每年一次的福利体检也放弃了。说也怪，一不在乎，反而感觉身体不那么糟了。

导师说，他是为她的工作问题而来的，问她首选的工作方向是什么。

她说，当然还是在大学里从教啦。

导师摇头说："周蓉啊，面对现实吧。现今，失业工人也罢，求职的知识分子也罢，刚毕业的大学生也罢，没考上大学的待业青年也罢，都不能奔着自己喜欢来找工作，只能转变观念，要求自己适应市场的需求。"

周蓉困惑地问："难道所有大学都不缺老师了？"

导师说，不是。几乎所有大学都在升级扩招，原来是市重点的想变成省重点，原来是省重点的想变成全国重点，原来是学院的迫切地要升级为大学，大学里的系又纷纷变成学院。学科多了，学生多了，中国的教育发展壮大了，也是好形势。但是，大学毕竟不是工厂，不可能成批成批地招教师。所谓教师缺口，无非就是这个学科缺一两名、那个学科缺一两名而已。嚷嚷着缺教师声音最响亮的大学，一次最多也就进五六名。

"小周啊，大学里的情况也与十几年前大不相同。你评上副教授时，是出类拔萃的。如今，全国多少博士培养出来了，不少'海归'博士也回来了。一个学科的一个教师岗位，往往有近百名博士竞争，有硕士学位的人根本没有机会。侥幸进了大学，也只能做学生辅导员。你当年也没把博士学位读完啊。如今的博士，从校门到校门，年轻的不到三十岁，和他们比，你没有年龄优势啊。哪所大学会招一名再过七八年就退休的教师呢？你又不是著作等身的名家大家、翘楚人物。文史哲学科也日益边缘化，日薄西山，不再是才子才女云集的学科。从本科、硕士到博士，快成清一色的女子学科了。国家急需的是经济分析、企业管理、科技创新人才，不再需要那么多的文史哲专业毕业生了。"

导师一席话，如同往周蓉身上泼了一大盆冰水。

然而，周蓉虽然内心里拔凉拔凉，却始终笑眯眯地听着，尽量表现出一副轻松淡定、波澜不惊的样子，为的是保住在导师面前那种曾经有过的才女的尊严。

导师说，他担任过本校和外校的学术委员会委员，讨论教师人选，一个岗位少说也有二三十份简历。因为供大于求，条件就很苛刻，常常让他对求职者心生怜悯。

周蓉暗想，导师兴许听到了对她简历同样苛刻甚至不屑的话，所以才拄杖找上门来，大约在做了充分铺垫之后才切切告诫的。

她内心虽然不是滋味儿，却静静地微笑着洗耳恭听。

"周蓉，尽管你没读完我的博士，但我始终视你为我的好学生。我的意思是，人贵有自知之明……我的学生不可以自取其辱……那是不可以的……明白吗？"

导师终于摊牌了，为了他曾经的学生的尊严，也为了他自己的尊严。

周蓉微笑着说："老师，我明白了，我一定认真考虑您的话……"

A市作为省会城市，马路上出租车往来不断。从许多方面来看，中国确乎在变，在朝向一种新的前景。

周蓉拦住一辆出租车，扶导师坐入。

兴许她替导师重系围巾的亲昵举动引起了司机好奇，车开后，司机问：

父母岁月

"老先生,那是你什么人啊?"

汪尔淼迟疑一下,矜持地回答:"女儿。"

蔡晓光回到家里,察觉到了周蓉情绪的低沉。他问:"怎么了?"

周蓉便将导师来过之事讲了一遍。

蔡晓光与她并坐在沙发上了。

"你认为,我该怎么办呢?"周蓉问。

晓光说:"你了解我的,你不问,我就不会介入你求职的事。你既然征求我的看法,我不坦诚相告也不对。你有三种选择。其一,不放弃当大学教授的夙愿,那确实是最适合你的工作。我同意你导师的意见,如果再一味继续投简历,甚至托关系,确实会自取其辱。知道了,影响心情;浑然不知,有损声名。其二,你可以不去谋求什么稳定职业,甚至可以一个时期内不工作,以我当前的收入和积蓄,养得起你。你可以做自己喜欢做的事,比如成为自由撰稿人,或进行文学创作。将来怎样,我不敢肯定。"

她说:"其二太沉重了,可心向往之,但绝不考虑。跳过去。"

晓光接着说:"其三就是,审时度势,忘记自己过去的种种得意,面对现实,哪里有需要人的职业,并且是自己可以胜任的,就放下自尊去应聘。高才低就,相对容易,这需要你转变一下观念。"

"以前我是爱情至上主义者,后来改变了。从现在到以后,我还没思考过。"

"这可是你亲口说的。不公平,对我太不公平了!你是爱情至上主义者的时候嘛,将你浪漫的爱情义无反顾地给了冯化成,结果给错了。现在嘛,咱俩终于是夫妻了,我也成了爱情至上主义者,你倒说不清楚自己的人生观了,这太令我遗憾了吧?让我来指点迷津,从现在到以后,你要重新做爱情至上主义者,你的人生观就应该是——好好爱我蔡晓光,比我爱你加倍地爱我!咱们都要向秉昆和郑娟学习!"

"向他俩学习?"

"对!人家两口子,虽然都没宣称过自己是爱情至上主义者,可人家两口子实际是!正因为这样,他们才能在经历了重大生活变故后,一如既往地那么黏乎。别小瞧这一种黏乎劲儿，我觉得，它可是关乎人生终极幸福的最主要因素！"

"你什么时候也成了爱情至上主义者？简直后来居上了啊！"周蓉忍不住笑了。

"别笑。不错，你曾一度才华横溢似的。我说'似的'，是指……"蔡晓光一脸严肃。

周蓉打断道："不是似的，事实如此。我并非一度仅仅是花瓶而已。"

蔡晓光辩论似的问："那么，请回答，你具有超乎寻常的科学头脑吗？"

"说事就说事，干吗讽刺我？"

"不是讽刺，是循循善诱，请回答。"

"当然不是啦！"她脸红了。

"你有一定的文艺细胞，但你能在文艺方面硕果累累吗？"

"我都这把年纪了，你又讽刺我！"

"最后一问，即使你如愿当上了教授，能成为文史哲方面的学问大师吗？"

"那正是我想实现的理想。"

"醒醒吧，亲爱的！最后一问直中靶心了吧？你的问题正在这里，别以为我看书比你少，思想比你浅，那是十二年以前的我！时隔十二年后，你应对为夫刮目相看。有你那种想法的，看书有个大缺点，就是只知一头往里钻，不知停住了想一想，'学而不思则罔'。我看书没你们那么重的功利心，不是为了成为什么人物而看，所以我钻得进去，也容易出得来。出来得容易，就有新思想。中国的文史哲研究领域，二三十年代确实出了不少优秀人物，却也就是优秀而已。当时，人家从不自诩为什么大师，相互间也不好意思那么奉承，避俗。现在，为什么大师的称谓这么流行呢？因为现在这个时代太俗了啊！还因为，当年他们做学问，资料十分稀缺，拥有资料便能造就学问！今后不是那样的时代了，不再战乱不息，图书馆多了，研究资料空前丰富，文史哲研究领域的空白也少多了啊！你往故纸堆里钻吧！一边钻一边左瞧瞧右看看，哪儿都留下了别人梳理过的耙痕，你还不肯断了当大师的想头吗？即使你发现了一处空白，自己细细地耙了一遍，耙出了点眉目，得出了一种较新的观点，那又如何？就真的了不起了？真的当得起大师二字了？那跟自我陶醉、互相陶醉有什么两样？我们把从前某些人物尊称为大师，是敬意使然。时局动荡不安，生存环境险恶，资料难寻，国故流散，还要担起整理和重评的使命，当然可敬。可今昔全然不同，都有人向我推销电脑啦！电脑一旦普及，一般资料点击即出，所谓学问可不就你中有我，我中有你了？再加上这么多本科生、硕士生、博士生也在故纸堆里成群结队钻来钻去，东一耙子西一耙子地耙啊耙，所谓学问已快成了自说自话。我的妻，你却还抱着大师梦不放，想要一味做下去，真真痴也俗也！"

晓光一番话，说得周蓉屏气敛息，脸上毫无表情，冻僵了一般。

晓光却不肯罢休，继续往深处扎她："亲爱的，你以为你是谁？往更透了说，咱们这种人，也就是比秉昆和他的朋友们幸运点罢了！你的幸运在于上了大学，我的幸运在于到底还是沾了我父亲那光荣历史的一点光。包括秉义，他也不过就是底层人家的一个幸运儿而已。如果他不是沾了他岳父母的光，往最好了说，现在可能也就是一名老处长，或大学里的教授，想当上教授那他还得读研、读博，否则也是空想。对了，我、你、秉义，我们其实很像唐向阳，只不过比一般劳苦大众幸运点。如此而已，就有本钱想成为这样的人想成为那样的人了？不对吧？所以，还得收心，明白我们只不过是芸芸众生中较为幸运的人而已。那么，对于我们而言，除了真爱值得至上，还有什么别的值得至上吗？真爱多值得珍惜呀！我的切身感受是，由于人生中有真爱，我活得越来越知足，也越来越愿意做好人，越来越善良了。说一千道一万，咱俩得好好爱下去，这才是咱俩人生的根本，其他的都是次要的……同意不？"

周蓉的脸缓缓转向他，还是全无表情。

晓光笑道："我今天是句句箴言，你今天是如醍醐灌顶，受震撼了嘛！"

周蓉缓缓站起来走向卫生间。在门口，她的脸终于恢复了常态，回头笑道："从哪儿学的，一套一套的，这么好为人师！"

晓光也笑道："每次请光明按摩，总向他请教人生哲学嘛。"

"佛家子弟向你宣扬爱情至上？我才不信！"

"他当然不会向我宣扬爱情至上了。在他眼里，'四大皆空'。他总是对我讲'得即是失，失即是得'。我的人生失去了一些机会，却最终得到了你。这么一想，我可不就成了爱情至上主义者嘛！你是上苍赐予我的。"

"你就哄我吧！"

"我是哄着爱你，爱着哄你，连哄带爱，只为了让你开心。"蔡晓光一脸纯洁和虔诚。

周蓉走到他跟前，捧住他的脸，给了他一次长吻。

当她将卫生间的门缓缓锁上，面对着镜子时，脸像被冻僵了。她被蔡晓光的话深深伤着了。

…………

数日后的一天，周蓉从外边回来，见晓光戴着橡皮手套在打扫卫生间，将马桶擦得瓷光锃亮。

周蓉高兴地说："我找到工作了。"

他问："什么工作？"

她说："一所民办中学的数学老师。"

他问："为什么是民办中学？"

她说："我从报上看到一则招聘启事，就去应聘了。一谈，他们态度明朗，痛快，我的自尊心舒服。"

他又问："为什么是数学老师？"

她说："那学校的学生语文成绩还行，数学成绩普遍上不去，我能让他们的数学成绩有所提高。"

"明白了。"

他不再问什么，接着干自己的清洁工作。

她不禁反问："不想知道工资多少？"

他头也不抬地说："猜得到，比公立中学稍微高一点，所以对公立中学的老师没太大吸引力。正好我现在闲着，而你能往家挣钱了，应该庆贺一番。"

第二天，他向那些"死党"隆重推出了他们久闻其名的嫂子。他们对她的恭维让她很受用，聚会凑份子，钱花得不多，气氛从始至终快乐。

…………

父母岁月

蔡晓光与周蓉前后脚退休,他已不再做电视剧导演,或者说不再有什么机构主动给他机会了。高大上主题的电视剧收视率滑坡,政府和民间的投资热情骤降。脱离现实题材、以收视率为王的商业化倾向越来越严重,蔡晓光既嫌恶又想跟进,却又总是跟不上,摸不准方向。导演一些思想低俗、没心没肺的娱乐剧,他更不愿意,实际上也变不成那样。他和那些老哥们儿凑一块儿挖空心思地研究出过几份剧情梗概,却四处碰壁找不到投资。

"还行,不错,能看出你们几位老师下大功夫了。可惜你们弄出来得太晚了,二十年前拍倒是一部好剧。"这是他们经常得到的最好评价。

从此以后,他们就不再为难自己,默认自己彻底"过气"了。

蔡晓光闲不住,常常被一些大学请去做影视讲座,偶尔有人找他拍广告或宣传短片。那些事永远不会让他有什么成就感,但钱来得挺快。影视圈绝对不屑于挣这些"小钱",但对他而言,能挣点"小钱"总比一点不挣要好。蔡晓光和周蓉的退休金数额大体相当,而他内心希望自己的实际收入比妻子高些,那会感觉更好些。夫妇俩的实际收入加起来,足可确保他们晚年过上本市中产阶级的生活。大多数人退休后收入下降,生活质量肯定下降,他们不愿意这样。尽管他们一向更倾向于精神充实而非物质追求,对金钱他们既不想理睬,又没法不理睬,诚惶诚恐,不敢掉以轻心。二人都不愿管钱,都想做财务总监而非主管。

蔡晓光曾对周蓉说:"夫人,还是你管吧。我太粗心,管不好的。而且,我见了钞票的第一个想法就是:为什么不把它花掉呢?我对数字又不敏感,见了就头晕,我尽量可持续地往家里划拉着就行呗!谁家都是男主外女主内嘛!"

周蓉却说:"我的夫君啊,你别忘了,咱们大半个中国,丈夫都有一种称谓就是'掌柜的'。'掌柜的'管钱,是你们的天职啊。"

夫妇俩谁都不愿担那份责任,便像两个孩子似的由"石头剪子布"决定——结果周蓉输了。

蔡晓光说:"你管!这是天意。"

周蓉耍赖,说当然应该由赢的一方管。

蔡晓光很不情愿地管了一阵。

后来，周蓉发现他存款到期了都不转存，银行发行高息债券也不上心去买一笔，叹道："我夫果然不善理财。"她只好怏怏地接收了财务大权。周蓉的财商也高明不到哪儿去，虽然在法国生活了十余年，这方面一点也不开窍，只知将钱存到银行去，而且一向认准的是"老字号"。她比蔡晓光有责任心的体现，不过就是到期了会在当日转存，若是银行代发具有国债性质的债券，也愿意大清早去排队买一笔。初次排队的感觉很不好，她回到家里对蔡晓光抱怨说，自己排在了一堆老头老太太中间。晓光却说："夫人，别忘了你也六十多岁了，跻身老夫人行列啦！"一句话噎得她哑口无言。再经历时，心态摆正，竟乐于与一些老头老太太聊长叙短了。

有钱人一般不买国债，他们都有来钱更快、获利更多的门道，即使偶尔买一些，也无须大清早排队，必会受到特殊礼遇，在贵宾室享受专属服务。那里有沙发，还有茶点款待。随着人们平等意识的增强，有人批评银行的贵宾室现象，于是许多银行的贵宾室不叫贵宾室，改叫"大客户接待室"，空间依旧，沙发依旧，茶水依旧，"贵宾"改成了"大客户"，争议居然少了。提意见的多是知识分子，周蓉是知识分子，却从不参与这些事情。她早已不是北大读书时的那个周蓉，也早已不是副教授周蓉，她现在自称是"退休女人"。她甚至认为，普通人如果对国家对社会意见太多，肯定损寿。她如果有看法有意见，更喜欢向蔡晓光诉说。若他认为她的意见有道理，那么她会借笔下虚构人物写在小说里。

蔡晓光却喜欢做代言人。现在城市人家大多有了电脑，手机更是无所不能，自媒体时代已经来临，网络上各类代言人如雨后春笋、过江之鲫，他们前赴后继、层出不穷。晓光不但喜欢在网上代言，同样乐于被网民封为意见领袖，只不过尚未戴上一顶"冠冕"。他对意见领袖这一顶"冠冕"心向往之，却也不是孜孜以求，封上了高兴，没人捧场也不失落。他的博客点击量挺高，其实他发表的不少意见都是周蓉的意见。他常将周蓉的意见有所取舍地公布在网上，当然主要是民生方面的意见。他对夫人周蓉心怀感激，她的意见足以让晓光的博客点击量只增不减。周蓉的点赞，让他非常受用。

一天，蔡晓光参加完一次会议回到家里，他很高兴，说在会上得到了某

父母岁月

位领导的表扬。

周蓉问:"那位领导怎么说的?"

他说:"与你表扬我的话差不多,说我是懂规矩守底线的博主,说我在博客中表达的意见无论操作性如何,都在可以接受的范围内。'懂规矩守底线'不就是'明智'吗?夫人,你与领导对我的看法不谋而合,相当一致啊!"

周蓉笑着听完,没说什么。她不上网,连写作也不用电脑。她说如果手中没有笔,面对的不是稿纸,就一点也找不到创作的感觉。每天晚上,夫妇二人上床后,往往背靠床头聊一阵,照例是她问网上有哪些她应该知道的事,他一一讲给她听。遇到感兴趣的话题,二人就会讨论起来,有时还会争论。

那时,蔡晓光感觉异常幸福。

"这才是我要的生活,我要的生活就是这样!美人在侧,相谈甚欢,欲拥便拥,欲吻便吻,幸福若此,夫复何求?"他说着就会搂抱她,亲吻她,而她就不好意思继续争论,也觉得很幸福。

虽然周蓉已光彩不在、容颜失色,蔡晓光似乎看不出来,仍将她视为貌美如花的妻子,哄着她爱着她,以使她高兴为能事。

"我夫有恋'旧物'的雅好。"周蓉常常这么调侃他,他心里很舒服,她自己心里也美滋滋的。

一天,周蓉从银行归来,情绪低落。

蔡晓光已将家里收拾整洁,正在上网,头也不回地问:"又排队买债券去了吗?"

他是喜欢做家务的男人,擦洗房间的认真劲儿常让周蓉自愧弗如,赞赏有加。他则戒骄戒躁,再接再厉,定期来一次大动作,将床、桌子、柜子啊一一移开,将后边犄角旮旯都擦得一干二净。周蓉经常半真半假地大发感慨:"下辈子我还要嫁给你。"

"必须的。"蔡晓光那时就很得意。

从银行归来的周蓉说:"我不去银行,你会去吗?"

蔡晓光又问:"就为几厘钱利息,那么早就去排队值得吗?"

周蓉说:"你是不当家不知柴米贵,两万元三年期差一千多,你认为不值得吗？还说风凉话！"

蔡晓光听出了她情绪不对，看着她诧异地问："没买着？"

周蓉躺在长沙发上，看着晓光说买是买到了，但听老头老太太所聊的话，听得心情糟透了。他们中还有七十五六岁的，拄着手杖去的。她正听他们聊着，又来了一个老妪，撑着四轮助行器，估计连三个轮子的都撑不稳，脚都抬不起，鞋底蹭着地面，根本上不了银行门前的台阶。别的老头老太太显然早就认识她，帮她上台阶，她也帮着，这样她还累得喘了一会儿。有人问她病好了吗？她说能好吗？只能说寿限还没到，在鬼门关口又缓过来，那也离死期不远，有今儿没明儿。又有人问，你儿子或儿媳妇怎么不来呢？她叹了口气说，别提他们了。大家也就再不问什么。她自己反而忍不住小声说，因为自己住了几次院，把儿子媳妇好不容易攒下的一点钱折腾了个精光，却还没死成。儿子媳妇都嫌弃，连孙女也给老妪脸色看，认为她浪费了爸妈供自己上大学的钱。大家听她自己絮叨，还是没人接话。

"这时，我多了一句嘴，说您老这么大岁数，腿脚又不好，以后少出门吧。为了多点利息，万一摔伤住院，太不值得。你猜她怎么说？"

"怎么说？"

"她小声对我说，她明白不值得。她希望哪一天自己被车撞了，直接就上了黄泉路。她旁边拄手杖的老头说，老姐姐你这想法可不对，万一没撞死，又住院了，你自己不是又受一次罪吗？你猜她怎么说？她说受罪我不怕，认了，那就赖在医院不出来。反正我说这儿痛那儿还痛的，医院不能硬把我拖出去。有人负担医药费，那是再好不过的事，最好是经历一次车祸就去见阎王了。"

晓光起身从电脑桌前离开，坐到了沙发一角。他一坐下，周蓉就不躺着了，蜷腿坐在沙发上。

他搂着她，亲了她一下，抚慰道："咱们到了那岁数，肯定不至于落到那种地步。十多年前，国家的 GDP 总量才一万多亿美元，现在七八万亿了，快超过日本成为世界第二大经济体了。咱们的晚年，会比他们那一茬人好得多。"

周蓉说："我也比较相信这一点，可听了他们聊的话，还是不由得怕老，

父母岁月

怕生病。他们都是经常看病的老人，个个都有住院经历。这个说某种药一般不给公费医疗的人开，那个说什么什么药虽能救命也不给一般公费医疗的人用。有位老爷子讲，他与一位同样有心血管疾病的患者住院期间，医生告诉对方儿子，有一种进口药，打上几针你父亲的病情就能改善多了，保证一两年内没什么危险。一针四千多元，问他用不用？当儿子的却说，医生，凡那不能报销的，你以后根本不必对我们提。结果呢，出院没几天，死了。讲这事的那位老爷子，幸亏拆迁时不管儿女们高兴不高兴，硬是将一笔补偿款扣在自己手里。当然也不是全部，是一部分。他说自己有先见之明，钱一到了儿女手中，再要让他们花在自己身上就不那么容易了。他把那笔钱用了，打上了那种进口的针，所以，他现在还能站在银行门口。他还讲到请护工的事，说儿女都上班，看护不了自己，只得请护工，每天两百元，另外还得给五十元的两顿饭钱。如果不想给也可以，那人家护工就得到医院外边去吃，什么钟点回来可就没保证。他一次次说幸亏自己除了退休金，还有那笔拆迁补偿款，否则也一命呜呼了。"

晓光说："这是他们家庭内部原因造成的。如果我是他儿子，还想省下那笔护理费，那我请假也得亲自护理老爸呢！"

周蓉说："听他讲，他儿子儿媳都是临时工，请几天事假还行，时间长了工作就丢了。"

晓光说："不是有劳动法嘛，依法主张正当权利啊。"

她说："你太不了解情况了！依法主张权利那要打官司，临时工们有那个精力吗？不到万不得已，还不是忍气吞声？有个老太太讲，她住院的经历听来更让人哭笑不得。她说，病床的床垫上还有褥垫，那也要收费，每天十元，是一种防水褥垫，不在医院必须提供的床具范围内，所以也要专门收费。老太太舍不得多花那十元钱，跟医院掰扯，说既然不是必须的，那我就不需要，坚决不租那种褥垫，结果有几天大小便失禁，把床垫弄湿弄脏了。院方说，事先已经对您讲清楚了，不租我们提供的褥垫，现在怎么样？您必须赔床垫。这么脏的床垫，我们以后没法继续给住院的病人用了。老太太只得乖乖赔了，理亏呀。等她出院时，一想太划不来了，不能白赔，雇辆三轮平板车将床垫拉走了，要卖给收废品的。那么脏的床垫不能拉回家去，家人也讨厌啊。可收废品的拒收,说这么脏的床垫,收了没法处理。老太太没辙,说白给你了。人家收废品的说,白给也不要,别扔我这儿。这么大的脏东西,扔我这儿太碍事,您要扔请扔别处去!往哪儿扔呀,往哪儿扔不也得再让平板车继续拉着扔吗?那不又得多给钱吗?老太太心疼得都快哭了,再三哀求,又给了收废品的二十元钱,人家才允许把床垫扔那儿了。过去好久的事了,老太太讲起来还眼泪汪汪的呢。"

晓光说:"亲爱的,你得宏观一点看那类问题。一百多年前,全世界才十六亿多人口,而现在中国就十三亿七八千万人口了,这意味着什么呢?"他的口吻,像导师在启发自己的研究生思考问题。

周蓉明知他接下来会怎么说,却装出难测高深的样子愿闻其详,她问:"意味着什么?"

"这意味着,要解决好今天中国人的生存和幸福问题,如同一百多年前解决全世界人口的生存和幸福问题,难度可想而知。中国一半以上省份,人口都抵得上现在一个国家。七八万亿美元的经济总量听起来可观,可一人均,仍排在全世界后边。从前,中国所交的联合国会费不足总数的百分之二,现在,随着中国的经济发展,承担的联合国会费总额已经翻了近十倍,这是不是也从侧面反映了中国的发展成就呢?照这样继续发展下去,等咱们八十多岁,看病住院,根本就不会出现那些老人讲到的情况。亲爱的,要向前看嘛!"

蔡晓光虽然退休,政治头衔反而升了,不但是省政协委员,还是市政协常委。他讲起宏观发展,一套一套的,各级领导可爱听了。总而言之,他是很多会议的明星。在周蓉看来,丈夫的思想进步是统战部门的一大胜利。她太了解他了,蔡晓光骨子里比她还桀骜不驯。她对他的改变却并不持批评的态度,有时还给予表扬。因为他改变后观察国家和社会的立场、角度,恰是她以前所没有的。她觉得,常听他说说对自己有启发。更因为自从退休后,她一天比一天求安避害了,唯恐他惹出什么政治是非,让他们的晚年生活陷入人人避之唯恐不及的危机。有政协教育他,替她提醒着他、告诫着他,她放心多了。

"如果不是二十年后,而是几年以后,我患了大病,求生不得,求死不能,经常住院,请护工,进抢救室,那你怎么办呢?咱俩攒那点钱,不是同样不够折腾的吗?"

那些老头老太太的遭遇,对周蓉怕老怕病所造成的心理阴影挥之不去。她不同于蔡晓光,他有一级艺术职称,所享受的医疗费报销比例较高,而她是体制外的人,自恃身体素质一向很好,买的医疗保险是中等偏下的那一档。

周蓉的话让蔡晓光也有点不寒而栗。如果她说的情况真的发生,那么毫无疑问,他们的晚年生活肯定会遭遇经济上的破产。

"你完全是杞人忧天、胡思乱想!向前看是要看到希望,而看到希望是有根据的。不应该偏往坏处想,自己吓自己……"其实,他自己也觉得,自己的话并不能让人信服。他又搂抱着她,吻她,试图以肢体语言加强有声语言的说服力。

周蓉孩子般地接受着他的爱抚与安慰,不无羞赧地小声问:"我是不是老了,反而娇了呀?"

晓光说:"是的。"

"这可真不好,我怎么变得这么没出息了呢?"

她仰起脸看着他,似乎在看着自己的守护神。那种目光让他愉快极了。

"有什么不好呢?很好啊。你娇,我哄你,也是我晚年生活的一大乐子嘛。"他俯首欲吻她的唇。

她说:"不仅是你的,也是我的。正确的说法,应该是我们的晚年生活。"她一只手挡在了两人唇间。

"对,对,是那样。"他抓住她那只手,排除障碍,更低地俯首下去。

她却推开了他,一下子站起来,变换了一种庄重的表情说:"演出到此结束,刚才逗你玩呢!我是那种轻易就会对生活气馁的人吗?你以为听到了一些老头老太太的苦衷,就会影响我积极乐观的生活态度了吗?错!你如果那么想,就太不懂你老婆了吧?"

蔡晓光看着她,一时没法判断她刚才的不良情绪和此刻的郑重声明,究竟哪个为真,哪个是假。

"不许再吸烟了,屋里已经有烟味儿了,打开小窗放放。我还没洗漱呢,得收拾自己的脸面去了。做早饭了吗?"

"做好了，我已经吃过，给你热在锅里了。"

"表现真好！"她双手捧住他的脸，反过来亲了一下，转身离开了。

蔡晓光往沙发上一靠，不禁哑然一笑，笑得很满足很幸福。

过了六十岁的夫妇中，还能保持他们两人这种关系的，或许还不到万分之一。他俩如同二三十岁的年轻夫妻，而且是关系很糯又喜欢戏谑的那种。他俩的心态实际上比一般年轻夫妻还要年轻。他俩都力争做对方的开心果，似乎往往还互相较劲儿，看谁比谁更胜一筹。这是因为他们两人天性上极富幽默感，倘若一日不幽默，那一天似乎就过得无趣了。蔡晓光总觉得自己在实际拥有周蓉的时间方面损失甚大，心怀强烈的弥补愿望。他认为，弥补的方式当然是将夫妻二人共同生活的每一天都尽量营造得快快乐乐，如果并没有那么多喜乐之事，那也一定要互相逗乐子寻开心。周蓉又是那么敏感、善解人意的性情女子，她深谙丈夫的心理，常常投其所好，让他心满意足。她凭借这些做法，聪明地补偿自己对丈夫内心的亏欠。

第二天清晨，周蓉早醒，发现床上只有自己。她蹑手蹑脚走到另一个房间，看见晓光在上网。

他回头说："我把咱俩的谈话内容写成了一篇博文，昨天下午发在博客上，现在点击量已经过万，还上了两大网站的首页。你猜猜，我起了一个怎样的好名字？"晓光满脸得意。

周蓉双手搭在晓光肩上，站在他身后想了想，试着说："我和老婆侃中国？"

晓光大声说："恭喜你答对啦！不过没全对。文字有差别，基本意思是对的。我起的题目是《我们夫妇谈祖国》，发的是很正能量的博文，希望主流报刊愿意转，领导看了也认为好，所以题目必须规规矩矩，来不得半点油滑。"

周蓉说："让我再猜猜。在我们夫妇之间，我肯定是被教导的一方，你肯定是循循善诱的教导者啰？"

晓光说："对，对，事实如此嘛。"

她说："可我昨天也声明了，我是在逗你玩呀。"

"这一点当然不能写！写了岂不就成小品了？你不要用那种眼神瞪着我，

父母岁月

更不要有什么心理不平衡！在咱们两口子之间，你应该摆正位置，心甘情愿地陪衬我的正面形象，那样对我有好处，对咱俩都有好处……"蔡晓光边说边站了起来，将周蓉横抱胸前，欢欢喜喜地走向卧室。

果然如他所料，有领导看了他那篇博文，批示道："难得一见的好博文，体现了民间的正能量，不仅指出了问题，还提出了希望和措施。"

于是，不少报刊都转载了这篇博文，蔡晓光也如愿收到了多笔稿费。他与周蓉一道，专门到一家高档饭店出手大方地撮了一顿。

"鱼水夫妻，欢欣与共。"这是周秉义对妹妹和妹夫两口子退休生活的八字概括。

……………

三十儿晚上，周家的亲人们聚在周秉义夫妇的新家里。按照郝冬梅的郑重要求，市里分给他们一套新房，而不是哪位高升了的干部腾出来的旧房。房子三室两厅，阳台蛮大，比一般副市长应该享受的住房面积还多出十几平方米。那幢小楼当年是为老资格的市领导们盖的，按照"老人老办法"的标准，面积都大一些。组织上告诉他们，这套房子带有对周秉义奖励的性质，是班子讨论决定的。这让周秉义特别不安，逼着郝冬梅将学校分给她的那一套房子退掉。郝冬梅对市里分给秉义的房子相当满意，但对他逼自己退掉学校分配的房子很有意见，因为学校并无打算收回的意思。

周秉义夫妇在欧洲旅行的两个月里，周蓉也没闲着。她在北京工作的法国朋友古思婷与华文志夫妇要合写一部关于中国印象的大书，预计要四五十万字，先在法国出法文版，再由他们自己译成中文在中国出版。书中将写到中国的城镇化现象，他们恳求周蓉陪同调研，经费由法国外交部提供的文化基金支持。周蓉为了完成自己的长篇小说需要搜集相近的素材，很想答应下来，她就跟蔡晓光商议。

蔡晓光特别支持，马上答应。

周蓉歉意地说："时间可能会挺长，估计两个来月回不了家。"

晓光笑道："别忘了我等过你十二年，两个来月算什么啊。"

周蓉说："我不放心你，怕你一人在家孤独寂寞，想我想得没着没落。"

晓光说："那是肯定的。不是有手机嘛，你得保证每天至少跟我通一次话，外加三条安慰短信。"

周蓉讨价还价地说："两条吧。"

晓光一本正经地说："少一条也不行，那我就会去找你的。"

二人调笑了一阵，周蓉还是有些放心不下，追问他独自在家的日子里究竟打算怎么过。

晓光说他也会很忙，他要帮秉义夫妇将新房子装修好，让他们一回国就能住进去。

周蓉感动地说："你呀，真是天生操心的命，成了我们周家人的公仆，谁家有什么事都主动上。"

晓光说："这话也太见外了吧？你的亲人也是我的亲人啊。别看咱们回我老家去，东一户姓蔡的，西一户姓蔡的，今天这个请，明天那个邀，那只不过都是姓蔡而已，没什么真感情。他们的父辈也许跟我父亲有真感情，到了我这一辈，关系出五服好远了。看起来他们好像对我很亲，那是因为春节期间，人对人亲点图个喜庆吉祥。哪天我死了，消息传回去，他们路上遇到时互相说：'知道了吗，蔡晓光死了。''昨儿知道的，你这是要哪儿去？'他们能这么提到我就不错了。可我的死对你和你的亲人将会不同，你们会悲伤很长时间缓不过劲儿来，你们会经常怀念我。所以，我要多为你的亲人做好事、实事，让你们不想我都不可能，因为你们总会互相提到我。"

"别胡说了！"

晓光是半开玩笑说的，周蓉却听得鼻子酸了。

"不许再开这种玩笑，我强烈要求你陪我活到一百岁！"

她捧住他的脸，给了他又长又深的一阵吻。

要说周蓉和蔡晓光，也真算是在夫妻之爱方面修成了正果。他们都已是六十多岁的人，在别人眼里是地地道道的老夫老妻。可在家里，周蓉给予他的爱往往仍是那么火热，那么撩人，常常让他春心荡漾，幸福得不亦乐乎。

蔡晓光说到做到。周秉义两口子回国的第三天，就开始到处看家具买家具，觉得如果不赶在春节前搬入新居，那也太对不住蔡晓光付出的辛劳了。

作为兄长的周秉义，婚后第一次在大年三十儿，在自己崭新宽敞的家里接待妹妹、妹夫和弟弟一家三口，这让他同样有种修成正果的感觉。

| 父 | 母 | 岁 | 月 |

冬梅除了视丈夫的亲人为亲人，再无本家族的亲人。退休后，她爱热闹，对丈夫亲人们的到来特别欢迎，特别高兴。她第一次以女主人的身份招待五位亲人，而且是在极满意的新居里，她甚至显得有点亢奋，话多了，笑多了。

事先说好，亲人们都要在秉义家过夜。聊啊，做饭啊，看电视啊，都很从容。无论主人还是客人，都不慌不忙。往年聚在光字片秉昆那破家里时，他们往往一边聊天，一边心里都急着吃完年夜饭赶快走人。

晓光说："没法不急着走啊，在秉昆那儿上厕所太不方便，得走出家门到胡同口去。如果那冰窖似的厕所里有人，就得一边挨冻一边等。"

周蓉说："我每次都尽量憋着，怕脚下一滑掉厕所里！"

冬梅说："秉昆那儿太冷，坐时间长了冻手冻脚的。"

周蓉问郑娟："弟妹，第一次在家里洗澡、上厕所，什么感觉啊？"

郑娟说："幸福呗，神仙过的日子。我家热水器是接煤气管上的，水可冲啦！"

大家看着她十分幸福的样子，便都笑了。

周秉昆却在阳台上。阳台上堆着不少年货，他逐箱逐盒地看着，选着。

冬梅说："秉昆，明天带走什么都行啊。"

秉义说："没想到退休了，送年货的反倒多了。以前他们也不知往哪儿送，这下都有准地方送了。对了，龚维则还送了一箱鞭炮礼花，我这儿是禁放区，你带走。"

秉昆说："初三我那几个朋友要在我家聚，我们新区随便放，那我整箱端走了。"

晓光说："给我送礼的一年比一年少，就你姐学校还象征性地给她送了点东西，你以后别指望我们能提供什么了啊！"

大家又都笑了。

郑娟把秉昆拽进屋来与大家说话。他问起了龚维则的近况，因为听到了关于龚维则的一些负面传言。

周秉义说，龚维则是在区公安局副局长位置上退的，因为是常务副局长，组织上给了他礼遇，可享受正处级退休干部待遇，也算是一种安慰。其实正副处级干部退休后待遇上根本没多少不同，仅工资上有点差别。龚维则本人因为退休前没能再被提拔一次,很是闹了一顿情绪。他能量挺大,在几家私企同时兼职,估计灰色收入不少。他还在警校挂了个"特聘高级教员"头衔,这使他有时可以继续穿一穿警服。总之,他仍活得又忙又生动。

秉昆说:"哥,你以后要与他保持距离。"

秉义问:"你听到什么关于他的闲话了?"

秉昆说:"你记住我的提醒就是了。"

由于和龚宾的关系,他不愿将自己听到的传言讲出来。

晓光说:"我也听到了一些对于他的非议,秉昆的话你确实得认真对待。"

秉义说:"我不是一点没听说,可他到处说,他和我关系好到不分彼此。我有什么办法?既不好当面严肃地要求他以后别乱说,也不好在报上网上发布声明说不是那么回事。你们都放心,我会渐渐和他疏远的。"

晓光说:"他在网上发了三篇博文,回忆早年与周家每一个人的亲密关系,点击量很高。"

周蓉说:"我也看了,文章写得不错,那份感情肯定也是真的,并且基本上还都是事实。他那人比较重感情,对咱们周家的人一直很友善,我认为这一点咱们任何时候都不该忘,更不该否认。"

周聪说:"我们报社的一些人也从网上看了,都说是挺好的文章,春节后准备连续转载。"

秉义说:"替我给你们主编捎个话,就说我不同意。"

冬梅说:"那不好吧?传到人家耳朵里,你以后还怎么面对人家?你现在是在民间口碑很好的干部,要说他有点什么企图,无非就是想沾你点好口碑的光。你都退休了,为什么送年货的人反倒更多了?无非是冲着你在民间的好口碑嘛!一位在职的干部说自己与一位退休的好干部关系很好,无非都想证明自己也是好人,也是好干部。这属于人之常情,完全可以理解,也证明他们还有向好的心,你别太疑神疑鬼的。秉昆和晓光的话应当重视,但要讲究方式方法,千万别把自己搞得太没人情味儿,那就很不可爱了。"

包括秉义在内,大家都频频点头,表示赞成冬梅的话。

忽然,大家的手机都响了,一看手机,是周玥发来的春节祝福短信。每个人收到的短信话都不一样,除了周蓉,一个接一个念给别人听。发给晓光的话最多，还附有一首诗。晓光读出来，面呈得意之色。

秉义问周蓉："你也念给大家听听嘛！"

周蓉说："不想。"

晓光从她手中夺去手机，替她念给大家听。周玥发给母亲的短信最短，三句话是——"亲爱的妈妈，我好想你！祝你和老爸春节快乐，恩爱倍增！期待着妈妈的宽恕！"

亲人们一时默然。

周蓉站起来，要往阳台走。

秉义说："周蓉，你别离开，听我说完话。从今年开始，我希望每年三十儿都聚在我这里，一个也不能少，包括周玥。"

周蓉背对着大家说："晓光，替我把哥的话发给周玥。"

大家正看着晓光发短信，秉昆的手机又响了。他等晓光发完短信，看着自己手机说："是光明发来的，他祝福咱们。"

屋里一阵肃静。

晓光说："怎么祝福的？你倒是念呀。"

"一时善，一时佛；一事善，一事佛；一日善，一日佛；日日善，人皆佛。善善相报，佛光普照，我佛保佑亲人们岁岁平安。萤心。"

屋里又是一阵肃静。

周秉义低声说："估计全中国也没多少人在三十儿晚上，居然能收到一位佛门弟子的祝福。"

周蓉说："手机普及得真快，连佛门弟子也会发短信了。秉昆，他怎么知道你的手机号啊？"

晓光说："一次我上山去看他，告诉他的。"

周蓉说："你那么爱去北普陀，干脆哪一天也剃度算了。"

晓光说："我对红尘倒是不怎么留恋，可就是舍不下老婆嘛！"

大家再次笑了。

周蓉红着脸打了丈夫一下。

周聪忽然嘘了一声，大家又都肃静。这才发现独缺了郑娟，卫生间隐隐约约传来了哭声。

周聪说:"我妈拿着毛巾进去的。"

周蓉说:"肯定在洗澡,秉昆你别愣着了,快去看看呀!"

郑娟果然在洗澡。洗澡这种享受,对她具有难以抗拒的吸引力。她洗着洗着,忽然想楠楠了,蹲在卫生间哭了。

秉昆替她擦干身子,帮她穿好衣服,扶她走到客厅。她刚坐下,他替她擦脚。

郑娟说:"别擦脚,这是哥哥嫂子家的洗澡巾。"

冬梅说:"洗澡巾当然可以擦脚。"

秉昆一声不吭,捧住她的脚继续擦。

周蓉说:"嫂子,快,吹风机。"

冬梅赶紧起身,找来了吹风机。

周聪就近插上电源,周蓉替郑娟吹起头发来。

晓光看着说:"弟妹,你多大的谱呀,这可得拍下来。"

说罢,他便用手机拍。

郑娟就笑了,扭转身不让他拍。

她承认自己想楠楠了。

晓光拿起秉昆的手机,将光明发来的短信读给她听。他说楠楠在一时、一事、一日三点上早已成佛,可以称作"三级佛"。当妈的想儿子是可以理解的,但对于成佛的儿子,不必特别伤心。

郑娟说她同时也想她妈了,自己终于过上了好生活,妈却一天好日子也没过着,怎么能不伤心啊!

她又要哭。

蔡晓光反应多快呀,多会劝人呀!

他说:"弟妹,光明的话你得信吧?按光明的说法,你妈更了不得啦!她的善可不是一时、一事、一日、一年的事,没她就没你,也没有光明的出息,也没了秉昆和你结为恩爱夫妻的缘分。"

周聪说:"也没我了。"

晓光说:"就是!所以,你妈属于终身佛级别。都是佛,她现在肯定常和楠楠在一起。咱们的亲人中出了两位佛,多大的幸事,佛祖多看得起咱们,

父母岁月

你更不应该伤心了呀。"

秉昆也说:"你不是自己都认为,你妈是观音菩萨的化身吗?你忘了你对我讲过,她对小野猫小野狗都特别爱护吗?"

郑娟终于说:"行,我不伤心啦。"

秉义却起身默默走开了。

冬梅发现他表情不对,起身跟着他走入了卧室。

秉义进了卧室,往床边一坐,双手捂脸,低声哭开了。

冬梅问:"你这演的又是哪一出啊?"

秉义说,他也想自己的父母了。

冬梅说:"郑娟想她妈和楠楠,你想你自己父母,那我也想我父母!咱们这个三十儿晚上就人人伤心,把它过成个集体的亲人追思会呗!"

秉义说:"你的父母与我们的父母不一样,你的父母没像我们的父母那么受罪,我们的父母一生过的都是苦日子。"

冬梅不爱听了,反驳道:"你敢说我父母没受过罪?他们革命年代过的那种艰苦生活,不比你父母过的穷日子苦?他们出生入死,你父母经历过吗?他们'文革'中的悲惨遭遇,搁你父母身上,那还未必承受得了呢!从'文革'一开始,我就见不着父母,我自己也成了狗崽子。等'文革'结束,我只有妈没有爸了,我……我……"

她也赌气往床边一坐,掉起眼泪来。

秉义意识到了自己的话十分不妥,赶紧赔礼道歉,过来哄妻子别伤心。

而晓光在客厅高声喊道:"哥,嫂子,该弄年夜饭了,我下厨了啊!"

虽然发生了两段影响气氛的小插曲,但亲人们比以往任何一年的任何一次相聚都快乐。

这是一次欢欢喜喜的相聚,他们都觉得挺幸福。他们的幸福感,与知识、学历有一定关系——在他们中,四人接受过高等教育,秉义和周蓉还曾是北大学子。如果再算上周玥,周家亲人中有五人受过高等教育。

在他们中,有一人受益于文艺,那就是蔡晓光。虽然并无多少值得骄傲的成就可言,与那些成为文艺大腕日进斗金、财源滚滚的春风得意不能同日而语,但他确实沾了文艺特别是主旋律不少光。

在他们中，有一人成了正厅级的副市长。他努力做一位好官，但是，经由他不显山不露水的暗中操作，弟弟一家还是得了不少好处。否则，周秉昆家不会在新区分到令人羡慕的一套带门面的住房，周聪也不会进入报社成为记者。

在他们中，还有周玥那样嫁给老板，成为其第二任妻子的"七〇后"。

是的，知识、学历、机会、权力、个人对人生的设计都不同程度改变了他们的命运，但最重要的因素乃是时代的发展变迁，是国家的改革开放。

否则，便没有什么民办或私立学校。周蓉回国后，就不可能做私立学校的教师，进而成为副校长，她退休后的境况如何也就很难说。

否则，就没有所谓私企，就没有什么私企老板。周玥回国后一旦进不了党政机关、事业单位或国企，就将长期面临失业，嫁给一位私企老板更是天方夜谭。

否则，电影电视剧的民间投资也将是纸上谈兵，不可想象。单靠政府全额投资，任何一位省会城市的导演吃"主旋律"这碗饭都不会长久，蔡晓光更不可能多年以来如鱼得水，甚至也算名利双收。

如果蔡晓光自己的人生都相当落魄惨淡，加上今天有工作明天没工作的周蓉母女俩的拖累，他们一家三口的生活境况肯定是愁眉不展。蔡晓光与周蓉之间的夫妻关系，断不会像现在这般鱼水同欢，卿卿我我。蔡晓光与周玥之间的养父女关系也肯定是相互嫌弃怨怼，甚至早"散伙"了。

如果没有这个重要因素，也就不会有雨后春笋般出现的房地产公司，周秉义负责的城市改造、招商引资只能是空话，他要为百姓做好事、实事的夙愿也将是一厢情愿的梦想。他必然会抱憾终生地退休，断无什么令官场和民间都刮目相看的政绩可言。光字片与另外几处危房区自然还是城市疮疤似的存在，弟弟周秉昆一家仍将糟心无望地生活在光字片，让他去一次心情不好一次。

如果周蓉和周秉昆两家的生活都是马尾穿豆腐——提不起来，作为哥哥的周秉义分到了好住房，肯定也会住得内心不安，也肯定没有心思与妻子出境旅游。三十儿晚上，他也不会有心情把周家亲人们召集到自己家里来。即使召集了，他们也来了，气氛怎样也只能另说。光明也肯定不会发来那样的

父母岁月

短信，即使发来也不会带给他们多少愉快。甚至恰恰相反，还会让他们产生心理逆反。郑娟一哭，更不是那么容易哄好，家里的气氛肯定很压抑。

归根结底，大多数人的生活绝非个人之力所能改变，也并不是个人愿望所能左右。不可不承认，国家、社会、时代的因素尤显重要。

世界上每个国家大多数人的命运，概莫如此。

而在中国，时代的转型颠覆了许多人习以为常的生活，给了他们踏上不同生活道路的可能。周家的亲人们就是这样。

时代的转型曾使周秉昆的人生陷于困厄，却也拯救了他的姐姐、姐夫和外甥女。

这些亲人之中，周蓉、蔡晓光和周玥靠着各自的知识，还有抓住机遇、顺势而为的灵活性，不同程度地成为发展自己获益于时代的转型者。周秉义、郝冬梅二人靠着各自的知识，还有权力的影响，成为手捧金饭碗银饭碗的国家厅局级、处级干部，拥有了极大的话语权。周聪借助大伯的提携，还有个人努力，也成为谈吐不凡、衣着光鲜的报社记者。八个亲人中，只有周秉昆、郑娟两口子直接感受到时代转型的巨大压力。郑娟还另当别论，因为她只是在周秉昆入狱的那十二年里走出家门工作过，并且由于曲老太太出面帮助，工作顺利解决。她的主要身份还是家庭妇女，所感受到的时代转型压力，主要间接来自于周秉昆。

那么，就算她也是感受到时代转型压力的人吧。八个亲人中，也只不过是二比六。

二比六是不可以按照数学法则，直接化简为一比三的。两个人分担同等压力是压力的减法，六个人帮两个人却比三个人帮一个人要轻松许多。实际上，周玥也偷偷塞给过郑娟几次钱。她把自己法国勤工俭学挣的钱换成了人民币，转给了小舅和舅妈，免除他们"双保"缴费的烦恼。

周秉昆并不多么缺钱，往往急需用钱时，姐姐姐夫或者哥哥嫂子多少总会接济他一些。

甚至可以说，他是穷人堆里的幸运儿，不像肖国庆和孙赶超两家那样，他们常常陷于孤苦无援的绝境。甚至还有更糟的，如果他们的亲人中出息了一两个人，背后却有三五个甚至更多的人需要帮扶。

那种以少帮多接近于拯救的帮助，对于拯救者就是特别吃力的亲情责任。如果拯救者是周秉义那样级别的官员，曾经当过军工大厂党委书记、全省第二大城市市委书记、省会城市的副市长，负责过军工大厂的合资转型；在担任市委书记期间扶植过多家纳税大户的民营企业，在省会城市轰轰烈烈地招商引资、负责大面积棚户区拆迁和危房改造，并且不像周秉义那样稍稍动用权力帮助亲人便惴惴不安、自责不已的话，情况就完全不同。那就完全用"一人得道，鸡犬升天"来形容，也是恰如其分。

二〇一三年大年三十儿晚上，在退休的正厅级副市长周秉义那宽敞的家里，他与亲人们的聚会，并不具有普遍意义。

A市许多巴望着拆迁的危房区人家，气氛截然不同。

一个事实却是，从前的新中国第一代建筑工人周志刚，从他上班那一天起，就经常梦想着率领建筑队的工友们在光字片为穷人盖起一幢幢楼房。结果，干了一辈子建筑的他，直到离世也没有住过楼房。他的长子年近六十时开始实现他的梦想，退休前终于超额实现了，除了抹掉他既熟悉又厌恶的光字片，还抹掉了情形与光字片差不多的几处危房区。如果泉下有知，他肯定会特别欣慰。

晚上七点半左右，当周家的亲人们开始吃年夜饭时，他们的手机又先后以各种声音响了起来。除了郑娟没手机，其他六人都有手机，周秉昆的手机是过时的二手货。

有人拨打他们的手机拜年，也有人发短信拜年，摆在桌上的六部手机就此起彼伏地响个不停，他们便都有点像早年电话局的接线员了。八点钟央视"春晚"开始，七点半是隔空拜年的最佳时段。拜年太早了像完成任务，太晚了似乎缺少诚意，只有亲人之间才没有这个讲究。料到了这一点，他们吃饭时都将手机摆在了桌上。自己该发的拜年短信，各自赶在开饭前发过了。周蓉和晓光、秉义和冬梅两对夫妻退休后都主动在社交圈边缘化，没发几条短信。

六个亲人中周蓉收到的短信最多，群发短信最少。群发短信是她民办中学的同事发来的，那类短信她一概不回，看一眼就删。多数短信是她教过的学生们发来的，她都认真对待，先用纸笔写好才照着回复。

父 母 岁 月

周秉义收到的短信数量比周蓉少了三分之二，除了一条老干部局的群发慰问短信，他没收到第二条群发短信。发给他的短信中，"尊敬的"三个字频频出现。他已不在领导岗位，给他拜年并以"尊敬的"相称的人，便不再冲着他的权力而是对他的良好印象了。他内心清楚，看时也面有喜色。

周聪收到的短信也比较多。记者交际面广，手机玩得顺溜，边看边回。有的短信还让他笑逐颜开，常常是段子式短信。

相对而言，蔡晓光和郝冬梅收到的短信要少一些。秉昆收到的短信最少，都是几位老友发给他的，也不是什么拜年话，只不过都问他初三的聚会定下了没有。当晚，他们三人吃饭最消停。

这年春节期间，除了四千多万城乡绝对贫困人家，大多数中国人的饭桌上，鸡鸭鱼肉已很寻常。在北方，"猪肉炖粉条子管够吃"，也绝不是异想天开了。春节后大事照例是"两会"，节前报上网上登出了一些"两会"代表委员的议案提案，反腐和扶贫仍是重点。

不夸张地说，除了天生的吃货，不少中国人鸡鸭鱼肉已吃够了。在老电影中，资本家和地主老财家过大年时，饭桌上也不过就是那几样东西，还给特写，渲染他们生活的奢侈腐化。二〇一三年，中国人吃的意识已发生了新变，口福的标准变了。人们常说，吃四条腿的不如吃两条腿的，吃两条腿的不如吃没有腿的，吃地上跑的不如吃水里游的，吃水里游的不如吃天上飞的。

鸡鸭鱼肉，大多数人都会吃腻，何况除了周聪，当晚在场的人都已不再年轻，饭量有限。周聪成天跑会，不但拿车马费，还到处白吃，肠子里的油脂也挺厚的了，小肚脯往前凸着。冬梅很实际，考虑到了，准备的并不多，求精而已。虽然都被收发短信干扰，"春晚"开始时，基本上还是吃了个一干二净。

秉义说："做少了吧？谁没吃饱吱声啊，还有现成的，热起来方便。"

大家都说饱了。

周蓉说："这样才好，不剩。"

冬梅说："剩了我俩也不嫌，想想从前，哪儿舍得扔。"

秉义取笑侄子，告诫他可别往大腹便便发展。

秉昆说："当年我们年轻时，谁想胖起来都难。"

498

周聪不好意思地说,有时一天跑几处会,往往两场会在同一地点。楼下拿一份车马费,听一会儿,上楼去再拿一份车马费,再听一会儿。吃饭时两边看看,哪边丰富哪边吃,吃来吃去的,一不小心可不就把腰给吃粗了。

周蓉问,那你报道任务不是很重吗?写得过来吗?

周聪说又不是专访,不需要自己写稿,人家开会单位预先写好了通稿,稍微改改发了就行。

周蓉又问,现在的记者都这么当?

周聪说如果想这么当,这么混着当一点问题都没有。也不是所有报社的记者都跑得欢,行业太窄发行量太小的报社,记者就被冷落。他们报是全市唯一的晚报,发行量有特殊保障,受邀请报道的会议和活动多,每月的车马费不少于工资。

郑娟说:"你能有这么好的工作,要永远感谢你大伯。"

周聪说:"我是以实际行动感谢。在报社,我写的专访和通讯最多,都够出一本书了。我要争取早日获得中国新闻奖,向我大伯献礼!"

长辈们便都赞许地点头。

秉义说:"我当省文化厅副厅长时,你们主编还是我手下一名小青年。你替我代问好,转告他,就说我希望他把网站办好,两条腿走路是大势所趋,形势逼人,必须重视。"

周聪说,领导有意安排他到网站去当个面向青年的栏目主编。

长辈们都欣然支持。

周聪说:"我三十大几了,和当下的小青年有挺深的代沟了,怕辜负了领导信任。"

长辈们又都笑了。

周蓉关心地询问起了他的个人问题。

他说:"有一个了,是同事,可我爸坚决反对。"

周聪与那位"君子兰公主"又和好了。

秉昆就把自己与她的那次冲突讲了一遍。

大家听得又笑起来。

周蓉问郑娟:"弟妹,你什么态度呢?"

父 母 岁 月

郑娟说："他没带回家来让我见见呀。不过只要他俩合得来，我不反对，什么样的儿媳妇我都能处好，我可盼着抱上孙子孙女了。"

周聪说："我也不敢往家领啊！"

晓光认真地说："形象！关键是形象如何。你看你妈、你姑、你婶，当年可都是有好形象在那儿摆着的女性！所以，你爸、我、你大伯，我们都是幸运又幸福的男人。你的形象不错，个儿有个儿，五官端正，你家也不再是光字片的人家了，所以你得在乎形象。撇开个人幸福不幸福暂且不论，周家的第四代人形象如何，责任也全在你身上了。"

周聪说："这我可压力太大了！她性格好。"

秉昆说："性格不怎么样！她那天对我那种表现叫性格好吗？"

长辈们不笑了，一时你看我，我看他，那会儿的沉默意味深长。

周蓉说："周聪，哪天让你姑夫认识她，替你把一下形象关。"

晓光说："愿意。"

秉义说："支持。"

冬梅抿嘴一笑，明智地保持中立。

很显然，周蓉、秉义和秉昆都并未顺水推舟。

央视"春晚"的背景更酷更炫，电脑技术的采用使舞台绚丽多彩，如梦幻仙境。照例明星大腕云集，一个个华服盛妆，花费肯定也不少。

然而，鸡鸭鱼肉吃够了，看"春晚"的眼也越来越挑剔了。正所谓众口难调，不搞不行，搞不好也不依，越来越难了。

周家的亲人们也是如此，边聊边看，聊的时候多，一齐看电视的时候少，都是偶尔看一眼听一句罢了。

晓光觉得没什么意思，和秉义到书房聊天去了。片刻过后，周蓉与冬梅互相递了个眼色，也转移到书房去了。又过了一会儿，秉昆也溜到书房了。

客厅里只剩下周聪陪妈妈郑娟看"春晚"，他必须看完，因为有写稿任务。

郑娟说："儿子，坐妈这儿。"

周聪就起身坐到长沙发上。

郑娟说："别跟你爸似的，离妈近点。"

周聪就坐得离妈妈近了点。

郑娟说:"给妈一只手,让妈握着。"

周聪抗议道:"妈!我得记东西呢。"

郑娟说:"先别记。"

周聪无奈,只得伸给妈妈一只手。

郑娟握着儿子一只手,回头看了看,小声说:"妈还是刚才那句话,只要你俩好就好。"

她将头往儿子的宽肩上一靠,看着电视,满脸洋溢着幸福。

这个女人、母亲,她对国家大事一向了解得少之又少。对于她,国家差不多就是曾生活过的太平胡同和光字片。如今那两个地方没了,大多数人家都像她家一样住上了楼房,生活在环境颇好的小区里,这让她觉得国家发生了伟大变化,也带给了她空前的幸福。她的眼光就只能看到这么多,她的耳朵听不到不好的事,她在家里也只看喜欢的电视剧,那些电视剧的故事基本上都发生在一九四九年前。那些故事要么很悲惨,要么很悲壮。

她庆幸自己终于活到了中国最好的时光。如果她是狄更斯,那么,她的《双城记》将会如此开篇:"这是一个最好的时代。谢天谢地,这真是一个最好的时代!因为,我见证了这个时代的好。"

电视里,一位当红歌星激情四射地歌唱伟大的时代。作为见证者、亲历者,郑娟听得热泪盈眶,她是标本式的好观众。

出国的人越来越多,国门打开就不好关上。国内报刊刊登了越来越多的国际见闻,网上更是如此。互联网使世界变得更平了,"人肉搜索"成为广大网民百战百胜的武器,更是某些丑闻始作俑者的噩梦,"真相"二字更加吸引网民的眼球。

书房里的亲人们一下子有五个人,空间显得小了点,于是干脆转移到了卧室。卧室比书房大不少,更舒服一些。

一进卧室,冬梅和周蓉立刻上了床。冬梅背垫枕头,周蓉靠着被子,都怎么舒服怎么坐着了。

秉义坐在唯一的单人沙发上,将脚放在床边。

晓光和秉昆各搬了一把椅子坐在秉义两边。

他们不是郑娟。基于爱国忧民的本能,他们渴望交流对国家社会的看法。

晓光问:"可不可以吸烟?"

秉义未置可否,冬梅已说:"对你例外。"

秉昆便离开卧室,带回个小盘放在矮桌上,接着将窗子开了道缝。

秉义说:"把门关上。"

周蓉说:"对,让他们娘儿俩听到不好。"

秉昆关上门,刚坐下,周蓉又说:"你听我们说了什么,别跟周聪说,他头脑里还是多一些正能量好。"

秉昆说:"他是记者,真真假假的,听到的比我听到的多得多,倒是我经常嘱咐他别随便乱讲。"

秉义说:"嘱咐得对。他身份特殊,一旦成了传谣者,追查到头上,后悔莫及。"

"哎呀妈呀,忍了好久了,终于过上这口瘾了!诸位,我认为啊,中国的前途仍可以用从前的老说法,地方看北京,北京看中央,中央看高层。现在的中国,不雷厉风行地改革,恐怕就病入膏肓了。"晓光吸了几口烟后,首先发表对时局的担忧。

冬梅频频点头。

晓光的话语直指某些高官,提名道姓,历数他们的贪腐行径,连他们在国外置产的规模与存款的额度也言之凿凿。他却不那么激愤,讲得极超然,有一种"古今多少事,都付笑谈中"的淡定从容。

接着,他总结说:"'夜里演戏叫作旦,叫作净的恰是满脸大黑花。'赵朴初先生'文革'后讽刺'四人帮'一伙假革命的散曲,用来讽刺他们也完全恰当。"

秉义不动声色地问:"你怎么知道得那么多?"

周蓉替晓光说:"他经常在网上'翻墙',看外媒报道。"

晓光说:"人大代表、政协委员中也有不少消息灵通人士嘛。"

秉义说:"问题是,真中有假,假中有真,真真假假,谁能分清哪些是真、哪些是假呢?"

冬梅抢白道:"就算一半是真的,中国还可爱吗?"

秉义说："你退休了也不能开口说这种话啊。别人觉得不可爱了可以移民，咱们能吗？就算能，咱们靠什么生活？咱们的命运是紧紧和国家连在一起的。"

冬梅说："用不着你教导我能说什么话不能说什么话。我父母当初出生入死闹革命的理想与今天大相径庭，我有权利这么说。"

周蓉急忙将话题岔开，讲起自己陪两位法国朋友边走边看的经历。她说在什么地方，他们怎么用钱收买了一个人，那人如何带领他们偷偷潜入一处所谓"畜类交易处理场"。她绘声绘色地说："他们把牛头吊起来，用铁棍撬开牛嘴，塑料管接在水龙头上，水龙头一开，直接往牛胃里灌水。对猪羊鸭鹅也都那么处理。有的牛或猪胃里被灌满了凉水，走不了啦，就往它们身上打一针兴奋剂。这样处理后，就能多卖些钱。生意还很忙，钱挣得也简单，只需要投资一根塑料管。"

周蓉看起来表情平静，但大家都听出了她语调发抖。

秉昆问："姐，值得那么做吗？"

周蓉说："一头活牛的胃里最多能灌四十几斤水，生牛的价格十几元一斤，他们认为值。一只鸡那么处理一下，只不过能多卖一两元钱，十只就是一二十元。为了多卖那一二十元，他们同样认为值。我问他们值吗？其中一个人没好气地说，收废品的还往纸板上洒水呢！你先去问他们值不值！"

秉昆说："他们不是人，是畜生。"

晓光说："说他们是畜生太侮辱畜生了，没有一种畜生那么恶劣地对待另一种畜生。"

周蓉又讲，他们被发现，被追赶，要不是当地干部及时赶到，三人的下场可就惨了！

亲人们听得惊心动魄。

秉义严厉地对晓光说："从今以后，你要对周蓉负起看管责任！下不为例，我可就这么一个妹妹！"

周蓉苦笑道："哥，你别怪他，是我们三个对自己的安全太不负责任了。我向哥保证，会长记性的。"

秉义又问她："你把自己的见闻上网发表了没有？"

周蓉说:"等配好照片了就上网。"

秉义说:"不许。"

周蓉反问:"为什么?"

秉义说:"你以为有了照片,就可以证明是事实了吗?恨你的人完全可以说你的照片造假,你有口难辩!何况你还跟两个外国人一道!如果有人要把你搞成全民公敌,那是易如反掌的事。"

冬梅也说:"听你哥的吧,别多事了。"

周蓉说:"那我写到小说里。"

秉义又要说什么,见冬梅朝他使眼色,张了张嘴,将舌尖的话咽了下去。

晓光马上将话题转移到食品、药品及生活用品安全方面。

冬梅说:"我们买的多数是旧家具,正是出于安全考虑,没敢都买新的。"

亲人们就此话题接着聊了一会儿,周蓉的手机又响了。她看了片刻,下床走出了卧室。冬梅发现她表情异样,告诉了晓光。晓光又去到书房找她,见她已在上网。

晓光问:"谁发的短信?怎么突然上网来了?"

她不回答,却落泪。

晓光从后搂着她也看电脑,一看就明白了。

他说:"对不起,我当天就知道了。怕你难过,所以没告诉你。"

卧室里的三个亲人正疑惑,周蓉和晓光回来了,她又上床靠着被子坐下来。

秉义不安地问:"周玥摊上什么不好的事了?"

周蓉噙泪摇头。

晓光说,周蓉的导师春节前几天去世了。

周蓉这才说:"他老伴去世多年,一家三口,只有长期住在精神病院里的女儿了。学校居然没人通知我追悼会的日期,他们怎么可以这样对待我?他是我导师,我又不在外地,就在本市!"

冬梅劝道:"你也不必想太多。你不是本校的人二十多年了,别人忘了他曾有你这么一名学生也是正常的。他带过那么多硕士生、博士生,不可能一一都通知到。我在学校也负责过追悼会的事,也有过疏忽,这你就要体谅了。"

秉昆说:"姐,你对导师的感情,可以通过文章来表达,也可以通过看看他住院的女儿来表达。"

秉义说:"对,我举双手支持。"

晓光告诉大家,周蓉导师临终前对到医院看望他的几名学生说:"我研究中国传统文化大半辈子,在大学课堂讲了几千堂课,还到国外去开过学术交流会,发表文章无数。可有一次,一名留学生的话让我无地自容。他问我:'你把传统文化说得那么好,传统文化思想影响中国的历史又那么久,为什么中国人给别国的印象并不好呢?'我就要死了,还没想明白该如何回答。我把这个问题留给你们,希望你们中有人能把这个问题讲明白。"

晓光说,周蓉导师的话让那几名学生无地自容,有人还流泪了,现场却没人敢应诺。

晓光说完,掏出手绢递向周蓉。她接了,擦完眼泪直接包着鼻子擤鼻涕,擤出很大的声音。

晓光笑道:"得,拿我的手绢当手纸了,那可是条新的,还没洗过。"

卧室里却没有人跟着笑,大家表情都挺严肃。

秉昆忍不住问道:"贪官污吏和刁民,哪种人对国家的危害更大?"

没有人接他的话。

"我说的刁民,是那些往牛胃里灌水的人。"

仍然没有人接茬儿,仿佛根本没听到。

那一刻,周秉昆感觉时光倒流,仿佛一下子回到了哥哥姐姐嫂子下乡前的年代,他们和姐夫在光字片的周家老屋讨论世界名著的日子里。

"你们是不是还都嫌我头脑简单啊?"周秉昆因自己的提问无人回应抗议起来。

秉义又像当年那样捋了他后脑勺一下,接着说:"怎么会呢!你这个问题提得很有水平嘛。但是,没有人有权要求别人必须回答自己提出的问题,是不是?"

正在这时,周秉义的手机响了。

"维则啊,你不是都发了拜年短信了吗?我也回了呀,谢了谢了,我肯

父母岁月

定参加不了。我的胃都切除了,既不能吃,也不能喝,干坐那儿我不自在,别人也会不自在。别说服我了,不是面子不面子的事,是实际情况。哎哎哎,维则,喝高了吧?咱们手机里不谈政治。对不起,我妹妹弟弟他们两家都在我这儿呢,正玩扑克呢,改日再聊啊。"

秉义说时,冬梅等四人全都屏声静气地看着他。秉义挂断电话,长出了一口气,大家也都跟着出了口气。

冬梅说:"不管与哪些人聚会,只要他约你,不参加就对了。"

秉义说:"我一名退休干部,与一些在职的干部聚个什么劲儿呢?何况我的话也不纯粹是借口,这个龚维则,太不懂事了。晓光,秉昆,你俩记住也要少与他来往。这么不安分的一个人,早晚会惹麻烦。"

晓光和秉昆都点头。

周蓉问:"他跟你谈什么政治问题?"

秉义说:"反腐的问题,他担心扩大化。还没真正开始反一下呢,怎么就担心起扩大化来了呢?匪夷所思。我觉得他是喝高了。"

周蓉说:"酒后吐真言。"

晓光说:"中央一换新班子,一些人还真的坐立不安了。"

冬梅说:"都是屁股不干净的人呗。"

秉昆什么也没说。他不想再说,怕自己的话没人理睬,再次尴尬。

秉义又说:"我困了,要去睡了。秉昆,你一会儿跟我睡一张床,另一间屋也是大床。你嫂子坚持买大床,就是为你们来了睡得开。其他人怎么睡,我不管了,都别聊得太晚。"

他起身朝外走,在门口站住,转身看着大家说:"再怎么聊,都别把中国的发展成就给聊没了。现在,我们的人均 GDP 快到七八千美元了,沿海发达地区还要高许多,经济总量也快十万亿美元,接近美国的百分之六十,人民群众的生活水平还是有了很大提高。同志们要看到这一点,承认这一点。"

冬梅说:"晓光,你替我把他推出去!都退休了,还经常在家里谆谆教导,真受不了。"

晓光就起身笑着往外推秉义,并说:"安安心心睡觉去,这里聊不出反革命事件来!"

秉义一出门，亲人们都笑了。

秉昆却愤愤地说："谁都不许再说'人均'两个字，谁说我跟谁急！"

嫂子、姐姐和姐夫又都笑了。

客厅里，周聪已仰躺在长沙发前的地毯上睡着了，还不时发出鼾声。郑娟则舒舒服服蜷在沙发上，仍聚精会神地看"春晚"，非常惬意的样子。

大年三十儿晚上，在不少人家里，亲人们聚在一起除了聊家常，还聊起了国家的前途命运，包括一些从不关心政治的人家。十八大的新提法燃起了人们对国家对社会更美好的希望，许多人猜测春节过后的"两会"将会出台何种具体政策，期盼自己在新的一年里生活更好。

………

七月，周蓉的小说《我们这代儿女》几经周折，终于出版了。最初，几家出版社先后退稿，因为她完全是一位毫无名气的新作者。万般无奈，她只好交给了一家文化公司，请求帮助。对方读后大加赞赏，如获至宝，出面说服了一家出版社。她还接受建议，将小说从三卷压缩成了上下两卷。

文化公司和出版社劲头儿很足，连续三个月在网上连载，收获点赞无数。为了引起更多人关注，蔡晓光还托几位老友，专门组织了几篇差评，一反一正，争议如潮。好事者翘首以待，读书人也想一窥究竟。小说刚刚面市，网络、电视、报纸就纷纷选摘报道，一时成为当年热议的文化现象。首印五万套一扫而光，出版社赶紧加印，才没有断货。

………

周蓉和蔡晓光回到家门口时，已有两位男士等着。一位是文化公司的老总严琦，一位是出版社副总编辑吴山。她一忙，居然把和人家约好的见面忘了。

两位老总是来和她商谈，准备推荐她的作品参评长篇小说大奖。他们希望她到一些重点省份签售，并接受电台、电视台及报刊、网络采访，撰写创作感想，以便进一步扩大小说的影响。

"为了我们共同的利益，请您全力配合。如果获奖，奖金不少呢，够买一辆好车了，出版社一分不要！"吴总说。

"自我宣传确实是必要的。您以前没出过书，起点如此之高，许多读者

父母岁月

希望了解您这个人。比如，您前夫是怎样的人，您十余年海外生活的境遇，您跟晓光先生又是怎么结合在一起的，都值得细细写来。要学会自我炒作。自我炒作就得自我爆料，公司有人协助……"严总接着说。

蔡晓光不高兴了，插嘴道："不许扯上我啊！扯上我，你们要先付费。我的价码很高，每扯一次一百万，一口价。"

两位客人看出周蓉也心有不悦，却不知是为什么，留下一份宣传企划书，马上起身告辞。

"你也看看吧。"周蓉心不在焉地将企划书翻了翻，抛给晓光。

晓光说："我就不看了吧，刚才听明白了。"

她问："你什么意见呢？"

他说："那么大数目的一笔奖金倒是挺诱人的。"

"可被他们牵着鼻子走，肯定把我折腾个半死，你舍得吗？何况，能不能评上奖还两说着。"

"舍不得。你的事，最终要你自己拿主意，别受我影响。"

"我怎么决定，你都同意？"

"当然。"

"我的决定是，不参与。"

"那就别参与。"

"咱们可以买一辆车，等你生日那天买，算我送你的生日礼物。"

"就别等我生日那天了呀，那可要等到明年三月份呢。早买早开，我经常拉着你到郊区去转转，好事为什么往后拖呢？"

"行，听你的。"

"不必买太贵的，咱俩都不是虚荣的人，也没什么谱可摆。现在二十五六万的旅行车已经很不错了，就买那种吧。"

"对，由你选。到我账上的稿费七十多万了，年底会近百万。买一辆你说的那种车，还结余不少呢。周玥的生活不用我们操心，秉昆的生活也基本不用我们操心了。我们的生活开始省心了，为了几十万元钱做自己不喜欢做的事，那也太委屈自己了。在娱乐至死的时代，我的一部纯文学小说，成为年度畅销书，以后肯定也会成为常销书，年年都会有笔版税的。而且，几家电台广播了，出租车司机都爱听，七八份报纸也连载了，我还努着老命追求什么奖呢？不获奖我也有成就感了，我的小说不必评论家说好，我自己知道好就是好。肯定会留得住，以后三五十年内仍会是值得读的小说。真获那么个奖，对我反而不好了。不再写下去，人家会说江郎才尽。可我不想再写什么了，也写不出什么了，《我们这代儿女》把我掏空了。我从没想过当作家，只愿意像塞林格那样，在特定时代写一部自己一心想要写成的小说而已。"

蔡晓光平静、耐心、享受地听妻子说完那一番话，笑着问："你的偶像是《麦田守望者》的作者吗？"

周蓉说："对。"

晓光说："你的想法我都赞成，也都支持。只有一点，有待商讨。你的小说证明，你太有写作潜质了，可以不必当作家，但还是要继续写下去。不写大部头的，就写短篇。有写作的天分，为什么不用呢？"

周蓉沉思片刻，笑了。她说："我会认真考虑你的建言。"

几天后，蔡晓光和周蓉买回了一辆车。

本文节选自长篇小说《人世间》

执子之手

二〇〇三年新学期开学不久，我们大学发现了一例"非典"病例，是男生，别的专业的，还是一名文学发烧友。他被送往定点医院进行救治后，学校开始对接触者进行排查，结果我被隔离观察了。我们省是南方省份，"非典"起先蔓延于南方，学校的重视在情理之中。被隔离观察的学生挺多，男女生都有。学校因而腾空了一幢三层的小教研楼，一层由校外派来的医护人员利用，二、三层临时打了隔断，每小间一人，收容疑似学生感染者。我与那名被确诊的男生谈过两次对他的投稿的修改意见，所以被视为重点观察对象。或许由于我是"重点"，竟受到了优待——我住的小间有阳台。多么小呢，也就一张半单人床那么宽。我第一次被限制在那么小的空间里，而且隔离期要二十天之久，不但使我体会到了被"囚禁"是什么感觉，而且使我终日心怀恐惧，如同随时将被宣布执行的死刑犯。那楼的四周拉起了黄带，非医护人员不得越过。好在考虑到我们是学生，允许用手机和笔记本电脑。学校在那小楼对面的电线杆上安装了广播喇叭，不是以前在农村常见的那种大个的，而是新产品。不大，音质也好，经常向被隔离的同学播放轻音乐、抒情歌曲、相声或诗朗诵。

几天后我发低烧了。

我骗爸妈，说我与几名同学在进行社会实习，而且我是带队，希望他们没什么重要的事别常打我手机，连没必要的关心性的短信也最好少发。

我爸妈信以为真，态度可嘉地做了保证。与他们结束通话后，我从腋下抽出体温计，一看还是37.8度。我仰躺在床上流泪了，随之一翻身无声地哭了——据说那名被确诊的男生病故了，这在被隔离的同学中间造成了不小的恐慌。我本凡夫俗子，而非视死如归之士。何况我明明在发低烧，根本不可能不在乎。

这时我的手机响了。

我以为是爸妈打来的，不想接，怕一接哭出声来。

手机响个不停。

我只得坐起来接听，却是王文琪打来的。

他问："贤弟，干什么呢？"

我强作平静地说："躺着养神呢。"

他说："好。心态好很可喜。现在请移尊步到阳台上来。徐冉想出了一个会使你高兴的点子，大家采纳了。"

我走到阳台上，但见全班同学几乎全到了，围站在黄带以外。

女生们一看见我，纷纷向我抛吻，而男生们则喊"晓东必胜"。一只大红气球升在阳台上空，悬垂的竖幅上，两行红字是——"铜城春深深几许，战罢疫情会小乔"。

王文琪朝我喊："小乔何许人也，心里明镜似的吧？"

郝春风等几名女生就将徐冉从后排拽到了前排，不许她后退，嘻嘻哈哈笑。徐冉也难为情地喊："两行歪诗与我无关，是春风胡诌出来的！"

我听到门响，一转身，是医生查房，同时出现的还有汪先生。

医生说我的各项化验结果出来了，都挺正常的，证明我发低烧的原因也就是一般的伤风感冒。而汪先生说，关于那名被确诊的男生之死，纯属在手机上乱传的谣言，人家的状况很好，正在康复之中。

这使我心情大安。

不久后一个星期日的清晨，我听到了徐冉的声音，千真万确是她的声音，从广播喇叭里传出来的。

她亲自朗读《致某同学的公开信》，不消说，我明白"某同学"是我李晓东。她坦率地承认自己从小是一个比较自闭的女孩，由于亲戚少，几乎是在孤独的环境中长大的。上学后，只知努力学习，将来能考上大学，毕业后

父 母 岁 月

成为一个有出息的女儿，使父母过上比较闲适的晚年……

"上了中学以后，我才去过几次市里。城乡生活水平的差距使我惊讶，那些住在高档社区的人家令我产生了强烈的向往，还产生了自卑。同学啊，如果我只说前一点，那就不够坦诚。我更愿意对你特别坦诚地来讲我自己，以使你明白，我之前对你的一切古怪的言和行，其实都是另有原因的。自从进过几次市里，我变得更不愿与人交往，更不合群了。是的，以前只不过是不善于，后来是不愿意。你看过的小说，有的我也看过，比如《红与黑》，你以为只在男青年身上才有于连性格吗？错！女青年身上也有的。还记得那一情节吗？——在酒馆中，于连装扮成有身份的青年出现了，当别人仅仅多打量了他几眼，他便以为人家是在用目光向他挑衅，于是荒唐地提出要与人家决斗。像我这样一个菜农的女儿入了大学，心理上是很奇怪的。一方面，在与大学缘悭的青年面前我的心理是优越的；另一方面，又常常觉得自己是在冒充有身份的青年，如同于连。所以，我不愿别人，当然也包括你，了解我的家，了解我的父母。这种意图，对于我意味着冒犯。我说了这些以后，你也许就能明白，我主动登门做客，那需要鼓起多大的勇气啊！可我认为，当面道谢，又是我所必须做的。因为我的父母对我最主要的教育之一是——君子报恩，十年不晚，但道谢却是越及时越好的事。

"同学啊，我因我以前对你的种种不对而真诚地向你道歉。道歉更要及时，这也是我父母对我的教育。很惭愧，我拖得太久了。但是如果我说，在你受了伤害的同时，我其实也伤害了自己，我承认此点，你心理上是否会平衡一些呢？

"对于你给予我的种种帮助，我这厢公开表示感谢了！包括你在小镇的集市上买了我家好些菜那事。我母亲对我一讲，我立刻猜到了那就是你。

"今天，我对你敞开心扉，是为了带给你一份快乐。听别人向自己交心，难道不是件快乐的事吗？你的隔离期已过去了一半，愿我带给你的快乐伴你度过以后的十天！下面，我要露一小手，为你献唱一段京剧《苏三起解》。也没伴奏，我只能清唱了……"

我也坦率承认，我听得完全呆住了。她的嗓音很好，使我如沐春风。可她，她她她也太有勇气了吧！我被她那种很"爷们儿"的做法震撼到了。

我的手机又响了,还是文琪打来的。

"我听到了。"

不待文琪开口,我已先自说话了。

文琪说:"我收到的短信快爆机了,咱们专业很多同学都在不同的地方听了。有同学发短信说自己听哭了,哎等会儿,春风要抢着跟你说几句……"

"李晓东,你不要强人所难!"

郝春风的问罪之言使我困惑。

我说:"我怎么了啊?强谁所难了呀?"

她说:"徐冉!你别装糊涂!"

我说:"我真糊涂了,我刚才也听得很感动啊。"

她说:"只感动就行了?她爱你!如果你非等她当你面说出来,那就明摆着是强人所难!好了,点到为止,你听戏吧!"

她把手机挂了。

我走到阳台上听起来——在小楼的前后左右,凡有窗子的地方,都有悬垂着竖幅的各色气球升在半空。徐冉的点子也被其他专业的同学所效仿,有多少同学被隔离了,便有多少气球陆续升在空中。

我一边听,一边不由自主地击掌为拍。并且,似乎还能同时听到郝春风的话声在重复:"她爱你!她爱你!她爱你!……"

像是为徐冉伴唱的副调。

几天后我被提前解除了隔离,那时仍被隔离的学生已不多了。

我是"老疑似"的最后一名,因为发过低烧。仍被隔离的都是"新疑似",他们已不多么的惶恐不安了,尽管楼外的黄带没取消。也是由于徐冉带了个头,几乎每天都有他们的同学在广播室向他们朗读慰问信或公开的情书。是的,有的就是情书,却也不言一个"爱"字。校园里于是流传一种说法,曰"徐冉体爱情之告白"。

王文琪与我通话时强调:"人家徐冉否认她那是爱情告白。"

我问:"你这话与春风的话恰恰相反,我究竟该听你俩谁的呢?"

文琪说:"当然还是得听春风的。难道你不明白?在爱情方面,女孩子说'否',其实是相反的意思。"

513

父 母 岁 月

我走出隔离楼时，同学们已经迎在黄带以外，王文琪胸前还吊着相机。我王者归来似的走到黄带以外，同学们争着将我的东西接过去。

我用目光寻找徐冉，春风等几名女同学将她推到了我面前。

我拥抱她，她没拒绝。

我小声问："允许我当众吻你吗？"

她小声说："不。"

我想起了文琪的话，坚决果断地吻她——一阵深吻，也是我的初吻。她轻轻推了我一下，随即顺从了，配合了。

同学们齐声喝彩，有人振臂高呼"爱情万岁"！

我终于体会到，爱情果然美妙！

而王文琪不失时机地抓拍到了那一瞬间——也不能说是瞬间，我觉得我俩的吻起码有半分钟那么长。

后来——那还用说吗？上课、吃饭、听讲座、看电影，我和徐冉往往形影不离了。上课时因为有我和她坐在一起，她再也不好意思低头看书了，偶尔也举手参与讨论了。

但她强调地说："我可有言在先，这并不意味着我打算考咱们这个专业的研究生。"

我说："你当然有自己的决定权。你已经表现得很好了，我绝不横加干涉。"

她开心地吻了我一下。

我问过她："咱俩关系都这样了，以后你可以常到我家了吧？"

她说："正因为咱俩关系这样了，也许等我考上研以后再去会更好吧？我想，那时你爸妈，特别是你妈，大约会更欢迎我的。"

她的话自有她的道理。

我没反驳，只不过又说："假期结束后，你到我家找我，像上次那样，一块儿返校。"

她说："行。听你的。"

公开信改题《爱的告白》，又成了《文理》的头条。

徐冉起初坚决不同意。我跟她已经是"一伙"的了，态度就暧昧，没明确立场。

编委们一致说服徐冉。

文琪质问她:"你都被公认开创了一种徐冉体了,如果不发头条,不是显得我们编委太没水平了吗?"

她不给面子地说:"不是头条不头条的问题,是我根本就不同意发!"

大家无奈的情况下,文琪又请郝春风出面说服,徐冉这才同意了。倒也不是因为春风的面子更大,而是她的说服理由更具有力度。

郝春风当着我们编委的面问徐冉:"不打算考研了?"

徐冉说:"没变啊。"

春风又问:"你要考的那个专业现在被炒得有多热你不知道?竞争有多激烈你完全蒙在鼓里?你在暗地里用功别人就没用功?你就那么自信自己靠分数肯定名列前茅?……"

她的一番话使徐冉恍然大悟,连说:"忘了忘了,把优先那茬儿给忘了!"

王文琪也拍着脑门说:"怎么咱们几个也给忘了?"

徐冉反问春风:"可,《读者》已经选过我一篇了,又选一篇的可能太小了呀!你认为呢?"

春风说:"正因为已经选过一篇了,咱们的《文理》和你的名字已入了他们的法眼,就会继续关注,所以我认为起码有一半的可能。为了一半的可能,还不值得配合一下文琪和晓东他们几个吗?何况对你有损失吗?"

徐冉终于被说服,但一听文琪主张配上他为我俩拍的亲吻照,又炸了,宁死不从。

王文琪生气了。他很少当面对谁甩脸子,对女生尤其不会那样。即使摆出生气的样子,那也是半真半假的事。别人给个台阶或自己找到了台阶,转眼气脸又会变成笑脸了。

"得得得,都住嘴歇会儿!一个人明明不愿意的事,多少人相劝都没用。只不过我实在想不通,明明好处都将是她自己的,她偏跟咱们别股劲儿干什么?我不掺和了!何必呢!大家也都散了吧,别在这儿瞎耽误工夫了,吃饱了撑的呀!"

他一说完,转身便走。

父母岁月

我想叫住他,张了张嘴没叫出声。我看徐冉,冉颇尴尬。

由于我和她的特殊关系,我比她还尴尬。

别的同学寻思着王文琪的话,一个个显然都觉出了无趣,便也纷纷走了。有的走时还拍拍我肩,说句与那事不相干的话。有的走时连话都没说,默默地转身就走了,既不看我一眼,也不看冉一眼。

"明明好处都将是她自己的"——我几乎可以肯定,王文琪那番话中的这一句,在"好处"方面击中了他们的痛穴。仔细想想,"好处"确实都将是徐冉自己的,别人任何"好处"都得不到。换位思考,我也会暗问自己:"何苦呢?""吃饱了撑的呀!"

片刻,只有郝春风还没走。

我说:"春风,那就这样吧,你也走吧。"

我不能说什么责怪冉的话,老实说我也觉得登那么一张照片并无太大必要。配照片固然好些,却不必非登那一张,完全可以从哪儿选一张。男女拥抱亲吻的照片,选十张也有处可选嘛。

春风却不走,看着我毫不委婉地说:"也并非好处都是徐冉的。你是主编,她的文章如果又一次被转载了,你脸上不也又光彩了一次吗?好处都是你俩的。"

我的脸颊顿时红到了脖子,讪讪地说:"是啊是啊,你和文琪说的都是大实话。这样行不?你负责劝文琪别生气,我负责另外选一张照片。"

郝春风说:"那肯定不行。现在有些人版权意识特强,随便选用外国的照片都有个侵权问题。如果被追究起来,再炒到网上去,多闹心啊,也有损咱们刊物的形象啊。"

我张张嘴,又不知道说什么好了。

冉说:"你俩都别劝我啊。再劝,我也要生气的。"

郝春风说:"不敢。我只不过是要向你俩解释一下,文琪他忽然心血来潮,爱好上了摄影,照相机是花一万多元刚买的。他对抢拍你俩的那张照片特得意,跟我说了几次,如果能登在咱们的《文理》上,那他就等于发表了第一幅摄影作品了,零的突破啊,希望你俩也能多少理解理解他那种心情。"

我说:"是这样啊,理解。"

冉看着郝春风，张了张嘴没说出话来。

郝春风又毫不委婉地说："晓东你最清楚，文琪为刊物操了多少心？如果没有他热诚投入，刊物能办下去吗？"

我也又张口结舌无言以对。

"那我也走了啊。我会劝他别生气的，你俩也别纠结了。大不了，刊物办几期就别办了嘛，反正你俩该得到的好处都得到了，是不是？"

她冲我笑笑，也冲冉笑笑，转身快快地走了。

我和冉一时大眼瞪小眼。虽然已无第三者在，我俩却陷入了更大的尴尬。

冉低声说："刚才没明白，现在才明白。"

我低声问："明白什么了？"

冉说："原来人家文琪对刊物也是有利益诉求的，我竟根本没往这方面想。"

我说："还多亏春风把话说得那么直。"

冉说："她那不叫直，那是在用话敲打咱俩。"

我说："她有理由那样。文琪生气了，她内心里估计也不太高兴。"

她说："对谁？"

我说："还能对谁？对咱俩呗。她和文琪什么关系你又不是不知道。"

她说："是啊，那就不是得罪一个人的问题了。你和文琪很哥们儿，我和春风很姐们儿，咱俩不能使那样的事成为事实。"

我说："你的话把我搞糊涂了。你什么意思啊？"

她说："我的意思是，我无条件地同意了。"

我不由得瞪大了眼睛看着她。

冉那篇《爱的告白》又被《读者》选载了，并且又是头条。

这意味着，冉如果考我们校的研究生，优先录取已成定局。

王文琪买了二十几份刊物，寄给他方方面面的朋友——因为《读者》连他的摄影也同时选登了，还寄给了他稿费。他实现了"零的突破"，并且是突破在《读者》上，自信燃烧，那些日子里总是激情洋溢的。

我和冉的日子却不太好过了——我俩走在校园里，一块儿出现在食堂里时，总会发现有人以不友好的，甚至是蔑视的目光看我俩。有些人一边以那

父母岁月

样的目光看着我俩，一边在我俩也看着他们时成心做交头接耳窃窃私语之状。

那种情况使我俩如芒在背——他们的目光里羡慕嫉妒恨，哪样都不少。

平心而论，这也难怪他们。

所谓"好事"第一次降临在某人头上时，大多数人是会乐见其幸的。即使内心并非如此，也会明智地止于羡慕或嫉妒。往往都会告诫自己不应有恨。但如果好事第二次降临在同一个人身上，那么其人之幸运就等于挑战了许多人心理的承受底线。

一日，我与冉刚一出现在食堂，一名端着托盘用目光找座位的男生忽然阴阳怪气地高唱："妹妹你大胆地往前走呀，莫回呀头！考研那事有哥哥呀，一四七，三六九，九九归一安排妥呀……"

傻瓜都听得出来，那是唱给我和冉听的。

冉小声说："别理他。"

我不想引起冲突，装聋。

可他成心挡在我和冉的前边——我俩左走，他左挡；我俩右走，他右挡。

坐着吃饭的，排除买饭的，一半的人看我和冉的笑话。

倏然地，我怒从心头起，恶向胆边生，手臂一扬，抡飞了对方端着的托盘，结果当然是一地狼藉。

对方愣了一下，一拳击中了我鼻子。

转眼间，我和对方已翻滚在地，扭打作一团，但听冉在尖叫："别打了！李晓东你先给我住手！"

幸而王文琪和我们班的几名男生及时来到食堂，费了好大的劲儿才将我和对方分开。

那时鼻血已染红了我的脸。

…………

那一个暑假，我没敢往家带《文理》。

我回到家里以后，见到的是我妈的冷脸，而不是欢迎的笑脸。

我困惑地问："妈，家里发生什么使你不高兴的事了？"

我妈没好气地说："这话问的，家里就我和你爸，他一向哄着我，就为了使我整天开心，能有什么不高兴的事？"

我说:"那就好。"

她反问:"你没有什么该向爸妈交代而从没交代的事吗?"

我说:"我的校园生活波澜不惊,怎么会有那种事呢。"

我妈问:"真没有?"

我说:"确实没有。"

"那你乖乖坐那儿,妈去拿证据来。"

我妈说完进卧室去了,而我在餐桌旁坐下。

转眼,她从卧室出来,手拿一份刊物坐我对面,将刊物放我面前,冷眼看着我说:"这怎么回事?"

那刊物是我们的《文理》。

我不禁暗暗叫苦,打着哈哈说:"那事啊,只不过是作秀,为了配徐冉那篇文章作的秀,你别往多了想嘛!"

我觉得"想多了"那句话在那时挺管用。如果谁被对方的质问陷入了被动之境,那话能使自己摆脱窘境。

我妈说:"儿子,你是要使妈相信,你和徐冉,你俩那样,还由别人照了相,还登出来了,纯粹是演戏吗?"

我说:"你不妨那么理解。"

我妈的表情非但没放松,反而一脸冰霜了,步步紧逼地问:"儿子,你也要使妈相信,徐冉那种明确的对于你的《爱的告白》方式,也纯粹是儿戏啰?"

"这……"

我支吾起来了。

"你们大学生,男女生之间,都不把拥抱亲吻当一回事了?"

我妈的身子往后一仰,交抱双臂,研究地看着我,如同使出了撒手锏后,乐见她亲儿子没法接招的狼狈,享受一快。

我更加黔驴技穷,边说边站了起来:"妈,说你想多了吧,你还就是想多了,拥抱接吻又不是杀人放火,你何必看得太严重呢!"

我妈厉声道:"你给我坐下!"

我只得又乖乖坐下了。

父母岁月

"男女生之间,如果不是恋爱关系,在你和徐冉那儿已经特随便了吗?咱们母子二人不说你们大学生了,只说你。如果是这样,妈禁止你如此随便地看待拥抱和接吻,以后也不许徐冉再进咱家的门了!"

她最后那句话的语气特别重。

我一时哑口无言。

正在这当儿,门一开,我爸夹着画筒进门了。

我妈看着我爸说:"我们母子正谈到白热化的阶段,接下来这一轮唇枪舌剑该你上场了。"

她嘴上这么说,却没起身离开。

我爸闷声不响地换上拖鞋,放下画筒,坐在我妈旁边后,低头摸左兜,摸右兜。

我妈斜眼看着他问:"干什么呢?"

我爸也看着她说:"烟斗不知哪儿去了。"

我妈不耐烦地说:"不是让你少吸烟吗?这时候找的什么烟斗!"

我爸说:"这时候更需要烟斗,否则都不知道话该怎么说。"

他成心不看我。

我妈说:"毛病!你没带走,我去给你拿来!"

我妈起身去找烟斗时,我爸的目光这才看向我,大摇其头,那种爱莫能助的表情,三分同情,七分谴责。

同情分明少于谴责,使我倍觉自己的处境大为不妙。

我妈拿着烟斗又坐下,将烟斗啪地往桌上一拍,又斜眼看着我爸。

我爸拿起烟斗握着,正欲往嘴里放,我妈失去耐心地大声说:"说话!空烟斗你能吞吐出烟吗?会变魔术了吗?"

我爸不高兴地撑她:"你总得允许我过过心瘾吧!"

我妈将身子一扭,背对我爸了。

我爸自欺欺人地吸了一下烟斗,瞪着我说:"事情是这样的——是你表哥给你妈打电话,告诉你妈省报发了一篇与你有关的文章。你妈及时找来省报看了,又设法找来你们的学生刊物。于是呢,你妈和我,我们就都明白了,在你和徐冉之间已经发生了什么事……"

他不说下去了，不眨眼地看着我——那意思是，你对自己的行为作何解释？

我故作镇定地问："爸，那么，你认为我和徐冉之间发生了什么事？"

我的一只手那时放在桌上，我爸用烟斗使劲儿砸了我的手一下，疼得我龇牙咧嘴，眼泪都快疼出来了。

"你那么问不是装糊涂吗？我们是你爸妈！当年也都是受过高等教育的人，智商一点不比你低！你俩之间发生了什么事还用我说吗？你再装糊涂，我就不是敲你的手，而是敲你的头了！"

我爸的表情变得严厉了。

我揉着手说："究竟算是什么事，观念不同，结论当然也不同。"

我妈忍不住又开口了，冲我嚷嚷："别给我们扯什么观念不观念的！古今中外，男女之间，拥抱亲吻那就证明关系不一般了！一些亲戚朋友也看了你们那刊物，纷纷打电话来祝贺我们快当公公婆婆了，搞得我们做父母的不尴不尬的你还有理了吗？！"她推了我爸一下，生气地说："跟他说重点，别尽说那些不咸不淡的！"

我也没好气地说："既然都到这份儿上了，那咱们双方干脆摊开来说重点好啦！"

我爸放下烟斗，站起来，双手叉腰瞪着我说："你以为我们怕跟你说重点啊？明确告诉你，你妈她不愿将来做徐冉的婆婆！你妈不愿意，难道我会单方面成了徐冉的公公吗？！"

我仰脸看着他问："她来咱家时，我觉得你对她印象挺好的呀，怎么忽然态度变了？说说看，你觉得她哪点不好了？"

我爸一挥胳膊："先别问我！先问你妈！"

我转脸看着我妈，尽量以平静的语调问："妈，我记得，你以前常说，亲家是农村人家也挺好的，城市农村互相走动着，日子还多了份不同呢！徐冉家是农村的，不正对了你的心思吗？"

我妈双手一拍，冲我爸说："听到了吧？不打自招了吧？图穷匕首见了吧？这是明摆要逼咱们接受既成事实嘛！预先连毛毛雨都没下过，有他这么当儿子的吗？"

父母岁月

我爸说:"我最生气的就是这一点,太不尊重父母了!"

他一说完气得转身离开了。

我妈拿起烟斗要敲我的头,我一偏头闪开。

我妈用烟斗指着我说:"李晓东,你休想得逞!我说的农村人家,是指在农村有体面的家园,院子里有花有树的!而且,是我亲家的人,他们也得是健健康康的人!还得是年收入颇丰的健健康康的人!那村子也应该是美丽乡村!徐冉家那个村子我去侦察过了!那个村子哪点美又哪点丽?她那个家谈得上体面吗?那不过就是一户小菜农的家院!听明白了,我说的是家院不是家园!她爸身体一点都不好你不知道吗?咱家不是富豪之家,往后拖累得起吗?!"

我爸又在椅子上坐下了,仰脸看着屋顶,叹口气后自言自语地说:"还欠着七八万元的债。"

我妈说:"是啊是啊!她父亲常年以来不是这儿病就是那儿病的,往后她家欠债的日子看来也是常态了……"

我反感地皱眉撑了一句:"那又怎么样呢?我爸买下画室那一年,咱们家没欠过债吗?妈你刚才的话终于使我明白了,你以前想象之中的农村的亲家,基本上就是新型的地主人家!但你们想找什么样的亲家,与我要找什么样的妻子是风马牛不相及的事!……"

我妈愣了愣,转脸看着我爸说:"怎么样?生米做成熟饭了吧?我没猜错吧?"

我说:"你们怎么能背着我像特务那样去侦察人家徐冉的家庭情况呢?这么做合适吗?"

我妈不是愣了愣,而是完全愣住了,有话将说没说半张着的嘴合不上了。

我爸拍了下桌子,怒道:"放肆透顶!供你上大学,你反倒学会了怎么样用难听的话羞辱父母吗?!第一,你妈是单独行动,我根本没参与,事先也不知道!第二,我们是你父母,你是我们的独生子,你处对象了,而且关系非同一般了,还公开了,我们却一直蒙在鼓里,知道后大为惊讶,你妈她出于对你婚后生活的关心,去了解一下徐冉的家庭情况何罪之有?!……"

我妈紧接着说:"李晓东,我何罪之有?!"

我愤怒地说:"我没说你有罪!但我可以肯定地说,妈你满脑子嫌贫爱富的臭思想!你俩一个唱白脸,一个唱红脸,说来道去,无非就是一个共同的态度,企图将我和徐冉的关系给彻底剪断!今天我把话明明白白地搁这儿,用我妈刚才的话说那就是休想!休想!休……"

我的话还没说完,脸上已啪地挨了我妈一个大嘴巴子!

那一记耳光将我扇火了,腾地往起一站,瞪了我妈片刻,再看看我爸,转身往门口便走。我走到门口,换了鞋,背起背包时,悻悻地说:"今晚我不回家住了,哪天回来预先告诉你们!"

我听到我妈说:"李晓东,你有志气就永远别再回来!"

我扭回头,见我妈已站了起来,正以指剑指着我。

我爸一边扯她衣服一边说:"哎呀你!给我坐下!他一时不开窍,你一句句地撮他的火起好作用吗?"

我妈使劲儿拨开了他的手,同时说:"你别和稀泥!"

我带着股大的火气闯出了家门……

············

一晃我在刘川家住了五六天,日子倒也过得快快乐乐的。仿佛在本市并没家,是一个外地的打工者,而刘川这位老板对我挺好,我也乐于以店为家。经常地,会想家。但由于一个儿子的面子问题,赌气偏不回去。

刘川曾劝我回去与父母和解。

我说:"矛盾还在,怎么和解?"

他说:"是啊,可怜天下父母心。"

我说:"我这个儿子就不可怜吗?"

他说:"我不同情你,你自找的。"

徐冉忽然与我通了一次手机,希望我去她家见她一次。

我听她的语气怪忧郁的,不安地问:"什么事?"

她说:"一言难尽,见面再告诉你吧。"

我情知她家肯定遇到了困难,急她所急,跟刘川打了声招呼,骑上他的自行车就去了。

徐冉的父母没在家。

父母岁月

她一见到我，搂抱住我就流泪。

倒也不是多么不幸的事，只不过是——她家一位亲戚的儿子要结婚了，她家欠对方钱；人家多次上门要，她家却一直没钱还……

我问多少钱。

她说一万两千元。

我悬着的一颗心这才稳定了。

她解释："按说四处借借，也是能借到的。可肯借给我们钱的人家，我家刚还清前债不久。我爸不是身体不好嘛，都是治病欠下的，我爸妈不好意思再向他们开口借了。我整天看着爸妈发愁，心里难受……"

我猜，她爸妈一定是知道我会来，躲出去了，安慰她："也不是多大一笔钱，包我身上了。"

她说："我家肯定会尽快还你。秋菜下来时，我家地里的菜就能卖六七千元。镇上几家饭店，总共也欠我家四五千元的菜钱。"

我说："咱俩什么关系啊？别说那些我不爱听的话。"

我没在她家待多久。我俩甚至也没怎么亲热。我因为心里多了一桩大包大揽的责任，喝了杯水就走了。一见到刘川，我开口便说：

"川儿，你得帮我过一道坎儿。"

他吃惊地问："摊上什么不好的事了？"

我说："你得借我一笔钱，这个忙你无论如何要帮我，求你了！"

"多多多……多少啊？"

他结巴了。

我说："一万二。"

"吓我一跳！多了我可拿不出，家里的钱由我爸管着。可我有小金库，一万二没问题。"

我说："年底还你。"

他说："什么时候还随你。"

我搂抱了他一下，心里不禁这么想——有朋友真好！可我俩究竟谁该羡慕谁呢？我自从上了大学以后，每年至少要花家里几千元，可刘川已经有小金库了，一下子借给我一万二仿佛小事一桩！

我向他如实讲了借钱的原因。

他说:"我怎么说来着?这可是刚开始啊!理解我为什么站在你妈一边了吧?哥们儿也是为你好。你和徐冉的关系,劝你还是重新掂量掂量吧!"

我一时不知说什么好。

我俩午睡时,小芹的敲门声将我俩敲醒,她上楼来告诉我,我爸找来了,就坐在楼下。

我先是一惊,继而暗自庆幸——还好,找上门来的是爸,不是妈。我妈容易冲动,而我爸比较冷静。

我匆匆穿外衣,刘川坐起来问:"要不要陪你下去啊?"

我说:"你陪我下去干什么?我爸又不是仇人。"

他又问:"肯定?"

我说:"你睡你的。"

他说:"那你代我问好。"

我爸一手习惯地攥着烟斗,如钟而坐,面无表情地看着我走过去。

我在他对面坐下,若无其事地说:"刘川问你好。"

他这才说:"跟我走,咱俩找地方谈谈。"

我说:"在这儿谈不行?"

我的语气像是一名谈判代表。

斯时小巷安静,店外无人过往。

我爸说:"我不习惯。"

我说:"我觉得在这儿谈挺好。"

我爸说:"如果你还当我是你父亲,那就跟着我。"说完,起身往外便走。

我发愣片刻,正不知如何是好,但见刘川也下楼了。

他说:"发什么愣呀,我全听到了,去,去!你爸都把那话搁下了,你还想怎么着?"

他边说边往外推我。

出了那条老巷,迎面是一条近年拓宽的马路,车流不息,无人行横道,有跨街天桥,但见我爸的背影已匆匆走在天桥上了,仿佛只不过是一个要去办什么急事的赶路人,刚才并没与自己的儿子互掰过——不知他心里怎么

525

父 母 岁 月

想的。

马路对面是公园，内有假山、凉亭。我下天桥时，我爸的背影已进了公园。

我忽然联想到了朱自清的《背影》，内心所产生的思绪，与当年听中学老师声情并茂地读课文时截然相反。当年我内心里有过一点点感动，一点点而已；那时我只觉可笑，像一个盯梢之人明明知道自己盯错了人，却继续跟踪下去，仿佛那种低级错误会有某种料想不到的好结果似的。

我爸在凉亭中坐下了。

我走过去坐在他对面，故作轻松地说："爸，谢谢你给了我一个大面子，吕玉很喜欢那幅画，刘川也让我代他谢谢你。"

我爸冷着脸说："也谢谢你给了我个大面子，使我明白，我还有资格再做你父亲。"

我一时羞愧难当，朝别处转过脸去。

我爸问："我那幅画，对刘川和吕玉的关系，能起到一点促进作用吗？"

我说："估计也能吧。"

我爸说："但愿如此。但我认为，刘川和吕玉，各方面都不适合，他俩的成功率，也就十之一二。即使一时成了，那也长不了。"

我说："我和徐冉的关系，与他俩的关系不同。我俩……"

我爸竖起一只手打断我的话，严肃地说："停。现在不和你谈那事。人家刘川家，有爸，有小姑，还有服务员住在那儿，你也挤住在他家，朋友不言不便，你住得心安理得吗？"

我说："他爸和他小姑旅游去了，我住在他的房间里，他高兴我能陪他住几日。"

"他爸和他小姑一去不返了吗？省内旅游才多长时间？"

我被问得哑口无言，我爸的话使我相信，他找我之前是掌握了某些"情报"的。

"你刚才说陪他住几日，到今天为止几日了？"

"六七天了吧。"

"错。九天了。再住下去就不是几日，而是十几日了。"

我无言以对。

"你妈被你气病了。"

我低下了头。

"我把你大姨请到咱家住来了,明天你表哥也会从省城赶来,晚上大家总要一块儿吃顿饭吧?你出现不出现,自己掂量吧。如果你能再给我一个面子,吃完饭可以跟我去画室睡……"

我爸说完,起身离开了凉亭。就像他起身离开刘川家那饭店一样,缓缓而起,蓦然而转,大步而去。

他起身后看着我的目光十分冷峻,如同两束电子冷激光。

他此前从没那么看过我。即使在他生气时,目光也是不失温度的。老实讲,我长那么大,其实从没惹他真的生气过。

我望着他走下假山的直挺的背影,又一次联想到了朱自清的《背影》。与朱自清的父亲相比,我爸那颀长的背影很具有观赏性,不论谁是他的儿子都会感到自豪。

然而我内心当时却充满忧伤。我也联想到了屠格涅夫的《父与子》——巴扎罗夫不认为自己对父母应有任何感恩之心,他认为自己和父母的关系只不过是偶然的生命现象而已。我不是他那种彻底的理性主义者——我是百分之八十以上的"感性成分"的人,一个那样的儿子。故我如果真的使父母伤心了,我会十分自责的。惹他们生气了倒不要紧,哪个儿子没惹父母生气过呢?关键是别使他们伤心。使父母伤心了则我自己不可能不产生内疚。我怀着一种类似罪过感的心情望着我父亲的背影。我看出了他是特别伤心的,尽管他掩饰得相当成功,丝毫未失一位父亲的尊严。是的,我看出来了。我想我的母亲病了肯定也是由于伤心,而不仅仅是由于生气。

这是不同的。

我如此想着的时候,他们对于我是父亲是母亲,而不复是"我爸""我妈"了。

这似乎又有些不同。

我很奇怪于我对自己的敏感,却又不明白为什么会那样。

我父亲的背影在下山的台阶上趔趄了一下。

父母岁月

我猛地往起一站,情不自禁地喊:"爸,小心点!"

刘川还坐在店里。

我说:"川儿,那什么,你爸你小姑也快回来了,我……我想我应该……"

刘川说:"别往我爸我小姑身上扯,你的包我都替你拎下来了……"

我无奈地一笑。

那晚我们一家三口和我大姨、表哥的聚餐其乐融融,起码给我表哥的印象是那样。

我大姨肯定已经知道我妈为什么病了。

我妈对她的姐和她的外甥强作欢颜,却尽量不看我。偶尔飞快地看我一眼,目光里也充满了深怨。

我爸几次踩我的脚。

他每踩我一次,我便主动跟我妈说一次话,说时必先叫"妈",尽量叫得甜味儿十分,像一个特别会使妈开心的大儿子。

我表哥被蒙在鼓里,哪壶不开偏提哪壶。

他举杯向我祝贺——说他也找到了最新的一期《文理》,不但祝贺我这位主编当得卓有成就,还祝贺我有了自己的另一半。

"《爱的告白》是一封出色的情书,那幅照片配得尤其好。大学生之间的爱情,就应该浪漫情调浓浓的!……"

表哥这么表扬我时,我使劲儿踩他的脚;而我妈垂下目光谁也不看,像是就要进入禅定状态。

我大姨则对我表哥说:"聊点别的行不?别总聊我们三位长辈插不上嘴的话题!"

我爸也说:"是啊是啊,聊点有议论价值的话题嘛。"

多亏我大姨及时打断和我爸的圆场,才没勾起我妈的火儿。否则,她一旦失控又冲我发作,还真可能使那次亲人之间的聚餐不欢而散。我表哥是极善于察言观色的人,虽然几轮酒下肚话不免多,却也意识到了不和谐因素的存在,于是不停地引起新的话题调节气氛。

我们离开饭店后,我爸妈和我大姨走在前边,我表哥有意陪我走在后边。

528

他小声问:"什么情况?"

我装糊涂地反问:"你指哪方面的事?"

他站住,瞪着我说:"跟我还来这套?快如实相告,也许我能为你支着。"

我只得说:"徐冉是农家女,我妈坚决反对我俩进行下去,我爸态度暧昧。"

我表哥愣了愣,竟也爱莫能助地说:"你们大学女生不少嘛,干吗非找个农家女?你以为当农民的女婿很来劲儿吗?那很可能使你一辈子受拖累!"

他的话也使我愣住了。

他拍拍我肩又说:"听我的,运用点智慧,好合好散地把关系了断了。知道咱们两家的日子为什么都过得比较省心吗?"

我问:"为什么?"

他对着我耳朵小声说:"因为都没有了农村的亲戚。入土的入土了,进城的进城了。"

我推开他又问:"你说的是清醒话还是醉话?"

他说:"即使是醉话,那你也要当清醒话来听。除非家财万贯,否则你凭什么敢找农家女为妻?"

我原指望他会挺我,没想到他也成了一个反对派,一生气不再理他,独自往前走了。

我随我爸去到了他的画室。

我爸也不看我,沉着脸说:"你先睡吧,我要再画一会儿。"

他一说完就走向他的画案了。

他那样,我也不想非跟他说什么了,何况也不知说什么好。

我躺在床上时,我妈发来了一条短信:"我当妈的主动退一步,你和徐冉的关系,最终要由她能否考上研究生来定。"

我回的短信是:"我当儿子的向你保证,在她考研之前我俩维持现状。"

我妈又发来一条短信:"我因为着急上火牙疼了,明天陪我去看牙。"

她这分明是希望结束冷战的表示,我不能不识时务。

我回的短信是:"遵命。谢谢妈的高姿态。"

当天夜里,我又梦见了徐冉。真奇怪,她穿的还是我第一次梦到她时那

父母岁月

身衣服，反复说的也是同样的话："李晓东，执否？执否？执否？……"

我也又被她问醒了。

第二天我陪我妈看完牙，与她一块儿回到了家里。

我又可以迈入家门，睡在自己睡惯的床上了。

我们一家三口又可以在同一张饭桌上吃饭了。

然而相互间的关系终究不如以往，好像三个住合租房的人，关系客气又生分。

············

星期日那天，我爸我妈对我和冉双双出现在他们面前，基本上持的是欢迎态度。那是我爸一向的态度，他在我和冉的关系上是典型的摇摆分子。有时受我影响，态度会往我这边靠拢一下；有时受我妈影响，态度会往她那边倾斜一下。但不论他的态度怎么变，都是变在内心里，含而不露。尤其面对冉时，外场上绝对是过得去的。

所以我对我爸的表现并不奇怪，我妈的表现才令我疑窦丛生，暗自讶然。

她脸上挂着庄重矜持的微笑将我和冉请入家门。是的，千真万确，她做了一个"请"的手势。不是迎宾女郎那种标准的礼仪手势，而是自认为颇有身份的女主人的那种手势——站在门内，往门旁移步一闪，微微弯了一下腰，一手前一手后，在前的右手幅度甚小地摆划了一下。

当冉将化妆品盒双手捧送给她时，她的微笑仍是那么矜持——她朝我爸偏了一下头，我爸会意地替她接了过去。之后她才说"谢谢"，并象征性地与冉拥抱了一下，贴了贴脸颊。

我们没到外边去吃饭。

我爸说："我是主张到外边去吃的，可你妈怕遇到熟人……"

"我不是怕遇到熟人。'怕'字可是你说的，绝不是我的原话。我的原话是不愿遇到熟人，遇到了总得没话找话聊上一会儿吧，那不是影响咱们相聚的气氛吗？"

我妈以一番解释将我爸的话遮过去了。

我爸附和地说："是啊是啊，家庭聚会，还是在家里更好些。"

我妈白了他一眼，嗔道："你话还真多。"

我爸不自然地笑了。

我从他俩的话中听出了一种难以令我高兴的原委——实际上我妈是不想使冉有机会出现在我家的熟人面前，那显然会令她因不知如何介绍徐冉而为难。如果说冉是我"同学"，明知我俩会不高兴，而且无异于"此地无银三百两"；如果说是"未来的儿媳"，对于她又等于牛不喝水强按头。连我这个思想一点也不复杂的儿子都寻思到了，估计小心眼儿的冉更不会毫无所想。

我偷觑徐冉，见她一副失聪未闻的样子，正在欣赏墙上的画。她上次到我家时，我家餐厅那儿已经挂着我爸画的水彩石榴了，那日她已欣赏良久——一个人一般不会在同一个地方对同一幅画久久凝视。为了使自己的样子在我和我爸妈看来确实其耳未闻，她还多此一举地扶了一下挂得很正的画框。

她一转身，见我在看她，笑着说："我喜欢这幅画。"

我爸说："等你们有了自己的家，可以取走。"

我妈说："先别扯那么远，我刚收拾完鱼，还没来得及洗，你手干净，你给徐冉沏茶吧。"

我爸冲冉笑笑，转身到客厅去了。

我妈对冉说："都别坐这儿了，客厅宽敞，还是都到客厅吧。"

客厅的大茶几上，几个盘子里盛着切成块儿的西瓜、苹果，剥开了皮的橘子，连香蕉也切成了段，葡萄摆了颜色和大小不同的两种，小叉子和餐巾纸各在其位。

看来，我带着冉回家这件事，我妈是认真对待的。认真得已不像是对待自家人，而像是欢迎客人了。

我爸刚沏好茶坐下，站在我和冉旁边的我妈说："老李，你到厨房去帮帮我呗。"

我爸便又起身到厨房去了。

冉说："婶儿，还是我去吧。"

我妈笑着说："那怎么可以！绝对不可以。你才来第二次，好好当客人吧！"

父母岁月

她还是那么矜持地笑笑,又对我说:"儿子,替爸妈把你同学陪好。徐冉,像在家里一样啊,别太拘束,一回生,两回熟嘛!"

她一说完就转身离开了,客厅里只剩下我和冉。

冉小声问:"知道电视剧的主要拍摄流程吗?"

我耸耸肩。

她说:"换地方说话。"

我说:"电影就不是那么拍的了?"

她说:"还是有些不同。某些电影有大量外景,可某些几十集的电视剧,几乎从始至终都是内景戏。"

我无话可接,又耸耸肩。

她自言自语:"感觉像是在拍那样的电视剧,却又入不了戏,不知道自己该演主角还是该演配角……你妈这位导演好像把我当主角了……"

我终于憋出一句话:"吃!"

冉笑着说:"那我不客气了。"

她爱吃西瓜,连盘子端在手。

我就更不客气,也吃起来,同时开了电视,锁定一个电影网站,调出了一屏电影。

我问:"《海上钢琴师》和《钢琴家》,想看哪部?"

她说:"大本时全看过了。"

我说:"也就这两部还值得再看。"

她说:"《钢琴家》太悲惨了,还是《海上钢琴师》吧。"

我俩边吃边看时,冉问:"生活也可以分为歌类的、诗类的、小说类的、散文类的、报告文学类的、史诗类的,你憧憬哪一类生活?"

我想了想,认真地说:"歌类的就排除吧,没谁的生活可以始终如歌。"

她说:"同意。愁苦的生活与歌更是相反,是被唱成歌的。其实史诗类的也应该排除。现而今,和平年代,人参与宏大壮烈的事件的可能性太小了。"

我说:"赞成。那么,在剩下的几种生活中,我选择诗类的。"

她说:"诗类的生活后来往往会走向反面,'1900'的命运不就是那样吗？'月有阴晴圆缺，人有悲欢离合，此事古难全。'世界并不永远诗意盎然，作为匆匆过客的人而憧憬始终不变的诗性生活，太理想主义太脱离现实了。"

我反问："那你选择哪一类？"

她不假思索地说："小说类的太难把控了，一波三折，又是悬念又是翻转，主线副线的。不复杂不来劲儿，太复杂活得累人。散文类的呢，更适合老年生活，而我们现在正年轻。我选择报告文学类的吧。每个人的生活，不就是由自己一直往下续、自己对自己的一场报告吗？由不得异想天开，由不得任何虚构自欺欺人。当然了，人在世上走一遭，而且只能走一遭，绝无第二遭，也绝无重拍一段那一说，完全像报告太乏味了。所以，得多少有点文学性，将小说啦，散文啦，诗啦那些元素不厘不厘地往生活里加点，就像往菜里汤里加'十三香'那样。这就是我理解的生活，这就是我给自己设计的生活。不妨随心所欲一下，不逾矩。"

我不禁大声说："行啊，几天没见，老婆你更加能说会道啦！"

她推了我一下，嗔道："小声点，让你妈听到了多不好。"

我是故意大声说的。

厨房里快速切菜的声音停了一下——做菜一向是我妈的事，显然她还真听到了，而这正中我下怀。

那时，我对冉真的开始刮目相看了——大学使她这个农家女变了。本科的时候，我也能感觉到她的变。但变得不是很明显。自从读研以后，见解方面发生了相当大的变化，与是大本生时几乎判若两人了。大本时的她凡事只有态度，往往没有见解。有见解她也不轻易表达，等于没有。王文琪曾对我说："没有见解的妻子对于是丈夫的男人未尝不是一种福分。好比袭人，本质上是乐于夫唱妇随的。宝钗那种妻子难以驾驭，一不坚持就会被反控制，变成妇唱夫随的关系了。黛玉更会使咱们男人头疼，多难哄啊！"那时我倒也不认为没有见解是冉的优点，更没打算在我成了丈夫后全面控制她。那时我认为，我是完全有能力使她成为有见解的妻子的，起码可使她的见解水平达到能与我在同一层次讨论讨论的程度。并且，对这一点我是有事功心的。现在看来，我不必多此一举了，也应该自行泯灭我的事功心了。但我推测不

父母岁月

可能是她的导师和同学使她变的。自从汪先生正式退休了,在我们那样一所大学,也没哪一位老师教书育人的水平比汪先生更高了。她的研究生同学多半是女生,死记硬背型的多,喜欢讨论问题的少,对她也不会有什么见解影响。我想主要还是书籍使她变了——已经成为研究生了,第二个人生的努力目标实现了。她并不打算考博,所以第二个实际上也就是学历方面的最后一个目标,一经实现,整个人的状态松弛了,有好心情看闲书了。常有关于她的"情报"汇集到我这里,"泡图书馆时间最长的女生"是共识。每次她回"家",包里总是会装着一本书。如果并非住一个晚上就走,那么往往会用纸袋拎回两三本,有的还挺厚,并且不再是语言学方面的书了,基本是文史哲方面的书了。有次她居然带回了一部《中国民俗史》,使我大为诧异。我问她怎么会有闲心看那种书,她说:"一时兴趣而已,挺有意思的。"

既然我俩在我家客厅里讨论起了生活,我就不愿仅停留于形而上的讨论了,又大声说:"过几天咱们也得买一台电视,老没电视看我可受不了!"

我那话也是成心说给我爸妈听的——主要是说给我爸听的,那也许会使他又受爱子之心的驱使,再为我买一台电视的。与当时的我相比,我爸挣钱多容易呀,我那份工资挣得太难了点吧?该啃老时就得抹下脸来啃一口,没什么可羞愧的。该啃不啃未免迂腐,而且呢,我觉得我爸也愿意被我啃。我一口不啃,他心里还会犯嘀咕,找不到当爸的感觉了。

"你干什么你?!成心的是不是?没别的话可说了?"

冉瞪起了眼睛,有点生气了。

我嬉皮笑脸地说:"在我家,我还不能想说什么就说什么,想大声说就大声说吗?"

她小声训道:"你那话使我尴尬!你以为我不知道你肚子里打的什么小算盘啊?你的想法很可耻,而且还会使你爸妈对我产生不好的看法。"

我说:"你又想多了。"

她却也忽然大声说:"叔、婶,我俩实在坐不住了,到厨房去帮忙了啊!"

厨房立刻传出我妈的声音:"不许!千万别过来。半熟食多,午饭马上就好。"

我笑道:"一厢情愿了吧?"

她说:"反正我得做点什么,要不心里太别扭了。"说罢站起来,四处观看。可我家客厅干干净净的,根本没有她可做的事。

她看着我小声问:"你说,我该干点什么活?"

我又嬉皮笑脸地说:"门口鞋柜里有我爸我妈的几双皮鞋,替他们打鞋油是我小时候的活,如果你非想……"

我的话尚未说完,她已转身朝门口走去。我叫了她一声,她没理我。

那时,《海上钢琴师》已播过好一会儿了——电影中的"1900"正独自在游轮舞厅里弹那架他至爱的钢琴,它对于他如同精神上的唯一情人,好比古代美人是骑士们的精神偶像。风高浪大,游轮颠簸,钢琴滑动,"1900"的弹奏却没停止。他与钢琴那时如同在跳华尔兹的一对舞伴——如醉如痴,很享受那种肯定会使别人大为头晕甚至呕吐的滑动,仿佛转瞬即可坐化成仙。

我目不转睛地看着,同时吃着葡萄,忽然明白了"1900"为什么选择了与游轮共存亡。这一点在学校时我们"七条汉子"之间讨论过一次,都觉得"1900"的人生态度不但甚不足取,而且甚难理解。

那时我明白了——游轮对于他如同奥林匹斯之山,上上下下的都是游人,在他看来仿佛皆言行斯文的绅男淑女,又仿佛是朝圣的各路诸神。只有他一个人是不必下轮上岸的,那么他好似永住山顶的宙斯,人们对他的尊敬也确如诸神对宙斯的尊敬。底舱的劳工们虽然生活得十分辛苦,但自从他成了轮上的钢琴师,特别是他的养父去世以后,他就不再下到底舱去了,底舱对于他近乎不存在了——他生活在上层了,吃得好穿得好睡得好。"人是社会关系的总和"这句具有真理性的名言,对于他是毫无意义的。他与石头缝里蹦出来的差不多,没有任何亲情责任,也没有任何人值得思念。爱情对于他可有可无,钱对于他也是那样,起码当时是那样。进言之,他是一个没有任何社会关系的人,他也不需要社会关系。只要他完成好自己那份本职工作,船长和大副们从不干涉他的存在,他也可以只当他们并不真的存在——一位黑人钢琴家到船上来"挑战"他的水平,是他成年以后遇到的第一次人生考验,他出色地"战胜"了对方。何况那"挑战"一点也不严峻。人家不是来夺他的工作的,"挑战"的方式又是那么的文艺范儿,非刀光剑影你死我活那一类。即使获胜的是对方,人家也还是要下船去的——人家的人生在岸上,精

父母岁月

彩也在岸上,游轮的舞厅还是他的"地盘"。如此看来,说他是那豪华大船上的无冕之王亦非夸大其词。总之,他的人生简直算得上是诗一般的人生了。虽然没有史诗性,每一天却都具有抒情性。而他一上岸则不同了,岸上的日子是每天都离不开钱的,没有钱就只能沦为乞丐。为了有钱生存下去,他得有经纪人。有了经纪人,他也未必能始终当无冕之王。一旦当不成而又没攒下多少钱,他的人生也还是会难以为继……

"想过诗一般生活的普通人当死,死不足惜!"

我头脑中冷不丁冒出了这么一句寒气逼人的话,不是任何名人的名言,是我自己头脑中产生出来的。一想到自己刚才还很郑重地对冉说憧憬如诗的生活,我不禁打了个寒战。立马地,我全盘接受了冉关于生活的"报告文学说"——主体是报告,好歹能加点文学色彩就不错了。

我正独自胡思乱想呢,猛听到我妈在吼我:"李晓东,没你这样的!你怎么可以让徐冉擦我和你爸的皮鞋?!你怎么还能心安理得地坐在那儿看电视?!看得下去吗?!……"

我一扭头,见我妈双手端盘子,恨不得把盘子朝我摔过来的样子。

我不由得站了起来,无辜地分辩:"怨不得我啊,是她自己非要找点活干,表现表现嘛!……"

我爸也从厨房里出来了,双手端着砂锅,瞪着我大摇其头。

"快去洗手吃饭!警告你啊,别再惹我生气!"

我妈虽在我眼前消失了,但她从餐桌那儿传过来的话似乎是在宣示:"这个家可是我的地盘儿,你当儿子的也不可以使我生气。"

冉此时于事无补地解释:"确实是我自己非要找点事做。这几天潮,给皮鞋打打油,仔细擦擦,那也是必要的,现在我已经全擦过了。"

我俩一块儿洗手时,她小声说:"对不起,没承想会使你挨训。"说完亲了我一下。

我小声说:"值了。"

我爸妈合做了一桌挺丰盛的饭菜,还开了瓶红酒。

我妈对冉说:"这是晓东他爸的老友从国外带回来的,绝对不假的法国高级葡萄酒。"

我爸说:"在酒柜里摆了两年多了,以前也没想到要喝,今天喝气氛很对。"

他说完,亲自往四只杯里倒酒。

我妈对我说:"你找个碰第一杯的理由吧。"

我举杯郑重其事地说:"爸,妈,我代表冉,我俩共同祝愿你们身体健康,永远健康!"

于是我们一家四口——不,确切的说法应该是,我们李家一家三口,与冉共同碰了一下杯,因为到那时为止,我爸妈还谁都没说过一句承认冉是我们李家一口人的话,尽管我与冉已经同居了。

接下来我妈表现得很好,让冉吃这道菜尝那道汤的,还为冉夹了两次菜。

饭间,我妈关心地问起了冉的父母的身体情况。

冉说她父母的身体都挺好,她父亲的老病没再犯过。

我妈说:"咱们还得再碰一下杯。这次我提议,也祝徐冉她爸妈身体健康,永远健康。"

我爸连说:"应该,应该。"

我妈率先举起了杯。

各自饮了一小口酒后,冉的眼睛都感动得泪汪汪的了。我心里也热了一阵,因为我妈那种暖心的表现。

快吃完那顿午饭时,我妈忽然想到似的说:"几次到嘴边的话,一转脸就忘了,还是老了呀,现在非说不可了,要不又忘了……"

她的话顿时令我紧张起来,而徐冉简直都显出不安的样子了。

我爸不无告诫意味地说:"就是那么重要的话?非在饭桌上说不可?"

我妈说:"刚才饭桌上谁都说了不少话,我再说几句你就有意见了?"

我爸一时无言以对,顾全大局地沉默了。

"说吧说吧,最好别说不祥和的话。"我装出洗耳恭听的样子。

"你妈有那么使人反感吗?打你!"

她佯举了一下手,我也佯躲了一下,为了消弭一时凝重的气氛。

"儿子,我说的话跟你有关,你那儿不是缺一台电视吗?不必自己破费了,妈给你买。"

父母岁月

我妈的话一说完,我因自己的紧张没忍住扑哧笑了,见冉分明地暗舒了一口气。

我妈瞪着我问:"你笑什么,你妈的话很可笑吗?"

我赶紧说:"不不不,妈给我买电视,我高兴,是高兴的笑。"

我爸说:"还是由我来买吧,我哪天去省城,捎带着就把事办了,就算我完成你交给我的任务。"

我妈说:"别跟我争,我也需要讨好儿子的机会,机会得均等,不能全被你当爸的独占了。我教过的一名学生,如今是省城最大家电商场的老总了,在他那儿买会打很低的折,我也得给他一次表现的机会。"

我爸笑笑,又明智地沉默了。

冉却表示强烈反对。

她说:"婶,我和晓东各自都有笔记本电脑,那不也等于有电视吗?您何必对他的话当真呢?我们真的不需要。晓东在客厅说的是玩笑话,晓东,你别事不关己似的!你倒是也声明一下啊!"

我说:"不就一台电视嘛,咱们那儿又不是没地方摆,我声的什么明啊!"

我妈说:"OK,停止讨论,就这么定了。"

饭后,冉争着洗碗。

我妈说:"那好,我可得去躺几分钟,儿子,你没资格闲着,和徐冉一块儿洗,洗完叫我一声,咱们都去画室那边午睡。"见我爸坐着不动,我妈又说:"你别干坐这儿,又没你什么事,陪我躺会儿!"

我爸笑笑,和我妈同时进了他俩的卧室。

我和冉在厨房洗碗时,冉小声说:"你在你爸妈面前,一向那么怪里怪气的吗?"

我说:"我怎么怪里怪气的了?"

冉说:"反正我两次到你家,你的表现都有点怪里怪气的。"

我说:"以前我并不那样,后来觉得我妈的表现往往有点不同寻常了,我才不知不觉地变得那样了。"

冉沉默片刻,叹了口气。

我问:"叹什么气啊?"

她内疚地说:"还不都是因为出现了一个我嘛。"

我愣了一下,想吻她,她一扭身躲开了。

我爸的画室令冉大开眼界,如同简第一次进入罗切斯特的庄园。我爸的画室其实也不是多么的豪华,只不过在灵泉市还有点档次罢了。但对冉来说,那分明是一大宗"资产",因而我也似乎由一个家境较好的青年变成了一个"资产阶级"子弟了,正所谓"贫穷限制了想象"。我妈请她在楼上楼下参观时,我自然陪着。她几次不拿好眼色看我,仿佛我俩的关系是从前年代相爱的一对青年,可我向她隐瞒了自己是敌对阶级的家庭成分,而这已不是诚实不诚实的问题了,是会影响我俩的关系成与不成的事了。

我爸似乎看出了她的心灵所受到的冲击,轻描淡写地说:"不是买的,是租的,只不过租期比较长。"

我以开玩笑的口吻说:"放心,每一分钱都是干净的,是我爸以一位画家的艺术心血换来的。"

我和我爸的话,并没使冉的表情恢复自然。

偏偏我妈那时又说:"看来,你和晓东,你们是打算在省城安家了,那样也好。只要你们觉得好,我们没意见。到那时,晓东他爸会把画室卖了,用那笔钱为你们在省城买房子,争取买得大一点,一步到位,不但你们有了孩子再请个阿姨能住得开,我们临时去住两天,也住得开。"

冉立刻说:"绝对不可以!我绝对不能接受那样的情况!……"

她竟说得有些激动,使我爸和我妈都愣愣地看她,接着又愣愣地互看。

我说:"冉,有话好好说,别那么激动。"

冉脸红了。

她说:"叔,婶,我和晓东以后在哪儿安家还没决定,但有一点是可以肯定的,我们应该做独立自主的人。不应该因为我们要追求好生活,而对叔和婶的晚年生活造成负面影响。叔是一位画家,他以后的画龄还会很长,没有一处好的画室怎么行呢?不论在什么时候,我都坚决反对叔为我们卖画室……"

她说的是绝对真诚的话,真诚得快哭了。

我爸说:"好好好,待定,待定。今天不议那时的事,走一步看一步,

父母岁月

到那时再说。"

冉的话使他挺受感动。他情不自禁地拥抱了冉一下,还拍了拍她的背。

冉的话却使我妈困惑了,她不解地看看我,又看看冉说:"我还当你们决定要在省城安家了呢。经济独立我是赞成的,那是有志气的表现。但是自主嘛,那就得分什么事了。在我们还活着的时候,我们的意见也应该受到起码的尊重吧?晓东,妈可就你这么一个儿子,妈不愿意你将来离妈太远,一年见不到你几次!"

她说最后几句话时才将脸转向我,以不满的目光看着我,好像我已经决定远走高飞了似的。

我和稀泥地说:"我同意我爸的话,现在不讨论那时的事,走一步看一步,到哪时就说哪时,待议吧。"

我爸附和地说:"是啊是啊,他俩这不是第二次一块儿回来嘛,别搞得像外交会晤似的。"

我妈愣了愣,笑了,自辩地说:"不是话赶话说到了嘛,我也没别的意思,只不过随口宣示一下家长的权利罢了。现在我给你俩分房间,你俩在楼上休息还是在楼下休息?"

当时我们是在楼上说话,我代徐冉选择了楼上。

我妈临下楼时说:"画室这儿也没张双人床,你俩只能各睡各的了,将就一下吧。"

我躺在床上时,不由得长出了一口气。冉说得没错,由于她的存在,我妈的言语总是有些使我听着不顺耳,所以我的言语也每每的确有些古里古怪。我和我爸单独在一起时,并不总是那样,因为我爸尽量不说我不爱听的话。我和冉同时和我爸在一起时——其实也就我爸到省城去看我那么一次——分明地,我爸开口前总是会考虑到冉的感受。在这一点上,同是家长,我爸的修养比我妈高多了。这使我每次见到我妈之前,心理上都会产生一种潜在的压力,而"会晤"一结束——确实有点像会晤了——我精神感觉挺累。

我一时睡不着,胡思乱想。虽然我对我妈下楼前说的话极为不满——非来那么一句干什么呢?完全没必要嘛!但对我妈的总体表现,还是公正地给出了及格以上的分数。她竟开始认可我和冉的关系了,这等于给了我一份惊喜啊！毫无疑问，我爸肯定对她进行了耐心可嘉、不厌其烦的说服工作。

我对我爸不禁心生感激。默默地做好自认为是分内的工作而又从不表功，他不论在单位还是在家里一向如此。真是位好父亲，值得我学习。

但冉今天的感受如何呢？是像我一样毕竟觉得欣喜，还是又被伤着了呢？

唉，好累。

那么一想，我躺不住了，起身去看她的状态。

冉居然将门闩上了。

我贴着门小声问："你闩门干什么啊？"

她立刻起身开了门。我刚一进屋，她又躺到床上去了。

她说："你不敲门我还不知道闩上了，不是成心的。"

"睡不着，想跟你聊聊。"

我也躺到了她身边。

"如果没什么重要的话，这会儿让我补一小觉行不？我困死了。"

她翻过身去，背朝着我了。

"那……你睡吧！"

我识趣地起身离开了，从走廊里的小书架上顺手拿起了一部画册。

我正在床上百无聊赖而又心不在焉地翻看画册，门一开，冉反倒溜进来了。她一言不发地上了床，搂住我，将头埋我怀里，无声而泣。

我放下画册，有点不悦地说："又怎么了啊？你就不能多理解我一下，让我省省心吗？"

她说："你爸妈打算卖画室的想法使我惭愧。"

我说："那你惭的什么愧呢？他们的想法是他们的想法，到时候咱们坚决反对不就得了嘛。"

她说："你可要在态度上和我保持一致，我想要的生活绝不是那样的，啃老会使我无地自容的。"

我说："行行行，我也不认为啃老很光荣啊。我妈已经开始认可咱俩的关系了，你对这一点就很麻木吗？"

她说："我高兴。总体来讲，我这次到你家是特别高兴的。你务必要代

父母岁月

我谢谢你爸,你爸肯定做了你妈不少思想工作,我不好意思亲口对你爸说感谢的话。"

我说:"没问题,你高兴我就高兴。"

"那我回我那边去了。"

她吻了我一下,猫似的溜走了。

晚上,我俩没住下。我星期一早上得扫街,必须连夜赶回省城。我不能住下,冉不住下的理由更充分——她要回她家去看望她的爸妈。我爸妈并不知道我在扫街,我哪敢实话实说啊!我妈问我在电视台工作得顺心不顺心,我用"渐入佳境"四个字骗过了她,她听了挺高兴,而我爸那时借故走开了。估计是怕走得不及时,日后负有欺骗我妈的连带罪名。我的策略是能瞒到哪一天就瞒到哪一天,实在瞒不住了,真相大白的时候再说。

临出家门时,我抓住个机会对我爸悄悄说:"冉让我代她谢谢你,我也要谢谢你。"

我爸怔了一下,随即领悟,也小声说:"那还不是应该的?谢什么。"

火车站和长途汽车站在不同的方向,我和冉分手时,她拥抱了我,也吻了我,并说:"我那话是真心话。"

我问:"哪句?"

她说:"我说我高兴那句。"

本文节选自长篇小说《中文桃李》

不坠青云

如今，李一泓五十三岁了。

人生苦短，他已两鬓斑白，从不染发。和同龄人伫身一处，形象上竟还有几分男人的性感魅力可言。仿佛秋天的高粱，反比夏季时耐看。

三十年从脸上流淌而过，四十年弹指一挥间。有些男人到了五十岁以后，种种欲望更强烈了，仍打算怎么样怎么样，不达目的，不肯罢休。也有些男人，五十岁以后清心寡欲了。年轻时都没怎么样怎么样，都五十了还能怎么样呢？就算是终究怎么样了又怎么样呢？如此一想，遂将人生看淡了，自行了断了怎么样怎么样的念头。

李一泓的父亲母亲去世了。

妻子也去世了。

他早已是一个儿子、两个女儿的父亲了。儿子是老大，叫李志，成家了；儿媳妇叫秀花。小两口仍生活在眺安村，是农户，没孩子。两个女儿，姐姐叫春梅，妹妹叫素素。春梅毕业于安庆市卫校，没当护士，在省城一家房地产公司里给老板当助理，自己在省城已经置了一套三居室的房子。素素是安庆一中的学生，高二了。这孩子对高考胸有成竹，李一泓也认为她考上一所全国重点大学毫无问题。而春梅早早地就表态了，妹妹大学期间的一概费用，全由她一揽子负责，不必李一泓这个当爸爸的负担半点。李一泓相信她有那个经济实力，对春梅的主动表态很是欣然。

郑老师早已退休。粉碎"四人帮"以后，郑老师的人生出现了良好的转

父母岁月

折,入了党,当上了县文化馆馆长,之后又当上了县政协委员。县改市后,接着当上了两届市政协常委,很有责任感和使命感地参政议政,是老百姓权益和福祉的名副其实的代言人,深受老百姓信赖和爱戴。不过他已经向市政协递交了一份请辞报告,认为自己超龄了,应主动把参政议政的机会让给有此热忱的年轻人……

李一泓已当了十几年的文化馆副馆长。是郑老师一个步骤一个步骤地帮他把他和他妻子的户口落在安庆市的。他们两口子的户口落在市里了,素素的户口自然也就从农村跟随过来了。一家三口城市人的身份稳固了以后,郑老师曾动员李一泓入党。李一泓想了想,委婉地说:"就不了吧。"郑老师问为什么"不了"。李一泓说他这个人怕开会,如果让他工作一整天,他一点都没累的感觉,但如果让他今天开会明天开会,那他就烦了。郑老师说有个慢慢习惯的过程嘛。李一泓摇摇头道:"恐怕我难以习惯,还是不了吧。"郑老师也就不便再说什么了……

那十几年,李一泓虽是副馆长,在文化馆却独当一面。这使郑老师为文化馆的工作少操很多心,所以才有较充分的时间和精力参政议政。

齐馆长接替了郑老师的馆长职务以后,郑老师曾问李一泓:"后悔了吧?"

李一泓反问:"后悔什么呀?"

郑老师说:"我当初动员你入党,就是希望你能当馆长。当了馆长,副科级才能升为正科级。我不好把话挑得太明白,你又偏说'不了吧',我也没辙。辛辛苦苦当了十几年副馆长,结果却由别人来当馆长了,心里边没闹什么情绪吗?"

李一泓笑了,说:"没闹什么情绪。那闹什么情绪呢?我和齐馆长分工了,开会、学习、请示、汇报,凡和上边打交道的事项,都由他负责。策划活动、组织群众、宣传、评比、为贫困地区募捐,这些我比较有经验,就多发挥点作用。齐馆长这人很好相处,我俩挺合得来。文化馆那也是国家的一级文化事业单位,第一把手当然须党员来当,这个道理我懂……"

听他这么说,郑老师也就放心了。

后来事实证明,李一泓和齐馆长相处得确实很好,不但是正副职的关系,而且是朋友关系了。二人一得闲,每相约了去看郑老师,都尊敬地称郑老师

"老馆长",陪"老馆长"聊聊天,或下棋、唱戏。郑老师还是痴迷的京剧票友……李一泓家住独门小院。那当初是文化馆分给一名老同志的房子。人家退休后,沾儿女的光,迁往省城去了。老馆长郑讯一锤定音,将小院分给了李一泓。小院有一排三间正房,都不大。"房改"后,他将产权买断了,之后在院里盖起两间小厢房,为的是李志小两口或春梅回来住住方便。那小院现在也还是有三十几平方米,长着一棵石榴树,种着各式各样的花。李一泓格外喜欢的花都栽在花盆里,冬季将至,就搬屋里去。李一泓爱花,也爱送给别人花。他那小院,夏季里花团锦簇,花香四溢,是一个赏心悦目的美丽小院。

…………

今年六月里的一天清晨,李一泓像往常一样在公园里率领百余人打太极拳。那百余人中,有干部,有老师,有做小买卖的,有公安人员,有初高中生;有还在工作着的,有退休了的,居然还有几个男孩女孩。五行八作,形形色色。多数当然还是普通大众和退休了的人,皆是李一泓的又一届弟子。

太极拳在安庆市一向是时尚运动。李一泓已义务教了二十余年,弟子已逾三千,贤者何止七十!

那时的李一泓,穿着春梅给他买的一套白绸衫裤,显得仙风道骨,一招一式潇洒、飘逸、优雅,刚柔相济,行云流水……

在这一届弟子中,有安庆市的两个重要人物——一中校长杨亦柳和工商局局长姚益民。在安庆市,杨亦柳比李一泓的知名度更高,也比市长市委书记们高。安庆市的市领导这几年换得太频繁,没几个给老百姓留下深刻印象的。可一位市重点中学的校长,她的权力影响千家万户啊!她的后门如果肯对谁家暗开一道缝,那么谁家的小儿女不就等于提前将一只脚迈入大学了吗?想想吧,安庆一中的升学率近年已达到了百分之九十四。仅就升学率而言,在全省已名列第二。名列第一的是省城里的"群英中学"。那是一所私立中学,也差不多是一所贵族子女中学。省城里的好教师,几乎都被"群英中学"挖去了。所以省教育厅厅长曾大发感慨:"看来要想保住国有中学的教学荣誉,希望寄托在安庆一中了!"

至于工商局局长姚益民,那是个人们的耳朵能经常听说、眼睛却很难见

父母岁月

到的官儿。安庆市的私营企业者很多。由农民而市民的人们，找不到工作，摆个摊儿每天就能挣十几元钱。对于这样的一些人，"姚益民"既可畏又神秘。姚局长是个轻易不在公开场合露面的人。他明年退休，一想到那个交权的日子快速迫近，心理超前失落，开始失眠。换着服了几种抑制失眠的药，并不见效，人也瘦了，眼窝也塌陷了，本已稀少的头发脱落得更稀少了。他夫人动员他跟李一泓学学太极拳，认为或许会改观他的状况，并且为此亲登李一泓的家门，希望李一泓对她丈夫这位"特殊弟子"予以关照。李一泓的态度自然是大为欢迎，满口答应，于是姚局长才也出现在公园这一片林间场地。他成为李一泓的弟子已经一个多月，自觉失眠症状确实减轻，参与精神于是积极。他和杨校长的出现，一度使李一泓的这一届弟子成为新闻人物，也从而改善了这两位一向拒人千里的人物和普通民众的关系，学员们都觉得他们其实也不像传言的那么不可亲近。他们每次都站在最后一排。一个是排左第一名，一个是排右第一名，最边缘的位置，图走得方便……

素素也是这一届的学员。尽管父亲是本市太极拳总教头，她这个做女儿的以前对父亲所热心的事一点也不感兴趣。但考虑到明年即将面临高考，体质准备也是很重要的，于是才明智地投身于父亲麾下。顶数她参与精神松懈，经常晚来早走，三天打鱼，两天晒网。

今天她又来晚了，停稳自行车，将书包挂车把上，不好意思往自己的位置溜，站在最后边，刚跟随着做了半套动作，教练便已结束。

李一泓收住了招式。

人们也收住了招式。

李一泓清了清嗓子，说："各位，今天就到这儿了。天气预报说，明天早上有雨。如果下雨，大家就别来了。只要聚精会神，在家里练效果一样的。"

众人点头散开了，但是有几名学员围住了李一泓，七言八语。

"李老师，我那口子也想跟您学，行吗？"

"行啊。那有什么不行的？以后带他来吧，我欢迎。"李一泓爽朗一笑。

"李老师，跟您学了两个月，我觉得身体强多了。我想……把药停了……"

李一泓弯下腰，扶起对方的裤筒，轻按对方的腿，接着直起腰说："腿还是有点浮肿。药可不能停啊亲爱的同志。病该怎么个治法，一定得听医生的。我们修习太极拳，只不过有益于强身健体而已，绝对不能代替了医生为我们治病。"

有人朝他喊："李老师，录放机我替你装包里了，走时别忘了啊！"

"谢谢，忘不了！"

素素推着自行车走过来，说："爸爸，我上学去了啊！"

李一泓爱抚了一下她的头，问："又没顾上吃早饭，是不是？"

"我在路上喝豆浆。"

"光喝碗豆浆怎么行，还得吃根油条！"——看得出也听得出，他很爱他的小女儿。

"您啊，就别操那么多心了，拜拜。"素素灵巧地跨上自行车，乳燕一般掠向远处。

李一泓收回目光，自言自语："这孩子，一上就是四堂课呢，光喝碗豆浆不行啊！"

一老者接言道："我那孙女也一样，有时连碗豆浆也不喝，怕胖。"

一名中学男生挤上前，愣头愣脑地说："哎，师傅，你除了太极拳，还能不能教点别的呀？比如跆拳道，或者，蛇形刁手什么的！"

李一泓笑了，弹了中学生一个脑嘣子："对不起这位少侠，那些功夫我可没有。"

············

公园门外，市重点中学的校长杨亦柳来回踱步，看得出她在等什么人从公园里出来。有行人经过，跟她打招呼，她瞧手表，心不在焉地回应着。

看见李一泓骑自行车的身影，杨亦柳迎了上去。此时的李一泓已是一身旧的蓝色的中山装，与教练太极拳时判若两人，但仍显得挺精神。

"老李！"

李一泓在杨亦柳跟前下了自行车，问："杨校长，你在这儿干什么？"

"等你。"

"等我？那也犯不着在这儿等啊！"

父母岁月

"我见姚局长缠住了你,不便上前,只好在这儿等。"她掏出手绢,一边又说,"别动,你脸上有个黑点。"

李一泓果然一动不动,任杨亦柳用手绢包住手指擦他的脸。

"嘿,怎么还擦不掉?你早上没洗脸?"杨亦柳打趣道。

"哪能呢,肯定是刚才甩钢笔墨点甩到脸上了。"

杨亦柳用舌尖舔了舔用手绢包住的手指,又欲擦李一泓的脸:"难怪。那你就别嫌弃了啊!"

李一泓往后仰头:"哎哎哎,亲爱的同志,不必了不必了!"

"亲爱的都叫了,还客气个什么劲儿?"

"光天化日的,让人们看见了多不好意思。"

"这话说得,光天化日怎么了,有伤风化了?别那么不好意思!"

"我知道你没什么不好意思的,不好意思的是我。"

杨亦柳将脸一板:"毛病,别躲。"

李一泓只好不再向后仰头,乖乖地任杨亦柳擦他的脸。

杨亦柳把手绢伸到李一泓面前,说:"看,把我手绢都弄黑了!"

李一泓窘笑道:"人情后补,人情后补。"

杨亦柳也笑了:"这么说话我还爱听点。"

有几名学生经过,一齐向杨亦柳问好。杨亦柳说:"你们过来一下。"随即吩咐道,"替我去买份早点,要一张油饼、一个萝卜馅包子、一杯豆浆。"

几名学生们听完了,转身争先恐后就跑。

"都去干什么,买一份儿就行!"杨亦柳转头颇有得色地对李一泓说,"这些孩子!我的话对于他们,那就等于是最高指示。"

李一泓羡慕地说:"当校长真好。你等我有什么事?"

"昨天的省报你看了吗?"

"没有啊,省报上有什么重要新闻?"

"倒没什么重要新闻,副刊上又登了一篇采访我的文章。"杨亦柳边说边从自己的包里掏出一份报来。

"我一定认真拜读。"

"我的名字又不是第一次见报,你读不读无所谓。巧的是,同版上也登了一篇采访你的文章，标题的字比采访我的文章还大，占的版面也比采访我的文章大，而且称你是另类收藏家。没想到，你都成家了！"

李一泓又窘笑："不敢当不敢当。想起来了，半个多月前，省报是有一名记者电话采访过我。人家那是错爱。"

杨亦柳展颜一笑，说："你一不好意思，模样还真有魅力。"

李一泓简直扭捏起来："你呀，总拿我开心！"

杨亦柳可不扭捏："这是你的光荣！咦，别动，脸上还有一个黑点！"说着又掏出手绢，又用手绢包住手指，又用舌尖舔了一下那手指……

李一泓又往后仰脸："不劳您驾，不劳您驾！我李一泓脸上有一两个黑点没什么……"

"听话！如果你李一泓脸上有黑点不擦掉，我杨亦柳心里会别扭一整天。"

李一泓只得又不躲闪了，闭上了眼睛，任杨亦柳擦他的脸。

杨亦柳垂下了手臂，忽然叹了口气。

李一泓一下睁开了眼睛："你叹气干什么，把我脸擦破了吧？"

杨亦柳挑了挑眉毛："你的脸有那么嫩吗？一泓，实话告诉你，你长老人斑了……"

"这很自然。以后你脸上也会长的，犯不着多愁善感。"李一泓毫不在乎。

杨亦柳嗔道："我说的是你的脸，你往我脸上扯个什么劲儿！"

"学生们给你买回早点了。"

杨亦柳一回头，见身后每个学生都拎着一袋早点。她一板脸："你们这是干什么？不是叫你们不要争，买一份就行了吗？"

一名男生鼓起勇气说："每人买一份，才能不争嘛！"

杨亦柳哪能不明白学生们的心思，就说："你这份儿是我的，其他人买的都放他车筐里吧。到了学校，我把钱给你们。"

杨亦柳坐在一名男生的车后座上远去，低着头，那样子仿佛挺忧郁。

李一泓挠挠腮帮子，一脸庄重的歉意，在心里暗暗责怪自己："李一泓，李一泓，你刚才说的什么话啊！人家是一位特在乎自己形象的中学女校长，你干吗偏说人家脸上也会长老年斑呢？尽管你刚才说的是一句真话，便是真话往往不中听啊！你怎么活了大半辈子，还连这么一点小孩子都明白的道理

549

父母岁月

也不懂呢？"

"一泓！"

李一泓闻声回头一看，见是街坊龚自佑。

....

李一泓问他："老哥，到公园门口来干什么？"

龚自佑说："这话问的，我来找你啊。"

李一泓奇怪："找我？什么事？"

龚自佑不高兴起来："我求你的事，你忘了？前几天咱俩不是说定的吗？今天上午你得陪我去劳动局呀。"

原来，龚自佑虽然改正了，恢复了名誉，但人生的麻烦却并没结束。以前二十几年间，不情愿地被调转了几个厂，到退休时，档案没了。政策规定，退休工人退休时档案在哪一个厂，退休金就该由哪一个单位发。档案没了，几个厂推来拒去，他遂成一个领不到退休金的老人了。以前的积蓄，坐吃山空，这才焦急起来。他本是个不愿求人的人，这事自然不好意思再去麻烦郑讯。自己跑了无数次，毫无结果，还憋了不少气。想到李一泓在本市也是个名人，便吞吞吐吐地求到李一泓头上了。

李一泓歉意地说："我这几天忙乱，还真忘了。现在就去，是不是太早了？"

龚自佑说："不早啊一泓。你不是说，坐机关的人们刚到单位时情绪都比较好……"

李一泓接着说："是啊是啊，趁他们情绪还好，咱们办事容易点。可你看我车筐里这些东西要不我改天陪你去？"

龚自佑不吱声了，一脸失望。

李一泓笑了，拍拍他肩："今天就今天，走吧。早一天替你解决了问题，你早一天心里踏实了嘛。老哥，你别愁眉苦脸的，你的事包在我身上！"

龚自佑这才有点高兴了。

二人来到劳动局，传达室的师傅因为曾跟李一泓学过太极拳，并且知道局长也曾跟李一泓学过太极拳，对他很客气，顺顺利利地就放他们进去了，还主动告诉李一泓，局长刚进楼。

李一泓敲了几下局长办公室的门，开门的正是市劳动局邵局长本人，见是他，一愣。

李一泓请求地说："邵局长，我有件事想麻烦您，您看能不能让我们进去说？"

邵局长却看看龚自佑，问李一泓："他叫龚自佑，对吧？"

李一泓连连点头："对对，他是我街坊，也是我老哥，我就是为他的事来麻烦您的……"

不料他的话还没说完，邵局长鼻子不是鼻子脸不是脸地打断道："我这会儿没空！"

话音一落，邵局长砰地将门关上了。

李一泓和龚自佑，一时间你看我，我看你，大眼瞪起小眼来。李一泓虽然是个颇有涵养的人，还是不免大为尴尬。

龚自佑糊涂了，小声问："你不是说邵局长他也算你一个弟子吗？"

李一泓自嘲地一笑："那是玩笑话。人家是位局长，我算个什么人？我那种话老哥你也能当真？"

龚自佑不满了："你怎么又这么说话了呢一泓？你来之前还跟我打保票！"

李一泓挠头道："老哥先别急。不承想他们刚上班时情绪也不好，也许咱们来的钟点不对。"

"钟点不对？那什么钟点才对？"

"是啊，什么钟点才对呢？"

李一泓想想，轻轻将门推开道缝，也不进去，只探入一颗头，赔着小心问："邵局长，您这会儿没空，什么时候有空啊？"

邵局长正看一份报，头也不抬地说："李一泓，龚自佑的事，你少跟着瞎掺和！我也绝不会给你什么面子。我们劳动局，倒要看看他龚自佑还有些什么能耐！"

李一泓索性将门推开，不请自入，皱眉道："邵局长，您这态度不好吧？龚自佑的事，各厂推来拒去，你劳动局不给他做主，让他还去找哪方面呢？"

邵局长一拍桌子站了起来，大声说："李一泓，我这是局长办公室，轮不到你来教训我！"

父母岁月

　　李一泓愣了愣，也火了，同样大声地说："邵局长，我这怎么就算教训您了？你别忘了你的权力是谁给的？！龚自佑的事，我今天还偏管到底了！今天你不定下一个我们谈谈的时间，我不走！"

　　他一屁股坐在沙发上了。

　　龚自佑也急忙站起，往起拽他，并说："一泓，你可不兴这样！我不是请你帮倒忙的。你这样，我那事还有指望解决吗？"

　　他却不能将李一泓拖起来。

　　邵局长将自己刚才在看的报胡乱一团，朝李一泓和龚自佑扔过去……

　　"龚自佑，你多能耐啊你！既然你都让记者搞得满城风雨了，那干脆让报社来解决你的问题吧！"

　　邵局长双手往腰里一叉，一副兵来将挡，水来土掩，泰山石敢当的架势。

　　李一泓捡起报纸，展开一看，但见一行醒目的大标题映入眼帘——档案丢失谁之过？退休老工人数年没领退休金！

　　龚自佑连连顿足，叫苦不迭："不是我主动去找的报社，是一名记者不知怎么知道了我的事，三番五次到我家非采访我不可……"

　　李一泓问他："老哥，你说的都是实情？"

　　龚自佑发誓道："一泓哎，我是那种夸大其词的人吗？档案不是我自己弄丢的，这个事实是明摆着的嘛！你想想我当年的处境，哪有机会见着自己的档案啊！"

　　李一泓相信龚自佑。

　　他瞪着邵局长，也不叫局长了，冷着脸说："他接受记者的采访怎么了？退休工人享有领退休金的正当权利，这一点你比我更清楚！限你三天，你如果还没有愿意解决他的问题的诚意，我李一泓将替他写状子，替他告你，替他和你打官司！"

　　龚自佑也没见过这种场面啊，心里顾虑多多，怕得要命，连连央求李一泓："一泓，求求你别害我，咱走，咱走……"

　　邵局长气得脸色发青，指着李一泓，声色俱厉地说："李一泓，你要怎么样我们劳动局奉陪，现在你给我滚出去！"

　　李一泓不用龚自佑再拽他，霍地站起，也指着邵局长声色俱厉地说："你把你最后那句话，再给我重复一遍！"

闻声进来了几个男女，都默默望着邵局长，只等他一旦下指示，就照办。

邵局长命令："把他俩拖出去！"

李一泓双眼一瞪："谁敢！"

还真没人敢上前。

这时，李一泓的手机响了——文化馆有人通知他，他正四处请求拨款维修的那一间小危房，塌顶了……

李一泓在众目睽睽之下，合上手机，复瞪着邵局长。

邵局长却已在亲自给派出所拨电话，要求赶紧派人来，"抓走闹事分子，维护正常办公"。

李一泓听着，看着不知所措的龚自佑，苦笑道："老哥，你看，咱俩成了闹事分子了。"

可怜龚自佑老人，急得都快哭了，反反复复只说一句话："咱们走吧，咱们走吧……"

李一弘说："就走，就走。"

他几步跨到邵局长办公桌前，拿起邵局长的磁化杯，猝然往地上一摔。

包括邵局长在内，皆目瞪口呆。

李一泓瞪着邵局长又说："你既然已经说我们是闹事分子了，那我就得留下点闹过事的迹证，否则你局长大人不是要担诽谤的罪名了吗？"

言罢，执龚自佑手，扬长而去。

李一泓这人，其实一向性格温良，最能让人、忍人。认识他的人，没有不说他脾气好的。那一天也不知怎么了，居然就一反常态了。不，简直是失态啊！

正所谓谦谦君子，偶发一怒为他人……

也许是由于龚自佑那一种忍气吞声的样子吧。

…………

市中心广场地带，围了里三层外三层的民众。

两处临时搭起的休息棚一红一黄，红布休息棚那儿，三名舞狮队员已装束停当，却一个个表情焦急，相互议论：

父母岁月

"李老师怎么还不来啊?"

"是啊,急死人了!"

"这可是擂台赛啊!邻市的舞狮队向咱们下的战书,李师傅如果不亲自来舞狮头,那咱们结果惨了!"

休息棚外,一个组织者在打手机,另一个组织者问:"怎么样?"

打手机的人绝望地说:"他……他把手机关了!"

一辆出租车驶来,停住,李一泓从车上走下来。

"他来了!"二人迎上前去,一左一右,将李一泓陪入休息棚。

李一泓抱拳道:"抱歉,抱歉,让各位着急了!"

组织者之一说:"快,帮李老师换装!"

于是有两个年轻人拿着衣服,将李一泓拥到简易的屏风后边。转眼,穿上了一身功夫装的李一泓从屏风后闪出。

有人给他让座,李一泓端端正正地坐下,说:"水……"

立刻有人恭恭敬敬地递上矿泉水,李一泓饮了一口,含在口中片刻,缓缓咽下……

有人递上一条湿毛巾,李一泓擦罢脸低声问:"什么时候开始?"

"十分钟。"

"我想一个人待一会儿。"

等众人退出去了,李一泓双手横置膝上,深吸一口气,缓缓闭上了双眼——他进入了聚气状态……

蓝天白云,瀑布溪流,森林草地,鲜花竹丛,天鹅秀鹿……总而言之,一道道美丽的风景伴着丝竹之乐,在他的想象之中接连浮现……

一个轻微的声音传来:"李老师……"

李一泓睁开了双眼,组织者向他指了指自己腕上的手表。李一泓站起身,抖擞了一下精神,大步迈出了休息棚,两个年轻人将红色的狮头搬到了他跟前。

鼓声响起,广场上,双方红黄两色装束的鼓手,比着劲头儿地擂鼓。

红黄两只狮子出场了,每只左右都伴随着两只活泼的小狮子,观众的喝彩顿时此起彼伏地响起。

有人交头接耳地议论：

"文化馆的李老师舞的是哪一只？"

"当然是那只红的！"

"唉，五十出头的人了，不容易啊！"

"还不是为了让咱们看得开心嘛！他带出的两个徒弟，前些日子另栖高枝了，搞得他好郁闷。要不他今天也不至于非得亲自上场啊！"

"看，看，老将出马，威风不减！"

广场上，红黄两只狮子正对舞，各自施展技艺，斗得难解难分。红狮就地一滚，却没能敏捷而起，狮头滚到了一边去。黄狮也停止了舞动，摘下了狮头，双方舞狮人都围住了李一泓。

"李老师，怎么了？"

李一泓坐在地上，沮丧地道："没什么，闪腰了！"又对黄狮队的人们说，"你们别也停下来呀！接着舞，快接着舞！可不能让观众扫兴！……"

一辆平板三轮车驶在街巷里，组织者孙主任亲自蹬车，车上坐着李一泓，一手按着腰部。车在李一泓家小院门前停住，孙主任小心翼翼地扶李一泓下了车。

"别这么懊丧嘛，亲爱的同志！群众文艺，目的是为了丰富人民群众的生活内容。不是奥运，不必把胜负看重了。"

"我不是懊丧。您把腰闪了，我心里边内疚。"

"也别内疚。只不过把腰闪了，又不是壮烈牺牲了……"

孙主任笑了："那是，那是……"

孙主任拍了拍门，素素打开院门，吃惊地道："爸爸，爸爸你怎么了？"

李一泓忍着疼，笑着说："爸爸刚才在广场上舞狮子来，不小心把腰闪了一下……"

素素生气地瞪着孙主任，没好气地责备道："都是为了你们！"

李一泓赶紧制止了素素："不许这么没礼貌！爸爸是文化馆的群众文艺工作者，今天的活动是爸爸分内的事。这位叔叔是一位街道主任，多亏他帮助，活动才会组织得很顺利……"

素素不满地噘着嘴，不依不饶："那你们就不能雇辆出租车啊！抠门儿！"

父母岁月

孙主任苦笑着说:"不是舍不得那十来元钱,是你爸爸,他这样坐出租车不行啊!"

"素素,不许再胡说八道!孙主任,你快回现场去吧!现场离不开你!"

"有空儿我再来看您!"

孙主任蹬车离开后,李一泓批评说:"素素,你刚才太没礼貌啊!都高二了,那可不好。"

素素则埋怨道:"爸,你也是的!等我嫂子怀孕的孩子一落地,你都是当爷爷的人了,还逞什么强啊!"

素素搀扶李一泓进入小院。小院里摆满了东西:几架老旧的纺车、老旧的独轮车,口边沿缺损的缸,摇篮、摇椅之类……

素素抱怨说:"你看你们文化馆的人啊,我中午放学,前脚进院,他们后脚紧跟着就来了,接着就往院里搬进这些古怪的东西,说是你让他们搬来的!"

李一泓轻叹一口气道:"是爸爸让他们搬来的,没想到他们这么快。"说罢,点数着那些古怪的东西。

素素也叹了口气:"咱家又不是你们文化馆的仓库,你倒是让他们把这些没人要的破烂搬咱家来干什么呢?"

李一泓的表情认真起来:"在寻常人眼里是破烂,在文物专家眼里可都够得上是宝。"

素素一撇嘴:"也就是在您这样的专家眼里吧!"

"你刚才说我逞强来是不是?"

"你就逞强嘛!"

李一泓严肃地说:"你对你爸的看法是完全错误的!十几年前,有几位市领导要把文化馆给取消了,说老百姓有电视看那就行了呗!电视什么文化都有了,文化馆已经完成了历史使命。当年的老馆长一怒之下跟他们拍了桌子,这才使文化馆保留下来了。我现在当了文化馆的副馆长,能不竭尽全力……"

"又来了,不听不听,以后再也别跟我说你们文化馆那点破事!"

素素双手捂耳,一转身跑进屋了。

"你敢说文化馆的事是破事？你给我出来！"

李一泓猛地往起一站，竟没能站起来，腰疼得他倒吸冷气，人和小凳一块儿倒下去了……

他住了一天医院。

出院那天，李一泓刚迈进自家小院，就听到屋里传出一阵哗啦哗啦的金属之声。

"素素，你干什么呢？"

素素没出来，龚自佑倒从他家屋里出来了，手拿一个锈迹斑斑的铜算盘，像小孩玩拨浪鼓似的举着摇晃。

"哎呀我的老哥，别摇别摇，千万别给我摇散了！"

李一泓抢前几步，夺下算盘，又喊："素素！"

素素这才现身，诧异地说："爸，你怎么自己回来了呀？龚大爷正要陪我去接你呢！"

说罢，她咬了一口拿在手中的黄瓜。

李一泓将算盘交给素素，吩咐说："拿屋去，要放在碰不着的地方。"

素素接过算盘进屋后，李一泓瞪着龚自佑极为不满地又说："老哥，你又不是小孩子，玩什么不好，非玩我那宝贝。"

龚自佑那天情绪特好，仿佛中了彩票大奖，一副喜不自胜的样子。他以手指凭空拨弄了几下，摇摇头感叹地说："自打我在废品收购站当过几年会计，对算盘这东西还是很有感情的。刚才我用那算盘替你算了一下，你猜你这屋里院里的破烂加在一起，我给你估算的是多少钱？"

李一泓不爱听，皱眉道："我那都不是破烂，其中有不少宝贝。"

龚自佑笑道："姑且不论是破烂还是宝贝，你先猜猜嘛。"

李一泓摇摇头："猜不到。你给我估算的是多少钱？"

龚自佑伸出了三个指头……

"三千？"

龚自佑一板脸说："你倒狮子张大口，敢往多了说。以我专业的眼看嘛，也就值二百来元。屋里那些铜钉铁钉的东西，还能卖几个钱。院里这些，废品站都不收。"说着，朝一架旧纺车踢一脚，"现如今谁还纺线？废品站收这么个破玩意儿干吗？"

李一泓一跺脚，生气地说："不许踢，再踢别说我跟你急！你刚才那些话，出了我这院门，也不许对别人说！让你的嘴一宣传，不是破烂也成破烂了！"

这时素素探出头大声问："爸，你倒是进不进屋啊？我龚大爷还有喜事向你报告呢！"

二人进屋后，李一泓催促道："快说，我有什么喜事，自己还不知道，倒被你老哥先知道了？"

龚自佑却说："不是你的喜事，是我的喜事。"

李一泓大睁双眼："你……你找老伴了？"

龚自佑也皱起眉来："你别哪壶不开提哪壶！"

正在自己小屋里写作业的素素听了，也不出屋，大声就说："爸，龚大爷的档案问题解决了，下个月他就可以领退休金了，以前欠的还答应给他补上。"

"会是这样？"

李一泓根本不相信。

龚自佑肯定地点头："正是这样。"

"快说快说，怎么一来，就会是这样了？"

龚自佑却反问："你先告诉我，医院把你那腰彻底治好了没有？"

李一泓说，没有，一起一坐的，还是有点疼。不过自己操心文化馆的工作，也没忘他龚老哥的事，所以开了几贴膏药就急着出院了。龚自佑则让李一泓躺到屋里去，说是要从今天开始，每天都来给李一泓推拿推拿，也算是一种报答的方式。

李一泓迫不及待地说："我不用你报答啊！你快说你那事，结果怎么就急转直下了？"

龚自佑固执地说："你不让我报答报答你，那我就不告诉你，让你干着急。"

李一泓问他会推拿吗？他说不但会，还消除过不少人腰腿肩背伤痛的痛苦。

李一泓拗他不过，半信半疑也是半推半就地进了自己睡觉的屋，乖乖伏在床上，任凭龚自佑在他身上施展能事。

龚自佑一边在行地推拿一边说："想当年我也没白坐几年牢，在监狱里学会了这么一手。"

李一泓一听，又不干了，说："得了得了，我还是信不过你。别被你三弄两弄，反而加重了。"

龚自佑则按牢他，不许他乱动。李一泓任他推拿了一会儿，觉得还受用，也便渐渐老实了。

龚自佑问："怎么样？"

李一泓说："还行。"

龚自佑说："还行算是什么意思？舒服就干脆说舒服，不舒服就干脆说不舒服。"

李一泓说："舒服。"

龚自佑这才告诉李一泓关于他档案的事，是劳动局主动让街道通知他。他一去，所有见到他的人都对他客客气气的。劳动局的人说，丢失的档案肯定没法找到了，但劳动局可以给他开一份证明，帮他恢复国营退休工人的身份。说接待他的人，还请他一定要给李一泓带到话，邵局长因为那一天闹的那场不愉快，真心诚意地向他也向李一泓作检讨……

"老哥，你越说我越糊涂。你说了半天，也没说明白怎么会这样！"李一泓丈二和尚摸不着头脑，更加迫不及待。

龚自佑也急了："你怎么还不明白？要不是你当上了政协委员，我的事能这样吗？"

李一泓这才想起齐馆长告诉他，老馆长郑讯推荐他当政协委员的事。

他嗫嚅地说："这话你也别到处乱说，八字还没一撇呢。"

龚自佑说："八字还没一撇，情况就不同了。有了那一撇以后，你想替老百姓帮点忙时，不是更有资格了？"

李一泓说："我还没决定当不当。我怕开会。"

龚自佑赶紧说："要当要当！千万别犹豫。你当了，我们老百姓沾光！"

李一泓说："我就不是老百姓了？"

父母岁月

龚自佑说:"我说错了,是咱们老百姓。一泓啊,咱们老百姓和老百姓说几句悄悄话。若真能当上,干吗不当啊?看来政协委员并不像有些人说的,仅仅是花瓶,是摆设。经由我这一件事,我信政协的作用了。对于咱们老百姓,代言人不是越多越好吗?"

李一泓沉默半晌才说:"你的事,明明你有理。各个厂、劳动局都没有什么理。如果老百姓谁摊上了这类事,都非得政协委员、人大代表出面给争理,我看这个社会也不太对劲儿。"

龚自佑说:"急不得,慢慢来。咱老百姓的话,急中有错嘛!你那天把我惊着了,从没见你发过那么大火。以后真是政协委员了,那么参政议政,那么代言,水平可就低了点,是不?"

李一泓说:"是啊!我也挺后悔的。你如果再去劳动局,也别忘了替我向邵局长说几句检讨的话。这跟是不是政协委员没关系,人还是以有修养为好。"

龚自佑说:"你这话我爱听,那一定。一泓啊,咱俩是老街坊了,还有些话,我也要劝劝你。你亮给我你的真想法——你认为自己退休前,还有什么晋升的机会吗?"

李一泓笑出了声:"瞧你老哥问的,我又不傻,又不痴,怎么会做那种梦呢?"

龚自佑停止了推拿:"那我就不理解了。再混几年该退休了,还折腾自己干什么呢?那班,每天可以晚去一点了,可以早走一点了,估计不会有人严格要求你了是吧?隔三个月五个月的,去医院开张病假单,休上几天,在家里闲在闲在,那多么好。医院里不少医生护士,都是跟你学过太极拳的,开张病假条还是难事吗?再说了,人到了你这种年龄,哪儿还不检查出点毛病来啊!即使在班上,什么工作,你也有资格动动嘴,指使年轻人去干就得了嘛!你看你,整天就骑辆破自行车,东跑西颠的,今天这里当评委,明天那里当指导,后天又当什么教练!连饭也顾不上吃,不但把家里院里搞得像废品回收站,还把腰闪了!老百姓……"

李一泓纠正道:"群众。"

"一回事!总而言之,别人倒是高兴了,可你又是何苦来的呢!谁也不是天生为别人活着的！你整天地瞎忙，很有成就感？"

屋里传出素素不平的声音："我爸爸那也不是瞎忙，那是他的职责！"

龚自佑严厉地说："大人说话，小孩子别插言！"瞪着李一泓又问，"你自己说。"

李一泓说："我是觉得整天忙得很有成就感。"

"嘿！算我白劝，算我多余，我这是何苦呢！"龚自佑嗓门大了，"该告知的事，我已经告知了。该表示一下感谢，我已经表示了。我走了！"

等李一泓从床上起来，穿上上衣，龚自佑已不在屋里了。

他喊："老家伙，你给我回来！撇下几句不三不四的话就走，你这算干什么？"

龚自佑在院里也大声嚷嚷："你给我听着，别以为我心里只有对你的感谢，还有意见呢！我对你意见大了！我平静的生活遭到了极大的破坏，你李一泓就是直接干系人！只不过碍于情面，我不上法院告你。如果告你，你罪责难逃！"

等李一泓走出屋子，小院里早已不见龚自佑的踪影。

屋里传出素素的声音："爸，我给你煮了一碗面！"

李一泓撑着腰往屋里走，一边自言自语："我什么时候破坏了别人平静的生活呢？"

他们的房间布局是并排三间——一边是素素的房间，一边稍大一点的是李一泓的房间，中间是客厅。在客厅的一角，是开放式的厨房。一张旧的方的桌子既是餐桌，又是待客喝茶的桌子。

李一泓一脚门里，一脚门外，但见屋里的地上也摆满了东西：有的装在大小盒子里，有的摆在报纸上，有的直接放在地上，无非是洗衣板、棒槌、鞋拐、鞋楦子、漆食盒、糕点模子、纺线锤子之类的……

李一泓小心翼翼地躲着满地东西，走到桌前坐下，端起碗来狼吞虎咽……

"爸，我给你打进一个鸡蛋，好吃吗？"素素站在一旁问道。

"我小女儿给我煮的面，当然好吃了！"李一泓咽下一口面，又问，"我回来前，你龚大爷对你说什么没有？"

"没有哇。他一来，就盯上那把铜算盘，哪儿还顾得上跟我说话呀！"

父 母 岁 月

"我怎么想，也不可能破坏到他平静的生活呀！"

素素从后搂住了他的脖子："你就快吃面吧！他的话你还当真啊！"其实，素素挺希望爸爸能把龚老爷子劝他的话听进心里边去，有时候她也想那么劝劝爸爸，可是不敢。

下午，李一泓忍着腰疼，和素素一块儿把院子里那些物件都放进了两间空房子里。

忙完了，李一泓穿背心短裤躺在床上，手摇蒲扇："素素……"

"哎！"

"过来一下。"

"就来。"

素素走进他的房间，蹦上床，问："爸，有何吩咐？"

李一泓反问："帮爸爸干么多活，累了吧？"

素素调皮地一笑："累也幸福。"

李一泓也笑了："你这张小嘴呀，能把大人哄死。"

素素说："有一位叫刘心武的作家教导我们快把好话说出口！良言令人三月暖，恶语使人六月寒。人人快把好话说出口，有利于构建和谐社会……"

李一泓不同意女儿的话："得了得了，和谐社会那也不能光靠人人耍嘴皮子。"

素素一背身："说我耍嘴皮了，我不理你了！"

"你看，这就是你不对了吧？听到一句不同意见的话就生气，这社会怎么和谐呀？"

"你有保留你不同意见的权利，但是你没有仗着自己是爸爸，动不动就讽刺别人的特权！"

"好好好，我收回我那句话，来，帮爸爸把这贴膏药换上。"

素素替李一泓换罢膏药，问："爸，你是政协委员了吧？"

"你怎么知道？"李一泓很奇怪。

"还用得着对我保密呀？我中午放学时碰到杨校长了，她让我给你捎个话，向你表示祝贺！"

"她消息可真快。"

"她是政协常委嘛！兴许你适合不适合当，她的意见还特别重要呢！"

"想当然！在政协，常委们都是平等的。"

"但统战部长是她的学生啊！再说，不少人都知道，你和我们杨校长关系不一般。"

"我们关系怎么不一般了？你一个小孩子怎么知道那么多不该知道的事？"李一泓敏感地坐了起来。

"爸，你紧张个什么劲儿啊！"

"我没紧张，说！"

"你紧张了！统战部长是我们杨校长的学生，那也不是什么秘密嘛！有一年我们开校庆，统战部长还出席讲话了呢！"

"别说统战部长了，说我和你们杨校长！我们关系怎么就不一般了？"

"反正……反正你们……不一般就是不一般，当我是傻子呀？我们同学都认为，杨校长她不但喜欢我，还偏向我。认为她偏向我的原因，就是和你的关系不一般。"

"她偏向过你吗？"李一泓诧异地问。

"也不能说一点不偏向。但我也是一名品学兼优的好学生呀。爸，坦白坦白，你和我们杨校长关系怎么不一般了？"

"素素，你给我认真听着——学生，那就要以学为主，不许往头脑里装些和学习不相干的事。你一个高中生，懂那么多杂七杂八的事干什么？"李一泓皱眉，表情严肃得像庙里的关公。

"那不能说是杂七杂八的事，那是人际现象，高中也要突出人际……"

"胡说八道！我和你们杨校长的关系，那是很普通的关系！我怎么不知道我要当政协委员了？尤其这一件事，你不许跟任何人多说一个字。如果有人问你，你就这么回答——爸爸自己从没对我说过。记住没有？"

"记住了。"素素怯怯地答道，她快哭了。

李一泓又躺下，从枕下摸出一份报纸递给素素："爸的眼镜忘在单位了，给爸读读第四版。"

"先读哪篇？"

"当然先读采访你们杨校长那一篇，采访我的有什么值得读的！"

父母岁月

素素抹了一下眼泪,开始读报:"狠抓教学质量,打造名校名牌——采访我市重点中学杨亦柳校长。本月某日,我有幸采访到了市重点中学的杨亦柳校长。她刚刚开完市政协常委会。杨校长兴奋地说,市重点中学高中部今年又有多名学生考上了全国重点大学,又有多名学生在全省乃至全国的各项学习比赛活动中出类拔萃,名列前茅。她强调,市重点中学,提高了本市在全省各市中的知名度,已经成为本市耀眼的亮点。所以,市重点中学在本省各中学的重点地位,不能稍有动摇,只能继续确保……"

"读完了。再读采访您那一篇吗?"素素读得口干舌燥。

侧身而睡的李一泓没有反应,素素放下报,伏下身子一看——爸爸早睡着了。

素素将被单盖在爸爸身上,悄悄溜下了床,回到自己的房间,叹了口气。这些天她老在想:爸爸不但对自己有太多的要求,对她的要求也很严。他虽然根本没有什么地位可言,可是骨子里却自标清流,企图做人做到这么一种程度——不给别人留有任何非议自己的理由。人这么活着,岂不是太累了吗?

第二天,李一泓来到了文化馆。齐馆长问:"老李,听说你昨天把腰闪了,怎么不在家躺着?"

李一泓说:"一想到这种情况,我躺得住吗?"

"是啊,我理解。昨天文化局那边怎么答复你?"

"还是一个字:搪。"

"你怎么来的?"

"慢慢走来的。这怎么回事?"

"有人在夜里把砖瓦都偷走了,还能用的一些木料木板也偷走了。怨我,应该派个人值班的。"

"别后悔了。已经发生了的事后悔也没用。"

文化局的大王推着李一泓的自行车走过来,老远就喊:"李副馆长,你的自行车,我给你送来了啊!我们科长说,你借他那二十元钱,也让我带回去……"

"我要当面还他。"

"行，行，反正我把话捎到了……"大王急欲脱身，转身便走……

齐馆长把他喊住了："你站住。"

大王站住了，自辩道："其实，我……我心里对你们的困难也……"

"别冲他发火，他说了不算。"李一泓朝大王挥挥手，示意他可以走了。

一旁的小刘提醒道："馆长，咱们该走了。"

齐馆长说："今天上午，政协要为咱们老馆长开追悼会。按照他的遗愿是不开的，可许多群众感激他、怀念他，有强烈的要求。经和家属协商，家属也同意了。是咱们的老馆长，咱们的同志当然要去追悼他。你腰闪了，情况特殊，就别去了……"

李一泓听了直摆手："我去。我也想去。"

参加追悼会的人很多，有许多是百姓，包括老人和学生。齐馆长、李一泓等人走进灵堂，默默地向遗像三鞠躬。李一泓鞠一下躬，皱一下眉……

轻微的哀乐中，悼词播放如下："郑讯同志，在两届政协委员任期中，一贯密切联系群众，深入了解广大人民群众的实际困难和各种疾苦，不为名，不为利，积极献策，热忱代言，为群众办成了许多实事、好事……"

李一泓等人从遗像前退开时，其后进行追悼的是几名少先队员，他们献花，敬队礼，接着做动作整齐的手语，李一泓忍不住站在一旁看。

齐馆长小声地说："我们市的聋哑小学，是在老馆长不懈的努力下才创办起来的，解决了二百多名聋哑孩子的上学问题……"

走出来时，他们碰见一些拄着手杖、相互搀扶着踏上台阶的老人。齐馆长望着他们的背影说："不用问，准是市化工厂退休的老工人们。"

"化工厂不是由于环境污染严重关闭了吗？"李一泓沉声问。

"但毕竟是国企，对工人应该有合理安顿，否则不公平啊！老馆长一位市一级的政协委员，不但把情况反映到省里，还把情况一直反映到中央有关部委，当时不少官员认为他……"

"认为他怎么样？"李一泓追问道。

"不说那些了吧。走吧，一块儿回馆里去，我还有重要的话问你呢。"

回到文化馆，两个人都进了齐馆长的办公室，隔着桌子，对面而坐。

"老李，现在你给我一个郑重的回答——你到底愿不愿意当一位市一级的政协委员。今天我也必须替你给有关方面一个明确的回答。"齐馆长又提起了昨天未完的话题。

李一泓低头沉思。齐馆长掏出烟,递给他一支。

齐馆长注视着李一泓说:"你不会是内心里轻视一位市政协委员的角色吧?"

李一泓摇头不语。

"谅你也不会。实话告诉你,每次换届,挖空心思,千方百计想要当上市政协委员的人多着呢。我也想当啊,可老馆长临终前向政协推荐的是你,不是我。我想也白想。所以政协很重视这件事,准备增补你。"

"好,我现在就给你一个郑重的回答——我当。"

"这还像句明白话。你放心,虽然我自己想当当不上,可我这位正馆长绝不嫉妒你,以后我会尽力支持你当好政协委员的。咱们文化馆能继续有一位市政协委员,对咱们文化馆有好处。"

"现在你也郑重地回答我——当年,有些官员认为老馆长他怎么样?"

"非听我说不可?"

"非听你说不可。"

"当年,有些省里的官员,认为老馆长是在为难他们,越过他们向更上一级反映情况是告他们的状,甚至认为他是在怂恿群众向政府部门施压。"

李一泓大口大口地吸烟,陷入沉思。

"你想知道的,我也如实告诉你了。现在,你说不愿当了还来得及。"

"我还是那句话——当定了。不过我有个请求。"

"什么请求?"

"我希望有一套完整的、老馆长当三届政协委员以来的提案材料。"

"这不难,我给你准备齐——小刘!"

小刘应声而至,齐馆长问:"你能开始记录不?"

"能。"小刘将小录音机和记录本放在桌上。

"你就坐我这儿,就在我办公室里开始,我这儿不受干扰。"说着,齐馆长起身把座让给小刘坐下。

李一泓不解地问:"怎么像审问我?"

齐馆长笑了:"政协要一份你的材料,比简历详细点的,好替你建档,对谁都如此。你说,小刘替你记录、整理。没烟了吧?烟也给你留下。"说罢,放下烟向外便走,边走边自言自语,"如今,像我这么没有嫉妒心的人,不多了啊!"

门关上以后,小刘问:"可以开始了吗?"

李一泓摇头:"我得缓缓神儿。"

小刘笑了:"你就当是和我闲聊。"

李一泓说:"那,开始吧。"

他又吸着一支烟,集中精力,慢条斯理地说:"本人,李一泓,五十三岁,汉族,农家子弟。有幸读到高中。毕业后,响应党的号召,又回乡成为农民。曾经是团员,也曾申请入党。'文革'前,党认为我还有差距;'文革'中,我认为党走的是弯路;'文革'后,家庭生活不稳定,妻子体弱多病,要求入党的心情就不那么迫切了。现在,五十多岁了,就想争取做一个对人民群众有益的人,没入上也就没入上吧……"

"同事们都认为,你是一个被党误关在门外的好人。"小刘停下笔道。

"这可是你说的,不是我说的,千万别写上。"

小刘笑着说:"放心,当然不会写上。"

…………

素素走进家院,听到屋里传出爸爸和齐馆长的说话声,不由得在屋门前站住了。

"老齐,你……你醉了,不许再……再喝……喝了。"

"我这是……酒……不醉人、人……自醉……老李,你……听我把话……说完啊!你,不让我喝……喝酒,又,不让我……把话说完……那、那我心里,还是……不、不痛快……"

"我……我……洗耳……恭听……"

"虽然我……比你……小两岁,但……我……是正的,你……是副的,老馆长偏偏……举荐你……我心里……有……想法!嘴上说……没有,这心里……有!就,窝在这儿!你……摸摸!摸着……没有?……"

"摸……摸着了!真……有!……"

父母岁月

素素生气地一下子把门推开,迈进屋去。李一泓看见素素,立刻把手从齐馆长胸口那儿缩回去了。

"我……女儿回……来了,结束!结……束……"李一泓舌头虽然很大,却没完全喝糊涂。

素素将书包往椅子上一扔,双手叉腰,抗议道:"齐叔叔,我对你有意见!好久不来了,来一次,就在我家喝醉了,还把我爸也灌醉了,你们成什么样子!不就是一个市级的政协委员吗?你要是心里太不平衡,我命令我爸让给你当好啦!"

"可……可以!可……以……"李一泓表现得很乐意。

齐馆长打了个响嗝,一挥手:"那怎么行!还是你爸当……群众更……拥护!老李,跟你把话……说开了……我心里……痛快……多了!你再……摸……什么都……没了……"

李一泓一只手摆个不停:"不……用,再摸……我相信已经……没……没了。"

齐馆长站了起来:"素素,扶……扶叔叔……出门……"

素素一扭身,扯起书包,奔入自己屋里去了。

"我……我……扶你……"李一泓站起来,二人相互搀扶,摇摇晃晃刚走到院子里,齐馆长一弯腰"哇"地吐了。

天黑了,素素手握一条塑料管子在冲浇院子中央的盆花。关了水龙头,素素蹲下,凑近一盆盆花吸鼻子:"花呀花呀,要是有心谢我呢,就开得更美丽吧,啊?"

李一泓走到了院子里,羞愧地说:"女儿,爸爸以后再也不喝酒了。"

素素直起腰,表情很认真:"能做到吗?"

李一泓一摸后脑勺:"试试吧。"

素素皱了皱鼻子:"自己没有把握做到的事,就不要那么去说。都是政协委员了,以后说话更要注意点。否则你非把你已有的好名声断送了不可!"

李一泓赶紧表态:"我女儿批评得对,我接受,我接受。可是,你也要理解大人们之间的关系。本来应该你齐叔叔当的……"

素素打断他的话:"又是大人们之间的关系!我们孩子身上的一些毛病,

都是让你们那种讳莫如深的大人们之间的关系给影响坏了的!"

"我们素素有思想了!"李一泓立刻刮目相看。

"我都高二了,一年以后就该考大学了,还能连点思想都没有啊!"

"我没想到你齐叔叔会喝醉,而且那么会吐,全吐在咱们这些花上!"

"别光说别人,你也醉了,也吐在花上了!"

"坏事有时候可以变成好事,就当给花上了一次肥吧。这是辩证的思想方法。"

"这是巧言狡辩!"

李一泓在一只小凳上坐下了,又说:"你也要理解我们大人,在许多单位,人大代表、政协委员,常是第一把手当仁不让。你齐叔叔嘴上尽说没意见的话,但心里边毕竟有想不通的地方。他心里边想不通不去对别人发牢骚,直接找我来发牢骚,这是坦诚的表现。对待坦诚之人,也当以坦诚待之。"

"那就得一块儿醉是吧?再说,宪法上明确规定好事都得先尽着第一把手吗?"

"这是政治。不跟你小孩谈政治了。去,把口琴找来,爸爸要露一手!"

素素拿着口琴走出来,李一泓到水龙头那儿洗了手,重新坐在小凳上。素素搬了另一只小凳,坐在爸爸对面……

李一泓一边擦口琴一边自言自语:"这把口琴还是你姐姐参加工作后,用第一个月工资给我买的。素素,爸爸算不算一个多才多艺的人啊?"

素素注视着爸爸,由衷地说:"算。"

"现在的年轻人,会吹口琴的不多啦!"

李一泓叹口气,吹起了《十五的月亮》……

虽然不是八月十五,月亮却很圆。月光如水,洒满小院,此情此景,特别温馨、美好……

本文节选自长篇小说《政协委员》

夜宿"蛤蟆通"

我们七人——北大荒返城知青代表,应农垦总局邀请,又踏上了北大荒的土地。

我是七人中唯一的女性。回访各处受到的特殊接待和照顾,不亚于结婚后第一次归娘家的新媳妇。北大荒没有忘记我们。北大荒人是思念我们的。真实无伪的亲切感,消除了我们每一个人作为代表成员心理上的拘谨。

回访的第四天,我们乘坐小面包车来到了原生产建设兵团三师"蛤蟆通"水库。我们七人中没有谁是原三师的,因此对一路所见颇觉新奇。陪同我们的宣传部副部长有事留在三师师部了,我们只好不断地向司机问这问那。中年司机连日来与我们混得挺熟,很乐于回答我们的种种问题。

他对我们说:"你们知识青年是了不起的。这条公路,是知识青年铺筑的,被国家定为一级战备公路。北大荒的每一根电线杆子,都是知识青年们架设起来的。你们将青春贡献给了北大荒,你们是为北大荒立下了功绩的!"

一个北大荒的普通司机如此评价知识青年,令我们极受感动。他的话立刻使我想到了从北大荒返城的那些老姑娘,也想到了我自己。我也是个老姑娘,婚姻方面的"困难户"。历史荒唐而粗暴地剥夺了我们谈情说爱的最佳年华,我们的青春一去不返。对此,世人仅仅给予我们一点点同情,那是多么不够啊!同情若不附加着对我们的功绩的肯定,这种同情无异于亵渎……

忽然,我们中的一个伙伴叫起来:"大家看,前面就是水库!"

我的思绪被打断了,抬头朝车前窗看去,但见一片连天水面,波浪浩渺。

夜宿"蛤蟆通"

风很大，六到七级，水库失去了我们想象中的平静，展现出另一种气派。它真有如北大荒的"海"。

司机主动告诉我们，此地有一个水域纵横百里的天然湖泊，传说是一只蛤蟆精的栖身之所。水库的水引自湖泊，故曰"蛤蟆通"水库。

汽车开上水库大坝停住了。司机回头望着我们，征询地问："你们下去看看么？"

我们当然不会失掉这次机会。我迫不及待地打开车门，第一个跳下了车。

大风险些将我刮倒在坝上，我努力面向水库站稳。身临其境，更有一种高崖观"海"之感。同时不无遗憾地想，今天要是风和日丽该多棒，扑进水库畅游一通才美气！

"这个水库，在全省也数一数二，是你们知识青年修建的！每年捕鱼量，十多万斤啊！还有下游的水利灌溉网，也是你们……"司机怕他的话被风刮跑了我们听不见，几乎是喊着说。

我心中情不自禁地暗想：三师的兵团战友们，感谢你们！感谢你们在我们北大荒知青的功绩册上，记载下了这座大水库。如今，你们又在哪里呢？你们生活得怎样呢？你们梦中可曾梦见过你们用汗水修建的这座大水库？请相信我的话吧，北大荒在任何时候都会说出这样一句公道话："以这座水库的名义，向知识青年致敬！"那一时刻，我心中产生了一种比不能扑进水库畅游更大的遗憾——我不是一位电影摄影师，不能将这宏伟坚固的大坝和我在北大荒土地上亲眼所见的一切知识青年的永存的功绩实证拍成一部影片。哪怕仅仅是一部几分钟的影片，也能带回城市去，让许许多多的人都了解这样一点：在一场史无前例的也许是不负责任的运动中，几十万知识青年，包括那些并非是自愿离开城市、离开父母而来到北大荒的知识青年，一旦双脚踏上北大荒的土地，却在这场不负责任的运动中抱着怎样热忱而真挚的责任感，用自己的青春、力量、双手和汗水，做过多少具有真正意义的事情！

远处的水面上有一条小船出现在我的视野内，随着波浪的涌动，时起时伏。凭目测，我判断它距离大坝有四五里地远。是什么人在这样大的风浪中驾船离坝？太冒险了！我扭头疑惑地望着司机。

司机也发现了那条船，很有些气恼地说："准是附近农村生产队的农民

父母岁月

偷偷捕鱼,这家伙,连命都不要了!"

果然,船上有人在向水中撒网。

司机将双手拢在嘴边大喊:"喂……你靠坝!我们不罚你款!我们担心你的命!……"

船离坝太远,撒网的人显然听不见他的喊声。

司机无可奈何地跺了下脚,责怪起水库管理站的人来:"管理站的人干什么吃的!竟让这玩命的家伙偷偷下了水!"

我这时却发现,大坝的正中,高耸着一个建筑体,原来是一座碑。我的其他六个伙伴,都正围拢在碑前。

司机说:"咱们别管那家伙了!他要玩命,随他玩去好了!反正命是他自己的!世上总有些拿命不当回事的人!你也过去观看一下那座碑吧!为你们一个知识青年建的。"

听了司机的话,我立刻迈步朝那座碑走去。司机跟在我身后,差不多和我同时走到了碑前,低声对我说:"是你的知青老乡啊,挺好的一个北京小伙子,我认识他。水库大会战时期,我给会战指挥部的头头们开车,认识工地上的不少知青。他和我交情不错,托我帮忙,要等水库会战结束后调到我们师部汽车队来当司机。小伙子挺肯钻研的,经常捧着一本《汽车保养和维修理论》看得入迷……"

很普通的一座碑。碑体是整块的岩石砌成的。没有底座,仿佛这整个大坝就是它的底座。一块大理石板镶在碑的正面,其上用雄浑的隶书体刻着这样一行字:

北京知识青年王文君一九七五年七月二十三日为建水库大坝牺牲于此,他的名字将与大坝共存。北大荒永远怀念他!

字不是描金的,也不是鲜红色的,而是漆黑色的,因而也显得更加肃穆,更加庄严。

司机朝碑顶一指:"你看,那就是他。"

我缓缓抬起头,凝目仰视着碑顶。一个青年人的半胸雕像面向水库,仿佛在俯瞰着整个水库。"他"留着"学生头"，那正是我所熟悉的我们北京男知青们当年普遍留的发式。"他"迎风大睁着一双永远也不会流露出倦意的眼睛。"他"有如这水库大坝的一尊"守护神"。

我的心中顿时涌起一股哀思之情。十年"屯垦戍边"，我们有不少知识青年献身在北大荒。有的我认识，与他们有着兄弟姐妹般的情谊。有的我不认识，至今无法一一知道他们的姓名。还有的，我与他们之间，曾因某些事情，一度积下过怨恨。如今，过去了的十年已成为历史。我们离开了北大荒，他们的尸骨，却将永远地埋葬在北大荒的土地上了。有着兄弟姐妹般情谊的和一度曾积下过怨恨的，我如今都对他们怀着深深的哀思。而我对他们的敬意是与我对他们的哀思一样真诚的。正是我对他们的敬意和哀思促使我常常想：还会有整整一代人，像我们当年那么充满创业者的热忱，那么富有牺牲精神，那么不屈辱地承受了历史对我们的不公正的摆布，而又那么毫不自私地贡献自己的青春乃至宝贵生命吗？

我默默地垂下了头，默默地在心中对"他"说："王文君，我的不曾相识的好兄弟，我的北京知青同乡，我们大家来看你了！我们代表几十万北大荒返城知识青年看你来了！愿你的灵魂安息！"

在大坝上，在大风中，我们七人，不，八人，包括司机在内，向"他"进行了长久的哀悼——这是我们回访的四天中，第三次在我们北大荒知青战友的碑前表达我们的敬意和缅怀。

我们坐进车内之后，司机将车开得比扶柩的脚步还要缓慢，车轮无声地从大坝上经过，从碑前经过……

水库管理站的人，预先接到了师部的电话，已经在公路上迎候我们了。

我们首先被恭请进了食堂。食堂里摆放着几盆温热的洗脸水。大家各自擦过脸后，又被请到一张圆桌旁。刚坐定，一个小伙子双手端着一托盘切好的西瓜从厨房内走了出来。那小伙子身材结结实实的，个头不高，也不算矮。他腰扎雪白的围裙，臂套雪白的套袖，像是他自己家里来了什么贵客似的，纯朴的脸上露出喜盈盈的笑容。

老站长介绍说："他是咱们水库管理站食堂的小张。他今天休息，听到你们要来水库的消息，也不回家了，一定要亲自为你们做几样拿手好菜。你

父母岁月

们瞧，还换上了新围裙、新套袖！"

我们都感激地瞧着他亲切微笑。

他将托盘轻轻放在桌上，腼腼腆腆地说："怕你们一路渴了，先吃几块西瓜润润口吧！"

我们的确是渴极了，也就不客气，纷纷拿起西瓜，大口大口地吃。西瓜甜极了。红瓤的，黄瓤的，每一块都是沙瓤的，皮薄而籽少。

老站长可能是怕我们不好意思多吃，也陪着我们吃了一块，吃完后看着我们说："吃吧！你们这是在吃自己的劳动果实，用不着半点客气嘛！"

"自己的劳动果实？"我放下一块西瓜皮，不解地瞧着老站长发问。

"是啊！"老站长肯定地点了一下头，"都说西北的瓜甜，咱北大荒人今天也能有口福吃上了！这瓜种，就是当年你们知青中一位有心的上海姑娘，写信给兰州的亲戚讨来的。别人都讥笑她冒傻气，说北大荒的土地上哪能长好兰州的瓜！还编了顺口溜逗她：武昌的大米兰州的瓜，北大荒的上海丫，兰州的西瓜好虽好，种在北大荒长成了大倭瓜，气坏了上海的倔小丫，发誓一辈子再不吃西瓜……这上海丫头还真有股倔劲儿，一个人业余时间侍弄了三年瓜，成了个瓜迷。第三年秋天，她自己开出的那块瓜地，到底结出了一千多斤又大又甜的北大荒生长的'兰州瓜'。瓜种虽是兰州瓜的瓜种，可人们不叫这瓜'兰州瓜'，而叫这瓜'上海瓜'。如今，她已经离开北大荒三年了，一吃这瓜，就不由人不想起她……"老站长的语调，包含着无限复杂的感慨。

我们听了他的话，都不禁停止了吃瓜，你望我，我望你，一时不知该如何表示为好，竟个个有点不自然起来。

小张始终站在一旁，听老站长与我们交谈。他见老站长和我们都陷入了沉默，便插言道："站长，他们不就是也代表上海丫重返北大荒来看望你的么？农垦总局的领导不是说了，他们几位知青代表是第一批，以后还要邀请第二批、第三批代表来么？咱们向总局领导建个议，下次一定要邀请咱们的上海丫回北大荒！我想，咱们的上海丫也一定会高兴有个机会回北大荒来看看的！"

瞧不出，腼腆而憨厚的北大荒小伙子还挺机敏，挺会说话。他的话，使暂时沉闷了片刻的气氛又活跃起来。

老站长呵呵地乐了，又说："是呀是呀，我一定向总局领导建这个议。也拜托你们几位中的上海知青代表，走时记下她的名字，回上海后寻找到她，替我们捎个口信给她，就说我们'蛤蟆通'水库的人，一吃着她培育的西瓜，就想起了她。至少可以说每年想到她一次吧？……"

我们也都笑了。我们中的那位上海代表，当时就掏出小本本，问清我们四十余万北大荒知青中的这位"上海丫"的姓名，工工整整地记在了小本上。

小张又捧来一个大西瓜，利落地操刀切了开来。

老站长却制止住了他，说："不许他们再吃了，西瓜吃饱了肚子，一会儿还能吃得下饭去？饭后再吃吧！"又瞧着我们说："咱们副站长小周，为你们驾船下水库捕鲜鱼去了！"

老站长的话，使我立刻想到了站在水库大坝上看到的那条令我当时分外担心的小船。

"我们看见她的船了，我还以为是偷偷下水库捕鱼的农民呢！"司机看了我一眼，因为当时诅咒了好人而窘红了脸。

"老站长，这么大的风浪，您不该允许……"我愈加替驾船的人担心，口气中不无埋怨。我们吃上吃不上水库的鱼有什么大关系？让人家为我们冒险，这反而使我们感到不安了。其他几个代表，也你一言我一语，要求老站长赶快派人去将捕鱼的召唤回来。

老站长挠挠头，说："我当时拦不住嘛！小周讲的也有点道理，你们过去是北大荒的主人，如今就是北大荒的客人了！不管什么客人到咱们水库来，咱们都招待吃一顿鱼，这是咱们水库的规矩，对你们更不能例外！不过你们别担心，我嘱咐小周穿上了救生衣，不会发生危险的。再说风是朝大坝这边刮……"

老站长正说着，一个人从外面走进了食堂——是个姑娘。她剪着齐耳的短发，衣服裤子都完全湿了，显然是被浪花溅湿的。她还没有来得及脱下救生衣，一手提着网，一手拎着一条草绳。草绳上穿着四五条一尺多长的活鱼，鱼尾都在有力地摆动着。

"嘿，正说到你！你要是再不回来呀，他们肯定就会向我提出抗议了！"

父母岁月

老站长说着起身，走到捕鱼的姑娘跟前，从她手中接过鱼和网，递给小张，随即将她轻轻推至我们跟前，介绍道："这就是咱们水库的副站长小周同志！"

"周慧萍。"她低声说，微笑了一下，向我们伸出了一只手。

我第一个握住了她的手，同时作了自我介绍。她的手那么凉。她的身子冷得抖了一下。也许因为我是我们一行七人中唯一的女性吧，她的目光盯在我脸上，对我格外注意地端详了一会儿。那是一种探测性的目光。她仿佛要在与我握住手的这短短时间内，企图了解到我的过去和我的现在，并与她自己可能有过的什么经历作比较。我也趁机将她上下打量了片刻。她的身材适中，苗条而不显得柔弱，健壮而不失女性的优雅。她有一张娟丽的脸，眉清目秀，文静中透露出一股存在于内心的自信和刚强气质。不必别人从旁做证我也知道，我们的脸色一定差别很大。返城两年，我的脸色变得白嫩了。因为我已经习惯了像目前城市中的女性一样，每天用"珍珠霜"一类化妆品滋养自己的脸。而她的面部皮肤和我相比，自然要粗糙得多。由于穿着湿衣服，她的脸色冻得有些发青。我不禁低头看了一眼我们握在一起的手。一只白嫩的手和一只像北大荒男子的皮肤一样粗糙的手握在一起。我的手感觉到了她手掌上厚厚的茧子。那一瞬间我心中莫名其妙地产生了一种羞愧。是因为我的脸白、手嫩，还是因为别的什么缘故，连我自己也不得而知。

我下意识地放开了她的手。

"风浪太大，鱼都躲到水底去了，浅水区捕不到。好不容易才在深水区捕到了几条，还实在不算大。你们一定很饿了吧？耽误你们吃饭了，真对不起！"她非常抱歉地说。尽管她的歉意绝不是虚伪的，这种歉意也仿佛是北大荒人对待我们的客观上的疏远。这使我心中倏然产生了一种悲哀。是啊，我们已不再是北大荒的主人了。我们过去曾是主人，但现在毕竟不再是了。如今我们是客人，是代表着几十万返城知识青年的特殊身份的客人。

我一时间竟不知如何回答她的话好，怔怔地望着她，默默地笑着，身为知青代表的那种难以彻底摆脱掉的拘谨心理，又将我整个人笼罩住了。我的神态，我那默默的笑，变得多少有点不自然起来。

她已将脸转向了我们中的别人，又向别人伸出手去。

"得啦得啦！别一一握手啦！别来这些客套的见面礼啦！你也是知识青

年,你和他们更是自己人!自己人用不着那么多礼节!"老站长将她的手挡回去了,又说,"瞧你冷得脸都发青了!快回家去换下湿衣服再来,一会儿你得陪客人吃饭呢!"

老站长也称我们为"客人",我心中不仅感到悲哀,还觉得似乎有点受委屈了。

她对我们亲近地微笑了一下,转身向外走去。在食堂门口,她站住了,扭回头望着老站长,犹犹豫豫地说:"站长,有你陪着客人吃饭,我就不必来陪着了吧?我还没给我妈做饭呢!等客人们吃过饭,我来陪着说话还不成么?"

老站长朝她挥了下手:"你妈用不着你操心,我早打发我老伴照料她去了!你如今是咱水库唯一的知识青年了,返城知识青年代表们来到,你不陪着吃顿饭还像话?"

她刚走出食堂,我便开口问老站长:"原来她也是个知识青年?我还以为她是北大荒姑娘呢?"

老站长却反问我:"怎么?你一点都没听出她的北京口音来?是啊,她来到北大荒整整十四年了,连口音都变了。听你说话的口音,你一定是个北京知识青年。她是你的北京老乡啊!"

我的北京老乡?真是意外相逢!当年的四十八万北大荒知识青年中,如今只剩下一万多扎根在北大荒广袤的土地上,像黄菠萝树一样成了北大荒的"稀有植物"。我这位北京知青老乡,居然是我们回访四天中接触到的第一个扎根知识青年。而且是位北京姑娘!她为什么没有离开北大荒?究竟为什么呢?四十多万人都离开了,留下的,该需要多么大的勇气啊!她哪来的这种勇气?我相信,每一个留在北大荒的知识青年,除了勇气而外,一定还有着不同于其他知识青年在北大荒的特殊经历。我甚至相信,后一种因素是主要的,可能起决定作用的。那么,我的这位北京知青老乡,会在北大荒有过怎样的特殊经历呢?一个又一个的疑问,充满了我的头脑。

我们代表中的一个,对我开玩笑地说:"老乡见老乡,两眼泪汪汪。你一会儿可别太动感情哟!"

我觉得这种玩笑是不合时宜的,而且毫无幽默感。我没有理睬他。他们

父母岁月

中的个别人，返城后的境况不错，有的考上了大学，有的当上了报社的记者或出版社的编辑。他们在人生的道路上都开始有点春风得意了，自以为前程似锦。所以一踏上北大荒的土地，大有点"衣锦还乡"的心理。我讨厌人在生活道路步步顺利如愿之后这种心理上的不良演化。

"我们的小周见了你们只有高兴，绝不会两眼泪汪汪的！更不会感到半点自卑！她的心比男人还刚强！"老站长说这话时，表情和语气都格外郑重。他敬佩我的北京知青老乡。我从他的表情上看出了这一点，从他的语气中听出了这一点。我心中很为她——我的北京知青老乡感到欣慰。

"她不但刚强，还善良。我们副站长是一个最好最好的女人！"说这话的是小张。他真可谓是一个神厨。才一会儿工夫，就端上来一盘浇汁鱼了。"最好最好"，这样的话，出自一个朴实憨厚的北大荒小伙子之口，应被理解为是对一个人的"最高最高"的评价了。他已不是在用"最好最好"这四个字表示对她的敬佩，而分明是在表示对她的赞美和崇拜了。

她究竟为北大荒作出过怎样了不起的贡献，才获得老站长如此的敬佩和小张如此的赞美呢？这加在许多问号之后的问号，成了我最想首先从她身上寻找到答案的谜。

小张又接连端上来了几盘菜，老站长便打开了一瓶"北大荒"酒。但他却并没有开始给我们斟酒。

他说："咱们再等小周一会儿。"

他的话刚说完，她就走进食堂来了。她换了一件粉红色长袖的确良小褂，一条灰的长裤子，一双半旧的扣襻式皮鞋。短发分明梳理过了，也许还洗了脸。大概因为脱下了湿衣服，身上不再感到寒冷了，她的脸色变得那么红润，眼睛变得那么明亮，整个人变得那么神采奕奕。我惊异地发现，她比我刚才第一眼见到时，要美丽得多。

"我就和我们当年的女战友坐一块儿吧！"她走到我身旁，将椅子挪得更靠近我一些，款款地坐了下去。

吃这顿晚饭的过程中，她的话始终不多。菜很丰盛，小张的厨师手艺挺有水平。因为她是我们回访见到的第一个扎根知青，除我而外的六位代表，频频举杯向她敬酒。她颇有酒量，对每一个敬酒者都以礼相待，应酬从容，毫无勉强之色。和有意不失代表身份的他们比起来,她身上仍保持着北大荒知青当年那种豪爽,倒更具有男子汉气概。

他们对她举杯时所说的那些敬酒词,全是美好而不着边际的语言。如:"祝你青春常在"啦,"祝你身体健康"啦,"祝你一切称心如意"啦……我能体谅他们为什么除了这一类话就寻找不到别的更可亲点的话。作为一个知青中的返城者,对于知青中的扎根者,总是多少怀有一点同情的。如果不是万般无奈,谁会不随风潮返城而甘愿留在北大荒呢?这不但是他们的思想逻辑,也是我自己的思想逻辑。

我对她,内心深处也是怀有这种不能当面表示的同情的。当她以主人的身份举杯向我们敬酒时,句句话都打动了我们的心。"祝你母亲的病早日痊愈!""祝你的工作调动问题顺利解决!""祝你和新婚妻子的生活幸福美满!""祝你考研究生的理想实现!"……仅仅从饭桌上很随便的相互间只言片语的交谈中,她竟能捕捉到每个人生活中目前最主要的忧愁、愿望、快乐和抱负。这简直是一种特殊的本领。不,仅仅被认为是一种本领太不完全。没有一颗善于理解别人和由衷地关心别人的心灵,即使有这种本领,也怕是只会以令人反感的形式显露出来——虚伪和讨好。

而她说那些祝酒词时,语气和表情是非常诚挚的。

我还始终没有向她敬酒。我一直在心中暗暗寻找着一句我认为能够表达我对她——一个离开了北大荒的姑娘对一个扎根在北大荒的姑娘充满敬意和深切关心的话。寻找到这样一句话那时那刻对我来讲竟很不容易。

她却主动向我举起了酒杯:"祝你获得美好的爱情!"语调特别庄重,目光注视着我。酒的作用,使她的脸色绯红,显得容光焕发。眼中流露出只有女性之间才会感受到的慰藉。

我慌忙起身,举杯,不待多加思索,一句话脱口而出:"我也同样祝你获得美好的爱情!"同时我对她更加暗暗佩服,由于我在饭桌上说了一句"爱情虽然美好,但爱神不对我笑"的话,她居然就判断出了我还没有获得爱情!

不料她听了我的话后,神色明显一变,一缕哀伤笼罩了她那张脸,闪亮的目光也顿时黯然了。她没有饮那杯酒,缓缓地坐了下去。我的同伴们面面相觑，其中有人向我投过谴责的一瞥。我立刻明白，一定是因为我的话无意中挫伤了她在爱情方面的什么隐衷。小张没有入席，一直站在她身后，一边听我们交谈，一边随时准备为我们服务。在这种谈话局面冷落了的情况下，他端起她那杯酒，说："我们副站长的酒量喝到了，我替她饮这一杯！"说罢，一饮而尽。他的脸顿时红起来，比她的脸更红。看来，这北大荒小伙子，还不如我这北京知青老乡有酒量。然而他还有点硬充好汉，亮了亮杯底儿，又说："大家喝好，大家喝好，我替我们副站长奉陪！"我想，他分明是在"掩护"她。我忽然觉得，这朴实憨厚的北大荒小伙子有些可爱。

老站长突然拿起了筷子，用筷子逐个指点着我们，接小张的话说："大家别光喝酒呀，吃鱼！吃鱼！你们吃得客气，就辜负我们小周冒大风大浪为你们下水库捕鱼的一片心了！"

我们代表中的一个，出于寻找新话题的目的，有意将大家的注意力转移到我身上，不无奉承地说："小魏，你如今是一位青年女作家了，你为什么今天变得这么少言寡语了？给大家讲讲你现在正构思什么新作嘛！"

我的北京知青老乡的目光，极迅速地从我脸上掠过。我觉得她那一瞬间的目光是复杂的，包含着多少内容，我无法分析。

我微笑了一下，摇摇头，什么都没说。面对我这位扎根在北大荒的北京知青老乡，我真不知究竟该说些什么好。北大荒——北京，广袤的边土——首都城市，究竟是什么原因，使她与后者斩断了命运的纽带，与前者结下了永久的契约？是万般无奈？还是心甘情愿？……

大家见我不说什么，便都挺自觉地又将注意力从我身上转移到鱼上，一边吃，一边纷纷赞不绝口地夸起小张做鱼的水平来。这顿招待饭，终于在对"蛤蟆通"水库鱼的肥美和小张高超的做鱼技艺的赞赏中吃完了。

饭后，天黑了。老站长为如何安排我这位唯一的女代表的住处沉吟良久。我主动说："有个住处就行。当年在北大荒建新点，我还睡过干草堆呢！"他说："当年是当年，现在是现在。现在你是咱们北大荒高贵的客人！我们这儿有招待所，空房间倒不少，只是让你一个人住一间，又大又空荡，怕你感到冷清。"我是绝不会因一个人住又大又空荡的房间感到冷清的。倒是老站长无意间随口说出的那两个字——高贵，使我心里觉得有点难过。

"让她住到我家吧！我晚上可以告诉她许多她想要了解的事。"我的北京知青老乡提出了这样的建议。老站长征询地瞧着我。

"这样最好！"我表示非常愿意。

她的家，住在离水库管理站不远的一幢砖房。我跟随着她走到她家门口，她转过身，压低声音对我说："脚步轻点，也许我妈妈睡了。"她的家有两间住房，被厨房一左一右分隔开。我们刚迈进门槛，就听右边的房间传出一位老女人的问话："是慧萍回来了么？"她赶紧回答："妈，是我回来了。"随后对我说："你要见见我妈妈么？"我回答："那当然。"于是她拉着我的手，和我一块儿走进了那个房间。房间不大，收拾得很整洁。火炕上铺着一领新席，炕墙用墙纸裱糊着。一位头发花白、面容清瘦的老母亲躺在炕中，身上盖着被里雪白的被子。我礼貌地问候道："大妈您好？"年老的母亲欠了欠身子，想坐起来。她立刻上前一步，轻轻将母亲按住，说："妈，您老别动，就躺着吧！这位姑娘不是外人，是北京来的知青代表。""代表？……"她的老母亲，侧身躺着，有点迷惑地望着我。她解释道："妈，这姑娘当年和我一样，也是一个到北大荒来的知识青年啊！如今她返城两年多了，返城知识青年们想念北大荒，北大荒也想念他们，农垦总局的领导就邀请了几位返城知青代表回北大荒看看，也算探家吧！"

"回北大荒……看看？探家？……"那当母亲的喃喃自语，异样的目光从我脸上移到女儿脸上。

她将一只手探在母亲的褥子底下，摸摸炕面的热度，又弯下腰，看了看炕洞里的火势，然后，将暖瓶里的水倒在脸盆内，绞了一条热毛巾，开始替母亲擦脸。擦过脸，又擦手。擦完手，又从暖瓶里倒了一杯开水，放在母亲的枕旁。做完这些，她恭恭敬敬地说："妈，今晚我不能陪您睡这屋了，我得陪客人在那屋睡。""去吧，孩子，去吧！"我发现，那老母亲在对女儿说话时，眼中流露出一种非常令人感动的柔情，语调中充满慈爱。

我们悄悄退出这个房间，走到另一个房间。我关心地问："你母亲有病？""半身不遂。"她郁郁地点了一下头，无声地叹了口气。这房间里也是火炕。她替我铺好被褥，又马上转身出去，端进一盆热水，放在我脚旁，说："你洗洗脚吧！"她如此周到地接待我，令我心中十分不安。我说："你先洗吧！""你先洗。我是主人，你是客人嘛。""你也把我看成客人？"她微笑了，瞧着我，挺认真地回答："也把你看成客人，也把你看成我当年的兵团战友。"我们都洗过脚后，她问："你乏不乏？我想你一定很乏了，我陪你躺下说话？"我说："客随主便。"于是我们并头躺下了。我低声问："你北京还有什么亲人吗？"她两眼注视着屋顶，过了一会儿，才用思念的语调回答："有。爸爸妈妈，哥哥姐姐，弟弟妹妹。我可以说自己有一个又热闹又幸福的家庭。我在亲人方面，应有尽有。""妈妈？你在北京有妈妈？""是的。""那，你这一位妈妈……""不是我的亲妈妈。"我诧异了，追问："你和这一位妈妈，又是一种什么样的母女关系呢？能告诉我么？"她淡淡地反问："你好奇？想从我口中收集到一点写小说的素材？"我翻起身，挨近她一些，说："不，绝对不是好奇，真的，相信我！我只是……想了解你。因为你有勇气扎根在北大荒，我很钦佩你。"

"扎根在北大荒的有一万多知识青年呢，你为什么单单要钦佩我呢？"

"我也说不清。也许每一个扎根在北大荒的知识青年都值得我钦佩。但你是我们在这次回访中碰到的第一个扎根知识青年，了解你，我觉得这是我作为一个返城知青代表的责任。"

听了我的话，她沉默了许久，才问："你们到水库上去过了？"

"去过了。"

"见到那座碑了？"

"见到了。我们还在碑前凭吊和哀思。"

"我现在所侍奉的这一位妈妈，就是名字刻在碑上那个人的妈妈。"

她的话，使我陷入了片刻的沉默。在她没说出这些之前，我心中就隐隐地觉得她一定和那座碑有着什么特殊的关系。果然不出我所料。

"我爱过他。"她不再待我追问，开始讲了起来，"我第一次见到他，是在奔赴北大荒的列车上。我是我们学校那一批知识青年的带队。火车开动之前，我对姑娘们说：'现在我以带队者的身份要求你们，离开车窗口，不许朝外看，不许和送站的亲人们做出生离死别的样子！我们要感情刚强，用笑声和歌声告别我们的亲人和北京！请大家跟我唱一首歌！'我首先放声唱了起来：'我们年轻人，有颗火热的心。革命时代当尖兵，哪里有困难，哪里有我们，赤胆忠心为人民……'每一个人都服从了我的话，离开了车窗口，不朝外看，跟我唱歌。虽然每一个人的眼中都泪汪汪的。我一边唱，一边挥动手臂打着有力的节拍。我自己的眼睛也湿了。因为我的爸爸妈妈、哥哥姐姐、弟弟妹妹，我的全家，都在站台上的送别人群中。我清清清楚楚地听到了他们的呼喊声：'慧萍！探出身来呀！让我们再看你一眼！'我也清清楚楚地听到了妈妈和小弟小妹的哭声。我狠着心，硬是不探出身去让他们再看一眼。列车缓缓地开动了。突然，坐在我身旁的一个男同学，不顾一切地扑向车窗口，探出身去，大喊：'妈妈，妈妈！您自己今后要多保重啊！'他第一个哭了起来。这一下，车厢内，站台上，一片哭声。我急了，双手扯着他的衣后襟，使劲儿将他的上身拽进了车厢，训斥道：'没出息的！哭什么！还算是个男同学呢！你们全体男同学的脸都让你丢尽了！'他挣脱了身子，又将头探到车窗外去了。我发现，站台上，人群中，有一位年老而身材瘦小的母亲，满头白发，跟随着我们那节车厢走了几步，向他探身的那个窗口伸出一只手臂，像是要将自己的儿子从车厢里拖出去似的。转眼，列车就将她抛在了后面。这位老母亲那张苍老的脸上依依不舍的表情，那满头白发，那伸出的手臂，将我要更加严厉地训斥她儿子的那些话，全部堵塞在我喉咙中，一个字也说不出口了。泪水从我眼中情不自禁地淌了出来。列车开出站台很远，他才将身子从车窗外缩进车厢内，双臂重叠地放在车窗前的小茶几上，额头伏在手臂上，埋下脸，许久许久没有抬起头……"

　　她讲到这里，不再讲下去了。她始终保持着仰躺的姿势，一动不动。两眼，也始终注视着屋顶。她脸上呈现着一种仿佛独自追忆往事的思索般的沉静。北大荒的夜晚依然那么安宁，没有半点喧闹之声。我并没有催促她继续讲给我听，只是默默地注视着她，期待着她。我不愿为满足自己的迫切心情而扰乱她追忆往事的淡淡的情绪。或许这种追忆，对她是一种特殊的精神上的补偿吧？

　　她缓缓朝我翻过身来，问："你非常想听我讲下去吗？"

　　我没有用话语回答她，我相信我的表情已明确地回答了她。

　　她又恢复了那种仰躺着的姿势，两眼仍注视着屋顶，接着讲："来到北大荒之后，我们分配在一个连队。我当了一名知青排长，他是我那一排中的

父 母 岁 月

战士。我和他虽不同校,但两家却住得很近,隔一条街。每次我的探亲假被批准,总要主动找到他,问他是否需要往家中捎什么,或从他家中往北大荒捎什么。我为什么要这样,连自己都说不清。也许仅仅是以此向他表示歉意。我常扪心自问,觉得自己在奔赴北大荒的列车上对待他的粗暴态度,是那么不近人情。可他每次总用一句话回答我:'谢谢,不必麻烦你。'他似乎因列车上那一幕耿耿于怀,不肯原谅我。虽然他不肯原谅我,我每次回北京探家,总还是要到他家去看看。他家中只有一位年近六十的老母亲,体弱多病。上山下乡运动办公室竟不照顾他这种家庭情况,真使我替他暗自不平。如果他在社会上稍有后门,可能是会被留在北京安排工作的。在连队我没有向他当面表示忏悔的机会,也没有当面向他述说我对他的同情的机会。他也一次没有因我到他家中去看望过他的老母亲,照料过他的老母亲,而对我有所表示。我想,这可能是由于他的老母亲是文盲,不能够写信告诉他,记忆也不好,不能够将我和到他家去过的连队的其他北京姑娘区分开。尽管他对我从无表示,我也毫不在意。

"他每次探家,都很热心地替同连队的北京男女知青捎带东西,却从不问我需要他在探家期间办什么事。第三年,他的探亲假又批下来了。而我在那几天刚收到家信,得知母亲因胃出血住院,病势险恶。我却不能回北京去守护我的母亲。因为我刚从北京探家回来不到两个月。团里对知青的探亲假卡得很严。我是知青排长,排以上干部的假由团干部股批准。我知道干部股根本不会再批我一次假,焦急万分而又无可奈何。接连几个晚上,我躺在被窝里偷偷地哭。

"一天上午,我刚要带着全排战士去抢割大豆,连长把我留住了。

"在连部,连长对我说:'你今天就回北京吧!'

"我说:'这能行吗?团里没批我的假,连里放我走了,以后要是向连队追究起来呢?'

"连长说:'追究起来的话,连里替你兜着。'

"我感动极了,哭了,保证说:'连长,只要我妈妈的病一脱离危险,我就返回连队!'

"连长说:'我们完全相信你。不过你离开连队前,应该去对王文君表示

一下感谢。是他主动将自己刚批下来的探亲假让给你了,否则连里也无权做主放你走.'

"我当时怔住了。我真没有想到他会这么做。如果他当时在我面前,我真有可能给他跪下。当我找到他时,我又不知对他说什么好了。因为我剥夺了一个知识青年一年中最重要的权利,也是最殷切的盼望。我想到了他那体弱多病的老母亲。我当时忽然觉得,我若允许了自己这样一种剥夺,是很自私、很可鄙的。我竟对他说:'不,我不能够……'他说:'你别想那么多。我们哪一个知识青年不爱自己的母亲!你的母亲就像我的母亲一样。你不是每次探家,都看望了我的母亲么?'

"原来他是知道的!原来他的老母亲对我是有印象的!

"我含泪微笑了。

"他交给我一封信,说:'这封信不但要请你捎回去,还要请你念给我母亲听。因为她不识字。'

"在火车上,我看了那封信。他在信中写道:亲爱的妈妈,您一定很想我!可我今年却因为极特殊的情况失去了探家的机会,不能回到您身边了。捎此信的姑娘,是我们的排长。她的母亲生重病住院,我将自己的探亲假让给了她。我相信您一定会理解我这样做的。她是个好姑娘,她不是每次探家都看望过您么?您不是经常对我说,可惜这一辈子没福气有个女儿么?您就将她当一个女儿看待吧!见了她的面,就像您见到了您的儿子一样高兴吧……这封信,我至今几乎能全部复述下来。它使我了解到一个人的心灵;使我懂得了,儿女们对母亲的爱,也不应是自私的。

"我们的关系,从此变得非常友好。我当上副连长以后,他当上了知青排长。我们的接触多了,了解得也更深了。他正直而善良,获得了许多知青的拥护和信任。我们的关系也由友好而一天比一天发展得更加亲密起来。不知从哪一天开始,爱情悄悄进入到了我心里。我暗暗地爱着他,却从未向他明显流露过。我至今都不知道,他是否也爱着我。因为第二年,我们连队就参加了全师兴修水库大会战,他就在会战中……牺牲了……"

我用极低微的声音问:"他是怎么牺牲的?"

"具体情况,谁也无法知道。土坝刚筑起来,连日大雨,湖水猛涨。那

父母岁月

"一天夜里,他在坝上值班巡查。我在梦中突然听到一阵急促的锣声,匆忙穿上衣服,奔出帐篷,跟随着许多人跑上了大坝。大坝已经决了一道口子,局面非常危险。紧接着便是一场抢险,一袋袋水泥投入到决口中。抢险过后,我们才在决口旁的坝堤上,发现了他拎着的那盏破碎了的马灯和一面锣。我们在雨中大声呼喊他的名字,却听不到回答。据推测,他发现了决口,敲锣报警后,跳下去用身体挡在决口中,被水泥筑在坝中了……亲手往大坝决口中投放水泥袋最多的人,悲痛得泣不成声。我是这些人中的一个,我当时昏倒在大坝上……"

她的最后几句话,低微得勉强使我听到。

水库的方向,波涛拍击大坝的声响轰动着我的耳膜,在我心中造成了一种情感的澎湃和激荡。

眼泪从我的眼角淌下来了。我没有去擦它,任它湿了我的鬓发,湿了枕头。四十余万知识青年中,究竟有多少人献身在北大荒了?没有谁统计过。但永远留在"蛤蟆通"水库大坝上的"他",绝不是我所知道的唯一的献身在北大荒的知识青年。愿他和他们的灵魂安息!

"你睡着了?"她在轻声问我。

我没有回答,也没有朝她转过身。我只是向她伸出一只手,摸到了她的手,紧紧地、紧紧地握着。

她继续讲:"我们的连队,将通知他老母亲这不幸事件的任务交给了我。我深知这不幸对他的老母亲意味着什么。我深知连队是交给了我一项最不寻常、最困难的任务。我深知自己无论如何都不会以轻松的方式完成这项任务,但我还是鼓起勇气接受了。我认为这是自己无权拒绝接受的任务。

"他当年托我捎回北京的那封家信,一直被我珍藏着。水库大会战结束,我带着这封信回北京的第二天就去他家了。我对老人家说:'大妈,您的儿子今年又不能回北京探望您,和您过一个团圆年了。他给您写了一封信,我念给您老听。'于是,我就念起来。只念了开头几句,我的眼泪就不禁夺眶而出,一滴滴落在信纸上,将信纸滴湿了。老人家聚精会神地听着,并没有注意到我在落泪。老人家疑惑地问:'这封信,你去年给我念过的呀!'这不认识字的老母亲对儿子爱到何种程度!连儿子一年前在信中写的话都记得清！我怎忍欺骗这样一位老母亲？而且欺骗总是不能长久的。我一下子双膝跪在老人家面前，泪流满面地说：'大妈，文君他……他……他再也不能回来了！……'我的话，当时给我自己的感觉，仿佛一个无声的巨雷在屋内炸响。那老人家的身子摇晃了一下，险些倒下。我赶紧起身双手扶住了老人家，说：'大妈，从今往后，我就是您的女儿！我要像您的一个亲生女儿一样服侍您，服侍您一辈子！……'许久，老人家才抱住我痛哭起来……

"我返回北大荒时，老人家向我提出了一个请求，请求我将她带到北大荒，带到儿子死的地方，看看儿子的碑。这样的请求，是没有任何理由拒绝的。我就将她带到了北大荒，带到了'蛤蟆通'水库。以后，老人家就在'蛤蟆通'水库住下了，再也没回北京。我为了照顾老人家，也要求从连队调到了'蛤蟆通'水库。老人家住在我们'蛤蟆通'水库的女知青宿舍里，成了我们所有知识青年的一位母亲。她把我们所有女知识青年当作女儿，把我们所有男知识青年当作儿子，替我们洗衣服，拆洗被褥，做病号饭。我们每一个知识青年，敬爱她也像敬爱自己的母亲。大家都称她'妈妈'……"

她不再讲下去了。

波涛拍击。"蛤蟆通"水库大坝的声响更凶猛了。

她不再讲下去，我也不再问什么。我什么都无须再问，什么都理解，什么都明白了。"蛤蟆通"水库的知识青年们撤离北大荒时，老人家仍留在了北大荒，为了和自己的儿子在一起。她也仍留在了北大荒，为了和老人家在一起……

第二天，当我醒来时，天已大亮了。我的北京知青老乡，不知何时起来的，已不在屋里了。

我的枕旁有一张纸，她在纸上写着这样几行字：

亲爱的北京知青老乡，当年的兵团战友，农垦总局的干部会议明天将在水库召集，今天上午我要去迎接开会的人们，也许不能赶回来送你们了。很觉歉意。请你回北京后，转告我的爸爸妈妈和兄弟姐妹，就说我在北大荒生活得挺好。早饭热在锅里，麻烦你端给我妈妈……

父母岁月

我不但替那老人家端了饭，喂她吃了，还像她那么细心地为老人家洗了脸，洗了手，梳了头……

我向老人告别时，这位知识青年的老母亲拉住我的双手说："姑娘，我求你，劝一劝慧萍这孩子，离开北大荒吧！我已经拖累了她这么多年，我不能再拖累她了！她家中也有妈妈呀！……"

我不知应如何答复老人这种恳求。我想，老人一定不止一次当面用这样的话恳求过我的北京知青老乡，也一定不止一次恳求别人劝说过她。我的话绝不会比老人家自己的话，比别人对她劝说的话更起作用。

但我还是对老人家点了点头。

我们准备离开"蛤蟆通"水库了。临上车前，小张将我扯到一旁，说："你如今不是一位青年女作家了么？你能不能……为我们副站长写一篇什么作品，告诉人们知道，扎根在北大荒的知青中，还有这么一位好姑娘？……"

我回答道："我一定写！"是的，我一定写。但这写的强烈愿望，是同发表欲根本无关的。

小张犹豫了一阵，又说："还请你，要写到这一点……有一个人，深深地、暗暗地爱着她，但又没勇气当面向她表示，也没勇气托人向她转达……希望你的作品发表后，寄给她看看，使她从你的作品中了解这一个爱着她的人的心……"

我保证说："我一定写到这一点。"望着面前这个朴实憨厚的北大荒青年，我为我的北京知青老乡感到了极大的欣慰。

我们的汽车又从水库大坝上驶过。司机说："碑顶的塑像，是有一年一批艺术家来水库观光时，其中一位老雕塑家听到了他的事后，很受感动，为他雕塑的，像他本人一样。"

司机有意将车速减慢。汽车缓缓从碑前驶过的时候，我的目光注视着碑顶那雕像，希望永远永远将我这一位不能返城的北京知青老乡、我当年的兵团战友的形象印在我的记忆中，永远……

放　逐

二〇〇二年我大二了。

我遭遇了爱情。

某日去上课时，我被一名踏滑板的男生撞着了——通往教学楼的路上行人匆匆，有的同学边走边吃东西。一只尚不会飞的小麻雀不知何时从树上掉在了路上，在学生们的脚步间盲目蹦跳，却少有注意到它的人，谁注意到了，也只不过高抬脚跨过而已。它的妈妈在树上焦急地叫个不停，不时在学子们头顶盘旋，对于这异常的现象也根本没谁注意。我注意到它时，它恰被一只脚踢翻。那一踢使它不动了，居然趴在无数匆匆的脚步之间了。我赶紧快走两步，双手捧起了它，欲将它放到草坪上。

就在那时，踏滑板的男生撞着了我。这是两不怨的事，但他分明想怪我，立刻就要说出一句不中听的话来。当他明白了我在做什么时，又伸展双臂为我挡住别人。

我俩没说话，互相笑笑而已。

我第二次见到他时，他在电梯里，我在电梯外，离电梯十几步远。电梯里的人已经满了，他按住电梯不使梯门关上。我跑过去挤进了电梯，却超重了。我刚要退出电梯，他却抢先离开了，而那时别人按了下键，梯门关上了。

第三次见到他是在校刊的组稿会上，他是编委，我是学生作者。我写了一篇散文《神仙顶记事》，文中自然写到了我的生父、两个姐姐和我外甥。在散文中，我那些亲人只不过是"神仙顶人"——当时我仍不知他们是我的

父母岁月

亲人。他是我的责编，点评时说我的散文有"玉质"，堪称"玉散文"。他的过奖之词使我当时很窘。

就这样，我们不再陌生了，也可以说认识得自然而然吧。

后来，在食堂吃饭时，他经常"很巧"地坐在我旁边。

他是计算机专业的，那当年是热门专业。可他是文学爱好者，从不创作，却被认为有评论水平。他是家在贵阳的学生，父亲是省里某厅厅长，据他说他父亲属于那个厅的高配干部，实际享受副省级待遇。那一年我爸已是临江市市长了，而他居然了解到了这一点，还说他父亲知道我父亲这个人。

一日，我俩散步时他说："咱们这一届，干部家庭的学生不多，学习好的也不至于沦落到这样的学校来。"

他这话显然是在说自己，却无意中伤到了我的自尊心。我尽量装出没被伤到的样子，说："什么样的大学都有才子。"

恋爱使人变傻是流言。起初会使人智慧，深入下去才变傻的。

他听了特高兴，忽然吻了我一下。虽然是在我完全没心理准备下发生的一吻，我却没生气。

我接着也主动吻了他，似乎是那样。否则，在那天我们之间不会有一阵彼此深吻。

二〇〇二年，中国的一切事都进入了"快速"阶段，爱情也不例外。与民间相比，大学学子们的恋爱过程算挺"悠着"了。在民间，往往互相"中意"的当天就进入实际"步骤"了。不"那样"的理由在年轻人中越来越不成立了。

我中他的意。

他一米八多的个子，算不上是帅哥，却也相貌堂堂。我俩在身高和颜值方面挺般配。爱情使我平淡无奇的大学生活出现了意想不到的情节。我虽然并未被爱情冲得找不到北，但确实也挺享受那种伴着惊喜的缠绵。

他曾用摩托带着我在贵阳的老区新区兜了两次，强调非要由我决定在何处买房子。我又开始对人生有些憧憬了——不是初中时那种天马行空不着边际的胡思乱想，也不是高中时往细了想又会顿时索然因而懒得继续想下去的迷惘，而是一步步特实际特接地气的那种预想，接近于对人生做出的理性规划和设计。

又一日，我与他在经常幽会的地方耳鬓厮磨之际，同宿舍的一名女生找到了我，说我爸将电话打到了校办——我妈住院了。

在临江市立医院急诊抢救室外的长椅上，我见到了我失魂落魄的爸爸。

我爸告诉我，我妈突发胃出血。胃病是她的家族病，但与她前一时期太累了也有关。民盟换届，关于人事安排她必须亲自与市委统战部协商。护校扩建扩招，建一半资金链断了，原定资金到不了位，她又亲自四处求援。于姥姥的死也使她很难过，嘴上不说，暗自伤心。家里没了于姥姥那么一个人，她对家务是玩不转的，却又一时找不到一个合适的替代之人……妈妈对自己的病大意了，把自己累着了。

护士从病房出来，说妈妈醒了，知道我到了，急着见我。

我进入病房，脸色苍白的妈妈朝我微笑，尽量做出泰然的样子。

我刚在她旁边坐下，她就问："见到爸爸了？"

我点点头，握住了妈妈的一只手。

她又说："女儿放心，妈妈的病虽然是家族病，但绝不会遗传给你的。"

我不明白她为什么说这种话。

"妈，你怎么这么说啊！"

我小声哭了，吻她的手，吻她的脸，说了些她会没事的话。

"记住，我给你留下了一封信。我口述，你爸代笔的。你先别急着看，过几天再看也不迟，但也别忘了这事。"

当时我哪里能明白，她说"过几天"的意思，其实是"我死以后"。

我又怎么会那么想啊。

妈妈嘱咐过那几句话后，从枕下摸出两件东西——第一件是存折；第二件，还是存折。二〇〇二年，卡还不是很普遍。

妈妈告诉我，一个折有两万多，是姥姥求人写下遗嘱留给我的，是她一生的积蓄，而妈妈是指定的执行人。另一个存折有将近十万，是妈妈自己为我存的。

"本想凑个整再交给你，现在……妈觉得还是现在交给你好。你都大二了，两年后就毕业了，该有自己的小家庭了。放在自己那儿，用起来更

父母岁月

方便……"

妈妈将存折塞在我手里，同时用双手握住我的手。

"妈妈，您这是干什么呀！我不要钱，我要你早点好起来，早点出院……"我哭出了声。

而妈妈说："别哭啊！看，你一哭护士又进来了。快，再亲妈妈一下……"

我就吻她的手，实际上是在用妈妈的手堵我的哭声。

那名护士也是护校毕业的，估计她从没想过有一天她面对的病人会是历届学生都尊敬的校长。

护士望着我的目光有请求的意味。

我在妈妈额上又吻了一下，恋恋不舍地离开了。

那年江桥已经建成，公路已经开通，爸爸在市里还有会，直接从医院去会场了。

我独自回到玉县的家，站在除了我再无别人的院子里，第一次感受到了"惴惴不安"是什么滋味儿。

然而我并没想到妈妈真的会离开我。或者说，我的头脑极度排斥这种想法。

我趴在床上，片刻就睡过去了。

我实在太累了。

那天半夜，我的"校长妈妈"离开了我……三日之内，我的状况确可用"痛不欲生"来形容。人世间最爱我的两位女性先后离我而去，一去永不返回，这使我觉得自己像一只无所依傍的孤雁，对大地和湖沼缺乏信任，丧失了起码的安全感；对广阔的天空更是充满疑虑。"校长妈妈"和于姥姥之于我，不仅仅是呵护我长大的两代亲人，还是足以保佑我命运顺遂的吉祥神。有她们在，不论我的人生遇到怎样的挫折，都不至于惊慌失措，仅仅是品味沮丧而已，安全感却是不受影响的。失去一位，我已觉自己的亲情殿堂断了永难修复的一柱；现在两位都失去了，我的亲情殿堂垮塌了。在别人眼中，我当然已经长大了，我爸就是以这样的眼光来看我的。但我自己知道，我的心理年龄仍处在习惯了受宠的少女时期。至于我爸，他固然也是爱我的，我却总觉得他的爱有别于"校长妈妈"和于姥姥对我那种细到微处的爱。用他的话说，那三天里，我因悲伤过度，像"活死人"。

他说得没错，我一下子跌入了空前的彷徨无助之境。我所参与的主要的事是妈妈的丧礼。那自然是隆重的，但我却完全记不清是怎样的过程了，连悼词也没听进去。过后我爸告诉我，悼词对我妈的评价"甚高"。

第四天晚上，我爸在书房批阅文件时，我走了进去，终于可以心如止水地坐在他对面了。

我当时奇怪他竟能那么平静地进入了工作状态。

我向他要妈妈留给我的信。我当然没忘那件事。

他装糊涂，问什么信啊？

在我的坚持下，他只得承认是有那么一封信，但却忘记放在哪儿了，推说几时想起来了、找到了再给我。

我看出那是他的借口，直言我的不信。

他恼火了，拍了桌子，还想摔东西——已将杯子举起，却没真摔在地上。

"我是你父亲！你是我女儿！你失去了妈妈，我失去了妻子，咱俩的悲痛程度是一样的！为什么你不可以理解我一下，为一封信偏偏在这时候坐我对面烦我？！"

他异常激动，脸色都变青了，挥动着的手差点落在我头上。

我朝后仰着头，瞪着他态度坚定地一动不动。

我们父女之间第一次发生那么一种情况，当时我的感受是"惊心动魄"。

但他越是那么情绪化，越是适得其反，越使我急于看到信。

最终他妥协了，开了办公桌抽屉的锁，取出信来放在桌角。

"就在这儿看！"他一说完就抓起烟盒到外边去了。

我妈的信大致内容是——关于我不是她亲生女儿这一点，始终是她心中的纠结。但是她认为，如果自己将这一真相带到另一个世界去是不对的。我是神仙顶人家的女儿，而且我已见过我的生父，就是那位因救我受了伤的"伯伯"。如果我想知道我为什么成了方婉之，最好去问我的生父生母。当然我也可以不问，不受真相的负面影响；不改姓名，继续以玉县的家为家，与我的养父继续生活。

"婉之，你一定要确信，你的子思爸爸和我一样，我们对你都是百分之

父母岁月

百视同己出的啊!我不在了,他对你的爱只会比以前更深,而不会有丝毫相反的变化。你怎样决定你与神仙顶的亲人们、和子思爸爸、和玉县这个家的关系,有自己做主的绝对权利。而且你校长妈妈认为,你怎么决定都与道德无关,那真相毕竟已成历史,人的现实生活不应受身世真相的困扰。生父生母也罢,养父养母也罢,都是缘分。缘分的意思就是,或长或短,或续或终,都可顺心性之自然,其他的都不必在意……"

在我印象中,"校长妈妈"是一个理性远多于感性的人。我从那封信的字里行间,看出了她当时向养父口述时是多么地冷静、坦然、泰然,大约冷静得如同在向下级同志口述领导者的"指示"。

而这一点使我的身世真相加倍地刺激了我——我彻底崩溃了。

后来养父说,他在外边听到了我的一声哀号,像动物的濒死叫声。

他进屋时,我昏倒在地。那一夜我昏睡在养父母床上,养父彻底未眠,守坐床边直至天明。

他还有一大堆工作必须及时做好,我不应成为他的"拖累"。

在我的强烈要求下,他亲自开了六七个小时的车,下午一两点多将我送回了学校。

我最急于见到的是我男朋友。

我在他宿舍门外堵住了他,他正要去上课。

我已顾不上管他上课不上课了,差不多是将他扯到了我俩往日幽会的地方。那儿有回廊、凉亭和水塘。斯时水塘荷花盛开,赏心悦目,令人心旷神怡。回廊两侧的葡萄藤上,一串串葡萄已由青变紫。而凉亭的四柱上喇叭花散紫翻红,开得尤其热闹,如花亭。在凉亭里,我坐着,他站着,从我手中接过了那封信。

我的"校长妈妈"认为她如果将我的身世真相带到另一个世界是不对的;而我直接认为自己如果不及时将那真相告知那爱我的男生是不道德的。

"及时"在我这儿就是刻不容缓。

有什么"缓"的必要呢?

我认为没有。

与其由自己欲说还休地相告,莫如让他看信。

那信两页。他看完一遍，又从第一页重看。

我说："不用看两遍吧？"

他将信放在石桌上，看着我，勉强地但也是古怪地笑着说："是啊，不用看两遍，这封信写得明明白白，我也没什么看不懂的地方，那其实也就没什么想问你的了。但是我不得不说，这下咱俩关系复杂了，真的很复杂了。你得同意，两个相爱的人的关系，背后也牵扯到两个家庭的关系，是这样吧？现在，我自己做不了主了。没想到会出这么种情况，太意外了，复杂了复杂了，我得去上课了，咱俩的事不妨先冷一下哈……"

他又说了几句什么，我已听不到了。

那时世界变得特静。

在我的注视下，他忽然一转身离开"花亭"，头也不回地走远了。

我没再流泪。我甚至也不伤心，没失落感。

我又一次心如止水。

他叫韩宾，一个普通的人名——我相信我有能力几天后就彻底忘掉这个名字，就像在我头脑中不曾存在过。

我请假从学校去了一次神仙顶。

…………

在学生食堂，在用餐的同学最多的时候，一名陌生的艺校的女生当众扇了我一耳光。

她是韩宾的前女友，他俩"破镜重圆"了。她将他俩的关系一度破裂归罪于我，而我根本不知韩宾曾有女友。

情急之下，我将一碗热汤泼在她脸上，她被烫伤了。

我受到了处分，便又成了大学里的"名人"。

但我变得承受力特强了，努力学习的劲头儿并没太受那件事影响。

真正使我的努力目标成了泡影的是神仙顶的人们——一些我不认识，但自称与我有亲戚关系的人。

先是我收到的信多了。"亲戚"们要求我通过市长爸爸为他们办成这样或那样的事，解决这样或那样的问题。既然我的两位姐夫都算是我的亲戚，那么他们的亲戚的亲戚当然也算。

父母岁月

我在学生宿舍走廊里接了我养父一次电话。

他说常有我的"亲戚"去找他，让我告诉他们，有什么困难什么问题，最好先通过相关部门，比如信访办，向政府反映。

养父的话说得十分婉转，但我听出了他已不堪其扰。

二〇〇二年，正是中国民间问题多多的年头。

而我这边也焦头烂额——常有"亲戚"找我找到宿舍里或教室门口。甚至有十几名上访的人蹲守在校门外。

他们的理由是："谁叫你是咱神仙顶的人啊？谁叫你爸是市长啊？见你不是比见市长容易吗？不找你我们找谁啊？你能不给我们这点方便！"

"哪天你与你养父关系生分了，我们不是想沾光也沾不上了？"

校方因而找我谈了一次话，郑重指出——学校不是信访办，我必须想办法杜绝那类现象……

一天，我趁同宿舍的同学都上课去了，留下一封信，仓皇逃窜似的逃离了学校。

二〇〇二年，除了北京、上海，深圳是最吸引想寻找机遇的年轻人的城市。

我乘上了飞往深圳的飞机。

别说方向了，我的人生连阶段性目标也报废了。我对我的"宿命"已生厌烦，决心换一个地方开始我的"实命"。

飞机起飞后，我内心默语——永别了神仙顶，我将我在你那里的根刨出来了，带走了，我与你以后再无任何关系了。别了玉县，我又回到你怀抱之时，将只能是某年的清明了，而我是回去祭奠我的"校长妈妈"……

是夜我安睡在深圳的机场宾馆。

我的每一步骤都是按照前一天夜里的计划进行的。

从那时开始，我变成了一个对自己的任何决定都有计划、讲步骤的特理性的姑娘。

除了理性，我身处异地，举目无亲、四顾无友。

…………

我找到的第一份工作是在远离市区的工地上。我没大学文凭，找不到

"白领"那种出入写字楼的工作。我也不愿做"看店女郎",那类工作得按店主要求穿店服,还得涂脂抹粉、描眉画眼,是我难以接受的。对顾客笑脸相迎、笑脸相送我也根本不擅长……

我与一处工地的食堂签了我生平的第一份劳动合同——我的工作是帮厨。"帮厨"的意思是叫你做什么你就得乖乖做什么,每月工资两千五,据说是比内地一般体力劳动者高出一千多元。表现得好,年底有奖金。

一想到自己以后能够每月挣两千五百元钱了,我在合同上签名时激动得心跳手抖。

大厨是位姓刘的河南人,六十来岁了,我们三个姑娘都叫他"刘大爷"。他家在农村,本人曾是国营大厂食堂的炊事班长。厂里不景气,拖欠工资是常事,他一气之下提前退休,已来深圳多年,仍干本行,常说自己算得上是"闯荡深圳的老江湖"了。二厨是他小儿子刘柱,我们都叫他柱子哥,长得五短身子,虎背熊腰,车轴汉子类型。他跟随父亲也来深圳多年了,大锅厨事上的能力挺拿得起,自称"面点王"。

当年的深圳,事涉劳资关系时兴承包。他们父子承包了大工地上的一处食堂,负责一支一百二三十人的施工队的一日三餐。另外两个姑娘——一个来自东北农村,叫李娟,比我大一岁,为人实在,泼辣有正义感,不怕事,敢作敢当。一个不知是哪省人,叫郝倩倩,身材娇小,天生卷发,细眉俊眼,有股子妩媚劲儿。她有时说自己是四川妹子,有时说自己是湖北人,有时又说小时候是在浙江乡下外婆家度过的,十五岁后跟随父母成了城市人。问她那是什么市,她又闪烁其词,顾左右而言其他。我们三个,她年龄最大,比李娟长一岁。但论谁是三人中的主心骨,却不是她。她颇有心计,凡事既怕卷入是非,也怕吃亏。事不关己,避之唯恐不及。我也不可能是主心骨,姑且不说我年龄最小,那时的我也毫无胆识可言。但我明白我需要朋友,便很快与李娟成了朋友。她那种人特好交,只要你表示出希望与她成为朋友的愿望,她就会视你为友,而且还感动于你看得起她。

我们三个的主心骨就这样顺理成章地变成了李娟。遇到什么涉及我们共同利益的事,她一旦想定了该怎么做,我和倩倩都会配合。她并不是女"二杆子",她胆大心细,有勇也有谋。

父母岁月

....
十一月中旬我相继收到了两封信；信件已经可以直接寄到工地了，有专职的邮递员送达。

....
第二封信是我养父孟子思寄来的。我工作稳定后，主动给他写了一封信，向他汇报我一切都好，请他放心。我认为这是我起码应该做的，也是必须做的。他养育了我二十余年，我不可以说消失就从他的生活中蒸发了。那除了是忘恩负义，没有第二种结论。我的"校长妈妈"泉下有知，也会谴责我的。我并不是怕什么人的谴责，而是因为如果不那么做总有块"心病"似的。那么做了以后，睡觉都香了。

养父在信中说男人有时内心很脆弱，即使当了父亲，当了市长；即使是一个经历过人生摔打的男人，内心有时仍难免会那样。我"校长妈妈"去世后，他的内心就曾脆弱得一塌糊涂，情绪一下子消沉到了难以自拔之境。

而我，自从养母去世后，一想到她，"校长妈妈"这一称谓油然而现。我事实上有两个妈妈，我在心里不可能不对两个妈妈加以区别。不论听别人说到或看到"妈妈""母亲"四个字，我的联想一向是"校长妈妈"，并没见过也不可能再见到的生母，只不过是由"校长妈妈"附带着想到一下的女人。想到一下就过去了，如同一个人想到家乡的井或江河，会附带想到井旁的枯树或常出现在江边、河边的钓者——如果确有的话。

养父还在信中告诉我，他和曲阿姨共同生活了一个月就友好地分开了，不是由于任何别的原因，仅仅是因为性格和生活习惯太难融和。曲阿姨此前一直未婚，独自生活惯了，对家庭主妇的角色一下子难以适应；他呢，与我"校长妈妈"休戚与共地生活惯了，一下子也很难适应一位"全新"的妻子。

他说他和曲阿姨仍是好朋友，可用"红颜知己"来形容。

"女儿，虽然你说你一切都好，希望我放心，但我一想到自己的女儿大学没读完就成了远离家乡的打工妹，而且还是女帮厨，我心里就不是滋味儿，觉得自己做父亲做得太失职、太失败了，也觉得太对不起你妈妈。如果外边的世界确实很无奈，那就回家吧。有爸爸的直接关照，你的人生又会是另一个样子啊，那究竟有什么不好呢？……"

我的泪水滴湿了养父的信。我之愀然，不仅因为他仍爱我这个女儿，还因为他承认自己的脆弱，也因为曲阿姨竟不能代替"校长妈妈"成为与他朝夕相处的生活伴侣。

　　我当日给他回了一封信，对自己的任性作了自我检讨，请他放心，向他汇报我不但自己能挣钱了，而且会因为工作表现良好获得年终奖金，与两个一块儿打工的姐妹也相处得很好。外面的世界不全是无奈，也有精彩。我估计他肯定也特别关注深圳的发展——当年，有几个当市长的人不关注深圳现象呢？我就将自己看到的、听到的种种深圳发展的大好局面全写在信上了。那是一封四页纸的长信。

　　…………

　　二〇〇四年一月十七日是周六，我们的超市正式开张。我的"联络员"工作也结束，将八千元交给了李娟。

　　…………

　　转眼到了十一月份。

　　一日，我正整理货架，听到娟在门口大叫："婉之快来！快来！"

　　我急步走到门口，见一位怀抱白"京巴儿"的妖娆女子笑盈盈地站在娟面前。

　　娟板着脸对我说："她冒充咱们倩倩，你说该怎么办？"

　　我打量那女子，虽然化了浓妆，指戴戒，腕套镯，耳坠环，头扎纱巾，足着靴，一副摩登样子，却正是倩倩！

　　但我偏说："不认识，撵出去！"

　　于是我俩往外赶她，她嘻嘻笑出了声，抱着小狗在货架子间与我俩躲猫猫。小狗冲我俩愤怒地叫，惊得卧在窗台的"小朋友"蹿上吊铺，居高临下冲狗吹胡子瞪眼。

　　我们姐仨闹了一气，我说："不闹了不闹了，喘不上气儿了，坐下好好聊吧。"

　　于是娟挂出"暂停营业"的牌子，关了门，行着屈膝礼请倩倩上吊铺。

　　倩倩往上看了一眼，蹙眉道："上上下下的，不必了吧。找到你俩就高兴了，我还有事，一会儿就得走。"

父母岁月

她在小梯上坐了下去。

小狗却还冲我俩龇牙咧嘴地叫。娟为了使它消停下来，剥了根小香肠喂它，它非但不吃，反而叫得更凶了。

倩倩说："它才不吃那东西。连狗粮也不吃了，只认进口的狗罐头了。"

娟佯怒道："毛病！那你让它安静，再叫我拎尾巴把它扔出去！"

倩倩从挎包里掏出了块东西塞它嘴里，它才终于噤声了。倩倩说喂它的也是进口的狗零食。

娟伸长胳膊将香肠喂向"小朋友"，"小朋友"受到惊吓也不吃，躲到吊铺里边去了。

"都不吃我吃。已经剥开了，不能浪费了。"

娟津津有味地大口吃起来。

我从货架上取下两只小塑料凳摆在倩倩跟前，与娟坐下陪倩倩说话。

倩倩说她在欧洲诸国轮番住了小一年，回到深圳不久。一回来就到处打听我和娟的下落，没想到会在这儿与我俩重逢。

我几次想问我所关心的事，比如她孩子怎么样啊，做母亲的感觉啊，找到了什么工作没有啊，却一次次被娟将话岔开，以干咳制止了。

倩倩约我俩星期日一块儿玩一天。

娟说一块儿玩一两个小时还可以，一天绝对不行，太影响收入了。

倩倩嗔道："你这话忒俗了吧？友情那么不值钱？还抵不上你这小破店一天的收入？一天能收入多少？我加倍补给你俩。"

娟不爱听了，脸上有点挂不住了。

我怕她与倩倩一见面就互撑起来，赶紧满口答应。

倩倩说走就走。来得突然，去得匆匆；在门内还取出小镜补了补妆。望着她坐入一辆红色的跑车里，娟从门把手上取下了"暂停营业"的牌子。

跑车驶远，我俩退入店中。

娟问："知道我为什么几次打断你的话吗？"

我说："当时不知道，现在明白了。"

"你认为她还会是刘柱的媳妇吗？"

"也许……不是了吧。"

"还也许个什么劲儿啊,肯定不是了呀!"

"那……咱俩也还得拿她当姐们儿看呀。"

"你觉得她还是咱们熟悉的那个倩倩吗?"

"有点……变了……"

"仅仅是有点变了吗?记得我曾经说,她身上的故事会很多吗?"

"记得。"

"我可比你了解她。她那人,有的事没先找她,她也会上赶着去找自己巴望的事。她可不是盏省油的灯,主意正着呢。"

"我不嫉妒她……"

"你绕着弯儿说我嫉妒她?"

"我可没那意思,娟你千万别误会啊。我只不过想说,她主动找咱俩,证明还是拿咱俩当朋友的。那么我替咱俩答应的事,在你那儿不能变卦对不?"

"依我,到那天找借口推了也没什么……"

"我反对!"

"好好好,别急,但你得给我记住,不许再问三问四的。她不主动讲的事,一句也不许问。即使她主动讲了,咱们也就听听而已,不许妄加评论!"

"听你的。"

"还有,你得明白这么一个理——朋友一旦富贵了,除非自己也富贵了,否则就应该相忘于江湖!"

"我原则上同意。"

关于倩倩,我与娟当时说了以上一些话后,接下来的几天里都没再提过一个字。不论我还是娟,都怕因为倩倩抬起杠来。

星期日那天,倩倩到来之前我俩都换上了最好的衣服,化了淡妆。

在我,是出于礼貌,出于对曾经的好姐们儿的尊重。

在娟,似乎更是出于对自己形象的顾及。

她说:"女人谁不会打扮打扮自己呀,别让倩倩把咱俩衬成了黄脸婆!"

"别说得那么难听!"我打了她一下。

倩倩没带狗,居然也没化妆。我想她没化妆,肯定也是为了照顾我俩的心情。不但没化妆,穿的也很寻常。我的想法,令我自己着实内心暖了一下。

父母岁月

没化妆的倩倩，脸上的皮肤细腻得不得了，真可以用剥了壳的鸡蛋或玉肤冰肌来形容了。我没看到她那双小手，因为她戴了双雪白的丝手套；估计，她那双小手也肯定保养得细皮嫩肉的。

我不禁低头偷看我自己的双手。因为终日搬货，擦这儿擦那儿，一会儿干一会儿湿的，不但粗糙了，而且起了茧。

我发现娟看着我意味深长地笑了一下。

我敏感地小声问："你笑什么？"

她说："这车上都不许我笑了？"——说完，轻轻握住我一只手，脸却转向了窗外。

倩倩问："我比咱们一块儿帮厨那时候，是不是白了点呀？"

娟说："快变成白雪公主了。"

倩倩说她在国外常注射一种什么养颜药品，贵，但效果好。

娟突然问了一句："你整容了吧？"

倩倩格格笑了，佩服地说："还是你眼尖，婉之就看不出来。"

"是没看出来。"我以老实的态度承认自己眼力差点。

"也就稍微修了修，绝对属于小手术……哎，告诉你俩哈，我和刘柱分开了，手续都办了……"倩倩也冷不丁地转移了话题。

我牢记娟的教诲，只"啊"了一声，表示听到她的话了，多一个字都没说。

娟却破坏了她自己定的原则，推心置腹地说："倩倩，他和你根本不般配，早散早好。但刘大爷那人还是不错的，对咱们姐仨挺照顾。冲刘大爷面儿上，你怎么也要处理得对得起他们父子。"

娟的话听来颇有三娘教子的意味。

倩倩说："那是。不过钱上的细节，我才不办那种拖泥带水的事。"

一个"钱"字，又使我的心晃悠了一下。

要说娟真是表现得够意思，为了找回我们当年那种好姐们儿的感觉，她想方设法逗我和倩倩开心，一会儿讲东北笑话，一会儿唱几句二人转，一会儿装晕车，骗我大上其当，按她的人中捏她耳垂儿。停车时，还抢先下车，替倩倩开车门，装出女跟班儿的样子，使路人朝我们投来好奇的目光。

602

倩倩的表现也相当好，我和娟说去哪儿玩，她一声不吭就把车往哪儿开。即使到了那儿，我俩觉得没意思，连车也不下，倩倩却说："玩嘛，就应该这样，随心由性最好。你俩统一了意见直管下指示，去哪儿还不是一掉车头一给油的事？你俩高兴我就高兴，我的任务就是给你俩当好司机。"

后来我们去了珠海，隔着海湾看澳门。倩倩说等我和娟有空了，她愿陪我俩到香港和澳门玩，之后再去"新马泰"、日本，一切费用由她出。她说那些城市和国家她也没去过，很希望我俩陪她去。

我听到她悄悄对娟说："花男人的钱感觉爽极了。有男人心甘情愿让你花他的钱，不花白不花，可我一个人才能花多少？你俩是我姐们儿，让你俩沾沾我的光，也不枉咱们姐们儿了一场。"

老实说我反感她那种思想。

老实说她的话却又令我感动。

我看出我们的关系发生了变化——我们姐仨都是帮厨时，娟所充当的是"大姐大"的角色，我和倩倩一向对娟言听计从。那日倩倩却成了中心人物，我和娟都不由自主地顺应起倩倩来。她说应该在哪儿留影，我俩便立刻走过去站好，并将中间的位置留给她。以前留影时可是我站中间的，或者娟站中间，倩倩从没在中间过——因为我的个子最高，倩倩的个子最矮。那日，个子的高矮已不在考虑的范围，倩倩往中间站时的表情也那么地理所当然。而一照完相，我就替倩倩肩挎相机了。她那相机很高级，挺大也挺沉。我在高翔那儿见到过类似的，却没倩倩的大。娟则买了一把伞，不照相时就替倩倩撑着，说我们姐仨数她白，应予重点保护，别晒黑了。

中午我们在珠海最高级的饭店吃了一顿海鲜大餐，倩倩照例坐在中间。上什么娟都不嫌贵，一副不吃白不吃的样子。

倩倩笑她变成了一头大白鲨似的。

其实我也吃得天经地义不亦乐乎。

下午四点多，倩倩才将我和娟送回来。

我们姐仨正在店门口话别，忽听到一个男人的声音怒吼："郝倩倩，看你今天还往哪儿躲！"

我们姐仨吃惊地转身看去，见一个衣服裤子脏兮兮的汉子怀抱一岁多

父母岁月

的小孩，不知何时从何处冒了出来。他脚穿一双塑料凉鞋，看去几天没洗脚了。头发老长，脸上胡子拉碴，怒目圆睁。他怀中的孩子同样脏兮兮的无精打采。

是刘柱。

我们姐仨一时都慌了神。

我说："倩倩你快进店里去。"

娟就慌忙掏出钥匙开店门，却被刘柱抢前两步，一肩膀将她撞开。

钥匙掉在了地上。

我欲捡起钥匙，被刘柱一脚踏住。

倩倩那时反倒首先镇定了，双手叉腰，毫不示弱地说："刘柱你想干什么？！"

刘柱冷笑道："还能干什么？既然找到了你，不把你带回老家我誓不罢休！"

倩倩也怒了，斥道："呸！你凭什么啊？离婚证都办了，钱你都收下了，你有什么权利？光天化日的，你想抢人啊？！"

刘柱说："我后悔了！我现在不想要钱，又想要老婆了！"

倩倩说："瞧你那样儿！你还配有老婆吗？给你们刘家生了个大胖小子，还给了你们一大笔钱，你现在又来这套！你看挺好的一个儿子被你糟蹋的！你有脸出现在我们姐仨面前吗？！……"

那时整条街也不见个人影。

孩子认出了倩倩，伸着双手哭喊："妈妈、妈妈……"

我和娟一时都不知所措。

"郝倩倩，最后问一句，你到底跟不跟我走？！"

刘柱放下孩子，眼露凶光了。

"刘柱你做梦吧！别过来哈，你敢过来我就用辣椒水儿喷你！……"

倩倩快速地从挎包里掏出一个小瓶，防范地举着。

但刘柱的动作比她更快——他从后腰抽出了一把带鞘尖刀……

接下来的事发生在几秒钟内。

先是刀鞘落在我脚边，我低头看时，耳听李娟大叫："刘柱不许！……"

我扭头看娟时——刀已在她身里了,只余刀柄在外。娟摊开着手臂,低头看刀柄……

我又听到刘柱哇哇怪叫,又看他时,见他双手捂脸不停地转圈,一头撞在树上……

我不由得转身看倩倩,见她仍一手举着小瓶,另一只手拦抱住娟的腰。我眼睁睁看着她俩跌坐于地。

那孩子吓得哭着喊着已跑下了人行道,跑到了马路上,站在马路中央不动了,喊些什么我也听不分明。

娟指着孩子大声对我说:"快!孩子……别被车……"

正有车疾驶而来。

我冲向马路将那孩子抱起,已来不及转身,只得接着跑到马路对面。

我站在马路对面回望时,见倩倩搂抱着娟在喊:"来人啊!救命呀!谁来帮帮我们啊!……"

我的头脑一片空白。

…………

自从有了手机,我与养父通话方便多了,因为他按照工作要求必须随时开机。

养父正在刷牙,说几分钟后给我打过来。

"你说的那个李娟,你一直与她住在一起吗?爸爸应该怎样理解你俩的亲密关系呢?别哭嘛,好朋友住院了也不至于……别急别急,慢慢解释……"

养父问得特细。他问得越细,我回答得越烦,解释得越含糊,也使他听得越起疑。

"好女儿,原谅老爸哈,我现在得去开会了,车到了。中午我给你打过去吧……"

他放下电话后我才意识到,他将我和娟的关系臆想成同性恋了。我真是哭笑不得。

上午我老老实实地守店,接待了十几位顾客,收款三四百元。我将每一元钱都看得更宝贵了,我想我收钱时的样子,大约可以用"见钱眼开"来形容——难怪有的顾客表情诧异。

父母岁月

中午养父如诺打来了电话。

他说:"女儿,爸爸中午的时间都属于你……"

于是我像一个口述历史的人,将我与娟的关系原原本本从头讲了起来。

"还有补充吗?"

"没有了。"

"女儿,你做得对,爸支持。我当然是有笔存款的,从现在起,为了你的好朋友,可供你随时支取……"

他的话使我吃了颗定心丸。

下午我去看李娟时,她最忧虑的也是抢救费、住院费。

我说:"你只管安心住院,一切对我都不是个事。"

她苦笑着说:"朋友有时也会是麻烦制造者啊,你摊上了,可不只能认了呗。"

那桩街头血案成了新闻,都上了报纸和电视了。

…………

万没想到,一天下午养父忽然出现在我面前。

他对我说的第一句话是:"我女儿状态还不错嘛。"

我讶问他怎么会到深圳来?

他说是来"取经"——像他那样的人,难免要说些言不由衷的话,说时,眉头必会紧皱一下,接着勉强笑笑。

"要是不会说假话那就别说,干吗非难为自己呢?不情愿的样子都挂相了,自己一点不知道吗?"——"校长妈妈"不止一次这么嘲讽他。

他却说:"怎么会一点不知道呢?当然知道。但是那也不改了,最没必要提高的就是说违心话的水平,我在这方面不求上进。成心挂相也是一种有所保留的态度啊,并且可以多少获得点同情嘛。"

确实,他在家里接待访客时,脸上一出现那种表情,对方就不再坚持什么了,往往也都赔笑一下,同情式的理解溢于言表。

他说他到深圳来"取经"时,脸上就出现了那么一种表情。

于是我猜到,他是专为我的"问题"而来的。

他说玉县应该向我颁发宣传奖,因为我们的小超市等于为神仙顶在深圳做了广告。

他在超市内"视察"了一番，询问了一些收入情况，点头赞道："不错，不错，我女儿有自己的事业了。"

我说："这算什么事业啊，谋生而已。"

他教导地说："对许多打工青年来说，谋生之事颇不易；成了个体经营者以后，其事虽小，在别人看来不足论道，自己却一定要当成事业来做。非有此等努力，什么事都做不好。事业事业，诸业由事而始。"

我已很久没当面聆听他的教导了，心悦悦然。

他望着吊铺问："你和你那位老友李娟，你俩晚上就睡在上边？"

我说："对。"

我看出，对是否属于"同性恋"，他仍心存疑点。然而我并未心生不满，只不过觉得他这位"市长爸爸"可笑得十分可爱。

"我可以上去看看吗？"

他望着吊铺的表情像一位礼貌的探长。

我说："当然可以，老爸请。"

他是高个子男人，若不匍匐前进，分明就达不到目的。他倒也适可而止，仅站在小梯上看了看，没往上爬。

我已经与高翔每晚睡在上边，吊铺上显然是同眠共枕的情形。

他的脚落在地上时，满腹忧愁又挂相了，他同样也不想掩饰。

我正要解释，高翔来了。

我向他介绍："这是我男朋友，您也可以认为是我未婚夫。"

他郑重地反问："实际上呢？"

高翔多次听我讲过他，已猜到了站在自己面前的是谁，笑着说："实际上我俩的关系就差领结婚证了。"

高翔的话彻底打消了养父心中关于"同性恋"的疑虑，那疑虑肯定令他如鲠在喉情绪糟透了——高翔的出现省了我的事，无须再作任何解释了；而他的表情也豁然开朗，满脸阴云一扫光。

于是两个男人互通姓名，不但握手，还互相拥抱了一下。

听我说高翔是摄影家，养父来了兴趣，要求参观高翔的照相馆。

在照相馆内，高翔翻出自己出版的摄影集和专著，以及获奖证书给准岳

父母岁月

父看，看得我养父心花怒放，喜不自胜。

吃晚饭时，他俩从摄影谈到了各地风光、水土民情、古迹保护、旅游经济、扶贫重点，等等等等，谈兴勃勃，欲罢不能，几乎都轮不到我说话的份儿。

当晚养父与高翔同住照相馆。这进一步证明，所谓"取经"完全是他的借口——若以公事来到深圳，他那种身份的人，岂可随便住在私人居所？

第二天上午，养父一见到我就高兴地说："女儿，老爸祝贺你找到了理想而优秀的另一半！"

不知高翔与他晚上又聊了些什么，竟使他有种遇到了知音，相见恨晚似的愉快。

下午，他又非要去探视李娟。这一要求，已与"同性恋"的疑点无关了。不让他去没有过硬的理由。

李娟那时已渐康复，可以坐起来说话了。

我养父去看她，自然使她分外高兴，聊得十分主动。娟是个说话敞亮又得体的女孩，越是在有身份的长辈面前，话说得越发敞亮和得体。而养父呢，越是在普通人面前越和蔼可亲。并且，他特喜欢说话敞亮的年轻人。二人聊得甚是欢洽。

养父临走时对她说："娟，替我好好照顾婉之哈，拜托了。"

娟说："哪里呀叔，您太抬爱我了，这些日子一直是她在照顾我啊。"

养父说："她现在也应该报答报答你嘛，我指的是以后和将来，我希望你俩的友谊是一辈子的事。"娟说："婉之的性格有点像白素贞，我愿意做小青。"

"哎呀，哎呀……"

娟的话使一向善谈的养父不知说什么好了，忍不住俯身亲了她额头一下。

离开病房，养父在走廊上对我说："凭李娟为倩倩挡了一刀这一点，她不但值得你深交，而且值得你尊敬。现而今，有一位值得自己尊敬的朋友不容易了，可要珍惜你俩的友谊呀。"

因为我和娟的关系既非姐妹，又非老乡，还与街头流血案件有关，我一个人去看娟时，"同性恋"之猜测几被坐实。高翔也去探望娟时，那种猜疑又上升为"乱"了。养父一出现，他的气质，想不让人猜到他是一位在职的官员都不可能。猜疑自然而然地消除了。我再去探视娟时,护士竟说:"小青,白素贞看你来了!"——引得其他病人全笑了。

在以后的日子里,在医院的那个病区,友谊成了足以羡慕之事。

而当天晚上,在照相馆,当着高翔的面,养父与我谈了一些我一无所知的事。

他说,对于神仙顶那些与我有亲情关系的人,他是暗中照顾过的。他负责建临江大桥和临玉公路时,曾专门嘱咐人去神仙顶将我大姐夫和二姐夫招为临时工。他说我大姐夫那人还行,有钱挣了就比较安分。我二姐夫那人的确不怎么样,给他惹了不少乱子。后来出那种事,亦属必然。

他说我生父去世后,我大姐夫托人转给他一封信,希望他参加丧事。他没去参加,但给了一笔丧葬费。

"我与你生父从没见过,对他一点都不了解,我真去了能不让我讲几句话吗?我非不讲能依我吗?可我讲什么呢?就算我什么都没讲,只不过参加了一下,过后能不传开吗?众口难堵,谁能预料传来传去会传成什么样呢?不但对我不好,婉之对你也不好啊是不是?……"

我和高翔都认为他没参加是对的。

对于我的"还行"的大姐夫,我内心又多了一种不好的看法。

而我帮助杨辉和赵凯的事,养父却非常支持。

他说:"就当成是亲情扶贫吧。中国贫困人口多,主要在农村,单靠国家拨款肯定力有不逮。有能力的人从经济上帮一下处于贫困之境的亲戚,那还不是完全应该的?但是呢,你俩都不属于先富起来的人。你俩成家后,能力将更有限。量力而为吧,帮穷先帮人,帮人先帮下一代,帮下一代先帮他们受教育。别说你们俩了,我对我的穷亲戚们,也只能本着这么一个原则来帮啊!……"

他说到后来,竟然几度哽咽。

第二天上午他就走了。

在机场,养父拥抱着我说:"女儿,老爸不虚此行,因为我亲眼看到你有了自己的一番小事业,有了最适合你的另一半,有了情如同怀的好友,而且你还在上夜大,我放心了。你'校长妈妈'泉下有灵的话,也会非常高兴的。既已成为深圳人了，那就好好在深圳生活下去吧。不太忙的时候，回玉县看看老爸，老爸就喜出望外了……"

他的话把我说掉泪了。

回去的路上，我发觉兜里多了个信封，内中有卡。

高翔说："给你老爸寄回去。"

我说："万一真需要呢。"

他说："有我呢。"

我说："起码划一下，看看多少钱吧？"

他生气了，训道："看什么看？有那必要吗？你没听他说，他也有穷亲戚吗？估计还不少呢！你别管了，我负责寄回去。"

他将卡夺过去了。

我说："那也得等我先给我老爸写封信再寄吧？"

他说："信你也别写了，你写不好，也我写吧。"

养父那时已不是市长了，到人大常委会当副主任去了。我知道，他一直希望能当一届书记，一度呼声也特别高，但主要由于谏言免除农业税的事，他忽然成了有争议的人。他不无压力，也不开心。他说他再干两年就该退休了，可做闲云野鹤了，那时可以反过来经常到深圳看我了。而他这次与我在一起，自谓"爸爸"的时候少了，自谓"老爸"的时候多了。叫我"女儿"的时候也少了，叫我"婉之"的时候多了。我想，他也许认为，我将越来越不仅仅是他的女儿，同时也是别人的亲爱者或什么人了。

我自忖写不好一封既退了卡又不使养父自尊心受伤的信。高翔既与养父谈得来，由他写那样一封信显然更好，于是就不再争论，他同意了。

以后几天，小超市如同上演《茶馆》的舞台，与街头血案有关或间接有关的各色人等陆续"上场"。

首先出现的是刘大爷，他一见到我就跪下了，慌得高翔掉了手中的东西，急忙将他扶起。

刘大爷老泪纵横，哀求我和李娟不要起诉，那么刘柱就不会被判刑。

"手术费、住院费全由我承担行不？小方，如果刘柱被判了刑，孩子咋办？几年内不是既没妈也没爸了吗？对孩子将来的影响不是明摆着吗？孩子他可是没错的啊！……"刘大爷说着又要跪，一把鼻涕一把泪的。

高翔安慰了他几句，将我扯到一边小声说："老人家的话也有道理，从法律上讲，私了是可以的。"

我说："那你替我和李娟答应了吧。"

高翔说："我可没权利答应什么，你也没权利答应什么。受害人是李娟，非得李娟同意才可以。"

于是我向刘大爷保证，一定尽力说服李娟接受"私了"。

"唉，这个刘柱呀，怎么就会那样二乎呢。幸亏没出人命，如果出了人命，不管死的是我还是倩倩，他再后悔不是也晚了吗？刘大爷给你下跪不是也没用了吗？……"

李娟痛痛快快地给我写了一份"全权委托书"。

她问："有倩倩的消息吗？"

我说："又失踪了。"

她苦笑道："放心，这次倩倩失踪不了多久，估计是由于害怕暂时躲躲。"

我怀疑地说："你真以为她还会出现在咱俩面前吗？"

她想了想，肯定地说："会的。迟早的事，我比你了解她。"

那几天内，又出了一件让我上火的事——超市的业主由于缺钱急用，决定将门面卖了。也就是说，到年底他就不会再续签合同了，我和李娟必须将超市腾空。那么多货，可让我往哪儿转移呢？这会对我和娟造成多严重的经济损失啊！

我几次话到唇边都没说出口，怕娟也着急起来——她听了能不急吗？

接下来的几天，我和高翔顾不上处理"私了"之事，各自分头在全市到处转，想预先租到一处可以存放货物的地方，却都很失望。地方是有的，不过租金太高，超出了我们的经济承受力。

我就埋怨高翔不该将养父的卡寄走。

他倒没生气，这么安慰我："你已经是成年人了，以后面临困难，不要总是依赖养父。如果你没那么一位养父又怎么办？何况还是养父，再花他的钱你惭愧不惭愧呀？我高翔的脸又往哪儿搁呀？车到山前必有路，再难迈过去的坎，咱俩一起迈，哪怕我背着你往前迈，那也是我应该的，却不是别人

611

应该的。"

第二天上午，公安局打来了电话，要求我立刻去一次，有事相议。高翔陪我去了。

公安局的人说，郝倩倩的委托律师来过公安局了，声明一切经济责任由她全额承担，所以他们出于对孩子的考虑，已将刘柱释放了。那父子俩被刘大爷领走了。

"刘柱是农民，而郝倩倩承担经济责任的能力强，李娟又是为了掩护她而被刺的，我们认为以这种方式私了反而对三方面都好……"

"完全同意！"高翔迫不及待地抢先表态。

公安的同志问他是谁？

我说："他是我丈夫，也是我和李娟的律师。"于是我代李娟在几页纸上签了字，按了红手印。

离开公安局的路上，高翔如释重负地说："这样好。甚好甚好。车到山前必有路，你不信也该信了吧？"

高翔说："公安局会让她该出现的时候出现的。"

竟无须公安局那么做，倩倩主动出现了。我和高翔回到超市时，见倩倩在门前徘徊。

她说怕引起人注意，不是开着那辆红色跑车来的。她要和我找个地方谈谈。

我对高翔说："现在是我们姐们儿之间的事了，你别掺和，好好替我看店吧。"

高翔说："遵命。"

我便将倩倩请上了吊铺。

高翔送上饮料时，倩倩说："没带烟，来盒好烟。"

高翔就又送上了一盒店里最好的烟。

倩倩吸烟时，我正襟危坐地说："开始吧。"

她白我一眼，嗔道："急什么，让我定定神儿行不？"

我不好意思了，小声说："行。"

"从没在这么一种地方跟人谈过正事。"

"我和娟晚上睡这儿。"

"不仅和娟吧？"

"现在和他，没他我夜里害怕。"

"你俩……正式的？"

"娟出院后，我俩就领结婚证。"

"搞艺术的？"

"摄影家。"

"家？"

"对。上海摄影家协会副主席。"

"挺有气质的，满意不？"

"适合我。"

"怎么没见着'小朋友'？"

"谁知猫哪儿去了。它挺好的，我和娟是不会遗弃它的……谈正事吧。"

"你像是娟的代理律师了，口气也像。"

"现在只得由我代理了呀。我也不习惯在这种地方跟人谈正事，快开始吧。"对倩倩的东拉西扯，我有些不耐烦了。

"三年前，咱们姐仨那是种什么关系？不承想现在将关系弄成了这样，唉……"倩倩按灭烟，叹了口气。

....

我与养父通电话时，他那边挺热闹。他照例又回老家过春节，肯定也喝得尽兴，高声大嗓让他身边的这位亲人那位亲人跟我"说几句"——我自然也得亲亲热热地与些从没见过的农村的亲人说些拜年话，说到后来，话都重样不走心了；对方说些什么，我也左耳听右耳冒根本记不住了。

然而我并非在虚与委蛇；我真的很高兴与养父的每一位亲人通话，他的亲人就是我的亲人啊！但我喝了两杯酒，头有点晕乎。而且，养父那边的亲人太多了，他分明希望我听听他们每一个人的声音。

"女儿，别挂，接着要与你聊几句的是老爸的三叔，从小背过我的哈！三叔三叔，过来听我女儿问你声好！哎女儿，我三叔你得叫三爷爷啊！……"于是我又得向三爷爷说几句重复了多次的拜年话。

父母岁月

"女儿,最后一位!你的同代人,也是八〇后,老爸表妹的儿子,清华建筑系的研究生,你叫他……哎,表妹,我女儿该叫你儿子什么?对对对,叫表哥……"我就还不能挂断,继续与表哥拉近乎,虽然是同代人,但我的拜年话已山穷水尽,委实不知再说什么好了。

终于结束了隔空进行的拜年,刚饮了一小口茶润润嗓子,娟却以谏言似的口吻说:"人家高翔给你爸拜年,你这准儿媳妇不给他妈拜年?"

我推说:"太晚了吧?"

娟说:"不晚,一点以前都可以打拜年电话。"

我推说:"只怕她已经睡下了。"

娟说:"那你也是打过了,一份心尽到了。真睡下了的人,会把电话关了的。"

我一想,翔的父亲已过世,他完全是为了帮我、陪我才没回上海陪他妈过春节。他家有座机,我已与他妈通过几次话了,未来的婆婆每次都嘘寒问暖地对我表示关心,这电话我确实应该及时打过去。虽然初一打也可以,但万一明天早上人家先打过来了呢?那我这个儿媳不是被动了吗?

我不再犹豫,又翻开手机盖拨起号码来。

翔他妈居然还没睡。

我说过了拜年话、送上了祝福词之后,她高兴得笑出了声。翔的姨多,她说她在与自己的老姐妹们打麻将。

我说:"翔为了陪我没回家过春节,希望您多原谅他呀。"

她吴侬软语地说:"没什么没什么,是我让他留在深圳陪你的。我这边一点不孤单,翔的几个姨总来。我们老姐们儿都退休了,愿意聚一起叙叙亲情。别挂啊,我让他三个姨都过来跟你说几句……"于是我又打起精神与翔的三个姨聊。

那一通电话终于也结束后,我倦怠极了,头枕着娟的腿蜷在了沙发上。

娟说:"听我的听对了吧?"

我说:"谢了。"

娟说:"听你和两伙亲人聊得热乎劲儿的,我也想与家人通话了。"

…………

放 逐

翔走后,我收到了养父的信,他要求我七月份必须回玉县一次,因为玉县护校要举办百年校庆,届时将有来自世界多国的方氏家族的后人齐聚玉县寻根访祖,省里市里都很重视此次活动。我作为方氏家族在中国的唯一后人,不出席显然是不对的。

两天后,我收到了玉县政府的正式邀请函。

我决定回去。

娟说:"不许犹豫,必须回去。你不回去,我都不答应。"

我说:"那药店这边怎么办,刚营业又关门,成什么事了?"

她说:"我负责药店的营业。卖药品可不敢大意,我负责你不是放心嘛。"

我说:"超市那边交给你弟一个人,你能放心吗?"

她说:"雇个人帮他。"

她招聘了个四川姑娘。

我见过后,不是太中意,问她为什么不招个漂亮点的?

她说:"我希望将来帮我弟在深圳安家落户,漂亮的他也配不上啊。肯和他成心成意过日子的最适合他。"

玉县的变化也很大。

临江大桥的建成和临玉公路的开通,不但缩短了两地的距离,也促进了两地的商贸,到玉县甚至到周边山村观光旅游的人多了。玉县的店铺多了,家庭宾馆多了,新盖起了两座酒店,一座三星,一座四星。农家乐使周边山村热闹了,临江人的车辆和身影络绎不绝。

我站在久违了的家门前,脑子里蹦出来的是当时的流行语——"孵化基地"四个字。当年的中国,"开发区"如雨后春笋。有的地方却不叫"开发区",叫什么什么"孵化基地",比开发区更形象的一种叫法。

虽然是星期日,养父却不在家,在农村调研还没回来。我在家门口与他通手机,他告诉我钥匙在老地方。

老地方就是信报箱,有锁眼,却是给外人看的,一个小小的机关才能使它打开。养父总丢钥匙,所以在信报箱里放了一把,以防万一。

家门维修过了,左右多了两尊石雕:一尊是仙鹤,一尊是葫芦。

父母岁月

我问养父那是怎么回事。

他说一言难尽，等他到家再告诉我。

我开了家门，迈进院子，见院子和房屋也维修过了。不是面貌全新的那种维修，而是文物保护那种修旧如旧的维修，一切方面比我居住过的时期理想多了。

我再次与养父通话，问他什么时候到家，我要不要把饭预先做好。

他说一个小时后准到家，他已有所准备，他到家他做饭，要我什么都别管，安心等他就是。

家里重新改造出了一间大客厅，壁上悬挂多幅老照片，不是一般的"老"，是多位清代和民国人物的肖像照，有一位进士、两位举人，还有一位县令和一位着西装的留洋的医学博士——英国皇家医学学会的会员，居然还有一位中年的传教士！

他们自然都姓方，都是方氏家族的重要历史人物，都是"校长妈妈"的先人——与我一点关系没有。

但我还是看得很认真，记住了多数人物的名字。我无肃然起敬之心，却有自愧弗如之感——因为我毕竟出生不久就改姓方了呀！

洗罢澡，我平躺床上休息时，又一次联想到了"孵化基地"四个字。

是的，客厅里的照片告诉我，这处有一百多年历史的方氏老宅，未尝不可以也用"孵化基地"来比喻，当年从这里走向全国、走向世界的方氏儿女，不少人成了家族的自豪——他们即将回来了，这处方氏家族留在国内的唯一老宅，对他们具有根的意义。

我也是在这处老宅呱呱坠地的，在这里度过了快乐的童年和五彩梦频频的少女时期。那么，这里也可以说是我的"孵化基地"——与安徒生的童话相反，我是从"鸭蛋"壳里诞生出来的；一个由于机缘巧合而错生在群鸿故里的麻鸭蛋。我有自知之明，以我现在的情况看，我是个注定了将一生平凡的人。我不是一个甘于平凡的人，谁年纪轻轻的就会甘于平凡呢？但我确实已看清了我的一生，除了买彩票意外中几千万大奖，我的平凡毫无悬念。孔子说"五十而知天命"，那是指古人，而且主要指官场之人。四年来的打工生活使我明白，芸芸众生之中寻常如我者，在现代社会，最迟三十就该知天命了，否则岂非活得甚不清醒么？何况，果然中了几千万大奖就不平凡了？我不还是我吗？我不怕平凡，简直也可以说，既然平凡注定是我的宿命，我愿与我的宿命和平共处，平平凡凡度过我的一生。我之一切努力和劳碌，不是一心想要超越平凡，只不过是要使那平凡趋于稳定，争取在稳定中过出几许平凡人生的微淡的小滋味儿来。我不赞成"明知不可为"而"为"，我认为这句被某些人赋予诗性色彩的话，其实是很忽悠人的，明明不可为还乱为个什么劲儿呢？那不是瞎折腾吗？我深知我除了沾光于玉县方氏家族这一点，自己的人生再无任何可以任性折腾一番的资本。连我是方氏家族后人这一点，也不是事实，而只不过是"既成事实"。我之折腾，很可能将"既成事实"也折腾成难堪的事实。

是的，我委实折腾不起。

让平凡来得更平凡一些吧！不就是平凡吗？又不是生不如死！有何惧哉？

我要在平凡中活出些自尊来……

我怀着这样的想法睡着了。

等我醒来，养父已在厨房里了。

片刻后我们父女开始吃饭，养父开了瓶红酒，问我喝不喝。我说："喝，当然喝。"

养父高兴地为我斟酒。

他情绪极佳。

二〇〇六年两会期间的《政府工作报告》宣布从此取消农业税了，先前指责他的一些人有的向他道歉了，有的不能再拿那事说三道四旁敲侧击了，某时期内笼罩着他的官场雾霾消散了——不必问我也知道，这是他情绪极佳的主要原因，尽管他因而没当上市委书记。另一原因，当然是方氏家族的海外成员归国寻根这一活动。他与我通话时曾说，自己是当成一件大喜事而参与的。

他说门两侧从前就有石雕，是玉县民众集资在我"校长妈妈"的祖父七十寿辰时献给方宅的，以感激老先生常年在民间进行义诊的善举——后来被砸毁了，不久前按照片原样重雕：鹤寓意长寿，葫芦代表医道之玉壶。他

父母岁月

说如果他是书记或市长，那么以自己是方静好丈夫的双重身份，理应是欢迎活动组委会主任。但他既没当上书记，也不是市长了，只不过是人大常委会副主任了，所以就只能当"秘书长"。

他将"只不过"三个字说出格外强调的意味。

他说有一个时期，这里被几家公司合占了。半年前，市委市政府下达联合红头文件，勒令速速搬出，以便维修。说以后，这里就是永久性的"方氏故居"了，但他和我，却可以在任何时候都像主人一样居住其中，生活在其中，拥有不可剥夺的居住权，但产权归公。

我们父女边吃边聊时，来了一个小伙子，是组委会的工作人员。他请养父过目几页名单，即将印刷成册。养父离开饭桌坐到一边认真看。工作第一，他总是那样。即使刚刚端起饭碗，也会立刻放下。

看着看着，他不高兴了，抬头冷冷地问："个体户是什么意思？"

小伙子嗫嚅地说："个体户……您明白啊。"

"我不明白！方氏家族在国内的唯一后人，而且是最直系的后人，怎么就成了个体户？海外归来的方氏家族的客人们会怎么想？"养父板起了脸。

"这……那您给个明确的指示，该怎么改？"小伙子的样子显得有点蒙圈。

我说："爸，事实如此，别改了。"

养父说："非改不可。这不是小问题。"

小伙子说："您别生气，我是临时抽调来的，没经验，情况了解得不太准。"

养父说："我没批评你的意思，记住，要这么改——以'自由职业者'取代'个体户'三个字；学历不要写'夜大在读生'，啰唆。写'大学'两个字就行……"

他转脸问我："女儿，让你带回几张个人满意的照片，没忘吧？"

我说："带回来了，现在要？"

他说："那有劳女儿了。"

我取回装照片的信封，在饭厅门外听到养父在对小伙子说："我女儿不是一般人的女儿，我强调这一点，不是指她是我前任市长、现任人大常委会副主任的女儿,而是强调她是方静好同志的女儿。方静好不仅仅是已故的玉县护校的校长,正如我刚才说的,是方氏家族在国内族脉的传承人。那么,方静好唯一的女儿是怎样的人,直接影响方氏家族那些后人寻根的心情……明白我刚才为什么有点犯急了?……"

我听到小伙子说:"明白,我保证按照您的指示改好。"

我怕直接进入会使养父尴尬,成心在门外弄出了响声,等屋里安静了才推开门。

养父说:"女儿,介意我替你选一张吗?"

我笑着说:"那最好。"

其实,我心里也很不自在,因为自己"事实上"是个体户;"事实上"还在读夜大;"事实上"未免太平凡,对于方氏家族而言,简直平凡得近乎平庸。

养父又问:"女儿,这张如何?"

我笑着说:"好。"

小伙子走后,我们父女继续吃饭的气氛不如刚才那么愉快了。也不是不愉快,只不过多少有点凝重了。

养父对我说,我在活动中的任务主要是陪好女性嘉宾,照顾好老年嘉宾,比如搀搀扶扶的,如果他们之中谁的听力不好,我要充当一下"助听器"。

我笑着点头。

"但尽量少谈自己。谁问了,不回答不礼貌,回答以简单含糊为好,理解爸的意思吗?"他也笑着嘱咐我。

我照例笑着点头。

"放心,你的角色是轻松角色,到时候,老爸会专门向他们介绍你的。老爸的介绍,会比你自己谈自己效果好。你瘦了,接下来的几天,要多吃点。"他为我夹了一个鸡腿。

而我为了向他证明回家的愉快,吃得津津有味。

怕他再将话题扯到我身上(那会使我受不了的),我主动引起话题——问他没能当上市委书记,是否觉得是人生的最大遗憾?

他坦率地说:"是啊。当然是那样。当干部的人,离休之前,谁不希望自己当过一把手呢?"

父母岁月

我又问:"那很重要吗?"

他说:"想开了就不重要了,现在你老爸想开了。当时是有点想不开。并不是喜欢更大的权力,而是希望自己能为一方百姓做更多的实事。女儿你要知道,有些实事,二把手再想做也做不成,一当上一把手,似乎就一切条件都水到渠成了。有的人把当官作为理想,有的人为了理想才当官,老爸属于后一种人。都过去了,不谈它了。再吃点菜,老爸炒猪肝尖椒很有水平的,没见你夹这盘菜,我给我女儿夹点……"他的好心情又恢复了。

饭后,时间还早,我们父女俩又移步到客厅去聊。养父说他喜欢那大客厅。在那儿,他觉得更利于以历史的眼光看现在。

养父的话使我好生奇怪。

我问:"为什么只说以历史的眼光看现在,而不是以当代人的眼光看历史?"

他感慨良多地回答:"全中国的人,全世界的人,以当代之眼光看历史、看历史人物的世纪太久太久了,这使人们很容易形成事后诸葛亮的思维定式,而且很容易陶醉于自己分析水平的高级,于是以思想家自诩。若也能尝试以历史的眼光看现在,则更会领略到时代的发展、社会的进步。所谓一新一好,当思来之不易;逐岁之变,应记步履维艰。"

显然,对于我的问题,养父已数度思考,心得良多。

"爸,在临江市和玉县地面上的干部、商企人物,各行各业的优秀者、精英啦中坚啦什么什么的,差不多你都认识了。与他们在一起,你肯定是愉快的。可你一回到老家,一下子被仍在贫困之中左冲右突却难以成功摆脱的亲人和群众所包围,你会产生心理分裂的感觉吗?"

我不再犹豫,排除顾虑,不失时机地问出了我早就想问他的一个问题——那种感觉困扰我许久了。

他没立刻回答,掏出了烟盒。

我替他按着了打火机。

他吸了两口烟后,仰脸望着屋顶说:"唉,女儿呀,你问到老爸的痛点了。我当然会有你说的那种感觉,我会告诉他们,各级政府,会将逐步消除民间贫困和疾苦当成己任的……"

"像做报告那样?"

"绝对不是。聚在一起喝酒的时候，串门拜年的时候，围着火塘聊家常的时候……"

"他们信？"

"我认为他们是信的。因为我不但是当过市长的人，还是他们的亲人、发小，关系不一样嘛。而且我有数字，有事实……"

"你那些数字、事实，和他们有什么关系？"

"他们的生活也在发生变化嘛，姑娘们戴上了金项链、金戒指；小伙子买得起摩托了；吸烟的不吸叶子烟改吸卷烟了；回村探家的青年中，有大学生了；外出打工的人，有的学到了熟练的技术，成了好工匠了……"

"爸，不谈那些了。最后一个问题……"

"女儿，你这不成了记者嘛！"

"不是采访，是关于我的问题——爸，你和我校长妈妈，你俩当年，对我抱有过什么希望吗？"

"你指的当年，是什么时候？"

"我小时候。"

"多小的时候？"

"才几岁的时候。"

"这么回答你吧女儿——在你小学三年级以前，我和你校长妈妈除了教导你一些做人的起码道理，并且尽量使你成长得健康、愉快，其实对你的人生并没什么不寻常的希望。到你小学五六年级时，才开始有了一些希望……"养父又从烟盒里弹出了一支烟。

"爸，你刚吸了一支。"我将那支烟掠了过去。

他说："再让我吸一支嘛。"

我说："先回答问题。"

他说："行。那我回答完了，不论你满意不满意，都要奖励我那支烟哈。"

我说："一言为定。"

他说："那时，我们也只不过是希望你能考上一所较好的大学。不是指清华北大，而是指复旦啦，北师大、人大、中山那类大学，我们希望你将来能成为大学教授。我们对你抱有这种希望，并不证明我们要从这种希望中获

父母岁月

得多大满足。而是觉得，那样的努力方向，可能更符合你的人生理想。你考上了贵师大，我们也没失望，理想可以由三级跳来实现嘛。比如接着考'贵大'的研究生，再考别的大学的博士……"

"对不起爸爸，我太让你们失望了……"我流下泪来。

"不要哭嘛。当时那种情况之下，你的做法爸爸是可以理解的。你没那么做，倒不符合你的性格了……"他向我伸出一只手。

我将烟给了他，再次按着打火机。

他吸了口烟，站了起来。

我小声又问："那么现在，你们对我已不抱任何希望了吧？"

他来回走着说："我和你，咱俩都无法听到你校长妈妈的想法了。但我对你，还是寄托着希望的；并且我认为，如果你校长妈妈在世，她是会同意的……"

我声音更小地问："哪种希望？"

养父在我面前站住，弯下腰，看着我的眼睛说："女儿，要做好人。要一生做平凡的、普通的好人。"

"就是这样？"

"对，就是这样。"

"肯定不是……彻底失望的另一种说法？"

"肯定不是。"

在墙上挂着些进士、举人、县令和博士以及其他成功人物的大照片的空间，我听我养父强调"平凡"和"普通"，这使我有一种相当不真实的感觉——我想我脸上也许呈现出了不信的表情。

养父直起身，吸了口烟，不再看我，边踱步边说："女儿，你没必要怀疑我的话。我问你，中国有多少临江这样的城市？"

我说："二百多个吧。"

他又问："上海有几位摄影家协会副主席？"

我说："高翔告诉过我，一共六位。"

他站住，不看我，看着墙上的一幅照片语调缓慢地说："虽然我现在不是市长了，但毕竟当过，那么你是全中国只有二百多位的一位市长的女儿；

你还是全上海只有六位的摄影家协会副主席的未婚妻。你还有方氏家族的特殊背景,我听高翔说,他父母的家族也都不一般。那么,尽管你本人现在很平凡,很普通……"

"我觉得,我将一生平凡和普通……"

"那你也还是首先要做一个好人!"——他向我转过身,又弯下腰看着我了,表情和口吻都特严肃地说,"在全中国十几亿平凡的、普通的人中,你还是属于极少数极少数的幸运者。一个社会,固然要教育每一个人都做好人,但首先要使极少数极少数幸运者成为好人。中国的人格教育,在我看来,相当长的历史时期内走的是弯路,对绝大多数人整天重复着陈词滥调,对极少数所谓成功人士,几乎全社会又都表现出献媚唯恐不及的巴结心态,仿佛一个人只要成为有钱的大佬了,似乎连人格也都完美了。但一个国家的进步,归根结底,是要看百分之九十多的人是怎样的人,明白?"

我说:"爸,你把我绕糊涂了……"

他说:"我虽然过去是市长,现在是人大常委会副主任,但我不能对极少数极少数的人说刚才那番话,说了也白说,只会引起反感。但我的好女儿,我希望你这个平凡的普通的人中的幸运者,一生都要做一个好人。你要使我和你的校长妈妈相信,中国的芸芸众生之中,有一个好人是我们的女儿。因为在芸芸众生之中,你是很应该成为好人的那一个。一生做好人,也是成功人士。做好人不需要投资,不需要天赋……还不明白?"

"明白了。"其实我心里想的是,他将对我的希望降低到了底线水平。

这使我内心忧伤又起。

"真明白了,那就亲一下老爸。"

他向我偏过脸颊,而我煞有介事地"奖励"了他说真话的态度。养父的话使我又一次感到——平凡和普通,也许真是我此生的宿命。

为什么养父既说平凡又说普通呢?我睡下时,不由得继续思考,终于想明白了——两者确乎各有所指。平凡意味着能力方面一无专长,或虽有专业而业不骄人;而普通意味着人与财富的关系。我的人生注定了将与财富沾不上边。我居无定所,除了已投入到两处小店的一点存款,再什么都没有。我与李娟在人生的同一起跑线上。娟是普通的,与我相比,她似乎还有一种刚

父母岁月

被证明的经商的专长，那么，我的人生是不是比李娟还平凡呢？不同的是，娟的亲人都指望她逐渐不平凡起来，包括我这个朋友也总是给她打气，但愿她早日不平凡起来。她自己也铆足了劲儿，朝着争取不平凡的方向努力拼搏，往往不将自己少了一个肾当回事。娟是好人，所以没人对她念什么《好人经》，她只消一如既往地做自己就是了。

而我，不但平凡，不但普通，还要由养父当面教诲，以使我永远明白——我既平凡也不平凡，既普通也不普通，因为我有一位当过市长的养父；因为我已故的养母在一座小县城的史册上必将占有一席之地；因为我与该县曾经的名门望族发生了一种说有便有，说无亦无的间接关系。分明地，按养父的逻辑，我同时是芸芸众生中的极少数幸运者，所以我必须既平凡着、普通着，还应该自觉做一个好人。我理解养父说的那些话，归根结底是他代社会向我提出的要求。也分明地，他这位不平凡不普通的父亲，认为自己对社会有那么一种义务，对我有那么一种责任。

我平凡，我普通，我幸运；我在芸芸众生之中，我又属于极少数极少数的幸运者——幸运者理应自觉做好人，所以我如果缺乏那自觉性，显然首先对不起我的幸运。

但平凡的、普通的好人怎么个好法？老实说我从没认真想过，也根本懒得去想。

李娟从不想这类自寻烦恼的问题，我为什么不可以？

娟一向自自然然地做她自己，我认为我也有此不可度让的权利。

想到这儿，我对养父的教诲逆反起来——如果我现在已是某重点大学的研究生，他还会对我那么谆谆教诲吗？还不是因为我事实上已经平凡了，普通了，做个好人才成了他对我唯一的希望？

我不禁想到了孔子那句名言："五十而知天命。"

可我才二十四岁，我已知天命了。这真有点残酷。既然如此，那就如此吧，我将在平凡中努力，我将在普通中无怨无悔，我将与我的宿命和平共处，正如一个人与自己的影子的关系。

....

我梦到有一只彩蝶在我头顶翻飞。它快速变大，先是变成了小天使，但翅膀却没变成白羽翎的，还是蝶翅，像五彩玻璃那么透明，在阳光下熠熠生辉。小天使快速变得像真人一样大了，细看竟是"校长妈妈"。

我说："妈妈，我平凡了，我普通了，可我拿自己没办法，你千万别生我的气……"

"校长妈妈"捧着我的脸吻我的额，满面喜悦。

她说："我知道，妈妈什么都知道。平凡不是错，普通不是罪过，谁的人生都不过是生命现象，只要你中意自己的生命现象，妈妈就替你高兴。"

我说："可爸爸还要求我做好人，我很困惑，不知怎么样才是好人。"

她说："我女儿已经是好人了。"

…………

第二天早上，养父一见到我就说："看来我女儿解过乏了，神采奕奕嘛！"

迎宾活动的开幕式隆重而又顺利。是由养父主持的，他为自己的角色理了发，固定了发型，西装笔挺，领带醒目，看上去年轻了许多岁。市委书记亲致欢迎词，少先队员向宾客代表献了鲜花。

会后自由活动时，我的特殊身份使我成了宾客们关注的中心，许多人轮番与我合影。百十来人，一半是姓方的，另一半是他们的配偶或子女，除了小孩子，大抵是成了别国人的不平凡不普通的人士，其中还有哈佛和剑桥的在读生。

血统真是厉害，只要善于继承某种不平凡不普通的血统，似乎想要平凡和普通都不怎么容易。

我与他们合影时不断在心里对我自己说"校长妈妈"在我梦中说过的话，否则我会觉得被无形的压力重重包围，脸上的笑容会变得勉强。

一位七十余岁但精神矍铄、身体硬朗、留白髯的老先生与我合影后，问我养父："我可以拥抱她吗？"

养父微笑着轻轻将我推向他，我主动拥抱了老先生一下。

老先生说："婉之，我们看到你精精神神的，气质好，教养好，都很高兴啊。我们方家在大陆唯一的后人并没有……我的意思是，有我们方家的基因，我不虚此行啊！……"

父母岁月

他问其他方家人士："你们也是吧？"

那些不平凡、不普通的人皆点头。

他又问我："听你父亲说，你在搞投资？"

我被问得一愣。

养父立刻说："是的，她喜欢那一行。"

我也只得点头。

老者接着问："做得还顺吗？"

我顺水推舟地回答："还行。我资金有限，都是小额投资。"

老者用手势招过来一位中年男子，让我一旦遇到了困难就找他。男子给了我一张名片，愉快地说："论起来我是你表叔。"

养父告诉我，老者是"校长妈妈"的堂兄。

我问养父，那老者有句话为什么只说了一半？

养父说："他们在国外听的负面情况多了，以为会见到一个差不多是文盲的你。"

我说："就是一个想象中的傻大姐呗！"

养父笑道："你干吗非那么说呢！"

第二天晚上，养父郑重其事地与我谈了一次话。他问我想不想出国。"校长妈妈"的堂兄，也就是我的舅父，希望将我带出国。

这太意外了。

我问："那高翔怎么办？"

养父说："你舅父保证也可以让高翔出国，而且说……"

"说什么？"

"他身后的遗产，将来可以由你俩继承。"

"要是高翔不愿意呢？"

"所以你得问问他，最好现在就问，明天我好给你舅父一个答复。他做这个决定很认真呢。"

在养父坚持下，我当面与高翔通了次手机。

高翔说："我肯定不会去美国的，我妈都六十多了，我将她撇在上海不对吧？你应该知道，上海人非常恋上海的，越上了年纪越离不开。但你是自由的，你怎么决定都行，我不拖你后腿……"

结束通话，我对养父说："爸你听到了，明天你只得替我谢谢舅父的好意了。"

养父说："你也不想知道，你舅父将来的遗产是什么吗？"

我说："爸，还有必要知道吗？"

养父什么都没再说，默默起身往外走，走到门口他站住，也不转身，却举臂竖了一下拇指。

这使我颇不安，因为谁对别人不满往往也会那么表示。

但我已管不了那么多了。我是高翔的未婚妻，我做重大抉择的前提，不可能不是两个人的一致态度。

第二天第三天我们父女没再单独在一起过，大事小情都得由他拍板，他很忙。

第四天下午开联欢会时，我也没和他坐在一起；他陪年长的宾客坐。

身在此处，心却四处游荡，思绪也乱飞，我忽然想到了马克思的一句话——"人的本质是一切社会关系的总和"。

我没读过马克思的书，是养父多次对我说到过，高翔也说过。以前我对那句话没任何体会，当时却一下子有了——虽然，济济一堂之中，只有不到一半的人姓方，却由于与他们的配偶关系，另外一多半别姓的人们也成了我和养父的亲戚，正如姓孟的养父和本不姓方的我，由于与我的"校长妈妈"方静好的关系，也成了包括三代的他们的亲戚。若将来某日养父不在人世了，毫无疑问，他的大照片将挂在"校长妈妈"的旁边，一并出现在故居那客厅的白墙上——不仅因为他是配偶，还主要因为他曾是一位市长。

但是，养父那些贵州山区里的穷亲戚，是否也属于亲戚们的亲戚呢？逻辑上也应该属于的吧。而一个不争的事实将是，养父的两类亲戚，永远不会有欢聚一堂的机会。我的事实上的神仙顶的亲戚们，也不可能有那样的机会。

于是我理解了，人既是"社会关系的总和"，也是会对社会关系予以筛选的动物。人之所以高等，此点显然也是证明。所以，"和"的大小和成分，对于不同的人是非常不同的。

父母岁月

而我，除了受惠于"校长妈妈"的姓氏以外，一切一切方面，都只不过是一个平凡的普通的人。只不过我不平庸，爱思想，因为爱思想才平凡却并不平庸。"我思故我在"五个字，是我体会存在感的真谛。高翔曾对我说，这一点使他对我情有独钟。

那时刻，我又产生了一种生命不能承受之"和"，生活难以推进之复杂的感觉。我在心里对自己说——方婉之，你注定了只应付得来简单的人生，不断的加法只能使你的人生变得复杂。你是么不善于也不愿意利用你的"和"，所以复杂对你来说太复杂，那就莫如以平常心爱你平凡、普通又简单的人生吧……

忽然响起了热烈的掌声，养父在掌声中站起来，转身看着我走到我跟前，拉着我的手送我走向演出台。

原来亲人们要求我出节目。

他在台前小声对我说："也要说几句话。"

我问："必须吗？"

他说："你不是明天要走了吗？走前不说几句，那多不好。别忘了你也是主人。"

我唱了一首歌。

感谢李娟与倩倩，和她俩一起在深圳"挣外快"那些日子里，我的嗓子唱开了。

我唱得不错，博得了又一阵掌声。

"敬爱的每一位亲人……"

亲人之所以谓亲人，不仅仅是由血缘，更是由相处来决定的。我与宾客们既无半点血缘，也没真正相处过，所以我口中不易说出"亲爱的"三个字，非说，便不由衷。但我确实敬爱他们，并不因自己的平凡和普通，而对他们的不平凡和不普通产生隔阂。事实上，我对任何凭自己的天分加努力而不平凡不普通的人，都心怀虔诚的敬意。"敬爱的"三个字，更符合我的真情。

台下肃静了。

我从容而又淡定地说："我是平凡的，普通的。像我这样的人，是中国的绝大多数，也是世界的绝大多数。我是十几亿同胞之一。爸爸妈妈从我小时候就教育我，一个人的天分有高低，能力有大小，但做一个好人，却与天分与能力无关……"

我看到养父呆住了——半瓶矿泉水放在小桌上，他却叼着吸管呆呆地望着我；我看到我的老"舅父"推了他的手一下，他才将吸管插入瓶中。

我说："作为我们这一脉方氏家族的一分子，我并不以平凡和普通而自卑，因为我从没因平凡而懒散，从没因普通而对自己没了心向阳光的要求。在此我郑重向亲人们保证，正因为有你们这样的亲人，我将无怨无悔地做一个好人，将在平凡中自尊地生活；将在普通中恪守做好人的原则；将为十几亿人口这一庞大的分母，加上平凡、普通而又善良的那个'1'，孵化自方氏家族的那个'1'……"

我还说了什么自己也记不清了。

我走下台时，肃静延续，养父仍呆坐着望我。

我往我的座位走时，舅父站了起来，老人家转身面对人们大鼓其掌。

养父也随之鼓掌。

于是响起了齐刷刷的掌声。

我没归座，我跑了出去。

那日天高气爽，对面山顶上火烧云亦紫亦红，变幻莫测，美得奇妙。在那山的后面是神仙顶——听养父讲，由广电部集资，在神仙顶架起了天线塔，人们可以看到信号清晰的电视了。

我走过马路，买了一支雪糕，一边吮着，一边欣赏火烧云——我之所以能在台上将话说得那么顺畅，全是因为几天中我想过了我和我的宿命的关系。

"人是自我给出的意义的践行者。"

我记不清这句话是从哪本书中读到的了。

我只不过将我这一个平凡的、普通的"自我"给出的人生感悟说了出来。居然有机会当众说出，我心舒畅，觉得每一口雪糕，都是享受，滋味儿格外好。

我回到联欢会场时，养父也在台上了。

他手持话筒说："想不到，亲人们会在联欢会上让我回答问题，我不敢不从命。先回答第一个问题——解放初期的中国，十分之九是农村人口。中

父母岁月

国有六亿五千万人口时，五亿左右是农村人口。八十年代的中国，农村人口五分之三。九十年代的时候，还是一多半。现在的中国，农村人口仍比城市人口多。马克思说，'人是社会关系的总和'——那么，绝大多数已经是城市人的中国人，其实都或多或少地有些生活在农村的亲人，亲戚。贫困虽然也体现在城市，但农村的贫困更令许多中国人揪心！所以，中国着重对农村实行的脱贫计划，也是为了使许多许多生活在城市里的中国人工作和生活两安心。大多数人，不可能明知亲人和亲戚仍未脱贫，而无动于衷、心安理得，仿佛事不关己嘛！亲情扶贫只能尽到个人的亲情责任；国家扶贫再加大力度也无法完全代替亲情责任，所以，我这位曾经的市长在位时，一向强调国家扶贫与亲情扶贫相结合。并且……"

他犹豫了片刻，低声说："我的社会关系之和，也有一半姓'农'，共同的名字叫'贫穷'。我不能将我的'和'一切两半，扔掉令我揪心的另一半。所以，我一向也是亲情扶贫的力行者。进一步说，我爱那另一半……"

养父那么说时，目光一直望着我。

翌晨，养父在送我的车旁拥抱了我一下，虽然四下无人，却仍小声说："女儿，昨天你令老爸着实暗吃一惊。不过，你那么说也没大毛病。"

我有点不好意思："我心里怎么想的，嘴上就怎么说了。"

他说："你当然可以那样，但老爸往往不能。真话固然可敬，但那也要看由什么人来说，看在什么场合对什么人说。"

我说："你的意思，还是认为我那些话成问题呗。"

他说："恰恰相反，我女儿能最大程度地做真实的自己，老爸为你高兴。"

我说："那你给我这四天的表现打个分。"

他说："满分。"

我心欢喜，在他腮上吻了一下，不料被县委肖秘书长看到。

肖秘书长笑道："哈哈，父女情深啊！我已经用'傻瓜'拍下了！"

养父孩子般地难为情了。

我没回深圳，而是去了上海。

我要在上海与高翔完婚。

本文节选自长篇小说《我和我的命》

后记

前言已提到，《父母岁月》一书是一次大胆的出版创新，本书的策划诚然是一个摸着石头过河的过程，其间编者们遇到过各色挑战，最主要的便是关于选篇的挑战。编者们在面对浩如烟海的梁晓声文集时曾一度陷入沉思：究竟该如何从洋洋洒洒的两千多万字中撷取四十余万字，使读者尝鼎一脔，准确抓取梁晓声作品的核心精神？这样一项工作的难度是可想而知的。德国接受美学的创立者姚斯曾说："作品的视野与读者的视野融合时，作品才具有意义。"然而一千个读者眼中有一千个哈姆雷特，万千读者眼中的梁晓声也是不尽相同的，为了读者能更好地把握全文的精髓，促进《父母岁月》一书视野与读者视野的融合，本后记便应运而生。此后记将男女主统一为"梁建国"和"苏晓燕"，以收录的二十篇小说的故事梗概为底本，创作出了一部长篇小说的故事大纲，现系列在下，以飨诸君：

那是一九八〇年腊月某一天，傍晚天空飘起了雪花，我母亲正躺在床上休息，突然肚子传来一阵阵疼痛，疼得她呻吟不止。下班回来的父亲听到动静，赶紧冲进来查看。他看着痛苦不堪的母亲，紧张得不知所措。还好祖母有经验，她一看这架势就知道母亲可能要生了，便嘱咐父亲赶快把母亲送到妇幼医院去。一时想不出更好的办法，父亲只好找来平板车，祖母在上面铺了几层被子，两人小心翼翼地将母亲转移到了平板车上。去往医院的路上，母亲的叫声像鞭子一样抽打着父亲，父亲只能埋头骑着平板车，马不停蹄地往医院赶，祖母则在后面悉心照料着。

父母岁月

紧赶慢赶终于赶到了医院，办理过一道道必不可少的手续，总算将母亲送进了妇产科诊室。但没过多久，大夫就出来了，大夫司空见惯地对父亲说，来早了，没床位，回去吧。父亲求大夫帮忙想想办法，大夫指着医院走廊里密集的地铺，表示确实没床位，她也爱莫能助。父亲和祖母只好又把母亲往回拉。回到家附近，母亲下了车，被搀着走了没几步，突然腿一软跪了下去。她紧握双拳，满脸是汗，看上去十分痛苦。父亲和祖母守在母亲身旁团团转，急得像热锅上的蚂蚁。

三人周围慢慢聚集了一些人，其中有个人突然喊道："羊水都破了，这是要生了啊！"之后从人群里钻进来一个女青年，她蹲下来查看了一下母亲的状况，当即做出判断说，母亲要生了，来不及送医院了，她是护士，她有经验，她来帮忙接生。女青年指挥父亲将母亲转移到了平板车上，人群里的女性自发地将平板车围起来做了遮挡，还有些人从家里端来了热水，拿来了可能会用到的工具。就这样，在众人的齐心协力下，我成功地降生了。

除此之外，我父母还告诉过我很多他们的其他人生经历。他们与共和国同龄，一个叫梁建国，一个叫苏晓燕。他们所经历过的岁月就像一场风霜之旅，亦如一首动人的时代长诗，而这段如诗歌般的旅途的起点是一辆开往北大荒的列车。

一辆火车呼啸着穿梭在北大荒的山岭间，车上载满了来自五湖四海的知识青年。这群年轻人意气风发，每个人心中都绘有一幅关于未来的美好蓝图。梁建国和苏晓燕便是他们中的一分子。梁建国是哈尔滨人，出身于一个普通的工人家庭：父亲是造纸厂工人；母亲没有工作，靠打零工贴补家用；哥哥建平考上大学后不久脑部受伤，智力只相当于四五岁孩童，长年需要人照顾；妹妹珊瑚刚中学毕业不久；弟弟建海还在上初中。一家人的生活十分艰苦。梁建国从小吃苦耐劳，为了减轻家庭负担，也为了给祖国的建设添砖加瓦，他跟妹妹珊瑚积极响应国家号召，坐上了开往北大荒的列车，与之同行的还有他的两个发小翟子卿和刘海波。

梁建国和翟子卿家住同一条街，从小一块长大。两人都酷爱看书，但因为家境贫寒，便只能站在街头的小书摊前只看不买。摊主是个瘦巴巴的老头，

后记

心眼比针眼还小，五六十岁的年纪还成天和几个孩子闹分家。有一天，老头在家里受了气，直接吹胡子瞪眼地把蹲在书摊前看书的小孩全撵跑了。被赶走的除了梁建国和翟子卿，还有一个高高瘦瘦的少年——刘海波。刘海波吹嘘自己家里的书比书摊多好几倍，梁建国和翟子卿不信，嚷嚷着要去"眼见为实"。当在刘海波家的菜窖里看到琳琅满目的中外名著时，两人皆惊得目瞪口呆。直到踏上开往北大荒的列车前，刘海波家的菜窖都是他们三人的秘密基地。

苏晓燕是上海人，出身"黑五类"的她本没有资格来北大荒参与建设，但她同样渴望为祖国奉献自己的青春年华，于是偷偷混上知青专列，一路跟随众知青来到了北大荒。可是因为出身问题，一开始并没有连队愿意收留她，后来在白桦林站站长的帮助下，她才成功留在了梁建国所在的连队。从火车站出发去连队的路途坎坷又漫长，苏晓燕由于体力不支掉队了。乐于助人的梁建国心生怜悯，便主动背起筋疲力尽的苏晓燕，一路将她背到了连队。二人因此结缘，然后很快就跟众知青一起满怀激情地投入到了北大荒的建设工作中。

十五六岁的时候，梁建国曾对一名女孩一见钟情，但半年多时间里，两人只匆匆见过两面。某日，梁建国在刘海波家看书，忽然听到从刘海波家隔壁传来一阵女孩的歌声。令他万万没想到的是，唱歌的人竟然就是他朝思暮想的那个女孩。不过很遗憾，女孩已与刘海波两情相悦。女孩名叫李晓玥，因为要照顾精神不稳定的母亲，并没有跟刘海波一起来北大荒。天各一方的两人只能靠书信来维持联系。苏晓燕眉宇间与李晓玥有几分相似，也同样擅长歌唱，因此，梁建国心中的这份悸动在他第一眼看到苏晓燕时便怦然而至。

梁建国跟苏晓燕一起加入了连宣传队，因而结识了宣传干事老隋。因对文艺工作怀有同样的热爱，他跟老隋成了无话不谈的好朋友。梁建国看出老隋也喜欢苏晓燕，但这次他下定决心不会再将心爱的女孩拱手让人了。苏晓燕因为出身不好，再加上身子弱又没干过农活，总是拖队伍的后腿，她自己也很愧疚，所以每次吃饭都等到大家吃得差不多了才过来吃点残羹冷炙。梁建国注意到这一点后，就故意给她留着饭菜，并叫她每次都按时来吃饭，这让自卑的苏晓燕心头一暖。春来草长，爱情的种子在梁建国和苏晓燕心中悄

父母岁月

悄生根发芽，两人在日常的交往中越走越近，感情也越来越深。梁建国的知青生活在爱情和友情的双重浸润下熠熠生辉、闪闪发光。

不过好景不长，问题出在苏晓燕身上。苏晓燕本就因为出身问题在连队里备受歧视，后来因歌唱才华出众，被团宣传股长指名留在了团宣传队，可是几个月后就被团宣传队开除，又回到了连队。连队中谣言四起，更有甚者说她被开除是因为她被指作风轻浮、思想意识不良。自此之后，苏晓燕更加自卑，因为自身敏感造成的诸多误会，使得她跟梁建国渐行渐远。后来有一天，森林着火了，梁建国被困在火场里，他惊讶地发现苏晓燕也被困在此地。熊熊大火中，梁建国背着苏晓燕拼尽全力寻找逃生之路。直到一架救援直升机驶来，他们才得以脱离困境。经过这次生死考验，两人不仅冰释前嫌，还互表了心意。

刘海波和李晓玥的恋情却因为现实问题走上了末路。李晓玥在信上对刘海波说，他们的关系只能结束了。因为她不可能抛下精神不稳定的母亲，按他的要求来北大荒陪他。不仅如此，她还得在城市里找份工作，挣钱维持她们母女二人的生活。她母亲虽长年不能上班，但以前单位是发给一些生活费的。自从她满十八岁了，她母亲单位就停止再发那份生活费了。她还在信中宣布她要嫁给一个比她大十五岁的男人了。因为他是个有职权的男人，能帮她找到一份工作，还能帮她完成长久以来登台演唱的梦想——只要她做了他妻子，她就可以成为一个有几万名工人的大工厂的脱产宣传队员。刘海波承受不住这个打击，擅自离开连队回了哈尔滨。他找到了要娶李晓玥为妻的那个男人，向对方脸上泼了一瓶镪水。城市里的公安机关以"残害革命干部"为名逮捕了他。一个月后，他被判了十年有期徒刑。

寒来暑往，众知青以他们特有的热忱，忘我地投身于建设祖国的伟大事业中。他们在经年累月的锻炼中，磨炼出了独立的意志与坚毅的品格。他们的灵魂也早已深深扎根在了这片广袤的黑土地上。苏晓燕更是在时代的试炼和爱情的滋润中一步步摆脱了自卑和敏感，逐渐成长为一名勇敢的兵团战士。她无疑是连队中蜕变得最为彻底的人，她将自身的追求和祖国、人民的利益紧紧联系在一起，总在关键时候挺身而出。某年冬季，她主动率领一支先遣小队，与十几名知青筚路蓝缕，去开辟一片被称为"鬼沼"的"满盖荒原"。

后记

辛勤劳作了几个月，荒地终于开垦得差不多了。与此同时，封冻的"鬼沼"因温度上升即将开化。苏晓燕、梁建国、梁珊瑚、王志刚选择留守原地，小队其他人则要回老连队去，赶在"鬼沼"开化前帮助老连队迁移过来。连队久等不至，"鬼沼"提前开化，苏晓燕等人弹尽粮绝，处境异常艰险，雪上加霜的是苏晓燕还在这种时候病倒了。梁珊瑚在四人中年龄最小，一直深受另外三个人的照顾。她不想在关键时刻拖大家后腿，为了分担队友的压力，也为了证明自己不是累赘，她主动外出寻找食物，结果在追受伤的狍子时误陷"鬼沼"，从此长眠在"满盖荒原"。王志刚为救病危的苏晓燕，将唯一的一匹马交给了梁建国，要他带着苏晓燕绕过"鬼沼"去迎接连队。当梁建国和苏晓燕带着连队，沿着王志刚探出的路来到"满盖荒原"时，却发现王志刚本人已在与狼群的搏斗中壮烈牺牲了。

众知青来自天南地北，生活习惯各异，在人品、家教、学识上更是千差万别。他们中有梁珊瑚、王志刚等舍身为国的志士，但也不乏纠结于儿女情长、专营钩心斗角之流。梁建国与苏晓燕关系亲密，惹得同连队一名青年分外嫉恨。梁建国因此惨遭诬陷，被牵连进了"知识青年反动通信案"。瞿子卿和老隋奉张连长的命押解梁建国去团保卫股，途中，三名骑马赶来的拦路者救下了梁建国。原来梁建国曾救过鄂伦春少女阿依吉伦嫂子的命，阿依吉伦和她哥哥、她父亲感激于此，特意前来救他。梁建国随他们进入深山，与鄂伦春人一同生活了四个月。其间，温柔的阿依吉伦对梁建国产生了异样的情愫。梁建国拒绝了阿依吉伦的示爱，同时承诺会永远将她视为自己最珍贵的朋友。后来，特殊时期结束，张连长又下令让瞿子卿和老隋将梁建国接回了连队。

十年浩劫终于平息，四十余万知识青年开始陆续返城。梁建国与苏晓燕所在的兵团，每年都有知青以各种各样的方式离开。苏晓燕的父亲沉冤得雪，恢复了往日的地位。苏父来到兵团看望女儿，连队领导为了讨好苏父，竟然撤掉原排长邹心萍的职务，命苏晓燕取而代之。苏晓燕于心有愧，但善良的邹心萍表示自己并不介意。又过了一段时间，苏父想安排女儿提前离开北大荒，但苏晓燕已经不是那个任由他人替自己做主的小姑娘了，她下定决心要跟邹心萍等人一起等待返城文件下达。邹心萍在北大荒与心上人喜结连理，

父母岁月

度过了一段甜蜜的婚后时光。然而邹心萍的丈夫回天津探亲后却再没回来,只给她捎来了一封信,信上声称自己已打算留在天津,如果邹心萍无法离开北大荒,两人只好离婚。领导照顾邹心萍,想将上大学的名额给她,但她已怀有身孕,只好拒绝了领导的好意。苏晓燕则陪她在北大荒静候着可以返城的消息。

在一个暴风雪肆虐的夜晚,返城政策下达,数以万计的兵团知青终于可以如愿返回日思夜想的家乡。但是团长马崇汉异想天开,企图把余下的知青全部扣在北大荒。指导员郑亚茹为了一己之私,协助团长封锁了返城消息。知青们闻知皆义愤填膺,梁建国发动一众战友一起到团部抗议马崇汉的行为。另一边,苏晓燕正在代替生病的女知青站岗执勤,但负责通知返岗的郑亚茹并未告知她返岗时间。而且当晚知青全部集合去了团部,无人前来换岗。天气极度恶劣,苏晓燕扛着暴风雪差点牺牲在岗位上。好在关键时刻,梁建国及时出现救下了她。苏晓燕被连夜送往医院抢救,梁建国在急救室外焦急地等待着。因为抢救得及时,苏晓燕在黎明时分苏醒了。张连长特批了梁建国的假期,让他在医院照顾苏晓燕。在梁建国无微不至的照料下,苏晓燕的身子逐渐恢复。

这天,梁建国听说有大领导来医院了,他万万没想到这位大领导居然是苏晓燕的父亲。得知女儿隐瞒了这么严重的事情,苏父很生气,但是当他看到病床上的女儿时,就只剩心疼了。他叫女儿出院办回城手续,去上海好好疗养身体,却遭到了女儿的拒绝。苏晓燕借此机会向父亲坦白了自己与梁建国的关系。苏父得知梁建国的家境后,非常生气。女儿的一再忤逆让他气愤不已,他声称如果这次她再不回上海就跟她断绝父女关系。苏晓燕和父亲的脾气一模一样,都是吃软不吃硬,她表示坚决不回上海,气得苏父拂袖而去。这次苏晓燕大难不死,还不惜为自己顶撞了父亲,梁建国感到欣慰又感动,便趁热打铁向苏晓燕求婚了。苏晓燕满心欢喜地答应了。苏晓燕出院后,众知青给她和梁建国布置了简陋的新房,张连长作为主婚人,在冰天雪地里主持了两人的婚礼。

众知青纷纷踏上了回乡的列车,然而等待他们的却是几乎从零开始的人生。他们不再是知青,而成了芸芸众生里的一员。那些激情的岁月宛如幻影,

后记

与他们在时代的岔口分别。等待他们的是不确定的工作、琐碎的生活，还有不可避免的家庭压力。因为跟父亲的关系闹得很僵，苏晓燕直接跟梁建国回了哈尔滨。梁父作为一家之主，在家中威信极高，向来说一不二。他对儿女也寄予厚望，希望他们效仿先烈，为国家鞠躬尽瘁。即使返城大潮在即，梁父也在家信中严词要求儿子一直留在北大荒。面对来自父亲的压力，梁建国只得谎称自己只是放假回家。阔别多年再回故里，梁建国心中早已不复年少时的轻松写意，他亲眼看到父亲在恶劣的环境中作业，而母亲在妹妹梁珊瑚意外去世后大病一场，身子落下病根的她已不适合再频繁打零工，再加上自家与苏家巨大的门第落差、患病的大哥、到了结婚年纪的小弟……凡此种种让梁建国内心感慨颇深，也让他明白了自己应该承担起更多的家庭责任。所以，他化压力为动力，四处求职，经过一番奔波劳苦，最后终于在一支小规模的建筑队落了脚。

梁建国能吃苦会干活，很快就在建筑队里干得有声有色。一天，梁建国在工作时发现工友在水泥中掺杂了黄土和炉灰。他大斥此举很不道德，工友则反讽他假清高，双方各执己见，发生了激烈的打斗。因理念不合，梁建国最终选择离开了建筑队，当起了"路边工"，粉刷墙面，修理管道。虽然生活艰苦，但他绝不弄虚作假。依靠自身的人格魅力，梁建国慢慢吸引了一些志同道合的人，带头组建了一支建筑小队。凭借务实的风格、精湛的手艺，梁建国的建筑小队很快就打响了名头。一天，他们接到了一个改造厂房的小活，他们认真负责的态度打动了客户。客户对梁建国产生了兴趣，在得知梁建国的父亲和弟弟也在造纸厂工作后更觉得这是缘分。客户告诉梁建国，造纸厂基建队正在招工，非常缺少像他这样干活认真负责的管理人才。经由客户的介绍，梁建国带着队友来参加招工，成功帮队友应聘上岗了，自己却没有去。在队友的百般追问以及"队长不去，我们也不去"的威胁下，梁建国才说出实情，他怕自己瞒着父亲返城的事情败露。队友劝他纸终究包不住火，不如借此机会直接跟父亲坦白。梁建国说要再考虑考虑，还请队友们为自己保密。

天下没有不透风的墙，梁建国已返城的消息到底还是传到了梁父耳朵里。梁父为此大发雷霆，父子二人的关系随之恶化，虽然有梁母、苏晓燕从中调

父母岁月

解,但两人的关系并没有好转。直到苏晓燕有了身孕,两人的关系才慢慢缓和,梁建国也终于跟队友在造纸厂基建队会师了。苏晓燕跟她父亲的矛盾所在,梁父梁母听梁建国说过,但他们还是认为有必要告知亲家苏晓燕怀孕的事,于是就让两个年轻人写了封信寄了过去。苏母读过来信,喜不自胜;苏父听过来信,虽然面不改色,但内心多少有些松动。苏母觉得有必要去哈尔滨一趟,苏父还没有彻底原谅女儿,就派苏晓燕的哥哥苏景琛去了哈尔滨。苏景琛来到梁家,见梁家住所拥挤、生活拮据,不禁为妹妹的未来担忧。临走前,他提议让妹妹跟他一起回上海,等生下孩子、养好身体再回来。听到这话,一旁的梁父梁母表情有些难堪,梁建国也有些面色不虞。为了照顾梁家人的尊严,苏晓燕想也没想就拒绝了哥哥的提议。梁建国感激于此,暗下决心一定要努力打拼,让妻儿过上更好的生活,得到双方父母的认可。

梁家人口众多,大哥建平的病又比较特殊,再加上弟弟建海最近也结了婚,弟媳的肚子说不定哪天也会有动静,想着家里的住房只会越来越紧张,梁建国决定把买房子的事提上日程。然而在八十年代初,正是社会经济青黄不接的时代,千千万万的家庭都面临着同样的问题,购房一事谈何容易?梁建国拼命加班加点工作,最后利用自己的积蓄、父母的帮衬,还有从好友瞿子卿和老隋那里借来的钱买下了一处小房子。梁建国和苏晓燕终于在儿子小涛出生后不久有了一个温馨的小窝。梁建国身上的担子很重,目前的工作虽然稳定但赚不到大钱,瞿子卿和老隋都劝他跟自己去南方看看,听说那里遍地都是发财的机会,因为改革开放的春风在那里刮得正盛。但儿子年纪还小,母亲身体又不太好,跑太远、常年不着家的话,梁建国有些放心不下。家人最需要的其实是陪伴,想通此节,梁建国便拒绝了好友的邀约。

凭借过人的才能、出色的领导能力和强大的人格魅力,梁建国很快在造纸厂基建队树立了威信,事业逐渐步入正轨。梁父梁母对孙子喜爱得不得了,经常抢着帮苏晓燕带孩子。苏晓燕原本就不太想当家庭主妇,过相夫教子的生活,她利用空出来的时间认真准备高考。功夫不负有心人,经过不懈的努力,苏晓燕如愿考上了理想的大学。梁建国忙于事业,苏晓燕耽于学业,随着时间的推移,两人渐渐没了共同话题,感情也慢慢趋于平静。某天,梁父突然生病住了院,梁母只好抛下孙子去医院陪护。梁建国与苏晓燕去医院看过梁父回到家，就应该谁来带孩子的问题产生了争执。梁建国指责苏晓燕把自己父母当用人，对孩子不管不问。苏晓燕反击说梁建国这个甩手掌柜也不比她好多少，并指责丈夫大男子主义，全然不顾她课业的忙碌，竟然理所当然地认为女人应该承担全部的家务，还对梁建国经常接济老隋，让老隋在家里留宿表达了强烈的不满。梁建国和苏晓燕都明白这次争吵并非偶然，两人由于长期疏于沟通，彼此间有了一层隔阂。但他们又都是各自领域里的佼佼者，强烈的自尊心让两人都无法先低头争取沟通的机会。

想着父亲一时半会儿康复不了，即便出院了也需要母亲从旁照顾，他跟苏晓燕又各自都抽不开身，梁建国只好压下心里的不满寻找解决问题的办法，他打算花些钱请人来照顾孩子。弟弟建海听说后，告诉梁建国他妻子小丽有一个朋友在家政公司工作，可以帮忙问问。梁建国很快就得到了弟媳的反馈，小丽说她朋友那边抽不开身，就推荐了一个叫李晓玥的同事给她。听到"李晓玥"这个名字，梁建国心中百感交集。他想到自己过去看望刘海波的母亲时，听她说起过李晓玥的不幸遭遇。当初那个非娶李晓玥不可的男人，实际上卑鄙地欺骗了她。他信誓旦旦地向她保证的一切，婚后一条也没做到，而且做了她合法的丈夫后，就虐待起她来，对她开口便骂，举手便打，更不允许她回自己家照顾一下母亲。李晓玥只好选择跟丈夫离婚，即便她已经怀有身孕。不知道弟媳口中的李晓玥是不是自己认识的那个李晓玥，梁建国既希望是又希望不是。事实证明，那人就是梁建国认识的那个李晓玥。听她说为了照顾好精神不稳定的母亲和年纪不大的孩子，她一天要打三份工后，梁建国颇为动容，没怎么考虑就录用了李晓玥。能以这种不伤人自尊的方式帮到李晓玥，梁建国内心非常高兴。

梁建国原以为带孩子的问题解决了，他跟苏晓燕之间紧张的关系就能缓和下来了，没想到却遭遇了更大的情感危机。李晓玥来梁家工作后，梁建国不时透露出对她的关心，苏晓燕看在眼里，气在心里，实在气不过就跟梁建国拌几句嘴。结工资那天，考虑到李晓玥家的情况，梁建国就多给她结了一些工资。李晓玥很感动，但她知道梁父生病住院了，梁家也处于需要用钱的关口，她还是该拿多少就拿多少比较好。梁建国只好骗李晓玥说多出来的钱是嫂子觉得她工作做得好，给她的额外奖励，但李晓玥还是不肯要。两人推

父母岁月

操间，苏晓燕回来了，误会了两人的关系，气得她把梁建国狠狠数落了一顿，也没给梁建国解释的机会，就气呼呼地摔门离开了。当局者迷，旁观者清，一旁的李晓玥早已看透了一切，她为梁建国分析了他们夫妻之间的问题所在。在她看来，梁建国和苏晓燕都是非常善良的人，只是双方都憋着一股劲，事实上只要愿意放下情绪真诚地沟通，所有的问题都会迎刃而解。梁建国被李晓玥劝动，打算去学校找苏晓燕道歉。

苏晓燕将他们夫妻吵架的事告诉了自己在大学里认识的一位男性好友陈牧。陈牧跟苏晓燕一样是文学青年，两人经常在一起谈论看过的书、讨论文学创作，相处得非常愉快，但苏晓燕对婚姻忠贞不贰，从未越过雷池半步。梁建国来学校找苏晓燕道歉时，恰巧看到苏晓燕跟一个男的有说有笑地并肩而行。他气得什么都没说，转头走了。苏晓燕回到家，梁建国气势汹汹地质问跟她并行的那个男人是谁，还没听完苏晓燕的解释，两人就又吵了起来。苏晓燕彻夜未眠，经过激烈的内心挣扎，她决定跟陈牧保持距离。陈牧听了苏晓燕的决定，虽然内心有点不舍，但表示尊重她的决定。梁建国也一宿没睡，妻子因为李晓玥跟自己吵架和自己因为妻子的男性好友跟她吵架是一回事，都是因为吃醋，而吃醋的本质就是爱。这样一换位思考，梁建国茅塞顿开，之后他跟苏晓燕进行了一次长久且坦诚的交流，两人先前的误会自然而然就解开了。李晓玥为了避嫌，提出要辞职，梁建国还没开口，苏晓燕便主动进行了挽留。见女主人已经解开了心结，李晓玥便留了下来。帮人帮到底，送佛送到西，梁建国认为李晓玥一直这样下去也不是长久之计，就想方设法把她安排到了造纸厂里。

在一次北大荒知青的聚会上，梁建国见到了去南方发展的翟子卿。翟子卿得益于改革开放的春风，摇身一变成了大款。席间他与梁建国相谈甚欢，还留下了自己的新住址。三天后，梁建国按照翟子卿留下的地址如约登门拜访。翟子卿的母亲热情地出门迎接，但是在与她攀谈中，梁建国隐隐察觉到了翟母对儿子精神状态的担忧。年少的翟子卿是个极其孝顺的人，性格淳朴善良，如今虽然孝心不改，却成了一个寸利必争之徒。他对最珍爱的母亲也是能敷衍就敷衍，为了不用整天陪伴母亲，他送给母亲一条名贵的小狗，叫母亲整天抱在怀里，用它当自己的替代品。梁建国内心不胜感慨，他深知时

后记

代的变迁影响了不少像翟子卿这样的人。后来，很长一段时间，梁建国都没再见过翟子卿。从梁建国生活里消失的，除了翟子卿，还有老隋。老隋也是一个传奇人物，只是时运有些不济。兵团解体后，老隋本已被提升为处长，但是生性浪漫自由的他选择辞职"下海"。他梦想成为大老板，但每次的计划都成为泡影，最终导致家庭破裂，公职和党籍也被开除。老隋在窘迫之时常来找梁建国，寄宿在他家，二人在相处时产生了矛盾与裂痕，苏晓燕也常因此不给梁建国好脸。一个冬夜，秘书小叶扶着醉酒的老隋来到梁建国家，此时的老隋已身无分文。小叶毅然决然地离开了老隋。不久，老隋也离开了梁建国家，从此再也没在梁建国的生活里出现过。

应政策及市场化经济体制改革要求，国有企业掀起一场大规模停产、关停潮。梁建国所在的造纸厂也没能幸免，首当其冲的是员工宿舍——即将面临拆迁。彼时梁建国已经成为副厂长，多亏了他竭尽全力与房地产商协商谈判才挽回了局面。后来厂领导决定转产，由于有国家资金支持，前任厂长顺利与一名香港富商签下卖厂合同。可梁建国接任厂长一职后，却发现合同中的条款会使半数工人失业。他去找港商代表谈判，港商代表却只应允额外给梁建国五个工人的名额。梁建国万般纠结，他不愿辜负劳苦半生的工人兄弟，最终决定与港商解除合同。最后，代表告诉他，港商决定另拨三千万建立分厂，保证被裁员工的工作问题，但前提条件是梁建国必须退出新组建的造纸集团，因为港商会全部使用自己的管理班子。为了工人兄弟的未来，梁建国牺牲小我，同意了对方的提议。弟弟建海得知哥哥的举动完全不能理解，在他心中，就算是自己失业下岗，也不能接受哥哥失去工作，母亲对此也有点沮丧。父亲倒是能理解梁建国的举动，两人单独推心置腹地交谈了一番，梁父夸儿子舍一人成全了大家，这事值得！梁建国第一次获得了父亲的认可。

苏晓燕则表示自己会陪梁建国熬过这道坎。她和梁建国结婚多年，偶有争吵，但两人的婚姻还算幸福美满。他们相濡以沫、鹣鲽情深，总能从生活的细微之处寻得乐趣。除了儿子梁涛，夫妻俩在机缘巧合下还抱养了一个女儿，取名为梁婉之，两人对她视如己出。夫妻俩望子成龙，望女成凤，非常注重拓展培养子女们的兴趣爱好，不惜花大价钱为他们报培训班。梁婉之、梁涛相较于他们父母梁建国、苏晓燕那一代人，物质生活得到了极大的改善，

父母岁月

生活质量稳步提升，但却不及父母那一辈人艰苦朴素。两辈人在人生观、价值观、世界观显现出了不同程度的差异，各种大小矛盾也在日常的相处中逐渐暴露出来。但这并不代表年青一代不懂事，梁家因为梁建国失业一度出现过经济危机，成绩斐然的小涛感知到家里财务状况困难，想中断学业早日挣钱。梁婉之让梁涛不用担心，她打算辍学打工供他上学。苏晓燕偶然从儿子的日记里知道了这件事，对儿女的懂事欣慰又感动，便串通梁建国找出一张旧存折，造了一笔"假存款"，告知儿子和女儿不用为学费担忧。

可能是受到了下岗潮的影响，今年的北大荒知青聚会来的人不多，氛围远不如往年热闹。梁建国依然没见到翟子卿和老隋，但见到了一个意料之外的人——刘海波。两人暂时抛却了当下的烦恼，推杯换盏、把酒言欢，忆往昔峥嵘岁月，喝了个不醉不休。席间，刘海波告诉梁建国他的命运其实不像当年风传的那么惨。"珍宝岛事件"时，他写血书要求参加知青担架队，竟获批准。由于支援期间表现英勇，很快便立功受奖。与此同时，上面也解除了对他的劳动改造，恢复了他的知青身份。返城后他一直在一家经济效益不错的家具厂工作，其间结婚了，有一个儿子。虽然没挣什么大钱，但生活还算过得去。只不过后来这种生活节奏一下被下岗潮打乱了。他开始变得消极颓废，终日喝得烂醉如泥，喝醉了还打老婆，酒醒了又跟老婆道歉，然后再喝再打再道歉……如此循环往复，老婆不堪忍受，跟别的男人跑了。他这才迷途知返，可想亡羊补牢，也为时已晚。他现在四处打零工，跟孩子一起过活。

另外，梁建国还从刘海波口中得知了老隋和翟子卿的消息。刘海波告诉梁建国他听一位战友说，老隋开办了一所私立学校，但由于学费高、拖欠员工工资、学费不知去向、账面几乎无款等问题，被指控多项罪名，后半生几乎要在监狱中度过了。翟子卿则因为投机失败，欠下了巨额债务，带着母亲逃去了日本。梁建国问刘海波跟李晓玥有没有联系，刘海波说没有，但之前在娱乐城见过她，她在里面当歌女。碍于自尊，落魄的他并没有跟她相认。梁建国说他肯定认错人了，李晓玥应该在造纸厂才对，刘海波说不可能。于是两人约了个时间，一起去了刘海波遇见李晓玥的那个娱乐城。娱乐城的歌女大都年轻漂亮，她们一个个浓妆艳抹、穿着轻佻，还开得起玩笑，唱的也

后记

是时下最流行的曲目。相较之下，李晓玥就太普通了，不仅年龄外貌上不占优势，唱的也是一些不时兴的歌。梁建国和刘海波亲眼见到她被场下的观众起哄赶下了台。

梁建国找到李晓玥时，她正在化妆间哭，刘海波碍于面子没进来。梁建国质问李晓玥怎么会在这里上班，李晓玥一直哭着说对不起。原来之前厂里有人侵吞国有资产，李晓玥被动地参与了进去。为了快速筹到给母亲治病的钱，她对这种损害国家利益的行为选择了睁一只眼闭一只眼。后来这件事被厂里发现了，她理所当然就被开除了。再后来她听说在娱乐城工作来钱快，自己过去也擅长唱歌，便来了这里。梁建国听了李晓玥的故事，哀其不幸怒其不争。但事情已成定局，他只能劝李晓玥辞掉这份工作，剩下的他帮忙想办法。经过这段时间的亲身体验，李晓玥发现歌女这碗饭没有自己想象中那么好吃，起码对她来说是这样，于是就听梁建国的话辞职了。死要面子的刘海波到底还是被梁建国硬拉到了李晓玥面前，两个旧情人时隔多年再见面，男的静默不语，女的以泪洗面。知道两人现在都是单亲父母，梁建国便有意撮合他们重续前缘。

梁建国又组建了个建筑小队，刘海波也加入到了其中。刘海波的投奔让梁建国觉得肩膀上的责任重大，他思索着要把建筑小队的规模壮大。他把李晓玥也拉入伙了，让她帮忙买菜做饭以及做一些杂活。苏晓燕很支持，但她觉得如今的建筑队不能沿用路边工那一套，还是要学习科学先进的管理方法。她告诉梁建国，时代在不断变化，只有不断学习才能永远与时俱进。于是她给梁建国报了夜校建筑施工管理课程，时隔多年，梁建国终于回归课堂。知青兵团的张连长特意来找梁建国，张连长复员后回了南方老家，现在是南方沿海某县经贸委主任。改革开放后经济搞上去了，便向内地扩展实力。他带着三十万元作为启动资金来到哈尔滨，想从建筑业着手干点什么，得知梁建国当过基建处领导，还在家经营着施工队，就特意来找他了。两人一拍即合，梁建国写下军令状，把资金垄断了过来，组建了更大规模的施工队。梁建国运用夜校学习的知识，很快上手了新的业务。房地产开发的热潮开始席卷全国，梁建国抢占先机第一把生意就赚了二百多万。张连长和梁建国成立了兴北公司，由梁建国担任总经理。刘海波也成了一个小监理，由于工作成绩出

父母岁月

色，获得了一笔不小的奖金。事业发力期间，他跟李晓玥的感情也没落下。他用那笔奖金买了一套很不错的商品房，装修好之后，邀请一众好友庆祝自己乔迁。庆祝乔迁倒是其次，最重要的是他要借此机会做一件大事。他按照跟好友早就商定好的计划在合适的时机向李晓玥求婚了。李晓玥又惊又喜，流着泪欣然答应了。两人在一众好友的起哄声中深深地拥吻在了一起。

好友翟子卿这时已从日本回国，如今的他是日本崎丸公司的高级雇员、宫本家的准女婿。此次回国，他想与身为兴北公司总经理的梁建国就生产条形码收款机的项目达成合作，兴北公司也想借此机会扩大规模。双方都想为各自的公司谋得更大的利润，因此互不相让。翟子卿深知宫本家族并不完全信任他，所以只能站在日本人的立场上与梁建国对峙。他为内弟宫本达夫出招，拖延谈判期限。梁建国在生意场上已浸淫多年，早已看穿对方的把戏，于是便以牙还牙。曾经亲密无间的小伙伴如今因为利益彻底决裂。就在战况陷入焦灼之时，翟子卿因曾经帮助宫本家而牵涉进了一桩金融案被曝光，宫本家族马上撇清关系要将翟子卿推出去当炮灰。翟子卿走投无路后失踪，有人说他被仇家暗害，有人说他偷渡去了美国。翟母失去了唯一的生命支柱，精神失常，成日抱着儿子买回来陪她的那条名贵小狗叫"儿子"。梁建国一面筹钱雇人照顾翟母，一边四处寻找翟子卿的下落，但还是一无所获。翟子卿就此人间蒸发。

正当梁建国的事业蒸蒸日上时，家庭却遭遇了严重的危机。他的女儿梁婉之偶然得知自己竟然并非父母的亲生女儿，而是一对山里人的孩子。此事发生在苏晓燕大学快毕业的时候，有一次她跟同学一起去山区采风，发现了一名被抛弃在山坳里的女婴。女婴的哭声激起了苏晓燕的母性，苏晓燕于心不忍将其带回了家。梁建国一直有个儿女双全的梦想，但自从生过儿子小涛后，妻子的肚子就再没出现过动静，医生说是苏晓燕头胎难产留下了后遗症。所以当苏晓燕提出要收养这个女婴时，梁建国没怎么犹豫就答应了。苏晓燕给这个女婴取了一个唯美的名字——梁婉之。梁父梁母对这件事的态度大相径庭：梁母很喜欢婉之，待她就像待亲孙子梁涛一样；梁父本就重男轻女，加上婉之还不是儿子儿媳亲生的，所以对她一直很冷漠，跟对梁涛的态度相比，简直一个天上一个地下。梁婉之这才明白了为什么祖父一直以来都不待

后记

见自己。除此之外，山里的亲戚也闻风而来，成天游荡在梁婉之的学校门口，推给她各种难题。命运的无常给了梁婉之当头一棒，无奈之余，她失魂落魄地办理了退学手续，一直流浪在外。仅有高中文凭的梁婉之从事着社会最底层的工作，好在她结识了一群善良纯朴的朋友。这无疑是一场当代青年人的寻根之旅，是一名有血有肉的年轻女子向命运、向世界一次次发出的深沉叩问——究竟哪里才是她灵魂的归宿？是温馨和睦、富裕优渥的寄养家庭，还是穷困潦倒、支离破碎的亲生家庭？为了逃离这些让她苦恼的问题，梁婉之独自一人去了三亚。

苏晓燕本科毕业后又念了研究生，研究生毕业后留校做了教师，多年过去，她已经成了一名大学教授。但为了寻回女儿，她毅然辞去教授的职务去了三亚。母女相见，苏晓燕告诉梁婉之，祖母很是想念她。近年来，祖母身体抱恙，但在病中仍不时询问梁婉之的下落。梁婉之听罢，红了眼眶，但依然不愿同苏晓燕回家。苏晓燕便一直陪伴在她身边。诚然，梁婉之是幸运的，在她最无助、最迷茫的时候，有一个爱她胜过一切的养母，养母的爱为她的生命注入一股力量，让她的救赎之旅不再孤独寂寥。在苏晓燕的引导下，梁婉之渐渐不甘于当下的生活，读起了夜大，并在夜大认识了男友高翔。梁婉之虽然与梁建国多年不见，但二人一直都有联系。一日，梁婉之接到梁建国的电话，得知祖母突然病重，梁建国希望她能尽快回来，见祖母最后一面。梁婉之和苏晓燕心急如焚，高翔帮她们买了两张到哈尔滨的早班车票。梁婉之到哈尔滨后才得知，祖母已经离开了人世，但祖母在弥留之际仍然牵挂于她。梁婉之感动得泣不成声，为自己当年的不告而别和多年的离家不归懊悔不已，决定留在养父母身边。祖父的身体本来就不好，祖母的去世让他的精神和身体受到了双重打击，从此卧床不起。某天，祖父像回光返照一样，精神和身体变得出奇地好。他说自己前一天晚上梦到了妻子，妻子说她在那边生活得很好，就是偶尔会觉得有点寂寞。隔天，祖父在睡梦中走了，走得很安详，嘴角挂着微笑，一定是跟妻子团聚了，他觉得非常快乐。

苏晓燕辞去大学教授职务多年，待她再找工作时，却发现以她的学历和履历已经完全不能再谋得大学教授的职位。昔日的导师汪尔淼也来登门劝她认清现实，告诉她"文史哲学科也日益边缘化，日薄西山，不再是才子才女

父母岁月

云集的学科""一个学科的一个教师岗位，往往有近百位博士竞争，有硕士学位的人根本没有机会"。梁建国为妻子就市场现状进行了一番细致的分析，建议苏晓燕去高中教学，苏晓燕听取此建议，应聘成功了一所民办高中，成了一名高中语文老师。梁涛在北京读大学，他在大学期间认识了女友徐冉。徐冉家境贫寒，苏晓燕深知家境的悬殊将会带给一对爱人怎样的磨难，因而起初对两人的交往并不抱有期望。梁涛为此与母亲的关系一度僵化。梁涛请爸爸帮忙说服妈妈认可他的恋情，梁建国便带着苏晓燕回顾了数遍两人的甜蜜往事，苏晓燕这才渐渐接受了这一现实，并且主动邀请徐冉来家做客。在亲眼见到徐冉并且观察到徐冉的为人后，苏晓燕最终接受了她。女儿婉之不久前已经远嫁三亚，梁建国夫妇其实希望儿子梁涛能陪在他们身边，但梁涛认为男儿志在四方，一心想在外面的世界闯荡一番。大学毕业后他就跟徐冉结了婚，两人一起在北京为了美好的未来努力打拼。儿女都有了自己的生活，并为之努力奋斗着，梁建国夫妇也算了了人生的一大心愿。

女儿婉之生产时，梁建国夫妇专门抽时间去了三亚，与其说是去看望女儿，不如说是抱孙子去了。夫妻俩在三亚多待了几天，女婿高翔带着他们把三亚的景点转了个遍。其间梁建国看到了一个摆路边摊的小商贩，觉得有点眼熟，走上前去发现那人竟然是翟子卿。梁建国又气又心疼，一把抱住了翟子卿。面对老友的拥抱，翟子卿却是一脸蒙。后来梁建国才知道翟子卿跑路时受了伤，记忆力损失了大半，这么多年才慢慢恢复了一些。梁建国跟刘海波进行了视频连线，曾经鲜衣怒马的三个少年如今已经变成了三个糟老头，梁建国心头不禁涌起一阵无奈和心酸，不过好在他们终于可以和失联这么多年的翟子卿团聚了。梁建国将翟子卿带回了哈尔滨，翟子卿见到了弥留之际呼唤着他的老母亲，记忆开始慢慢恢复，他握着老母亲的手送了她最后一程。梁建国把翟子卿安排到了疗养院，刘海波还亲自给翟子卿装修了一间书房，类似于当年三人一起看书的那个菜窖。在这里，翟子卿获得了久违的宁静，安静地看书、写文章。

全国的房地产都在大跃进式地圈地拿地皮，兴北公司的发展也如火如荼，这让梁建国有了隐忧，规模越大风险也越大。而此时，梁建国生命中的贵人，如同大哥一般的张连长病重。张连长是老党员，也是政协委员，虽然下海经

后记

商多年但一直没改为人民服务的初衷，他们的企业也解决了很多老知青和小岗职工的就业问题，但是市场化的进程谁也没有能力去阻拦，房地产本质还是要以盈利为主。张连长弥留之际，向组织推荐梁建国做政协委员，并与梁建国展开了一场如何平衡良心与资本的讨论。这次讨论也决定了兴北公司的未来。最终，张连长安然辞世，梁建国和一众老知青按照他的遗愿，将张连长的骨灰撒在了他曾经奋斗过的北大荒……兴北公司正式与城投合并，成了最早一批与城投合作的房地产私企，将暴利的房地产价格调回了正常水平。同时，梁建国也被推选为政协委员。他确实不是个天生的政治人才，但他当官绝不是为了沽名钓誉，而是他明白只有身居这个位置，才能更好地为老百姓发声，实实在在地帮助到老百姓。

苏晓燕正式以高中副校长的身份退休，虽然只是高中，但也是桃李满天下。退休仪式上，很多学生回来看她，给她献花。梁建国也少有地浪漫了一次，给她送上了一束红玫瑰。陈牧也来了，给她献上了一束白玫瑰。令人没想到的是苏晓燕竟然照单全收了，因为表现得坦坦荡荡，反而更显魅力。学生们都打趣说梁建国和陈牧是苏晓燕的红玫瑰和白玫瑰。一旁的梁建国心里感叹老了老了，居然也吃了一次老陈醋。梁涛和徐冉最终还是离开了北京。梁涛借公司在哈尔滨创办分公司的机会调回了家乡。父母年事已高，他想抽出时间多陪陪父母，另外父母也能帮他和徐冉带带孩子。苏晓燕退休后，凭借自己的才华成功转型，成了一名小说家，日常写写小说，偶尔帮儿子儿媳带带小孩。有一次，应农垦总局邀请，她跟随北大荒的返城知青代表，再次踏上了北大荒的土地。当地领导带他们参观了如今的北大荒，苏晓燕一路耳闻目睹了北大荒近些年的巨大变化，心中有一种与有荣焉的欣慰感。其间，苏晓燕邂逅了一位女青年，觉得有点面熟。女青年说她母亲跟苏晓燕一样曾经也是一名知识青年，只不过她母亲并没有像当年大多数知青一样返回城市，而是选择留在了北大荒。苏晓燕听了，心生崇敬之情，提出要去拜访一下女青年的母亲。等见到其人，苏晓燕惊喜不已，女青年的母亲竟然是自己过往的好友邹心萍。

当年苏晓燕先一步离开了北大荒，她没想到过去那个被爱人抛弃、挺着大肚子的女子居然在这里留守了一辈子。邹心萍将往事娓娓道来，原来当年

父母岁月

苏晓燕走后,邹心萍与一位叫王文君的男知青相恋了。王文君表示不介意邹心萍是单亲妈妈,还说会像待亲生女儿一样待邹心萍的女儿。谁知不久后,当地遭遇了一场洪灾。为了保卫人民群众的生命和财产安全,王文君献出了自己宝贵的生命。而王文君的母亲唯一的愿望就是待在儿子长眠的地方,就这样邹心萍踏踏实实留在了北大荒,也尽全力照顾着王文君的母亲。苏晓燕听完这段陈年旧事感慨不已,与此同时,她也缅怀起了当年她身边那几位为国捐躯的同伴。他们正直善良,用生命践行信仰,为祖国的经济腾飞立下汗马功劳。我们享受的一粥一饭、一丝一缕,都离不开他们的慷慨以赴。苏晓燕回家后,以自己经年的见闻写下了一部长篇小说,以此来纪念祖国几十年来发生的沧桑巨变,也记录了时代更迭下每一个人的命运变迁。书中提到的人物有生命永远定格在知青岁月中的梁珊瑚、王志刚、王文君,也有颠沛一生的翟子卿、老隋之流,更有平凡幸运如她与梁建国之辈。

这天,梁涛和梁婉之都携家带口回来看望爸妈,因为今天是爸妈结婚五十周年纪念日。翟子卿、刘海波、李晓玥等人也来了,一众亲朋好友难得欢聚一堂,两位老人都喜不自胜。儿媳徐冉和女儿婉之忙活了一下午,为众人准备了一桌丰盛可口的晚餐。席间,苏晓燕接到了一个电话,她的责任编辑告诉她,她写的那部长篇小说获奖了,所获奖项还是国内纯文学领域的至高荣誉。双喜临门固然可喜可贺,但苏晓燕对时代了解得越深,就越明白幸福的来之不易。她与丈夫梁建国风雨同舟五十载,他们与共和国同龄,何其有幸能够见证新中国成立后一点一滴的变化。更难得的是,他们夫妻二人伉俪情深,儿女幸福美满,这便是她所认为的最大的幸福。她欣慰于祖国繁荣昌盛,也欣慰于自己的家人和乐安康,更欣慰于自己与丈夫这一路携手相老,欢欣与共。